国家出版基金项目
NATIONAL PUBLICATION FOUNDATION

中外文学交流史

钱林森　周宁　主编

中国－印度卷

郁龙余　刘朝华　著

山东教育出版社

目　录

总序

一

　　中外文学关系的研究，是中国比较文学学术传统最丰厚的领域，前辈学者开拓性的建树，大多集中在这一领域的研究，如范存忠、钱锺书、方重等之于中英文学关系，吴宓之于中美，梁宗岱之于中法，陈诠之于中德，季羡林之于中印，戈宝权之于中俄文学关系的研究，等等。20 世纪中国比较文学研究前后两个高峰，世纪前半叶的高峰，主要成就就在中外文学关系研究上。20 世纪后半叶，比较文学在新时期复兴，30 多年来推进我国比较文学学科发展的支撑领域，同时也是本学科取得最多实绩的研究领域，依旧在中外文学关系研究。中外文学关系研究所获得的丰硕成果，被学术史家视为真正"体现了'我们自己的比较文学'的特色和成就"[1]，成为我国比较文学复兴发展的一个重要标志[2]。

1. 王向远：《中国比较文学研究二十年·前言》，南昌：江西教育出版社，2003 年版。
2. 王向远教授在其 28 章的大著《中国比较文学二十年》中，从第 2 章到第 10 章论述国别文学关系研究，如果加上第 17、18 "中外文艺思潮与中国文学关系"、"中外文学关系史的总体研究"两章，整整占 11 章，可谓是"半壁江山"。

　　学术传统是众多学者不断努力、众多成果不断积累而成的。在中外文学关系研究领域，从 20 世纪 80 年代中期开始，先后已有三套丛书标志其阶段性进展。首先是乐黛云教授主编的比较文学丛书中的《中日古代文学交流史稿》（严绍璗著）、《近代中日文学交流史稿》（王晓平著）、《中印文学关系源流》（郁龙余编），乐黛云教授和这套丛书的相关作者，既是继承者，又是开拓者。他们继承老一辈学者的研究，同时又开创了新的论题与研究方法。

　　其次是 20 世纪 90 年代初，北京大学和南京大学联合推出《中国文学在国外》丛书（10 卷集，乐黛云、钱林森主编，花城出版社），扩大了研究论题的覆盖面，在理论与方法上也有所创新。再其后就是经过 20 年积累、在新世纪初期密集出现的三套大型比较文学丛书：《外国作家与中国文化》（10 卷集，钱林森主编，宁夏人民出版社）、《跨文化沟通个案研究》丛书（乐黛云主编，北京出版社）、国别文学文化关系丛书《人文日本新书》（王晓平主编，宁夏人民出版社），这些成果细化深化了该研究领域，在研究范式的探究和方法论革新方面，也取得较大进展。

　　从某种意义上说，中外文学关系研究带动了整个中国比较文学研究。从"20 世纪中国文学的世界性因素"的讨论，到中外文学关系探究中的"文学发生学"理论的建构；从中外文学关系的哲学审视和跨文化对话中激活中外文化文学精魂的尝试，到比较文学形象学与后殖民主义文化批判……所有这一切探索成果的出现，不仅推动了中国比较文学学科深入发展，反过来对中外文学关系问题的研究，也有了问题视野与理论方法的启示。

二

在丰厚的研究基础上，如何进一步推进中外文学交流研究，成为学术史上的一项重要使命。2005 年 7 月初，南京大学比较文学与比较文化研究所与山东教育出版社在南京新纪元大酒店，举行《中外文学交流史》丛书首届编委会暨学术研讨会，正式启动大型丛书《中外文学交流史》的编写工作，以创设一套涵盖中国与欧洲、亚洲、美洲、大洋洲等世界主要国家及地区的文学交流史。

中外文学交流史研究既是一项研究，又同时是关于此项研究的反思，这是学科自觉的标志。学者应该对自己的研究有清醒的问题意识，明确"研究什么"、"如何研究"和"为何研究"。

20 世纪末以来，国际比较文学研究一直面临着范式转型的问题，不同研究范型的出现与转换的意义在于其背后问题脉络的转变。产生自西方民族国家体系确立时代的比较文学学科，本身就是民族国家意识形态的产物。影响研究的真正命题是确定文学"宗主"，特定文学传统如何影响他人，他人如何从"外国文学"中汲取营养并借鉴经验与技巧；平行研究兴盛于"冷战"时代，试图超越文学关系的外在的、历史的关联，集中探讨不同文学传统的内在的、美学的、共同的意义与价值。"继之而起的新模式没有一个公认的名称，但是和所谓的后殖民批评有着明显的关系，甚至可以把后殖民批评称为比较研究的第三种模式。这种模式从后结构理论吸取了'话语'、'权力'等概念，致力于清算伴随着资本主义扩张的帝国主义和殖民主义，尤其是其文化方面的问题。这种批评的所谓'后'字既有'反对'的意思，也有'在……之后'的意思。""后殖民批评的假设前提是正式的帝国 / 殖民主义时代已然成为历史。在第二次世界大战之后这一点已经成为普遍的共识，当时不同政治阵营能够加之于对方的最严厉的谴责莫过于'帝国主义'了。这种共识是后殖民批评能够立于不败之地的先决条件。"[1]

1.陈燕谷：《比较文学与"新帝国文明"》，载《中国社会科学院院报》，2004年2月24日。

伴随着后殖民主义文化批评在1970年代后期的兴起，西方比较文学界对社会文本的关注似乎开始压倒既往的文学文本。翻译、妇女、生态、少数族裔、性别、电影、新媒体、身份政治、亚文化、"新帝国治下的比较研究"[2]等问题几乎彻底更新了比较文学的格局。比如知

2.陈燕谷指出："现在我们也许有理由提出比较研究的第四种模式，也就是'新帝国治下的比较研究'，……当'帝国'去而复返，……自然意味着后殖民批评不再具有不证自明的有效性。今天这种情况正在发生，比较研究必须在新帝国条件下重新界定自己的任务和方向。"陈燕谷：《比较文学与"新帝国文明"》。

名文化翻译学者苏珊·巴斯奈特在1993年出版的专著《比较文学批评导论》（*Comparative Literature: A Critical Introduction*）中就明确指出："后殖民"用最恰当的术语来表达，就是近年来出现的新跨文化批评，而"除此之外，比较文学已无其他名称可以替代"。[3]

3.Susan Bassnett. *Comparative Literature. A Critical Introduction*,Oxford and Cambridge:Blackwell,1993, p.10.

本世纪初，比较文学的学科理论建设工作似乎依然徘徊在突围西方中心主义的方向和路径上。2000年，蜚声北美、亚洲理论界的明星级学者G.C.斯皮瓦克将其在加州大学厄湾分校的"韦勒克文学讲座"系列讲稿结集出版，取了个惊世骇俗的名字《一门学科的死亡》（*Death of A Discipline*），这门学科就是比较文学。其实斯皮瓦克并无意宣布比较文学的终结，而是在指出当前的欧美比较文学的困境，即文学越界交流过程中的不均衡局面，以及该学科依然留存着欧美文化的主导意识并分享了对人文主义主体无从判定的恐惧等问题后，希望促成比较文学的转型，开创一种容纳文化研究的新的比较文学范型，迎接全球化语境的文化挑战。[4]

4.See Gayatri C. Spivak. *Death of A Discipline*, New York: Columbia University Press,2003.

然而，我们也要清楚地看到，后殖民主义文化批判试图颠覆比较文学研究的价值体系，却没有超越比较文学的理论前提。因为比较研究尽管关注不同民族、不同国家文学之间的关系，但其理论前提却是，不同民族、国家的文学是以语言为疆界的相互独立、自成系统的主体。而且，比较文学研究总是以本国本民族文学为立场，假设比较研究视野内文学之间的关系是一种自我与他者的关系，只不过影响研究表示顺从与和解，后殖民主义文化批判强调反写与对抗。对于"他性"的肯定，依然没有着落。

坦率地说，中外文学关系研究仍属于传统范型，面临着新问题与新观念的挑战。我们在第三种甚至第四种模式的时代留守在类似于巴斯奈特所谓的"史前恐龙"[5]的第一种模式的研究

5.Susan Bassnett. *Comparative Literature: A Critical Introduction*, p.5.

领域，是需要勇气与毅力的。伴随着国际学术共同体间的密切互动与交流，北美比较文学的越界意识也在20世纪末期旅行到了中国。虽然目前国内比较文学也整合了文化批评的理论方法，跨越了既往单一的文学学科疆界，开掘了许多富于活力和前景的学术领域，但这些年来比较文学领域并不景气：一方面是研究的疆界在扩大也在不断消解，另一方面是不断出现危机警示与

研究者的出走。在这个大背景下，从事我们这套丛书写作的作者大多是一些忠诚的留守者，大家之所以继续这个领域的研究，不是因为盲目保守，而是因为"有所不为"。首先，在前辈学人累积的深厚学术传统上，埋头静心、勤勤恳恳地在"我们自己的比较文学"领地里精心耕作，在喧嚣热闹的当下，这本身就是一种别具意味的学术姿态。同时，在硕果纷呈的比较文学研究领域，中外文学关系问题始终是一个基础但又重要的问题，不断引起关注，不断催生深入研究，又不断呈现最新成果，正如目前已推出的这套丛书所展示的，其研究写作不仅在扎实的根基上，对中外文学交流史的论题领域有所拓展，在理论与方法探索上也通过积极吸收、整合其他领域的成果而有所推进。最后，在中国作为新崛起的世界经济大国的关键历史节点上重新思考中外文学关系问题，直接关涉到中外文学关系研究的学科自觉。这事实上是一个如何在世界文学图景中重新测绘"中国文学"的问题，也即当代中国文学如何在世界中重新创造自己的身份和位置。通过中外文学关系研究，我们可以重新提炼和塑造中国文学、文化的精神感召力、使命感和认同感，在当代世界的共同关注点上，以文学为价值载体去发现不同文化之间交往的可能和协商空间，进而参与全球新的世界观的形成。

三

中外文学关系研究，就学科本质属性而言，属实证范畴，从比较文学研究传统内部分类和研究范式来看，归于"影响研究"，所以重"事实"和"材料"的梳理。对中外文学关系史、交流史的整体开发，就是要在占有充分、完整材料的基础上，对双向"交流"、"关系""史"的演变、沿革、发展作总体描述，从而揭示出可资今人借鉴、发展民族文学的历史经验和历史规律，因此它要求拥有可信的第一手思想素材，要求资料的整一性和真实性。

中外文学关系研究的开发、深化和创新，离不开研究理论方法的提升与原理范式的探讨。某种新的研究理念和理论思路，有助于重新理解与发掘新的文学关系史料，而新的阐释角度和策略又能重构与凸显中外文学交流的历史图景，从而将中外文学关系的研究向新的深度开掘。早在新时期我国比较文学举步之时和复兴之初，我国前辈学者季羡林、钱锺书等就卓有识见地强调"清理"中外文学关系的重要性和必要性，把它提到创立中国比较文学特色建设和拥有比

较文学研究"话语权"的高度。[1]30 年来，我国学者在这方面不断努力，在研究的观念与方法

1. 20 世纪 80 年代初，钱锺书先生就提出："要发展我们自己的比较文学研究，重要的任务之一就是清理一下中国文学与外国文学的相互关系。"季羨林在《资

上进行了深入的探讨。钱林森教授主持的《外国作家与中国文化》丛书，曾经就中外文学关系

料工作是影响研究的基础》一文中强调："我们一定先做点扎扎实实的工作，从研究直接影响入手，努力细致地去收集材料，在西方各国之间，在东方各国

研究中的哲学观照和跨文化文学对话的观念与方法进行过有益的尝试与实践。其具体思路主要

之间，特别是在东方与西方之间，从民间文学一直到文人学士的个人著作中去搜寻直接影响的证据，爬罗剔抉，刮垢磨光，一定要有根有据，决不能捕风捉影。

体现在如下五个方面：

然后在这个基础上归纳出有规律性的东西。"他明确反对"那些一无基础、二无材料，完全靠着自己的'天才'、'灵感'，率而下笔，大言不惭，说句难

　　1）依托于人类文明交流互补基点上的中外文化和文学关系课题，从根本上来说，是中外

听的话，就是自欺欺人的所谓平行发展的研究"。参见王向远：《中国比较文学研究二十年》，第 9 页，南昌：江西教育出版社，2003 年版。

哲学观、价值观交流互补的问题，是某一种形式的精神交流的课题。从这个意义上看，研究中

外文化、文学相互影响，说到底，就是研究中外思想、哲学精神相互渗透、影响的问题，必须

作哲学层面的审视。2）考察两者接受和影响关系时，必须从原创性材料出发，不但要考察外

国作家、外国文学对中国文化精神的追寻，努力捕捉他们提取中国文化（思想）滋养，在其创

造中到底呈现怎样的文学景观，还要审察作为这种文学景观"新构体"的外乡作品，又怎样反

转过来向中国文学施于新的文化反馈。3）今日中外文学关系史建构，不是往昔文学史的分支

研究，而是多元文化共存、东西哲学互渗时代的跨文化比较文学研究重构。比较不是理由，比

较中达到对话并且通过对话获得互识、互证、互补的成果，才是中外文学关系研究学理层面的

应有之义。4）中外文学和文化关系研究课题，应以对话为方法论基点，应当遵循"平等对话"

的原则。对研究者来说，对话不止是具体操作的方法论，也是研究者一种坚定的立场和世界观，

一种学术信仰，其研究实践既是研究者与研究对象跨时空跨文化的对话，也是研究者与潜在的

读者共时性的对话，通过多层面、多向度的个案考察与双向互动的观照、对话，激活文化精魂，

进一步提升和丰富影响研究的层次。5）对话作为方法论基点来考量的意义在于，它对以往"影

响研究"、"平行研究"两种模式的超越。这对所有致力于中外文学关系研究者来说，都是一

个富有创意的、富有挑战性的学术探索。

　　从学术史角度看，同一课题的探讨经常表现为研究不断深化、理路不断明晰的过程。中外

文学关系史研究在中国比较文学界已有多年的历史，具有丰厚的学术基础。《中外文学交流史》

丛书是在以往研究基础上的又一次推进，具有更高标准的理论追求。钱林森主编在 2005 年编

委会上将丛书的学术宗旨具体表述为：

　　　　丛书立足于世界文学与世界文化的宏观视野，展现中外文学与文化的双向多层次

　　交流的历程，在跨文化对话、全球一体化与文化多元化发展的背景中，把握中外文学

相互碰撞与交融的精神实质：1）外国作家如何接受中国文学，中国文学如何对外国作家产生冲击与影响？具体涉及到外国作家对中国文学的收纳与评说，外国作家眼中的中国形象及其误读、误释，中国文学在外国的流布与影响，外国作家笔下的中国题材与异国情调等等。2）与此相对的是，中国作家如何接受外国文学，对中国作家接纳外来影响时的重整和创造，进行双向的考察和审视。3）在不同文化语境中，展示出中外文学家在相关的思想命题所进行的同步思考及其所作的不同观照，可以结合中外作品参照考析，互识、互证、互补，从而在深层次上探讨出中外文学的各自特质。

4）从外国作家作品在中国文化语境（尤其是 20 世纪）中的传播与接受着眼，试图勾勒出中国读者（包括评论家）眼中的外国形象，探析中国读者借鉴外国文学时，在多大程度上、何种层面上受制于本土文化的制约，及其外国文学在中国文化范式中的改塑和重整。5）论从史出，关注问题意识。在丰富的史料基础上提炼出展示文学交流实质与规律的重要问题，以问题剪裁史料，构建各国别语种文学交流史的阐释框架。

6）丛书撰写应力求反映出国际比较文学界近半个世纪相关研究成果和我国比较文学 20 多年来发展的新成果。

四

在已有成果基础上编写《中外文学关系史》丛书，要求我们要有所反思与开辟。这是该丛书从规划到研究，再到写作，整个过程中贯穿的思路。中外文学关系研究，涉及基本概念、史料与研究范型三方面的问题。

首先是基本概念。

中外文学关系，顾名思义，研究的是"关系"，其问题的重心在中国文学的世界性与现代性问题，在此前提下进行细分，所谓中外文学关系的历史叙述，应该在三个层次上展开：1）中国与不同国家、地区、语种文学在历史中的交流，其中包括作家作品与思潮理论的译介、作家阅读与创作的"想象图书馆"、个人与团体的交游互访等具体活动等。2）中外文学相互影响相互创造的双向过程，诸如中国文学接受外国文学并从与外国文学的交流中获得自我构建与自我确认基础；中国文学以民族文学与文学的民族个性贡献并参与不同国家地区语种文学创造等。3）存在于中外文学不同国家、地区、语种文学之间的世界文学格局，提出"跨文学空间"的概念，并将世界文学建立在这样一种关系概念上，而不是任何一种国家、地区、语种文学的普世性霸权上。

中外文学关系研究"中外文学"的关系，另一个必须厘清的概念是"中外文学"：1）中外文学关系不仅是研究"之间"的关系，更重要的是研究不同国家、地区、语种文学各自的文学史，比如研究法国文学对中国现代文学的影响，真正的问题在中国现代文学，反之亦然。2）中外文学关系在"中"与"外"二元对立框架内强调双向交流的同时，也不能回避中国立场。首先，中外文学研究表面上看是双向的、中立的，实际上却有不可否认的中国立场甚至可以说是中国中心。因此"中外文学"提出问题的角度与落脚点都是中国文学的。3）中国立场的中外文学关系研究的理论指归在于中国文学的世界性与现代性问题。它包括两个层次的意义：中国在历史上如何启发、创造外国文学的；外国文学如何构筑中国文学的世界性与现代性的。

中外文学关系基本概念涉及的最后一个问题是"史"。中外文学关系史属于文学史的范畴。它关系到某种时间、经验与意义的整体性。纯粹编年性地记录曾经发生过的文学交流事件，像文学旅行线路图或文学流水账单之类，还不能够成为文学交流史。中外文学交流史"史"的最基本的要求在于：1）文学交流史必须有一种时间向度的研究观念，以该观念为尺度，或者说是编码原则，确定文学交流史的起点、主要问题、基本规律与某种预设性的方向与价值。2）可能成为中外文学关系史的研究观念的，是中国文学的世界性与现代性问题。中国文学是何时、如何参与、接受或影响世界文学的，世界性因素是何时并如何塑造中国文学的。3）中外文学交流史表现为中国文学在中外文学交流中实现世界性与现代性的过程。中国文学的世界化分两个阶段，汉字文化圈内东亚化与近代以来真正的世界化，中国文学的世界化是与中国文学的"现代化"同时出现的。

其次，中外文学关系研究的第二大问题是史料问题。

史料是研究的基础。研究的成败，从某种意义上说，取决于史料的丰富与准确程度。史料是多年研究积累的成果，丰富是量上的要求；史料需要辨伪甄别，尽量收集第一手资料，这是对史料的质上的要求。史料自然越丰富越好，但史料的发现往往是没有止境的，所以史料的丰富与完备是相对的，关键看它是否可以支撑起论述。因此，研究中处理史料的方式，不仅是收集，还有在特定研究观念下剪裁史料、分析史料。

　　然而，没有史料不行，仅有史料又不够。中外关系史研究在国内，已有多年的历史，但大多数研究只停留在史料的收集与叙述上，丛书要在研究上上一个层次，就不能只满足于史料的收集、整理、叙述。中外文学关系的研究与写作应该分为三个层次：1) 掌握资料来源并收集尽量第一手的资料。对资料进行整理、分析、阐释，从中发现一些最基本的"可研究的"问题。2) 第二个层次是编年史式资料复述，其中没有逻辑的起点与终点，发现的最早的资料就是起点，该起点是临时的，随着新资料的发现不断向前推，重点也是临时的，写到哪里，就在那里结束。3) 第三个层次是使文学交流史具有一种"思想的结构"。在史料研究基础上形成不同专题的文学交流史的"观念"，并以此为线索框架设计文学交流史的"叙事"。

　　最后，中外文学交流研究的第三大问题是研究范型。学术创新的途径，不外乎新史料的发现、新观念与新的研究范型的提出。

　　研究范型是从基本概念的确立与史料的把握中来的。问题从何处来，研究往何处去。研究模式包括基本概念的确立、史料的收集与阐发、研究方法的选择等内容。任何一项研究，都应该首先清醒地意识到研究模式，说到底，就是应该明确"研究什么"和"如何研究"。研究的基本概念划定了我们研究什么的范围，而从史料问题开始，我们已经在思考"如何研究"了。

　　中外文学交流作为一个走向成熟的研究领域，必须自觉到撰写原则或述史立场：首先应该明确"研究什么"。有狭义的文学交流与广义的中外文学交流。狭义的文学交流，仅研究文学与文学的交流，也就是说文学范围内作家作品、思潮流派的交流，更多属于形式研究范畴，诸如英美意象派与中国古典诗词、《雷雨》与《俄狄浦斯王》；广义的文学交流史，则包括文学涉及的广泛的社会文化内容，文本是文学的，但内容与问题远超出文学之外，比如"启蒙作家的中国文化观"。本书的研究范围，无疑属于广义的中外文学交流。所谓中外文化交流表现在文学活动中的种种经验、事实与问题，都在研究之列。

　　但是，我们不能始终在积极意义上讨论影响研究，或者说在积极意义上使用影响概念。似乎影响与交流总是值得肯定的。实际上，对文学活动中中外文化交流的研究，现有两种范型：一种是肯定影响的积极意义的研究范型，它以启蒙主义与现代民族文学观念作为文学交流史叙事的价值原则，该视野内出现的问题，主要是一种文学传统内作家作品与社团思潮如何译介、传播到另一种文学传统，关注的是不同语种文学可交流性侧面，乐观地期待亲和理解、平等互惠的积极方面，甚至在潜意识中，将民族主义自豪感的确认寄寓在文学世界主义想象中，看中国文学如何影响世界。我们以往的中外文学关系研究，大多是在这个范型内进行的。另一种范型关注影响的负面意义，解构影响中的"霸权"因素。这种范型以后现代主义或与后殖民主义观念为价值原则，关注不同文学传统的不可交流性、误读与霸权侧面。怀疑双向与平等交流的乐观假设，比如特定文学传统之间一方对另一方影响越大，反向影响就越小，文学交流往往是动摇文学传统的霸权化过程；揭示不同语种文学接触交流中的"背叛性"因素与反双向性的等级结构，并试图解构其产生的社会文化机制。

中外文学关系研究的开发、深化和创新，离不开研究理论方法的提升与原理范式的研讨。某种新的研究理念和理论思路，有助于重新理解与发掘新的文学关系史料，而新的阐释角度和策略又能重构与凸显中外文学交流的历史图景，从而将中外文学关系的"清理"和研究向新的深度开掘。以往的中外文学交流研究，关注的更多的是第一种范型内的问题，对第二种范型内的问题，似乎注意不够。丛书希望能够兼顾两种范型内的问题。"平等对话"是一种道德化的学术理想，我们不能为此掩盖历史问题，掩盖中外文学交流上的种种"不平等"现象，分析其霸权与压制、他者化与自我他者化、自觉与"反写"（Write Back）的潜在结构。

同时，这也让我们警觉到我们的研究范型中可能潜在着的一个矛盾：怎能一边认同所谓"中国立场"或"中国中心"，一边又提倡"世界文学"或"跨文学空间"？二者之间是否存在着某种对立？实际上在中国文学的世界性与现代性问题前提下叙述中外文学交流，中国文学本身就处于某种劣势，针对西方国家所谓影响的"逆差"是明显的。比如说，关于中国文学对西方文学的影响，我们可以以一个专题写成一本书，而西方文学对中国现代文学的影响，则是覆盖性的，几乎写成整部文学史。我们强调"中国立场"本身就是一种"反写"。另外，文学史述实际上根本不存在一个超越国别民族文学的普世立场。启蒙神话中的"世界文学"或"总体文学"，包含着西方中心主义的霸权。或许提倡"跨文学空间"更合理。我们在"交流"或"关系"这一"公共空间"讨论问题，假设世界文学是一个多元发展、相互作用的系统进程，形成于跨文化跨语种的"文学之际"的"公共领域"或"公共空间"中。不仅西方文学塑造中国现代文学，中国文学也在某种程度上参与构建塑造西方现代文学。尽管不同国家民族地区的文学交流存在着"不平等"的现实，但任何国家民族地区文学都以自身独特的立场参与世界文学，而世界文学不可能成为任何一个国家、民族或语种文学扩张的结果。

我们一直在试图反思、辨析、确立中外文学交流研究的基本概念、方法与理论范型，并在学术史上为本套丛书定位。所谓研究领域的拓展、史料的丰富、问题域的明确、问题研究的深入、中外文学交流整体框架的建构，都将是本套丛书的学术价值所在。我们希望本套丛书的完成，能够推进中国比较文学界中外文学关系研究领域走向成熟。这不仅是个人研究的自我超越问题，也是整个比较文学研究界的自我超越问题。

五

钱林森教授将中外文学交流研究的问题细化为五大类，前文已述。这五大类问题构成中外文学交流史的基本问题域，每一卷的写作，都离不开这五大类基本问题。反思这套丛书的研究与写作，可以使我们对中外文学交流史的研究范型有一个基本的把握。在丛书写作的过程中，钱林森教授不断主持有关中外文学关系史的笔谈，反思中外文学关系研究的基本问题与理论范式，大部分参与丛书写作的学者都从不同角度发表了具有建设性的思考，引起了国内学术界的关注。

其中，王宁教授从国家文化战略的高度理解中外文学关系史研究，认为，"探讨中国文化和文学在国外的接受和传播，应该是新世纪中国比较文学学者研究的一个重要课题，通过这一课题的研究，不仅可以从根本上打破中外文学关系研究领域内长期存在的西方中心主义思维定势，使得中国学者的民族自尊心和自豪感大大地提升，而且也有助于中国文化走出去战略的实施。在这方面，比较文学学者应该先行一步。"王宁先生高蹈，叶隽先生务实，追问作为科学范式的文学关系研究的普遍有效性问题，他从三个方面质疑比较文学学科的合法性：一是比较文学的整体学术史意识，二是比较文学的思想史高度，三是比较文学作为一门具体学科的"文史根基"与方寸。葛桂录教授曾对史料问题做过三方面的深入论述：一是文献史料，二是问题域，三是阐释立场："从比较文学学科的传统研究范式来看，中外文学关系研究属于'影响研究'

范畴，非常关注'事实材料'的获取与阐释。就其学科领域的本质属性来说，它又属于史学范畴。而文献史料的搜集、鉴辨、理解与运用，是一切历史研究的基础性工作。力求广泛而全面地占有史料，尽可能将史料放在它形成和演变的整个历史进程中动态地考察，分辨其主次源流，辨明其价值与真伪，是中外文学关系研究永远的起点和基础。"缺少史料固然不行，仅有史料又十分不够。中外文学关系研究"问题意识"必不可少，问题是研究的先导与指南。葛桂录教授进一步论述："能否在原典文献史料研究基础上，形成由一个个问题构成的有研究价值的不同专题，则成为考量文学关系研究者成熟与否的试金石。在文学关系研究的'问题域'中进而思考中外文学交往史的整体'史述'框架，展现文学交流的历史经验与历史规律，揭示出可资后人借鉴、发展本民族文学的重要路径，又构成中外文学关系研究的基本目标。"

文献史料、问题域、阐释立场是中外文学关系研究的三大要素。文献史料的丰富、问题域的确证、研究领域的拓展、观念思考的深入，最终都要受研究者阐释立场的制约。中外文学关系研究，理论上讲当然应该是双向的、互动的。但如要追寻这种双向交流的精神实质，不可避免地要带有某种主体评价与判断。对中国学者来说，就是展现着中国问题意识的中国文化立场。"中外文学"提出问题的出发点与归宿都指向中国文学。这样看来，中外文学关系研究的理论关注点，在于回答中国文学的世界性与现代性问题。也就是，中国文学（文化）在漫长的东西方交流史上是如何滋养、启迪外国文学的；外国文学是如何激活、构建中国文学的世界性与现代性的。这是我们思考中外文学交流史的重要前提，尤其是要考虑处于中外文学交流进程中的中国文学是如何显示其世界性，构建其现代性的。

六

乐黛云先生在致该丛书编委会的信中，提出该丛书作为中外文学关系研究的"第三波"的高标："如果说《中国文学在国外》丛书是第一波，《外国作家与中国文化》是第二波，那么，《中外文学交流史》则应是第三波。作为第三波，我想它的特点首先应体现在'交流'二字上。它不单是以中国文学为核心，研究其在国外的影响，也不只是以外国作家为核心讨论其对中国文化的接受，而是要着眼于'双向阐发'，这不仅要求新的视角，也要求新的方法；特别是总的说来，中国文学对其他文学的影响多集中于古代文学，而外国文学对中国文学的影响却集中于现代文学。如何将二者连缀成'史'实在是一大难点，也是'交流史'能否成功的关键。"

本套丛书承载着中国比较文学百年学术史的重要使命，它的宏愿不仅在描述中国与世界主要国家的文学关系，还在以汉语文学为立场，建构一个"文学想象的世界体系"。中外文学交流史的研究要点在"文学交流"，因此研究的核心问题是"双向阐发"，带着这个问题进入研究，中外文学关系就不是一个简单的译介、传播的问题，中外文学相互认知、相互影响与创造才是问题的关键。严绍璗先生在致主编钱林森的信中，进一步表达了他对本丛书的学术期望，文学交流史研究应该"从一般的'表象事实'的描述深入到'文学事实'内具的各种'本相'的探讨和表达"：

> 我期待本书各卷能够是以事实真相为基础，既充分展现中华文化向世界的传播，又能够实事求是地表述世界各个民族文化对中华文化和中华文明丰富多彩性的积极的影响，把"中外文学关系"正确地表述为中国和世界文化互动的历史性探讨。"文学关系"的研究，习惯上经常把它界定在"传播学"和"接受学"的层面上考量，三十年来比较文学的研究，特别是中国比较文学研究，事实上已经突破了这样一些层面而推进到了"发生学"、"形象学"、"符号学"、"阐释学"和"叙事学"等等的层面中。在这些层面中推进的研究，或许能够更加接近文学关系的事实真相并呈现文学关系的内具生命力的场面。我期待着新撰的《中外文学交流史》各卷，能够从一般的"表象事实"的描述深入到"文学事实"内具的各种"本相"的探讨和表达。

2005 年南京会议之后，丛书的编写工作正式启动，国内著名学者吕同六、李明滨、赵振江、郁龙余、郅溥浩、王晓平等先生慷慨加盟，连同其他各位中青年学者，共同分担《中外文学交流史》丛书的写作。吕同六先生曾主持中意文学交流卷，却在丛书启动不久仙逝，为本丛书留下巨大的遗憾。在丛书编写过程中，有人去了有人来，张西平、刘顺利、梁丽芳、马佳、齐宏伟、杜心源、叶隽先生先后加入本套丛书，并贡献出他们出色的成果。

在整个研究写作过程中，国内外许多同行都给予我们实际的支持与指导，我们受用良多。南京会议之后，编委会又先后在济南、北京、厦门、南京召开过四次编委会，就丛书编写的具体问题进行讨论，得到山东教育出版社的一贯支持。丛书最初计划五年的写作时间，当时觉得已足够宽裕，不料最终竟然用了九年才完成，学术研究之漫长艰辛，由此可见一斑。丛书完成了，各卷与作者如下：

（1）《中国 - 阿拉伯卷》（郅溥浩、丁淑红、宗笑飞 著）

（2）《中国 - 北欧卷》（叶隽 著）

（3）《中国 - 朝韩卷》（刘顺利 著）

（4）《中国 - 德国卷》（卫茂平、陈虹嫣等 著）

（5）《中国 - 东南亚卷》（郭惠芬 著）

（6）《中国 - 俄苏卷》（李明滨、查晓燕 著）

（7）《中国 - 法国卷》（钱林森 著）

（8）《中国 - 加拿大卷》（梁丽芳、马佳 主编）

（9）《中国 - 美国卷》（周宁、朱徽、贺昌盛、周云龙 著）

（10）《中国 - 葡萄牙卷》（姚风 著）

（11）《中国 - 日本卷》（王晓平 著）

（12）《中国 - 希腊、希伯来卷》（齐宏伟、杜心源、杨巧 著）

（13）《中国 - 西班牙语国家卷》（赵振江、滕威 著）

（14）《中国 - 意大利卷》（张西平、马西尼 主编）

（15）《中国 - 印度卷》（郁龙余、刘朝华 著）

（16）《中国 - 英国卷》（葛桂录 著）

（17）《中国 - 中东欧卷》（丁超、宋炳辉 著）

本套丛书的意义，就在于调动本学科研究者的共同智慧，对已有成果进行咀嚼和消化，对已有的研究范式、方法、理论和已有的探索、尝试进行重估和反思，进行过滤、选择，去伪存真，以期对中外文学关系本身，进行深入研究和全方位的开发，创造出新的局面。

钱林森、周宁

绪论

　　文学交流是文化交流的重要组成部分和高级形态。这种交流超越时空、肤色，超越宗教、信仰、政治，是古已有之、于今为烈的文化现象。人类发展史上的许多重大问题，如文化生命周期、大国崛起规律等，都可以在文化交流中找到正确答案。所以，研究包括文学交流在内的文化交流，对于我们认识人类、人类文化及其发展，具有极为重要的意义。

一、 中印文学交流的历史地位

　　文化交流是人类进步的重要动力。人类自从度过漫长的蒙昧时代，进入文明时代后就获得越来越快的发展，这种速度，在当下快得令人吃惊。其原因是，文化交流的加速作用，超出了人们的估量。"人类文化发展的历史告诉我们：任何一个民族文化发展，一靠自身的创生更新能力，靠自己由少到多，由浅入深，由低级到高级的不断积累与进步；二靠外来文化的不断补充、丰富、启发、刺激，在与外来文化的磨擦、搏击、竞争、交流、融合中发展壮大自己。这二者有着内在的有机联系，相辅相成，缺一不可。"[1]

1. 郁龙余：《中西文化异同论·前言》，第 7 页，北京：三联书店，1989 年版。

　　这种交流虽然自古就有，但是由于当时文化水平低下，交流的速度极慢，交流的范围极小。有人推算，古代西亚两河流域的文化，仅以每年一公里的速度向欧洲推进。随着文化的进步，交流的速度不断加快，交流的范围不断扩大，在很大程度上避免了"每一种发明在每一个地方都必须重新开始"即失传后再发明的情况。

　　文化的繁荣发达程度和文化交流范围大小、速度快慢成正相关。今天，人类已进入全球化时代，文化高度繁荣、发达和共享。每一个享受着高度繁荣发达文化的现代人，都应该铭记文化交流的功劳。没有文化交流，就没有文化的快速发展，就没有文化的共享，就没有今天的人类文化生态。

（一） 文学交流在文化交流中地位至尊

　　文学是文化中的精华。无论在物质贫乏时代，还是在物质极大丰富时代，人类都对文学情有独钟。文学的灵魂是美。文学之美超越时代、地域和种族，以及由这三者造成的一切差异。文学之美是百艺的精、气、神，所以文学交流在文化交流中占有特别重要的地位。这种地位表现为：

（1）先导性。文学首先是一门语言艺术。文学交流在人类文化关系中最早出现，它与人类不同部落和族群间最早的语言交流同时发生。这种文学交流的早发性，和人类先天的远方崇拜相结合，形成人类迁徙的精神原动力。古代东方人向往西方极乐世界，西方人追求东方幸福天堂，都是以文学（故事）交流为先导的。

（2）关联性。文学在交流中往往会带动语言、信仰、艺术、思想、生活习俗甚至科学、技术、教育、医学等方面的交流。东西方基本词汇的相似性，中国、印度、巴比伦的二十八宿的相似性，都是这种关联性所致。季羡林说："在近两千年的岁月中，印度文化源源不断地涌入中国。在各种不同学术领域中，都可以发现印度的影响。"[1]

1. 季羡林：《季羡林论中印文化交流》，第 6 页，北京：新世界出版社，2006 年版。

（3）渗透性。文学交流以人们的审美需求为动力，能透过不同意识形态，在不同宗教、肤色的人群中进行。佛教背景的《本生故事》、印度教背景的《五卷书》、伊斯兰教背景的《一千零一夜》，为何受到全世界的喜爱？正是得益于文学交流的这种不可抗拒的渗透性。

文学交流的先导性、关联性与渗透性，造成了它在文化交流中的至尊地位。治文化交流史，必先治文学交流史。文学交流是灵魂，各类文化交流是体魄。

（二）　思想、道德、信仰、艺文无不蒙贶

最有意义的文学交流，往往是在文化异质性强的不同民族之间展开的，中华民族和印度民族之间的文学交流，由于两大文化风格气质迥异而具有先天的优越条件。此外丝绸之路、香料之路，以及鸠摩罗什、法显、菩提达摩、玄奘、义净等人的后天努力，为中印文学交流作出了特别巨大的贡献。这种贡献，由于佛教传播的单向性，再加上印度古代重口传而不重文字记载，今天文献所显示的，主要是中国接受印度文学的影响。

胡适认为，综计译经文学在中国文学史上的影响，至少有三项：

（1）在中国文学最浮靡又最不自然的时期，在中国散文与韵文都走到骈偶滥套的路上的时期，佛教的译经多起来，维祇难、竺法护、鸠摩罗什诸位大师用朴实平易的白话文体来翻译

佛经，但求易晓，不加藻饰，遂造成一种文学新体。这种白话文体虽然不曾充分影响当时的文人，甚至于不曾影响当时的和尚，然而宗教经典的尊严究竟抬高了白话文体的地位，留下无数文学种子在唐以后生根发芽，开花结果。佛寺禅门遂成为白话文与白话诗的重要发源地。这是一大贡献。

（2）佛教的文学最富于想象力，虽然不免不近情理的幻想与"瞎嚼蛆"的滥调，然而对于那最缺乏想象力的中国古文学却有很大的解放作用。我们差不多可以说，中国的浪漫主义文学是印度文学影响的产儿。这是二大贡献。

（3）印度的文学往往注重形式上的布局与结构。《普曜经》、《佛所行赞》、《佛本行经》都是伟大的长篇故事，其余经典也往往带有小说或戏曲的形式。《须赖经》一类，便是小说体的作品。《维摩诘经》、《思益梵天所问经》……都是半小说体、半戏剧体的作品。这种悬空结构的文学体裁，都是古中国没有的；它们的输入，与后代弹词、评话、小说、戏剧的发达都有直接或间接的关系。佛经的散文与偈体夹杂并用，这也与后来的文学体裁有关系。[1]

1. 胡适：《白话文学史》，见《胡适文集》第八卷，第253页，北京：北京大学出版社，1998年版。

梁启超将印度文学对中国文学的影响则概括为五项：1.国语实质之扩大；2.语法及文体之变化；3.文学的情趣之发展；4.歌舞剧的传入；5.字母的仿造。

鲁迅对印度文学影响中国的论述，十分精辟且动情："印度则交通自古，贻我大祥，思想、道德、信仰、艺文无不蒙贶，虽兄弟眷属，何以加之。"[2]

2. 《鲁迅全集》第八卷，第33页，北京：人民文学出版社，1981年版。

以上三家对印度文学影响的论述至为深刻，但对其在对华交流中的关联性成果注意不够。实际上，佛教东渐，带给中国的除了佛教教义、佛教文学之外，还有其它一系列的关联性成果，例如歌舞、音韵、绘画、雕刻、建筑、哲学、因明、美学、医学、天文、历算等等。今人王昆吾、何剑平的《汉文佛经中的音乐史料》、钮卫星的《西望梵天》、廖育群的《阿输吠陀印度的传统医学》、陈明的《印度梵文医典〈医理精华〉研究》、姚南强的《因明学说史纲要》、郑伟宏的《因明大疏校释、今译、研究》、马忠庚的《佛教与科学》、吴学国的《存在·自我·神性——印度哲学与宗教思想研究》等等，正是对这些关联性成果所做的最新的研究。

（三）　中印文学交流研究任重而道远

在中外文学交流中，中印文学交流历史最悠久，成果最丰多，影响最深远。如果将中外文学交流当作一个大家族，中国和不同国别的文学交流，都是这个大家族中的成员，那么"中印文学交流"就是这个大家族中的嫡传长房。这个嫡长之家，兴于两汉，盛于魏、晋、隋、唐、宋、元、明、清。至清末，随着中西文学交流崛起，中印文学交流风光不再，但依然绵绵不绝。

自 20 世纪末，由于中印经济腾飞，龙象大国地位不断提高，中印文学交往的势头出现回升。这种回升在印度主要表现为，大学中增设中国语文专业，加强包括中国文学在内的中国学研究。这种回升在中国主要表现为，大学对印度文学、历史、政治、经济、社会等学科的研究，得到了实质性的重视，高层次的研究成果不断涌现，若干成果达到国际一流水平，如季羡林、徐梵澄、金克木、刘安武、黄宝生等对印度语言、文学、哲学、宗教、诗学的译介与研究。比较是从现象研究进入规律研究、本质研究的重要中介。中国学者对中印文学比较的研究，也出现了空前的喜人局面。但是应该说，无论对中印文学交流的直接成果，还是对其关联性成果的研究和发掘，目前还都处于起步阶段。

中印文学交流史研究，和中印文化交流史研究一样，是极为困难的。季羡林先生积学终生，写过《中印文化关系史论丛》和《中印文化关系史论文集》等书，一直想写一本完整的《中印文化交流史》，并为此收集了大量资料，但始终未能如愿。中印文学交流，虽然只是中印文化交流的一部分，但也是纷繁复杂，研究起来具有极大难度。在众多困难中，对印度文学史知之不多，对印度学者研究、介绍、传播中国文学的情况不明，是最为主要者。近十年来，尽管利用请进来、走出去等办法，努力解决这个主要困难，也取得了不少进展，但仍然不能令人满意。不过，从徐梵澄身上我们获得了有益的启示。深入、全面了解印度传播、研究中国文学的真实情况，必须假以时日，创造条件，逐渐完成。20 世纪 80 年代以前，对绝大多数中国人来说，徐梵澄是一个极为陌生的名字。对他旅印 33 年，大量翻译、介绍中印典籍的情况，国人几乎一无所知。直到他 1978 年归国，他的苦隐事迹渐渐为人知晓。2006 年 16 卷 650 万字的《徐梵澄文集》问世，才使我们明了他在中印文学文化交流中的伟大贡献。

所以，编写一部令人满意的《中印文学交流史》对我们来讲任重道远。正因为如此，我们必须竭尽全力，不敢有丝毫懈怠。这是中印文学交流史的重要性和写作难度所决定的。

近代以前，成规模、有梯次和中国进行文学交流并对中国文学产生深远影响的，唯有印度文学。中印文学交流在世界文学交流史上具有不可替代的示范地位。如果没有中印文学交流，那么中外文学交流只有短短的二三百年历史，中国文学史、中国翻译史、中国语言史、中国音韵史、中国戏剧史、中国艺术史、中国科学史、中国宗教史、中国思想史、中国哲学史等等，都必须重写。现在，要重写的是以西方中心论为指导思想的《世界文学史》等等一系列专门史著作，以此恢复历史的本来面目。

二、 中印文学交流的主要特征

知晓了中印文学交流的重要地位，我们还要了解其最主要的特征。这样，可以帮助我们进一步正确而深刻地认识中印文学交流的本质和意义。那么，中印文学交流主要有哪些非同寻常的特征呢？

（一） 文缘悠久，水静流深

中印两国交通自古，通过丝绸之路、海上丝绸之路，文化往来不但早，而且频繁有效。在中国新疆境内发现的吐火罗文佛教戏剧《弥勒会见记》残卷，[1] 就是一个有力的例证。在世界

1. 季羡林：《季羡林全集》第十一卷《吐火罗文〈弥勒会见记〉译释》，北京：外语教学与研究出版社，2009 年版。

文化交流史上，不乏冲突与对抗。犹太教、基督教和伊斯兰教都诞生在中东地区，在其经典中，存在着大量相同或类似的文学故事。但是，这并不能消弥不同宗教间的矛盾。历史上发生的每一次宗教战争，都给人民带来了灾难和痛苦。在中印文化交流中，大量印度文学进入中国，影响巨大深远，极大地改变了中国的文学面貌。然而，这完全是在波澜不惊的情况下完成的。中印文化交流不但源远流长，而且水静流深，堪称人类文化交流史上的典范。流传在中国的每一则印度故事，都是插上和平的翅膀飞来的，这是世界文化交流中的佳话。

（二） 双向交流，大不平衡

文化交流包括文学交流，从总体上说都是双向的，中印文化交流也不例外。但是，毫无疑问，中印文化交流是大不平衡的。这种不平衡是历史事实，是中印文化交流的客观产物。我们应该进行合乎逻辑的分析，而不应该人为地制造平衡。产生中印文化交流不平衡的原因：其一，佛教东渐是中印文化交流的主渠道。印度一向神权高于王权，宗教资源丰富，中国一向王权大

于神权，原生宗教相对贫乏，是一片巨大的宗教凹地。所以，佛教一旦传到中国，如高峡湖泊，一泻千里，势不可挡，出现了印度文化向中国倾泻的情形。其二，中印文化主要载体截然不同。中国文化以文字为主要载体，印度文化则以音声为主要载体。传到中国来的印度文化，不能说都一一记录在册，但至少也能说因重视文字记载而被大量保存下来。汉译《大藏经》则是一个最有力的说明。而传到印度的中国文化，本来就不多，随着音声在历史岁月中的消逝，变得更加稀少。其三，中印文化风格性质迥异，互补性强。中国文化历史悠久，博大精深，和同样历史悠久、博大精深的印度文化相遇，犹如两条大河汇合，更显水势滔天。加上中国考据学发达，凡是印度传入的文化成分，尽管已与中国固有文化浑然一体，但在学者那里依然可以分得一清二楚。如梁启超所说，《佛教大辞典》所收三万五千余语，"实为汉晋迄唐八百年间诸师所创造，加入吾国语系中而变成新成分者也"。[1] 这类赫然醒目的数字，使得本来就不平衡的中印文

1 梁启超：《翻译文学与佛典》，见《饮冰室文集》，第 61 卷。

化交流，变得更加一边倒了。其四，正如季羡林所指出，一直研究这一课题的学者们没有作深入透彻的研究。他的意见一针见血，而且用实际行动告诉大家，只要肯下功夫，必有建树。他"穷数年之力"写成一部 80 万字的《糖史》，不仅对糖史作了令人叹为观止的研究，而且告诉人们，文化交流包括中印文化交流是双向的，不是单向的。他在晚年，还花费很大精力写出长文《佛教的倒流》。除揭示历史真实之外，还要告诉世人，文化交流不会是单向的，"而是相向地流，这才是真正的'交流'"。[2]

2. 季羡林：《季羡林全集》第十五卷，第 313 页，北京：外语教学与研究出版社，2010 年版。

（三）　梵学汉学地位悬殊

中国和印度的文化交流，其核心内容由中国的印度学研究（即梵学）和印度的中国学研究（即汉学）构成。但梵学和汉学在中印两国的地位相差悬殊，即梵学在中国的地位崇高，汉学在印度的地位甚低。这种高低悬殊，既是中印二千年文化交流的结局，也是中印文化交流目前的状况。

由于佛教东渐，从魏晋开始，佛教地位的不断攀升，获得了中国越来越多的一流知识分子的青睐。士人读佛，在三教合流的历史长河中，是中国知识界的普遍现象。援佛入诗，以禅论诗，所谓"诗是禅家添花锦，禅是诗家切玉刀"，成为诗人和僧人共同的时尚。

中国历史上有取经、译经的传统。正是这一传统将印度浩如烟海的佛经变成了汗牛充栋的汉译佛典。在中国人的心目中，取经者、译经师，不论其是否为中国人，都是令人敬仰的，安世高、

支娄迦谶、严佛调、朱士行、支谦、竺法护、佛图澄、释道安、鸠摩罗什、法显、玄奘、义净、不空、赞宁等等，一长串闪光的名字，永垂中国史册。他们所译之经，经过千百年的消化吸收，已经融于中国文化之中。魏晋以后的中国文学，实际上是中国先秦两汉文学和印度文学交流融汇的产物，流淌着印度血液。

自从佛教传入中国，佛教思想总是在中国的历次思想运动中扮演重要角色。魏晋玄学，唐代重玄，宋明理学，明代心学，都和佛教思想有着不可切割的关联。就是到了近代，中国社会进入重大转型时期，佛教思想依然是一个重要参与者。一大批维新革命党人，都从佛教中汲取力量。作为中国现代思想重镇的梁启超，写出这样的诗句："横流沧海非难渡，欲向文殊叩法门。"[1] 著名变法维新烈士谭嗣同虔敬学佛，以佛学作为图新和作诗的精神武器。他甚至将佛

1. 梁启超：《饮冰室文集类编》下册，第 762 页，日本东京帝国印刷株式会社，明治三十七（1904）年版。

学视为西方近代科学之源，认为"西学皆源于佛教，亦唯有西学而佛学乃复明于世"。[2] 他以"心

2.《谭嗣同全集》下册，第 317 页，北京：中华书局，1981 年版。

力"、"慈悲"、"平等"、"无畏"等理念，作为自己的精神力量，进京参与变法。变法失败，他完全可以逃命，但他甘愿赴死，最后就义于菜市口，成为戊戌变法中最壮烈的一幕。

进入近代，中国、印度遭受西方列强的宰割，经济、文化交往日益式微。而西方的东方学研究如火如荼，西方列强在中国和印度搜罗古籍，盗运宝物。一个个基金项目得以实施，在毁坏文物、践踏中印民族尊严的同时，印度学、汉学取得了相当多的成果。相形之下，中国对印度的研究及印度对中国的研究，大大地落后了。甚至不得不到欧美的图书馆、博物馆去查阅自己祖宗的文献及实物。

即使在这种情况下，中印学者仍不忘互相了解，向对方学习。印度关注中国是自古就有的传统。唐玄奘访问印度时，戒日王就希望从玄奘那里了解中国当时的情况。即使在英国殖民统治的困难境况下，印度的民族精英，还是千方百计研究、了解中国。泰戈尔的经济十分拮据，但是他在谭云山的协助下创办了国际大学中国学院。将一切奉献给印度的法籍圣慈密那氏，在南印度的室里阿罗频多修道院设立中文印刷所，请徐梵澄主持国际交流中心华文部。这些都是印度重视了解、研究中国的著名史实。中国学者则在传统佛学研究的基础上，将印度学研究推向一个全新的阶段，出现了一批著名学者，如梁启超、陈垣、熊十力、章炳麟、陈寅恪、汤用彤、吕澂、苏曼殊、梁漱溟、季羡林、金克木、任继愈、徐梵澄、巫白慧、刘安武、黄心川、黄宝生等等。正是这样的一批中国的翘楚学者，继承中国古代梵学传统，融摄欧洲的印度学成果，

用自己的创造性劳动, 开辟出一片现代印度学研究的新天地。

综上可知, 中国的梵学研究和印度的汉学研究, 其地位高低悬殊。造成这种情况的原因很多, 最要害的是印度人中真正懂汉语的人极少, 他们集体无意识地犯了一个共同的错误——认为通过英语可以了解中国。正如印度创造 Chindia 一词的印度学者型政治家兰密施所说: "直到今天, 印度人还不是通过中国人自己的声音, 而是通过英语的信息来源去了解中国。"[1] 同样的错误,

1. [印度] 杰伦·兰密施:《理解 CHINDIA: 关于中国与印度的思考》, 蔡枫、董方峰译, 第 5 页, 银川: 宁夏人民出版社, 2006 年版。

不少中国人也在犯, 有人以为懂得英语就能懂得印度。结果, 坊间不少英译汉的印度书籍, 错误百出, 甚至不堪卒读。这里也有正面的例子, 就是杨彩霞翻译林语堂的英文作品《中国印度

2. 尽管如此, 译本中仍有若干瑕疵, 如对原文中一些不确文字照译而不加注解纠正。"巴利语是梵语的一种后期形式"一句, 显然有误, 应加译注说明。还

之智慧》(印度卷)。全书 50 万字, 全是印度古典精华。杨译不但文通字顺, 而且隽永可人。

有一些被英语化的梵语词汇, 在《印度词汇表》中未能恢复本来面目, 容易造成误解。如 Devas (神)、Vaisyas (吠舍、商人、农人)、Vedas (吠陀) 中的 S、

究其原因, 是译者采用了一个老实而聪明的办法, "如有翻译得较好的中文本, 尽量采用或参

在英语中表示复数, 在《印度词汇表》中应以梵文原形出现。虽是白璧微瑕, 但这是一类倾向性、代表性的问题, 值得来者注意。详见林语堂著、杨彩霞译《中

阅"。在这样的翻译宗旨下采用或参阅了季羡林、金克木、徐梵澄等人的译作。[2]

国印度之智慧》(印度卷), 第 523 页, 西安: 陕西师范大学出版社, 2006 年版。

(四) 印度文化在再接受中获得新阐释

中国文化历五千年长青不老, 其中重要的一个因素是, 中国有优秀的文化传承机制。这种传承包括传授与承受两个方面, 这与古代整体思维有关, 像借出与借进用同一个"借"字一样, 古代中国授予和承受都用一个"受"字。这样, 中国的"传承理论"和西人的"接受理论"相比, 不但历史更早, 而且更全面周至, 是对传承实际的历史总结, 具有极大的实践性与生命力。早在先秦时代, 中国的传承理论已基本形成, 主要是: 孔子的"述而不作", 孟子的"知人论世"、"以意逆志", 庄子的"言不尽意"、"得意忘言"。

"述而不作", 是中国先秦传承理论的基石。孔子一生的事业, 可以用他的"述而不作"这四个字来概括。它首先表达的是对先人智慧的虔敬和尊重。这在那个"礼崩乐坏"的时代, 是最宝贵和正确的做法。之后, 虽然孟子、庄子及其他先贤对传承理论作出了新的发展, 但"述而不作"一直指导着中国士人对文化的创造、传播和接受。

以佛教为主要内容的印度文化传入中国, 整个翻译、传播的过程, 所遵循的总原则就是"述而不作"。释迦牟尼被尊为西方圣人, 对圣人的经典, 中国人采取的态度应是述而不作。[3] 正

3. 少数人因政治等原因编撰伪经, 不在此论。

是这种重本求真的立场, 孕育出中印文化关系史上令人荡气回肠的西天取经运动, 为空前绝后的佛经翻译提供了文本和动力。卷帙浩繁的佛教大藏经, 就是译 (述) 而不作的成果。

　　印度有经、律、论三藏，而无"大藏经"之说。大藏经是一个中国的概念，是对译经成果的总称。对传授与承接相统一的中国人来说，佛教大藏经并不是译经运动的历史化石，而是充满活力生机的文化宝藏。对大藏经的开发利用，并非新奇之事，历代皆有。但是，近代以来尤其是 20 世纪 70 年代以来，中国学人对佛经的新研究、新阐释，决不可与往昔同日而语。因为，今日的接受主体已经和历朝历代的发生了根本性变化。往昔者无论其如何聪慧，只是中国传统士人，今日的中国学人历经了两百年的中西文化的交流融汇，在接受理论、阐释学、批评方法以及整个文化知识储备方面，都已今非昔比。他们往往对佛典的研究抱着全新的观念。如王昆吾在《汉文佛经中的音乐史料》的《后记》中说："佛教传入在中国文化史上引起的震动，是怎样估计也不嫌过分的。中国文学艺术的每一门类都在汉唐之间走上新的轨道，其原因，很大程度上在于佛教东传造成了新的风尚、新的思维和新的环境。……从以上认识角度去观察当前的学术，或可以比较深刻地理解佛教哲学、佛教文学、佛教美学、佛教音乐等新专业异军突起的意义。我们可以藉此知道，这些新专业不仅是学术领域逐渐扩大的标志，而且，它们还代表了一种科学的视野、一种综合和比较的学术方法，以及一种切近事物本性的研究。"[1] 这些深

1. 王昆吾、何剑平编著：《汉文佛经中的音乐史料》，第 879 页，成都：巴蜀书社，2001 年版。

刻的见解，传统的学者是不可能具有的。

　　研究以佛经翻译文学为代表的印度文学在中国的传播与影响，极大地丰富和加深了我们对中国文学的认识。例如有学者指出：高蹈长空的"诗仙"李白、归隐心灵的"诗佛"王维和执著大地的"诗圣"杜甫，共同建构了中国诗歌史的高峰。"以审美文化的宏观视野来看，正如儒、佛、道同兴并举的局面是古代社会不可多得的历史机遇一样，李、杜、王各放异彩的盛况正是古代艺术不可逾越的峰巅。这个峰巅不叫别的，它名之为'盛唐'！"[2] 唐代是中国五千

2. 陈炎、李红春：《儒释道背景下的唐代诗歌》，第 101 页，北京：昆仑出版社，2003 年版。

年历史上的黄金时代，而这个黄金时代桂冠上的宝石是唐诗，而诗仙、诗佛、诗圣的出现，是儒佛道长期交流融合的结果。"如果没有道、佛、儒这三大文化资源的长期酝酿，就不可能有三重旋律的'盛唐之音'，也就不可能有李白、杜甫、王维的各领风骚。"[3] 而将印度佛教文

3. 陈炎、李红春：《儒释道背景下的唐代诗歌》，第 100 页，北京：昆仑出版社，2003 年版。

学作为重要一维，来进行中国文学研究的学者越来越多。全新的研究成果，催促我们对印度佛教文学的再接受、再认识。而这种对印度佛教文学的再接受、再认识，又帮助我们在一个更高、更广的维度上来体认中国文学。

　　当下的佛经研发属于再接受、再阐释，产生了一系列全新的成果。在佛教文学研究方面，

也出现了众多的优秀力作。这些优秀力作，显示出中国对印度古代文学再接受、再阐释前景广阔，是中国学者对印度文化的反刍，为正在出现的中印文化交流新高潮添上了一抹绚丽的色彩。这种梅开二度、老树著花的现象，只属于中印文化交流这棵千年长青之树。

（五）　对印度经典的译介越来越深入

自从佛教进入中国，逐步成为中国文化的一部分，中国人就始终投以关切的目光，关注着它的发展走向。当下，中国文化正在转型，或者说正在走向一个新的发展阶段。20 世纪 80 年代的中国文化热和当下的国学热，正是这种文化转型和新发展的生动体现。中国的新文化，将是以中国传统文化为基础，融合西方、印度和世界其他文化积极因素而成的新组合。

中国历史上共有两次新文化运动，一次始于两汉，自魏晋以降，中国文化加入印度成分，面貌为之一新；一次始于明末清初，中西交汇激荡，中国文化由体变用，目前又正由用变体，海纳百川，镕铸中国新文化。一种文化好比一种合金，只有各种元素的配伍比例最合理，才能显示出最佳性能。当下中国文化，由于受西方中心论的影响，印度元素相对不足，这对建构体魄强健的中国现代新文化是不利的。那么，如何才能使中国新文化中含有适当的印度元素呢？

我们要了解中国文化中已有的印度元素的情况。从上可知，中国文化和其他许多国家的文化比起来，具有较多的印度文化元素。但是，由于引进时间已久，这些印度元素在很大程度上已经中国化。近几十年来，中国学者从文学、艺术、史学、哲学、科学等各个方面，对印度文化进行新的研究。如果说以前中国学者对印度文化研究的重点，总是放在佛教上，那么现在则表现出明显的专业性。正是这种专业性，使研究空前深入，出现了一批标志性成果，如金克木的《梵语文学史》、季羡林主编的《印度古代文学史》、刘安武的《印度印地语文学史》、黄心川的《印度哲学史》、巫白慧的《印度哲学》、孙昌武的《中国佛教和文学》、黄宝生的《印度古典诗学》、钮卫星的《西望梵天》、王镛的《印度美术》、耿引曾的《汉文南亚史料学》、姜景奎的《印度印地语戏剧》、石海峻的《20 世纪印度文学史》、郁龙余等的《印度文化论》等等。对印度的著名作家，也有了专门的研究，如唐仁虎等的《泰戈尔文学作品研究》以及姜景奎的《印度独立前的印地语戏剧文化》等一批博士论文。在翻译印度文学作品方面，中国学者显示出一种译经大国应有的气概。印度现代两位最具代表性的作家泰戈尔和普列姆昌德，他们的作品在中国得到广泛传播。特别是泰戈尔，2000 年由河北教育出版社出版的 24 卷《泰戈尔全集》，是印度境外最全的全集。而且，完全由孟加拉语原文翻译的《泰戈尔作品全集》，也将由东方出版社出版，以此纪念泰戈尔诞辰 150 周年。中国的译经传统不但有了新的延续，而且取得了骄人的成绩。季羡林译成印度大史诗《罗摩衍那》，金克木、黄宝生等译出号称"十万本集"的印度另一部大史诗《摩诃婆罗多》，徐梵澄译出《五十奥义书》。这些作品，不但规模宏大，而且艰深难译，令人望而生畏。它们的成功汉译，不仅是中国当代翻译史上的一件大事，也是世界当代翻译史上的一件大事。

对印度古今经典的译介，不但能增加中国文化中的印度元素含量，而且可以帮助我们进一步认识到印度文化作为第三者的参照意义。

"中国、西方和印度，是世界三大独立发展的诗学体系，互相充满异质性和影响力。所以，进行中西或西中比较，印度诗学是最佳的第三者。"[1] 自然，印度文化是中西或西中文化比较的

1. 郁龙余等：《中国印度诗学比较》，第 574 页，北京：昆仑出版社，2006 年版。

最佳第三者。没有印度这个第三者的参照，中西或西中比较很可能不是出现偏颇，就是互相争论不休。所以完全可以说，印度文化的参照意义和印度文化本身同等重要。

上述五点，是中印文化交流的主要特征，也是中印文学交流的主要特征。

三、　研究中印文学交流的意义

在众多的中外文学交流研究中，中印文学交流研究事关重大。因为，它不仅关系到中印两国文学交流的本身，而且还具有文学交流之外的重要意义。季羡林先生曾经这样说："不管出八种还是十种，印度卷是不能缺的，因为中印文学关联太密切，缺了就说不过去。"[2] 中印同

2. 季羡林、郁龙余：《华夏天竺　兼爱尚同——关于印度作家与中国文化关系的对话》，见《梵典与华章》，第 2 页，银川：宁夏人民出版社，2004 年版。

属世界四大文明古国和中世纪世界三大文化中心，两国的文化交流属于真正意义上的跨文明交流，而且历史悠久、硕果累累，堪称典范。既具有唯一性，又具有普遍性。研究中印文学交流，在全球一体化，同时不同文化之间的矛盾冲突不断加剧的当下，其意义自然不言而喻。这种意义，大体可以归纳为三点：

其一，用比较文学的眼光重写中国文学史

自 20 世纪 80 年代起，比较文学的研究与教学，在中国开展得如火如荼。用比较文学的眼

光来重新审视编写中国文学史，本来是这种研究与教学的应有之义，但实际上似乎尚无端绪。这是因为，我们研究中国文学史和比较文学的学者，是两拨人，他们缺乏自觉与沟通。另外，他们没有找到有效门径。所以，研究中国文学史的学者，应该有比较文学的眼光，不要将自己的研究看作"整理国故"；研究比较文学的学者，不要满足于介绍西方的概念与理论，而要和中国的文学实际结合起来。我们认为："比较文学和比较诗学的本质意义，是其作为文化交流的重要环节和必要程序，催生和发展新文学、新诗学。"[1]其中，当然包括催生新的"中国文学史"、

1. 郁龙余等：《中国印度诗学比较》，第 580 页，北京：昆仑出版社，2006 年版。

"中国诗学史"。

　　"世界文学"、"比较文学"这两个概念，首先由德国学者提出，然后走向世界。1827年 1 月 31 日，歌德和爱克曼谈话时说："民族文学在现代算不了很大的一回事，世界文学的时代已快来临了。"1859 年，本发伊（Theodor Benfey）提出比较文学史（Vergleichende Literaturgeschichte）这一概念。季羡林说："世界上的事有时候很巧，也就是说有偶然性。世界文学和比较文学这两个概念，最早都是德国人提出来的，而且和中国、印度有关。"[2]所谓

2. 季羡林、郁龙余：《华夏天竺 兼爱尚同——关于印度作家与中国文化关系的对话》，见《梵典与华章》，第 4 页，银川：宁夏人民出版社，2004 年版。

和中国、印度有关，是指歌德读了中国的《好逑传》，提出了"世界文学"的概念；本发伊则在印度的《五卷书》德译本的长篇导言中，提出"比较文学史"这个概念。

　　一个多世纪过去了，比较文学、世界文学不但成了学术界最熟悉的概念，而且成了大学的一个学科专业。我们中国学者应该以深入的研究成果，将比较文学学科推向纵深发展。其中包括用比较文学的视角、理论和方法，来审视、研究、编写"中国文学史"和"中国诗学史"。中印文学交流研究，是编写具有比较文学眼光的"中国文学史"、"中国诗学史"的重要门径，或者说突破口。我们一直认为："中国魏晋以后的文学是中国先秦、两汉文学和印度文学交流融合的产物；中国现代文学，就是中国传统文学和以西方为首的外国文学交流融合的产物。"[3]这

3. 郁龙余等：《中国印度诗学比较》，第 580 页，北京：昆仑出版社，2006 年版。

种文学交流中，包括诗学交流。现代中国，涌现出一大批文学家，他们往往是集翻译家、作家和诗学家于一身，不但在中国文学从传统向现代转型中多有建树，而且在中国诗学从传统向现代转型中功绩卓著。根据 1949 年以前三百余种国内比较文学论著和论文的统计，其中可以列入比较诗学研究范畴的就占去四分之一左右。[4]"像梁启超的移情说，徐念慈用美学探讨小说特性，

4. 陈跃红：《比较诗学导论》，第 51 页，北京：北京大学出版社，2005 年版。

林纾的比较文学，蒋观云、王国维的悲剧理论和文艺超功利说，周树人（鲁迅）的摩罗诗力说，蔡元培的美育代宗教说，这些理论的提出和阐释，均是汲取西方理论的结果，或是直接借助西

方哲学、美学和文学理论，或是融合中西理论。"[1]

1. 郭延礼：《中西文化碰撞与近代文学》，第 84 页，济南：山东教育出版社，1999 年版。

毫无疑问，具有比较文学眼光的中国文学史的撰写，必须先从中印文学交流研究做起。

其二，打破西方文化中心论

中国文化曾领先世界数千年，受到东西方各国的顶礼膜拜。然而，从公元 13 世纪开始，欧洲从学习阿拉伯人起步，继而直接学习东方，经过文艺复兴、启蒙运动，成了现代文明的摇篮。这种文明"基本上是以一元独进与二元对抗的哲学为基础的：崇尚强力征服，高速的膨胀，物资的消耗，自我的扩张，这些都可以看作是人类文明中阳性的一面被片面突出强化的现象，与此同时，道德、教育、心灵等阴性的一面却被逐步忽视，以致人类文明遇到了难以解决的环境污染、道德失落、教育滑坡等诸多问题"。[2] 这样，一方面，西方人对人类发展的贡献，无

2. 东西方文化发展中心主编：《文明的可持续发展之道——东方智慧的历史启示》，第 3 页，北京：人民出版社，1999 年版。

论怎样评价都不会过分；另一方面，西方人的殖民抢掠对人类文明造成的破坏，无论怎样评价也都不会过分。这种破坏，包括对人类文化、价值观及生活方式多样性的否定。这种破坏表现在中国人身上，就是对传统文化和价值观的全盘否定，盲目追求西方的生活方式，样样以西方为标准，即以西方文化为中心，一切围着西方转。结果，物极必反，过犹不及，我们受到了辩证法的惩罚。五千年的礼乐之邦，不得不步步退守，从中体西用，退到西体中用，退到西体西用，传统文化处于边缘地位。使得中国在空前进步中，又空前倒退。经济、科技大发展，物质生活大为丰富，同时自然生态、社会生态遭受极大破坏，各种天灾人祸频仍，人们的安全感、幸福感大打折扣。

中西文化关系应该如何拿捏，怎样才能只取西方文化之利，屏除西方文化之害，这是摆在中国人面前必须要解决的问题。有学者认为，现代人面临的危机，是"自工业革命以来，由机械论世界观和方法论导致的人与自然、人与社会、人与自我等三重互动关系失调造成的危机"。要解决这个关乎人类前途的问题，"必须调动人类的全部精神资源——从时间向度而言，应当利用古往今来的智慧，克服传统与现代的二元对立状态，使传统与现代在对话中共谋克服现代病的出路；从空间向度而言，应当利用东西方各国度、各民族的智慧，走出东西方之间互相排斥、彼此对立的误区，求得异质文化间的互补共荣"。[3] 这些观点，无疑是非常正确的。那么，

3. 东西方文化发展中心主编：《文明的可持续发展之道——东方智慧的历史启示》，第 9 页，北京：人民出版社，1999 年版。

作为中国人，我们应当怎么办呢？

首先要解决观念问题，克服西方中心论的影响。我们曾经说过：对西方中心主义的批判已

经有相当长的历史了，但是西方中心主义仍然顽强地存在着。这是为什么呢？其中，非常重要的原因是因为我们作为东方人的中国学者的心里存在着顽强的西方中心主义。这种西方中心主义成了我们日常思维的一部分，在我们思考问题时会不自觉地起作用。古人云：破山中之贼易，破心中之贼难。今天我们可以说：破西方人的中心主义易，破我们东方人的西方中心主义难。[1]

1. 郁龙余等：《中国印度诗学比较》，第569、570页，北京：昆仑出版社，2006年版。

矫枉过正，体用倒挂，是今天我们碰到的最大问题。任何一个民族，无论强弱大小，只要他不想自我消失，必须有自己的核心文化和核心价值体系。文化是一个民族的生存方式，是区别于其它民族的根本标志，蕴含在文化中的核心价值观，是一个民族的基因、本质和灵魂。一个民族尤其是一个历史悠久的伟大民族的基因、本质和灵魂，一旦被置换，无论置换的情况如何，对这个民族和全人类，都是一场莫大的灾难。我们应该像保护自然界的生物多样性和生态平衡一样，保护人类精神世界的文化多样性和文化生态平衡。树立了这个基本观念，克服西方中心论就有了思想基础。

印度作为第三者参照，在中西文化比较中有着独特而不可替换的作用。

从历史进程、社会形态、文化状况讲，中印两国在近代以前大体相似。但是，自近代以来，中印两国走的是完全不同的道路，出现了完全不同的情况。这主要表现为：

独立解放的道路不同。印度走的是非暴力的独立道路，从甘地到尼赫鲁一脉相承，其间虽有室利·阿罗频多和 S.C. 鲍斯等人主张暴力革命，但始终不能成为主流，或改变斗争方式，如阿罗频多；或在"二战"中陷于两难境地，如鲍斯。中国走的是武装革命的道路，从孙中山到毛泽东一脉相承，其间虽有保皇改良的声音，但是十分微弱。

打倒的对象不同。印度自公元 1600 年后，渐渐沦为西方殖民地，1857 年印度民族大起义失败后，则完全沦为英国殖民地。所以，印度的民族精英要推翻和打倒的，就是英国殖民当局。中国是一个半殖民地、半封建国家，虽然饱受帝国主义欺凌，但国家政权还掌握在代表西方列强利益的中国人手中。所以，中国的民族精英们要打倒和推翻的，首当其冲是中国的反动政府。

对传统文化的态度不同。印度民族精英靠什么打败英国殖民者，靠留英学来的民主政治或现代科技？显然不是。因为民主政治和现代科技，不但不能解放印度人民，而且成了英国殖民统治的工具。他们赶走英国殖民者、拯救民族的唯一有效武器，是印度的传统文化。所以，印度所有的爱国知识分子视传统文化为神圣，是民族生存和发展的希望，对抗殖民者的武器——

非暴力，也取自于民族的传统思想。在反殖独立斗争中，武器越是民族的，就越有杀伤力。除了"非暴力"之外，甘地还有意地选用了民族语言的"不合作"、"坚持真理"、"自治"，而决不用英语词汇。我们曾经说过："印度学者在比较研究中知己知彼，敬祖重道，高声礼赞传统诗学"，"印度比较诗学高屋建瓴，俯视西方学术，不跟风、不失语，充满批判精神"。其实，何止是诗学，在所有文化领域中，印度学者的这种自尊自爱立场是普遍常态。中国民族精英对传统文化的立场正好相反，采取的是否定与批判的态度。"五四"新文化运动提出"打孔家店"的口号，因传统文化顽固，所以口号中又加了一个"倒"字，非要"打倒孔家店"不可。"全盘西化"的叫声，甚嚣尘上，在整部中国历史中似乎只能看到"吃人"二字。有没有不同的声音呢？有的。不过人数不多，被扣上"保皇党"、"玄学鬼"的帽子后，就几乎销声匿迹了。为什么中国精英要如此仇视民族的传统文化呢？原因很简单，传统文化是中国旧政权的护身符。精英们要弃旧图新，要打倒腐朽、反动的旧政权，自然要将它的护身符一起打倒。

独立解放的道路、打倒对象和对传统文化的态度，这三者的关系不论在中国还是在印度，在逻辑上是统一的。也就是说，打倒对象的不同，决定了独立解放道路和对传统文化态度的不同。无可否认，中国自 1840 年尤其 1919 年以来，批判传统文化的选择，是当时形势的需要，是不得已而为之。我们不能不加分析地全盘否定"五四"新文化运动，不然又会犯"五四"全盘否定传统文化同样的错误。

印度独立以来，一方面大量吸纳西方文化中的积极成分，如议会民主、三权分立、军队不干政制度等，一方面摒弃传统文化中的丑陋成分，如种姓制度、萨蒂制度、嫁妆制度等等。尽管当下的印度是个问题多多的国家，但是和南亚、中亚、东南亚许多国家相比，印度独立后的改革和建设是非常成功的。从本国人民的自豪感来看，印度也是非常成功的。2007 年，总部设在美国的皮尤研究中心，在对全世界 47 个国家进行调查后发现：93％的印度人认为他们的文化比其他文化更优越，其中 64％的人对此完全认同，毫无异议。[1]

1.《印度人自认文化上世界第一》，载《参考消息》，2007 年 12 月 16 日。

独立以后，印度政府和人民在自己当家作主的情况下，不拘泥于争取独立时的道路、方法及对传统文化的立场，而是与时俱进，全面继承民族传统文化，同时对不合时宜的部分作出限制或禁止。对西方文化，凡是有利于民族生存和发展的，都加以吸纳利用，反之则坚决排除。凡是与民族文化相冲突的，如饮酒、杀牛、色情等，则严加管制。印度的这些政策和所作所为所体现的精神，值得中国借鉴和参考。

当下中国的情况，已完全不同于"五四"时代。我们应该与时俱进，使我们的思想适应已经改变了的客观情况。20 世纪 80 年代的中国文化热和当下方兴未艾的国学热，反映了百姓和知识精英回归传统精神家园的热切希望。我们应审时度势，顺应民意，认真回顾、反思"五四"以来的文化之路，以便制定一条跟上时代步伐、与实现中华民族复兴的伟大目标相符的新的文化之路。在这中华民族伟大复兴的旅途中，印度是一个极佳的参照。

当然，中国也是印度的极佳参照。这一点，已经被越来越多的印度人所认识。随着中国经济的腾飞，中国已经成了许多印度人的学习榜样和赶超目标。印度中国工商会副会长拉马昌德拉说："印度过去政治上学美国，经济上走苏联发展道路，结果政治经济都不能稳定发展。印度从 1992 年进行改革……开始学习中国，建立经济特区，吸引投资。"[1] 一位印度记者在中国

1.《环球调查》，载《参考消息》，2007 年 10 月 18 日第 14 版。

南方进行背包旅行，将自己的真正感受写成《让人爱上中国的五件事》，分别是没有宗教或种姓冲突；强调工程项目的实施，而不是政治化；女性安全地参加工作；体育超级大国；对陌生人热情。[2]

2.《环球时报》，2008 年 1 月 4 日。

克服西方中心主义，是中印两国的共同任务。研究和发展中印文化交流，有利于中印两国人民认识和消除在行动和思想中确实存在的西方中心主义。

其三，振兴东方文化建设和谐世界

国学大师钱穆说："近百年，世界人类文化所宗，可说全在欧洲。最近五十年，欧洲文化近于衰落，此下不能再为世界人类文化向往之宗主。所以可说，最近乃是人类文化之衰落期。此下世界文化又将何所向往？这是今天我们人类最值得重视的现实问题。"[3] 对于这个重大问题，

3. 钱穆：《中国文化对人类未来可有的贡献》，载《中国文化》，1991 年 8 月第 4 期。

著名东方学家季羡林的答案是：西方不亮，东方亮，人们完全不必惊慌。他说："依我看，办法就是以东方文化的综合思维模式济西方的分析思维模式之穷。人们首先要按照中国人、东方人的哲学思维，其中最主要的就是'天人合一'的思想，同大自然交朋友，彻底改恶向善，彻底改弦更张。"[4]

4. 季羡林：《天人合一新解》，见《季羡林全集》第十四卷，第 514 页，北京：外语教学与研究出版社，2010 年版。

世界文化大体可分为四类：中国文化、印度文化、阿拉伯伊斯兰文化和欧美文化。前三种为东方文化，后一种为西方文化。东西方文化的最大区别，在于思维方式。东方文化是综合思维、整体思维，西方文化是分析思维、逻辑思维。天人合一，是中国文化最重要的特征。东方其他

各国的思想也大多数类似，印度的"梵我一如"和中国的"天人合一"很相似。季羡林说："印度古代思想派系繁多。但是其中影响比较大根柢比较雄厚的是人与自然合一的思想。印度使用的名词当然不会同中国一样。中国管大自然或宇宙叫'天'，而印度则称之为'梵'（brahman）。中国的'人'，印度称之为'我'（ātman，阿特曼）。总起来看，中国讲'天人'，印度讲'梵我'，意思基本上是一样的。……宇宙，梵是大我；阿特曼，我是小我。奥义书中论述梵我关系常使用一个词儿 brahmātmaikyam，意思是'梵我一如'。"[1] 季羡林在耄耋之年，得出一个结论：

1. 季羡林：《天人合一新解》，见《季羡林全集》第十四卷，第 563 页，北京：外语教学与研究出版社，2010 年版。

上下五千年，纵横十万里，东西方文化的变迁是"三十年河东，三十年河西"。他还断言"只有东方文化能够拯救人类"。[2] 此论一出，石破天惊，引起激烈争论，赞同者有之，反对者更众。

2. 季羡林：《东方文化集成·总序》，见《东方文化议论集》（上册），第 12 页，北京：昆仑出版社，1997 年版。

这也证明西方中心论在当时多么人多势众。

　　季羡林擅长考证，他的这些惊天之论，是言之有据的，只有那些受西方中心论影响深重、相信西方文化万岁的人，才会惊诧不已。西方文化有过两个辉煌时代，一是希腊、罗马时代，一是文艺复兴至当代。这两个时代的出现，都得益于东方。希腊、罗马文化，汲取了古埃及、苏美尔、巴比伦文明的营养；文艺复兴至当代的西方文化，是在汲取阿拉伯、印度、中国等东方文明的营养后发展壮大起来的。世界上没有长生不老的文明，西方文明盛极而衰。"一战"、"二战"，这次由华尔街引发的波及全球的金融海啸，都是西方走向衰落的标志性事件。西方的衰落，早就被诗人雪莱、历史哲学家施宾格勒等人预言过。这是受文化发展周期支配的，不以个人或某个集团的意志所左右。季羡林坦然承认，中国文化也曾多次接受"输液"。他说："中国文化作为一个整体，在几千年的发展过程中，有过几次'输液'或者甚至'换血'的过程。印度佛教思想传入中国，是第一次'输液'。明清之际西方思想传入，是第二次'输液'。'五四'运动也可以说是第三次'输液'。有这几次'输液'的过程，中国文化才得以葆其青春。"[3]

3. 季羡林：《关于"天人合一"思想的再思考》，见《季羡林全集》第十四卷，第 529 页，北京：外语教学与研究出版社，2010 年版。

纵观季羡林学术人生，"河东河西论"是其最激烈、最鲜明、最先锋的学术思想，既有重大的学术价值，也有重大的社会意义。此论出自当代最具声望的学术领袖之口，其重要性及带来的震撼异乎寻常。季羡林登高望远，深切把握世界文化走向，并为之作出东方式的判断。这个季氏判断以其一生积学和智慧为基础，表达又幽默而犀利，恰似现代谶语，不少人因学识不逮无法或不敢认同。其实，"河东河西论"是季羡林晚年在学术思想上的最大贡献，也是其一生中最重要的理论贡献之一。

4. 郁龙余等：《梵典与华章》，第 498 页，银川：宁夏人民出版社，2004 年版。

它作为中国和平崛起的先兆，昭示着以文化学术复兴为核心内容的中华民族伟大复兴即将到来。[4]

　　当然，我们批判西方中心论，并不是否认西方的文明成就。正如季羡林所说："西方文化迄今所获得的光辉成就，决不能抹煞。我的意思是，在西方文化已经达到的基础上，更上一层楼，把人类文化提高到一个前所未有的高度。'三十年河西，三十年河东'这个人类社会进化的规律能达到的目标，就是这样。"[1] 季羡林是中国文化、西方文化和印度文化联合培养出来的现

1. 季羡林：《天人合一新解》，见《季羡林全集》第十四卷，第 515 页，北京：外语教学与研究出版社，2010 年版。

代学者，他批判西方中心论，没有也不可能否定西方的文明成就。这一点大家必须认识清楚。

　　研究中印文学和文化交流，对于深刻认识"天人合一"和"梵我一如"的含义和作用，对于我们恢复和增强文化自信、找回和提升文化自觉，对于我们建设文化大国、思想大国，对于振兴东方文化、建设和谐世界，无论在资源的发掘、方法的创新，还是在观念、理论的探索上，都有着不可推卸的责任和得天独厚的优势。

第一章　　中印文学交流与佛典汉译

　　中印文学交流，是古代中外文学交流的压轴大戏，佛教东渐则是这出压轴大戏的广阔壮丽的舞台。如果没有佛教东渐，中印文学交流则可能是另外一番完全不同的景象。佛教对于中印文学交流的影响，是中印文化关系史上的重要课题，引起了梁启超、章炳麟、鲁迅、胡适、汤用彤、陈寅恪、周一良、季羡林、金克木、徐梵澄等一流学者的重视。在中国近代学术史上堪称奇观。

第一节　印度佛教与印度主流文学

佛典东渐是一个延续了一千多年的传教过程。佛典汉译在整个佛教东渐过程中，是投入人力、物力最多，成果最丰硕，影响最深远的中心环节。佛教徒曾将教义比喻成药，文学故事则是包裹药的树叶。对于中国百姓来说，这些"树叶"的价值不但不亚于"药"，而且远远高于"药"。因为，文学具有永恒的美，美是不论种族、时代和宗教的。

自公元前 1750—公元前 1500 年，雅利安人进入印度，在与达罗毗荼等土著民族的长期斗争、竞争中，逐渐形成新的文化——吠陀文化。印度社会由此进入吠陀时代。吠陀文化以吠陀文献为支柱。吠陀文献主要包括四大吠陀本集（《梨俱吠陀本集》、《娑摩吠陀本集》、《夜柔吠陀本集》、《阿闼婆吠陀本集》）、两大史诗（《摩诃婆罗多》、《罗摩衍那》）以及众多《梵书》、《森林书》、《奥义书》、《往世书》。这些典籍，既是吠陀教、婆罗门教（印度教）的宗教经典，也是印度的主流文学经典。在印度，印度教文学始终处于主流地位。从历史发展看，除了上述经典之外，还有《五卷书》、《故事海》及迦梨陀娑、伐致呵利、杜勒西达斯等诗人的作品，也都属于印度教文学。

公元前五六世纪，佛教作为婆罗门教的反对派，异军突起。正如徐梵澄所说："佛教由《吠陀》之教反激而成者也。瞿昙之教初立，揭橥其四谛、八正道、十二因缘、涅槃诸说。正所以反对《吠陀》教之繁文淫祀也，破斥其祈祷生天诸说也，扫荡其鬼神迷信也。所谓原始佛教，及小乘是已。历时既久，不能以此餍足人心，渐渐引入救苦天神，土地生殖之神等而名曰'菩提萨埵'，如'观自在菩萨'，'地藏王'等，以及往生弥勒内院及弥陀净土诸说，而恢弘其教理，则合为大乘。"[1] 这些变化和发展，都是印度社会内部种姓、政治、经济、文化斗争的结果。公元

1. 徐梵澄：《五十奥义书译者序》，见《徐梵澄集》，第 177 页，北京：中国社会科学出版社，2001 年版。

前三世纪，在孔雀王朝的阿育王的支持下，佛教极度兴盛，几乎成了印度国教。但随着阿育王的过世，佛教精英外出传教，在印度国内，佛教的力量逐渐衰弱。而在公元 4 世纪前后，婆罗门教进行改革，到公元八九世纪，这一改革在商羯罗手上获得完成，婆罗门教变成了新婆罗门教，即印度教。佛教则进一步式微，到 13 世纪经伊斯兰教沉重一击，在印度国内佛教几近绝迹。其实，佛教的许多观念、理论、礼仪，被印度教吸纳。从这个意义上讲，佛教并没有在印度消失。

　　但是，纵观印度历史，佛教不是印度主流宗教，佛教文学也不是印度主流文学。宗教都有排他性。在古代印度宗教经典即为文学经典的情况下，作为婆罗门教革命者的佛教，不可能对婆罗门教（印度教）文学照单全收。从根本上说，佛教是反对有神论的，反对婆罗门文学所描绘的整个鬼神世界。释迦牟尼自己也不是神，只是一个觉者、教主，迦叶、文殊、阿难等都是他的学生。这样，释迦讲道，阿难造经，都不可能从婆罗门教这个最大外道那里大量引用文学故事，不然就会危害自己的教义与主张，变得内外不分了。这样，从源头上佛教文学就和印度的婆罗门教（印度教）文学、即印度主流文学划清了界线。在卷帙浩繁的佛典中，的确没有属于婆罗门教的文学内容。如果说有，也是数量极少，一是经过改造，往往是反其义而用之，如罗摩的故事：二是降级使用，收为侍从护法，如吠陀教神王因陀罗，变成护法神帝释天，印度教的三大主神之首梵天成了释迦牟尼的右胁侍。

　　佛教自称内明、内学，其他宗教、教派统统被其视为外道。这内外之别，不仅表现在经典内容上，决不允许在佛经内羼入外道的内容，而且在传道的过程中，也不允许讲授外道经义。这样，整部佛教大藏经，和印度主流文学基本上是绝缘的。佛教，既给我们带来了丰富多彩的印度文学，又让我们在一千多年的时间里，与印度主流文学无缘谋面。我们翻译、阅读、研究印度主流文学，完全是近现代的事。

一、 文学故事是传教主要工具

　　我们一旦了解真相，佛教和印度主流文学基本绝缘，就不能跌入另一个误区，佛教文学并不丰富多彩。其实情况恰恰相反，佛教带给我们的文学世界，琳琅满目，美不胜收。

　　第一，印度是一个寓言、神话、故事的王国，有"雅利安中心"之说，即印度是世界故事的源头。虽属西方人的夸张，但也说明印度故事之丰富。今天保留下来的故事，只是印度故事实际产量的极小一部分。大量故事在口头传播过程中流失了。佛教身处故事主产地，虽然和婆罗门教文学划清了界线，但仍然不愁故事来源。今天，我们从佛教文学中，可以看到如此丰富的美妙故事，就足以说明问题。

　　第二，在古代，几乎所有宗教的传教大法，是讲故事。面对芸芸众生，讲深奥的理义，无疑驱雀入林，驱鱼归渊。只有故事才吸引百姓。从佛陀开始，所有传道者都讲故事。佛教要从婆罗门教那里争取基层信众，讲故事就显得尤为重要。《百喻经》末尾有偈言：

> 如阿伽陀药，树叶而裹之。
>
> 取药涂毒竟，树叶还弃之。
>
> 戏笑如叶裹，实义在其中。
>
> 智者取正义，戏笑便应弃。

佛教既有药叶之喻，对故事（叶）的意义的理解，自然更深一层。

古代传媒不发达，传教主要靠讲故事、演歌舞剧。印度的婆罗门教靠说唱传教，古代梵剧的兴起与发展，依靠婆罗门教的支持。梵剧被称为"那吒吠陀"，是梵天所创，因此也就具有了神圣的地位。每次演出，以及每位诗学家撰写文艺理论著作时，都必须向婆罗门教诸主神及文艺女神致礼。婆罗门教是这样，佛教更是如此，更加重视说唱及歌舞的传教作用。为了充分利用好这种方式，佛陀还特别注意自己口传技能的训练，他不但口才好，而且还有特殊的发声本领。"世尊音响，善能教他，犹如鼓声，犹如梵声，犹如伽罗嚬伽鸟声，如帝释声，如海波声，如地动声、昆仑震声、孔雀鸟声、拘翅罗声、命命鸟声，如雁王声，犹如鹤声，犹如狮子猛兽王声，犹如箜篌琵琶五弦筝笛等声，闻者能令一切喜欢。"[1] 佛陀还非常重视利用乐舞为

1. 《中华大藏经》第 35 册 868 页，见《佛本行集经》第 34 卷，引自王昆吾、何剑平编著《汉文佛经中的音乐史料》，第 411 页，成都：巴蜀书社，2001 年版。

传教服务。在古代，民间乐舞人员社会地位低下，唱戏卖艺的人，和屠夫、钓徒、娼妓、刽子手、清道夫等被排挤在城外，而且他们居处都有特别标志。[2] 而佛陀则交了许多民间艺人朋友。

2. （唐）玄奘：《大唐西域记》，第 2 卷，季羡林校注本，第 173 页，北京：中华书局，1985 年版。

据《大事》记载，当佛陀到达迦毗罗卫，大量演艺人来看望他。"所有的乐师们都来了，就是说，杂耍人、宫廷吟唱诗人、演艺人、舞师、竞技手、摔跤手、鼓手、丑角（？看图讲故事的艺人，Śobhika）、演倒立的、敲手鼓的、小丑、dvistvalas、朗诵人、pañcavatuka、歌手、舞师、说笑话人、作鼓上舞的人、号手、敲小鼓的、铜鼓手、击钹手、笛师，还有琴师，还有琵琶师——全都集合在宫殿的大门口。"[3] 一切文艺演出，都以文学故事为本。对故事的极大需求，促使佛教徒创作、

3. [美] 梅维恒：《绘画与表现》，第 25 页，北京：北京燕山出版社，2000 年版。

搜集、改编大量故事。这些故事，除了用歌舞戏剧形式表演之外，还用"看图说话"的形式，向信众宣讲。佛教的壁画、雕刻、彩塑，美轮美奂，皆由此而来。

第三，大量佛教故事东土制造。佛教文学大体可以分为两大部分，一部分是蕴含在佛经里的各种故事、寓言、诗歌，一般称为翻译文学；一部分是中国僧人、文人和民间艺术家创作的

佛教题材作品。另外，受佛教思想影响的禅诗，虽然隽永可人，数量不少，但一般不归为佛教文学之内，尽管有些诗的作者是僧人。

在中国本土创作的佛教题材作品，许多文学史家称其为佛教通俗文学。和翻译佛教文学相比，它们数量庞大，是中印文化交流的产物，属于"混血儿"。它们的混血身份，在中印文学交流史上具有重要意义：（一）表明佛教文学故事深受中国人喜爱；（二）佛教文学故事的审美趣向、叙事艺术及语言，对中国人影响颇深；（三）中国人的创造性和印度文学相结合，从编译、模仿到创作，完成了由印度翻译文学通向中国通俗文学的引桥作用。这是一种愉悦的接受，自然的过渡，自觉的创作。佛教通俗文学的生命力在于百姓喜闻乐见，其形式有佛教民间故事、志怪小说、变文、宝卷等等。佛教民间故事，一般都有印度故事的依据，经僧尼和民间艺人的演义，变得越来越吸引人。这是印度故事中国化的第一步，第二步则是志怪小说、传奇小说的出现。这也是民间文学向文人创作的过渡，许多故事的印度印记清晰，主要是宣扬因果报应、劝人为善的思想。所以各种灵验的志怪小说深受欢迎，著名的有晋代谢敷的《光世音应验记》、刘宋张演的《续光世音应验记》、萧齐陆果的《系光世音应验记》三书。这种观音崇拜和应验观念的结合，说明救苦救难思想对大乘佛教慈航普渡拥有强大的支撑力度。志怪小说中还有一类作品，走出应验题材的局限，属于文人对民间佛教文学的加工改编。在文学史上卓有声誉的有：刘义庆的《宣验记》，王琰的《冥祥记》，颜之推的《冤魂志》、《集灵记》，侯白的《旌异记》，等等，数量巨大。正是这一类佛教通俗文学作品，为众多文人雅士的禅诗创作夯实了群众基础。

从作者构成上说，禅诗包括两大部分，禅僧的禅诗和文人的禅诗。禅诗是中国诗苑的重要一部分，数量相当丰富，据不完全统计，总共有 3 万首左右。从内容上分，禅诗又可分为禅理诗和禅意诗两类。禅理诗，又可分为示法诗、开悟诗、赞颂诗等，这类诗富于禅家的哲理和智慧。禅意诗，包括山居诗、佛寺诗、游方诗等，此类诗充满禅家超尘脱俗、淡泊宁静的情趣。[1]

1. 郁龙余：《中国印度文学比较》，第160页，北京：中国社会科学出版社，2001年版。

就像禅宗属于中国佛教而不属于印度佛教一样，禅诗属于中国文学而不属于印度文学。但禅诗在中印文学交流史上意义重大。异质文化之间的交流，一般由低向高经过翻译——改编——仿制——创造等几个阶段。禅诗属于最高阶段的作品创造，是文化交流的最高形态。中印文学交流，因大量禅诗的涌现及其巨大影响，而彰显完美。

禅诗，是佛教通俗文学迈向文人创作的一支，这一支历时悠久，至今仍有人钟情于禅诗的创作。从佛教通俗文学迈向文人创作的另一支，是继志怪小说之后的唐宋传奇。印度故事中国化的第三步，是从志怪、传奇走向变文、宝卷。和志怪、传奇一样，变文、宝卷中依然有许多印度元素，但总体而言，随佛经文学故事——佛教通俗文学——志怪、传奇、禅诗——变文——宝卷，一路发展，印度色彩越来越淡薄，中国色彩越来越浓厚，甚至有些作品空有志怪、传奇、变文、宝卷之名，全无印度文学痕迹。这一部分作品，已是完全的中国文学，不能列入佛教故事。

　　由于以上三大原因，佛教带给我们的故事，并不因为它对印度主流文学讳莫如深而数量有限。[1] 相反，在汉文典籍中，称得上佛教文学的作品，数量巨大，精彩纷呈，值得我们去梳理、

1. 在汗牛充栋的汉译佛典中，还是能找到少量属于印度教范畴的文学作品。郁龙余：《中国印度文学比较》，第61—62页，北京：中国社会科学出版社，2001年版。

分析、研究。

二、 译经与文人读经趣向比较

　　佛经汉译，事先没有任何人能做出计划，处于自由状态，随意性很大，有什么就译什么，所谓"值残出残，值全出全"。译经一多，出现了失译、误传、伪托等混乱情况，于是就出现了一部又一部"经目录"，来整理、弄清译经情况。有名的有道安的《综理众经目录》（《安录》）、僧佑的《出三藏记集》（《佑录》）、法经的《大隋众经目录》（《法经录》）、费长房的《历代三宝记》（《房录》）、智昇的《开元释教录》（《开元录》）、庆吉祥的《至元法宝勘同录》（《至元录》）、寂晓的《大明释教汇目义门》（《汇目义门》）等。因为有了这一系列"经目录"，佛经中已译、未译、异译、疑惑、伪妄、别生等情况得以清晰，大乘、小乘、抄录、传记、著述等大类形成，汉文大藏经的架构体系越来越明确和巩固。那么，汉文大藏经是如何译成的？哪些经译，哪些经不译，翻译的经本选择有何标准，和文学趣向有何关系？

　　佛经翻译史告诉我们，最早汉译的佛经，大多数属于小乘经典，原文也不是梵文，而是中亚胡语。随着大乘佛经的不断到来，加上中国僧人对求"真经"的执著，翻梵为汉的大乘译典逐渐取代了小乘胡本的翻译。到宋代，又以密宗经典汉译为多。这告诉我们：（一）印度国内随着大乘崛起，小乘佛教徒便四散出走，他们首先到中亚，继而东进中土。这和明末耶稣会士东来传天主教颇为相似。（二）中国译经先小乘而大乘，既是经源使然，又是本土信仰的需要，没有出现抑小扬大的教派行为。（三）译本选择和经文真伪、内容是否正法大道有关系。宋代，

对传入的密宗典籍，翻译时有严格选择。如天禧元年（1017年）因注意到密宗经典中有违反佛教传统的不纯内容，禁止新译《频那夜迦经》，并禁止续译此类经本。这说明，译本选择与政治、教化有关，和文学无关。

尽管译经与文学无关，但读经，尤其是文人读经，与文学非常有关。历史上，凡是受文人追捧的佛经，除了思想意识之外，文学趣味是决不可缺的。《维摩诘经》是一个生动的例子。此经一经译出，便轰动僧俗。两晋之时，名士习佛，名僧谈玄，玄佛合流成一时风尚。支遁就是当时玄佛合流的代表人物，对《维摩诘经》极力推崇。在名士中，谢灵运是大力称颂《维摩诘经》的代表人物。他对经义有深刻体认，维摩诘是他人生的榜样。他后半生一直过着山居生活，玄佛思想和他的山居生活相结合，使他成为山水诗的重要奠基人，在中国文学史上名重一时。在唐代，一方面有各种抄本、仿本流传，在通俗文学中成一时之盛，一方面又引起文人们的高度关注。有"诗佛"之称的王维，他的字就是"摩诘"，对维摩诘的崇拜，无须多言。"诗仙"李白，也是维摩诘的崇拜者，并以维摩诘自比。有诗云：

> 青莲居士谪仙人，酒肆藏名三十春。
>
> 胡州司马何须问，金粟如来是后身。
>
> （《李太白全集》卷十九）

诗圣杜甫，奉儒学为正宗，有人认为他是"古代不受禅佛影响的六大诗人"之一[1]，其实不然。

1. 顾随：《顾随说禅》，第138页，南宁：广西人民出版社，2005年版。其余五大诗人为陶渊明、李白、韩愈、欧阳修、辛弃疾，皆不确切。应了学术界一句老话，说有容易说无难。大师亦然。

他早年在《已上人茅斋》诗中说："空忝许询辈，难酬支遁词。"将自己比作和支遁一起讲《维摩》的许询。到晚年（大历二年），则有"身许双峰寺，门求七祖禅"的诗句。诗中还说"晚闻多妙教，卒践塞前愆。顾恺丹青列，头陀琬琰镌。"[2]这"顾恺丹青"是指维摩诘画像，"头

2. 杜甫等著：《杜少陵集详注》第一卷《秋日夔府泳怀奉寄郑监审李宾客之芳一百韵》，北京：北京图书馆出版社，1999年版。

陀琬琰"指《头陀寺碑》，不但文辞巧丽，而且对维摩诘多有赞颂。

到了宋代，在文人中喜爱维摩诘和《维摩诘经》者更众。其中，以王安石、苏轼、黄庭坚、秦观等最著名。

王安石是一位声名卓著的改革家，又是著名诗人、散文家。他对《维摩诘经》有深刻理解，自比维摩诘，作诗云："补落迦山传得种，阎浮檀水染成花。光明一室真金色，复似毗耶长者家。"（《临川集》卷二八）释家也有人视王安石为维摩诘的。道潜曾作诗曰："白下长干春雾披，家家桃李粲朝晖。悬知一箇毗耶老，心地如灰不更飞。"（《次韵少游学士送龚送之往

金陵见王荆公》之四，《参寥子诗集》卷二）孙升甚至传出这样的梦境故事：

> 荆公为江西漕，梦小龙呼相公，求夹注《维摩》经十卷，久而忘之。后至友人家，
> 见佛堂有是经，因缘而送庙。及在相府，梦小龙来谢。（刘延世录《孙公谈圃》）

苏轼在政治上是王安石的对手，但在对维摩诘的态度上，却相当一致。苏轼也像王安石一样，非常熟悉《维摩诘经》，尊维摩诘为"无言师"。对此经宣传的"身如浮云"、"不二法门"等观念感悟深刻。他也和王安石一样，常常自比维摩诘，作诗云：

> 再见涛头涌玉轮，烦君久驻浙江春。年来总作维摩病，堪笑东西二老人。（《东
> 坡集》卷一八）

> 示病维摩无不病，在家灵运已望家。何烦魏帝一丸药，且尽卢仝七碗茶。（《东
> 坡集》卷五）

总体而论，宋代文人喜爱《维摩诘经》之风更甚于唐代，"就其在诗文中的表现说，宋代的作品较唐代更为普遍，更为充分"。[1] 但是，除了王安石、苏轼等人，许多人将维摩诘及其生活方式符号化、标签化，而对《维摩诘经》义理的理解，以及对维摩诘的认识，却变得肤浅了。

---

1. 孙昌武：《中国文学中的维摩与观音》，第310页，天津：天津教育出版社，2006年版。

综上可知，译经在前，译本选择与文学无关；读经在后，读本选择与文学密切相关。只有那些思想观念对胃口、文学性又强的佛典，才会令文人雅士百读不厌。

第二节　汉译佛典是稀世文学宝藏

在所有中国佛教文学中，佛典中的印度故事是最重要的，作为印度翻译文学，它们在其他佛教文学面前，具有原典的地位。这是一个文学宝藏，并不因为佛教徒对印度教文学避之若浼而影响其丰富多彩。从内容上分，佛典文学分四大部分：本生故事，佛传故事、因缘故事和譬喻故事。

本生故事

"转生"思想的前身是"再生"。公元前10—公元前7世纪，印度大量出现梵书，其中《牛

道梵书》里出现了"再生"观念。到公元前6世纪左右的奥义书中,则有了最初的转生观念。不过,这时的转生,还只在父子之间进行。随着"业"的观念和"业不灭","业报有常"思想的出现,转生观念发生了飞跃。人有前生、今生、来生三世,根据业来决定转生,业报轮回思想便在印度迅速传播。它首先发端于婆罗门教,却很快变成佛教反对婆罗门教三大纲领的有力武器。佛教将轮回业报思想不断理论化、形象化,不但将它变成世界上最完整、最系统的灵魂学说,而且将它变成世界上最生动、最具文学性的故事系列。而"本生故事"就是这个故事系列中的最高典范。

在汉文中,本生故事有多个相似而不同的译法,如佛本生、本生经、佛本生经,等等,巴利文或梵文里就是 Jātaka。本生故事数量庞大,在汉译佛典中没有完整的《佛本生故事》的译本,而是散见于十几种不同的译本之中,如《生经》、《菩萨本行经》、《菩萨本缘经》、《菩萨本生鬘论》、《六度集经》、《杂宝藏经》、《贤愚经》等。每部佛经收录的本生故事多少不等,小则几则,最多的有121则。收得最全的是南传巴利文小乘佛典中的《佛本生经》,共有547则故事。据南梁僧祐的《出三藏记集》卷二载:"五百本生经,未详卷数。……齐武皇帝时,外国沙门大乘于广州译出,未至京都。"[1]如果这部五百本生经确已译出,不但没有到京都,

1.(梁)僧祐著,苏晋仁、萧链子点校:《出三藏记集》,第63页,北京:中华书局,2003年版。

更没有流传下来。

至现代,巴利文《佛本生故事》的汉译及研究取得了重要进展。1957年,常任侠选注出版《佛经文学故事》。这个本子规模不大,只是从佛经本缘部中选注了78个故事,但对佛教文学研习来说,具有开春的意义。常任侠在《序言》中说:"释迦牟尼所说的故事,洋溢着他所说的几种基本道理,最主要的是和平、牺牲、慈爱、诚信、平等、无私、克制贪欲,禁戒残暴等等。"他还注意到了佛经文学,在中印文学交流史中的意义,说:"佛经的故事传说与中国小说的发展,是有密切关系的。在中国文学史中,佛经翻译文学,应该是一个重要的环节。"[2]

2.常任侠选注:《佛经文学故事选》(原中华上编版),第4页,上海:上海古籍出版社,1982年版。

1985年,由郭良鋆、黄宝生从巴利文译出的《佛本生故事选》出版。[3]共译出本生故事154

3.[印度]《佛本生故事选》,郭良鋆、黄宝生译注,北京:人民文学出版社,1985年版。这个巴利文本并非真正的原典,而是一位斯里兰卡的比丘,约在

个,约占全部《佛本生故事》的三分之一,而在篇幅上估计不足六分之一。这个选译本,虽然

公元5世纪时从僧伽罗文倒译回去的。公元1300年前后,大概僧伽罗文译本失传,国王波罗克罗摩波瞻四世把佛本生的故事从巴利文译为僧伽罗文。此后,

所译故事不多,但在佛经汉译史上有很大意义。它是现代从巴利文佛典直接汉译的重要经典。

斯里兰卡的诗歌,多取材于本生故事。

因为它是一部著名文学作品,所以在翻译文学史及比较文学研究中,也有很高价值。正如译者所说"但愿将来我国能有全译本问世"。(《译后记》)

　　本生故事不是佛教徒凭空创作的，它们是印度民间文学的精华部分。佛教徒将这些民间故事进行一定的改造，就成了推广佛教教义的重要工具。这种改造主要表现为本生故事的固定格式。这种格式总体上是这样的：（1）今生故事，交待佛陀讲述前生的故事的地点、身份及缘由，起引导的作用；（2）前生故事内容；（3）偈颂，用韵文重复重要内容，穿插在散文故事之中；（4）注释，对偈颂中的词语作出解释；（5）对应，点明前生故事中的人物即是今生故事中的某某，将其一一对应起来。本生故事的内容非常丰富，通过国王、王子、公主、婆罗门、商人、妇女、大象、猴子、鹿、野猪、首陀罗等等不同形象，反映了印度古代政治、经济、思想、道德、伦理、文化、风俗等各个方面，是研究印度古代社会的百科全书。"其文学价值，不但在印度文学史上备受尊崇，而且在世界文学史上也占有重要地位。"[1] 我们一贯高度重视《本生故事》

　　1. 郁龙余、孟昭毅主编：《东方文学史》，第 128 页，北京：北京大学出版社，2001 年版。

的文学史地位，认为故事文学是印度中古文学的主要成就，《本生经》和《五卷书》是最重要的代表，进行专门介绍。[2]

　　2. 郁龙余、孟昭毅主编：《东方文学史》，第 128—133 页，北京：北京大学出版社，2001 年版。

佛传故事

　　佛传故事，也叫传记故事，从内容上分，有两种，一种是描写佛陀生平事迹的，一种是写佛陀弟子的传记故事。从文体上讲，佛传故事也可分为两种，一种是韵文，一种是散文夹偈颂。从数量上讲，佛传故事不少，有《佛所行赞》、《佛本行集经》、《转法轮经》、《般泥洹经》、《修行本起经》、《中本起经》、《十二游经》、《普曜经》等。《摩登迦经》是描写佛弟子阿难和摩登迦女恋爱的故事。

　　佛经故事，是佛教徒根据传说记述的，不一定都是历史的真实，其中，有许多夸张、神化的内容。释迦牟尼作为历史真实人物，确实是人类良知的化身，为救民于水火，他苦修求道，成功悟道，热情、执著布道，他学识渊博，襟怀宽广，多才多艺，是天下苍生的恩主。他圆寂之后，信徒们根据自己的耳闻目睹和传说，记述他的生平，逐渐形成一批佛教经典——佛传文学。这些传记，开始比较短小、真实，后来传说成分越来越多，离历史真实越来越远。不过，只要善于区分神话和史实，区分宗教情怀和社会常识，我们还是可以从这些佛传故事中，还原出一个比较符合历史真实的释迦牟尼。不过，在做还原工作之前，对释迦牟尼时代的印度社会，我们应该有基本了解：（一）一元论世界本原说，如原水论、金胎论、原人论，是印度的主流观念。（二）神权至上思想横行，社会分为四大种姓。（三）尊师重教，投师重于投胎。（四）

苦修得道，信服神通。（五）业报有常，追求解脱已成时尚。释迦牟尼就是在这种社会氛围中，逐步成就自己事业的。针对不同情况，他采取不同态度。有时，他逆势而上，反其道而行之，如神权至上、种姓制度，他坚决反对，否定一切神权，提倡众生平等，成为佛教的立教之本。有时，他不置可否，答非所问，避免无谓的思想纠缠，如著名的"十四无记"，就是规避、防止信徒跌入复杂、深奥的世界本原问题。有时，他因势利导，登高而歌，如他聚徒讲道，不辞辛苦，就是合理运用尊师重教的社会风气。

他苦修各种神通和文艺才能，甚至利用口技、魔术来征服信众，就是针对苦修得道、信服神通的大众心理。轮回业报、追求解脱，是当时社会的新锐思想，他拿来加以发展，为我所用，成为佛教的核心思想。认识以上五点，再读佛传故事，佛陀其人其事，就变的清晰而可解。

佛传故事一般写"八相示现"，亦称"八相作佛"，即下天、入胎、住胎、出胎（降生）、出家、成道、转法轮、入灭。后来佛教遇到阻力增大，"住胎"就由"降魔"代替。佛教初来，这佛传八股给国人带来巨大惊奇，大量情节超现实、超逻辑、超感官、超时空，都是玄幻梦境。如何理解？除了掌握上述五点之外，对印度的文学世界也要有所了解。这些佛传故事是文学作品，不是历史记载。印度古人不重历史记录，被称作"历史"（itihāsa）的大史诗《摩诃婆罗多》，其实是神话传说，九分文学一分历史。印度是神话王国史诗故乡。在印度的史诗和神话中，天上、人间、地下三界，前世今生来世三身，呼风唤雨，摘星搅海，天神、仙人、平民、阿修罗互变，美女、大象、野猪、绵羊转化，都是寻常之事。从吠陀教的自然神因陀罗（雷神）、太阳神、水神、火神等，让位于婆罗门教的宇宙三大主神梵天、毗湿奴、湿婆，他们的神通越来越高强。而这种神通变化，主要是神话思维和文学手法不断发展的结果。释迦牟尼生前是否定一切神权的，他身后被神化，不但成了教主，而且成了凌驾于一切神灵之上的佛，他具有世间最高神通，是理所当然的。佛传故事中最让国人扎眼的各类神通，在印度人眼里并没有多少新奇，都是大史诗、往世书常用的文学手法。由于佛教在印度逐渐衰弱，译成汉文之后又被文学定型，所以佛陀的神通发展的历史相对有限，和印度教的神话相比，佛陀的形象和他的神通，还是比较正规的。

在众多佛传故事中，《佛所行赞》的文学性最强、影响最大，是所有佛传文学中的代表作。它是马鸣所造、昙无谶译，另有宝云异译《佛本行经》。马鸣是印度贵霜王朝迦腻色迦王时代（约公元 2 世纪）的佛教学者及著名文学家。他精于佛理、致力于文学创作，名重一时。金克木说：

"马鸣是现在我们大体可以断定时代为公元后不久的诗人和戏剧家。他的作品属于现有的古典文学中一批最早的遗产。"[1]佛典有《马鸣菩萨传》，为鸠摩罗什译。说他本为外道，能辩善论。

1. 金克木：《梵语文学史》，第262页，北京：人民文学出版社，1980年版。

后被长老胁度为比丘，道行广进，才辩盖世，天竺国王甚珍遇之。后来小月氏国王攻伐天竺，要求交出三亿金才撤军。举天竺之力，只有一亿金，另二亿由佛钵和善辩比丘抵。国王不肯，比丘说：佛道渊弘，义存兼救。比丘度人，义不容异。功德在心，理无远近，宜存远大，何必在目前而已。比丘到小月氏，诸臣议论：比丘天下皆是，他值一亿金吗？月氏王将七匹马饿了六天，那天早晨，请内外沙门异学，请比丘说法。所有听法者都得到开悟。"王系此马于众会前，以草以之，马垂泪听法，无念食想。"于是天下乃知此比丘非比寻常，"以马解其音故，遂号为马鸣菩萨"。

《马鸣菩萨传》极具文学性，和《摩登迦经》、《佛五百弟子自说本起经》以及《龙树菩萨传》、《提婆菩萨传》、《婆薮槃豆法师传》等等，都是描述佛教传人弘法著名经典，同时又是文学作品，都属于佛传故事，是佛教翻译文学的重要组成部分。马鸣的《佛所行赞》，全部是韵文，叙述佛陀的家世、悟道到涅槃的一生。昙无谶的汉译为二十八品，约九千三百行，共四万六千余字，是中国本土最长叙事诗《孔雀东南飞》的六十倍。因此，有学者称汉译《佛所行赞》为"中国文学史上第一首长诗"。[2]马鸣除了长诗《佛所行赞》之外，还有长诗《美难陀传》和

2. 魏承思：《中国佛教文化论稿》，第186页，上海：上海人民出版社，1999年版。

三个戏剧残卷。其中以《佛所行赞》文学地位最高。有学者认为，马鸣"充分汲取了古代印度神话传说和婆罗教圣书《吠陀》、《奥义书》、古代大史诗《摩诃婆罗多》、《罗摩衍那》的艺术技巧，借鉴了各部派经、律中有关佛陀的传说和以前结集的各种佛传的写法，从而创造了佛传艺术的一个新的高峰"。[3]《佛所行赞》不仅是佛传文学的最高代表，也是古代印度传记文

3. 孙昌武：《佛教与中国文学》，第9页，上海：上海人民出版社，2007年版。

学的杰作。在印度诗歌史上，它是叙事诗向抒情诗过渡的重要标志。[4]这是治印度古代文学史者，

4. 古代印度有着叙事诗的强大传统，抒情诗创造到公元3—5世纪的迦梨陀娑的《云使》才告成功。《佛所行赞》诞生于公元2世纪左右，因宗教激情，全诗

应该注意的。

边叙事边抒情，是印度诗歌创作从叙事诗迈向抒情诗的一次伟大尝试。

因缘故事

因缘（Hetupratyaya）是佛教的一个基本概念，只有将"因缘"搞明白了，业报、轮回、解脱之类就好理解。早期佛教崇尚实用，反对玄奥的理论纠缠，所以用大量故事来告诉信众；什么是因缘。天长日久，因缘故事便变成了佛教文学中的一大类别。这类故事，收在佛典"十二部经"的尼陀那（Nidāna，因缘）之中。

　　因缘故事在叙事技巧上和本生故事有相似之处，不同之点是在故事的人物与时间上。本生故事都讲佛陀的前世故事，因缘故事则讲果报，故事人物多种多样。汉译佛典《撰集百缘经》（支谦译）、《贤愚经》（慧觉等译）、《杂宝藏经》（吉迦夜、昙曜译）、《摩诃僧祇律》（佛陀跋陀罗、法显译）、《根本说一切有部毗奈耶》（义净译）等等多有载录。

　　《贤愚经》中的《无恼指鬘品》，描写鬘太子的荒淫残暴。这个故事引起外国学者注意，认为此经中表现出的"初夜权"观念是欧洲思想，情节则与阿拉伯传说《一千零一夜》的开端相似；而善恶之间的转变，又与《新约·马可福音》的主题相同。又《檀腻羇品》里有一个国王断二母争子案故事，则又与西方所罗门王断案故事类似。这些因缘故事，都清楚地反映了中东、西亚文化的影响，可以作为研究比较文化、比较文学的好材料。[1]

1. 孙昌武：《佛教与中国文学》，第 20 页，上海：上海人民出版社，2007 年版。

譬喻故事

　　如果说"因缘"很具印度特色，"譬喻"则是世界性的文学手法。中国是非常重视比喻的，刘向《说苑·善说》中，以比喻来说明比喻的重要。梁惠王知道惠子善于比喻，就要他直言无譬。于是惠子用"弹之状如弹"和"弹之状如弓"的不同，说明"无譬，则不可知矣"。比喻，是中印文学创作的重要技巧，为诗学家所重视。但相比而言，印度人更重视比喻。"在他们的诗学著作里，大量例子实际上许多是喻例。所谓析例相随，往往是析喻相随。喻例之多，到了无止境的地步。"[2] 在佛教文学中，则有单独的

2. 郁龙余等：《中国印度诗学比较》，第 105 页，北京：昆仑出版社，2006 年版。

一类阿婆陀那（Avadāna，譬喻）故事。这类故事，有的

《佛经文学粹编》，陈允吉、胡中行主编

以譬喻立名，如《旧杂譬喻经》（康僧会译）、《杂譬喻经》
（支娄迦谶译）、《杂譬喻经》（鸠摩罗什译）、《百喻
经》（求那毗地译），许多譬喻故事则收录在《贤愚经》、
《大智度论》、《妙法莲花经》、《观佛三昧海经》、《大
般涅槃经》等等佛典中。

《佛陀和原始佛教思想》，
郭良鋆著

　　譬喻文学历来受人喜爱。康法邃曾将各种佛典中的譬
喻故事辑出整理成《譬喻经》。这说明历史上此类故事十
分流行，但同时出现重复混乱的情况，因此需要他用"经
抄"的办法，专门出一本《譬喻经》。可惜，此书已佚。
1914 年鲁迅在金陵出资刻印"百喻经"。一方面是孝顺他
信佛的母亲，一方面是他喜爱譬喻文学。他不但加了标点，
而且在痴华鬘（百喻经名）题记中说："常闻天竺寓言之
富，如大林深泉，他国艺文，往往蒙其影响。"今人冯雪峰、
倪海曙和周绍良都有现代汉语的改编或翻译，在民众间广
为流传。[1] 学者陈允吉、胡中行主编的《佛经文学粹编》中，

1. 孙昌武：《佛教与中国文学》，第 16 页，上海：上海人民出版社，2007 年版。

设"文学譬喻"栏，选注二十则譬喻故事，皆隽永可爱者。
认为"见诸汉译藏经无数妙譬纷泊的记载，亦似繁星闪烁
显得慧光照眼"。[2]

2. 陈允吉、胡中行主编：《佛经文学粹编》，第 419 页，上海：上海古籍出版社，1999 年版。

　　汉译佛典为我们带来了许多全新的文学意象或题材，
不但引起信众兴趣，而且受到世俗人士的喜爱。他们不断
争相模仿，最后踵事增华，将这些意象或题材，升级成为
"母题"。有学者对此作出深入研究，写成专著《佛经文
学与古代小说母题比较研究》。"根据现有的材料，分作
二十一个母题，具体探讨佛经文学为核心的印度文学对于
中国古代小说母题的多方面影响。"[3] 见微知著。中印文

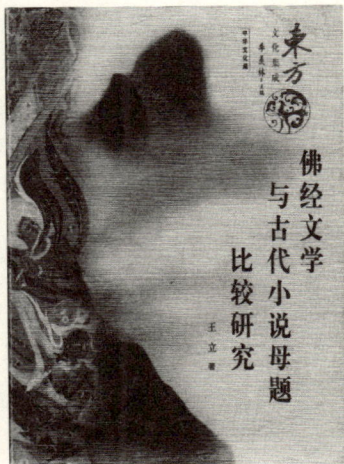

《佛经文学与古代小说母题比较
研究》，王立著

3. 王立：《佛经文学与古代小说母题比较研究》，第 32 页，北京：昆仑出版社，2006 年版。

学交流及汉译佛典中，蕴藏着大量足以颠覆西方比较文学

史观的事实与理论。

中国学者治佛教文学，多据汉文大藏经。郭良鋆所著《佛陀和原始佛教思想》，含有大量巴利文佛经新译，具有很大的佛经翻译史和学术史价值。

综上可知，汉译佛典确是一个巨大的文学宝藏，我们对它的研究尚属初步。中国自古至今对印度的这份文学馈赠，一直心存喜欢与谢意。但是，最大的喜欢与谢意，是认真研究它，让更多的人认识它、欣赏它。所以，治文化交流、比较文学的学者，可谓任重而道远，不可以不弘毅。

第二章　　佛教文学对中国文学的影响

　　印度佛教和佛教文学，对中国文学的影响，时间之久远，程度之深广，举世罕见。就中国文学的体裁、题材、形象、语言所受佛教和佛教文学的影响，有学者用四句诗来形容：志怪传奇章回体，吃斋念佛修苦行，如来观音孙悟空，提笔无佛不成文。除了上述四个方面，佛教和佛教文学对中国文学理论，也产生了深刻影响。这种影响则可用元好问的诗"禅是诗家切玉刀"来形容。

　　那么，这种影响的具体情况是怎样的呢？

第一节　佛教文学对中国文学体裁的影响

和世界各大民族一样，中华民族最古老的文学是神话，继之有诗经、先秦散文、楚辞、秦汉辞赋、乐府民歌。至魏晋，中国文学沿着建安文学、陶诗、南北朝民间乐府和骈文的路向发展，同时出现了一种新的文学体裁——志怪小说。志怪的出现，开创了中国文学发展的新局面。中国文学从此结束自我发展的历史，进入中印文学交流、在交流中发展的新里程。

体裁是文体的核心内容，涉及到语体、风格等诸要素。一种新体裁的创造或出现，必是外部、内部和自身三因素作用的结果。社会变了，要求文体"与时因革"；文风变了，要求文体因情立新；旧体难变，则别出心裁。三者有其一，则有小变；三者有其二，促成大变；三者合力，必出新体。志怪小说作为一种全新文体的出现，是外部、内部、自身三因素全驱动的结果，具有特别旺盛的生命力。

当然，佛教和佛教文学的影响，是诞生志怪小说的主因。鲁迅在《中国小说史略》中指出："中国本信巫，秦汉以来，神仙之说盛行，汉末又大畅巫风，而鬼道愈炽；会小乘佛教亦入中土，渐见流传。凡此，皆张皇鬼神，称道灵异，故自晋迄隋，特多鬼神志怪之书。其书有出于文人者，有出于教徒者。"[1] 鲁迅还说："魏晋以来，渐译释典，天竺故事亦流传世间，文人喜其颖异，

1. 鲁迅：《中国小说史略》，第 22 页，太原：山西古籍出版社，2001 年版。

于有意或无意中用之，遂蜕化为国有，如晋人荀氏作《灵鬼志》，亦记道人入笼中事，尚云来自外国，至吴均记，乃为中国之书生。"[2] 在所有志怪小说中，被称为"释氏辅教之书"的《幽

2. 鲁迅：《中国小说史略》，第 27 页，太原：山西古籍出版社，2001 年版。

明录》、《冥祥记》一类作品，在相当长一段时间内最具张力。

志怪小说，并非至魏晋才突兀而生，而是在"纪异"、"语怪"类作品及两汉志怪小说的基础上发展而来。进入魏晋六朝，志怪小说不但"因情立体"，而且"即体成势"，出现了一个志怪小说的鼎盛时代。

对于魏晋六朝志怪小说发达的情况，有学者做出如此分析："首先，数量巨大，四百年间所出志怪，现存和可考者达八九十种之多，大大超过往昔。如李翰《蒙求》云：'《搜神》、《列异》，浩浩杂书，若长河之水，流而不息。'其次，作者队伍宏大，阵容壮观，作者来自各方面，操

3. 李剑国：《唐前志怪小说史》，第 218 页，天津：天津教育出版社，2006 年版。

觚者多有饱学之士和一代文豪。再次，志怪小说的质量提高。"[3] 数量多寡、作者阵容及作品质量，

是志怪小说在魏晋成一时之盛的三大要素，相生相济，缺一不可。但作品质量是最重要的。魏晋志怪的高品质，体现在五个方面：（一）普遍都是多卷本，部头较大，显示着创作的勤奋、搜集的广泛和内容的丰富。（二）题材广泛、多样化，普天下之奇奇怪怪之事无所不包。取材范围从横处看涉及现实社会和幻想世界的各个方面，不再局限于帝王异闻、神仙灵迹和地理博物传说；从纵处看，上自三皇，下逮近世。（三）现实性和时代感大大增强，社会现实和人民群众的理想、愿望有了越来越多的表现。（四）体制主要表现为杂记体，广泛反映生活，杂史杂传体虽仍有遗响，但数量已大为减少。（五）艺术想象力和表现力得到提高，幻想丰富多彩，许多描写细致精微，篇幅增长，情节曲折多变，形象生动，语言优美。[1]

1. 李剑国：《唐前志怪小说史》，第218—219页，天津：天津教育出版社，2006年版。

在魏晋南北朝的志怪小说中，质量上乘的名作不在少数：如《列异记》、《神异记》、《异林》、《博物志》、《玄中记》、《外国图》、《搜神记》、《神仙传》、《拾遗记》、《搜神后记》、《幽明录》、《异苑》、《齐谐记》、《述异记》（祖冲之）、《述异记》（任昉）、《续齐谐记》、《观世音应验记》三种、《宣验记》、《冥祥记》、《冤魂志》、《八朝穷怪录》等。作者中不乏名人文豪，如张华、郭璞、干宝、葛洪、王嘉、陶渊明、刘义庆、祖冲之、任昉、吴均及隋代颜之推，等等。魏晋南北朝如此多的上乘志怪小说，尤其是上述的名家名作，就决定了它必将对同代及后代中国文学产生巨大影响，直到蒲松龄伟大的《聊斋志异》出现。

魏晋志怪小说对当时文学创作的一个直接影响，是极大促进了轶事小说的发展，极大开拓了轶事小说的思路，极大激发了文人写作的积极性。汉代有《燕子丹》、《汉武故事》、《飞燕外传》等轶事故事，划清了和史书的界限。至魏晋，和志怪小说并蒂的志人小说，在汉代轶事小说的基础上迅速发展。这种发展和发达的志怪小说的激发是分不开的。魏晋轶事小说有笑话、琐言、轶事三类，出现了《笑林》、《语林》、《西京杂记》、《郭子》、《世语新说》，甚至出现了直接用小说命名的——《殷芸小说》。"作者不仅第一次把'小说'这一体裁的通名变成一书的专名，并且从题材来源的角度，将历史与小说区分开来，推动小说概念进一步向前发展。"[2]

2. 侯忠义：《汉魏六朝小说简史唐代小说简史》，第100页，太原：山西人民出版社，2005年版。

鲁迅说："小说亦如诗，至唐代而一变。"（《中国小说史略》）从魏晋志怪变为唐代传奇，这一变非同小可。明代即有人说："唐三百年，文章鼎盛，独诗律与小说，称绝代之奇。"（桃源居士：《唐人小说·序》）唐代传奇，以其丰姿婀娜，将中国小说推向了第一个高峰。有学者认为，唐代传奇与魏晋志怪相比，在五个方面有了新的提高与发展：内容和题材的丰富与扩大；小说结构上，从六朝的"粗陈梗概"，发展到有头有尾、结构完整、内容丰富的长篇故事；故事情节上，已从一般的风趣有致，发展到叙述委婉曲折、波澜起伏的优美故事；文字上，从简率古朴发展到文辞华丽、生动形象的文字语言；表现手法上，从"纪实"发展到"尽幻设语"，有意识、有目的地进行虚构。[1] 因为有了以上五大进步，所以唐代传奇形成了以下艺术特点：

1. 侯忠义：《汉魏六朝小说简史唐代小说简史》，第107—108页，太原：山西人民出版社，2005年版。

题材讲究奇异性；题材追求开拓性；体裁从笔记体发展到故事体；创作上采用了虚构法；描写细腻，情节完善；注意塑造人物形象。

唐代传奇从内容上可分为神怪类、世情类、历史类和传奇类四种。神怪类著名作品有《古镜记》、《白猿记》、《游仙窟》、《离魂记》、《柳毅传》、《任氏传》、《枕中记》。世情类著名作品有《莺莺传》、《霍小玉传》、《李娃传》、《谢小娥传》。历史类著名作品有《周秦行记》、《长恨歌传》、《东城老父传》、《虬髯客传》。传奇类著名作品有《玄怪录》、《续玄怪录》、《甘泽谣》、《传奇》、《山水小牍》、《原化记》等。

魏晋志怪除了唐代传奇之外，还对唐代志怪小说、轶事小说和话本小说产生巨大影响。

唐代志怪是魏晋六朝志怪的延续与发展，其进步表现在以下三方面。首先，宣扬阴间地狱恐怖的部分减少，记述精魅异怪的情节增加；其次，多加时间、地点、姓名，以增加可信程度；其三，大都结构完整，情节曲折，描写细腻，人物形象突出，远非六朝志怪小说可比。[2]

2. 侯忠义：《汉魏六朝小说简史唐代小说简史》，第159页，太原：山西人民出版社，2005年版。

唐代轶事小说，是在六朝志怪小说和六朝轶事小说的双重影响下发展的。与六朝轶事小说相比，有两点区别：第一，以记琐闻轶事类的作品为多。第二，从艺术上说，传奇意味较足。[3]

3. 侯忠义：《汉魏六朝小说简史唐代小说简史》，第169页，太原：山西人民出版社，2005年版。

名作有《朝野金载》、《谭宾录》、《次柳氏旧闻》、《开元天宝遗事》、《北里志》、《唐国史补》、《因话录》、《隋唐嘉话》、《大唐新语》、《唐摭言》、《谐噱录》等。唐代轶事小说和传奇一样，追求奇异特色，显然是六朝志怪小说的艺术遗传。

六朝志怪带给中国文学的体裁变化，除了上述各项之外，还有俗讲、变文、讲话、话本等。这些新体裁的出现，都以佛教和佛教文学为动力，互为关联，环环相扣。

佛经翻译以唐代玄奘为界线，在他以前的称旧译，他和他以后的称新译。一般来讲，旧译大多古质严谨，但不少译品晦涩难读，新译则有很大改观，译品一般都比较通畅流利，文采也好。然而，不论旧译新译，对一般的布衣百姓来说，都难以通达真意。这就成了佛教进一步发展的一大障碍。为了扫除这一障碍，僧尼们便对佛经进行俗讲，就是用白话叙述经义、偈赞歌唱的形式，把佛家教义通俗化、故事化。果然，这种俗讲形式大受人们的欢迎。封建帝王为了维护自己统治的需要，大力提倡佛教。到了隋唐时代，这种俗讲的形式极为盛行，于是产生了专门从事这项工作的"俗讲僧"。开始，俗讲僧们比较拘谨，宣讲经义不敢离题太远、发挥过多。后来，为了吸引更多的人听，他们对佛经的演绎越来越多，文学的色彩愈来愈浓。例如《维摩诘经》中"佛告文殊师利，汝行诣维摩诘问疾"这么仅仅 14 个字，竟被敷演成人物众多、情节生动曲折的长篇俗讲。

这种俗讲的底本被称为"变文"。变文俗讲，不仅一般的老百姓爱听，而且士大夫阶层甚至连皇帝后宫也爱听，韩愈的《华山女》诗说，"街东街西讲佛经，撞钟吹螺闹宫廷"描写的正是这种盛况。

随着历史的发展，后来变文发生了两个变革性的转折：一是内容逐渐离经叛道，向非宗教的方向发展；二是摆脱了僧尼独家经营的局面，出现了大批以说唱变文为职业的民间艺人。

在变文初兴之时，其内容清一色全是佛教故事。俗讲僧们之所以那样不辞辛劳，目的是为了宣传佛家教义。但时间一久，老百姓听厌了佛教的内容，就渐渐创造了大量以中国的历史传说、民间故事、古代神话为内容的变文，逐步摆脱了佛教的束缚。这就使变文获得了新的生命，成为一种百姓喜爱的崭新的文学体裁。这类作品是变文中的精华，其中比较重要的有：《孟姜女变文》、《伍子胥变文》、《王昭君变文》、《秋胡变文》、《张义潮变文》、《张淮深变文》、《汉将王陵变文》、《董永变文》，等等。

变文的语言通俗易懂，结构奇巧，想象丰富，情节曲折动人，具备了白话小说的许多特点。变文的产生和发展，是我国文学史上的一件大事。不论其内容还是其韵文和散文相间的文学形式，都对后世的文学，尤其是说唱文学产生了巨大的影响。

宋真宗时（998—1022），明令禁止僧人讲唱变文。城门失火，殃及池鱼。民间说唱变文的艺人也受到了打击。从此，变文这种风行一时的文学体裁便销声匿迹，默然无闻了。说话和话本小说开始于隋唐时代，到了宋代，尤其是在变文遇到禁止以后，说唱艺人将自己的智慧和精力全都投入到说话和话本小说的创作之中，使得说话和话本小说在宋元两代获得了空前的发展。

　　由于变文的突然消失，给文学史的研究工作造成了许多疑难，20 世纪初，发现敦煌藏书中有许多变文、话本、诗词和其他各种文学体裁的作品。学者们经过研究认为：变文不但对唐宋传奇和宋元话本，而且对宝卷、诸宫调、弹词、鼓词等民间说唱文学的日趋成熟，都产生过一定的影响。[1]

1. 郁龙余：《中国印度文学比较》，第 65—67 页，北京：中国社会科学出版社，2001 年版。

　　俗讲在隋唐及以后的中国文学体裁出新中，具有第一推力的作用。究其原因，是在一个"俗"字上。俗讲将佛教从经卷和寺院中解放了出来，将佛教与经济利益结合了起来。[2]于是，勃发出无限活力。

2. 俗讲之俗有二义，一是"通俗地讲"，二是讲给"俗世之人听"。这样，经济利益便成应有之义。日本留学僧圆珍在《佛说观音普贤菩萨行法经记》中载道："俗讲，即年三月就缘修之，只会男女，劝之输物，充造寺资，故言俗讲。"唐代以后，中国的雕版印刷技术日益发达。这样，变文、话本的流传又与印刷业结合了起来。

　　话本小说的出现，依然和佛教有着密切关联。据考，现存最早的唐代话本是《庐山远公话》，而且它是"敦煌文献中唯一标题上注明'话'的小说，乃唐话本存世的可靠资料"。"从这则话本也可以看出，当时佛教对小说的深刻影响。我们也把《庐山远公话》视作一则佛教话本，它开启了后世小说和佛教结缘之路。"[3]唐代话本的孪生兄弟唐代变文，在宋代遭禁之后，宋元话本便以更快速度向前发展，直到出现章回体小说。

3. 张兵：《话本小说简史》，第 10 页，太原：山西人民出版社，2005 年版。

　　中国号称诗国。在中印文学交流中，中国诗体的变化，也受到了印度的一定影响。陈允吉在《中古七言诗体的发展与佛偈翻译》一文中认为："早期汉译佛典中数量众多的七言偈在中土流布，对于我国中古时代七言诗形式结构上的臻于成熟，作为一种旁助力量也确曾起过一定的促进作用。"[4]陈文的分寸把握得当，这种"旁助力量"经过了较长时间的作用，终产生了越来越大的影响。"标志着我国七言古诗开始进入成熟期的梁代某些乐府诗章，正是因为比较完整地接纳了佛偈'通体七言'与'两句两句衔接转递'二者互相结合的既定程式，并使之成为其自身模式结构当中的核心部分加以固定下来，才促成了这一诗体历经数百年的曲折迁演而走上了规范化的大道。"[5]为了让读者明白佛偈翻译对中国七言诗的促进

4. 陈允吉：《古典文学佛教溯缘十论》，第 23 页，上海：复旦大学出版社，2002 年版。

5. 陈允吉：《古典文学佛教溯缘十论》，第 38 页，上海：复旦大学出版社，2002 年版。

作用，陈允吉以如下示意图作为文章煞尾：

汉译佛典 —— 梵呗七言诗颂 —— 文人所作的 　　 梁末成熟期的

七言偈 —— 唱导七言歌赞 —— 七言诗颂 —— 七言乐府诗[6]

6. 陈允吉：《古典文学佛教溯缘十论》，第 46 页，上海：复旦大学出版社，2002 年版。

　　七言佛偈作为一种外因，在中国诗体发展变化过程中，对七言诗的成熟定型起到了很大作用，是符合诗体演进规律和历史事实的。陈文的意义在于，第一次将这个"鲜为人认知"的重要问题阐释清楚了。此文及全书，是我国学术界对佛教文学再研究、再接受的重要成果。

第二节　佛教文学对中国文学题材的影响

佛教和佛教文学，极大地改变了中国传统文学题材，使得中国文学舞台变得空前绚丽多彩，甚至光怪陆离。汉代以后的中国文学，呈现出"双料"特征。这不是简单的中印题材叠加，而是华梵一体，有机融合，中国文学从而变得格外丰满、健硕。

所谓文学题材，就是文学天地中的景观、风情、场面、情节、程式、手法等等。在佛教传入初期，佛教依附黄老，许多印度题材特别是表现手法，大多通过中国故事来呈现。至魏晋，随着佛教地位上升，印度题材在中国文学中愈来愈多，甚至成了一种时尚。吃斋念佛修苦行，不仅是现实生活中的常见现象，也是文学作品中的热闹话题。佛教和佛教文学带给中国文学的丰富题材，极大地扩张了中国文学的创作时空。这引起了许多学者的重视。吴海勇在《中古汉译佛经叙事文学研究》一书中，专设第二章《域外题材》，从种姓和职业人、民族信仰、动植物候、题材的突破四个方面来论述。作者认为："佛经的传译无疑为汉语文学带来了丰富多彩的域外题材，它极大地拓展了中土读者的文学视野，并对汉语文学固有题材禁区构成一定的冲击。"[1]

《中古汉译佛经叙事文学研究》，
吴海勇著

1. 吴海勇：《中古汉译佛经叙事文学研究》，第 101 页，北京：学苑出版社，2004 年版。

种姓和职业人

佛典汉译，给中国带来了经过佛教改造的种姓制度。在婆罗门教中，四大种姓的秩序是婆罗门、刹帝利、吠舍、首陀罗。自称出身于王族刹帝利的释迦牟尼反对种姓制度，尤其反对将刹帝利排在婆罗门之后。所以，许多佛典将种姓排序作了修改。如《大般涅槃经》卷七云：

> 以业因缘，而有刹利、婆罗门等、毗舍、首陀，以及旃陀罗。

佛教提倡种姓平等，是在教团内部，对于社会风气，佛陀也无可奈何。《增壹阿含经》卷四六云：

> 佛告梵志："吾姓刹利。"梵志问曰："诸婆罗门各有此论：'吾姓最豪，无有
> 出者。'或言姓白，或言姓黑，婆罗门自称言：'梵志所生。'今沙门瞿昙，欲何等
> 论说？"佛告之曰："梵志当知，其有婚姻嫁娶，便当求豪贵之姓，然我正法之中，
> 无有高下是非之名姓也。"

对社会上的所谓贱民旃陀罗，佛教也没有真正平等待之，称其为"无常"："如旃陀罗欲屠羊时，倒悬两足，不得跳踉，无常旃陀罗亦复如是。"（《摩诃摩耶经》卷上）

由此可知，佛经带给我们的印度种姓，是经过了一定改造的。

民俗信仰

百里不同风，十里不同俗。印度民俗信仰和中国迥异，佛经给我们带来了丰富的新题材。

印度女子临产回娘家生产。"母腹怀躯，欲向在产。天竺国俗，妇人临月，归父母家。"（《佛说妇人遇辜经》）

婴儿降世，请相师占凶吉、起名字。"有一长者，其家大富，财宝无数，生一男儿，身体金色，长者欣庆，即设施会，请诸相师，令占凶吉。时诸相师，抱儿看省，见其奇相，喜不自胜，即为立字。"（《贤愚经》卷五）

婚俗记载，多而详细，令国人耳目一新。"丈夫有七种妇，索得、水得、破得、自来得、以衣食得、合生得、须臾得。索得者，以少多财物索得作妇，是名索得；水得者，若人捉手以水灌掌，与女作妇，是名水得；破得者，若破他国，夺得作妇，复有自国反叛，诛罚得者，是名破得；自来得者，若女人自一心贪著爱乐故，来供给作妇，是名自来得；衣食得者，若女人不能自活，为衣食故，来供给作妇，是名衣食得；合生得者，若女人话男子言：'汝有财物，我有财物，若生男女，当供养我等。'是名合生者；须臾得者，共一交会，故名须臾得。"（《十诵律》卷三）印度幅员广大，各地婚俗不尽相同。《摩奴法论》为印度教大法，有关婚姻规定[1]，可供参阅。

---

1. [印度]《摩奴法论》，第三章第5—50偈，蒋忠新译，第41—45页，北京：中国社会科学出版社，2007年版。

佛典还记有抢婚风俗、初夜权风俗、休妻、妻淫裂身等风俗，让国人触目惊心。妇女的社

会地位，则与中国相似："妇人之法，一切时中，常不自在，少小则父母护，壮时则其夫护，老时则子护。"（《贤愚经》卷四）这些规定和中国"三从四德"如出一辙。

丧葬习俗，中印不同。佛经中不但有记载，而且有比较。"我此国土，水葬火葬，塔冢之葬，其事有三。……震旦国中，人民葬法，庄严之具，金银珍宝，刻镂车乘，飞天仙人，以为庄严，众传鼓乐，铃钟之音，歌咏赞叹，用为哀乐，终亡者身，衣服具足，棺椁微妙，香烟芬芬，百千万众，送于山野，庄严山林，树木郁郁，行行相植，无亏盈者，故柏茂盛，碑阙俨然，人民见者，莫不欢欣。"（《佛说灌顶冢墓因缘四方神咒经》卷六）佛经中还记载有许多较为少见的葬俗：

于是贤者即寻命终，安置床舆多诸眷属，左右忧恼啼泣，将向尸死，置彼露地，

而不烧埋，掷弃而还。（《大成德陀罗尼经》卷六）

王后薨亡，国法先置田野，令肉消尽，乃收葬之。（《经律异相》卷二九）

其国俗法，死者不埋，但著树下。（《经律异相》卷四一）

印度古代有寡妇殉葬陋习，佛经中亦有记载："守孤抱穷，无所依怙。婆罗门法，若不如意，便生自烧身。"（《佛说未曾有因缘经》卷下）

神意裁判。古代印度遇事难明，有请神决的习俗。大史诗《罗摩衍那》中，悉多被魔王劫往魔宫，被救回后，民间流言四起，说其不贞。于是，悉多投火自明。这是"神意裁判"的著名案例。在佛经中亦有类似记录。耶输陀罗为证明自己清白，捉石投著水中，遂立誓愿："我今要誓，如实不虚，唯除太子，更无丈夫，共行彼此。我所生儿，实是太子体胤之息。是不虚者，令此大石在于水上浮游不没。"时彼大石，如彼要誓，在于水上，遂即浮住，如芭蕉叶浮于水上，不沉不没，亦复如是。（《佛本行集经》卷五一）

乳涌认亲。印度人民相信亲生母子相见时，母亲的乳房会不由自主地流出乳汁来，梵语文学中多有此类描写。如檀丁《十王子传》记婆罗摩提遇见一个妇人，将其又是搂抱，又是嗅闻，两只乳房里喷出了奶水，她告诉婆罗摩提说她是他生母。[1] 此类记载，在佛经中甚多，有的已具传奇色彩：

1. 吴海勇：《中古汉译佛经叙事文学研究》，第 148 页，北京：学苑出版社，2004 年版。

夫人语言："汝慎莫举手向于父母，我是汝母。"千子问言："何以为验，得知我母？"即时两手按乳，一乳之中有五百歧，入千子口中，其余军众，无有得者。（《杂宝藏经》卷九）

古代印度人相信"沸血出面"致死，佛经中广有记载，颇具神秘色彩。佛经中还记有应对之法，讲佛陀灭度之后，伽叶与群臣怕诚信佛教的阿阇世王沸血出面，便设法让他坐在香油池中，然后随图解说世尊行迹，次至世尊灭度形变图，经云：

> 王便愕然，举身毛竖，深生悲恋，思慕如来。此池中油五分之一，忽然流注，入
> 王身中，譬如焦墼，投入大池，水自渗入，彼亦如是，由斯因缘，命得全济。（《付
> 法藏因缘传》卷一）

数七崇拜。印度人自古崇拜数字七，这与他们发达的天文知识有关。"佛经文学故事中有关'七'的例证，更能见出数七崇拜的民间性与普遍性。"[1]

1. 吴海勇：《中古汉译佛经叙事文学研究》，第157页，北京：学苑出版社，2004年版。

> 若人断三结，身见疑戒，取名须泥洹，不堕恶道，必得正智，极至七有……极七
> 有者，是人于七世中无漏智熟，如歌罗罗等，七日变成；又如服酥等，极至七日，坚
> 病则消；又如亲族，限至七世；又如七步蛇，螫人身时，以四大力故，得至七步，以
> 毒力故，不得至八；又欺诳法，极至七世；又如七日出时，则劫烧尽。如是七世集无
> 漏慧，烧烦恼尽。（《成实论》卷一）

月宫神话。关于月亮的故事和民俗，佛经中记载很多。如："如罗睺罗，阿修罗王以手遮月，世间诸人咸谓月触。"（《大般涅槃经》卷九）又如："有诸外道奉事日月，日月蚀时，诸婆罗门群党相逐，手执具杖，举声疾呼，为救日月故，过精舍边，见诸比丘便瞋恚言：'是沙门释子，是阿修罗党。'"（《摩诃僧祇律》卷四）又如："事日月法，昼以日出，夜以月明，向日月拜，没乃休止。"（《法句譬喻经》卷一）

大海不宿死尸。佛经中关于大海不宿死尸的记载相当多，诸如："大海清净不受死尸，若有命终者，过夜风便吹著岸上。"（《中阿含经》卷九）"譬如大海清净不宿死尸，若有臭尸，风吹上岸。"（《十诵律》卷三三）佛教利用印度人的这种信仰，将其引入僧戒。《大智度论》卷二二有偈颂云：

> 众僧大海水，结戒为畔际。
>
> 若有破戒者，终不在僧数。
>
> 譬如大海水，不共死尸宿。

动植物候。佛经中许多关于动植物候的记载，有的虽然汉地也有，但因体现的文化背景不同，

所以值得特别观照。"首先，佛经文学对这些动物特性的揭示充分体现了印度古人与动物之间近距离关系，不同于中土文学猎奇式观照；其次，附著于动物身上的神秘信仰，以及印度古人想象中的神幻动物的存在，更是反映了古印度文化特色；复次，古印度神秘文化赋予动物充分的人性也是中土文学相对匮乏的。此外，我们还应特别留意佛经载体本身对叙述对象的影响。"[1]

1. 吴海勇：《中古汉译佛经叙事文学研究》，第 173 页，北京：学苑出版社，2004 年版。

狮子。作为兽中之王，佛经中对狮子的记载极多。中国人对狮子的许多认识，皆从佛经中来。佛经中的狮子，不仅是自然界的狮子，更是经过改造而神化了的狮子。这种神化，是为了说明佛是"人中狮子"。

> 如狮子王，清净种中生，深山大谷中住，方颊大骨，身肉肥满，头大眼长，光泽明净，眉高而广，牙利白净，口鼻方大，厚实坚满，齿密齐利，吐赤白舌，双耳高上，髦发光润，上身广大，肤肉坚著，修脊细腰，其腹不现，长尾利爪，其足安立，巨身大力，从住处出，偃脊频伸，以口扣地，现大威势，食不过时，显晨朝相，表狮子王力，以威獐鹿熊罴、虎貔野猪之属，觉诸久睡，降伏高。有力势者，自开行路，而大哮吼。如是吼时，其有闻者，或喜或怖，穴处者隐缩，水居者深入，山藏者潜伏，厩象振锁，狂逸而去，鸟飞空中，高翔远近，佛师子亦如是。（《大智度论》卷二五）

这大概是汉译佛经中对狮子最详尽、生动的描写，最后一句"佛师子亦如是"是真用意。

佛经中还有大量狮子崇拜的描写。如："譬如有人用狮子筋以为琴弦，音声既奏，余弦断绝。……譬如牛马羊乳，合在一器，以狮子乳投彼器中，余乳消尽，直过无碍。"（《大方广佛华严经》卷五九）

佛经中还有狮子座、狮子皮、狮子虫等等题材，其中"狮子虫"是用来警戒佛家弟子的。《梵网经·卢舍那佛说菩萨心地戒品第十》云："若佛子以好心出家，而为名闻利养，于国王百官前说七佛戒，横与比丘、比丘尼、菩萨弟子作系缚事，如狮子身中虫，自食狮子肉。"

象。佛经中关于象的记述极多。中国古代关于象的知识，如捕象、驯象、象戏、象战等等，大多来自汉译佛经。以下文字，是对象的自然描写："如象有双耳。垂一鼻，头有三隆，耳如箕，脊如弯弓，腹大而垂，尾端有毛，四脚粗圆，是为象相。"（《十二门论》）象王作桥的境象令人回肠荡气："群象欲出，见有大坑不能得过。……时象群主以身横在坑上为桥，使五百群象于脊上过。群象过已，做势踊跳。"（《大宝积经》卷七九）太子以象形投胎降世的描写，

显得神圣庄严："昨有五百大香象王，色白如雪，齐有六牙，在王宫门，忽然而现。"（《佛本行集经》卷九）

佛经中关于"盲人摸象"、"香象渡河"的题材，曾引起无数人的兴趣。

龙。中国是龙的故乡，汉译佛经中也有许多龙。印度文化中有 Nāga，Nāgarāja，音译那伽，那伽罗阇，意译龙、龙王。"译'那伽'为'龙'，很大程度上助成中土崇拜的龙神与古印度神秘文化中的'那伽'二者形象的复叠。"[1]印度人是这样描写龙的："龙王眷属童子入白龙王言：

1. 吴海勇：《中古汉译佛经叙事文学研究》，第 205 页，北京：学苑出版社，2004 年版。

'不知何人身著赤衣，居在水上侵犯我等？'龙王闻已即大瞋忿，从宫中出，见大德末阐提，龙王忿心转更增益，于虚空中作诸神力，种种非一，令末阐提比丘恐怖，复作暴风疾雨雷电霹雳，山岩崩倒，树木摧折，犹如虚空崩败。"（《善见律毗婆沙》卷二）

佛教东来，造成中国龙和印度龙的复合，关于龙的题材更加丰富多彩。中印文化中的龙和那伽，最初形象都是蛇，所以将二者结合，显得自然而然。若细分区别，中国龙多神性、重意象，印度龙多法力、重财富。在印度文化中，龙的地位并不高，但龙与象结合，则地位大增。在佛经中更有以龙象称菩萨、如来的。如："复有人菩萨人中象王，人中象王，名为龙王。"（《大般涅槃经》卷三二）又如："如来身者，亦名龙象，彼象者亦名龙象，如来世雄三界独尊，象

2. 印度学者兰密施（Jairan Ramesh）于 2005 年将 China 和 India 合起来，创造了一个新词 Chindia，谭中将其译成"中印大同"，我造了一个新字"龘"来对译 Chindia，即取龙象合一之意。详见《释"龘"（CHINDIA）》，见杰伦·兰密施《理解 CHINDIA——关于中国与印度的思考》，银川：宁夏人民出版社，2006 年版。

者龙中独尊。"（《出曜经》卷一六）中国龙，印度龙，因佛教东传而合二为一。[2]六朝后的中国龙，不但神威、法力广大，而且富有财宝和人情味。

莲花。汉译佛经带给我们的植物题材，有莲花、菩提树、多罗等，其中以莲花的影响最大。"譬如青莲芙蓉蘅华生于污泥，长养水中，虽在水中，其根叶华实，在水无著，亦无所污。"（《佛说寂志果经》）"譬如莲花，出自污泥，色虽鲜好，出处不净，以是悟心，不令生著。"（《大智度论》卷一四）莲花是印度全民喜爱之花，现为国花，古代各宗教都视莲花为吉祥，佛教更有步步生莲、口吐莲花、莲花宝座等故事。

中国爱莲，历史悠久。《诗经》中就有将荷花比作美女的诗句："彼泽之陂，有蒲与荷。有美一人，伤如之何？"（《陈风·泽陂》）以后历代都有爱莲、颂莲之诗，佳作名句不断。但到宋代，莲花的地位空前提升，这与宋代的社会风尚有关。莲花从譬喻美人，走向比德君子。周敦颐的《爱莲说》所以家喻户晓，成为千古名作，因为它赋予了莲"中通外直"的君子的人格特征，成为宋代社会审美的点睛之笔。美学意象，"莲花"至今仍充满活力。佛教在中国长

期流传，到宋代与中国文化的关系，已经进入融合、消化的平稳时期。《爱莲说》中的莲花，是佛家的爱莲情结与理学的节操意识互相结合的产物。因此，《爱莲说》出于程朱理学的开山祖师周敦颐之手，是自然之事。可以说，"我们观念中的荷花是中国文化和印度文化的一个结合体、复合体。'一花一世界'，对荷花意象进行解析，既有助于认识中国丰富多姿的传统文化，也可以去了解中土文化与外来文化的交汇。"[1]

1. 俞香顺：《中国荷花审美文化研究》，第 14 页，成都：巴蜀书社，2005 年版。

题材的突破

中印文化迥异，佛经汉译时虽然经过筛选，对某些内容做了删除、节译、音译等技术处理，但还是有许多内容显得很"出格"，对中国传统题材有了冲击性的突破。中国自古是礼乐之邦，讲"人伦"、"知耻"，而佛经中这些出格题材，主要是一些"无礼"的内容。现举其要者，约说一二。

古代印度教三大派中有性力派，此派左道极言性的功力，后与佛教密宗合流，在印度颇成气候。在汉译佛典中，也不乏性崇拜内容。《摩诃僧祇律》卷十八："复有食名，男子是女人食，女人是男子食。"魔女引诱菩萨，是佛本生故事中的重要题材。《佛本行集经》卷二七，用散文体译出魔女的种种勾引动作。在中土人士眼中，大为不堪。用韵文所译《佛所行赞》卷一，情景相同，但已含蓄不少：

> 往到太子前，各进种种术。
>
> 歌舞或言笑，扬眉露白齿。
>
> 美目相眄睐，轻衣现素身，
>
> 妖摇面除步，诈亲渐习近。
>
> 情欲实其心，兼奉大王旨，
>
> 慢形媟隐陋，忘其惭愧情。
>
> 太子心坚固，、、、、、、、、、
>
> 犹如天帝释，诸天女围绕，
>
> 太子在园林，围绕亦如是。
>
> 或为整衣服，或为洗手足，
>
> 或以香涂身，或以华严饰，

> 或为贯璎珞，或有扶抱身。
>
> 或为安枕席，或倾身密语，
>
> 或世俗调戏，或说众欲事，
>
> 或作诸俗行，规以动其心。

佛经中最遭诟病的内容，是描写佛陀"阴马藏"的文字。所谓"阴马藏"是佛陀"三十二相"、"八十种好"之一。"事实上，马藏相是古印度大人异相的特征之一。佛经记佛陀生前为取信于人，主动将私处示人。"[1] 不少佛经都有记载：

1. 俞香顺：《中国荷花审美文化研究》，第237页，成都：巴蜀书社，2005年版。

> 于是世尊即如其像作如意足，如其像作如意足已，伏罗多、摩纳见世尊身阴马藏及广长舌。（《中阿含经》卷四一）

据《佛说观佛三昧海经》卷八记载，佛陀露阴示人共两次，一次在出家之前，耶输陀罗及众彩女疑其不男，他显示了一次。一次在成佛之后，有淫女诋毁他："本性无欲，人言不男，故于众中演说苦空。"诸淫女表示，如敢出身相示，审有此相，愿为弟子。于是佛陀化作象、化作马，示以阴相。淫女言是幻术，佛陀暂遣会众，独对众淫女出示阴马藏相。"佛陀以阴马藏相示人事敷演得无以复加。这在汉语文学无疑是空前绝后的。"[2]

2. 俞香顺：《中国荷花审美文化研究》，第239页，成都：巴蜀书社，2005年版。

以上惊世骇俗的记载，为认识佛教从小乘到大乘再到金刚乘（密宗）的发展轨迹，提供了重要依据。

俞晓红《佛教与唐五代白话小说研究》一书，[3] 第五章专论"唐五代白话小说的题材来源"，

3. 俞晓红：《佛教与唐五代白话小说研究》，北京：人民出版社，2006年版。

与吴著所述有上下游关系。现将俞著相关内容概述如下：

俞著将唐五代白话小说的题材来源归为四类，第一类为"佛经故事的直接演化"，又将此类题材分为四组：

八相题材

所谓八相，是佛陀成道过程的八种仪相，亦称八相成道、八相示现、如来八相、释迦八相、八相作佛。一般认为，这八相是：1.降兜率相，叙释迦从兜率天降生，现五瑞：放大光明，大地震动，诸魔宫魔殿隐蔽不见，日月星辰无复光明，天龙等众悉皆惊怖。2.入胎相，叙菩萨入住母胎：净饭王仁贤，摩耶夫为前五百世曾为佛母，故往彼托胎，母从右胁入，身映于外如处琉璃。摩耶夫人梦有六牙白象入于右胁，占梦谓将生圣子。3.降生相，叙菩萨四月八日初出：

摩耶夫人于蓝毗尼园手举无忧树，太子从右胁处，生七茎莲花，大如车轮，自行七步，口有唱言："我于世间，最为殊胜。"难陀、跋托罗龙王降温凉二水，灌太子身，其身呈金黄色，具三十二相，放大光明，普照三千大千世界。4. 出家相，叙菩萨出家修道：太子十九岁，出游四门，悟世无常心欲出家。父王不允，以世间种种喜悦惑之。二月七日，太子身放光芒，诸天来见太子，言："无量劫来所修行愿，今者正见成熟之时。"太子于深夜趁所有綵女熟睡之时，乘马至跋伽仙人苦行林中，剃发染衣修行。5. 降魔相，叙菩萨降伏魔波旬：菩萨将于菩提树下成道，大地震动，放大光明，隐蔽魔宫，魔波旬大恐怖，令三女乱菩萨净行，菩萨变三女为老妪。魔王大怒，聚集丑形大魔军众，风雨雷电齐至，刀箭斧钺同发，掷刀而刀粘其手，放箭而箭停空中，斧钺戟戈住在虚空不下，又作野兽魔怪种种恶声，然皆不能加害，群魔忧戚，悉皆退散。6. 成道相，叙菩萨成道：菩萨降伏魔众，大放光明，随即入定，悉知过去所造善恶，死此生彼之事。于腊月八日明星出时，豁然大悟，得无上道，成最正觉。7. 说法相，叙世尊说法：菩萨成道，欲说法度众生。时受梵王请，即往鹿野苑，为陈如等五人转四谛法轮，说大小乘种种教法。8. 涅槃相，叙世尊入灭：世尊度化世间四十五年，将入涅槃。于二月十五日，卧七宝床，其林忽然变白，世尊受纯陀长者最后供已，遂于中夜进入涅槃。诸天人等以干端拴缠裹其身，七宝为棺，盛满香油，积诸香木，以火焚之，收取舍利，分为八份，起塔供养。

在不同佛典中，对八相的记述不尽一致，但大同小异，没有根本不同。记述这一题材的变文作品共有9篇，分三类：《太子成道变文》（一一五篇）为一类，文字比较简练，情节比较简单；《太子成道经》、《八相变》、《悉达太子修道因缘》三篇为一类，情节安排、韵散相间的叙事方式、语言风格，极为接近或相似，当是差不多同一时间的作品。《破魔变文》单独为一类，它单就菩萨成道后降伏魔王、魔女，进行铺演渲染，体现出一定的文学创作的主动意识。

经过对成道八相的九篇变文内容的分析比较，俞晓红认为："佛传系列的白话小说中，《八相变》当与《破魔变文》前后同时，也应在 10 世纪上半叶；《太子成道经》或在 9 世纪末 10 世纪初；悉达《太子修道因缘》则当在 10 世纪中叶或更晚；五篇《太子成道变文》为最早出现的作品，当在 9 世纪末。"[1] 作者对九篇变文出现时序的判断是精当的，但对它们出现的最

1. 俞晓红：《佛教与唐五代白话小说研究》，第 264 页，北京：人民出版社，2006 年版。

早时间定在公元 9 世纪末，还需要进一步推敲。

目连题材

目连，全名大目犍连，号称"神通第一"，为释迦牟尼右胁侍，十大弟子之一。关于目连题材，在中国小说、戏文中，有众多版本。有名的小说篇目至少有三种：《目连变文》、《大目乾连冥间救母变文》和《目连缘起》。目连故事，是逐渐丰富发展起来的，两晋竺法护所译《佛说盂兰盆经》（简称《盂兰盆经》）是一个重要文本。全经共 835 字，讲目连救母于"倒悬"（Ullambana，盂兰盆）的故事。《盂兰盆经》和佛典中其他有关目连救母的文本《佛说报恩奉盆经》（即《报像功德经》）及已不可考的《灌腊经》"三经同本重出"。[1] 这样，《盂

1. 刘祯：《中国民间目连文化》，第 2 页，成都：巴蜀书社，1997 年版。

兰盆经》的源头地位变得愈发重要了。《目连变文》现存约 1 500 字，《大目乾连冥间救母变文》约 12 000 字，《目连缘起》约 4 000 字，皆从《盂兰盆经》敷演而来。

《盂兰盆经》主要内容为：目连初得神通，欲度父母，见亡母在饿鬼中，盛饭饷其母。母食未入口，化成火炭。佛言：汝母罪深，须十方众僧威神之力，乃得解脱。目连依佛言供养十方大德僧众，母得解脱。佛言七月十五应为现在父母、过去七世父母作盂兰盆会，尔时目连比丘，四辈弟子，闻佛所说，欢喜奉行。于是盂兰盆会成了中国民间的盛大节日，目连形象和目连故事变得妇孺皆知。目连变文、目连戏大受欢迎。正如俞著指出："目连救母故事在中国民间流传日久，深入人心。有关目连的变文抄本之多，为所有变文抄本之最，可为一证。而缘于目连救母故事的盂兰盆法会，其形式之繁盛、历史之悠久，也为中土民间各种节会所罕有。"[2]

2. 俞晓红：《佛教与唐五代白话小说研究》，第 269 页，北京：人民出版社，2006 年版。

中国戏曲界有"一梁四柱"之说，"一梁"所指就是目连戏。一些老艺人，把目连戏叫做"戏祖"或者"戏娘"，《目连救母》的故事更是家喻户晓。

近二十年来，中国学者中也掀起了一股小小的目连文化研究热，博士论文、硕士论文以目连为研究对象的不在少数。比较著名的博士论文就有刘祯的博士论文《目连戏研究》（1991 年），经增益后，于 1997 年以《中国民间目连文化》为书名由巴蜀书社出版。朱恒夫的《论目连剧文化》（1998 年）、王馗的《鬼节超度与劝善目连》（2002 年）。硕士论文有张玮的《华天梵形——目连形象中国化》（2004 年），相关内容收入由其撰写的《佛教与中国文学》，作为《梵典与华章》的第五章，于 2004 年由宁夏人民出版社出版。

然而，正是这个在中国民间最热门的佛教文学题材——目连救母，并非印度原装，而是经过中国人的改造，甚至被认为是中国人伪造的。认为《佛说盂兰盆经》是伪托之作的论据主要

有两条：其一，目连救母故事未能互见于其他佛经，孝道思想并非印度佛教教义，而是中国传统的伦理思想。其二，在《僧祇律》、《毗奈耶杂事》等佛典中，目连的印度形象除了"神通第一"之外，有许多缺点：喜爱卖弄，妄语，好色，于母不孝。在后来的目连救母的戏文里，目连的所作所为完全颠倒了过来。将一个印度的本领高强但忤逆不孝之子，改造成了一个大勇至孝的好儿郎。对于目连救母是否伪托，是否改造，可以进一步研究。对于中印文学交流和中外文化比较研究而言，这种伪托和改造，带给我们的思考更多、更深。

《中国民间目连文化》，刘祯著

祇园题材

祇园全称祇树给孤独园，佛陀长久在此说法，与王舍城竹林精舍，并称为印度佛教两大精舍，是佛教重要圣地。佛教中，有多部经典叙述祇园故事，充满虔诚、庄严和神圣。中国高僧法显、玄奘等，也都在他们的著作中有所记述。中国人喜欢文化造园，祇园在中国僧俗中，有广泛影响。

俞著认为，祇园题材的作品有《祇园因由记》和《降魔变文》，来源于《贤愚经》卷十《须达起精舍品第四十一》，叙述须达长者及祇陀太子奉施祇园为世尊弘法道场的因由始末，故事曲折生动，涉及诸多神变内容。《祇园因由记》内容与经文大致相同，情节有所增删，淡化了说法色彩，以致故事性更为突出。本经约 1 400 字，《祇园因由记》约 2 800 字，完全散文。《降魔变文》文体韵散结合，约 13 000 字，规模大为扩展，主要情节与《祇园因由记》相同，不同之处有二，一是斗法顺序不同，二是增加了新的情节。"从作品的美学品格而言，《降魔变文》

远高于《祇园因由记》。《祇园因由记》承袭经文而又未直接搬用经文，是熟稔内典的僧家口述的祇园故事。《降魔变文》在此基础上又作了诸多艺术加工，篇幅扩展近十倍，情节更加婉曲，更重场景的铺叙和气氛的渲染，人物对话增加，且注意塑造人物性格，具有较强阅读性。"[1]

1. 俞晓红：《佛教与唐五代白话小说研究》，第 273 页，北京：人民出版社，2006 年版。

其他题材

俞著在此列出四个题材：《难陀出家缘起》、《欢喜国王缘》、《丑女因缘》、《四兽因缘》。她还一一列出四部作品所依据的本经，对本经和作品故事内容作出对比分析，同时，对陈允吉、傅璇琮等名家的相关论点进行引述，并发表自己的见解，颇为允当，颇有见地。

俞著认为，唐五代白话小说的题材来源的第二类是"僧道故事的敷衍变异"，第三类是"史实时事的异样观照"，第四类是"民间故事的杂糅变迁"。这三大题材来源，对唐五代白话小说创作和研究来讲，同等重要，但与印度故事的关联度却越来越少。这种外来成分递减的情况，是符合文学交流规律的。限于本书的研究范围，我们只能对其中与佛教关联较多的题材，略作引述。

慧远题材。慧远材料有慧皎《高僧传》卷六中的本传和《庐山远公话》。作者对二者作了详细的比较分析后，认为："《庐山远公话》将近 19 000 字，在唐五代白话小说中可以算是较长的一篇了。袭用僧传中本传的内容和篇幅都比较有限，敷衍变异出来的情节比较长，这反映本篇已经出现明确的虚构意识。"肯定作品的虚构意识，指出它"具备了小说的特质"，[2] 这是十分中肯的。

2. 俞晓红：《佛教与唐五代白话小说研究》，第 284 页，北京：人民出版社，2006 年版。

另外，慧远在中国佛教史是一个标志性人物，他一方面深居庐山三十余年，影不出山，迹不入市，强调"沙门不敬王者"，一方面努力将佛教中国化，推动儒释道合流，以至有人附会编出"虎溪三笑"的佳话，成为僧人文士的雅谈。

玄奘题材。此类题材作品有《大唐三藏取经诗话》一种，计约 1 200 字，《诗话》所叙情节皆有标题，从标题序号看应有十七个故事。"总体情节上仍以玄奘法师为主要人物，叙写西行路上所遇到的或惊险或传奇的故事，风光景物也有描写，但并不多。最重要的是出现了猴行者的形象，由于人物的增加，使得原本充满险恶间阻的西行之路，变作了生动有趣的情节展示空间。"[3]

3. 俞晓红：《佛教与唐五代白话小说研究》，第 287 页，北京：人民出版社，2006 年版。

唐僧取经故事，在所有佛教题材中，其影响力是第一位的。《大唐三藏取经诗话》，在取经故事的演变发展中，具有承上启下、举足轻重的地位。然后，过去传统观点如王国维、胡适、游国恩等等，都认为《取经诗话》是南宋话本，造成研究中的种种困惑。俞著吸取李时人等的研究新成果，结合自己的分析，将《取经诗话》定为唐五代小说，不但允当，而且为《西游记》研究的深入增添了新推力。[1]

1. 有学者认为："把《大唐三藏取经诗话》作为唐五代作品来研读，是《西游记》研究发生变化的一个极其重要的环节——一个怎么强调都不过分的重要环节。"见蔡铁鹰《〈西游记〉的诞生》，第69页，北京：中华书局，2007年版。

《叶净能话》是道家题材，"然又带有释家景象在内，如作品开篇叙叶净能学道，'感得大罗宫帝释，差一神人'云云。……又如玄宗夜游月宫时所见的景象，乃是释家想象世界与中土月宫世界的结合物"。[2]这说明，在宗教利益上佛道有争斗，但在思想、意境、语言上，彼此往往没有太严格的区分了。

2. 俞晓红：《佛教与唐五代白话小说研究》，第291页，北京：人民出版社，2006年版。

《舜子变》是华夏祖宗的题材，但在当时的创作语境中，不免和佛教有沾连。"舜子变"的这个"变"，来自佛家变文、经变。"《烈女传》则又增出二妃助舜的细节，每有急难舜必问妃，二妃每予以信心，而舜每次均能化险为夷。完廪焚廪，浚井揜井事，为变文所采用，二妃襄助改为帝释救助，使得故事更具因果意味。"除此之外，变文还对中国传统情节做出内容或时序上的变化，使得"舜的故事就潜移默化为佛家善恶因果思想的一个中国化的艺术载体"。[3]

3. 俞晓红：《佛教与唐五代白话小说研究》，第294页，北京：人民出版社，2006年版。

《韩擒虎话本》是描写隋初大将韩擒虎的作品，约有8 000字。它的"一些小说化的虚构艺术为后世历史演义、英雄传奇类小说所承袭，如取贺若弼、长孙晟事移植到韩擒虎身上的移花接木之计，在《三国演义》中即有运用：怒鞭督邮事于史是刘备所为，至小说中移植于张飞之身；草船借箭史为鲁肃所为，小说则放置于诸葛亮身上。这一技巧同样也是为了彰显刘备之仁、诸葛亮之智。从这个意义上说，《韩擒虎话本》也可算作中国古代历史演义和英雄传奇类小说的滥觞"。[4]这个影响巨大的话本的成书及其内容，和佛教有着重要联系。话本中"八海龙王听经而以龙膏报、法华和尚进膏预言，则是缘自隋文帝崇佛兴佛的背景。因此这一情节足可证明话本当是寺院俗讲材料"。[5]

4. 俞晓红：《佛教与唐五代白话小说研究》，第305页，北京：人民出版社，2006年版。

5. 俞晓红：《佛教与唐五代白话小说研究》，第303页，北京：人民出版社，2006年版。

属于"时事题材"的《张义潮变文》、《张淮深变文》，也与佛教有很深渊源。"按张义潮与僧徒的密切关系看，变文为僧徒所作所演亦属正常。张义潮既是当地望族之后，又是忠实佛徒，初时，'阴结豪杰，谋自拔归唐'，所积聚的力量中就有大量僧徒。"[6]张淮深为张义潮族子，和义潮一样，军功卓著，拜为尚书。张家崇佛，广为布施，建寺凿窟，义潮姐

6. 俞晓红：《佛教与唐五代白话小说研究》，第309页，北京：人民出版社，2006年版。

妹中有多人出家为尼。对于这样一个家庭，出现变文、变相图，是自然而然的事情。

作为"民间传说"题材的《韩朋赋》，由干宝《搜神记》中的"韩凭妻"演变而来，情节多有增敷。"原故事变成鸳鸯已结束，而《韩朋赋》却又增加了鸟羽拂项而落头、宋亡、梁伯发配的结局。延伸了传说的神异色彩，不仅使得故事有了一个符合百姓愿望的结果，而且还产生了一个新的主题，即如篇末所言：'行善获福，行恶得殃。'这实际上暗含了释家的善恶因果观。"[1]

1. 俞晓红：《佛教与唐五代白话小说研究》，第 317 页，北京：人民出版社，2006 年版。

董永和七仙女的故事，在中国家喻户晓。董永最早记于刘向《孝子传》，是二十四孝之一。在后来的流传过程中渐渐也有了佛家色彩。"变文叙天女来自'帝释宫'，董仲后至'阿耨池'边寻母，而故事的主题又是董永至孝感动天女相助、婚配生子，是儒家之'孝'与佛家因果观的结合，故而此故事带有一定的释家伦理色彩；而天女与凡人婚配故事，又是民间仙道故事中常见的人仙婚恋母题的再现。"[2]

2. 俞晓红：《佛教与唐五代白话小说研究》，第 318 页，北京：人民出版社，2006 年版。

《黄仕强传》是民间感应故事。讲陆县保定坊黄仕强死而复活。"此类作品除在故事情节与叙事手法，极具小说文学的特质与意义外，其于佛教文献学与佛教史学上亦深具意义"，"透过敦煌文献所保存灵应故事的析论，结合译经、讲习、信奉三者的相互参照，相信对于上承六朝，下启宋元的中国佛学经典流通与民间信仰发展脉络的掌握当有所助益。"[3] 自然，对于中印文

3. 俞晓红：《佛教与唐五代白话小说研究》，第 323—324 页，北京：人民出版社，2006 年版。

学交流史研究，也是生动而宝贵的材料。

《燕子赋》属于寓言故事，在敦煌藏卷中有九个写本。作品像一则寓言故事，它用游戏笔墨虚拟了一场发生在燕子和黄雀之间的巢穴争端。黄雀落败，在狱中叹曰："古者三公厄于狱卒，吾乃今朝自见。惟须口中念佛，心中发愿，若得官事解散，验写《多心经》一卷。""《多心经》即《般若波罗蜜多心经》，此处以黄雀的醒悟与悔恨，宣扬佛家的色空观念，有警戒贪嗔物欲的用意。"[4] 有学者认为，《燕子赋》描写雀占燕巢的情节"其实就是影射佛教入中土

4. 俞晓红：《佛教与唐五代白话小说研究》，第 327 页，北京：人民出版社，2006 年版。

而与道教相争之境况的"。[5]

5. 俞晓红：《佛教与唐五代白话小说研究》，第 328 页，北京：人民出版社，2006 年版。俞著原注：王昆吾《从敦煌到域外汉文学》，第 34 页，北京：商务印书馆，2003 年版。

和《燕子赋》同属于"寓言故事"的《茶酒论》，也和佛教有关系。《茶酒论》与佛经的关系，可以从两个角度来审视。"一是语言形式上多有佛经用语，如'人生四大：地水火风'，直接将佛家四大搬用于水之调解茶酒争执；又如'阿你两个，何用匆匆？阿谁许你，各拟论功'句中，'阿你'、'阿谁'都是佛经翻译到中土时衍生出来的语法。二是题材类型本身源于佛经。"[6]

6. 俞晓红：《佛教与唐五代白话小说研究》，第 329 页，北京：人民出版社，2006 年版。

.

所谓题材源于佛经，是指佛经中"两头鸟"和"蛇头蛇尾争大"的故事。这本身是印度古老的寓言，但出现在《茶酒论》中，却别有新意，引起中国学者的注意。

王昆吾论及《茶酒论》的结构时，以为它和御前佛道二教论衡的情况极其相似：水是皇帝的化身，其作用是提出论题和仲裁胜负；茶与酒则是佛道两教的化身，其任务是就皇帝所提出的论题进行论辩。"据此可知：《茶酒论》是论议伎人模仿御前二教论衡之形式，采择在民间广泛流传的茶酒争功题材而创作的论议伎艺底本。"[1] 张鸿勋在其《敦煌故事赋〈茶酒论〉与

1. 王昆吾：《从敦煌学到域外文学》，第 28 页，北京：商务印书馆，2003 年版。

争功奇型小说》[2] 一文中，对唐后争功奇型的小说篇目曾予以揭示，计有宋罗烨《醉翁谈录》

2.《敦煌研究》1989 年第 1 期。

之"眉眼口鼻争能"，嘉靖中叶《清平山堂话本》之《梅杏争春》，明邓志谟《茶酒争奇》、《梅雪争奇》、《风月争奇》、《花鸟争奇》，藏族民间故事《茶酒仙女》，冯梦龙《广笑府》之《茶酒争高》。邓志谟争奇类小说中还有《童婉争奇》和《蔬果争奇》[3]。这些故事应该都是《茶酒

3. 又张瑞芬在其《敦煌写本〈四兽因缘〉〈茶酒论〉与佛经故事的关系》一文中亦曾予以详细论述，载《兴大中文学报》第 6 期，1993 年 1 月。

论》争功奇母题的延续和发展。[4]

4. 俞晓红：《佛教与唐五代白话小说研究》，第 329 页，北京：人民出版社，2006 年版。

以上引述，足以告诉我们，佛教给中国文学带来的题材，丰富多彩而令人触目惊心。若不是借着佛教的冲力，许多题材在汉家语境中是不能自生与存在的。《中古汉译佛经叙事文学研究》和《佛教与唐五代白话小说研究》尚不是研究佛教文学题材的专书，实际上佛教带给我们的新题材，要比二书提及的多得多。

在人类文明史上，资源开发和文明进程成正相关。资源开发得愈好，文明愈进步。物质文明是这样，精神文明也是这样。文学题材是一种精神资源。研究佛教、佛教文学带来的丰富题材，对于研究中印文学交流、研究文学题材学，都是极其宝贵的。历史上有众多印度题材，到如今有的淡忘了，有的走样了，有的依然生命力旺盛。这是题材的命运问题，也是文学的命运问题，难道不值得我们当下的作家和文学理论研究者深思吗？

第三节　佛教文学对中国文学形象的影响

形象，是一个民族极为宝贵的精神财富，是伟大的软实力，不可摧毁、不可剥夺。凡是拥

有众多非凡形象的民族，就是足以自豪的民族。形象，有文学形象，有艺术形象，包括听觉形象、视觉形象等等。由于文学特别是口头文学的原生性、普在性和易传性，文学形象一直是所有形象之母。我们在这里要讨论的，是佛教、佛教文学对中国文学形象的影响问题。形象与题材密切相关。佛教在给中国文学带来大量印度题材的同时，也给中国文学带来众多印度形象，并且和中国原有形象结合，培育出一批"混血"新形象——中国佛教文学形象。

一、 中国佛教文学中的形象谱

诸佛部

释迦牟尼佛、药师佛、阿弥陀佛、弥勒佛、笑口弥勒、毗卢遮那佛、阿佛、宝生佛、多宝佛、燃灯佛。

菩萨部

文殊菩萨、普贤菩萨、大势至菩萨、日光菩萨、月光菩萨、药王菩萨、虚空藏菩萨、地藏菩萨、维摩诘菩萨。

观音部

圣观音、千手观音、十一面观音、不空羂索观音、如意轮观音、准提观音、数珠手观音、水月观音、马郎妇观音、杨枝观音、白衣观音、善财、龙女。

诸天部

帝释天、大梵天、摩利支天、吉祥天、韦驮天、摩首罗天、毗沙门天、持国天、增长天、广目天、鬼子母神、迦楼罗、阿修罗。

明王部

孔雀明王、马头明王、不动尊明王、降三世明王、军荼利明王、大威德明王、金刚夜叉明王、无能胜明王。

罗汉部

宾度罗跋罗度阇、迦诺迦伐磋、迦诺迦跋厘堕阇、苏频陀、诺矩罗、跋陀罗、迦理迦、伐罗弗多罗、戍博迦、半讬迦、罗睺罗、那伽犀那、因揭陀、伐那婆斯、阿氏多、注荼半讬迦、阿难、摩诃迦叶。

以上"形象谱"的内容,来自《中国佛教图像解说》一书。[1]作为佛教图像解说,此书十分周全。

1. 业露华撰文,张德宝、徐有武绘图:《中国佛教图像解说》,上海:上海书店出版社,1997年版。

但作为佛教文学形象谱,显然它是不完全的。还有许多我们非常熟悉的形象,像龙王、阎王、目连、达摩、玄奘、悟空、慧能、贯休等等,都不在其列。但是,从以上介绍已经可知,中国佛教文学形象,是一个庞大家族。对于丰富、增色中国文学形象,起到了无与伦比的推动作用。这在世界文学发展史上是极为罕见的。

二、 佛教文学形象分类与分析

由于印度和中国,地域物候不同,人种语言不同,历史文化不同,所以随着佛教、佛教文学来到中国的印度形象,是那么新奇、异样,甚至怪诞。几乎所有的印度形象,自从来到中国的那天起,就接受中国文化的改造。根据他们的变化及中国人的接受情况,我们可将其分成"公共形象"和"个性形象"两大类。这两类形象都是知名度极高的,他们的主要区别在于中印文化元素结合的程度。一般来讲,公共形象具有以下特征:

神性强,人情味弱;

印度性强,中国化差;

专职性强,全能性弱。

宗教性强,文学性弱。

而"个性形象"的特征几乎正好相反:

人情味浓,神性弱;

中国化强,印度性弱;

全能性强,专职性弱。

文学性强,宗教性弱。

某个形象凡是符合某类型的三项特征者,它就属于某类型。但是,少数形象情况特殊,即使只符合某类型的两项特征,它也属于某类型,而且能够就其特殊性作出说明。现在,我按此分类,将印度来华文学形象进行分析与介绍。

公共形象的特点分析

根据以上对佛教文学形象的分类可知，绝大多数的形象都是公共形象，只有少数属于个性形象。属于个性形象的有观音、目连、维摩诘、唐玄奘、孙悟空，其他都是公共形象。

如此庞大的佛教文学形象阵容，是佛教小乘、大乘、金刚乘三个不同时期发展与叠加的结果。如诸佛部有十个佛，其实只有释迦牟尼佛是历史的真实存在。众多佛的出现，既是教派分裂的产物，也是民众信仰多样化需求的结果。

释迦牟尼在世时，是佛教教团的师傅，或者说教主，其他人都是他大大小小的徒弟。灭寂后，至少在五百年之内，没有出现他的图像。因为，佛陀是个非神论者，反对吠陀教、婆罗门教的一切神。他也反对在佛教内部制造出一个神谱。他的徒弟都认为，佛陀是人天之师，无上高贵，"佛像不可显现"的观念深入人心。他们担心的是佛的思想会走样、流失，所以他们搞了第一次佛教结集，会诵佛的教诲。他们用莲花、菩提树、法轮、佛塔象征佛陀的诞生、成道、传法和涅槃。

佛陀形象的大规模出现，是阿育王弘法和"希腊化"相结合的产物。崇尚人体美的希腊文化和佛教思想在印度西北部、中亚地区发生碰撞。于是，世界艺术史上产生了一次伟大飞跃，出现了兴盛一时的犍陀罗艺术，以人的形象来表现佛陀。艺术家们依据的便是早期佛经和他们的想象。而中印度、南印度一直恪守传统，直到公元 2 世纪左右，中印度的秣兔罗才有佛像出现。实际上，早在佛陀在世之时佛像已个别出现。（详见第六章《印度戏剧与中国戏剧

《佛心梵影》，王向远等著

的关系》）

大乘佛教、小乘佛教的区别，不仅仅是救度人的多少、救度方法的难易，还包括船（乘）上的船手的数量。小乘佛教只有释迦牟尼佛一个艄公，到大乘佛教，船上就多了许多艄公、船手。到了金刚乘时期，又多了许多。到了中国禅宗兴起，才遏制住了这种势头。但是，禅宗遏制的仅是佛殿中的神位，对佛教文学形象并未设限，许多文学性强的个性形象，正是在禅宗兴起之后培育起来的。

在众多佛教形象中，释迦牟尼是第一号人物。不管佛教怎样发展，出现多少佛，什么横三世、竖三世，什么有三十六亿佛、无数佛，他总是佛教的中心，无人能够替代。为什么释迦牟尼是一位公共形象，而不是一位个性形象？尽管他的故事很多，本生故事、佛传故事，内容十分丰富。但是，这些故事都是为突出他的神性服务的，运用的都是神话思维、神话手法、神话情节，把一个历史真实人物——乔达摩·悉达多，塑造成了人天之师——佛陀，一个超级神王。宗教需要神。佛陀否定了一切神，他死后就被奉为超越万神的神。神有的是神性，缺的是人性。所以，佛陀总是高高在上，神性威严，而缺乏人情味，缺乏亲切感。早期佛经中，释迦牟尼法力无边，具备各种功能，随着大乘的兴起，他的许多功能被转移到了其他的佛和菩萨身上去了。渐渐地，释迦牟尼佛作为佛教的缔造者，享有无上尊荣，而不再具有（或无须有）各种具体的功能，成了一个专门的佛教最高符号。

佛教中其他公共形象专职性强的特征，也是由佛教从非神教向多神教发展造成的。道理非常简单，神多了，每个神的功能必然就少，从而，也就从一专多能的阶段，走上一神一功能的专职化道路。

佛教来自印度，中国人出于信仰的需要，对释迦牟尼这个最高佛教符号，保留了尽可能多的印度性。神性、印度性、专职性强，和人情味、中国化、全能性弱，是一个事物互为因果的两个方面。当然，释迦牟尼佛是所有佛教文学形象中的头牌明星，但是他属于公共形象，不属于个性形象。

至于公共形象的宗教性强、文学性弱，个性形象的宗教性弱、文学性强，是由人物性格塑造决定的。根据文学创作的一般经验，形象性格中个性塑造得愈鲜明，人情味愈浓，文学性就愈强。因为是写给中国人看的，这种个性、人情味必须是中国式的，原型中的印度性必得进行改造。不然，就不会拥有广大读者。

现在，我们结合个性形象的实际，来进行一些具体分析。

维摩诘：中国士人最喜欢的佛教形象

不同身份的人，崇拜对象不同。佛教东传的早期，主要在上层流传。最早接触佛经的中国士人，按照同声相应、同气相求的道理，在第一时间就喜欢上了维摩诘。并且形成传统，从六朝名士一直到唐宋达官士人，都顶礼膜拜维摩诘，甚至以维摩诘自居。维摩诘吸引中国士人的主要有三点：一是他的居士身份，二是他的惊世奇才，三是他的二元性格。

《维摩诘经》是一部以人名命名的佛经。他的出现，标志着佛教将从小乘发展到大乘。刘宋时期慧观判教，将《维摩诘经》判为五时中的第三时，即：挫抑小乘，赞扬大乘的"抑扬教"，天台宗将其归入"弹小斥偏，叹大褒圆"的第三方等时中。华严宗则将其归于"五教"内的"顿教"。此经从东汉严佛调首译，到唐代玄奘四百年间共有七译，也说明中国汉地对它的青睐。

按照经文，维摩诘本是东方无垢世界的金粟如来，释迦佛在世时，化身为居士，是中印度毗耶离城的富有长老。《维摩诘经》的一开始，阿难在《佛国品》中说"如是我闻"，释迦佛也是整个辩才神通游戏的组织者和评判者，但真正的主角是维摩诘，不是释迦佛。所以，《维摩诘经》不是佛事纪实，释迦佛、所有出现的菩萨、大弟子，都是为了证实这部经的权威性而设置的角色。客观地看，《维摩诘经》是一部叙事作品，或者说是一个剧本。这样看问题，不仅符合历史真实，而且有利于《维摩诘经》在佛教发展史上的准确定位。

印度佛教在发展过程中，历经种种挑战。最大的有两次，一次是在佛教初期，释迦佛的堂兄弟提婆达多（调达），在轮回、戒律等重大问题上，和佛教主流派展开激烈争论。季羡林认为："他们两个人之间的矛盾斗争，决不是什么个人恩怨，也不仅仅是他们之间的问题，而是在佛教开创时期僧伽内部两条路线的斗争。"[1] 另一次重大斗争发生在公元 1 世纪中叶，婆罗门势力发

1. 季羡林：《季羡林全集》第十五卷，第 215 页，北京：外语教学与研究出版社，2010 年版。

动了一场造经运动，对佛教产生严重冲击。佛教的产生，本身是以婆罗门教为革命对象的。在佛教迅猛发展的洪流中，大量婆罗门归依了佛教。渐渐地，佛教在人员组成、传教语言、学说戒律等各个方面，都已经婆罗门化。那些出家佛徒和在家居士中，凡是有思想、有本事的，都不满意佛教现状，纷纷造新经、立新说。但都打着佛的名义，其实是婆罗门思潮对沙门思潮的冲击，冲

击的结果是互相融合。这种融合，既表现在大乘佛教中，也表现在婆罗门教（印度教）中。

《维摩诘经》是诸多大乘新经中的一种，维摩诘名义上是一位佛教居士，实际是婆罗门思潮的代表人物。由于时代的局限，中国古人无论佛徒还是士人，都不大可能从佛教发展史的视野去认识《维摩诘经》。从六朝名士到唐宋士人，对维摩诘的偏爱，就是爱他的在家居士的身份。因为他们也信佛或信一点佛，都以在家居士自许。

让中国士人心动的第二大因素，是维摩诘的惊世奇才。维摩诘是婆罗门，文化底蕴深厚，他的惊世奇才主要表现为两大方面，一是理论高深，表达犀利，所谓"深达实相，善说法要。辩才无碍，智慧无碍"。二是他精于神通游戏，法力无比，能示显妙喜世界，而且让"释迦牟尼佛，告诸大众：'汝等且观妙喜世界无动如来，其国严饰，菩萨行净，弟子清白'"。中国士人毕竟受儒家教养，对佛家神通游戏不太在意，但对维摩诘的辩才智慧却非常看重。他们以维摩诘自许，对自己的智慧人生充满期待。

维摩诘的二元性格，是中国士人喜欢他的第三大因素。《维摩诘经》中的维摩诘，具有长者十德：姓贵，位高，大富，威猛，智深，年耆，行净，礼备，上敬，下归。但在性格上，这位长者是二元对立的，出世与入世，尊佛与自大，实相与神通，互相都是对立的，而维摩诘所要维持的，正是这一系列充满矛盾的统一。中国历代士人的社会地位，造成他们性格的矛盾性。总体上讲，他们都想忠君，文章卖于帝王家，为国家出力。但实际上常常让他们失望，因忠心上表而遭受贬谪，甚至杀头。久而久之，造成中国士人性格的矛盾与对立。他们希望在忠君、报国与清高、洁身之间达成平衡。但是，在封建制度下，达成这种平衡的可能性，实在太渺茫。于是，佛教虚幻世界中的维摩诘，便成了中国士人的学习榜样和精神寄托。

除了以上三点之外，《维摩诘经》的文学性也是《维摩诘经》招人喜爱的重要因素。正如有学者指出："《维摩诘经》之所以为读者所钟爱，从文学的角度看，主要是因为它成功地塑造了维摩诘这样一个人物形象。他那鲜明的个性、潇洒的风度、超凡的境界、复杂的人格及其丰富的蕴涵，都给读者留下了深刻的印象。"[1]《维摩诘经》的叙事方法，和本生经、五卷书甚至大史诗无异，都是连串插入式，故事里套故事。作品成功的秘诀在于，佛教的更新换代和文学人物性格刻画完美结合，塑造出维摩诘这么个神工天成的人物形象，"就其形象的鲜明性和深刻性，完全可以列入世界文学典型的画廊"[2]。

1. 侯传文：《佛经的文学性解读》，第 37 页，北京：中华书局，2004 年版。
2. 孙昌武：《中国文学中的维摩与观音》，第 53 页，天津：天津教育出版社，2006 年版。

观音：崇拜者最广泛的佛教形象

中国观音崇拜和维摩诘崇拜，都是大乘思潮的产物。但是，两者的信众基础不同。维摩诘的信众，主要是历代士人。到宋代，这种信仰逐渐流于肤浅，深入研究维摩诘思想的人越来越少。明清以后，随着整个佛教的衰落，维摩诘信仰也更加淡出。观音的信众，主要是中下层百姓，特别是妇女。一些文士达官家中供奉观音，其供奉者也主要是女眷。观音崇拜的发展历程颇为复杂，概而言之，可分为三个阶段：应验阶段、净土阶段、密教阶段。

佛教初来，不少国人投以异样目光。为了取得信任，佛教开动宣传机器，运用包括魔术在内的各种手段，来显示佛、菩萨的神威。观音不像维摩诘，有一部专门以它名字命名的佛经流传下来。在所有佛经中，宣扬观音最早而影响最大的应数《法华经·普门品》。但有学者认为："《观世音普门品》不论从思想内容看，还是从组织结构看，都不能与全经中心思想相吻合。其普门济度的信仰甚至是与大乘空观相矛盾的。由种种迹象看，这本来应该是一部单独的经典，是在《法华经》集成以后附入其中的。"[1]《普门品》宣扬的观音信仰，主要是三方面内容：遍门（即普遍）救济，拔苦济难的简易方法，现身说法。除了《法华经》之外，其他一些大乘经典如《华严经·入法界品》等等，也有宣扬观音的内容。

1. 孙昌武：《中国文学中的维摩与观音》，第 64 页，天津：天津教育出版社，2006 年版。

使观音崇拜得到广泛传扬的，是三部应验作品：第一部是东晋末年谢敷的《光世音应验》，有十多个故事。此书失传，但其中七则故事，被谢敷的至交之子傅亮记录了下来，并以《光世音应验记》流传下来。这七则故事全是写观音应验的，但观音本人没有出场。它们是《竺长舒》、《沙门帛法桥》、《邺西寺三胡道人》、《窦傅》、《吕竦》、《徐荣》、《沙门竺法义》。在最后一篇中，写观音化身为一个僧人，为竺法义梦中治病。总之，此时观音形象尚未清晰。

南朝宋张演作《续光世音应验记》，是傅亮的《光世音应验记》的续作。故事内容和创作手法，也与前者相仿，观音还是不露面，或以僧人等化身出场。这说明，此时观音形象仍然不清晰。

南朝齐陆杲作《系观音应验记》，发生了巨大飞跃。当时，社会上流传的观音应验故事，多得不计其数。这样，陆著的规模就大为扩大，共收故事 69 则。陆杲以《法华经·普门品》为纲，收集、编撰故事与之一一对应。好像《系观世音应验记》是《法华经·普门品》的"故事经注本"。与前两本应验记相比，陆著不但故事数量多，而且艺术水平也大为提高了。

之后，各种应验类作品中，都有观音的故事。如王琰的《冥祥记》中，有三十多个观音应验故事；

刘义庆的《宣验记》中，有十个观音应验故事。它们和上述三种观音应验记一样，目的是应验服人，而不是刻画人物。

在生产力低下的古代，应验故事魅力无穷。唐宋时代出现的故事书中，观音应验的故事数量依然不少，如唐临的《冥报记》、戴孚的《广异记》、李昉的《太平广记》、洪迈的《夷坚志》。这些故事书中，观音的形象正在缓慢地清晰起来。其中，《夷坚志》的贡献最大，"我们将《夷坚志》中一些有关观世音的故事综合起来，就出现了一个为后世所共同承认的观世音形象。这个观世音形象是一个女性，她手持净瓶，瓶中有水，即后来称之为甘露的神水，瓶中还有杨柳枝"。[1] 南宋蒋之奇加工改编而成的小说《香

1. 刘安武：《印度文学和中国文学比较研究》，第 95 页，北京：中国国际广播出版社，2005 年版。

山传》，是第一部以观音为主人公的作品。但是她与佛经中的观音已没有联系。

元明清三代，有关观音的戏曲、宝卷、小说、故事，层出不穷。如元代管道升根据《香山传》改编的小说《观世音菩萨传略》，明代朱鼎臣编辑的《南海观音全传》，清末曼陀罗室主人的《观音菩萨传奇》。

民初，江村著白话通俗小说《观音得道》十八回。他在《序》中说："觉得险恶的人心更加险恶了，浇薄的世情更加浇薄了，然则怎样才能挽回呢？惟有劝善警世，感化人们，从善的一条路上跑。"[2] 于是将戏剧《大香山》

2. 张颖、陈述校点：《观音菩萨全书》，第 224 页，沈阳：春风文艺出版社，1987 年版。

编成了《观音得道》。1987 年，收入《观音菩萨全书》出版，之后竟一版再版，可见观音故事在现代仍具吸引力。

戏剧对于观音形象的塑造功不可没。一般来讲，先有文学形象，再有舞台形象。但有时也有相反的情况。上述的通俗白话小说《观音得道》，就是从戏曲《大香山》改

《中国文学中的维摩与观音》，
孙昌武著

编而成的。在整个观音形象发展史上，出现过无数戏曲，比较著名且有资料可考的，有《观音救父记》、《慈悲菩萨惜龙南海记》、《观世音修行香山记》、《观音菩萨鱼篮记》等等，都是元、明以来影响巨大的作品。

　　除了戏曲之外，绘画、雕塑艺术对观音形象的影响不容忽视。由于观音崇拜的普遍存在，观音画、观音塑像、观音玉雕等艺术品，作为顶礼膜拜的神像和随身携带的护身符在民间大量流通，形成了一个庞大的艺术产业。研究观音形象，需要将文学作品、戏曲、绘画、雕塑结合起来。正如刘安武指出："如果我们把文学作品中观世音的书面的形象和历代画家所画的和寺庙中的所雕刻、雕塑的造型艺术的观世音像结合起来考察，就可以看到在各种各样的色彩纷呈的诸多形象中有着一个共同的统一的完整的清晰的形象。"[1] 当然，这个形象已经极大地被中

1. 刘安武：《印度文学和中国文学比较研究》，第 118—119 页，北京：中国国际广播出版社，2005 年版。

国化，和印度文献中、汉译佛经中的观音不可同日而语。

　　在印度文献中，观音的前身是神话中的双马童。他们是一对美丽的天神，"父亲是太阳神，母亲是制造之神陀湿多的女儿森杰娅。原来太阳神和森杰娅结婚后，也曾生了摩奴（人类始祖）和一对双生子女阎摩（即阴间地府之主）和阎蜜（叶木纳）。由于森杰娅受不了太阳神的炽热，她让自己分化出一个相貌和自己相同的美女恰娅，伺候太阳神，自己则化作一匹马逃得无影无踪。太阳神开头不知道，以为恰娅就是自己的妻子。还是双生子阎摩发现恰娅不像亲娘那样对待自己，去到父亲那里诉苦。太阳神于是到陀湿多那里去找，不得，发现妻子已经化作母马隐藏起来了。于是他化作一头公马去追寻，终于找到了妻子，于是又以马的身份恢复夫妻关系，生活在一起，生下了一对美丽的双马童。

　　双马童生得健壮有力，他们驾着牛或马或飞禽拉的车，驰骋在天空和大地。他们主要的职责一是救苦救难，另一是治病救人。他们是一对仁慈的神医，他们能使瞎子重新见到光明，能使残废的肢体复原，能使奶汁枯竭了的母牛产奶，能使被阉过的人的妻子生子。能使老年妇女获得丈夫，能使沉船获救，溺水的人重新得到生命。"毫无疑问，在众多的吠陀和婆罗多教的天神中，只有这双马童的特性才能和观音的特性衔接起来成为观世音的前身。佛教把双马童吸收为自己的神祇，正如把因陀罗神王和梵天大神吸收为自己的护法神一样。但是，佛教并没有单纯地把他照搬过来，还发展了他。首先是不再是一对天神，而是合二为一成为一位天神，而

2. 刘安武：《印度文学和中国文学比较研究》，第 76、77 页，北京：中国国际广播出版社，2005 年版。

且他的能力、法力也极大地扩展了。"[2]

汉译佛典中的观音形象，不是纯粹的印度形象。在翻译过程中，或多或少受到了汉化。不过，求真是当时译场的普遍要求，所以这种汉化被控制在可接受的程度内。"为了教化不同层次。不同环境的不同众生，观音为工作方便，常变化出不同的形象和身份，多达三十三种，称'三十三身'。三十三身包括：

1. 佛身	2. 辟支佛身	3. 声闻身
4. 梵王身	5. 帝释天身	6. 自在天身
7. 大自在天身	8. 天大将军身	9. 毗沙门天身
10. 小王身	11. 长者身	12. 居士身
13. 宰官身	14. 婆罗门身	15. 比丘身
16. 比丘尼身	17. 优婆塞身	18. 优婆夷身
19. 长者妇女身	20. 居士妇女身	21. 宰官妇女身
22. 婆罗门妇女身	23. 童男身	24. 童女身
25. 天身	26. 龙身	27. 夜叉身
28. 乾闼婆身	29. 阿修罗身	30. 迦楼罗身
31. 紧那罗身	32. 摩睺罗伽身	33. 执金刚神身

后来佛教徒又根据观音三十三身的说法，绘制了三十三种观音菩萨的画像，即三十三观音，但三十三观音的名目并非全来自三十三身，有的出典也不清楚，莫名其源。三十三观音像深受民间群众欢迎。这些步出寺庙走入民居的各式观音像，至今还广有市场，但他们不是被当作顶礼膜拜的偶像，而是作为点缀家庭住室的艺术小摆设了。三十三观音的名目如下：

1. 杨柳观音	2. 龙头观音	3. 持经观音
4. 圆光观音	5. 游戏观音	6. 白衣观音
7. 莲卧观音	8. 泷见观音	9. 施药观音
10. 鱼篮观音	11. 德王观音	12. 水月观音
13. 一叶观音	14. 青颈观音	15. 威德观音
16. 延命观音	17. 众宝观音	18. 岩头观音
19. 能静观音	20. 阿耨观音	21. 阿么提观音

22.叶衣观音	23.琉璃观音	24.多罗尊观音
25.蛤蜊观音	26.六时观音	27.普慈观音
28.马郎妇观音	29.合掌观音	30.一如观音
31.不二观音	32.持莲观音	33.洒水观音

其中的杨柳观音、白衣观音、鱼篮观音、水月观音、洒水观音等是民间十分熟悉的观音造像。而鱼篮观音与马郎妇观音，其实是一回事。"[1]

1. 马书田：《华夏诸神》，第463—464页，北京：北京燕山出版社，1990年版。

在所有艺术形态的观音形象中，刻画得最成功、最生动的当数吴承恩的《西游记》。她的第一次出场是在第八回《我佛造经传极乐观音奉旨上长安》中：如来佛一天在讲经说法之后说"我今有三藏真经，可以劝人为善。怎么得一个有法力的，去东土寻一个善信，教他苦行千山，询经万水，到我处来取真经，永传东土，劝化众生，却乃是个山大得福缘，海深得善庆。谁肯去走一遭来？"当有观音菩萨行近莲台，礼佛三匝道："弟子不才，愿上东土寻一个取经人来也。"诸位抬头观看，那菩萨：

理圆四德，智满金身，缨络垂珠翠，香环结宝明，乌云巧迭盘龙髻，绣带轻飘彩凤翎。碧玉纽，素罗袍，祥光笼罩，绵绒裙，金落索，瑞气遮迎。眉如小月，眼似双星，玉面天生喜，朱唇一点红。净瓶甘露年年盛，斜插垂杨岁岁青。解八难，度群生，大慈悯，故镇太山，居南海，求苦寻声，万称万应，千圣千灵，兰心欣紫竹，蕙性爱香藤。她是落伽山上慈悲主，潮音洞里活观音。

如来见了，心中大喜道："别个是也去不得，须是观音尊者，神通广大，方可去得。"这是观世音正式亮相，她奉如来法旨，将去组织取经队伍，而且她的神通受到如来佛祖的首肯。另一次正式亮出本相是当她和弟子惠岸化作僧人在长安寻找取经人时，当着唐太宗的面讲经台讲经说法。"她带了木叉，飞上高台，遂踏祥云，直上九霄，现出救苦原身，托了净瓶杨柳。左边是木叉惠岸，执着棍，抖擞精神。喜的个唐王朝天礼拜，众文武跪地焚香。满寺中僧尼道俗，士人工贾，无一人不拜祷道：'好菩萨！好菩萨！'有词为证。"但见那：

瑞霭散缤纷，祥光护法身，九霄华汉里，现出女真人。那菩萨，头上戴一顶：金叶纽，翠花铺，放金光，生锐气的垂珠璎珞；身上穿一领：淡淡色，浅浅妆，盘金龙，飞彩凤的结素蓝袍；胸前挂一面：对月明，舞清风，杂宝珠，攒翠玉的砌香环佩；腰

　　间系一条：冰蚕丝，织金边，登彩云，促瑶海的锦绣绒裙；面前又领一个飞东洋，游普世，感恩行孝，黄毛红嘴白鹦哥；手内托着一个施恩救世的宝瓶，瓶内插着一枝洒青霄，撒大恶，扫开残雾垂杨柳。玉球穿绣扣，金莲足下深。三天许出入，这才是救苦救难观世音。

　　　　喜的个唐太宗，忘了江山，爱的那文武官，失却朝礼，盖众多人，都念"南无观世音菩萨"。

　　从这两段颇令人感到有些堆砌辞藻的描绘中，作者要尽力把观世音菩萨描绘成为一个超凡脱俗、端庄飘逸、纯洁无瑕、善良仁慈的女神。[1] 这里的观音形象是"半唐妆半印度妆"的。

　　1. 刘安武：《印度文学和中国文学比较研究》，第 100—102 页，北京：中国国际广播出版社，2005 年版。

中国人将古代印度的一对双胞胎男神——双马童，借着佛教的力量，将其本土化、俗神化、女性化、艺术化，最终将其改造成既有神圣地位、又可亲可爱的观音娘娘，成为与如来佛并驾齐驱的佛教形象。这说明，中国人和世界其他民族一样，不但需要女英雄，而且需要女神。

　　目连：中国影响最大的佛教舞台形象

　　从时间上说，目连形象在中国的兴起，要晚于维摩诘和观世音。维摩诘依靠的载体，主要是文本，在文人雅士间的唱酬中，不断得到传扬。自然，这个高端人群的数量是不多的。观世音受到全民崇拜，载体有文本、画像、说唱等。目连依靠的载体，除文本之外，还有戏曲和盂兰盆节。

　　历史材料告诉我们，关于目连的最早戏曲是宋代杂剧《目连救母》。孟元老的《东京梦华录》，记载了北宋末年上演目连戏的情况：所演戏目《目连救母》是宋杂剧；演出时间在每年中元节前，即七月初八开始，十五日截止，共八天；演《目连救母》是中元节的重要内容，同时还有焚盂兰盆、卖《尊胜目连经》；演出人员既不是官家，也不是僧尼，而是民间艺人，即勾肆乐人。《目连救母》杂剧剧本脱胎于目连变文。一开始，只是说唱目连变文，后来逐渐变得正规起来。

　　目连戏在宋代以后广泛流传，是有深刻社会原因的。所以，北宋亡后，目连戏没有消亡，它随着宋室南迁，来到了南方。有学者认为："南戏的成型则更多地受北宋的《目连救母》杂剧和南方的里巷民歌影响，因而在结构上、声腔上、角色配备上与北杂剧不同。"[2] 同时，目

　　2. 凌翼云：《目连戏与佛教》，第 124 页，广州：广东高等教育出版社，1998 年版。

连戏在北方依然风行，如金有院本《打青提》和杂剧《目连入冥》，元有杂剧《目连救母》。目连戏不是一部戏，是一个庞大的目连戏家族，有不同时代的、不同剧本的、不同剧种的、不同地区的目连戏。大多数的材料，都在历史长河中消失了，保留下来的明代郑之珍的《目连救

母劝善戏文》就更加弥足珍贵。"支配三百年来中下社会之人心，允推郑氏。"（《安徽祁门县志·艺文考》）其实从宋代开始，目连戏就一直不断，不但发展了自己，也发展了中国戏典。所以，目连戏有中国"戏祖"、"戏娘"之称。它有关中国戏曲起源问题，"因为在今人看来戏典演变到现在，跟最古的、原始的戏曲有关系的就是目连戏了，目连戏演出记载最早见于北宋孟元老《东京梦华录》，这正是中国戏曲形式时期"。[1] 所以，目连戏从北宋末到清代在中

1. 刘祯：《中国民间目连戏文化》，第335页，成都：巴蜀书社，1997年版。

国流行，至少有八百年时间。

　　那么，是什么原因造成目连戏在中国的长期流行呢？从总体上讲，是目连戏符合了当时中国社会特别是中下层社会的需求。

　　宋室南迁，南北对峙，人民流离失所。元代的压迫、剥削更甚，社会上黑道横行，人民苦不堪言。目连戏宣扬惩恶扬善，救苦救难，因果报应，报恩行孝，正好满足了中下层人民的精神生活需要。在以上众多思想中，报恩行孝是目连戏的灵魂，也是目连戏流行八百余年的精神动力。"目连戏宣扬的孝更多地体现为民间劳动群众的伦理道德。报恩行孝是目连戏的主题：'人生百行孝为先，救母谁如目犍连'，'百行莫先于孝，五伦何重于亲'，（《目连坐禅》）'孝莫大于救母，行必先于正名'，（《见佛团圆》）是通过目连黄泉求索，地狱跋涉而实现的。"[2]

2. 刘祯：《中国民间目连戏文化》，第66页，成都：巴蜀书社，1997年版。

　　地狱是一个印度概念，梵文 Naraka 的意译，亦译"不乐"、"可厌"、"苦具"、"苦器"等等。在印度教中，地狱的题材比较简单，组织架构也不复杂。"本来，印度教、佛教所幻想的阴司，只有阎罗王，还有他的助手判官文书等，此外，还有若干侍从或鬼卒，为他拘捕亡灵，这是古代小国寡民所能想象的规模。后来，特别是阎罗王到中国定居后，情况、环境、条件大有变化，阴司需要有相应扩大了的机构，要不怎能处理日益增多的案件和亡灵呢？"[3] 从简单

3. 刘安武：《印度文学和中国文学比较研究》，第155页，北京：中国国际广播出版社，2005年版。

的印度地狱世界，变成庞大复杂的中国地狱世界，是中国社会黑暗的真实映照。而对地狱进行最全面、最生动刻画描写的，不是变文，不是话本，还是目连戏。"目连戏犹如一幅历史巨卷，更似一座活的、立体博物馆，形象、生动和真实地再现了封建时代中下层社会广阔的历史生活和时代风貌。"[4]

4. 刘祯：《中国民间目连戏文化》，第75页，成都：巴蜀书社，1997年版。

　　目连戏巧借地狱这个印度题材，来揭露封建统治阶级、官府的荒淫、腐败，反映广大农村的凋蔽、饥荒和被压迫者的反抗，宣扬忠孝节义、礼颂人性的回归，揭示社会的世态炎凉、人

5. 参见刘祯：《中国民间目连文化》第三章第四节"封建社会中下层生活写照"，成都：巴蜀书社，1997年版。

情冷暖，鞭挞社会上的丑恶现象，表现妇女的不幸遭遇和悲惨命运。[5] 目连戏在宋代以后大行

其道，除了上述社会原因之外，还有一个重要的文化、宗教的原因——儒释道合流。佛教自从进入中国的那一天起，就走上了中国化的道路。从一开始依附黄老，到三教相争、三教圆融，最后到三教合流。出现这种情况，基于内外两大原因。从佛教内部讲，从小乘到大乘再到金刚乘（密教），内囊尽翻，再加上宗派林立，互相抵消，尤其是禅宗的异军突起，呵祖骂佛，佛教一度的优势地位尽失；从外部原因讲，儒家从汉代经学，历经魏晋、隋唐之后，终于摄取释道思想，以宋明理学的面貌，重据国学要位。这样里应外合，为儒释道三教合流铺平了道路。

目连戏作为中国民间剧目，不但得益于当时三教合流的宗教文化氛围，而且是三教合流的宣传者、推动者。我们来看一看儒释道在目连戏中是如何互相定位与相处的：

> 佛教昭如日月，释流沛若江河；谈经白尽天花雨，顽石点头知化……释家大要，在《华严》一经，大抵叫人明此心。心明时则性灵。心和性，释同儒混成……（僧人）

> 道教如今为烈，老君自古争夸；茫茫宇宙我行窝，日月长明灯火……老君大要，在《道德》一经，大抵叫人修此心。心修时炼性真，心和性，道同儒混成……（道人）

> 天下生，物与人；气成形，理亦存。继之者善成之性，感动之时善恶分……圣人遗下《四书》《五经》，大抵叫人明此心。心存时在性明，儒释道须知通混成。（傅相）

释迦牟尼至尊至贵，在戏曲中一般都高高在上，没有台词，在《十友见佛》一折中，释迦牟尼第一个上场，并这样自报家门唱道：

> 老僧，西方释迦牟尼文佛，与老聃、孔仲尼并列三教。仲尼为儒家之师，老聃为道家之祖，吾乃释家之尊。

从三教相争到三教合流，反反复复，走过漫长的道路。中国民间比起儒释道上层，在合流之路上走得更快捷、更轻松。以上所引郑之珍《目连救母劝善戏文》的《斋僧斋道》和《十友见佛》二折中的戏文，足以说明这一点。中国百姓讲究多一个神灵多一个朋友，多一个朋友多一条路。三教合流对他们来讲，是有百利而无一弊的好事。

唐僧、悟空：佛教文学中最著名形象

以上分析的维摩诘、观音、目连，无论他们如何中国化，都是印度形象。由于各种因素，佛教文学中最著名形象——唐僧、悟空师徒，则是中国人。无庸讳言，维摩诘、观世音、目连三大形象，尽管在历史上无限风光，但是随着时代的变迁，他们的光环正在逐渐暗淡。惟有唐僧、孙悟空师徒人气愈来愈旺。这与长篇小说《西游记》及其一系列的衍生文化产品的作用是分不开的。

在《西游记》中，戏份最多的是孙悟空，唐僧虽然是悟空的师傅，但他常常真假不辨，又没有本领，动不动给悟空念紧箍咒，所以从角色的重要性上讲，唐僧不是《西游记》的主角，而是一位二号人物。然而，唐僧在《西游记》中的地位十分关键。他虽然是二号人物，但在人物关系中他却是统领人物。整部小说，写的是一个师傅和三个徒弟取经的故事。没有了师傅，徒弟就无从谈起，没有了唐僧，孙悟空就无从谈起。小说对唐僧的这种迂腐性格的描写，完全是角色安排和情节描写的需要。唐僧愈迂，妖魔愈有兴风作浪的机会，孙悟空就愈显得本领高强。但是，唐僧的迂是有底线的，他在佛教戒律面前总是头脑清醒，或者能力挽狂澜。在西行求法队伍中，唐僧既是佛陀的弟子，同时又是佛的代表。

历史上真实的玄奘和他的《大唐西域记》，为文学创作提供了全新的题材。"玄奘取经事件的宗教色彩和西域的传奇色彩恰恰为文学提供了充分的创作空间——宗教是神秘的，异域是新奇的，神秘和新奇都是酝酿文学的土壤。"[1]而在吴承恩的《西游记》中，作为小说人物的玄奘，又给他的徒弟乃至妖魔鬼怪一次又一次施展本领的机会。

1. 蔡铁鹰：《〈西游记〉的诞生》，第9页，北京：中华书局，2007年版。

孙悟空是佛教形象中的金牌明星。自鲁迅、胡适争论孙悟空的来历至今，对此一直争论不休，莫衷一是。我们先简明地梳理一下关于孙悟空形象的不同观点。

鲁迅是最早论及孙悟空身份的，他认为孙悟空由中国古代无支祁演变而来。他在《中国小说史略》中说："知宋元以来，此说（引者案：指关于无支祁的传说）流传不绝，且广被民间，致劳学者弹纠，而实则仅出于李公佐假设之作而已。惟后来渐误禹为僧伽或泗洲大圣，明吴承恩演《西游记》，又移其神变奋迅之状于孙悟空，于是禹伏无支祁故事遂以湮昧也。"[2]1923

2. 鲁迅：《鲁迅全集》卷九，第85页，北京：人民文学出版社，1981年版。

年，胡适在《西游记》考证中，不同意鲁迅观点，说："前不多时，周豫才先生指出《纳书楹曲谱》补遗卷一中选的《西游记》四出，中有两出提到'巫枚祇'和'无支祁'。《定心》一出说孙行者'是骊山老母亲兄弟，无支祁是他姊姊'。……周先生指出，作《西游记》的人或亦受这个巫枝祁故事的影响。……但我总疑心这个神通广大的猴子不是国货，乃是一件从印度进口的。也许连无支祁的神话也是受了印度影响而仿造的。……因此，我依着钢和泰博士（Baror A. von Staël Holstein）的指引，在印度最古的纪事诗《拉麻传》（Rāmāyana）里寻得一个哈奴曼（Hanumān），大概可以算是齐天大圣的背影了。"[1]

1. 胡适：《胡适学术文集·中国文学史》下，第 975 页，北京：中华书局，1998 年版。

　　鲁迅当然不服，稍后在《中国小说的历史的变迁》中重申了自己的观点："我以为《西游记》中的孙悟空正类无支祁，但北大教授胡适之先生则以为是由印度传来的；俄国人钢和泰教授也曾说印度也有这样的故事。可是由我看去：1. 作《西游记》的人，并未看过佛经；2. 中国所译的印度经论中，没有和这相类的话；3. 作者——吴承恩——熟于唐人小说，《西游记》中受唐人小说的影响的地方很不少。所以我还以为孙悟空是袭取无支祁的。但胡适之先生仿佛并以为李公佐就受了印度传说的影响，这是我现在还不能说然否的话。"[2]

2. 鲁迅：《鲁迅全集》卷九，第 317—318 页，北京：人民文学出版社，1981 年版。

　　自此，中国学术界对孙悟空的身份问题，展开了旷日持久的争论。蔡铁鹰对此作了很好的梳理，我们借用他的研究成果，概要引述如下：

　　　1.　"本土说"亦称"民族传统说"。此说始自鲁迅，认为孙悟空正类唐人传奇中出现的淮水水怪无支祁。这一说的研究主要集中于探寻民族文化传统对孙悟空的影响，和批驳《罗摩衍那》足以影响孙悟空形成的说法。分支有"传统猿猴故事说"、"君子之喻说"、"大禹或夏启说"等等。以鲁迅《中国小说史略》、《中国小说的历史的变迁》，吴晓铃《〈西游记〉和〈罗摩延书〉》（《文学研究》1958 年第 1 期）、刘毓忱《关于孙悟空"国籍"问题的争论和辩证》（《作品与争鸣》1981 年第 8 期）、萧相恺《为有源头活水来》（《贵州文史丛刊》1983 年第 2 辑）、李谷鸣《〈西游记〉中孙悟空原型新论》（《安徽教育学院学报》1986 年第 3 期）等等为代表。

　　　2.　"外来说"亦称"印度进口说"。这一观点肇端于胡适，认为孙悟空的影子是古代印度史诗《罗摩衍那》中神猴哈奴曼。这一说的研究主要集中在《西游记》与《罗摩衍那》、孙悟空与哈奴曼情节行为的比较，以及《罗摩衍那》在中国的传播；也有将搜寻的范围扩展到由汉译佛经体现出来的印度文学。以胡适的《西游记考证》、季羡林的《西游记里面的印度成份》、《印度文学在中国》（《中印文学关系源流》，湖南文艺出版社 1987 年版）、《罗摩衍那在中国》（《中国文学比较》第 3 期）、赵国华的《论孙悟空神猴形象的来历》（原载《南亚研究》1986 年第 1、2 期）、陈邵群、连光文的《试论两个神猴的渊源关系》（《暨南学报》1986 年第 1 期）等等为代表。

　　　3.　"混同说"亦称"综合典型说"。此说形成于上个世纪 80 年代初期，认为孙悟空的形象不能排除两个方面的影响，应该说它是一个受多元影响兼收并蓄的艺术典型。以蔡国梁的《孙悟空的血统》（《学林漫录》第 2 辑，中华书局 1981 年）、萧兵的《无支祁、哈奴曼、孙悟空通考》（《文学评论》1982 年第 5 期）等等为代表。

4．"佛典说"。此说持论者多为日本学者，认为孙悟空主要源自佛教典籍中的猴形神将。大陆学者对此说少有响应，但我却认为此说有相当大的合理成分，应予注意。下文将有详论。

5．"石槃陀说"。这个石槃陀，就是玄奘在初出瓜州时剃度的弟子，张锦池先生认为有可能是孙悟空形象的原型。理由是石槃陀和玄奘有师徒之份，算个行者；又石槃陀乃胡僧、胡僧与"猢狲"音近，由"唐僧取经，胡僧帮忙"易传为"唐僧取经，猢狲帮忙"，从而也就为石槃陀在玄奘取经故事中的神魔化提供了契机（张锦池《〈大唐三藏取经诗话〉故事源流考论》，《求是学刊》1990 年第 1 期）……

6．"释悟空说"。20 世纪 50 年代起流行至今，这里的悟空指唐代高僧释悟空。释悟空的俗家姓名叫车奉朝，天宝十年随张光韬出使西域，因病在犍陀罗国出家，贞元五年回到京师。释悟空较玄奘晚了数十年，但是他的出境地点也始自安西，并且回来时在龟兹、于阗等地从事翻译和传教活动多年，当时在西域地区影响很大，亦在民间留下许多事迹和传说。由此，多有学者认为，在取经故事漫长的流变过程中，人们逐渐将释悟空的名字与传说中陪同唐僧取经的"猴行者"的名字联系并捏合在一起，逐渐形成后来《西游记》故事里的"孙悟空"艺术形象。后史双元先生于 80 年代重提此说，经人民大学《报刊资料选汇》复印而广为人知。（原载《文学遗产》［沪］1986 年第 6 期，《中国古代、近代文学专题》1987 年第 2 期复印）[1]

1. 蔡铁鹰：《〈西游记〉的诞生》，第 88—90 页，北京：中华书局，2007 年版。

蔡铁鹰是 20 世纪 80 年代以来少数几位专注研究《西游记》的学者之一，著有《〈西游记〉之谜》、《〈西游记〉成书研究》、《〈西游记〉的诞生》等书。他的孙悟空研究，以"不同思路"自称为"阶段影响"说，将孙悟空研究向前推进了一大步。他的"阶段影响说"，按照《西游记》成书的阶段，分别探讨孙悟空形象的文化构成与形象的形成机制。具体内容是：

第一阶段：时间：初唐开始到晚唐五代；对象：原生的取经故事；主要问题：寻找与鉴别更多的原生取经故事，解决《取经诗话》的生成问题和故事来源问题。

　　第二阶段：时间：晚唐五代；对象：《取经诗话》和榆林窟壁画中的猴行者；主要问题：是什么因素决定了帮助取经的是个"猴"而不是其他，着力解决猴行者的身份特征的来源。

　　第三阶段：时间：宋金（宋元？）；对象：队戏《唐僧西天取经》与孙悟空等；主要问题：猴行者是如何演化为孙悟空的，零星的取经故事又是如何系统化的，着力解决取经故事从佛教背景中走出和取经队伍定型的问题。

　　第四阶段：时间：元代；对象：杂剧《西游记》；主要问题：孙悟空如何具备"齐天大圣"的身份秉性的，着力解决道教文化侵入取经故事和取经故事改名为《西游记》的内在原因。

　　第五阶段：时间：元明；对象：平话《西游记》；主要问题：取经故事白话文本的形成。

　　第六阶段：时间：明代；对象：百回本《西游记》与吴承恩；主要问题：孙悟空如何成为"美猴王"并具有儒家的入世精神，在《西游记》中透视社会现实的问题。

他的《〈西游记〉的诞生》一书的"全部内容也是围绕着这几个方面展开的"[1]。

1. 蔡铁鹰：《〈西游记〉的诞生》，第98页，北京：中华书局，2007年版。

　　现在，我们说说自己的观点。以上介绍的各种观点，有三种是主要的，即本土说、外来说、混同说，其他的观点包括阶段影响说，都可以归入混同说。我们一贯支持混同说，不过我们称为"结合说"。

　　我们认为："归纳起来，大凡有三派意见，一派是外来说，认为孙猴子诞生于印度，是舶来品；二是原产说，认为孙猴子来源于《古岳渎经》中的'无支祁'，是中国的土产；三是结合说，认为孙猴子既不是纯粹的舶来品，也不是完全的国货，而是二者的结合和发展。随着研究工作的不断深入发展，结合说越来越显示出它的生命力。"[2]从发展的观点看，季羡林的观点属于结合说。

2. 郁龙余：《中国印度文学比较》，第70页，北京：中国社会科学出版社，2001年版。

他说："我的意见是，不能否认孙悟空与《罗摩衍那》的那罗与哈奴曼等猴子的关系，那样做是徒劳的，但是同时也不能否认中国作者在孙悟空身上有所发展，有所创新，把印度的神猴和中国的无支祁结合了起来，再加以幻想润饰，塑造成了孙悟空这样一个勇敢大胆、敢于斗争、生动活泼的、为广大人民所喜爱的艺术形象。"[3]在《梵典与华章：印度作家与中国文化》一书中，我们指出季羡林是"混血说"最有名的代表，在引述他在《〈罗摩衍那

3. 季羡林：《季羡林全集》第十七卷，第100页，北京：外语教学与研究出版社，2010年版。

初探》的一个观点后，认为："可以看出，季羡林的观点，由混血说慢慢地偏向了进口论。"[1]

1. 郁龙余：《梵典与华章》，第 80 页，银川：宁夏人民出版社，2004 年版。

但总体上说，季羡林的观点属于结合说、混血说，与胡适等人的进口论有着明显的不同。

支持结合说的最新力作，是刘安武的《印度文学和中国文学比较研究》一书。刘安武是华梵双修的著名印度学家，在书中专设《失妻救妻——〈西游记〉中微型罗摩故事》、《诅咒、咒语、真言——印度神话和〈西游记〉比较》二章，引录大量实例，进行认真的比较研究。结果，《西游记》包括孙悟空的许许多多描写，和佛经中的罗摩故事以及大史诗《罗摩衍那》是非常一致或相似。他说："孤立地去一个个看这些手法，就不一定认为是从什么地方借用过来的，而认为平行地各自的创造。但从整体来看，就会有另一种感受了。"[2]《罗摩衍那》的汉译，完全是

2. 刘安武：《印度文学和中国文学比较研究》，第 249 页，北京：中国国际广播出版社，2005 年版。

20 世纪 70 年代以后的事，为什么《西游记》中会有那么多《罗摩衍那》的故事情节及表现手法呢？刘安武认为："《西游记》成书经过了《大唐三藏取经诗话》、《西游记话本》和《唐三藏西游记平话》等几个阶段，吴承恩综合加工并再创作了神话小说《西游记》，除了最后集大成者吴承恩外，还有一些无名作者，这些作者一般都是比较熟悉佛教和取经故事的。毫无疑问，他们接触到的人物有很多是佛教徒、佛教僧侣，甚至一些到印度去取过经或者是从印度来华传播佛教的僧侣、经师。由于罗摩故事在印度家喻户晓，到印度取经的中国人和到中国来传播佛教的印度人，他们必然会听到或向别人讲到罗摩故事。这就是通过口耳相传的传播途径。这个途径不一定在文化交流中留下文字的痕迹，但它确又是存在的，人们找不出充分的理由否定它的存在。"[3]刘安武的论述是十分中肯的。认真研读刘著，有助于我们进一步巩固结合

3. 刘安武：《印度文学和中国文学比较研究》，第 250 页，北京：中国国际广播出版社，2005 年版。

说。只有结合说，不走偏锋，善取各家之长，还真实面貌于历史。

在这里，我们除了同意刘安武的观点之外，还要着重强调几点：

1. 口耳相传是古代印度文化、文学传播的主要形式。《罗摩衍那》是外道的史诗，佛家不可能将它译成汉文。但由于它在印度妇孺皆知，口头传播是完全可能的。

2. 公元 7 世纪后，佛教在印度逐步衰落，到 13 世纪几乎灭绝。传到东南亚的是佛教、印度教混合型的印度文化。这种情况必然也影响到中国东南沿海，泉州的蕃佛寺便是明证。我们必须进一步重视。在东南亚有大量罗摩故事，与之山海相连的中国东南沿海，也一定曾传播过大量罗摩故事。

3. 唐、宋、元三代，广州、泉州、明州、扬州等地，是世界最繁忙的国际商埠，商贾、水手、

僧人往来频繁。罗摩故事必是他们消遣解闷的话题，罗摩的事迹包括神猴哈奴曼的故事在东南沿海流传，非常自然。

4. 中国是文字至上的国度，这是我们的特色和骄傲。但是，文字至上的副作用十分明显。首先，它造成对口传文化的冲击。其次，对国人心理造成了若干认识偏差：如"口说无凭"、"耳听为虚"、"道听途说"、"百闻不如一见"等等，将听觉模式及其他非文字信息变为文字的仆从。[1] 我们认为，中国研究《西游记》的学者存在

1. 郁龙余等：《中国印度诗学比较》，第 141 页，北京：昆仑出版社，2006 年版。

重文字不重口传的偏向。我们应该重视东南沿海口传文学的影响，甚至需要下力气研究罗摩故事在东南亚的传播，首先可以研读张玉安、裴晓睿的《印度的罗摩故事与东南亚文学》[2]，这是一本 40 多万字的专著，内容极为丰赡。

2. 张玉安、裴晓睿：《印度的罗摩故事与东南亚文学》，北京：昆仑出版社版，2005 年版。

东家唱大戏，西家能浑然不知吗？况且我国傣族地区也广为流传罗摩故事。文字是重要的，但文字只记录了人类文明极微小的一部分。即使是世界上最重视文字的国家中国，也没将四大发明西传的历史非常完整地记录下来，但这样也不能说指南针、火药、造纸、印刷术不是中国的发明。

《印度的罗摩故事与东南亚文学》，张玉安、裴晓睿著

5. 《西游记》研究者对作家的创造心理、创作过程重视不够。作为商业创作，吴承恩及他的前任势必尽全力搜罗新奇材料。这种搜罗是一种民间采风，是一个将口头文学变为文本文学的过程，即从一种文学形式转化成另一种文学形式，载体从声音变成文字，我们研究者必须体察这种转化，不然依旧拘泥于文字，就会有一空依傍的感觉。

综上可知，孙悟空是中印文学交流史上出现的一个最具文学意义的典型形象。他既不是本地货，也不是舶来品，

而是中印文学在长期交流的过程中互相融合的结晶，是一个血管里流淌着中华文明和婆罗多文明血液的混血儿。尽管对孙悟空身份的研究，还有大量工作要做，但是我们的基本判断不会有误。

　　说完玄奘、悟空，我们再来说王玄策。王玄策本是玄奘同时代的人物，曾四次出使印度。[1]

第二次出使（公元 647 年）的经历，因戒日王去世，阿罗那顺篡位而变得十分曲折。最终王玄策与副使蒋师仁越狱，从吐蕃、泥婆罗借兵，击败阿罗那顺，并将其俘获带回长安。这段《旧唐书·西戎传》的记载，包括其他古籍中类似的内容，在中国沉睡了一千多年。因为中国人从不认为那是什么值得夸耀的事，那只是中外关系史上的一段插曲，对王玄策来说是不得已而为之，是被逼无奈之举。可是这段真实记录，却引起了许多日本学者的重视，还被现代的一位日本当红作家田中芳树看中，并将其演义成一部 20 万字的长篇小说《天竺热风录》。田中芳树和中国金庸被喻为"亚洲文坛双璧"，在日本有"万人杀手"之昵称。《天竺热风录》出于他之手笔，并非心血来潮。从构思到成书，足足花了 20 年。因为他认为：即使将王玄策"当成好莱坞冒险大片中的主角也丝毫不缺分量"。作者在《后记》中说："本书既非伟人传，也不是中印文明比较论，更不是企业人士用来解决经营危机的'戏说式'管理学教科书，只不过是一部娱乐小说而已。"[2]

1. 孙修身认为："关于王玄策出使印度的次数问题，有三次和四次之说。根据目前我们所见到的资料，特别是在西藏自治区内发现的《大唐天竺出使铭》，使我们可以明确地肯定，王玄策一生中曾经四次出使印度。"见孙修身《敦煌与中西交通研究》，第 172 页，兰州：甘肃教育出版社，2002 年版。关于《大唐天竺出使铭》，可阅林梅村《汉唐西域与中国文明》之《〈大唐天竺出使铭校释〉》第 420—442 页，北京：文物出版社，1998 年版。

2. ［日］田中芳树著、陆求实译：《天竺热风录》，第 226 页，海口：南海出版公司，2007 年版。

　　世事难料。当年写《西游记》，不是为宏扬佛法，正相反，是为了嘲弄、贬损佛教，所以把玄奘写得那么迂腐、呆板，把几个徒弟写得那么丑陋。没想到，《西游记》竟成了传世名著，对佛教的传播客观上起到了推波助澜的作用。田中芳树塑造王玄策这个文学形象，是为了写一本"娱乐小说"，这是他创作《天竺热风录》的初衷。以后这部小说的影响会有什么变化，这可能也是作者难以预料的。

第四节　佛教文学对中国文学语言的影响

　　印度古代最早发达的是语言学，作为研究和阐释吠陀的学科，叫"吠陀支"（vedāṅga）包含音韵学、诗律学、语法学、词源学、礼仪学、天文学等内容。印度的吠陀支和中国的经学很相似，都是学科混沌时代的概念。随着文化发展，学科逐渐分明，但语言依然是"文学唯一的表达媒介，所以语言研究历来被认为文学研究中不可或缺的内容；反过来看，文学语言代表着人类语言发展史的高级阶段，它丰富多彩，人所共赏，所以文学作品也历来是语言研究的重要对象"。[1] 研究佛教和佛教文学对中国文学语言的影响，是中印文化交流研究的重要课题。

1. 周发祥：《西方文论与中国文学》，第 92 页，南京：江苏教育出版社，1997 年版。

在现代中国学术史上，最早关注佛教文学影响中国文学语言的著名学者，是梁启超。1920 年，他写出《翻译文学与佛典》一文，第六部分为"翻译文学之影响于一般文学"。认为这种影响有三种：第一，国语实质之扩大；第二，语法及文体之变化；第三，文学的情趣之发展。他的这些论述，至今仍令人对这位承前启后的伟大学人肃然起敬。1947 年 12 月至 1948 年 1 月，周一良在《申报》文史副刊发表《论佛典翻译文学》，从纯文学、通俗文学和语言史三个角度来看佛经文学，十分精当。文章这样结尾："总括上述三点看来，我们可以说，这一大堆嚼过了的饭绝对是有重新咀嚼的价值的！"[2] 之后的一段较长的时间内，一些研究中国语言文化史

2. 郁龙余编：《中印文学关系源流》，第 108 页，长沙：湖南文艺出版社，1987 年版。

的学者，对此未能足够重视，甚至与之擦肩而过，实在令人扼腕叹息。

一、 极大丰富中国文学词汇

梁启超说："初期译家，除固有名词对音转译外，其抽象语多袭旧名，吾命之曰'支谦派'之用法。盖对于所谓术语者，未甚经意，此在启蒙草创时，固应然也。及所研治日益深入，则觉旧语与新义，断不能适相吻合，而袭用之必不免于笼统失真。于是共努力从事于新语之创造。如前所述道安、彦琮之论译例；乃至明则撰《翻经仪式》，玄奘立'五种不翻'，赞宁举'新意六例'；其所讨论，则关于正名者什而八九。或缀华语而别赋新义，如'真如''无明''法界''众生''因缘''果报'等；或存梵音而变为熟语，如'涅槃''般若''瑜伽''禅那''刹那''由旬'等。其见于《一切经音义》、《翻译名义集》者既以千计，近日本人所编《佛教大辞典》，所收乃至三万五千余语。此诸语者非他，实汉晋迄唐八百年间诸师所创造，加入吾国语系统中而变为新成分者也。夫语也者所以表观念也；增加三万五千个观念也。"[3]

3. 郁龙余编：《中印文学关系源流》，第 2 页，长沙：湖南文艺出版社，1987 年版。

一千多年的佛经翻译与传播，除了给中国带来数量巨大的新词汇之外，还表现在这些词汇及其所表述的观念，已深入到中国人日常生活和精神生活的方方面面。它们经过千百年沉淀和熟化，

已经完全变成了中国固有词汇的一部分，如不加以学术考察，一般人则很难知晓它们的印度血脉。

汉译佛经到底给中国语言带来了哪些变化，佛经用词和先秦典籍有何异同？这是中国语言文化史上的重要课题。胡敕瑞的《〈论衡〉与东汉佛典词语比较研究》一书，给了我们可靠的答案。作者将东汉王充的《论衡》（22万多字）和东汉汉译佛经（29种，约38万字）作为研究对象。对二者的单音词及复音词、新旧词、词义、同义词和反义词、词语结构和词语搭配五个方面进行比较分析，得出这样的结论："《论衡》词汇与先秦有更多的相似之处，佛典词汇与魏晋有更多的相似之处，中古以及近代不少词汇变化的源头，可以上溯到东汉佛典。魏晋六朝词汇实际上是儒佛两家词汇的汇总，是口语和书面语两种词汇的交融。"[1]

1. 胡敕瑞：《〈论衡〉与东汉佛典词语比较研究》，第313页，成都：巴蜀书社，2002年版。

印度佛教词汇，从汉译佛典迈向中国文学词语的第一步，也是最重要、最关键的一步，是志怪小说创作。印度词汇仅仅存活于汉译佛典，不能跃升于中国文学作品，那就没有多大文化交流的意义。令人兴奋的是，受汉译佛典的影响，在中国首先出现的新文类志怪小说中，诞生了大量新词汇。同样令人高兴的是，在近三十年来悄然兴起的"中国对印度文学再接受"的研究中，出现一批有影响的成果。继上述的《〈论衡〉与东汉佛典词语比较研究》之后，又出版了周俊勋的《魏晋南北朝志怪小说词汇研究》，为我们准确描述了佛经词汇转生为小说词汇的总体情况。周著的研究对象，是干宝的《搜神记》、王嘉的《拾遗记》、张华的《博物志》、陶潜的《后搜神记》、刘敬叔的《异苑》、刘义庆的《幽明录》、王琰的《冥祥记》及傅亮、张演、陆杲的三种《观世音应验记》，共十种。研究中国文学史的都知道，这十种是魏晋南北朝时代最具代表性的志怪小说。

周著第二章《志怪小说的新词描写》，专门统计描述在这十种志怪小说中出现的新词的情况。作者认为："词是音义的结合体，音和义是一个词不可分割的两个方面，它们共同维系着一个词的存在。"[2] 作者对"新词"有着自己严格的限定，"主要依据语音结构和语义的变化来认定新词"。

2. 周俊勋：《魏晋南北朝志怪小说词汇研究》，第20页，成都：巴蜀书社，2006年版。

"本书主要限制于产生出了不同词性的词义，或者新词义与旧词义之间不具有引申的关系。"[3] 根据这个新词定义，周著的统计情况如下：

3. 周俊勋：《魏晋南北朝志怪小说词汇研究》，第21页，成都：巴蜀书社，2006年版。

统计的志怪小说大约20万字，其中有单音词约3 341个，其中继承前代的3 143个，新产生的198个，复音词约4 372个，其中继承前代的2 215个，新产生的2 157个。

六朝志怪小说复合词构成比例统计表

		搜神记	搜神后记	拾遗记	幽明绿	异苑	冥祥记	应验记	博物志	合记
旧词	单音词	2158	1375	2047	1948	2023	2526	1125	1423	3143
	复音词	1166[1]	884	977	1023[2]	1550	1513	414	575	2215
新词	单音词	50	21	15	32	36	43	9	13	198
	复音词	397	127	372	365	328	681	404	162	2157
	单复比例	1:8	1:6	1:25	1:11	1:11	1:16	1:45	1:12	1:11
总词数	总词	3771	2407	3411	3368	3936	4763	1945	2165	7713
	单音词	2208	1396	2054	1979	2059	2569	1126	1428	3341
	复音词	(59%)	(58%)	(60%)	(59%)	(53%)	(54%)	(58%)	(66%)	(43%)
	新词	1563	1011	1349	1388	1878	2194	818	737	4372
	比例	(41%)	(42%)	(40%)	(41%)	(47%)	(46%)	(42%)	(34%)	(57%)
		11.8%	6.0%	11.4%	11.8%	91%	15.1%	21.2%	8.1%	29.5%

1. 周俊勋:《魏晋南北朝志怪小说词汇研究》，第20页，成都: 巴蜀书社, 2006 年版。
2. 周俊勋:《魏晋南北朝志怪小说词汇研究》，第21页，成都: 巴蜀书社, 2006 年版。

上表中的统计皆未包括人名、地名、国名、朝代名等专名。

总体上看，此时新产生的词语主要是复音词，单、复新词的比例高达 1：11。可以说，此时汉语主要是依据复音化来产生新词，扩充自己的词汇，满足表达新事物、新概念的需要。而在整个语料中看，尽管复音词的数量超过单音词，但具体到某一部著作中，单音词的比例大过复音词，如果考虑每一个词出现的频率，就更加是如此。新词在语料中所占比例高达 29.5%，但语音使用中却大多保持在 10%—15%之间，最多的是《观世音应验记》，也只占 21%，这样的新词比例不致于影响到人们的正常理解。[1]

1. 周俊勋：《魏晋南北朝志怪小说词汇研究》，第 23—24 页，成都：巴蜀书社，2006 年版。

上述统计数字，不但告诉了我们当时志怪小说中的新词含量，也蕴含着文学创作新老成分的黄金比例。[2]

2. 人类既有以已知求未知的认知习惯，又有喜新求异的本性，新老成分的黄金比例，是一切创作取胜的重要法宝。得之者成，弃之者败。

随着社会的经济文化生活的进步，每个时代都会产生新词汇。引起我们特别注意的是，汉译佛典对于中国新词汇的产生，起到了特别的促进作用。周著第五章"志怪小说中的借词及佛经词汇"专门论述了这种特别的促进作用。周著认为：

从东汉开始，佛经翻译活动的兴盛，使古印度和中亚的一些语言大量进入汉语，给汉语词汇带来了前所未有的影响。这种影响在志怪小说中也有较多的体现。

在中古以前的所有外来词中，对汉语影响最大的是佛教词语。数量上，超过其他的语言；广度上，进入汉语的佛教词语几乎涵盖了社会生活的各方面，并为各个阶层的人士所使用；深度上，进入汉语的佛教词语与中土汉语的融合程度是最突出的，以佛教词语为载体的佛教思想对中国民众思想的影响也是最深刻的。[3]

3. 周俊勋：《魏晋南北朝志怪小说词汇研究》，第 423 页，成都：巴蜀书社，2006 年版。

佛教词汇对汉语大量、广泛而深刻的影响，至今依然活生生地存在。在现代汉语中，大量使用率极高的词汇，包括成语、格语、警语、谚语、歇后语、俗语，都来自佛典或与佛教有缘。此类著作市场极好，各家出版社竞相出版。我们来看一看《成语中的佛学智慧》一书的情况。这是一本插图版书籍，封面上写着"短小精悍，讲述人生道理；三言两语，开示佛学智慧"。作者称其为"一本浅显的有关佛教成语的书"。显然，这是一本以普通读者为购阅对象的通俗读物，有着很大的读者群。此书分五部分，共 110 条：

（一）学识修养

表里不一、唯我独尊、百尺竿头、心猿意马、辩才无碍、一尘不染、半路出家、一门深入、晨钟暮鼓、七手八脚、打成一片、醍醐灌顶、六根清净、安身立命、盲人摸象、宝山空回、磨砖成镜、抛砖引玉、五体投地、临时抱佛脚。

（二）道德情操

背恩负义、大慈大悲、聚沙成塔、立雪断臂、舍宝救人、香象渡河、降魔成道、只履西归、借花献佛、天女散花、救人一命、功德圆满、邪魔外道、心到佛知、人中狮子、闻声悟道、勇猛精进、神通广大、泥菩萨过河。

（三）　为人处世

对牛弹琴、认贼为子、香花供养、心心相印、一瓣心香、作茧自缚、为国雪耻、天花乱坠、刀山剑树、拣佛烧香、皆大欢喜、度驴度马、一刀两断、龙蛇混杂、一厢情愿、无事不登三宝殿、不看僧面看佛面、解铃还需系铃人、道高一尺魔高一丈。

（四）　警策规劝

害人害己、祸国殃民、放下屠刀　立地成佛、清规戒律、情欲难伏、十恶五逆、十字街头、伪善之盗、现身说法、一日不作、欲为祸源、知法犯法、自作自受、身败名裂、饥狼守斋、森罗万象、当头棒喝、旁门左道、苦海无边、诸恶莫作众善奉行、当一天和尚撞一天钟。

（五）　智慧人生

独具只眼、本来面目、龟毛兔角、恨不识宝、盲龟浮木、拈花微笑、四大皆空、生老病死、镜花水月、水中捞月、顽石点头、一丝不挂、煮砂成饭、自由自在、虎溪三笑、骑牛觅牛、三生有幸、说食数宝、以影为实、粉身碎骨、超凡入圣、不二法门、佛头着粪、冷暖自知、看破红尘、在劫难逃、因祸得福、空中楼阁、昙花一现、平常心是道、行到水穷处坐看云起时。[1]

　　1. 范晓清、伍玉梅、张虹雨著，李宗义插图：《成语中的佛学智慧》，第1—5页，北京：中国华侨出版社，2005年版。

这些现代中国人十分熟悉的成语，大部分来自佛经，小部分虽然并非出于佛经，但是却与佛教结有不解之缘，如最后一条"行到水穷处，坐看云起时"。它原是诗佛王维《终南别业》诗中的两句。全诗是："中岁颇好道，晚家南山陲。兴来美独往，胜事空自知。行到水穷处，坐看云起时。偶然值林叟，谈笑无还期。"诗佛所好之道，自然是佛理。此诗是其表露自己心迹的佳作，这两句又是此诗的诗眼，为人传颂，视作佛家智慧，自在情理之中。

二、　形成构词新方法、新机制

汉译佛经对中国文学语言的影响，除了极大地增多丰富新词汇之外，还有一大贡献，就是形成了一整套创造新词汇的方法和机制。佛经汉译不仅给了我们许多鱼，还给了"渔"。这一套创造新词的方法与机制，常用常新，百战不殆。在一千多年的历史中，遇到过许多外来语的冲击，最大的一次是明末清初以来和西方语言的相遇。正因为有了处理佛教语言（以印度梵语为主）的经验、机制和方法，现代中国成了全球西化大潮中，面对和吸收西方语言的立场最坚定、手法最娴熟、效果最佳最优的文明古国。佛教汉译为我们创造、吸收新词汇，建立了哪些机制和办法呢？

音译法。一种语言一旦碰到全新的事物，一般都用此办法。佛经汉译开始时，译师们大量音译。音译是一种常规的、基本的译法，但不是最好的的方法，只能不得已而用之，玄奘提出"五不翻"，大亮法师也有类似的提法，是对音译方法滥用的控制。意思是只有出现这五种情况时，才可以不翻，可以音译。这五种情况是：一、秘密故，如陀罗尼；二、含多意故，如薄伽，梵具六义；三、无此故，如阎浮树，中夏实无此木；四、顺古故，如阿耨多罗，非不可翻，而摩腾以来，常存梵音；五、生善故，如般若尊重，智慧轻浅。由此而见，"五不翻"的要旨，是控制音译泛滥，将其限定在这五种情况之内。

控制音译，已成中华民族全民共识与自觉行为模式。不但佛经翻译中音译情况获得越来越好的控制，而在现代翻译西方语言时也得到了很好的体现。流行一时的音译词，如盘尼西林、烟士披里纯、普莱西敦陀、水门汀、莱赛等，都被青霉素、灵感、总统、水泥、激光等替代，只保留了沙发、坦克之类简单的物件名称。在这里，我们要特别称颂中国的科学家朋友，各种科学名词，他们尽最大可能意译，如氯化钠、二氧化碳、碳酸钙等等。只有汉语可以这么做，其他民族如日本、统统不翻，只是音译而已。中国科学家意译科学名词的传统，让许多外国学者觉得不可思议。[1]

1. 许多印度科学家参观深圳大学图书馆，得知理工科教材为中文撰写，科学名词均有中文称谓，竟大为惊讶。翻阅后，连连叹道：不可思议，难以想象。

老词新意法。词形是老的，但注以新意，使它变成一个新词。这种老词，一般是普通的偏门词，或是无关大雅的口语词，佛经译师用旧瓶装新酒之法，将其变为佛教用语，随着佛教的遍及，这些有了新意的老词，变成了人见人识的流行词。诸如"希望"、"谴责"（《大般若经》），"充足"、"消化"（《涅槃经》），"享福"、"惬意"、"援助"（《五分律》），"赞助"、"享受"、"评论"（《佛本行集经》），"储蓄"、"厌恶"（《俱舍论》），"控告"、"傲慢"、"机会"（《大智度论》）[2]。另外，像"高足"、"观念"、"形象"等等许多常用词，也是这种情况。

2. 魏承思：《中国佛教文化论稿》，第66页，上海：上海人民出版社，1999年版。

印度古代语言学发达，解释梵语复合词有六法。其法为先将复合词进行分别解释，再综合解释其义，故又称六离合释、六合释、六释，梵文为 sat-samāsāh。唐代窥基撰《六合释》一卷，专门对梵语复合词的六种离合阐释法，加以明示解说。六离合释法的内容如下：1. 依主释，又译依士释、属主释、即士释。即复合词中，前节为于格，后节为属格，如"山寺"，即"山之寺"，"王臣"，即"王之臣"。2. 相违释，即两个或两个以上的名词，可独立列举，如"山川草木"，即"山、川、草、木"之意。3.持业释，又译同依释，即前节对后节起修饰作用者，如"高山"、"极远"之类。4.带数释，即前节为数字的复合词，如"三界"、"四方"。5.邻近释，为副词之复合词，即前节为副词、关系词等，后节为名词者，如yathā（如）—vidhi（法），为"法如"、"从法"之意。6.有财释，又译多财释，即复合词具有形容词性质者，以上五种复合词，若当形容词用，亦可解释为有财释。如持业释的"长袖"，可解释为"长袖的"、"有长袖者"之意。

六释在中国的顺序不尽相同，理解及实际运用也有些许变化。而且，原本分析描写梵语复合词的六释，在中国则成了译经时构建新词的有效方法。所以，在汉译佛经的新词汇中，复合词（复音词）大大多于单音词。据胡敕瑞统计，东汉汉译佛经中，新兴单音词61个。其中创造新形27个，借用旧形28个，利用旧音6个；新兴复音词1 039个，其中联合式654个，偏正式228个，述宾式61个，述补式20个，主谓式12个，附加19个，重叠式35个，连绵式10个。只要对照分析一下就清楚，这"联合式"、"偏正式"等八种分类法，和梵语六释存在着密切的对应关系。这说明，梵语、汉语虽然属不同语系，但在构建新词的机制与方法上是相一致的。与《论衡》的新兴单、复音词的分类相联系，就更加说明了这一点。[1]

1. 胡敕瑞：《〈论衡〉与东汉佛典词语比较研究》，第315—339页，成都：巴蜀书社，2002年版。

如果说佛典汉译中创造新词汇的机制与方法，是汉语、梵语间不谋而合的产物，那末到魏晋南北朝创作志怪小说时，大量新词汇的喷涌，则是这种不谋而合的新实践。我们来看一看志怪小说中单音词产生的方式：第一，全部创新。如"帕"、"墅"、"秤"、"塔"等。由于是全新的造词，即音义之间的关系是全新约定的，所以体现在词语形式上就是语言词汇系统增加新的字形。第二，不增加新形态而引起的变化，主要有以下几种方式：一是替换。如"梭"替换"杼"，"钉"替换"鐕"。替换过程中常常会产生拉链性的移动，如"鐕—钉—鉼—餠"。二是填补空格。如先秦时存在"迟、缓、慢"三个中心同义词，而与之对应的反义词却只有"疾、速"两个，因此增补"快"来填补空格。三是使一个词增加新义，如"寺"、"斋"等。[2]周著认为："从

2. 周俊勋：《魏晋南北朝志怪小说词汇研究》，第69—72页，成都：巴蜀书社，2006年版。

当时产生的单音节新词的数量表明，这种上古运用最多的一种方式在此时已不再具有能产性，而更多的只能用扩展汉语音节的办法才能实现。"[3]

3. 周俊勋：《魏晋南北朝志怪小说词汇研究》，第72页，成都：巴蜀书社，2006年版。

在志怪小说中，双音词是新出复音词的最大宗，可分成单纯词和复合词两类，单纯词有联绵词、叠音词两类，复合词有并列式、偏正式、动宾式、主谓式、动补式、附加式等。合成词

4. 周俊勋：《魏晋南北朝志怪小说词汇研究》，第205—227页，成都：巴蜀书社，2006年版。

产生的机制主要是平行扩展（含同义扩展、反义类聚）、格式类推、缩略、化典等。[4]

　　双音节是魏晋南北朝时代的一种审美时尚，产生的新词语大多数是双音词，通过缩略、化典等方法，尽力往双音词靠拢。一些通过音译的多音节词大多简化为双音节形式，这是当时词汇双音节化趋势的一个重要表现，如"舍利"，音译为"设利罗"、"摄喱蓝"、"室利罗"等，意译为"骨身"、"灵骨"，后统为"舍利"。[1] 这种对双音节的审美爱好，

1. 周俊勋：《魏晋南北朝志怪小说词汇研究》，第 228 页，成都：巴蜀书社，2006 年版。

在魏晋南北朝时代简直成了一种双音节崇拜。这种情况的出现不是偶然的，主要原因有两个：一、先秦圣贤、诸子名号大都为双音词，如尧（舜）、周公、孔子、老子、庄子等等，在对先圣诸子的崇拜中，由双音习惯到双音愉悦，再到双音崇拜，是自然之事。二、先秦时中国多单音字，到东汉、魏晋时，靠单音字表意已难以为继，于是开出了一片双音词的新世界。在中国崇尚双音节的年代，佛经翻译及志怪小说创作，也就自觉不自觉地向其看齐了。

　　近年来，随着中国学者对佛经研究的不断深入，其在语言学研究中的重要性，被越来越多的人所认识。如王云路在《中古汉语词汇史》中说："近些年来，有关的研究成果日见增多，对佛典价值的认知也在不断深入之中。从现有的情况看，这一领域要做的工作还很多。加强对包括佛典词汇在内的东汉六朝词语的研究工作，仍然是今后词汇研究的重要方向之一。"[2] 可以说，汉译佛典词汇研究，

2. 王云路：《中古汉语词汇史》，第 911 页，北京：商务印书馆，2010 年版。

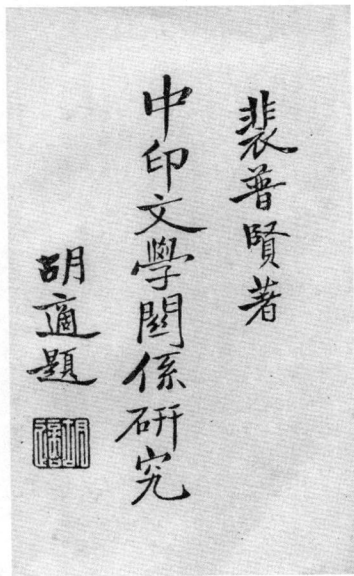

是一个巨大的课题群，可以做许许多多博士论文、硕士论文。

　　佛教和佛经文学对中国文学的影响，除了上述的文学体裁、文学题材、文学形象和文学语言四项之外，还有文学情趣、美学理论等等。对中印文学关系这一庞大课题，台港澳地区亦有学者潜心钻研。台湾女学者裴普贤著有《中

《中印文学关系研究》，裴普贤著

印文学关系研究》一书，胡适曾为之题署。梁启超说："我国自《搜神记》以下一派之小说，不能谓与《大庄严经论》一类之书无因缘。而近代一二巨制《水浒》、《红楼》之流，其结体运笔，受《华严》、《涅槃》之影响者实甚多。即宋元明以降，杂剧传奇弹词等长篇歌曲，亦间接汲《佛本行赞》等书之流焉。"[1] 至于中国文学受到印度音韵、诗学的影响，本书另有章节论述。

1. 郁龙余编：《中印文学关系源流》，第5页，长沙：湖南文艺出版社，1987年版。

第三章　　佛典汉译与中国翻译学

翻译学又称译论、译学等，属于解释学的范畴。不管西方人如何发出

疑问，中国翻译学是一种客观存在。[1] 顾彬说：“在希腊语中 hermeneúein

1. 对中国解释学的认识，西方有两种截然不同的意见。德国学者顾彬的《中国“解释学”：一种想象的怪兽？》一文，是否

有三种含义：（1）表达，（2）解释，（3）翻译。在三种情况中它都意

定派观点的代表作。载杨乃乔、伍晓明主编《比较文学与世界文学》第一辑，第58—67页，北京：商务印书馆，2004年版。

味着‘使某人理解某事’。神与人参与到了互相理解的过程中。”[2] 中国地

2. 杨乃乔、伍晓明主编：《比较文学与世界文学》第一辑，第64页，北京：商务印书馆，2004年版。

域辽阔，语言复杂，关于译释一词，即有多种表述：“东方曰寄，南方曰象，

西方曰狄，北方曰译。”（《礼记·王制》）后来，随着中国文化的统一，“寄、象、

狄、译”四词中，“译”脱颖而出，成了这四词的代表，沿用至今。不过，“象”

这个古词，仍然活在南方某些人群的特殊语境中。如吴语地区的一位老人，

在庙中抽得一签后，就会对庙祝或算命先生说：“替我象一象。”这里的“象”，

和顾彬对 hermeneúein 的理解是完全一致的，不仅是“使某人理解某事”，

而且是“神与人参与到了互相理解的过程中”。东方和西方并不遥远，现

代与古代并不久远。人的本性、本能、本质是相通的。

当然，中国翻译走过的道路，做出的成绩，有着自己的鲜明特色。研

究中国翻译学，不仅是中国学者对包括解释学在内的中国学术史梳理、研

究的需要，也是理解西方翻译学、解释学的镜子。

翻译学在人类文明发展史上具有特殊地位。它的产生和发展需要特殊

条件——旷日持久而又声势浩大的翻译活动。因为，翻译学不是某个人的

译事心得，更不是那些与译事毫不沾边的人苦思冥想出来的。翻译学和兵

学一样，具有极大的实践性。就世界范围而言，只有中国和欧洲才有学科

意义上独立发展、自成体系的翻译学。因为这两个地方存在着上述这个特

殊条件。推动翻译活动持久而大规模地开展的动力，主要来自宗教、政治、

文化以及它们之间的互动。中国的佛典汉译是印度佛教东渐的重要组成，

西方的翻译活动和基督教传布密不可分。公元前3世纪至1世纪初的所谓“希

腊化"，公元 11 世纪到 13 世纪欧洲人翻译阿拉伯文献运动，中国 1840 年以来翻译西方著作的运动，则主要是文化动机的驱使。中国的佛典汉译，连绵不断长达一千多年。西方人的翻译活动，分成了几个不同时期，宗教、政治、文化的动机互参，但总体上前后相贯，和中国的佛典汉译一样，满足了产生翻译学的特殊条件要求。

第一节　译经活动和中国翻译学

中国是一个重视历史，对文字近乎迷信的国家。中国的翻译活动古已有之，但有文献记载的始于周代。《周礼·秋官》记载，周代已经设置专门官职："象胥，每翟上士一人，中士二人，下士八人，徒十二人。"象胥的职责是"掌蛮、夷、闽、貉、戎、狄之国使，掌传王之言而喻说焉，以和亲之。若以时入宾，则协其礼与其言辞传之"。周代是一个典型的礼仪之邦，设大、小行人。"大行人掌大宾之礼及大容之议，以亲诸侯。"小行人"掌邦国宾客之礼籍，以待四方之使者"。所谓四方，就是东夷、南蛮、西戎、北狄，华夏则为中国。华夏既是地域概念，也是文化概念，执周礼之人为华，行周礼之地称夏。所以，华夏是一个动态概念。华夏疆域和民族以文化论，不以山川、血统论。这是中华民族成为世界第一大民族的重要原因。这样，作为文化沟通重要桥梁的翻译活动，一直在中国内外文化交往中起着重要作用。可以说，没有各个历史时期的翻译与交流，中华民族不会如此繁荣昌盛，中华文化不会如此博大精深，中外文化交流史就不会如此源远流长，硕果累累。历代大大小小的象胥、舌人、译者，对中国和世界的贡献，无论怎样评价，都不为过。

尽管翻译活动，不论民间的还是官方的，在中国出现极早，但中国翻译学，却是佛典汉译的产物。历史上，生产力相对低下，上层建筑必须适应经济基础。这样，中国古代的翻译学不可能是饱食终日的闲人们的向壁虚构，而只能是翻译家们的业余副产品。所以，中国古代为翻译学作出过贡献的人，都是翻译家，翻译学是翻译家的专利，不懂翻译之人不敢轻易置喙。这种思维定式，至今仍有影响，翻译家对不懂翻译者的译论总是不屑一顾。

那么，历代翻译家为中国翻译学的建构，做出了哪些重要贡献，或者说留下了哪些宝贵财富？

一、王权和神权合一的译经活动

中国翻译特别是佛教翻译，有着一整套严密制度，包括组织机构、人员分工、管理办法，等等。从历史材料看，中国的翻译事务由礼宾机构管理，始于周代。早期译经一般个人主持，到前秦符坚、后秦姚兴，私译开始变成官译，发展到唐代，进入鼎盛时期。

自从佛教翻译从私译变成官译，译场便成了王权和神权相结合的产物。历时之久，规模之大，译经之多，非西人《圣经》翻译能望其项背。前秦符坚在建元末（公元 383—385 年）任命秘书郎赵正（整），主持佛经翻译，延请中外名僧道安、僧伽提婆、昙摩难提等。由于受到战乱影响，再加上赵正、道安都不懂梵文，赵正坚持直译，道安不久又去世，所译佛经有存真重质的倾向。所译二经六论中，以后有六种重译。这说明此时的译场制度尚不完善。

到了鸠摩罗什主持后秦译场时，情况有了很大改观，译风也从赵正的直译变成意译，而且罗什对佛典原文常常加以删削。罗什的译经，在佛典翻译史上地位重要，他的译风大受好评。僧肇说："什以高师之量，冥心真境，既尽寰中，又善方言。时手执胡文，口自宣译。道俗虔虔，一言三复。陶冶精求，务存圣意。其文约而诣，其旨婉而彰，微远之言，于兹显然。"（《维摩诘经序》）其实，这些评价有些过头。他毕竟是一个印度人，对汉语的掌握未能炉火纯青。如其弟子说："方言殊好，犹隔而未通。"[1] 译经中仍有错译之处。

1.（梁）释僧佑撰，苏晋仁、萧鍊子点校：《出三藏记集》第 10 卷，《大智释论序》，第 387 页，北京：中华书局，1995 年版。

唐代玄奘，将中国译经事业推向了巅峰。译场制度建设比以前更趋完善。他虽译场三迁，但因有一套严格的制度保障，使得他 19 年的译经岁月，成效卓然，先后共译出佛经 75 部 1335 卷，占唐代新译佛经一半以上。唐代译场制度，在职司分工上越来越细。据后人总结，共有 11 种职务：译主、证义、证文、度语、笔受、缀文、参译、刊定、润文、梵呗、监护大使。分工明确，各司其职。监护大使的设立，表明佛经翻译是皇帝工程。以上分工，是总体归类，许多职务并非一人而有多人担任。所以译场规模庞大，以玄奘《瑜伽师地论》的译场为例，来看一看当时的阵容：

　　三藏法师玄奘敬执梵文，译为唐语；弘福寺沙门灵会、灵隽、智开、知仁、玄昌寺沙门明觉、承义笔受；弘福寺沙门玄暮证梵语；大总持寺沙门玄应正字；大总持寺沙门道法、实际寺沙门明琰、宝昌寺沙门法祥、罗汉寺沙门惠贵、弘福寺沙门文备、蒲州寺沙门法祥、蒲州栖岩寺沙门神泰、廓州法讲寺沙门道深详证大义。

　　本地分中：五识身相应地、意地、有寻唯伺地、无寻无伺地凡十卷，普光寺沙门智道受旨缀文；

　　三摩多地、非三摩多地，有心无心地、闻所成地、思所闻地、修所成地凡十卷，蒲州普救寺沙门行友受旨缀文；

　　声闻地，初瑜伽种姓尽、第二瑜伽处凡九卷，玄法寺沙门玄颐受旨缀文；

　　声闻地、第三瑜伽处尽、独觉地凡五卷，汴州真谛寺沙门玄忠受旨缀文；

　　菩萨地，有余依地、无余依地凡十六卷，大总持寺沙门辩机受旨缀文；

　　摄异门分、摄释分凡四卷，普光寺沙门处衡受旨缀文；

　　摄事分十六卷，弘福寺沙门明浚受旨缀文；

　　银青光禄大夫行太子左庶子高阳县开国男臣许敬忠奉昭监。

（《瑜伽师地论新译序》）[1]

1. 马祖毅：《中国翻译史》上卷，第 148—149 页，武汉：湖北教育出版社，1999 年版。

　　职位的设置，完全根据译经的需要。玄奘译经第十年，译本《因明正理门论》因对文字误解而引起争论，玄奘感到润文的必要，于是上表请高宗派诸大臣对译文的"不安稳处，随事润色"。

　　由于玄奘的学识优势，他的译经不但数量巨大，而且质量经得住推敲。

　　宋代译经，皇家及社会仍极重视，译场制度上也有不少进步，但无法挽回颓势。马祖毅重申了吕澂的观点："宋代的译场组织虽极完备，译经种数几乎接近唐代所译之数，但质量上却不如唐代，特别是有关义理的论著，常因笔受者理解不透，译文艰涩，令人费解，还时有文段错落的情况。"（据吕澂《宋代佛教》）[2] 这说明，译场制度虽然极为重要，但是它也受到时

2. 马祖毅：《中国翻译史》上卷，第 168 页，武汉：湖北教育出版社，1999 年版。

代和社会大环境的制约。

　　印度佛教东渐，从一开始走的就是高端路线，和帝王政治紧密相联。在长期的传教活动中，佛教徒总结出一条经验："不依国主，则法事难立。"（道安语）这是佛教徒的语言，看似消极，实则意义积极。它是佛教在中国顺利发展的生命线，是道安、鸠摩罗什、玄奘、义净等所有高僧大德的信条，是每一位佛教徒的护身符。

　　"不依国主，则法事难立。"道安的这句话，代表了佛教徒的普遍立场，是印度佛教适应中国国情的产物。印度是一个神权高于王权的国度，宗教、文化一直掌握在婆罗门手中，王族刹帝利只在四大种姓中排名第二。所以，这两大高等种姓之间的斗争十分激烈。婆罗门总是利用自己的宗教、文化权觊觎刹帝利的王权，刹帝利则常常利用自己的王权、军权控制婆罗门的宗教、文化权。无疑，佛教在印度是婆罗门教的革命者。国王出身的教主释迦牟尼在菩提树下成道，人称"觉者"。他觉悟到了什么？只有自己创立新的宗教，才能救苦救难。于是，觉悟

不但成释迦牟尼的尊号，而且成了他创造的新教的名字。觉悟—菩提—佛屠—佛在印度是同一个词 Buddha。佛教，不仅仅是乔答摩·悉达多一个人的觉悟，而且是刹帝利种姓的觉悟——必须将王权和教权集于一身。在佛教兴盛的年代，印度的大小佛教王国，一改以往国体，都是变成政教合一的新体制。对那些外道国家，佛教徒则千方百计使其皈依佛教。南传巴利文的《弥兰陀王问经》的内容，大体相当于汉文《那先比丘经》，讲公元前 3 世纪，比丘那先度化印度西北部的希腊国王弥兰陀（Milinda）皈依佛教的故事。这样，佛教传到中国，与政治结合，走政教合作路线，就成了应有之义。但是到东晋末，还是有一些幼稚的表现，提出"沙门不敬王"等问题。后来，在中国碰足了钉子，就很快改变了态度。

佛教与帝王立场不同，各有所谋，互相利用。一切价值，由其内在品质决定，但价值的体现则依靠利用和被利用。所以，一切价值说到底是利用的价值和被利用的价值。世界上的一切事物没有自身价值，只有自身品质。品质通过利用和被利用，则转化成价值。佛教的品质在三宝——佛、法、僧。帝王的本质在权力。中国自汉末到清末，是佛教和帝王互相利用的时代。佛教利用帝王的权力，来发展自己；帝王利用佛教的三宝，来巩固自己。客观而论，佛教和帝王的互相利用，是中国古代君主政治长盛不衰的重要因素之一。有了以上认识，就不难理解佛寺为何都起报国寺、护国寺、宁国寺之类的名字，而一代高僧玄奘因武则天难产、生育多次上表了。

译经是佛教东传诸环节中的核心环节，和政治的关系尤为紧密。不但译场的人员、机构、经费等都离不开帝王的支持，译出新经皇帝写不写序，译经质量能否认可、能否入藏，等等，都由皇帝决定。

考察、研究历代译场的译主和帝王的关系，就可以发现，佛教翻译和政治的关系极为特殊。其中也包括一些非常负面的东西，如武则天指使一批僧人伪造《大云经》"陈符命"，说"即以女身，当王国土"。（敦煌残卷《大云经疏》）得"佛意"之后，武则天改唐为周，改元"天授"。《宝雨经》曾由扶南僧人曼陀罗仙在梁天监年间译出 7 卷，陈朝时扶南僧人须菩提又译《大乘宝雨经》8 卷。到武则天时，南天竺僧人菩提流志重译《宝雨经》10 卷。为了满足武则天的政治需要，增添这样的一段内容："尔时东方有一天子，名曰月光，乘五色云，来诣佛所。……佛告天子曰：……天子，以是缘故，我涅槃后，最后时分，第四五百年中，法欲灭时，汝于此部洲东北方摩诃支那国，实是菩萨，故现女身，为自在主，经于多岁，正法教化，养育众生，犹如赤子，令修十善，能于我法广大住持，建立塔寺，又以衣服、饮食、卧具、汤药，供养沙门。"（郭朋《隋唐佛教》）武则天大喜，立即将译者的名字由"法命"（达摩流支）改成"觉爱"（菩提流志）。此类人与事，历朝历代不在少数。

佛经翻译是一本大书，为人们对宗教政治的研究，提供了大量课题。一千多年的佛典汉译，使中国拥有了一部卷帙浩繁的汉文大藏经。"这与佛教故乡印度恰成鲜明的对照，印度虽有转轮圣王的理想，但在古代从来没有真正统一过，印度人的宗教意识大于他们的历史意识，与此相适应，印度佛教虽然在理论上有'菩萨藏'、'声闻藏'的说法，但实际上并没有形成网罗所有典籍的、示范性的大藏经，而是各宗各派分别传习自己的经典。"[1] 汉文大藏经，是佛教

1. 方广锠：《佛教大藏经史》，第 7 页，北京：中国社会科学出版社，1991 年版。

中国化的最大标志，是中国佛教的最重要财富。当然，它是中印文化交流的结晶，是全人类的文化财富。关于佛教教体，早已有人注意。《阿毗达磨大毗婆沙论》："佛教云何？答：谓佛语言、唱词、评论、语音、语路、语业、语表，是谓佛教。"[2] 这个回答非常忠实于历史，早

2.《中华大藏经》，第 46 册，第 156 页。

期佛教乃至整个印度佛教的教体就是音声，不是文字。随着佛教东渐，佛教教体发生变化，由音声而变为文字。关于教体之变，曾发生过这样的讨论："诸家所出教体，皆取声、名、句、文，或通取所诠之法，今何单取文字耶？由是疏云：文字即含声、名、句、文，此明具四法也。"[3]

3.《金刚经纂要刊定记》（宋子璿录）卷二，见王昆吾、何剑平编著《汉文佛经中的音乐史料》，第 540 页，成都：巴蜀书社，2001 年版。

佛典汉译，将以音声为教体的印度佛教，改造成了以文字为教体的中国佛教。关于佛典是否需要汉译，历史上有过不同意见，一派主张坚决汉译，一派主张"废译"读梵典原文。在废译派中，以隋代彦琮为典型代表。他说："直餐梵响，何待译言？本尚方圆，译岂纯实？向使（竺）法兰归汉，（康）僧会适吴，士行、佛念之俦，智严、宝云之末，才去俗衣，寻教梵字，亦沾僧数，先披叶典，则应五天正语，充布阎浮，三转妙音，普流震旦，人人共解，省翻译之劳，代代咸明，除疑闇之失。"（《辨正论》）这种充满空想的废译论，没有社会基础，只能流于空言。在古代，中外交往，必有文书，是中国帝王、僧人的自觉行动。"及西使再返，又敕二十余人随往印度，前来国命通议中书，敕以异域方言，务取符会，若非伊人，将沦声教，故诸信命，并资于奘，乃为转唐言依彼西梵，文词轻重，令彼读者尊重东夏。"（《续高僧传·玄奘传》）"将沦声教"四字，说明中国人十分看重文字。梵典汉译，所以在中国持续一千多年，花费无数人力财力，完全是有思想基础的。

在南北朝时期，中国北方的少数民族政权地区，是译梵为汉，还是译梵为蕃？这是一个重大抉择。最后都选择了译梵为汉，这是顺应历史潮流的表现。这些成果，都在汉文大藏经中保存了下来。这说明，佛典汉译看似一个纯粹的宗教活动，实际上是一项政治色彩浓厚的文化事业。南北政权在分治状态下，进行共同的佛典汉译，互相竞争，各有所图，但客观上为中国统一增添了积极的文化要素。

一般来讲，译经与佛教教运的关系，是正相关的关系，译经活动繁忙、译经数量多、质量高的时代，是佛教教运昌盛的时代；反之，译经少、质量差的时代，是佛教教运不济的时代。在佛经翻译事业最兴旺的第二、第三时期，即东晋到隋末和有唐一代，是佛教在中国的鼎盛时代。这两个时期，前后相连，译出的佛经数量最多，质量最优。译经和教运的关系，可以从译主和帝王的关系上得到充分反映。

译主一般都是当时的高僧大德，佛教领袖。他们的一言一行，接受何人供养，或者说帝王对他们的态度，对译场的支持力度，都是佛教教运的重要表证。

东晋时，名士习凿齿和释道安名声很大，他们在襄阳见面时，互报姓名，一个说"四海习凿齿"，一个说"弥天释道安"。公元379年，符坚发兵攻下襄阳，符坚对仆射权翼说："朕以十万之师取襄阳，唯得一人半。"翼曰："谁耶？"坚曰："安公一人，习凿齿半人也。"（《高僧传》）道安晚年集中精力译经、讲学，在佛教史上作出四大贡献：（一）总结历来禅法与般若二系学说，（二）确定僧尼规范，（三）主张僧众以释为姓，（四）编纂《综理众经目录》。

鸠摩罗什成为四大译经名僧之一，与几位帝王的所作所为密不可分。他是生于龟兹的印度人，天资聪颖，先小乘后大乘，名声渐高。道安于晚年写信给符坚，建议迎取罗什。公元385年，符坚命吕光灭龟兹，劫罗什入凉州。此时符坚被杀，吕光在凉州自立，史称后凉。公元401年，后秦弘始三年姚兴终于将他请入长安。罗什在逍遥园和大寺两个译场同时开译，"姚兴使沙门僧肇、僧略、僧邀等八百余人，咨受什旨。"（僧佑《出三藏记集·罗什传》）他共译出佛经74部384卷。不但译经多，且质量高。有学者认为："从翻译的质量而言，不论技巧和内容的正确程度方面，都是中国翻译史上前所未有的，可以说开辟了中国译经史上的一个新纪元。"[1]

1. 吕澂：《中国佛学源流略讲》，第88页，北京：中华书局，1979年版。

唐代，既是中国译经史上的鼎盛时期，也是佛教教运的鼎盛时期。这种鼎盛局面的出现，与帝王对佛教的鼎力支持是分不开的。只要翻开历史，看一看唐太宗、唐高宗、武则天等对玄奘、义净译经的支持，就明白译经和教运之间的紧密关系。玄奘、义净归国时，京城里万人空巷，夹道欢迎。译场选择、人员配备、财物支持、为新译佛经写序等等，都倾力支持，悉心照顾。他们的译经工作，是不折不扣的国家项目、皇帝工程，除了配备许多高级官员之外，宰相还常常担任监译大使，使译经与朝廷保持畅通联系。这种联系，也就是译经和教运的联系。

辩证法是世间大法。唐代以前，译经事业和佛教教运的关系成正相关。然而，也正是从唐代开始出现了译经和教运不相关或反相关的情况。佛教有三大支柱——义理（慧）、禅功（定）、戒律（律），不可偏废。自南北朝到唐代，佛教在中国一枝三花，惟义理一花独艳。真正能做到"定慧双修"的很少，精于慧、定、律者犹少。这种不平衡，来自中国帝王、僧众、百姓对经典的偏爱。译经、颂经是佛事的核心，禅功、戒律只是陪衬。中国禅宗初祖达摩自印度航海来华到广州，应梁武帝之请，到金陵与之问答。但是机缘不契，只得渡江到洛阳入嵩山，做了十年"壁观婆罗门"。梁武帝是历史上有名的奉佛皇帝，写经、建寺、造像、度僧极多。他问达摩：我所做这些事，有多少功德？达摩说：无功德。武帝又问：何以无功德？达摩说：此是有为之事，不是实在的功德。这个记载在《历代法宝记》上的公案，无论其真假，都说明了一个问题，以梁武帝为代表的中国信徒只重视"有为之事"，而不重视禅修功德。

达摩之后数代，禅宗在中国一直不明朗。直到五祖弘忍，禅宗才开始显赫起来。这是历史的必然。对译经而言，是盛极而衰；对禅修来说，是否极泰来。禅宗在唐代的兴盛，日后对译经造成了直接打击。有学者指出："晚唐五代时佛经翻译趋于消沉，与南宗的禅宗不重读经，不遵戒律，不无关系。"[1] 当然，还有其他原因，诸如经源枯竭，战乱阻断经路等等。但物极

---

1. 马祖毅：《中国翻译史》上卷，第164页，武汉：湖北教育出版社，1999年版。

必反这个原因是最重要的。从重视译经、义学的净土、天台、三论、法相、华严、律宗诸宗的沉寂，到"遇佛杀佛，逢祖杀祖"、反对一切外在形式的禅宗的一枝独秀，是历史发展的必然结果。当然，禅宗在发展中也有变化，从"不立文字"到"少立文字"，将佛教从文字和读书人那里解放出来，普及到广大百姓中去。读书人不但没有失落感，而且兴趣十足，什么"以禅入诗"、"诗禅一味"，搞出一大堆名堂，不但使禅宗获得大发展，成为中国佛教的代名词，彻底化解佛教与儒、道的矛盾，而且为中印文化交流、融合做出了实质性的贡献。

二、 中国翻译学的内涵及其外延

中国翻译史，是中国翻译学的重要组成部分。中国的史学传统和翻译实践相结合，为我们保留了大量宝贵的翻译史资料。这些资料的作者主体，是历代译家和史官。它们保存在历代史籍、传记、表册、书信、图志等等文献中。数量之丰沛，令人惊讶。以南亚（古印度）为例，耿引曾有《中国载籍中南亚史料汇编》上下两册行世，计94万言，这对治中印关系史来说，是一项极为重要的基础工程。有关专家学者见了，都心生喜悦。尤其是印度学者，"他们听了，都异常兴奋。切盼能早日完成，并译为英语，以利广大不通汉文的印度学者使用。"[1]《汇编》

1. 季羡林：《季羡林全集》第十四卷，第 321 页，北京：外语教学与研究出版社，2010 年版。

所有资料，来自《史记》、《汉书》、《高僧传》、《大唐西域记》等 111 部中国典籍。披阅这些资料，可知其作者大都是译家或与译事密切相关者。

进行现代学术意义上的中国翻译史研究，且卓有成就者，当属马祖毅。他先后著有《中国翻译简史（"五四"以前部分）》、《汉籍外译史》和《中国翻译史》上卷等书。《中国翻译史》上卷所述，是周代至清代的译事。佛典汉译是《中国翻译史》的重要内容。作者将佛经翻译划分为四个阶段：（一）佛经翻译的第一阶段（公元 148—316 年），是指东汉桓帝建和二年到西晋。在此期间，出现了安世高、支娄迦谶、严佛调、支谦、康僧会、竺法护等译经高僧。（二）佛经翻译的第二阶段（公元 317—617 年），即东晋至隋代，在此时期，译经高僧有道安、鸠摩罗什、法显、真谛等等。（三）佛经翻译的第三阶段（公元 618—906 年）即有唐一代，是佛教发展和佛典汉译的全盛时期，译经高僧有玄奘、义净、不空等。（四）佛经翻译的第四阶段（公元 954—1111 年）即周世宗显德元年至北宋政和元年。这一时期佛经翻译的高潮已过，尽管朝廷对西天取经者给予资助，造传法院培养儿童学梵语等措施，但佛教在印度已风光不再，梵文佛经资源枯竭，中印译经人员水平下降。终有宋一代，虽译家可考者仍然不少，但能望玄奘等项背者，竟无一人。高僧赞宁，名噪一时，但不是以译经而是以撰《宋高僧传》闻名。宋代之后，译经余绪依然不绝如缕，但已无重要影响者。

马祖毅的《中国翻译史》一书洋洋洒洒，有六十二万余言，是迄今为止，治中国翻译史中，最具规模、最有深度的力作。通读全书，立论公允，内容丰富，资料详赡，令人兴喜。这样一部著作，其实是历代象胥、舌人的集体成果，马祖毅是一位执笔者，一位集大成者。倘若没有历代象胥、舌人的辛劳，中国翻译史就成了无本之木、无源之川。马祖毅在《中国翻译史》中，以诗代序，他这样写道：

> 洪荒造塔语言殊，从此人间要象胥。
>
> 舌人碌碌风尘里，青史无情不记名。
>
> 身后先驱虽寂寞，乘凉人念树谁栽。
>
> 皓首穷搜编译史，柴门栽出一篱瓜。[1]

1. 马祖毅：《中国翻译史》上卷，第 2 页，武汉：湖北教育出版社，1999 年版。

以上几句摘自《诗代前言》，可以知道他作为一名"乘凉人"对前辈先驱的感念，在他的柴门前结出的包括这本《中国翻译史》在内的"一篱瓜"，其中有着下种、培土、浇水的前人的功劳。

王铁钧的《中国佛典翻译史稿》是当下的新收获。作者认为古人述译人译籍译事，用笔过简，不免有述事不详且挂漏孔多之嫌。（《前言》）此书共五章，自汉魏至明清，分 23 节叙述。总观全书，详略得当，史中有论，论而出新。如评彦琮："《辨正论》对历代佛典译本批评不可谓不犀利……可惜，彦琮虽'遥义（议）'前贤所失，却不能不说是破得多，却立得少，或曰立得空泛、抽象。"[2]

2. 王铁钧：《中国佛典翻译史稿》，第 228 页，北京：中央编译出版社，2006 年版。

在学科分类并不清晰的古代，中国翻译学史的珍贵材料，也和中国翻译史的材料一样，蕴藏在丰富多彩而又年代久远的以佛经汉译为主要代表的翻译实践之中。

在波澜壮阔的译经运动中，一方面留下了卷帙浩繁的汉文大藏经，一方面留下了丰富多彩、深邃而实用的翻译理论、规则、经验、心得。这笔珍贵财富，不仅属于中国学术，而且属于世界学术。不把这笔学术进行必要的整理，而奢谈世界翻译学，不是数典忘祖，就是拿着自己的珠玉算盘去替他人算柴火账。世界翻译学，离开了一千多年的佛经翻译，离开了中国古代的翻译理论和规则，是不完整的。

佛经汉译第一阶段，由于经验不足，求真心切，一般采用直译的方法，译作"审得本旨，了不加饰"，"弃文存质"，"朴质近本"，总体翻译水平不高。进入第二阶段，在提高译文质量过程中，各种各样的理论问题与方法问题浮了出来。道安作为这一时期的译经领袖，在译经实践中，总结了自己和其他译者的心得，在《摩诃钵罗若波罗密经钞序》中，提出了"五失本"和"三不易"的著名翻译理论。吕澂对"五失本"和"三不易"的注释、评介如下：

　　译胡为秦有五失本也：一者，胡语尽倒而使从秦，一失本也；二者，胡经尚质（这是就一般而言），秦人好文，传可（适合）众心，非文不合，斯二失本也；三者，胡经委悉（原原本本，十分详细），至于汉咏（指颂文）叮咛反复，或三或四，不嫌其烦，而今裁斥，三失本也；四者，胡有义说（梵本在长行之后另有重颂复述长行，叫做义说），正似乱辞（中国韵文最后总结的韵语），寻说（彦琮《辩正论》引文作"寻检"）向语，文无以异，或千、五百、刈而不存，四失本也；五者，事已全成，将更傍及，反腾前辞，已乃后说，而悉除此，五失本也。——简单地说来，有五种情况是不能与原本一致的：第一，语法上应该适应中文的结构；第二，为了适合中国人好文的习惯，文字上必须作一定的修饰；第三，对于颂文的重复句子，要加以删略；第四，删掉连篇累牍的重颂；第五，已经说过了，到另说一问题时却又重复前文的部分，这也要删除。三不易是："然般若经（这里只举它为例），三达之心（佛之三明），复面（指佛"舌出复面"）所演，圣必因时，时俗有易，而删雅古以适今时，一不易也；愚智天隔，圣人叵阶，乃欲以千岁之上微言，传使合百王之下未俗，二不易也；阿难出经（指第一次结集），去佛未久，尊者大迦叶令五百六通（指五百罗汉）迭察迭书（互相审察，互相校写），今离千年而以近意量裁，彼阿罗汉乃竞竞若此，此生死人而平平若此，岂将不知法者勇乎（彦惊引文作"岂将不以知法者猛乎"）？斯三不易也。"——三种不易于翻译的情况是：第一，经籍本是佛因时而说的，古今时俗不同，要使古俗适今时，很不容易；第二，要把圣智所说的微言深义传给凡愚的人理解，时间距离又这么远，这也不容易；第三，当时编经的人都是大智有神通的，现在却要一般平常人来传译，这更是一件不容易的事。因此，在道安看来"涉此五失，经不三易，译胡为秦，讵可不慎乎：正当以不闻异言传令知会通耳，何复嫌大匠之得失乎？"[1]

1. 吕澂：《中国佛学源流略讲》，第61—62页，北京：中华书局，1979年版。

道安以提出问题、解决问题为目的，没有成套空洞理论，但求切中膝理，富有实效，为历代译经家奉为圭臬，他的学生僧睿，后来参加鸠摩罗什的译经，在《大品经序》中说："予既知命，遇此真化，敢竭微诚，属当译任，执笔之际，三惟亡师五失及三不易之诲，则忧惧交怀，惕焉若厉。"到隋代，作为译经史上第一位担任主译的中国僧人彦琮，也对道安的"五失本"、"三不易"推崇之极，说："详梵典之难易，论译人之得失，可谓洞入幽微，能究深隐。"（《辩

正论》）

彦琮在继承道安的翻译思想的基础上，评述历代译家得失，提出了自己的"十条"、"八备"。"十条"的内容是："安之所述，大启玄门。其间曲细，犹或未尽。更凭正文，助光遗迹。粗开要例，则有十条：字声一，句韵二，问答三，名义四，经论五，歌颂六，咒功七，品题八，专业九，异本十。各疏其相，广大如论。"（《辨正论》）宋代法云也曾提出"十条"，内容略异。"疑为历来佛经翻译通常遵循的方法，并非彦琮所总结。"[1] "八备"是彦琮提出的做好佛经翻译的八项必备条件：

1. 马祖毅：《中国翻译史》上卷，第137页，武汉：湖北教育出版社，1999年版。

第一，诚心受法，志愿益人，不惮久时。第二，将践觉场，先牢戒足，不染讥恶。第三，筌晓三藏，义贯两乘，不苦闇滞。第四，旁涉坟史，工缀典词，不过鲁拙。第五，襟袍平恕，器量虚融，不好专执。第六，耽于道术，淡于名利，不欲高衒。第七，要识梵言，乃闲正译，不坠彼学。第八，薄阅苍雅，粗谙篆隶，不昧此文。

这八条，既有人品修养，又有学术知识，具体而实际。是对道安翻译思想的继承与发展。

彦琮著述颇丰，以《辨正论》最为著名。唐道宣《续高僧传》卷二《彦琮传》载："琮久传参译，妙体梵文。此土群师，皆宗鸟迹，至于音字训诂，罕得相符。乃著《辨正论》以垂翻译之式。"今人评介道："《辨正论》乃彦琮二十几年'久传参译，妙体梵文'之总结，亦有垂范后人之用意，即所谓'垂翻译之式'。"[2]

2. 王铁钧：《中国佛典翻译史稿》，第227页，北京：中央编译出版社，2006年版。

进入译经第三阶段即唐代，佛经翻译进入巅峰状态，它的标志就是玄奘和他的译著。在文与质、直译与意译上，玄奘有自己的标准，而且拿捏得当，为时人所重，称为"新译"。《续高僧传》说："世有奘公，独高联类。往还震动，备尽观方，百有余国，君臣谒敬。言议接对，不待译人。披析幽旨，华戎胥悦，故唐朝后译，不屑古人。执本陈勘，频开前失。"现代学者也给予玄奘高度评价，季羡林说："在佛经翻译史上，玄奘可以说是开辟了一个新的时代。"[3]

3. 季羡林：《季羡林全集》第十三卷，第215页，北京：外语教学与研究出版社，2010年版。

吕澂则认为："一比较新旧译家和玄奘齐名的罗什、真谛、不空（这三人和玄奘是一向被称为中国译经四大家的）的所译的全部，还要多出六百余卷，就可了然。并且玄奘的翻译不单以量胜，又还以质胜。"[4]

4. 吕澂：《中国佛学源流略讲》，第339页，北京：中华书局，1979年版。

作为中国乃至世界最伟大的佛经翻译家玄奘，给我们带来了翻译史上的巅峰时代，除了七十五部一千三百三十余卷经译之外，还给我们留下了丰富的译经理论与经验。

玄奘的翻译理论，主要为"五不翻"。周敦颐说："唐奘法师论五种不翻：一秘密故，如陀罗尼。二含多义故，如薄伽梵具六义。三此无故，如阎浮树，中夏实无此木。四顺古故，如阿耨菩提，非不可翻，而摩腾以来常存梵音。五生善故，如般若尊重，智慧轻浅。"（《四部丛刊·翻译名义集序·周敦颐序》）在此之前，隋代灌顶《大般涅经玄义》载，广州大亮法师也有"五不翻"之说，内容与奘说大同小异。汤用彤认为，玄奘的五不翻之说，较之大亮，更为完备。（《隋唐佛教史稿》）可见，中国的翻译理论，是天下公器，在实践中不断完善，体现出时代的进步。

玄奘在前人和自己的翻译理论指导下，使自己的译风为之一新。季羡林说："简而言之，我们可说，他的译风，既非直译，也非意译，而是融会直意自创新风。"（《大唐西域记校注前言》）检验理论的天秤是实践，他的"新译"备受推崇。吕澂说："他的翻译最擅胜的地方，在由于学力的深厚，和对于华梵语文的通澈，所以能够自在运用文字来融化了原本所说的义理，借以发挥他自己信奉的一家之言。换句话说，就是玄奘能很熟练而巧妙地拿一家之言来贯通原本，甚至于改动原本。"[1]玄奘的译风，是大家之风，不是简单地处理好文质与意译、直译关系的问题，

1. 吕澂：《中国佛学源流略讲》，第339页，北京：中华书局，1979年版。

而是以深厚学识为基础的。

印度学者柏乐天（P. Pradhan）和中国学者张建木，结合玄奘的译著《集论》、《俱舍论》，著文分析他的译法。他们认为，玄奘运用了六个译法：补充法，省略法，变位法，分合法，译名假借法，代词还原法。[2]柏乐天说：玄奘"是把原文读熟了，嚼烂了，然后用适当的汉文表

2. 马祖毅：《中国翻译史》上卷，第151—153页，武汉：湖北教育出版社，1999年版。

达出来"。他是"有史以来翻译家中的第一人，他的业绩将永远被全世界的人们记忆着"。（《伟大的翻译家玄奘》）

赞宁是宋代高僧，以编撰著称，共有佛教著作一百五十二卷，一般著作四十九卷。他总结以往译经经验，提出"六例"来解决有关矛盾。陈福康所著《中国译学理论史稿》一书及张广达《论隋唐时期中原与西域文化交流的几个特点》一文，都论及"六例"。

第一例，"译字译音"。"他归结为四句话，即'译字不译音'，'译音不译字'，'音字俱译'，'音字俱不译'。翻译字，当视不同情况采用之。所谓'译字'，就是把意思译出来。所谓'音字俱不译'，是指佛经题头上的符号。"（陈书）

第二例，"胡言梵语"。"赞宁比隋代的彦琮更加强调应当明确区分胡梵。早在隋代，彦

琼已注意到'旧唤彼方，总名胡国，安（道安）虽远识，未变常语，胡本杂戎之胤，梵惟真圣之苗。根既悬殊，理无相滥，不善谙悉，多致雷同。见有胡貌，即云梵种；实是梵人，漫云胡族。莫分实伪，良可哀哉'（《高僧传·彦琮传》）。入宋，赞宁进而指出'胡言梵语者，一在五天竺纯梵语，二雪山（指兴都库什山）之北是胡。山之南名婆罗门国，与胡绝书语不同。'彦琮、道宣等高僧'独明斯致'，纠正了'从东汉传译至于隋朝，皆指西天以为胡国'这一认识上的错误，但是矫枉过正，又偏到了把一切西域经典尽呼为梵的地步。两种倾向均失之偏颇。'当初尽呼为胡，亦犹隋朝以来总呼为梵，所谓过犹不及也'。认识上的这种偏颇导致三失：一为改胡为梵，二为不善胡梵二音，致令胡得为梵，三为不注意重译，亦即自五天竺至岭北，佛经往往累累而译的现象。"（张文）

第三例，"重译直译"。赞宁说："一直译，如五印夹牒直来东夏译者是。二重译，如经传岭北，楼兰、焉不解天竺言且译为胡语。如梵云乌坡陀耶（Upādhyāya），疏勒云鹘社，于阗云和尚；又天王，梵云拘均罗（Kuvēra，Kubēra），胡云毗沙门（Vaiśramana）是。三、亦直亦重，如三藏直赍夹牒而来，路由胡国，或带胡言，如觉明口诵昙无德律中有和尚等字者是。"张文又说："按佛教为外来之学，欲弘其道，势须籍助于翻译，翻译成败系于直译意译的得失。从以上引文可知赞宁在'重译直译'之例所论述的直译并不是指与意译相对而言的直译，而是指直接从梵夹译为汉语的情况。凡是中间译为胡语或虽从印度直接传来夹牒但杂胡言者，在赞宁的六例之中均谓之重译。"

第四例，"粗言细语"。"指的是梵文的区别。'一、是粗非细，如五印度时俗之言是。二、唯细非粗，如法护、宝云、玄奘、义净洞解声明音律，用中天细语典言而译者是。三、亦粗亦细，如梵本中语涉粗细者是。'在这里，疑赞宁所说的'粗言'和'五印度时俗之言'，系指梵文俗语（Prakrit）、特别是巴利（Pali）语而言；'细语典言'则为梵文雅语（Sanskrit）；而梵本语涉粗细者或指上述梵语的混用。"（张文）赞宁指出的胡梵有别，梵语典俗有别以及佛经累经重译等现象，已为近代研究佛典翻译和文化交流学者的工作所证实。

第五例，"华言雅俗"。"则是论汉语中的雅俗问题，亦分三类；'是雅非俗'，'是俗非雅'，'亦雅亦俗'。此条与上条相关联。"（陈书）

第六例，"直言密语"。赞宁"认为翻译某些佛经句子，可有两种方法，即'涉俗为直，涉直为密'。前者是用较通俗的话直译，后者是用隐秘的话意译。这样也有四种情况：'是直非密'、'是密非直'、'亦直亦密'、'非直非密'"（陈书）。

马祖毅认为："赞宁是在历代佛经翻译的实践基础上总结出这'六例'的，比之释道安的'五失本'、'三不易'又进了一层。"[1]

1. 马祖毅：《中国翻译史》上卷，第169—171页，武汉：湖北教育出版社，1999年版。

披阅相关文献，我们可以发现，漫长的佛经翻译活动为我们留下了丰富的比较翻译学的材料，为我们撰写一本《中国比较翻译学》提供了坚实基础。

印度佛典在中国的翻译出版，除了汉文大藏经之外，还有藏文大藏经、满文大藏经和蒙文大藏经等。汉文大藏经的历史比较清楚。藏文大藏经的形成，与佛典汉译关系密切，它的经典来源一部分是梵文原典，一部分是汉译佛典。《满文大藏经》、《蒙文大藏经》则主要是藏文大藏经的选译。这是世界文化史上十分罕见的景象，为我们研究比较翻译学提供了大量课题。诸如汉族和少数民族在佛典翻译上的相互影响，汉族与藏族对密宗的态度，梵文和汉藏译本比较，等等。以上研究，需要梵文、汉文、藏文、满文、蒙文知识，一般人难以达到。我们在此将问题提出，以待博雅君子。

中国比较翻译学还有一大领域，可以吸引许多学者参与。这就是佛典汉译史上各个时期、译家之间的比较，由这类比较切入，再对翻译的本质性、规律性问题，进行深入研究。各种历史文献为我们提供了大量的极为宝贵的资料。

佛典汉译一直有一个优良传统，即译家或读者都会自觉地将新译与旧译、己译与他译进行比较。所以，佛经翻译水平在前三个阶段总体上是稳步上升的。正是这种比较，不但保证了佛典汉译质量不断提高，而且为我们保留了比较翻译学的大量素材。鸠摩罗什、玄奘、义净的经译，曾引起许多人评议。吕澂的意见带有总结性，同时也比较客观公允。他认为："他（玄奘）译文的形式比较起罗什那样修饰自由的文体来觉得太质，却是比较法护、义净所译那样朴拙的作品又觉得很文，可见文质是难有一定标准的。同样玄奘的翻译较之罗什的只存大意可说是直译，但比较义净那样的诘屈聱牙倒又近于意译，所以意译和直译也难作鏊然的区别。其实论翻译，都要它做到达意的地步，玄奘的译文对于这一层是成功了的。他还运用了六代以来那种偶正奇变的文体，参酌梵文钩锁连环的方式，创成一种精严凝重的风格，用来表达特别着重结构的瑜伽学说，恰恰调和。"[2]

2. 吕澂：《中国佛学源流略讲》、第340页，北京：中华书局，1979年版。

每个时代的顶级佛门学人，其语言水平不存在本质差别。译风是综合因素决定的，偏意译偏直译的取向，即文质的取向，主要由社会审美风尚和个人审美爱好决定。因为，任何译作首先是给当代人看的。鸠摩罗什所在的六朝，是一个"缘情绮靡"的时代。玄奘、义净前后相衔，属于盛唐前夕，社会审美正从朴实向华贵过渡，即社会对二者的影响是一致的，他们在文质上的不同偏向，主要由个人审美爱好决定。

译风上的文质偏向，与汉梵语言比较紧密相关。罗什曾和僧叡论天竺文体："天竺国俗，甚重文藻，其宫商体韵，以入弦为善。凡觐国王，必有赞德。见佛之仪，以歌咏为尊，经中偈颂，皆其式也。但改梵为秦，失其藻蔚，虽得大意，殊隔文体，有似嚼饭与人，非徒失味，乃令呕秽也。"（《全晋文》）罗什好意译，就是想尽量弥补译作"嚼饭与人"的不足。罗什的意译，有时"截而略之"，有时"加文敷色"。僧叡说："梵文委曲，师以秦人好简，截而略之。""什所译经，叡并参正，昔竺法护出《正法华·受决品》云：天见人，人见天。什译至此，曰：此语与西域义同，但言过质。叡应声曰：将作'天人交接，两得相见？'什大喜曰：实然！"（《莲社高贤传》）

汉译佛经有一个现象，有相当多的重译，甚至有的经典重译多次。有人以为憾事，实际是译文比较、追求质量的必然结果。是中国佛典汉译的一大特色，为比较翻译学提供了广阔的研究空间。

德国学者洪堡特说："在所有已知的语言中，汉语与梵语的对立最为尖锐，因为汉语排斥所有的语法形成，把它们推诿给精神劳动来完成，梵语则力图使语法形式的种种细微的差别在语音中得到体现。"[1] 以上所说的，是一个比较语言学的问题。其实，在佛典汉译过程中，生

1.［德］威廉冯·洪堡特：《论人类语言结构的差异及其对人类精神发展的影响》，第314页，北京：商务印书馆，2002年版。

动的汉梵语言比较研究，一直是许多人的兴趣所在。给人们留下了许多精辟见解和宝贵资料。

和德国洪堡特的观点相对立，中国有学者认为，华梵同源。"《钦定同文韵统》、《西域同文志》、《五译合璧集要》诸书，明华梵之同源，合清汉以互证。"（《清朝通志》）[2] 这

2.北京大学南亚研究所编：《中国载籍中南亚史料汇编》下，第1140页，上海：上海古籍出版社，1994年版。

个观点值得研究，是否"皇恩浩荡"的产物？对华梵之异，多数中国学者是清楚的。"沙门神珙制为华音等韵字母，以为诵持标式。特其字多空列，音无的据，纵使呼调得法，终亦华梵殊归。"[3] 这段文字说的，就是汉语、梵语在音素上的差异。

3.北京大学南亚研究所编：《中国载籍中南亚史料汇编》下，第1141页，上海：上海古籍出版社，1994年版。

在《通志》卷三十五《六书略》第五中，有上中下三篇论华文与梵文的文章，颇为精彩，

摘录于下：

> 诸蕃文字不同，而多本于梵书。流入中国，代有大鸿胪之职，译经润文之官，恐不能尽通其旨，不可不论也。梵书左旋，其势向右。华书右旋，其势向左。华以正错成文，梵以偏缠成体。华则一音该一字，梵则一字或贯数音。华以直相随，梵以横相缀。华有象形之文，梵亦有之。（《论华梵上》）

> 七音之学，学者不可不究。华有二合之音，无二合之字。梵有二合、三合、四合之音，亦有其字。……华音论读，必以一音为一读，故虽者焉可以独言旃，虽者与可以独言诸也。梵音论讽虽一音，而一音之中，亦有抑扬高下，故娑缚不可以言索，娑殚不可以言萨，实有微引勾带之状焉。凡言二合者，谓此音非一亦非二也。言三合者，谓此音非一非二亦非三也。言四合者，谓此音非一非二非三亦非四也。但言二合者，其音独易。言三合、四合者，其音转难。大抵华人不善音。今梵僧咒雨则雨应，咒龙则龙见。顷刻之间，随声变化。华僧虽学其声，而无验者，实音声之道有未至也。（《论华梵中》）

> 梵人别音，在音不在字；华人别字，在字不在音。故梵书甚简，只是数个屈曲耳，差别不多，亦不成文理，而有无穷之音焉。华人苦不别音，如切韵之学，自汉以前人皆不识，实自西域流入中土，所以韵图之类，释子多能言之，而儒者皆不识起例，以其源流出于彼耳。华书制字极密，点画极多，梵书比之实相辽邈，故梵有无穷之音，而华有无穷之字。梵则音有妙义，而字无文彩；华则字有变通，而音无镝铢。梵人长于音，所得从闻入，故曰：此方真教体，清净在音闻。我昔三摩提，尽从闻中入。有目根功德少耳根功德多之说。华人长于文，所得从见入，故天下以识字人为贤智，不识字人为愚庸。（《论华梵下》）[1]

1. 北京大学南亚研究所编：《中国载籍中南亚史料汇编》（下），第663—665页，上海：上海古籍出版社，1994年版。

以上所举，只是尝鼎一脔。在中国文献中保存的大量记录，为研究中印语言比较史、传播史提供了第一手材料。这是比较语言学研究不可或缺的。审读前人译作，比较前人译作，不仅引起当下学人的注意，而且每每能取得可人成绩。如葛维钧的《论〈心经〉的奘译》、《严译与什译》等篇，就是利用佛典汉译的丰富材料，进行比较研究的生动实践，深得业界好评。

第二节　中国翻译学的四大特色

　　中国早期的翻译活动，主要在华夏单元地域中展开，留下的只有《越人歌》之类的少量翻译作品。秦始皇统一中国之后，单元地域内的交往，以口译为主。随着国家大一统的巩固和各个层级上的官话的出现，这种口译的必要性也日益减少。直到佛典汉译兴起，这是两种异质文化之间的交流，且旷日持久、声势浩大，中国翻译学便应运而生。中国和欧洲的翻译学都有一个宗教背景，都诞生于轰轰烈烈的译经运动。欧洲的翻译学肇始于公元前 3 世纪至 1 世纪的所谓"希腊化"时期。所以，从时间上讲要早于中国。然而，和西方翻译学相比，中国翻译学有着自己鲜明的特色。了解这些特色，对于认识中国和西方翻译学和建构、发展我们的现代翻译学，是不可或缺的。

　　那么，中国翻译学主要有哪些鲜明特色呢？

一、主体语言稳定强大

　　欧洲虽然是西方翻译学的诞生地，诞生的时间也早于中国，但是欧洲一直没有一种稳定的主体语言。它的主体语言一直在滚动变化，希腊语、拉丁语，虽然称雄一时，但都早已成了历史语言。在《圣经》翻译过程中，意大利语、法语、德语、西班牙语、英语相继形成并崛起。当下，英语在全球颇有通用语的地位，在欧洲语言版图上，至今仍是群雄并列的局面。

　　中国的情况则完全不同，在对外文化交往中，汉语始终具有强大稳定的主体地位。无论是口译还是笔译，汉语是出发语和目的语。《后汉书·南蛮西南夷传》说："周公居摄六年，制礼作乐，天下和平。越裳以三象重译而献白雉，曰：道路悠远，山川阻深，音使不通，故重译而朝。"这一方面说明当时语言阻隔，翻译困难，一方面说明中国政府使用的汉语才是翻译的目的语。这里的"三"是指多，不管翻译多少次，必须译成目的语才算来朝成功。在古代中外交往史上，"重译"是常见现象。中国虽然历史上出现过多个少数民族政权，但汉语始终是最主要的官方用语，是中外翻译的主体语言。汉语作为中华民族具有主体地位的通用语，是在漫长的历史中逐步形成的，其中汉字的广泛使用，无疑起到了极其重要的促进作用。一切蕃邦和外国来朝，必须要上表。不会汉语或汉语水平不高的，则有鸿胪寺、理蕃院等机构帮助翻译。公元428年，印度月爱王派来使者，表文内容如下：

> 天竺迦毗黎国，元嘉五年（428年）国王月爱遣使奉表，表曰：伏闻彼国，据江傍海，山川周固，众妙悉备，庄严清净，犹如化域，宫殿庄严，街巷平坦，人民充满，欢娱安乐。圣王出游，四海随从。圣明仁爱，不害众生。万邦归仰，国富如海。国中众生，奉顺正法。大王仁圣，化之以道，慈施众生，无所遗惜。帝修净戒，轨道不及，无上法船，济诸沉溺。群寮百官，受乐无怨。诸天拥护，万神侍卫。天魔降伏，莫不归化。王身庄严，如日初出。仁泽普润，犹如大云。圣贤承业，如日月天。于彼真丹，最为殊胜。臣之所住，名迦毗诃，东际于海，其城四边，悉紫绀石。首罗天护，令国安稳。国王相承，未尝断绝。国中人民，率皆修善。诸国来集，共遵道法。诸寺舍中，皆七宝形像，众妙供具，如先王法。臣自修检，不犯道禁。臣名月爱，弃世王种。惟愿大王，圣体和善，群臣百官，悉自安稳。今以此国群臣吏民，山川珍宝，一切归属，五体归诚大王足下。山海遐隔，无由朝觐，宗仰之至，遣使下承。使主父名天魔悉达，使主名尼陁达。此人由来良善忠信，是故今遣，奉使表诚。大王若有所须，珍宝奇物，悉当奉送。此之境土，便是王国。王之法令，治国善道，悉当承用。愿二国信使往来不绝。此反使还，愿赐一使具宣圣命，备勒所宜。歘至之城，望不空返。所白如是，愿加哀悯。奉献金刚指环、摩勒金环诸宝物，赤白鹦鹉各一头。（《宋书·蛮夷传》）

在中国史书中，这种翻译成汉文的来朝表文，数量众多。这说明，中国历朝历代都十分重视对外交往，记录这些交往的文字，是属于载入史册的重要文献。对表文的翻译，决不可草率从事，必须慎之又慎。由于上国思想作祟，有时表文翻译并不真实，对朝廷多有溢美、奉承之词，甚至出现伪造表文、欺骗皇帝之事。凡是国力衰弱又死要面子之时，容易发生此类羞耻之事，如清朝末年。

对外国以及少数民族语言，中国古代往往统称胡语、蕃语，在翻译场景中，称"反舌"。[1]

1. 孔子曰："传言以象，反舌皆至。"（《大戴礼·小辨》）"戎狄言语与中国相反，故曰反舌。"（《吕氏春秋》高诱注）

在整个古代中外文化交流史上，最大的"反舌"是梵语。作为中国主体语言汉语的客体语言，即对象语言，只有梵语才真正具备这种身份。实际上，一千多年的中国古代翻译史中，最重要、最富成果的翻译是在汉语—梵语之间展开的。古代中国翻译学，可以说是汉梵两种语言的产儿。梵语除了是汉语的最重要的对象语言之外，还有一个重要的中介语的身份。东南亚又称印度支那，受印度文化影响至深至大。这在一些国家的来朝表文中可以看得很清楚。有学者甚至认为，有些国家的表文是用梵语写的。如周一良在《魏晋南北朝史札记》的《外国表文中梵文影响》条中说：

（《宋书》）蛮夷传言："凡此诸国，皆事佛道。"其表文中用语，如称宋帝为"大宋扬都圣王无伦"、"大宋扬都承嗣常胜大王"、"扬州城无忧天主"、"宋国大主大吉天子"云云，以首都之名扬都与天子连称，冠以"大吉"、"无忧"等词，皆是天竺文字之习惯称法。对中国或曰震旦，或呼真丹，皆梵文秦地一名之异译。表文措词语气及表达方式，皆与译出之佛经极为近似。《梁书》五四海南诸国传中，亦载各国表文，体例亦相似。如盘盘国表文云，"扬州阎浮提震旦天子"，干陀利国王表称，"大梁扬都天子"；婆利国王表称，"大梁扬都圣王"。皆是说明，五六世纪时东南亚各国文化受天竺文化及梵文文体之影响甚深，颇疑各国表文即以梵文书者也。《南齐书》五八扶南传载，扶南王遣天竺僧人那伽仙上表，表文为五言韵语，亦似译自梵文。对此倭国传所收倭王武（日本学者比定为雄略天皇）之表文，则纯系六朝文体，盖即用汉文所写。古代亚洲各国分别受中国印度两大文化之影响，表现于精神及物质生活之各方面。日本、朝鲜、越南多受中国文化影响，缅甸、泰国、柬埔寨、印尼以及东南亚各国则主要接受印度文化，表文所表现即其一例也。宋叶适《习学记言》三一亦曾注意及此，谓南朝史书中海南诸国"所通表文皆与佛书之行于中国者不异"，其言固为有见。

印度和中国一样，也是一个文明古国，对世界文明做出了巨大贡献。从这一点上说，梵语也有条件成为世界文化交流史上的一个主体语言。但是，梵语的这个主体语言的身份受到了遮蔽。究其原因，印度古代重音声而不重文字，它一直是文化的创造者、传播者，但很少翻译、接受外来文化。而作为世界文化交流中的主体语言，必须既是目的语，又是出发语。当然，在耶稣会士东来之前，汉语的目的语身份很强，我们翻译接受了大量外来经典，而其出发语的身份相对较弱。朝、日、越大量地直接使用汉语文献，直到我们的四书五经等译成西文，才加强了汉语的出发语身份。

汉语在翻译史上千年不变的主体语言（既是强大的出发语，又是强大的目的语）身份，是汉语研究的一个重要课题。

二、重视并彰显实用性

中国翻译学是一个开放型的研究课题，至今才刚刚起步，需要有志于此的学者，从丰富的中国翻译史料中去开掘、整理和研究。这是中国翻译学的实用性特色所造成的。中国古代有世界闻名的大翻译家，没有世界闻名的翻译理论家。原因是中国古人不尚空谈，所有翻译家都视原典为神圣，都忙于译经工作，没有兴趣和闲暇去撰写长篇大论的译学专著。他们对翻译的心得、经验，以及由此产生的一些翻译的方法、理论，大都保留在他们的译序、传记、附论、后记、诗文里。有学者认为：文质、名义、格义，"是佛经翻译思想的主要内容，不但是理论论述的中心，同时也反映在翻译实践上"。[1] 他们的理论和方法，从实践中来，到实践中去，具有极

1. 朱志瑜、朱晓农：《中国佛籍译论选辑评注》，第9页，北京：清华大学出版社，2006年版。

大的实用性。这种实用性表现为：（一）语言精炼简明，直陈问题要害，决不拖泥带水，可有可无的字句，务去为快。（二）为了便于记忆、传承，翻译大家往往用口诀的形式，来表述自己的理论和经验，使人听了能朗朗上口，又耐人捉摸。（三）只讲结论，不讲原因和产生结论的过程。这些理论、经验，是讲给同行和下属听的，犹如领班师傅招呼属下，只讲操作要领即可，无须长篇大论，娓娓道来。（四）常用常新，千年不衰，引起当代众多学者的关注。以上四点，是中国翻译学实用性特色的主要表现。

这种实用性特色的产生，和中国翻译的工作场景、中国翻译家的身份以及中国传统学术风格密切相关。

从总体上说，佛教经典的翻译是一件神圣庄严的工作，无论在私译还是公译场合，这一点是不变的。所有的人都怀着虔诚之心，在肃穆的气氛中，按照极为详细、具体的分工，完成每人自己的职责。真正对译经有体悟和心得的人，只是极少数译主、大译家。而这些译主、大译家，对其同事和下属，只须视情况给予适当点拨、提示即可，无须开班专讲译经理论。历代高僧大德有开坛讲经的传统，但讲的是义理，而不是翻译的理论与心得。也是就说，长达一千多年的

佛经翻译，其工作的场所、任务、分工、氛围，都不具备催生翻译学巨著的客观条件。

从身份和资格来讲，那些担任译主的大译家最有条件建构翻译学。他们是当时的佛学权威，具有一流的语言、理论和历史文化知识水平，又有极为丰富的译经经验。但是，他们为什么没有给我们留下现代学科意义上的翻译学论著呢？其原因除了上述的工作不需要之外，还有时间的不允许。这些译经大师，一个个都皇命在身，译经任务的压力很大。这种压力，除了来自皇家之外，还来自他们自己。他们都以多译经、译好经为己任，所以心无旁骛，专心致志地译经、译经、再译经。许多人老死在译经岗位上。他们有撰写翻译学长篇论著的学识、才华，但没有这种自觉，也没有撰写的需求与时间。

中国学术自古崇简。在明清出现长篇小说之前，所有作品都短小精悍，有的作品只有几个字、几十个字。这种崇简，要求在达意的前提下文字越少越好，所以吕不韦说"增损一字者予千金"。在漫长的历史中，崇简成了中国文人的审美趣向，成了中国的学术风格。译经的高僧大德浸淫在崇简的文化氛围中，表述他们的翻译理论、经验，自然而然地追求简明达意。在翻译佛经过程中，中国僧人对佛经的繁复已经作为翻译的困难提了出来，译经过程在一定意义上说是"删繁就简"的过程。也是就说，译经僧人不论中外，对崇简都深以为是，他们的译经理论简明直白，是自然之事。从事文学理论研究的僧人，如刘勰、皎然，也都受崇简风尚的影响，他们的《文心雕龙》、《诗式》总体规模虽是长篇大论，但行文简之又简，全无虚言冗笔。这样，译经高僧的崇简之风，其译学理论讲究实用性，就不难理解了。

中国古代翻译学所以能历久弥新，在于其实用价值。它们一千多年来，一直为翻译者奉为指南。近代以来，语言和事象都发生巨变，但是译经师们的翻译理论，非但没有过时，而且越来越引起译家与学者的重视。尚劝余的《唐玄奘"五种不翻"译论与当今汉英 / 英汉翻译》认为："在全球化背景下中西交往日益密切的今天，唐玄奘'五种不翻'译论的基本原则和总体精神不但没有过时，反而更加彰显出其价值和意义。在尤金·奈达和彼得·纽马克为代表的西方翻译理论大兴其道的当今，我们更应该挖掘在中华大地上盛行千年的本土翻译理论，使唐玄奘'五种不翻'译论为代表的中国翻译理论在新的形势下不断发展和完善。"[1]

1. 增勤主编：《长安佛教学术研讨会论文集》（5），第 232 页，西安：陕西师范大学出版总社有限公司，2010 年版。

尚文认为："现在的英汉和汉英词典都将汉语中的龙与英语中的 DRAGON 对应，几乎已经成为定译。两个意象截然不同、意味大相径庭的虚构动物被硬扯在一起，成了西方攻击中国龙的理由。西方对中国龙的偏见实际上是源于他们对自己 DRAGON 的看法。这与其说由西方人的偏见导致的，还不如说是由中国人自己的翻译造成的。此龙非彼龙，如果将龙直接音译为 LONG 而不是译为 DRAGON，就不会造成这种尴尬的局面。可悲的是，中国人没有想到去深刻反思自己的翻译行为，反倒要改变中国'龙'的形象。"[1]

1. 何子章：《外宣翻译中"词汇空缺"现象翻译探讨》，载《襄樊学院学报》，2003 年第 7 期。

在当今的汉英 / 英汉翻译中，"多含故不翻"原则同样适用于那些具有多项含义的词语的翻译。例如"阴阳"，被英译为"FEMININE AND MASCULINE"或"NEGATIVE AND POSITIVE"等。

只有音译"YIN YANG"最为贴切和传神，能够达到令人遐想、涵盖所有语义的"万里无云万里天"的效果。而其他的意译只不过是"千江有水千江月"，挂一漏万，流于表面。[2]"国学"一般被英译为"CHINESE CLASSICS"，有人也用"SINOLOGY"。实际上，"国学"具

2. 岳峰：《略论意译与中国传统文化》，载《福州大学学报》，2000 年第 1 期。李振中：《论音译外来词语素的认定》，载《暨南大学华文学院学报》，2001 年第 4 期。

有丰富的内涵，指"我国传统的学术文化，包括哲学、历史学、考古学、文学、语言学等"[3]。

3.《现代汉语词典》，第 482 页，北京：商务印书馆，1996 年版。因此，最好采用音译。

在当今的汉英 / 英汉翻译中，"此无故不翻"原则应用范围非常广泛。可以归纳为八大类：

（1）饮食文化类，如豆腐（TOU FU）。（2）音乐舞蹈类，如二胡（ER HU）。（3）体育娱乐类，如功夫（KUNG FU）。（4）医药保健类，如 PENICILLIN（盘尼西林）。（5）宗教神话类，如弥勒佛（MILEFO）。（6）历史现象类，如大字报（DAZIBAO）。（7）衣着生活类，如旗袍（QIPAO）。（8）度量衡类，如尺（CHI）等。[4] 对于那些貌似与规范的汉语

4. 郭虹宇：《重读玄奘译论"五种不翻"》，载《天津外国语学院学报》，2009 年第 4 期。

拼音或英语语音相去甚远的约定俗成的音译词语，"顺古故不翻"原则尤为适用。例如，孔子译为 CONFUCIUS，孟子译为 MENCIUS，有所谓的学者竟然把我们的老夫子 CON-FUCIUS 和 MENCIUS 当成了外国人，分别译为"康福舍斯"和"门舍斯"之类。是故，"顺古故不翻"原则吾辈当时习之。

在当今的汉英 / 英汉翻译中，"生善故不翻"原则依然有着重要的指导作用。汉语"鸳鸯"、"麒麟"、"旗袍"一般意译为"CHINESE DUCK"、"CHINESE UNI-CORN"、"CHINESE DRESS"。这类"中国鸭"、"中国独角兽"、"中国服装"式的意译，虽然前面加了 CHINESE 限定词，但后面的中心词明显降低了原文中能够引起人们美好联想的恩爱、吉祥、喜庆、庄重、赞赏、褒扬的涵义，在人们的心中不可能引起任何"生善"的美好联想。因此，

5. 增勤主编：《长安佛教学术研讨会论文集》（5），第 227—231 页，西安：陕西师范大学出版总社有限公司，2010 年版。

应该采用音译。[5]

三、 追求文学修辞之美

翻译作品不是文学创作，是否只要忠实、达意即可？作为文章大国，中国人除了忠实、达意之外，还追求文辞之美。中国翻译史上文质之争、直译意译之争，其实都在诉求对修辞之美的追寻。甚至可以说，所有译学重要理论，诸如"五失本"、"三不易"、"十条"、"八备"、"五不翻"、"六例"，等等，都不无追寻文辞之美的内涵。我们以道安的"三不易"为例，略作分析。齐梁文坛领袖沈约曾有"三易"之说："文章当从三易：易见事，一也；易识字，二也；易读诵，三也。"（《颜氏家训·文章》）沈约提出"三易"主张，是在提倡一种审美标准。这种审美标准古已有之，是《诗经》以后的诗文主流，但到南北朝时"缘情绮靡"已成风气。道安的"三不易"是说：古圣依时俗而讲，古今时俗不同，使古俗适应今时，一不易；将古贤的微言大义，传达给后世的浅识者，二不易；圣徒阿难造经尚且慎之又慎，今日凡人传译，三不易。道安是从语境变迁，造经、译经者身份不同来讲的。主要目的是要解决译经过程中的难题。佛典译文遵循什么风格，是译家必须明白的。幸运的是，译家们审时度势，选择了一种通俗易懂、简单明了的风格，终于变"三不易"为"三易"。我们认为，沈约深通佛理，他的"三易"，是对佛家译风的推崇，同时着意将其推向整个中国文坛。

中国古代诗学史上，曾出现过好几位僧人诗学家，刘勰、皎然是其代表人物。他们活跃于诗学领域，是佛家追求、宣示文学之美的一种表现。他们的著述将佛教美学与诗学融为一体，而这一切，都和译经、译经理论是分不开的。

在中国翻译史上，清末严复的"信、达、雅"影响巨大。他说："译事三难：信、达、雅。求其信，已大难矣！顾信矣不达，虽译犹不译也，则达尚焉。……易曰：修辞立诚。子曰：辞达而已。又曰：言之无文，行之不远。三者乃文章正轨，亦译事楷模，故信、达而外，求其尔雅。"（《天演论译例言》）其实，"信、达、雅"是对古代翻译标准的继承、发展和新表述。其第三个标准"雅"，就是追求文学修辞之美，属于文质之争、直译与意译之争中文与意译的范畴。只有在信、达基础上追求雅，才能传之久远。不论古代译经大家还是当下的翻译者，也都明白这个道理，他们的译笔追求文学的修辞之美，是理所当然的。他们的译学理论追求文学的修辞之美，也是非常自然的。

四、意义重大影响深远

从现代西方翻译学的标准看，古代翻译学无论东方还是西方，都非常不发达。有学者认为："翻译理论的不健全、不发达，有着多方面的原因，有客观的也有主观的。"他还进一步认为，客观因素主要有"历来轻视翻译"和"受当时科学水平制约"，主观因素主要有三：经验主义、教条主义、片面性。所以，东西方在本世纪以前只有少数翻译家，对翻译理论问题有较大兴趣，"但所谈论的也多限于翻译的方法和技巧，着眼点不免在于经验"。[1] 这个观点，从现代科学

1. 谭载喜：《必须建立翻译学》，载《中国当代翻译百论》，第5页，重庆：重庆大学出版社，1994年版。

发展水平出发，无疑是对的。但是，如果我们用历史发展的眼光来观察，怀着虔诚、求是之心就会发现，古代翻译家卓越地完成了他们的任务，包括对翻译理论的贡献。他们为后人留下的理论成果，意义重大，影响深远，是我们构建现代翻译学的宝贵理论财富。当下研究翻译理论的学者，多是研究西方翻译出身，不懂梵语，读古汉语也较吃力，自然会对佛经翻译理论产生隔膜。道安在"三不易"中说的困难情况，好像又在他们之中重现了。

然而，中国学术薪火相传，总是有人甘坐板凳十年冷，举遗继绝，研究中国佛经翻译学。虽然这些研究尚属初步，但已给人美不胜收之感。如《中国佛籍译论选辑评注》的两位作者朱志瑜和朱晓农，本是搞现代翻译学与翻译技术的，因为知晓翻译史，便合作做项目。"原本是想在传统理论方面作些探索，到后来发现，其实对其他很多方面都有参考价值。"原因是"本书涉及佛学概念、佛经东传历史、梵文、翻译理论、翻译实践、语言学概念、古代汉语等多方面的知识"。[2] 可以说，佛经汉译给我们留下的财富极为丰富。

2. 朱志瑜、朱晓农：《中国佛籍译论选辑评注》，第187页，北京：清华大学出版社，2006年版。

译经高僧们在翻译汗牛充栋的佛教经典的同时，还带来了大量新词汇、新观念、新理论、新知识、新立场、新礼仪、新文风。光说新词汇，就有三万五千多。除了词汇，还给我们送来了新的构词法，使得汉语有了更大的构词本领。有学者归纳，佛教至少贡献了五种构词法：（1）持业释，从使用关系构词，如"藏识"，识是藏之体，藏是识之用。（2）依主释，从主从关系构词，如"眼根"，眼是主，根是从，由眼得根。（3）有财释，从所具内涵构词，如"觉者"，觉为者之"财"（内涵）。（4）相违释，从联合关系构词，如"微妙"、"神通"，系由相

3. 带数释之法中国古已有之，老子说："道大，天大，地大，人亦大。域中有四大，而人居其一焉。"（《道德经》二十五章）《左传·昭公十二年》："是

同的同义词根构成；如"生灭"，"厌欣"，系由相反的反义词根构成。（5）带数释，从标

能读三坟、五典、八索、九丘。"另，三皇、五帝、九州等等，也出现得很早。带数释在中国流行，说明中印构词法有共通之处。

数概括构词，如"三字"、"五蕴"等。[3] 这些构词法运用到汉语里产生了无数新词，如"发电机"，

机是体，发电是机的功用，即是运用"持业释"构成；"死亡"、"坚硬"、"东西"（指物体）、"大小"（指尺寸），即是运用相违释构成。"三八作风"、"四项原则"，即是运用"带数释"构成。（魏承思《中国佛教文化论稿》）这些构词法为何能为中国古人接受，至今仍有无限生命力，是一个值得研究的问题。我们想至少有三点应该注意：其一，梵词直译，即梵语中的词汇，汉语中没有相应者，只得新译，如轮回、生死、业报、五戒、八苦，等等，而这种新译只须直译便好。其二，大量翻译的新词，随着佛教的传播，在日复一日的诵经念佛中得到普及，成了汉语固有词汇的一部分。其三，随着梵语译词在中国的流行，其构词法也为中国人接受，成了中国固有的构词法。当下，飞碟、外星人、"五讲四美"、低碳经济之类的新词词义，谁都明白，但谁也不会说是运用了译经师的构词法。内化了的影响是无声的，没有任何痕迹的。一些由佛典翻译词语衍化发展而来的日常用语，如"方便"、"花销"之类，不经指点一般人就不知道它们的印度佛缘。[1]

伟大的佛经汉译实践孕育着丰富的翻译理论宝库。

粗线条地看，历代译经高僧给我们留下的最重要的翻译理论遗产是以下各条：

"五失本"、"三不易"（道安）

"十条"、"八备"（彦琮）

"五不翻"（玄奘）

"六例"（赞宁）

这些译学理论，看似一些结论、口诀，其实有着极为丰富的内涵。只有我们沉潜到当时的社会背景，体悟这些译经

---

1. 佛典汉译对中国语言的影响，随着时代的发展而渐行渐远。但是，不能就此认为这种影响有一天会消失。佛教带给我们的词汇和构词方法，会在新的环境中以新的方式和面貌出现在我们的日常语言中。由于面貌全新，常常让人找不到它们的印度根源。我们先看"方便"一词。在现代汉语中，此词运用广泛，实际含义也不尽相同，如：1. 你手头方便吗？2. 我去方便一下。3. 请你行个方便。4. 她身子不方便。5. 方便的话，请把他带来。6. 与人方便，与己方便。以上第一句的"方便"的实际意义是"（宽余的）钱"；第二句中的意义是"如厕"；第三句中的行方便是指"帮忙"、"发慈悲心"；第四句中的不方便是指"不舒适"，包括来例假、怀孕等；第五句中的意义指"顺便"；第六句中的意义指"便利"。同一个"方便"，竟会有如此多的不同意思。其实，这个"方便"最早是一个梵语译词，是译经师在翻译佛经时对Upāya一词的汉译。在佛经中，"方便"是指修炼的方法、途径、门路，有的佛经直接说"方便法门"。其实Upāya在印度是个普通口语词，毫不晦涩和神秘，除了上述意义外，还有计谋、手段、措施、布阵、经略等意义。它不但古老，而且也是现代印度的常用词。显然，现代汉语"方便"的含义，和Upāya一词的古义与今义，有了很大的不同，但基本含义依然相同。关于不同，是现代汉语将"方便"的古义作了大量的引申发展。除此之外，现代汉语中的"便利"、"趁便"、"便车"、"便条"、"便民"、"便笺"、"简便"、"便服"、"便宜"、"便当"等等也都从"方便"一词的本义中发展而来。台

大家的身份、经历、学识、任务、用心、译场场境及这些
理论在当时的作用等等，才能了解汉梵之隔、凡圣有别。
在此基础上，我们可以运用现代语言学、阐释学、传播学、
信息学的方法和理论，将古代译经大师的理论、经验、方
法，进行阐释、充盈、周全，转换成现代学科意义上的"中
国翻译学"。

　　译经大师们的理论财富，不仅是中国古代翻译事业的
指南，也是中国近代翻译事业的航标，各种新的译论如"善
译"、"信达雅"等等，都是历代译经大师的翻译理论的
延续与发展。我们可以放言，今后若有真正让东西方学者
佩服的《中国翻译学》问世，它必定是在深研中国古代译
经理论，结合明清以来汉籍西译、西籍汉译经验的基础之
上，汲取西方翻译学有益养分的产物。以其对历史的承继
与后发优势，应该高于古代译经师的译学理论，也应该高
于现代的西方翻译理论。没有中国古代译经理论，想要编
写一部完整的"翻译学"是不可能的。中国学者从知识储
备和后来居上的立场讲，最有条件撰写一部真正意义上的
"世界翻译学"

湾地区常用的"便当"，有人以为来自日语，其实来自汉语
的吴方言。吴语称方便为"便当"，称中饭为"点心"，
"便当"就是用"碗头篮"或者手巾装好和包好点心，专为
打工或下地中午不归的人准备的中午便餐——点心。因为方
便（便当）于是称之为便当。日语中有大量吴语借词，"便
当"就是其中之一。还有一个"花"字，是现代中国人离不
开的。由"花"组成的词有花钱、花销、花费、花时间、花
力气等。这个支出、付费意义上的"花"，其实来自佛经梵
文 Sādhya。此词原意是实现、变成、教化、募化、化缘的意
思。与其相对应是布施 Dāna。募化者都是出家人，有的是
得道高僧。募化在古代印度是一件正常而光荣的事。这样，
布施也成了神圣的义务。在古代中国，开门七件事、柴米油
盐酱醋茶。在古代印度，开门第一件事是布施。募化本来是
化进、募得之意，在中国古代受与授都用"受"、借进借出
都用"借"的语言环境中，募化进账与布施出账都用"化"
字。"化"就是"花"。凡是募化、布施都要登记造册，称
为"化名册"，即花名册、人员登记册。在中国，不具僧人
身份的乞讨者称"花子"，即"化子"。因他们总是叫喊
"可怜可怜吧"，所以也称"叫花子"。这样就清楚了，花
钱的"花"，就是这样来的，它的根是梵文 Sādhya。

第四章　　印度故事文学在中国的传播

　　印度是世界上最重要的故事文学产地，享有"雅利安中心"之誉。[1] 中

1. 这是欧洲学者的观点，极言印度（主要人种为雅利安人）是世界故事的中心。虽然偏颇，但也有相当道理。

国是世界上对印度故事文学最钟爱的国家。这种钟爱，首先表现在对佛经

故事绵延千百年的传播、演义和吟唱，我们的石窟、寺庙、经藏、志怪、变文、

宝卷、话本、戏曲，都充满着佛教故事。其二，自"五四"新文化运动以来，

由中国第一流的文化学者鲁迅、胡适等举出研究印度故事文学的旗号，开

始走上学术探讨的道路。其三，从 1946 年北京大学成立东方语言文学系起，

季羡林、金克木、刘安武等人身体力行，翻译与研究并重，将印度故事文

学在中国的传播推向了一个全新的阶段。

　　研究印度故事文学在中国传播的历史与现状，对于中印文学交流史来

说，不但不可或缺，而且至关重要。

第一节　《佛本生》在中国的传播

佛经故事是一个巨大的文学宝库，而本生故事则是这个宝库的核心库藏。本生故事在佛教发展史上有两大意义，一是它的史料意义，二是它的文学意义。

由于佛教和印度其他宗教一样，只重口耳相传，不重文字记载，原始佛教之后，又经小乘、大乘之变，不断神化佛陀，真正的释迦牟尼变得模糊不清。而本生故事作为释迦传说的早期记载，为我们保留了许多相对真实的历史资料。本生故事当然是文学，不是史书，但文学往往更能反映历史的真实。本生故事中描写的社会现象、风土人情、弘法中所遇问题，都是当时的真实写照。所以，只要将本生故事中的神话内容，如什么菩萨前世投胎为鹿王、猴王、婆罗门等等隐去，就能显现公元前6世纪释迦布道时的真实身影。那些前生今世、轮回业报的情节，是传教的需要。就像现代人相信科学性一样，那时的人相信的就是六道轮回、善恶有报。释迦如果不能在传说中现身说法，佛教就失去了说服力，是无法立足和传播的。所以，本生故事也是人类观念史上的生动教材。

本生故事的文学意义，是其流传千古、影响世界的根本原因。以本生故事为核心的佛经故事，对中国人一千多年来的精神生活、艺术生活所产生的巨大而深刻的影响，是难以估量的。以敦煌石窟为例，它是中国四大著名石窟之一，因为一百多年前藏经洞的发现而震惊世界，一门崭新的学科——敦煌学，横空出世。多少人为之倾倒，多少人为之焚膏继晷。敦煌是一个伟大宏富的博物馆，但最具灵魂意义的是文学，文学中的核心是佛教故事，敦煌壁画，以佛传为主。有学者调查后指出："敦煌经藏已空，惟千壁丹青，至今犹屹然无恙……窟内诸画，大致南、北壁上三分之二为释迦树下说法像，或佛传图、贤千佛。""南北壁间三佛传图常占全壁三分之二，颇似后世之横幅。"[1] 佛陀说法，题材重要，是敦煌壁画的中心内容，供养人、画工都

1. 谢稚柳：《敦煌艺术叙录》，第5页，上海：上海古籍出版社，1996年版。

极为重视。"敦煌第77窟、第205窟、第209窟、第244窟、第322窟的《说法图》，在造型、构图、晕染以及装饰上都出现了一些前所未有的新画风，表明此时敦煌壁画已逐渐形成了新颖的唐代风貌。"[2] 敦煌石窟的一切学术，都本于佛教故事文学。然而，敦煌文学的多样性及其

2. 楚启恩：《中国壁画史》，第108页，北京：中国工艺美术出版社，2000年版。

在中国文学史上的意义，随着研究的不断深入而逐渐得到揭示。有学者指出："敦煌文学以歌辞、

诗歌、文赋、变文、话本小说、故事赋、词文等文学样式，提供唐代文学丰富的民间蕴藏，并发掘出一批长期失传的作家作品，初步澄清我国文学史上某些难以解释清楚的文学现象，它以生动的艺术实践为繁荣我国文学尤其是民间文学做出重大贡献。"[1]

1. 张锡厚：《敦煌文学源流》，第6页，北京：作家出版社，2000年版。

包括本生故事在内的佛教故事，它们的翻译是在整个译经过程中并不自觉的状况下完成的，分散于各部佛典之中。以文学的自觉，将他们作为印度文学的重要组成部分翻译、介绍到中国来，则是现代的事情。其中，最富标志性意义的成果，是《佛本生故事选》的翻译与出版。这是中国翻译史上首次直接从巴利文翻译的文学故事集，意义非同一般。它作为"印度文学丛书"的一种，由人民文学出版社出版。最早从巴利文翻译本生故事的是季羡林，他因自己研究的需要，翻译了《跳舞本生》、《苍鹭本生》、《吠陀婆本生》、《猴王本生》、《鹿本生》、《兽皮苦行者本生》、《波毗噜本生》等七则故事。[2]《佛本生故事选》

《佛本生故事选》，郭良鋆、黄宝生译

2. 这七则本生故事，都收在郭良鋆、黄宝生所译的《佛本生故事选》中，北京：人民文学出版社，1985年版。

的译者黄宝生、郭良鋆夫妇，是季羡林、金克木的1960级梵文、巴利文班学生，终生从事印度文学翻译与研究，有"梵学鸳鸯"之称。

郭、黄翻译本生故事，完全出于文学的自觉，他们说："我们主要是从文学的角度选择这部《佛本生故事》的。首先，它是世界上最古老的寓言故事集之一。虽然讲述的都是所谓佛陀前生的故事，但实际上绝大部分是流行于古印度民间的寓言故事，佛教徒只是采集来，按照固定的格式，给每个故事加上头尾，指出其中的一个人、一个神仙或一只动物是佛陀的前身而已。每篇佛本生故事都由五个部分组成：一、今生故事——说明佛陀讲述前生故事的地点和缘由；二、前生故事——讲述佛陀的前生故事；三、偈颂诗——既有总结性质的，也有描述性质的，一般出现在前生故事中，有时也出现在今生故事中；四、注释——解释偈颂诗中的词义；五、对应——将前生故事中的角色与今生故事的人物对应起来。"他们的这个选译本，"每篇本生故事只译出其中的前生故事以及出现在前生故事中的偈颂诗，因为这是每篇佛本生故事中的最古老部分，文学性也最强"。[1]

1. 郭良鋆、黄宝生译：《佛本生故事选》，第 422 页，北京：人民文学出版社，1985 年版。

《摩诃婆罗多》（共六卷），金克木、
黄宝生、郭良鋆等译

每篇本生故事结尾的对应部分，是例行公事，千篇一律，没有文学性。如《六度集经》第四十六《猕王》，是一则本生故事，讲述国王失妻救妻的故事。主要人物除国王、王妃之外，还有对手救国王、救妻过程中出了大力的猕猴。故事是这样开头的：

　　昔者菩萨为大国王，常以四等育护众生。声动遐迩，靡不叹懿。舅亦为王，处在异国。性贪无耻，以凶为健，开士林叹。

故事在结尾时这样对应：

　　佛告诸比丘，时国王者我身也。妃者俱夷是，舅者调达是，天帝释者弥勒是也。
菩萨法忍，度无极行，忍辱如是。

这种头尾呼应的固定模式本身，不具有文学内涵，但却具有文学功能。这种功能主要表现为两个方面：一是识别功能，二是叙事功能。在卷帙浩繁的汉译佛典中，何以认证某一故事为本生故事？这头尾呼应便是百试不爽的识别标志。本生故事本来是流传于印度民间的寓言，短小完整，独立成篇，互相之间并无情节的联系。因其极富讽喻力，深受百姓喜爱。于是佛教徒就进行收集整理，为传播佛理服务。这样，就需要一条富有生命力的叙事之线，像珠线将一颗颗珠子串起来一样，将一个个民间寓言串起来，为佛家弘法所用。在各种宗教竞争激烈的年代，在业报轮回观念盛行的社会，让佛陀在故事一开头就自报家门，在故事结束时又由佛陀一一对应。这种叙事手法，可谓妙哉，高哉！从此，这些脍炙人口的民间寓言姓了佛，成了佛经的重要内容，跋山涉水，来到世界各地，进入经藏讲堂，进入石窟寺庙。现在，来到大家面前，依旧似曾相识，魅力不减。

本生故事不仅在中国汉族中间广为流传，而且也大量流行于藏族、蒙古族、傣族等少数民族中间。正如季羡林所说："在信仰小乘佛教的国家里，像斯里兰卡、缅甸、柬埔寨、泰国等等，任何古代的书都比不上《佛本生故事》这一部书这样受到欢迎。一直到今天，这些国家的人民还经常听人讲述这些故事，往往通宵达旦，乐此不疲。"[1] 我国傣族地区，毗邻东南亚，在文

1. 季羡林：《关于巴利文〈佛本生故事〉》（代序），见郭良鋆、黄宝生译《佛本生故事选》，第 1 页，北京：人民文学出版社，1985 年版。

化上深受小乘佛教影响。于是《佛本生故事》深受傣族人民喜爱，其中不少故事在长期的流传过程中，经过加工改造，成了傣族人民自己的文学财富。例如流传至今的民间故事《螃蟹与鹭鸶》、《绿豆雀和象》，实际上是《苍鹭本生》和《鹌鹑本生》的改译。在傣族地区，流传着数量巨大的"阿銮故事"的长诗，只在德宏州地区就流传着 500 多部，描写释迦牟尼出道成佛前 500 多次转生的事迹。所以，有人认为这"阿銮故事"，就是《佛本生故事》的傣文编译和演义，"阿銮"一词来自梵文，指有本领的匠人，在傣文中指出身贫寒但本领高强、技艺超群的英雄或福星高照的善心人。几乎每个故事里都出现"雅西"（深山修行的佛僧）和"混西迦"（天王），充满浓郁的佛家色彩。[2]

2. 参见郁龙余：《中国印度文学比较》，第 77—78 页，北京：中国社会科学出版社，2001 年版。

中国学者对于本生故事和佛经文学产生兴趣，并进行研究，开始于 20 世纪初。鲁迅、胡适、郑振铎是其代表人物，他们在自己的著作中，非常重视佛教文学，有众多的赞美之辞。但是，真正从文本入手，对佛本生故事展开深入研究的，是季羡林和金克木。在 1964 年出版的《梵语文学史》中，金克木用较多文字介绍了《本生经故事》在国内外流传的情况，强调了本生故事的民间文学属性。他指出："这一些寓言故事，不论是不是采取《本生经》的格式，都明显带有民间文学的印记，而且有的已是经过加工到了小说的程度。它们反映了佛教徒当时所联系的社会阶层的生活和思想，揭露这些阶层的苦难和斗争，而加上佛教教义为指引。"[3] 这本《梵

3. 金克木：《梵语文学史》，第 173 页，北京：人民文学出版社，1980 年版。

语文学史》，最早是作者为北京大学 1960 级梵文巴利文班上课用的讲义，1963 年进行了若干修改、补充后，于 1964 年作为"高等学校文科教材"出版。这样，佛本生故事，在我国经过千百年的流传，穿越经藏、寺庙和唱本，终于进入最高学府的讲堂。这显示了文学的力量，是中印文

学交流史上的一段佳话。

　　季羡林作为中国现代印度学的主要创建者，对佛本生故事也十分重视。他不仅翻译了《跳舞本生》等七篇本生故事，而且写有《关于巴利文〈佛本生故事〉》一文。这篇文章作为《佛本生故事选》一书的代序，对本生故事的缘由、数量、性质、传播等等，进行了简明而深刻的论述。他说："这些故事生动活泼，寓意深远，家喻户晓，深入人心。国王们看准了这一点，于是就利用它们，加以改造，来教育自己的子女。各教派也看准了这一点，也都想利用它们来宣传自己的教义。"他对本生故事的肯定，除了其教化功能之外，更重要的是基于这些故事的思想主流。他认为这些故事的内容是比较复杂的，"不管故事里面的主人公是人，是神，还是鸟兽；他们的思想感情都是当时人的思想感情。因为大部分原来都是民间的创作，所以思想感情都比较健康。有的故事可以提高人们的斗争勇气，改善斗争方法。有的故事可以给人一些适应当时社会情况的处世做人的道理。有的故事讽刺当时的统治者，嘲笑神仙和婆罗门。当然也有少数的故事宣传逆来顺受、绝对忍让、绝对牺牲的精神，产生了一些消极的影响。对于这些故事，我们应该区别对待，不能一概而论。"[1]季羡林对佛本生故事的这一立场，代表了当代

1. 季羡林：《关于巴利文〈佛本生故事〉》（代序），见郭良鋆、黄宝生译《佛本生故事选》，第4页，北京：人民文学出版社，1985年版。

中国学者的普遍立场，深得广大读者和社会人士的认同。

　　继金克木的《梵语文学史》之后，各种印度文学史、东方文学史都开始介绍佛本生故事。其中，影响较大的有郁龙余、孟昭毅主编的《东方文学史》。此书认为："本生故事，内容丰富多彩，具有多方面的价值。它生动形象地保存了古代印度人经济、政治、思想、道德、文化、风俗等方面的宝贵资料，为后人研究印度古代社会提供了方便。其文学价值，不但在印度文学史上备受尊崇，而且在世界文学史上也占有重要地位。"[2]并从"歌颂菩萨智慧与神通"、"主张平等，反对种姓歧视"、"讽刺鞭挞愚蠢迷信"、"宣扬经商发财"四个方面，对本生故事作了较深入的介绍。

2. 郁龙余、孟昭毅：《东方文学史》，第128页，北京：北京大学出版社，2001年版。此书首版由陕西人民出版社于1994年出版，其修订版由北京大学出版社于2001年起出版发行。

　　侯传文在《佛经的文学性解读》中，用《佛本生故事概论》、《〈佛本生经〉与故事文学母题》两章的篇幅进行论述。侯著以文学母题理论为研究的出发点与归结点。他说："佛本生故事由于其形态的古老原始，影响的广泛深远，以及与宗教的特殊关系，成为故事母题研究的难得的筹码。这种母题研究既有助于解读佛本生故事，挖掘其丰富内涵，拓展研究的深度与广度，亦有助于解决母题研究中一些模糊不清、悬而未决的问题，扩大比较研究的视野。"[3]基于这一认识，

3. 侯传文：《佛经的文学性解读》，第121页，北京：中华书局，2004年版。

作者在《〈佛本生经〉与故事文学母题》一章中，通过佛本生经与故事文学母题的互相阐发，希望充分挖掘佛本经的文学意义，又能进一步拓展、深化故事母题的研究。之后，意犹未尽，作者紧接着又写出《轮回转生原型母题初探》一章。作者认为："东方古代许多民族相信业报轮回，大都是受印度文化影响的结果，我国早期典籍和神话传说中也不见有典型的轮回转生说的记载。既然轮回转生观念源于印度，其原型也只能从古代印度神话中探寻。印度现存最早的含有轮回转生母题的神话只能追溯到佛教和耆那教。"[1] 应该说，作者抓住最早、最典型的业报转生题材——

《佛经的文学性解读》，侯传文著

---

1. 侯传文：《佛经的文学性解读》，第219页，北京：中华书局，2004年版。

佛本生故事，和原型母题理论相互论证，相互发明，选题得当，阐述有力，达到了预期目的。侯著中，"佛本生故事概论"、"佛经的文学原型意义"、"《佛本生经》与故事文学母题"、"轮回转生原型母题初探"四章，在深化对本生故事意义理解的同时，也擦亮了批评武器——原型母题理论本身。犹如当年一出《十五贯》救活了一个剧种昆曲一样，侯著四章赋予了原型母题理论新的活力。

薛克翘在《印度民间文学》一书中，对本生故事进行了新的研究。薛著有两个特点，一是将《本生故事》和《五卷书》紧紧联系起来进行比较分析，二是将本生故事在我国汉族、少数民族以及其他国家流传的情况结合起来。简明流畅，论述允正。

第二节 《五卷书》在中国的传播

　　《五卷书》和《本生经》同属印度民间文学，一个属于印度教，一个属于佛教。由于印度教从最古老的吠陀教、婆罗门教，一脉相承发展而来，所以《五卷书》在印度的流传更广，影响更大。同时，和本生故事一样，《五卷书》的故事，在世界上广泛传播，影响久远而深刻。有学者指出："在印度浩瀚的民间文学作品中，《五卷书》以耀眼的光芒吸引着全世界梵文学者、民俗学者和文学爱好者，在印度文学史上占据着特殊的重要地位。"[1]

1. 薛克翘：《印度民间文学》，第151页，银川：宁夏人民出版社、2008年版。

　　全书共五部分，由"朋友的决裂"、"朋友的获得"、"乌鸦和猫头鹰从事于战争与和平等六种策略"、"已经得到的东西的丧失"和"不思而行"等组成。《五卷书》在印度的地位，类似于我国的《三字经》、《幼学琼林》、《弟子规》一类书籍，是儿童的启蒙读物，不过它有一个好听的名字——王子教科书，而且情趣和风格也非常有特色。在《五卷书》的《序言》里写道：在印度南方有一位国王，精通安邦之术和一切艺术，声名卓著。可是，他的三个儿子笨得要命，对经书毫无兴趣。他要大臣们想办法，大臣们向国王推荐了一位精通多种事论的婆罗门。这位婆罗门保证用六个月的时间，把三个愚笨的王子教得在统治论方面超群出众。国王和众大臣听了又惊又喜。婆罗门把三个王子带回自己的家中，为他们写了《五卷书》，让他们学习。他们念了以后，在六个月内，果然变得像他说的那样。从此以后，这一部名叫《五卷书》的统治论就在地球上用

《五卷书》，季羡林译

来教育青年。总之：

> 谁要是在这里经常学习或者听这一部修身处世的统治论，
>
> 他就再也不会，甚至于从天帝释那里也不会受到窘困。[1]

1. 季羡林译：《五卷书》序言，第 5 页，北京：人民文学出版社，2001 年版。见《季羡林全集》第二十卷，第 164 页，北京：外语教学与研究出版社，2010 年版。

印度向来不重文字记载，《五卷书》的最早成书时间，已不可考。它的一些故事内容和本生故事相同，但本生故事的叙述更原始一些。由此可知，《五卷书》成书时间晚于《佛本生经》。在流传过程中，出现了不同版本。有的版本飞向世界，被翻译、改编成不同语言的不同版本。它的故事直接间接地影响了《卡里来和笛木乃》、《一千零一夜》以及薄伽丘的《十日谈》、格林兄弟的《童话》、拉封丹的《寓言》和乔叟的《坎特伯雷故事集》等等。《五卷书》是除《圣经》之外，世界上译本最多的一本书。

由于宗教排他性的原因，佛教徒没有将属于印度教系统的《五卷书》译成汉语。但是，许多《五卷书》中的故事通过各种途径传到了中国。除了汉族地区之外，在少数民族地区也有大量传播，包括新疆地区信奉伊斯兰教的人民中间，许多《五卷书》、《本生经》故事深受喜爱。青年学者杨修正对《五卷书》故事在中国的传播路线，分为水、陆两路和口头、书面两种形式。"书面方式的传播则有着比较明晰的线索可以让读者查考。我们来考察《五卷书》的书面传播形式，不难发现，存在着三种方式。"一种是佛教翻译，第二种是阿拉伯文本的传播，第三种是《五卷书》本名进行翻译。并以"故事王国里的皇冠"、"皇家秘笈东传"、"《五卷书》与中国民间文学"、"《五卷书》与中国文人"等四个方面，对《五卷书》在中国的传播情况进行研究[2]，颇多新见，受到学界好评。

2. 参见郁龙余等：《梵典与华章：印度作家与中国文化》，第 87—111 页，银川：宁夏人民出版社，2004 年版。

20 世纪中叶，《五卷书》的译介、研究进入新阶段。季羡林是这个新阶段的开创者。1930 年，他考入清华大学，自从旁听陈寅恪讲《佛经翻译文学》起，就与印度文学结下不解之缘。

1941 年，季羡林在德国哥廷根大学获博士学位。同年编译《印度寓言》，写有《印度寓言自序》一文。他在自序中说："决意在巴利文的《本生经》里和梵文的《五卷书》里选择最有趣的故事，再加上一点自己的幻想，用中文写出来，给中国的孩子们看。"[3]

3. 季羡林：《季羡林全集》第十七卷，第 5 页，北京：外语教学与研究出版社，2010 年版。

《一个故事的演变》写于 1941 年 12 月 25 日，比《印度寓言自序》晚十天。这是一篇以小见大的文章，讲在中国颇为流行、有着多个版本的"鸡生蛋、蛋孵鸡、几年后成富翁"的故事，原来它的老家在印度。为了用证据说话，他从《嘉言集》和《五卷书》中译出两个内容大体相同的故事。这个故事从印度出发，几乎走遍世界。"到了中国，它变成我们民间传说的一部分，文人学士也有记叙，上面从《梅磵诗话》和《雪涛小说》里抄出来的两段就是好例子。倘若不

1. 季羡林：《季羡林全集》第十七卷，第 21 页，北京：外语教学与研究出版社，2010 年版。所译故事为《五卷书》第五卷第七个故事，译文与人民文学出

知道底蕴，有谁会怀疑它的来源呢？"[1]

版社 2001 年版稍异。

《梵文〈五卷书〉：一部征服了世界的寓言童话集》，写于 1946 年 12 月 27 日。这是一篇长文，详写《五卷书》在印度国内外的流传情况。他认为："《新约》、《旧约》译成的外国文字最多，但论到真正对民众的影响，恐怕《新约》、《旧约》还要屈居第二位。世界上的民族，不管皮肤是什么颜色，不管天南地北，从 1 000 多年以来，不知道有多少千万听过《五卷书》里的故事了。从这里他们得到了他们所需要的快乐。它把人们从现实的纷扰里带到一个童话的国土里去。"[2]

2. 季羡林：《季羡林全集》第十七卷，第 30 页，北京：外语教学与研究出版社，2010 年版。

《柳宗元〈黔之驴〉取材来源考》一文，告诉中国读者这个人人皆知的寓言故事的来龙去脉。他最拿手的办法，还是运用自己的梵文专长，从《五卷书》中译出了这个故事的印度原版，作为佐证他又从梵文《嘉言集》、英文《故事海》、巴利文《本生经》中译出这个故事不同版本，然后又引述在《伊索寓言》、法国拉·封丹寓言中的这个故事，告诉我们："这个故事，虽然到处都有，但却不是独立产生的。它原来一定是产生在一个地方，由这个地方传播开来，终于几乎传遍了全世界。"故事之间的差异，"只是这个流行世界成了一个类型的故事的另一个演变的方式"。[3] 这里，季羡林涉及到了一个文学变异学问题。像自然界的动植物物种一样，

3. 季羡林：《季羡林全集》第二十一卷，第 46 页，北京：外语教学与研究出版社，2010 年版。

由于各地物候环境的不同，就会产生变异，出现许多亚种，同一类型的故事必然在世界各国发生"演变"。在《"猫名"寓言的演变》一文中，季羡林进一步运用《五卷书》、《故事海》的"循环式"故事在中国、日本流传的情况，来进一步阐述他的比较文学变异（演变）学观点："我们研究比较文学，往往可以看出一个现象：故事传布愈广，时间愈长，演变也就愈大；但无论演变到什么程度，里面总留下点痕迹，让人们可以追踪出它们的来源来。正像孙悟空把尾巴变成旗杆放在庙后面一样，杨二郎一眼就可以看出来，这座庙是猴儿变的。"[4] 这就是 60 年

4. 季羡林：《季羡林全集》第二十一卷，第 66 页，北京：外语教学与研究出版社，2010 年版。

前比较文学变异学的经典论述。

1959 年，季羡林为《卡里来和笛木乃》中译本作序，序文名为《印度寓言和童话的世界"旅行"》。以后季羡林写出一系列比较文学的著名文章，其基础都是建立在对《五卷书》、《本生经》等印度故事文学的翻译与研究之上的。

季羡林对《五卷书》译介、研究的高潮，是他对这部世界文学名著的汉译，以及为此撰写

的几篇相关文章，季译《五卷书》首版于 1959 年，1963 年 7 月 13 日写有《译本序》，1964 年出版第二版。1981 年出版第三版时，又写了《再版后记》。2001 年第四版时，又写了《再版新序》。

《译本序》是一篇长文，告诉读者《五卷书》有许多不同版本，译者根据的是众多版本中的"修饰本"。这个版本流传很广，影响很大。在《译本序》中，作者用大量篇幅介绍了《五卷书》故事在中国流传的情况，然后指出："统观中印两国文化交流的整个情况，随着佛教的传入，印度的一些故事传入中国，是完全可以理解的。"[1] 有着两千年历史的中印文化交流，

1. 季羡林译：《五卷书》译本序，第 17 页，北京：人民文学出版社，2001 年版。见《季羡林全集》第二十卷，第 160 页，北京：外语教学与研究出版社，2010 年版。

却一直没有《五卷书》的汉译本，只有一些故事在流传，这不能不让人感慨宗教的排它性。季译《五卷书》终于改写了历史，从此中国有了一个可靠、完整、文笔优美的汉译本。

《再版后记》也是一篇长文，从时代背景、印度古代文艺发展的道路、语言、思想内容、结构的特色等五个方面，深入论述《五卷书》。此文和《译本序》代表译者对《五卷书》研究的最高水平。迄今为止，其他研究《五卷书》的中国学者，尚不见能望其项背者。

自季译《五卷书》问世之后，介绍它的各种印度文学史、东方文学史多了起来，和《本生经》一起走进中国大学课堂。金克木在《梵语文学史》中设有专章专节讲述《五卷书》，让读者在和《本生经》的比较中，认识、理解五卷书。他说："《五卷书》不是寄生的宗教徒的作品，而是表现那些靠个人努力以谋生并且发财致富的市民的思想的；所以它和佛教《本生经》以及婆罗门的著作不同，并不宣传慷慨布施，而对宗教迷信以及神佛采取讥笑的态度。两者的道德标准有显著的区别。《五卷书》的所谓善是以能否使自己获得物质生活福利来衡量的。宗教职业者宣传的善却是要人追求精神福利而把物质福利送给神佛以及依靠鼓吹信仰神佛吃饭的人。"[2]

2. 金克木：《梵语文学史》，第 216 页，北京：人民文学出版社，1980 年版。

黄宝生在《印度古代文学史》中指出："由于来源相同，各教派的寓言故事集中常有相同或类似的动物故事。"[3] 并例举《五卷书》与《本生经》互相雷同的故事，说明民间故事是两者的

3. 季羡林主编：《印度古代文学史》，第 312 页，北京：北京大学出版社，1991 年版。

共同来源。郁龙余、孟昭毅主编的《东方文学史》认为：《五卷书》与《本生经》堪称印度故事文学的双璧。[4] 并以"歌颂智慧，评击愚昧"、"安生立命须讲人情世故"、"居安思危，

4. 郁龙余、孟昭毅主编：《东方文学史》，第 130 页，北京：北京大学出版社，2001 年版。

临危不惧"等三个方面，介绍《五卷书》的代表性内容。林语堂的英语作品《中国印度之智慧》的《印度卷》中，选录阿瑟·W·赖德的英译本，[5] 除了一篇《序言》之外，共有《故事的楔子》

5.《五卷书》，美国芝加哥大学出版社，1925 年版。

等 19 个故事。此书由杨彩霞译成汉语，于 2006 年由陕西师范大学出版社出版。

有学者认为，季羡林的《译本序》、《再版后记》及金克木在《梵语文学史》、黄宝生在《印

度古代文学史》中关于《五卷书》的论述，"都是我们今天阅读和研究《五卷书》时必须了解和参考的"。[1] 这位业内学者的意见，值得引起重视。

1. 薛克翘：《印度民间文学》，第153页，银川：宁夏人民出版社，2008年版。

第三节　其他印度故事的在华传播

印度是故事的渊薮。《本生经》和《五卷书》只是印度故事的代表，远非印度故事的全部。从数量上讲，这二者仅是印度故事林中一木。《本生经》、《五卷书》以外的其他印度故事，也通过各种渠道，在中国得到广泛介绍与传播。

《嘉言集》（又译《有益的教训》）是在印度尤其是在东部孟加拉地区十分流行的故事集，因为它常常作为学习梵语的读物。此书是《五卷书》的模仿之作，作者是那罗衍。"全书结构比《五卷书》完整。内容有三十八个小故事（不算《楔子》）和四个骨干故事，七百三十首诗，篇幅比《五卷书》短。这些故事多半是改写《五卷书》的，但有十七个新的寓言故事。"[2] 金克木认为："《嘉言集》比《五卷书》显然更具封建性。"[3] 它的成书年代是公元10世纪左右，最晚不会晚于14世纪。所以，故事集中存在封建性内容，是十分自然的。

2. 金克木：《梵语文学史》，第222页，北京：人民文学出版社，1980年版。

3. 金克木：《梵语文学史》，第222页，北京：人民文学出版社，1980年版。

《僵尸鬼故事》和《宝座故事》，都以健日王（一译超日王）为歌颂对象。但故事中的健日王是一个文学形象，并非历史真实人物。这两种故事集在印度国内外流传极广。《僵尸鬼故事》由一个大故事串二十四个小故事，一共二十五个故事。大故事的梗概如下：健日王每天收到一枚藏有宝石的果子，他发现这个秘密后便问送果子的出家人有何要求。出家人请健日王夜间到火葬场将挂在树上的死尸搬运到祭坛上。当健日王独自去运尸时，附在死尸上的僵尸鬼突然开口讲起了故事。他讲完故事，便提一个问题。健日王给出了非常聪明的解答，这样就违反了沉默搬尸的要求。死尸又回到了树上。一连二十四次，僵尸鬼讲了二十四个故事。最后一个问题，让健日王无法回答。于是僵尸鬼道出实情：出家人企图谋害国王，僵尸鬼是来搭救他的，要国王在祭坛上冷不防杀掉出家人。健日王照他的主意办，从此僵尸鬼就成了健日王的心腹部下。故事中提出了一个又一个难以回答的问题，实际上是社会现实向负有安定邦国职责的国王提出的问题。所以，这个僵尸鬼的故事看似荒唐，实际上是对畸形社会的真实写照。

《宝座故事》虽然也以健日王为主人公，但叙事手法完全不同。说健日王死后，无人继位，大臣们便把宝座埋了起来。后来另一位国王发现了宝座，想坐上宝座，座上的三十二个雕像，一个接着一个讲述健日王当年的惊人功绩，说谁有这样的功绩，才能登上宝座。这位国王无言以对。但最后，雕像恢复了仙女原型，承认这位国王是当今名王，自己就回去伺候大自在天了。金克木认为："宝座上三十二个雕像说的健日王的故事，主要反映了封建社会中城市贫民对统治者的要求与愿望。他们用传说中的著名帝王的假想的品德来和当代的暴君相比，正是借古讽今。"[1] 其中南印度散文本的第八个故事中的一首诗，表明当时人民关于帝王的理想：

1. 金克木：《梵语文学史》，第 226 页，北京：人民文学出版社，1980 年版。

> 帝王国内害人民，
>
> 何必纷纷忙祭神？
>
> 但得国中不洒泪，
>
> 便是祭祀诵经文。[2]

2. 金克木：《梵语文学史》，第 227 页，北京：人民文学出版社，1980 年版。

和《僵尸鬼故事》、《宝座故事》齐名的梵语故事集《鹦鹉故事七十则》，则是描写市民的生活。"内容是说一个商人的儿子，因为恋着爱妻而不肯出门经商，后来经一只鹦鹉劝说，终于离开家去做生意，而把妻子托付给鹦鹉照顾。他的妻子不甘寂寞，要去另觅情人。鹦鹉便说故事给她听，问她若处在故事里主角的困难境地有什么办法。这样一夜一夜地讲故事，一直到丈夫回家，她也没有能出门。这些故事多半是说封建社会中女的如何偷情幽会，反映出市民阶级的腐朽生活和低级趣味，不过对当时的封建道德和宗教也有些揭发和嘲弄。"[3] 林语堂的《中国印度之智慧》的《印度卷》中，收录 B·黑尔·沃瑟姆的英译《鹦鹉故事七十则》中的六则和一篇《序言》。

3. 金克木：《梵语文学史》，第 229 页，北京：人民文学出版社，1980 年版。

印度的鹦鹉故事众多，对中国产生过明显的影响，影响渠道主要是佛教。《罗达本生》和《鹦鹉故事七十则》中的主干故事情节相似。自从佛经汉译，鹦鹉形象就引起中国读者的很大兴趣，不断在文学作品中出现。一直到清代《聊斋志异》中的《阿宝》这篇脍炙人口的故事，鹦鹉是个至关重要的角色。对中印鹦鹉故事关系研究，以薛克翘用心最专，在《中印文学比较史》中设有《中印鹦鹉故事因缘》一章，作出深入探讨。[4]

4. 薛克翘：《中印文学比较研究》，第 81—98 页，北京：昆仑出版社，2003 年版。

在印度文学史上和《佛本生》、《五卷书》同样重要的故事书是《伟大的故事》。中国第一位系统全面介绍此书的是金克木，他在《梵语文学史》中专设"《伟大的故事》的流传"一章，进行深入的论述。金克木认为："这部《伟大的故事》在印度古代几乎有和两部史诗（或者还加上某些往世书）同等的地位。许多古代作家和评论家把它同两部史诗并提。"[1]

1. 金克木：《梵语文学史》，第 230 页，北京：人民文学出版社，1980 年版。

出奇制胜，是印度故事的第一基本功；引人入胜，是印度故事的魅力所在。《伟大的故事》有一个与众不同的"楔子"，讲"湿婆（Śiva）大神为了取悦妻子雪山神女（Pārvati），每天给她讲七神王的故事。侍卫花齿（Puṣpadanta）偷偷听到这些故事，就悄悄讲给自己的老婆听，而他的老婆又向雪山神女讲了这些故事。这样，湿婆妻子就觉得这些故事并不新鲜，很生气。后来事情弄明白了，但雪山神女仍然怒气难消，将花齿贬到人间。另一位侍卫摩耶凡（Mālyavant）因替花齿说情而同时遭贬。神女给他们发了个有限诅咒：如果下凡后，花齿能将偷听到的故事全部讲给文底耶山的鬼盲运听，便可重归天庭。当盲运将故事全部讲给摩耶凡听后，盲运也将得到解脱。如果摩耶凡能将这些故事传播到人间，那么摩耶凡也将解脱回到天庭。后来，花齿投胎人间为诗人和文法学家，他向盲运讲了 70 万颂故事便回到天上。摩耶凡投生人间，成为名叫德富的婆罗门，做了狮乘王的宰相。因打赌失败，他带着两个徒弟隐居文底耶山，与魔鬼为伍，学会了鬼语（bhūtabhāṣa）。盲运向德富讲述了七个故事，就获得了解脱，由鬼变回药叉。因森林里没有墨水，德富用血将故事记下来。他将故事献给狮乘王受到鄙视。德富悲愤地和两个徒弟来到荒山，将诗稿烧毁，只留下了两个徒弟喜爱的 10 万颂《伟大的故事》。[2]

2. 郁龙余等：《中国印度诗学比较》，第 165 页，北京：昆仑出版社，2006 年版。

《伟大的故事》本来是用俗语（鬼语）撰写的，后来改成梵语。至少在公元 11 世纪之前，它在印度各地广为流传。不知什么原因，11 世纪之后，这本故事集的原本消失了，只有它的各种改写本流传了下来。"现在我们已发现的就有三部：月天（苏摩提婆）的《故事海》，安主（谶门陀罗）的《大故事花簇》，觉主（佛陀娑弥）的《大故事诗摄》。前两部都是克什米尔（迦湿弥罗）在 11 世纪的作品；后一部是在尼泊尔发现的，是尼泊尔人的作品，可能时代稍早一些，可惜现有的不是全本。"[3]

3. 金克木：《梵语文学史》，第 231 页，北京：人民文学出版社，1980 年版。

《大故事诗摄》是诗体，现存 28 章，共有 4 539 诗节，是《伟大的故事》的提要。《大故事花簇》约有 7 500 诗节，它的作者安主，还有另外两部同类的著作《摩诃婆罗多花簇》、《罗摩衍那花簇》。"他的工作就是给这三部长诗做出诗体的故事提要。从他所作的史诗提要来看，

4. 金克木：《梵语文学史》，第 232 页，北京：人民文学出版社，1980 年版。

我们可以相信他的第三部提要也是相当忠实于他所根据的传本的。他没有增加多少故事成分。"[4]

作为史诗时代以后的古代印度社会生活的反映，《伟大的故事》有重大的价值。它提供了印度古典文学的社会背景。它从多方面表现了当时的城市生活、风俗习惯、城市居民和上层人物的思想感情。[1]

1. 金克木：《梵语文学史》，第 235 页，北京：人民文学出版社，1980 年版。

德富原本的《伟大的故事》失传，三个改写本中，以《故事海》内容最丰富，艺术性最强，流传最广泛。金克木介绍说，月天的《故事海》全书 18 卷，分为 124 个"波浪"（章）。除了第一卷是楔子性质以外，其余 17 卷分成两部分；第二到第四卷是优填王的故事；第五卷起形式是优填王的太子的故事，但实际上线索不连贯，远不如优填王的故事完整。这父子俩的故事里穿插着 171 个小故事，有些小故事里还套着一些小故事，甚至所套的小故事里又有附属的小故事，这样合共有两百多个。就内容说，这实在是一个故事总集。作者还花了相当篇幅，分析作品的时代和阶级的烙印。最后，作者对《故事海》从各个视角进行总结："从艺术观点说，《故事海》远比《大故事花簇》为高。它们虽然都用史诗的格律，但是和史诗的风格很不相同。《故事海》在形式上模仿《罗摩衍那》，但是艺术气氛全不一样。它没有那么多连续不断的描写和讨论，主要是叙述故事。在语言的运用上，它显示出了发展，没有史诗里那么多的凑合音数的称呼夹在诗句里，比较细致、精练，但缺少史诗所有的力量。这自然是和内容以及作者思想有关联的。《故事海》尽管主旨是讲故事，而且很会讲，可是也并不讳言在娱乐听众和读者中要发教训。它经常穿插着一些简短的格言诗句，点明故事的宗旨。一般来说，《故事海》的诗是朴素而生动的，还带有民间口头文学的气息，只是经过了文人的语言洗练。"[2]

2. 金克木：《梵语文学史》，第 241 页，北京：人民文学出版社，1980 年版。

金克木对《故事海》全面详细的介绍、入木三分的评论，至今依然代表着中国学者对《故事海》研究的最高水平。而且他在课堂上的讲授，显然深深打动了他的学生。2001 年，由黄宝生、郭良鋆、蒋忠新翻译的《故事海选》，由人民文学出版社出版。而蒋忠新和黄、郭一样，都是季羡林、金克木于 1960 开办的北京大学梵文、巴利文班的学生。现在我们引一则《故事海》中的故事《谁最勇敢》，以飨读者。这也是《僵尸鬼故事二十五则》中的第四个故事：

> 古时候，有一座富丽城，统治这座城的国王是一位贤明的君主，名字叫做首陀罗迦。一天，一个名叫至勇的婆罗门来到国王面前，请求给他一个差事。至勇虽然是婆罗门出身，但身边却总带着匕首、剑和盾。他向国王提出，要每天给他 500 元钱的薪水。国王见此人气度非凡，便同意了他的请求，让他把守王宫大门。同时，国王想：这个

人要那么多薪水做什么？是挥霍还是行善呢？于是，国王命令密探调查他的情况。调查的结果是，至勇每天早晨到王宫来见国王，然后是到宫门守卫。傍晚回家，先把 100 元钱交给妻子作为家用，养活一儿一女两个孩子。然后拿 100 元买沐浴用品。再拿 100 元买东西敬神。最后把剩下的 200 元施舍给贫穷的婆罗门。夜里再到王宫大门站岗。每天如此。国王听了密报，心里很满意。

过了一些日子，雨季到了，国王还想看看至勇在夜里值班是否尽职尽责。国王登上王宫平台，经过观察，发现至勇不管天气多么恶劣，都能坚守岗位。一天夜里，暴雨倾盆，国王又到平台上观察，至勇还是坚守在那里。这时，国王突然听到远处有女人哭声，他觉得在自己治理的国土上不应该发生这种情况，便让至勇去看个究竟。至勇遵命前往，国王则尾随其后。

在城外一个水池边，至勇发现一名妇女在哭，便问她为什么。她说：我们的国王只有两天的寿命了，为了全国百姓，得想办法救他。至勇问有什么办法能救国王。她说：把你的儿子作为牺牲献给难近母，国王就得救了。说完，那个女人便不见了。至勇毫不迟疑，回到家里，把情况对妻子说了，妻子也同意用儿子作牺牲。询问儿子，儿子也愿意献身。国王一直尾随着至勇，这一切都看在眼里。

至勇带着家人来到难近母的神庙，儿子先被

《故事海选》，[印] 月天著，黄宝生、郭良鋆、蒋忠新译

杀死，女儿因伤心过度，也当场死亡。妻子见两个孩子死了，也要求一起死，就跳进焚烧两个孩子的火堆自尽了。最后，至勇在膜拜了圣母之后，自己也割下了头颅做出牺牲。看到这里，国王走上前，祷告圣母，让她开恩使至勇一家人复活，他要用自己的性命换回他们一家人的生命。在他举刀要自杀的时候，空中传来难近母的声音，她不让国王自尽，并答应让至勇一家人复活。国王回到宫殿，至勇也重新回到王宫门口继续站岗。

第二天，国王把亲身经历和看到的一切讲给大臣们听，大家都深受感动。于是，国王把部分国土分给至勇和他的儿子，让他们管理。至勇和国王共同治理着两个强大的国家，互相帮助，过着幸福安宁的生活。

僵尸鬼问：他们这些人中，谁最勇敢？国王回答：这些人中，最勇敢的是那个国王首陀罗迦。因为，至勇虽然勇敢，可是他作为国王的臣仆，应当以自己的性命去保卫国王的性命；至勇的妻子儿女，应当听从丈夫的指引。而作为国王的首陀罗迦，却要为臣民而献身，以换回他们性命。[1]

1. 以上故事内容由薛克翘根据《故事海选》缩写而成。见薛克翘：《印度民间文学》，第 169—171 页，银川：宁夏人民出版社，2008 年版。

除了《佛本生故事选》、《五卷书》、《故事海选》的汉译之外，更多的印度故事、寓言、童话，以不同的译本被介绍到中国。

对中国读者来说，佛教神话、印度教神话比较熟悉，对耆那教神就陌生了。其实在印度，耆那教是一个和佛教一样古老的宗教，同样有着丰富的典籍和文学。在创世人大雄（筏驮摩那）在世时，耆那教就开始分裂。到公元 1 世纪左右，公开分裂成白衣和天衣（以天为衣，即裸体）两大派，都以正统自居。"耆那教文献可分为两大类，一类叫经典文献，一类叫非经典文献。在这两大类文献中都有许多神话传说。"[2]

2. 薛克翘：《印度民间文学》，第 111 页，银川：宁夏人民出版社，2008 年版。

薛克翘在《印度民间文学》中向我们介绍了耆那教故事文学。首先，他介绍的是"大雄的故事"，地位相当于佛教中的本生故事和佛传故事。《大雄的故事》由《大雄出生》、《大雄出家》、《大雄坐禅》、《国王皈依》、《从者如云》等五则故事组成。[3] 阅读这五则故事，

3. 薛克翘：《印度民间文学》，第 121 页，银川：宁夏人民出版社，2008 年版。

不但可以简明而完整地了解耆那教的发生史，而且也有助于我们了解佛教的产生与发展，除了文学之外，还具有历史学、比较宗教学的意义。

除了"大雄的故事"，耆那教还有丰富的其他神话故事。《印度民间文学》向读者介绍了

《冤冤相报》、《优填王和月光王》、《第一那罗延的故事》
等三个故事，并告诉读者：耆那教遣责冤冤相报，宣传因
果报应；宣扬宽容，甚至宽恕自己的敌人；极力维护不杀
生的原则，邪恶之人下地狱，正义之人如果杀了邪恶之人，
再加上贪图享受，也得下地狱。

　　《印度民间故事集（第一辑）》季羡林主编，刘安武
选编，郁龙余、山蕴、刘宝珍、唐仁虎、冯金辛、储福珠、
齐光秀等译，1984 年由中国民间文艺出版社出版。全书共
收故事 145 则。季羡林为故事集作序，发表了许多著名观点。
他说："在文学史上，一种新文学的产生，不管是在内容
上，还是在形式上，往往来自民间文学。文人学士采用了
它，加以发展，加以改进，使它在内容和形式两个方面都
日益精致、日益典雅，达到很高的水平。"他认为，比较
文学发端于民间文学研究。民间文学具有多种特点和价值：
"从民俗学的角度，从社会学的角度，从历史学的角度，
从文学艺术的角度，有心人都可以学习到不少有用的东西，
这一点是无可否认的。如果从中印文化交流史的角度来看，
那意义就更为明显。"[1] 刘安武为故事集写有《选编后记》，

《印度民间故事集》，季羡林主编，
刘安武选编

1. 季羡林：《季羡林全集》第十七卷，第 298 页，北京：外语教学与研究出版社，2010 年版。

除了说明故事来源、故事特色之外，他指出：值得玩味的
是本选集中有几个民间故事和我国的民间故事极其相似。
在列举了几个相似故事之后，说："这都是留给民间文学
的研究者特别是比较文学的研究者研究的课题。"[2] 这个

2. 季羡林主编、刘安武选编：《印度民间故事集》（第一辑），第 524 页，北京：中国民间文艺出版社，1984 年版。

预言后来变成了现实。

　　《印度民间故事》，雷东平、周志宽、王树英编译，
1983 年云南人民出版社出版。全书为三辑，第一辑为"生
活故事"，49 则；第二辑为"神奇故事"，16 则；第三辑

为"动物故事"，20 则；一共 85 则故事。编译者在《前言》中说："在我国，过去也曾出版过一些印度民间故事，但大多是从俄文、英文转译的。这次我们从多种印地文版本的民间故事集和印度用英文出版的民间故事集中，选出了这些故事，全部是最近翻译的。"[1] 这说明，印度民间故事的转译，正在被从原文直接翻译所替代。

> 1. 雷东平、周志宽、王树英编译：《印度民间故事》，第 2 页，昆明：云南人民出版社，1983 年版。

《印度民间故事》，译者为王树英、石素真、张光璘、刘国楠，实收故事 174 则，季羡林作序，1984 年由北京大学出版社出版。1987 年，王树英、雷东平、张光璘编译《印度神话传说》，由北京大学出版社出版。

《印度童话》，选译者为朱占府、李百燕，共收故事 56 篇，于 1986 年由北京出版社出版。故事内容分四类：赞美劳动人民的智慧与勇敢；歌颂正直、善良，贬斥追逐名利；鼓励正义战胜邪恶；教育青少年努力学习，善于思考，为人诚实，尊敬师长。这本童话在取材上也颇有创新，除了选译古代印度童话之外，还收有《师与生》、《迪奴的帐单》等一批现代印度童话，给人以时代的亲切感。

1986 年，黄志坤编译的《古印度神话》由湖南少年儿童出版社出版，收有《混沌初开》、《沙恭达罗》等 70 个神话故事。这是根据苏联的两位梵文学者埃尔曼和捷姆金编写的《古代印度神话》一书编译的。这两位苏联学者的另一本编著《印度神话传说》，由董友忱和黄志坤翻译，于 2002 年由上海译文出版社出版。全书分为"黑天的神话传说"、"婆罗多的神话传说"、"罗摩的神话传说"三大篇，共收故事 120 则（不计"罗摩的神话传说"中的《后篇》）正如译者董友忱所说："三大神话传说中所颂扬的那种惩恶扬善、除暴安良、伸张正义、反对邪恶的精神深深地影响着印度各族人民的思想和情操。笃信印度教的人士甚至把罗摩当作天神的化身，在遇到危难的时刻，他们就会高呼'罗摩'的名字。可以这样说，不了解印度神话传说，就不可能真正了解印度文化，也不可能深刻理解印度现当代文艺作品，因而，也就不可能真正理解印度人民的思想感情和风俗习惯。"[2] 基于这种深刻认识，他们从俄文翻译了这两部印度神话

> 2. 〔俄〕埃尔曼·捷姆金编写、董友忱、黄志坤编译：《印度神话传说》，第 2 页，上海：上海译文出版社，2002 年版。

故事集。虽然是转译，但是它告诉我们两个信息，一是印度神话在世界上很受重视，二是外国学者对印度神话的研究情况与水平。这样，这两本由印度—苏联—中国转道而来的《古印度神话》、《印度神话传说》，为中印文学交流增添了一种新的混合色。

1999 年，由魏庆征编的《古代印度神话》，由北岳文艺出版社和山西人民出版社联合出版。

这是一册 64 万多字的大书，是"世界神话珍藏文库"的一种，除了文库总序之外，有《古代印度的神话》一文，当为编者序。此书内容丰富，分"古代典籍中的神话"、"主要神话体系和神话"、"主要神话传说人物谱志"三大部分。附有《古印度神话传说人物谱系表》、《主要参考书目》及 93 帧图片。此书的出版，无疑是中外（印）文学交流史上一件有意义的事。费力之多，文笔之好，让人佩服。美中不足的是，全书没有注明原文出处及译者。这样，就会在一定程度上有损它的学术影响力。

《古代印度神话》，魏庆征编

1999 年，北京大学出版社出版了《东方神话传说》第四卷《印度古代神话》，薛克翘是主编。此书有近 35 万字，共收神话传说 21 则。薛克翘在《前言》中说：本卷书的内容主要取材于印度的两大史诗和几部往世书。"在中国，尚无人对往世书中的故事作过详细介绍，本卷选出 15 个情节性较强的故事奉献给读者，算是初步尝试。"[1] 其实，

1. 薛克翘：《东方神话传说》第四卷《印度古代神话》，第 9 页，北京：北京大学出版社，1999 年版。

早在 1992 年，由薛克翘主编的《东方趣事佳话集》中，就刊有大小印度故事几十个，包括神话传说、幽默笑话、民间故事等类型。这是一本有着 87 位编委、规模达 112 万字的大书。季羡林作序，高论宏议，认为文化既要有阳春白雪，也要有下里巴人。他将由自己和周一良、庞朴主编的《东方文化丛书》和《东方趣事佳话集》，比作人之双臂、鸟之双翼，意气风发地说："我相信，而且也希望，这两套书能流布寰中，弘扬中国文化，弘扬东方文化，促进文化交流。"[2]

2. 薛克翘主编：《东方趣事佳话集》，第 2 页，合肥：黄山书社，1992 年版。

薛克翘从事印度文化特别是民间文学译介，凡二三十年，积累了大量成果与经验。到 2008 年，他的《印度民间

《印度民间文学》，薛克翘著

文学》问世，是他对印度民间文学从译介到研究的一个飞跃与总结，也是对中国译家、学者译介、研究印度民间文学所取得成绩的一次巡礼。此书是张玉安、陈岗龙主编的"东方民间文学丛书"中的一种，属教育部人文社会科学重点研究基地北京大学东方文学研究中心的重大项目，获得北京大学 985 工程经费资助。这说明，印度民间文学研究已经进入中国最高学术层级。作者不孚众望，以洗练流畅的思路与笔法，为大家提供了一部既全面系统、又重点突出的高品位学术读物，是近年中印文学交流研究中的一个令人喜悦的收获。

由张玉安、陈岗龙主编的《东方民间文学概论》第一卷第五章，认为刘安武、薛克翘的《印度民间文学》，是两人多年研究成果的合璧，是大印度民间文学的概念，值得有关专家和对印度民间文学有兴趣者关注。[1]

1. 张玉安、陈岗龙：《东方民间文学概论》，第 253—513 页，北京：昆仑出版社，2006 年版。

王青的《海洋文化影响下的中国神话与小说》，将外来文学影响与海上丝绸之路联系起来，把中国涉海小说分成"神话性的幻想"、"宗教性的传闻之辞"、"纪实性的奇遇故事"和"自觉的文学虚构"四个发展阶段。第五章"海神信仰与相关传说——龙王信仰"和第六章"海神信仰与相关传说——观音信仰"，着重叙述印度文学对中国的影响。另外，第十章第三节"罗刹女国传说"、第十三章第一节"海神形象的发展与创造——《西游记》"，也都是讲印度题材对中国文学的影响。此书的意义还在于，将中印文学交流的陆上丝绸故事，逐步向充满海洋气息的神幻传奇发展变化的轨迹，进行了认真的分析研究。对这种变化的原因，王青用孟子的"知人论世"的办法，即从作者的身份出发来进行考察。他说："杂剧《西游记》的作者杨景贤本为蒙古人……而小说《西游记》的作者吴承恩出生于淮安府山阳县，对海州历史、地理、景观均非常熟悉，他将这一传统的西域故事纳入到自己熟悉的环境中，从而创造出海洋气息浓厚的全新的唐僧取经故事。"[2] 此书在一系列问题上，加强了人们对中印文学交流的认识深度。

2. 王青：《海洋文化影响下的中国神话与小说》，第 377 页，北京：昆仑出版社，2011 年版。

而类似的著作，不在少数，如陈岗龙的《蒙汉目连救母故事比较研究》、王立《〈聊斋志异〉中印文学溯源研究》等等。

王立在《佛经文学与古代小说母题比较研究》之后，出版续篇《〈聊斋志异〉中印文学溯源研究》。此书有 46 万字，分"人与动物关系篇"、"博物神奇篇"、"医术幻术武勇与杂技篇"、"女性和婚恋篇"和"余篇"等五编，共 26 章即 26 个母题或类型。"寻究出其印度神话、史诗、民间故事及汉译佛经故事的来源，力求勾画出一条中国叙事文学所受印度佛经文学影响的具体线索,以及相关诸多观念的本土、印度及西域的来源。"(《〈聊斋志异〉中印文学溯源研究》内容简介)袁世硕认为:《〈聊斋志异〉中印文学溯源研究》是王立"近几年来的研究由博转约"的结果。《聊斋志异》作为中国古典短篇小说集的巅峰之作,赢得许多评论家的青睐。王立以母题和类型切入,追溯其来龙去脉,最后得出了五点结论:首先,在佛经文学为主干的外来影响和跨文体构思作为前提和背景下,中国传统小说构成了以文言为主,偏重实录和承袭改造加工原有题材类型的特色。其次,中国传统小说题材的主要类型,大多都原非国产或本土故事的原貌,而显然受到印度传译来的佛经故事母题的影响。其三,如果从母题、题材史角度放开视野,可以认为,《聊斋志异》许多篇章都体现了是跨文体的类型生成与重铸,这是典型的中国式的传统叙事作品生成方式。其四,上述中外交互影响,如果从历史性脉络上梳理定位,中国传统小说题材类型许多发轫在六朝、唐代,而至《聊斋志异》乃融会贯通、集其大成,真正体现了中国传统小说题材类型稳定化、注重传承依傍、人鬼灵怪全方位思维、而以普通人的人生为本的民族特色。其五,作为传统小说题材类型承上启下的枢纽,《聊斋志异》又以其"聊斋体"的审美感召力,泽溉其后的清代文言小说,成为许多叙事作品推衍生发的蓝本。[1]

《〈聊斋志异〉中印文学溯源研究》,王立、刘卫英著

1. 王立、刘卫英:《〈聊斋志异〉中印文学溯源研究》,北京:昆仑出版社,2011年版。

　　这是第一次用比较文学的方法与视野,全面深入地对《聊斋志异》进行分析研究,开创了《聊斋志异》研究的新局面,同时将《聊斋志异》研究推向了一个新高度。《〈聊斋志异〉中印文学溯源研究》不仅是中国古典文学研究的重要新成果,也是中国比较文学、中印文学关系研究的重要新成果。

　　印度故事亦引起了中国海外学者的兴趣，如苏雪林、林语堂、饶宗颐等，在著作中多有涉及。

他们的研究成果，在国际上有一定影响，应该引起大家重视，其中，苏雪林是一位学者型作家。

对于学术研究，她在《中印文学研究·跋》中自谦地说："我的研究原以西亚希腊的神话为主，

印度不过是凑数而已。"[1] 客观而论，在中印文学交流研究中，苏雪林才高八斗，思想大胆，

1. 裴普贤：《中印文学研究》，第 234 页，台北：台湾商务印书馆，1976 年版。

而又善于修正自己。她在给裴普贤写的跋中坦陈："'驴蒙虎皮'我承认是记错了。我把印度'驴

蒙虎皮'的故事与战国策楚策'狐假虎威'混为一谈，害得糜文开夫妇翻遍战国策也找不到，

2. 裴普贤：《中印文学研究》，第 236 页，台北：台湾商务印书馆，1976 年版。

这是我应该向他们及读者道歉的。"[2] 她在《天问正简》[3] 一书中力主中国上古诸多故事来自印

3.《天问正简》于 1974 年由台湾广东出版社出版，1992 年由文津出版社照相翻印。2007 年，由武汉大学出版社纳入《武汉大学百年名典》出版。

度等域外，这为我们的研究极大地拓宽了思路。同时，她的善于修正自己的精神，更值得我们

学习。

第五章　　印度两大史诗在华传播轨迹

印度的两大史诗《摩诃婆罗多》和《罗摩衍那》，不仅是印度人民的伟大文学宝藏，而且也是世界人民的珍贵文学财富。我们在《东方文学史》中，是这样评价两大史诗的：

两大史诗，是印度文学创作的一个取之不尽的源泉。自古至今，根据两大史诗改写、编译的各种诗歌、戏剧、故事、小说、数不胜数。印度有学者曾这样说过：如果把受这两部作品的影响的文学创作排除在一边，那么，在梵语中称得上优秀的作品就屈指可数了。印度古代的文论，也几乎都是以两大史诗为作品依据，分析了各种创作规律之后写出来的。

在印度，两大史诗绝不仅仅是文学作品，同时还是宗教圣典，政治和伦理教科书，知识百科全书，对印度民族的思想、哲学、文化、艺术、习俗、社会生活等，无不产生巨大的影响。在寺庙中，净修林里，婚宴上，家用器皿上，官府王宫中，长老会上，各种节庆中，民曲山歌里，市井舞台上，硕学大哲的书斋里，都能找到两大史诗的深刻影响。这种影响不但深广，而且久远。如《摩诃婆罗多》中的《薄伽梵歌》，作为综合性的哲学诗，对印度人民的宗教生活和世俗生活都具有指南的意义。在学术上，印度教哲学思想的发展常以注释《薄伽梵歌》的形式出现。现代圣哲泰戈尔曾这样指出："光阴流逝，世纪复世纪，但《罗摩衍那》和《摩诃婆罗多》的源泉在全印度始终没有枯竭过。"[1]

1. [印度] 泰戈尔：《泰戈尔论文学》，倪培耕等译，第 144 页，上海：上海译文出版社，1988 年版。

两大史诗的外传，起始很早。公元 6 世纪，柬埔寨的一块石碑提到了《摩诃婆罗多》。这说明这部史诗至晚在 6 世纪已经传入柬埔寨。这种传播是与印度教、佛教的东渐同时进行的，所以速度很快。公元 9 世纪以后，泰国、缅甸、爪哇、马来等国陆续出现本地语言的编译本。许多地方的寺庙里，都有取材于两大史诗的浮雕。公元 16 世纪，在印度莫卧儿王朝阿克巴大帝的赞助下，两大史诗译成了波斯语。

两大史诗的西传和欧洲启蒙运动与浪漫主义密切相关。为了向教会神权、封建专制作斗争，宣扬个性解放、人权天赋，欧洲学者对风格迥异的东方文学表示出极大的兴趣。他们陆续介绍、翻译两大史诗，从中汲取了丰富的养分。

世界其他各种语言的改写本、节译本非常繁多，各国对两大史诗研究的专门论著更是多得无法统计，美国则成立有专门研究印度史诗的学会。[1]

1. 郁龙余、孟昭毅：《东方文学史》，第118—120页，北京：北京大学出版社，2001年版。

《摩诃婆罗多》和《罗摩衍那》还是印度人民的文化脐带，各民族人民无论在种族、肤色、信仰上有何差异，但都受到《摩诃婆罗多》和《罗摩衍那》的精神滋养。同时，两大史诗是印度人民对外文化交往的闪光名片，给婆罗多民族带来了无上的荣耀和友谊。

第一节　佛经汉译及史诗的隐性传播

　　由于人所共知的宗教排他性的原因，在两千多年的中印文化交流中，佛教徒对印度两大史诗采取了讳莫如深、避之若浼的态度。因为《摩诃婆罗多》和《罗摩衍那》不但是文学作品，而且更是婆罗门教（印度教）的经典，内学与外道，壁垒森严。这样，在汉译大藏经中，自然不会出现被视为外道经典的《摩诃婆罗多》与《罗摩衍那》。

　　然而，世界上任何事情都不是绝对的。佛教和印度教同根所生，二者关系密切，互相必然产生影响。而且，这种影响不可能在史诗的传唱和佛教的传播中，不留下任何痕迹。经过中外学者的探寻与研究，终于从汗牛充栋的汉译佛经中，找到了若干和两大史诗相关的内容。这在中印文学交流和比较文学研究中，具有很大的意义。因此，不少学者都给予很大的重视。

　　1958 年，常任侠选注的《佛经文学故事选》出版。[1] 所选 78 则故事中，有《十奢王》和《猴

1. 此书由中华书局（上海编辑所）和古典文学出版社于 1958 年同时出版，有序言。1982 年由上海古籍出版社出版新 1 版，1987 年出版新 2 版。署常任侠选注，

王》。这两则故事，在中印文学交流史上意义非凡。他给《十奢王》写了一个很长的注：

郭振芬校点，加后记。此《序言》及《后记》收于《常任侠文集》卷六，合肥：安徽教育出版社，2002 年版。

　　　　见"杂宝藏经"卷第一，元魏西域三藏吉迦夜共昙曜译，此故事与未名王生经

　　猴王故事合而读之，据印度罗古毘罗（Dr. Raghu Vira）与日本山本博士（Dr.

　　Chikyo Yamamoto）之研究，即印度古代大史诗罗摩耶那（Ramayana）最早之传说

　　形式，虽后世发展，史诗内容，逐渐丰富，然犹可于此古代简单故事中，见其梗概。

　　未名王生经，康僧会于公元二五一年译出。杂宝藏经吉迦夜昙曜两人于公元四二七年

　　译出，传世罗摩耶那史诗资料，当以我国所存本事，为最古矣。[2]

　　　　　　　　　　　　2. 常任侠选注：《佛经文学故事选》，第 7 页，上海：上海古籍出版社，1982 年版。

他给《猴王》也写了一个注，内容如下：

　　　　见"六度集经"第四十六，吴康居国沙门康僧会译。为印度史诗"罗摩耶那"

　　（Ramayana）故事的原始形式。与十奢王经连读，可得罗摩耶那本事梗概。[3]

　　　　　　　　　　3. 常任侠选注：《佛经文学故事选》，第 10 页，上海：上海古籍出版社，1982 年版。

最早最系统地论述汉译佛经和大史诗《罗摩衍那》关系的中国学者是金克木。他在《梵语文学史》中写道：

　　　　在汉译的佛教经典中有几处提到罗摩。从这些地方我们可以看出公元前后印度佛

　　教徒所知道的这部史诗的主题。

　　梁、陈时（6世纪）的印度和尚真谛所译的《世亲菩萨传》里，说到一个人背诵经典错背了《罗摩延传》。这说明了当时这诗的流行。唐朝（7世纪）的和尚玄奘译的《大毗婆沙》（卷四十六）里说："如逻摩衍拏书有一万二千颂，唯明二事：一明逻伐拏（即十首王）将私多（即悉达）去；二明逻摩（即罗摩）将私多还。"这说明了当时佛教徒所知道的《罗摩衍那》的篇幅只有现在的一半，内容主要是说罗摩夫妇的离合。北凉时（5世纪）译出的《佛所行赞》中有一些处提到罗摩（第六品原文第三十六颂及第八品、第九品），其中除少数可能指另一罗摩外，显然是用史诗中的十车王子罗摩的典故。

　　三国时（吴，3世纪）译的《六度集经》卷五说了一个国王的故事（《国王本生》），正是罗摩的故事提要，所不同的不过是失国的原因是被舅舅抢夺，而劫他的妻子的是龙。这个故事所缺的，在元魏时（5世纪）译的《杂宝藏经》卷一的一个故事（《十奢王缘》）里补足了。那儿说的是失国流放的根由，兄弟让国的情节，恰恰缺了夫妻离合的故事。《六度集经》卷五里还有个故事《睒道士本生》是说罗摩的父亲放逐儿子的前因（射死修道人），不过没有说到后果，国名也不对。这个故事是佛教徒常提到的。《楞伽经》里的楞伽岛和国王罗婆那正是罗摩的敌人和敌国，可是成为佛教徒了。为罗摩和他的父亲所杀的，佛教却加以尊崇，由此也可以看出佛教徒和崇拜罗摩的印度教徒是对立的。对立的一方也传他的故事，更可见这个故事的流行。[1]

1. 金克木：《梵语文学史》，第132页，北京：人民文学出版社，1980年版。

　　这样，汉译佛经故事和《罗摩衍那》的关系，就清楚地呈现了出来。《十奢王》、《猴王》、《睒道士本生》三则故事，是大史诗《罗摩衍那》流传到我国的最古老、最确凿的文本。在中印文学交流史和比较文学史上，具有重要的学术价值。《睒道士本生》篇幅较长，研究者除查检《大藏经》之外，亦可参阅陈允吉、胡中行主编的《佛经文学粹编》中的《睒子》（即《佛说睒子经》）。据饶宗颐统计，关于"睒子"的文字，共有六处。《十奢王》、《猴王》译文短小、优美，特抄录于此，以便读者检阅。

十奢王

2. 原注：十奢王，据锡兰所传巴利文佛典中，有十车王生经（Desaratha Jataka），与此故事相同。十奢应即十车之误。梵语十车为 Desaratha，十奢为 Dasarata，读音相近，因以致误。

　　昔人寿万岁时，有一王，号曰十奢[2]，王阎浮提。王大夫人，生育一子，名曰罗摩；第二夫人，有一子，名曰罗漫。罗摩太子，有大勇武，那罗延力，兼有扇罗，闻声见形，皆能加害，无能当者。时第三夫人，生一子，名婆罗陀；第四夫人，生一子，字灭怨恶。第三夫人，王甚爱敬，而语之言：我今于尔，所有财宝，都无悋惜。若有所须，随尔所愿。夫人对言：我无所求。后有情愿，当更启白。时王遇患，命在危惙，即立太子罗摩，代己为王。以帛结发，头着天冠，仪容轨则，如王者法。时小夫人，瞻视王病，小得瘳差。自恃如此，见于罗摩绍其父位，心生嫉妒。寻启于王，求索先愿；愿以我子为王，废于罗摩。王闻是语，譬如人噎，即不得咽，又不得吐。正欲废长，已立为王；王欲不废，先许其愿。然十奢王，从少已来，未曾违信。又王者之法，法无二语，不负前言。思惟是已，即废罗摩，夺其衣冠。时弟罗漫，语其兄言；兄有勇力，兼有扇罗，何以不用，受斯耻辱。兄答弟言：违父之愿，不名孝子。然今此母，虽不生我，我父敬待，亦如我母。弟婆罗陀，极为和顺，实无异意。如我今者，虽有大力扇罗，宁可于父母即弟，所不应作，而欲加害。弟闻其言，即便默然。时十奢王，即徙二子，远置深山。经十二年，乃听还国。罗摩兄弟，即奉父敕，心无结恨，拜辞父母，远入深山。时婆罗陀，先在他国，寻召还国，以用为王。然婆罗陀素与二兄，和睦恭顺，深存敬让。既还国已，父王已崩，方知己母妄兴废立，远摈二兄。嫌所生母所为非理，不向拜跪。语己母言：母之所为，何期勃逆，便为烧灭我之门户。向大母拜，恭敬孝顺，倍胜于常。时婆罗陀，即将军众，至彼山际，留众在后，身自独往。当弟来时，罗漫语兄言：先恒称弟婆罗陀义让恭顺，今日将兵来，欲诛伐我之兄弟？兄语婆罗陀言：弟今何为将此军众？弟白兄言：恐涉道路，逢于贼难，故将兵众，用自防卫，更无余意。愿兄还国，统理国政。兄答弟言：先受父命，远徙来此，我今云何，辄得还返？若专辄者，不名仁子孝亲之义。如是殷勤，苦求不已，兄意礭然，执意弥固。弟知兄意终不可回，寻即从兄，索得革屣，惆怅懊恼，赍还归国，统摄国政。常置革屣于御坐上，日夕朝拜，问讯之义，如兄无异。亦常遣人，到彼山中，数数请兄。然其二兄，以父先敕十二年还，年限未满，至孝尽忠，不敢为命。其后渐渐年岁已满，知弟殷勤，屡遣信召；又知敬屣如己无异，感弟情至，遂便还国。既至国已，弟还让位，而与于兄。兄复让言：父先予弟，我不宜取，弟复让言：兄为嫡长，负荷父业，正应是兄。如是展转，互相推让，兄不获已，遂还为王。兄弟敦穆，风化大行。道之所被，黎元蒙赖。

忠孝所加，人思自劝，奉事孝敬。婆罗陀母，虽造大恶，都无怨心。以此忠孝因缘故，风雨以时，五谷丰熟，人无疾病。阎浮提内，一切人民，炽盛丰满，十倍于常。

猴王

昔者菩萨为大国王。常以四等育护众生。声动遐迩，靡不叹懿。舅亦为王处在异国。性贪无耻。以凶为健。开士林叹。菩萨怀二仪之仁惠。虚诬谤讪，为造讼端。兴兵欲夺菩萨国。菩萨众僚佥曰：宁为天仁贱，不为财狼贵也。民曰：宁为有道之畜，不为无道民矣。料选武士，陈军振旅。国王登台观军情猥。流泪涕泣交颈曰：以吾一躬毁兆民之命。国亡难复，人身难获；吾之遁迈，国境咸康，将谁有患乎！王与元后俱委国亡。舅入处国，以贪残为政。戮忠贞，进佞蛊。政苛民困，怨泣相属。思詠旧君，犹孝子之存慈亲也。王与元妃处于山林。海有邪龙，好妃光颜。化为梵志，讹叉手箕坐，垂首靖思，有似道士惟禅定时。王欣然，日采果供养。龙伺王行，盗挟妃去，将还海居。路由两山夹道之径。山有巨鸟，张翼塞径，与龙一战焉。龙为震电击鸟，坠其右翼，遂获还海。王采果还，不见其妃。怅然而曰：吾宿行违，殃咎邻臻乎，乃执弓持矢，经历诸山，寻求元妃。有荥流，寻极其原。见巨弥猴而致哀恸。王怆然曰：尔复何哀乎？弥猴曰：吾与舅氏并肩为王，舅以势夺吾众矣。嗟乎无诉。子今何缘翔兹岨乎？菩萨答曰：吾与尔其尤齐矣！吾又亡妃，未知所之。猴曰：子助吾战，复吾士众，为子寻之，终必获矣。王然之曰可。明日猴与舅战。王乃弯弓擩矢，股肱势张。舅遥悚惧，播徊进驰。猴工众反。遂命众曰：人王元妃，迷在斯山，尔等布索。猴众各行，见鸟病翼。鸟曰：尔等奚求乎？曰：人王亡其正妃，吾等寻之。鸟曰：龙盗之矣。吾势无知。今在海中大洲之上。言毕鸟绝。猴王率众，由径临海，忧无以渡。天帝释即化为弥猴。身病疥，来进曰：今士众之多，其蹄海沙。何忧不达于彼洲乎。今各复负石杜海，可以为高山，何但通洲而已。猴王即封之为监，众从其谋。负石功成，众得济度。围洲累沓。龙作毒雾。猴众都病，无不仆地。二王怅愁。小猴重曰：今众病瘳，无劳圣念。即以天药传众鼻中。众则奋鼻而兴，力势蹄前。龙即兴风云以拥天日。电耀光海。勃怒霹雳震乾动地。小猴曰：人王妙射。夫电耀者即龙矣。发矢除凶，为民招福，众圣无怨矣。霆耀电光，王乃放箭，正破龙胸。龙被射死，猴众称善。小猴拔龙门钥，开门出妃，天鬼咸喜。二王俱还本山，更相辞谢，谦光崇让。会舅王死，无有嗣子。臣民奔驰寻求旧君。于彼山阻君臣相见。哀泣俱还，并获舅国。兆民欢喜，称寿万岁。大赦宽政。民心欣欣含笑且行。王曰。妇难所天，双行一宿，众有疑望。岂况旬朔乎。还于尔宗，事合古仪。妃曰。吾虽在秽蛊之窟，犹莲华居于污泥。吾言有信，地其坼矣。言毕地裂。曰吾信现矣。王曰善哉。夫贞洁者，沙门之行。自斯国内。商人让利。士者辞位。豪能忍贱。强不凌弱。王之化也，淫妇改操，危命守贞，欺者尚信，巧伪守真，元妃之化也。佛告诸比丘，时国王者我身也。妃者俱夷是，舅者调达是，天帝释者弥勒是也。菩萨法忍度，无极行，忍辱如是。[1]

1. 常任侠选注：《佛经文学故事选》，第 5—10 页，上海：上海古籍出版社，1982 年版。

由于民间故事文学是印度各宗教文学的共同源泉，汉译佛典门类众多，数量庞大。所以，印度两大史诗中的故事，出现在汉译佛经中，呈现出点多面广的复杂情况。许多学者都对此作出了自己的研究，取得很多成果。杨修正在前辈学者研究的基础上，进行了新的梳理。这种梳理，虽远未臻彻底全面，但已是目前的最好程度。他在《汉译佛经里的〈罗摩衍那〉》中，叙述了《十奢王传》、《国王本生》和《罗摩衍那》的关系之后，又进一步写道：

罗摩和悉多的故事在唐代玄奘译的《阿毗达磨大毗婆沙论》第 46 卷里也有简单的记载："如《逻摩衍拏书》（即《罗摩衍那》）有一万二千颂，唯明二事：一明逻伐拿（罗波那）将私多（悉多）去；二明逻摩将私多还。"

其他的佛经如《大正藏经》卷 22 之《摩诃僧祇律》中鹿角仙人的故事。鹿角仙人的故事在《罗摩衍那》第 1 篇第 8、9 两章。十车王想行祭乞子，大臣苏曼多罗给他讲了鹿角仙人的故事；一个婆罗门的儿子住在森林中，对外界的事物什么都不懂，不懂有女人的幸福，不懂感官享乐。这时候，有一个国王犯了错误，上天罚他，久旱不雨，他很苦恼。婆罗门给他出主意说，只要把林中婆罗门童子引诱到城里来，天就会下雨。国王就派妓女入林。这个童子不懂什么叫男人和女人。碰到这些妓女，觉得她们很可爱，被引诱出林，进入城市。故事没有讲他为什么是鹿角。这则故事出现在《摩诃僧祇律》时，形式稍有改变。故事先讲仙人小解，不净流出，母鹿吞下，怀孕生子，身有鹿斑。仙人告诫他："克畏之甚，无过女人。"命终后，鹿斑苦修，天老爷害了怕，怕有人夺他的宝座。于是派天女下凡破坏鹿斑的修行。这两个故事，一是鹿角，一是鹿斑；一个没有讲明为什么是鹿角，一个讲明了身上长鹿斑的原因；破坏鹿斑的道行不是为了求雨，而是天老爷害怕王位被夺。两个故事尽有很多不同之处，但两者之间的那种渊源关系很清楚。鹿角仙人的故事在别的佛经里也有出现，在此不一一具列。

睒子的故事在《罗摩衍那》里比较有名，出现在第 2 篇，说十车王把儿子罗摩流放后，心中悔愧万分。他告诉长后，他年轻的时候，能闻声放箭，射中目标。有一次，他到萨罗逾河边闲玩，忽然听到黑暗中瓶子灌水的声音。他误疑为是大象，射了一箭，结果射中的是一个正在河边给盲父母汲水的苦行者。苦行者死后，国王见到盲父母，并将他们带到苦行者的尸体旁。盲父母对着尸体呼天抢地，大放悲声，盲父诅咒国王，也让他尝一尝失子之痛。佛经中有关睒子的故事记载极多，比较典型的是《六度集经》43 中的记载。迦夷国王射山麋鹿，误中睒胸，二亲哀哭，感动帝释，赐药使之活。第一个故事是个悲剧，第二个是喜剧，人物名称虽然略有不同，但是两者之间的关系比较清楚。

玄奘的《大唐西域记》也记载有不少《罗摩衍那》的故事片断。玄奘在游历印度各地的时候，把流传在民间的《罗摩衍那》片断故事写进《大唐西域记》，如上面讲的鹿角仙人与睒子的故事，在卷二的《跋虏沙城》和《布色羯逻伐底城》都可以看到；在卷七《三兽淬堵波》中还提到广博仙人。[1]

1. 郁龙余等：《梵典与华章》，第 72—73 页，银川：宁夏人民出版社，2004 年版。

在汉译佛经中，《摩诃婆罗多》的故事较少。鸠摩罗什译《大庄严经》对《摩诃婆罗多》主干故事，有极精当的概括。此经第 5 卷说："时聚落中多诸婆罗门，有亲近者为聚落主说《罗摩延书》（即《罗摩衍那》），又《婆罗他书》（即《摩诃婆罗多》），说阵战死者，命终升天。"

综上可知，自觉而坚决的宗教排他性，并没有做到将大史诗的影响彻底排除在佛经之外。《罗摩衍那》的故事梗概，经过一番乔装打扮，传播到中国，进入汉译大藏经。因为它们是改头换面悄悄来到中国的，所以我们称之为"史诗的隐性传播"。因此"这些故事传到我国后，过去并未受到注意，也没有产生什么影响"。[2] 然而，时来运转。"因为这两篇印度的原文都已失传，

2. 金克木：《梵语文学史》，第 132 页，北京：人民文学出版社，1980 年版。

所以很为印度人重视。经由印度学者罗古毗罗（Dr. Raghu Vira）译回印度去，成为研究罗摩衍那史诗发展过程的宝贵原始资料。"[3]

3. 裴普贤：《中印文学研究》，第 228 页，台北：台湾商务印书馆，1976 年版。

在比较文学的理论和实践、中印文学交流史研究获得了空前发展的今天，我们的学者，包

括年青的博士、硕士们，完全可以在印度罗古毗罗、日本山本（Dr. Chikyo Yamamoto）两位博士和中国学者现有成绩的基础上，将本课题的研究，大大往前推进一步。

第二节　两大史诗的汉语翻译与传播

印度两大史诗在中国的正式翻译是现代的事。《摩诃婆罗多》和《罗摩衍那》规模宏大，不要说外国人，就是印度学者也往往望而生畏。印度文化，口耳相传，被称作"飘浮文明"。1917 年，印度成立班达卡尔（Bhandarkar）东方研究所，筹备编订《摩诃婆罗多》精校本。1919 年，编订工作正式启动。1966 年，十九卷《摩诃婆罗多》精校本终于出齐。这是在收集到的 1200 多种抄本的基础上，以"求古本之真"为目的而精心编订出的一个可靠、权威的版本。他们前仆后继，在主编苏克坦卡尔（V. S. Sukthankar）于 1943 年逝世后，贝尔沃卡尔（S. K. Belvalkar）、威迪耶（P. L. Vaidya）继任，用半个世纪完成这一伟大文化工程。号称"十万本集"的大史诗，经过精校之后，尚有 96 639 颂。《罗摩衍那》有 24 000 颂，精校本犹有 18 755 颂。

翻译印度两大史诗，也是中国学者一心向往之事。1950 年糜文开用散文体编译两大史诗，由台湾商务印书馆出版，书名就叫《印度两大史诗》。译者在"弁言"中说："《摩诃婆罗多》是血肉的人物，《罗摩衍那》是理想的品格。《摩诃婆罗多》描绘古印度勇敢的英雄主义和侠义的武士主义的政治生活；《罗摩衍那》塑造古印度慈爱而甜蜜的家庭生活和虔诚而苦行的宗教生活。要两者结合起来，我们才能完成一幅古印度生活的真实而生动的图画。"糜文开的这本编译之作，在当时的中国台港地区，是两大史诗的入门导读的惟一文本。

1962 年，翻译家孙用（1902—1983）根据英语节译本翻译的《腊玛延那·玛哈帕那达》，由人民文学出版社出版。直到两大史诗全译本问世，此书一直是中国大陆地区的读者了解印度两大史诗的通行读本。

对于这么宏大、深邃的两大史诗，世界上几乎所有的文化大国，都投以羡慕的目光。能否翻译、研究两大史诗，一直被视作判断一个国家学术力量和水平的重要标志。但是，世界上大多数国家只有《摩诃婆罗多》的选译本或准全译本。真正的全译本，只有出版于 1883 年至 1893 年的散文体英译本、出版于 1895 至 1905 年的诗体英译本。这两个英译本都出自印度学者之手。《摩诃婆罗多》的汉译，由金克木肇始、黄宝生主持，于 2005 年出版问世。"由中国学者完成的这部汉译全本，是和印度精校梵文本、英译本并称的《摩诃婆罗多》的第三大文本。"[1]

1. 郁龙余：《〈摩诃婆罗多〉全本汉译的意义》，载《外国文学评论》，2006 年第 4 期。

继《摩诃婆罗多》精校本之后，印度学者完成了《罗摩衍那》精校本的编辑工作。1960 年出版第 1 卷，1975 年出齐。《罗摩衍那》精校本问世后，引起国际梵语文学界的极大兴趣，先后有了意大利文、法文、英文、俄文、日文的全译本。自然也搅动了季羡林这位中国梵文专家心中的涟漪。1973 年，尽管"文化大革命"尚未结束，他托北京大学东语系图书室向印度订购《罗摩衍那》精校本。出乎意料，没过几个月书来了。于是，季羡林孤军奋战，到 1980 年，《罗摩衍那》汉译的第一篇，由人民文学出版社出版。他深受鼓舞，继续苦干，到 1983 年，终于把这部长达两万颂，译成汉文近九万行的大史诗。到 1984 年，季羡林翻译的七篇八卷《罗摩衍那》全部出版。1996 年，《罗摩衍那》七篇八卷全部收入《季羡林文集》（第十七—二十四卷），由江西教育出版社出版。

这样，中国就成了世界上极少数几个拥有《摩诃婆罗多》和《罗摩衍那》全译本的国家。两大史诗的全文汉译，是中国翻译史上一件大事，是中华民族两千年译经传统新的继续与实践，是一份值得向全世界夸耀的光荣。

然而，这份光荣的到来，实在太过漫长，太过艰难。我们且不说季羡林在德国防空洞中研习梵文，且不说金克木在印度"禅院孤灯诵简编"，也不说 1946 年季羡林创建北京大学东语系梵语专业时的艰难，就从 1960 年季羡林、金克木开办梵文、巴利文班说起，到 2005 年《摩诃婆罗多》全译本问世，整整经历了 45 年。

至于季羡林译《罗摩衍那》，更是千辛万苦。开始翻译时，他年逾花甲，"文革"尚未完全结束，他只能偷偷摸摸地翻译。后来，情况发生变化，又出现了"春花秋月何时了，开会知多少"的情形。等到全部译毕，他已至耄耋之年。他译的是诗体，困难之多，难以想象。他说："我既然要忠实于原文，便只好硬着头皮，把这一堆古里古怪、诘屈聱牙的名字一个一个地忠实地译成汉文。有时候还有搜索枯肠，想找到一个合适的韵脚。严复说道：'一名之立，旬月

蹒跚。'我是'一脚（韵脚也）之找，失神落魄'。其痛苦实不足为外人道也。"[1]"总而言之，

1. 季羡林：《季羡林全集》第二十九卷，第 631 页，北京：外语教学与研究出版社，2010 年版。

时间经过了十年，我听过三千多次晨鸡的鸣声，把眼睛熬红过无数次，经过多次心情的波动，

终于把这本书译完了。"[2]

2. 季羡林：《季羡林全集》第二十九卷，第 634 页，北京：外语教学与研究出版社，2010 年版。

对于《罗摩衍那》的翻译，季羡林说："我一方面满意，满意这件艰巨工作的完成。另一方面又不满意，不满意自己工作的成果。古人说：'如人饮水，冷暖自知'。苏东坡有句著名的诗：'春江水暖鸭先知'。我的译文也如春水，我这一只春水中的鸭，是非常明白水的冷暖的。我觉得，我始终没有能够找到一个比较理想的翻译外国史诗的中国诗体。从我的能力来说，目前也就只能这个样子了。知我罪我，自有解人。后来居上，古今通例。"[3]

3. 季羡林：《季羡林全集》第二十九卷，第 634 页，北京：外语教学与研究出版社，2010 年版。

印度古代文献，哪怕天文、医学著作，也常常用诗体。印度的诗体限制不多，相对容易。中国是世界上把诗看得最重、对诗的要求最严的民族。要把印度大史诗译成汉语诗体，谈何容易！然而，季羡林的努力没有白费，他的种种决定是正确的。《罗摩衍那》（一）的汉译本问世，至今已有 30 年，经受住了时间的考验。季译《罗摩衍那》的成功，至少表现在以下诸方面：

其一，用诗体译《罗摩衍那》。

《罗摩衍那》在古代印度属于民间口头文学，在寺庙、丛林、村会、街头说唱，所以它总体上说明白如话，除了个别章节之外，并不十分难懂。"可是一着手翻译，立刻就遇到了难题，原文是诗体，我一定要坚持自己早已定下的原则，不能改译为散文。但是要什么样的诗体呢？这里就有了问题。……反复考虑，我决定译成顺口溜似的民歌体。每行字数不要相差太多，押大体上能够上口的韵。"[4]

4. 季羡林：《季羡林全集》第二十九卷，第 626 页，北京：外语教学与研究出版社，2010 年版。

印度两大史诗，最初是欧洲人的叫法，到后来才成为世界性通用语。古代印度人称《摩诃婆罗多》为"历史"（Itihāsa），称《罗摩衍那》为"大诗"（Mahākāvya）或"最初的诗"；尽管两者的诗律是一样的。

对于《罗摩衍那》的诗艺，季羡林有深刻的体认。他在《印度史诗〈罗摩衍那〉》一文中写道：史诗属于伶工文学一类，在印度家喻户晓、老幼皆知。"一直到今天，在一些地区的盛大的节日集会上，还有人用最现代化的设备广播梵文或地方语言译本的《罗摩衍那》。"[5]对于《罗摩衍那》的内容与形式的结合，季羡林给予极高评价。他说："在《罗摩衍那》里面，我们不时遇到一些雕琢彩绘、风格华丽的语言，甚至使用同一个辅音，只把元音加以变换，企图利用

5. 钱文忠选编：《倾听恒河天籁——印度书话》，第 69 页，南昌：江西教育出版社，1999 年版。

辅音重复，达到某种艺术效果。""这种形式主义的倾向（我甚至想说它是惟美主义的倾向），在《罗摩衍那》里还没有发展到极端，甚至可以说是恰到好处。在这方面，它为以后的文学发展开辟了一条新路，因而一直成为古典诗人创作的光辉典范，亘千年而长新。"[1] 对于这样一

1. 钱文忠选编：《倾听恒河天籁——印度书话》，第77页，南昌：江西教育出版社，1999年版。

部典范之作，以诗译诗，是自然而然、名正言顺之事。季羡林将此作为翻译《罗摩衍那》的原则，并坚持到底，显然是正确的。

经过反复思考试验之后，又进一步确定用"顺口溜似的民歌体"来译《罗摩衍那》，则在正确道路上又迈出了决定性的一步。上面说过，《罗摩衍那》在印度是说唱文学，面对的是广大城乡民众，具有浓郁的民间文学的气息和风格。季译采用每行字数相差不多，押大体能上口的韵的"顺口溜似的民歌体"，是非常切实与得体的。如果用旧体诗来翻译，一是"信"难以做到；二是翻译的难度大大增加，翻译的速度会变得非常缓慢；三是读者接受也增大了难度。通俗对通俗，民间对民间，用"顺口溜似的民歌体"译《罗摩衍那》，在诗体选择上是最好的做法。

其二，篇首撰写《本篇故事梗概》。

《罗摩衍那》虽然不像《摩诃婆罗门》那样庞杂斑驳，但对外国读者来说，往往会感到头绪众多，令人眼花缭乱。为了解决这个问题，译者在每篇篇首撰有《本篇故事梗概》。这对读者来说，是十分实用的方便之举，除了省时之外，亦可与诗译互文，加深对史诗的理解。

其三，通俗语言的选择。

季译《罗摩衍那》采用的语言，是通俗的口语。这一选择符合"顺口溜似的民歌体"的要求。从读者角度看，无疑是一种最佳选择。这种情况，和当初佛典汉译的情景完全一致。到底用什么语言来译佛经？摆在译经师面前两条路：一条是先秦诸子式的经典汉语，一条是老百姓的日常口语。译经师们几经斟酌与试验，最终一致决定走老百姓日常口语之路。最初的几部译经，多少还受诸子经典的影响，译文中尚有较多文言词汇。随后，完全摆脱诸子文言的束缚，佛经译文完全以通俗易懂的百姓口语面貌出现。历史证明，佛经汉译的语言选择是对的。一方面有别于诸子百家，有利于自立门户；一方面拉近与老百姓的距离，有利于佛教的传播。季羡林精通古文，年轻也做过诗人梦，翻译《罗摩衍那》不用旧诗体，也不用白话新诗，而用"顺口溜似的民歌体"，是一位中印文化交流研究专家和语言学家的深思熟虑。从接受者的语言审美的

立场看，季译《罗摩衍那》是非常成功的。我们一起来欣赏一段译诗：

> 一切国家来的人，
>
> 他们专心又一志。
>
> 看到不可思议事，
>
> 好像从前圆满时。

> 看着所有的人们，
>
> 悉多穿着黄袈裟。
>
> 双目下视头低垂，
>
> 双手合十说了话：

> 如果除了罗摩外，
>
> 我从不想别男人；
>
> 那就请大地女神，
>
> 露出罅隙让我进。

> 悉多这样发誓言，
>
> 意外奇迹真出现；
>
> 无上天上狮子座，
>
> 地中涌出现眼前。

> 勇力无穷大神龙，
>
> 用头把宝座来顶。
>
> 这个宝座天上来，
>
> 天上光辉众宝成。

> 于是女神那地母，
>
> 两臂合拢抱悉多。
>
> 向她致敬并欢迎，
>
> 把她放上了宝座。
>
>
> 悉多坐在宝座上，
>
> 一下子没入地中。
>
> 撒到那悉多身上，
>
> 不断花雨落碧空。
>
> *(7.88.8—14)*

　　这是《罗摩衍那》第七篇《后篇》中的一个著名场景。罗摩登位后，明知妻子悉多清白忠贞，但迫于民间流言，要当众证明清白。于是，悉多投向女神地母，地母拥抱了她。《罗摩衍那》的重要主题思想是歌颂一夫一妻制，强调夫妻互相对爱情的忠贞。在男性社会中，女性必然对此要付出更大的牺牲。悉多是所有女性的代表，她投向地母怀抱后，花雨从碧空纷纷降落到她身上，这些花雨是同情，是抚慰，也是叹惜。表达的是人之常情，也是人与人之间的真情。季译用"顺口溜似的民歌体"来表达，可以说正当其用，恰到好处，倘若用旧体诗或白话新诗来翻译，可能免不了辞深义浅或辞浅义深之虞。只有用"顺口溜似的民歌体"，才辞义互顺、文质相谐。季羡林将自己在翻译《罗摩衍那》中使用的诗体，称为"顺口溜似的民歌体"，带着几分自谦，但不太好记，我们不妨称之为"季氏民歌体"。在翻译外国民间吟唱文学时，是非常值得借鉴的。《罗摩衍那》有七卷八册之多，为方便一般读者，人民文学出

《〈罗摩衍那〉选》，季羡林译

版社出版了《〈罗摩衍那〉选》。

　　显然，诗体翻译是难的。大概《摩诃婆罗多》的译者们考虑到了这一点，加上印度人并没有把它当作诗，而是将它称作"历史"，意思是"过去发生过的事"。所以，汉译者就有了选择译文文体的自由。他们选择散文体来翻译《摩诃婆罗多》，是明智之举。在现代印度，出现了众多各地方言的《摩诃婆罗多》改写本和英译本。这些改写本和英译本，有的用的就是散文体。例如，当过印度最后一位总督的拉贾戈帕拉查理，是一位出色的文学家、哲学家，他就用泰米尔语成功地改编过《摩诃婆罗多》。拉贾先生后来又和他的朋友一起将其翻译成英文。这个英文版大受欢迎，一版再版。金克木夫人唐季雍根据 1955 年的第四版，将其译成汉语，于 1959 年由中国青年出版社出版，名为《摩诃婆罗多的故事》。金克木是这个译本的校译者，1983 年再版时，他写了一篇长序。当然，这本汉译本用的是散文体，金克木在序的末尾说："这本书不是现代小说，所以译文中多少有点我国旧小说的笔调。书中有些故事也会使我们想到旧小说。"[1] 显然，文体、语言的选择，和内容有着最为密切的关联。

《摩诃婆罗多的故事》，唐季雍译，金克木校

1. [印度] 拉贾戈帕拉查理改写，唐季雍译，金克木校：《摩诃婆罗多的故事》，第 22 页，北京：中国青年出版社，1983 年版。

　　当中国学者正式开始将梵文的《摩诃婆罗多》译成汉语时，他们自然而然地选择了散文体。然而，这部 500 万言汉译全本的问世，实非易事。季羡林于 1946 年在北京大学开创东语系，筚路蓝缕，惨淡经营。其间，金克木于 2000 年以米寿逝世，他的学生赵国华则于 1991 年英年早逝，年仅 48 岁。赵国华在第一卷《初篇》的译后记中感叹自己要为它"倾尽满腔热血，付出整个生命"，不幸一言成谶，令人痛惜。后黄宝生担纲主持译务，历时多年终成胜局。[1]

1. 郁龙余：《〈摩诃婆罗多〉全本汉译的意义》，载《外国文学评论》，2006 年第 4 期。

好像是远航之前的试航。中国梵文家在进行全面翻译《摩诃婆罗多》之初，翻译出版了《摩诃婆罗多插话选》。[2]《摩诃婆罗多插话选》上下卷，纳入"世界文学名著文库"出版，编选是

2. 此书由人民文学出版社于 1996 年出版。

金克木，译者有金克木、赵国华、席必庄和郭良鋆。《插话选》是诗体翻译，但每位译者所用的诗体并不一样。赵国华的诗体规整、用韵严格，类似季羡林译《罗摩衍那》的诗体。金克木的译诗押韵，但每行字数较自由。席必庄、郭良鋆的译诗押韵，各行用数多寡更自由。但是这 15 篇插话在 2005 年版的《摩诃婆罗多》中，统统改成了散文体。这一改动，是他们选择的结果。到底是诗体好，还是散文体好，让我们通过一偈译文来比较一下：

> 你赐我的恩典是我生一百子，
>
> 而你又夺去我丈夫不让团圆；
>
> 我选择心愿，愿萨德梵重返人间，
>
> 以便您的话成为真实，不陷空谈。

这是著名插话《萨维德丽》中最关键的一个偈颂。其散文体译文如下："你已经赐给我恩惠，让我有一百个儿子，而你又夺走我丈夫。我选择这个恩惠，但愿萨德梵复活。这样，你的话也就成为真话。"（3·281·53）诗体为金克木所译，散文体为黄宝生所译。[3] 通过阅读对比，给我们的感觉是：诗体的魅力无法抹去，散文体意思清晰、完整；鱼与熊掌，各有优长，

3. 金克木诗体译文见《摩诃婆罗多插话选》（下），第 981 页，北京：人民文学出版社，1996 年版。黄宝生散文体译文见《摩诃婆罗多》（二），第 548 页，北京：中国社会科学出版社，2005 年版。

但不可兼得。有兴趣者，可将 15 篇诗体插话和散文体译文对照阅读，也别有一番情趣。金克木为此写了一篇长序。他说：这本选集所选插话共 15 篇，当然不能说是包罗了所有优秀的插话，但基本显出了插话的面貌，可以算作一个缩影。这篇长序，将选本意图、插话和大史诗《摩诃婆罗多》，作了深入而详实的叙述，实际上是一篇见地精到而又明白如话的专论。金克木在序的末尾写道："希望这十五篇插话可以帮助读者增加一点对邻邦印度最流行的古代文学的知识，也扩大一点文学的视野。但这决不是史诗的全面。"[4] 没有时间阅读全部《摩诃婆罗多》的人，

4. 钱文忠选编：《倾听恒河天籁——印度书话》，第 68 页，南昌：江西教育出版社，1999 年版。

通过阅读这本插话选和金克木的长序，可以对这部大史诗的概貌有所了解。

《摩诃婆罗多》汉译全本的问世，不但是中国翻译史上的一件大事，而且将中国对印度两大史诗的研究，推向了一个新阶段。两大史诗是印度文学的并蒂莲。自 1984 年季译《罗摩衍那》七篇八卷问世之后，中国读者一直对《摩诃婆罗多》的汉译全本的问世，翘首以盼。

那么，散文体的《摩诃婆罗多》的译文和诗体译文，孰长孰短？《摩诃婆罗多》中的《薄迦梵歌》，一向为印度和世界梵学家所重视，甚至说它比整部史诗更加重要。说它是善行说、美德论、伦理学，伦理分析、天职论、行止律和社会维持论，等等。实际上，《薄迦梵歌》是古印度数论、瑜伽、吠檀多三派哲学的综合宗教哲学诗。面临决战，般度一方的首领阿周那，出现心理危机，大神毗湿奴的化身——黑天，向他讲述业瑜伽。这一段有名的对话，是这样开头的：

全胜说：

阿周那满怀怜悯，眼中饱含泪水；看到他精神沮丧，黑天这样说道。

吉祥薄伽梵[1] 说：

　　1. 薄伽梵是对黑天的尊称，意谓尊者或世尊。

你怎么在危急关头，成了畏缩的卑贱者？这为高贵者所忌讳，不能进入天国享殊荣。阿周那啊！别怯懦，那样与你不相称，抛弃委琐的软心肠，站起来，折磨敌人者！

阿周那说：

在战斗中，杀敌者啊！我怎么能用箭射击这两位可敬的人，毗湿摩和德罗纳？即使在世乞食谋生，也强似杀害尊贵的老师；即使杀害贪财的老师，我的享受也会沾上鲜血。我们胜或者他们胜，我不知道哪个重要；杀死面前这些持国的儿子，我们也不愿意再活。（六·24·1—6）[2]

　　2. 黄宝生、郭良鋆译：《摩诃婆罗多》（三），第 490 页，北京：中国社会科学出版社，2005 年版。

以上是《毗湿摩篇》第二十四章第1—6偈的内容。同样的内容，徐梵澄的诗体译文如下：

桑遮耶言：

如此悲悯兮动魂，

泪盈盈于双目兮，心烦冤。

摩脱苏陀那

乃如是而进言。

室利薄伽梵言：

阿琼那！迫兹危难兮，

何自而生汝此沉忧？

此非亚利安人之素行兮，

亦非升天之路由，

又适为讥谤之所投！

毋自陷于孱弱兮，

此于尔非洽适！

去尔心卑下之愁积兮，

起！起！克敌！

阿琼那言：

阿利苏陀那！

彼陀挐，与毗史摩皆可亲敬；

我何能发失兮，

而射之于行阵？

戮存此伟烈诸师兮，

在世余宁餐乞丐之食也。

固皆加我善愿之师，

杀之，则宴享我尝皆血色也。

于兹竟不知孰愈兮，

为彼胜我抑我胜彼？

戮彼等而我辈亦痛不欲生兮，

彼逖多萝史德罗诸子—兹焉对垒。[1]

1. 收入《徐梵澄文集》第八卷，第13—14页，上海：上海三联书店，上海：华东师范大学出版社，2006年版。

对照阅读以上六偈内容，诗与文的特点自见：讲文采、精练，自然徐译的现代骚体更为见长；讲明白、透彻，黄、郭的散文体更胜。

第三节　中国学者对两大史诗的研究

中国学者对印度两大史诗的研究,肇始于苏曼殊。1907 年, 苏曼殊发表《文学因缘自序》,说:"印度为哲学文物源渊, 俯视希腊, 诚后进耳。其《摩诃波罗多》(*Mahabhrata*)[1]、《罗摩衍那》

1. 柳亚子编:《苏曼殊全集》(一), 第 85 页, 北京: 当代中国出版社, 2007 年版。

(*Ramayana*)二章, 衲谓中土名著, 虽《孔雀东南飞》、《北征》、《南山》诸什, 亦逊彼闳美。"1911 年, 他在《答玛德利玛湘处士书》中对此又有论述:"《摩诃婆罗多》与《罗摩衍那》二书, 为长篇叙事诗, 虽颉马亦不足望其项背。考二诗之作, 在吾震旦商时。此土尚无译本, 惟《华严经》偶述其名称, 谓出马鸣菩萨手。文固旷劫难逢, 衲意奘公当日以其无关正教, 因弗之译。"苏曼殊于 1913 年在《燕子龛随笔》一文中说:"印度 *Mahabhrata*, *Ramayana* 两篇, 闳丽渊雅, 为长篇叙事诗, 欧洲治文学者视为鸿宝, 犹 Ilid, Odyssey 二篇之于希腊也。此土向无译述, 惟《华严疏钞》中有云:《婆罗多书》,《罗摩延书》, 是其名称。二诗于欧土早有译本,《婆罗多书》以梵土哆君所译最当。英儒马格新牟勒(Max Müller)序而行之, 有见虎一文之咏。""《摩诃婆罗多》,《罗摩延》二篇, 成于吾国商时。篇中已有支那国号, 近人妄谓支那为秦字转音, 岂其然乎。"[2] 苏曼殊论述两大史诗的文字短小简略, 但其意义非同小可, 开创了我国两大史

2. 柳亚子编:《苏曼殊全集》(一), 第 142 页, 北京: 当代中国出版社, 2007 年版。

诗研究的先河。

从苏曼殊开始, 中国的印度研究不再囿于佛教。苏曼殊, 人称一代奇僧。他也积极开拓视野, 力求全方位地认识印度。时贤对此也大加鼓励, 如章炳麟在《初步梵文典序》中说:"曼殊比丘既知梵语, 异日益进以译诸师之说, 得与大乘相夹辅, 亦幸自厉, 无安肆逐浮名而已。"[3]

3. 柳亚子编:《苏曼殊全集》(三), 第 10 页, 北京: 当代中国出版社, 2007 年版。

郑振铎在 1927 年出版的《文学大纲》上册第六章, 以"印度的史诗"为题, 介绍道:"印度的史诗《马哈巴拉泰》(即《摩诃婆罗多》)与《拉马耶那》(即《罗摩衍那》)是两篇世界最古的文学作品, 是印度的人民的文学圣书, 是他们的一切人, 自儿童以至成年, 自家中的忙碌的主妇以至旅游的行人, 都崇敬的喜悦的不息的颂读着的书。印度的圣书《吠陀》及其主要影响所及不过是一部分的知识阶级, 不及《马哈巴拉泰》及《拉马耶那》之为一切人所颂读。""在事实上来说, 这两篇史诗可算是最幻变奇异的; 在文学艺术上来说, 他们又是最可惊异的精练的; 在篇幅上来说, 他们又是世界上的所有的史诗中的最长的。"郑振

铎从全民性、文学性及文本规模的角度，对两大史诗进行了正确评价。这对当时的中国读者来说，是很新鲜和深刻的。

1930 年，上海商务印书馆出版了我国第一部介绍印度文学发展史的专著《印度文学》，作者许地山。他在书中这样介绍两大史诗："我们可以把印度的赋体诗分成两类，一类是《如是所说往世书》（Itihasa-puranas），一类是诗或钦定诗（Kavyas）。如是所说与我国古赋的体裁很相同，但在印度文学里，这个名词兼指历史、小说、寓言等作品而言。"显然，许地山依据的是英语材料，对往世书和史诗的分类，并不准确。从体裁、诗律和内容上说，往世书和史诗并无本质的区别，往世书称为"古代传说"，《摩诃婆罗多》和《罗摩衍那》是英雄史诗的代表作，被称为"历史传说"。将《罗摩衍那》归为"钦定诗"，似有不妥。虽然《罗摩衍那》是歌颂刹帝利种姓和明君政治的，作者中也有刹帝利男子和婆罗门女子所生的"苏多"亚种姓，但是它主要是在民间传说的基础上，经由历代说唱艺人加工而成的，具有鲜明的民间性。

1945 年 2 月，由重庆中国文化服务出版社出版了柳无忌的《印度文学》，5 月重印。作者长期被苏曼殊称为"无垢女公子"，系柳亚子之子。柳氏父子和苏曼殊墨缘密切。柳著对史诗的表述比许著前进了一大步，不但明确了《摩诃婆罗多》和《罗摩衍那》的史诗身份，而且论述了它们作为史诗的文学特征。1982 年，台北联经出版事业公司修订再版了柳著。

以上中国学者对印度两大史诗的研究，属于第一阶段。这一阶段的研究有三个特点：其一，未能以梵文原典来解读史诗，而是依据西文、日文著作向国内读者作介绍性研究；其二，这种研究一般都表现为简要而概括，未能深入；其三，研究者都是中国最著名的学者，这为印度文学研究在中国现代学术史上的地位奠定了坚实基础。

中国对印度两大史诗研究的第二阶段，即学科意义上的研究，以季羡林于 1946 年在北京大学创立东方语言系为标志。这个阶段的研究凸显出两大特点：其一翻译与研究并举，以季羡林、金克木为主帅，将中国的两大史诗研究，一下子提升到了世界一流水平。其二，师承明晰，学风一以贯之，且不断发扬光大。

从鲁迅、苏曼殊到柳无忌，中国对印度两大史诗的研究，虽在不断深入，但因未能建立在研读、翻译原典的基础之上，其水平在国际学术界是谈不上的。然而，到了季羡林、金克木时代，以其数十年孜孜不倦的努力，译论双修，终于将中国对两大史诗的研究推向世界前沿，引起印度及国际学术界的钦佩。

　　季羡林译成《罗摩衍那》，为了方便读者，每篇篇首都写有《本篇故事梗概》。这些故事梗概，加上 1984 年他写的长文《〈罗摩衍那〉在中国》、1985 年写的《罗摩衍那》以及《全书译后记》，就是他对《罗摩衍那》研究的主要内容，也是他的《〈罗摩衍那〉初探》一书[1] 的主要内容。

1. 季羡林：《〈罗摩衍那〉初探》，见《季羡林全集》第十七卷，北京：人民文学出版社，1984 年版。

季羡林长期研究印度语言、文学，作为《罗摩衍那》的译者，对其进行研究时，显示出一种既大刀阔斧、高屋建瓴，又不疾不徐、一一道来的大家风范。在《〈罗摩衍那〉在中国》一文中，论述了"《罗摩衍那》留在古代汉译佛经中的痕迹"、"傣族"、"西藏"、"蒙古"、"新疆（含古和阗语、吐火罗文 A 焉耆语）"等五个方面问题。在《罗摩衍那》一文中，论述了"性质和特点"、"主要骨干故事的历史真实性"、"作者"、"成书的时间和地点"、"语言和诗律"、"与《摩诃婆罗多》的关系"、"主要情节"、"思想内容"、"学术风格"、"在印度国内外的影响"、"与中国的关系"等十一个方面的问题。在叙述问题时，显示了作者的简练与准确；在对问题进行思辨时，显示了作者的深刻与机敏。这部大史诗译成汉语七卷八册，在印度国内影响千百年来无处不在，国外的评论也多得不计其数，用最少的文字将上述十一个问题准确叙述清楚，不但需要极高超的文字概括能力，而且需要对问题的洞穿力和批判力。只有对重大学术问题具备洞穿力、批判力的学者，才是站在学术前沿的一流学者。在《罗摩衍那》研究上，让我们看到了季羡林一流学者的本色。我们曾经这样说过：

　　他在专著《〈罗摩衍那〉初探》和论文《〈罗摩衍那〉在中国》、《罗摩衍那》中，对这部大史诗作出了自己的解释，新意迭出，对其思想内容的分析，尤见心裁和功底。

　　他首先将世界上著名的《罗摩衍那》专家的各种见解一一列出，然后指出：以上这些学说或看法，很不相同，也很有趣味，但都没有搔到痒处，看来还有进一步探讨的必要。真是一石投林惊百鸟。接着，季羡林从种姓关系，婆罗门和刹帝利之争、正义和非正义之辨、民族矛盾问题切入，对大史诗的思想内容作出了深刻精辟的论述，提出自己独树一帜的一系列新论点，铿锵作响，掷地有声。[2]

2. 郁龙余等：《梵典与华章》，第 519 页，银川：宁夏人民出版社，2004 年版。

今天，我们依然坚持认为："季羡林是中国《罗摩衍那》研究的开拓者和集大成者，至今无一人能望其项背，为国际《罗摩衍那》研究注入了新的活力，为中国学术界赢得了巨大荣誉。"[3]

3. 郁龙余等：《梵典与华章》，第 506 页，银川：宁夏人民出版社，2004 年版。

继季、金之后，他们的学生刘安武、金鼎汉、黄宝生等，继续开展对两大史诗的翻译与研究。

作为印地语专家，刘安武对季羡林的《罗摩衍那》翻译与研究，给予了一些帮助。

在译完七篇八册《罗摩衍那》之后，季羡林在《全书译后记》中说："北京大学东语系刘安武同志帮助我查阅两个《罗摩衍那》印地文译本，费了不少精力。梵文原文有一些地方晦涩难解，只好乞灵于印地文译文。尽管这两个印地文本并不高明，有时显然也有错误和矛盾，但毕竟帮助我渡过了一些难关。我也应该向刘安武同志表示谢意。"[1] 刘安武自己对两大史诗的

1. [印度] 蚁垤著，季羡林译：《罗摩衍那》（七），见《季羡林全集》第二十九卷，第 608 页，北京：外语教学与研究出版社，2010 年版。

研究，集中体现在《印度两大史诗评说》（辽宁大学出版社，2001 年）和《印度两大史诗研究》（北京大学出版社，2001 年）两部专著中。这两部著作规模不算宏大，但都是真正的读书心得。他曾花数年时间，到东语系图书馆研读《摩诃婆罗多》，边读边做笔记。常常是整个图书馆寂然无声，就他一个读者。他研读的是六大册《摩诃婆罗多》传统版，梵文、印地文对照本。他研读的《罗摩衍那》，是 1958 年他结束在印度贝拿勒斯大学的四年留学生涯时，带回来的两大册精校本，也是梵文印地文对照。有付出，必有收获。他对两大史诗的理解，完整、准确而透彻。《印度两大史诗评说》和《印度两大史诗研究》的写作，正是建立在这种淡定而专注的研读的基础之上的。

早在 1984 年，刘安武和季羡林合作选译的《印度两大史诗评论汇编》，由中国社会科学出版社出版。入选论文除印度学者之外，还有英国、俄国、美国等国学者。所以，刘安武对印度两大史诗的研究，具有国际视野，并非关起门来的个人读书心得。《印度两大史诗评说》和《印度两大史诗研究》是中国读者研究印度《摩诃婆罗多》和《罗摩衍那》必读的入门书。

《马来古典文学史》中译本的问世，在中印文学交流研究中好比是一座"飞来峰"。

《马来古典文学史》是新加坡学者廖裕芳的马来文 / 印度尼西亚文名著，1975 年在新加坡首次出版，1975 年、1982 年再版。1991 年、1993 年在印尼雅加达先后出版上下卷。马来文学流行于南洋诸岛，包括印尼、马来亚、文莱、新加坡各国。由于文化交流的作用，马来文化深受印度文学影响，正如温斯特德（Winstedt）所说："可以说，至 19 世纪，马来人从印度获得了一切：宗教，政治制度，占星术，医药，文学，艺术以及手工艺。"[2] 然而，就影响而言，马

2. [新] 廖裕芳：《马来古典文学史》，张玉安、唐慧等译，第 77 页，北京：昆仑出版社，2011 年版。

来文学所受印度两大史诗的影响最大、最深刻。此书第二章《马来文学中的印度史诗和史诗哇扬戏》，用详实史料叙述《罗摩衍那》和《摩诃婆罗多》在马来群岛的广泛传播。这种传播，不但历史悠久，而且影响深入人心。对于传播的主体，作者比较了各家的观点，认为是婆罗门

和赴印求学的人传播了印度文化的论点，更为合理。

《马来古典文学史》用 116 页篇幅，集中论述印度两大史诗对马来文学的影响。在其他章节中涉及印度史诗的，也随处可见。中国读者欲知印度两大史诗在马来文学乃至整个东南亚文学中的传播与影响，《马来古典文学史》不可不读。

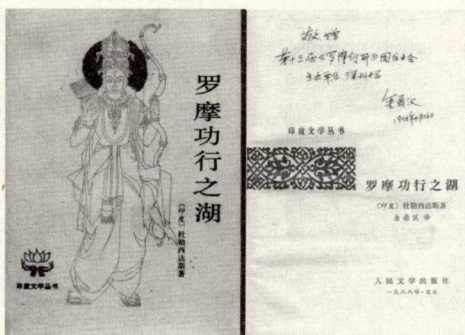

《罗摩功行之湖》，金鼎汉译

作为印地语文学专家，金鼎汉的传世之作是汉译《罗摩功行之湖》（*Rāmacaritramānasa*），又译《罗摩功行录》。此书的作者是印度中世纪著名宗教诗人杜勒西达斯（Tulsidāsa）。他的作品对《罗摩衍那》进行了浓缩和改造，使之更适合封建社会的审美需要。所以，《罗摩功行之湖》在印度民间的实际影响，大于《罗摩衍那》。金鼎汉深知此书在印度文学史上的价值，便下定决心，以一己之力，历时数载，将其译成汉语。译者"译成汉语时全部采用两行诗。每两行的字数完全相同，行尾押韵，全部按现代汉语普通话的韵，不分平仄。前两行与后两行的字数和韵都不一定相同。这一诗体有点像词牌《菩萨蛮》"。[1] 金鼎汉对《罗摩功行之湖》

1. [印度] 杜勒西达斯著，金鼎汉译：《罗摩功行之湖·译者前言》，第 6 页，北京：人民文学出版社，1988 年版。

的翻译与研究，不仅为中国读者提供了一个高级读本，而且使中国学者的史诗研究有了纵深，开辟了一块新天地。1996 年 4 月 25—29 日，深圳大学举办了第十三届《罗摩衍那》国际大会，季羡林委托李赋宁带来亲笔书面发言。金鼎汉是此次大会的重要组织者。会后，他在关于"第十三届《罗摩衍那》国际大会胜利召开"的通讯中说："由于《罗摩衍那》不仅是一部文学作品，而且还是一部宗教与哲学的经典，影响深远。因此世界各国的学者从各个不同的角度对它十分感兴趣。为了更好地交流研究成果，互相学习，提高水平，从 80 年代开始，几乎每年举行一次《罗摩衍那》国际大会，10 年来，先后在印度、加拿大、印尼、毛里求斯、泰国、荷兰等国召开了十二次会议。这次是第十三届大会，在中国举行。一共有十一个国家的四十余位代表参加。中国学者十余人，外国学者三十余人。讨论的题目为：（1）《罗摩衍那》与世界文学；（2）《罗摩衍那》与世界文化；（3）《罗摩衍那》与世界和平；（4）《罗摩衍那》中的语言、艺术和科学；（5）《罗摩衍那》与现代的挑战；（6）《罗摩衍那》与伦理道德。会上，代表们踊跃发言，展示了在《罗摩衍那》研究方面的最新成果。中外学者就很多问题交换了意见。中国学者与部分印度学者就'罗摩是人还是神？'这一问题展开了热烈的讨论。中国学者认为：罗摩是历史上的一位英雄人物，后来受到人们崇拜，逐渐转化为神。而大部分印度学者认为罗摩是天神。这不仅是唯物论与唯心论之争，而且充分显示出中国与印度两种不同文化背景之间的差异，这样的争论是非常有益的，它不仅交流了彼此的观点，而且增强了彼此的了解和友谊，达到了思想和文化方面的交流。"[1]

1. 金鼎汉：《第十三届〈罗摩衍那〉国际大会胜利召开》，载北京大学《亚非研究动态》1996年第2期、总第8期。

《中国画报》（印地语版），1996年第九期（579）刊"第13届国际《罗摩衍那》大会"报道。

深圳大学举办第13届《罗摩衍那》国际大会。

　　《摩诃婆罗多》的译者黄宝生、赵国华、郭良鋆、席必庄、葛维钧、段晴、李南，都是季羡林、金克木的学生。他们有的专攻梵文，有的印地文、梵文兼修。这种专业结构，给翻译质量提供了可靠保证。在所有译者中，金克木是肇始者和导航人，黄宝生是组织者和主持人。同时，他们师徒又都是中国研究《摩诃婆罗多》最重要的学者。

　　金克木对《摩诃婆罗多》的研究，主要集中在《梵语文学史》的第二编"史诗时代"的第三章"大史《摩诃婆罗多》"，以及两篇长序"摩诃婆罗多的故事·序"、"摩诃婆罗多插话选·序"。其中，以《梵语文学史》中的"大史《摩诃婆罗多》"这一章最为重要。它不但是中国学者研究《摩诃婆罗多》最早、最系统、最深入的文字，而且至今仍对这部大史诗的研究有着指导的作用。金克木曾于 1941—1945 年在印度"禅院孤灯诵简编"，梵文功底深厚。他早年以诗人闻名，汉语功底扎实。同时，他对历史唯物主义、辩证唯物主义深有研究。所以，"在金先生的笔下，古今中外、文史哲经、旧学新知，无不得心应手，触类旁通，挥洒自如"[1]。

1. 黄宝生：《金克木先生的梵学成就》，见《印度文化余论——〈梵竺庐集〉补编》，第 1 页，北京：学苑出版社，2002 年版。

这是他的学生对其晚年的学术随笔的评价，其实用来评价他的整个学术也是非常妥帖的。在《梵语文学史》中，对《摩诃婆罗多》的分析与研究，胜义迭出精见纷呈。例如在"人民的长期集体创作"这一节中，他经过分析后指出，构成全书的三种成分："一首英雄史诗，大量的民间传说，祭司和其他知识分子的非文学的著作。这也显示了大史诗编订的三个层次，可能也大致表示了它的膨胀过程。"[2] 这样，就将这部被他称为"古代印度文学发展中一座光辉的纪念碑"

2. 金克木：《梵语文学史》，第 89 页，北京：人民文学出版社，1980 年版。

的大史诗的主体内容及发展历史揭示得清清楚楚。在对史诗的政治、社会生活、思想内容及主要插话作出分析之后，在第五节中对被称为大史诗核心内容的《薄伽梵歌》，提出了与众不同的见解："很明显的，这诗的强烈的政治性，它的要求复国，鼓吹战斗，宣传仙人和武士结合，暴露统治阶级的贪婪和阴险，提倡人人尽职包括作战以维持和平幸福的国家和社会等等思想，都是对侵略者和殖民统治者不利的。西方学者自然不会去探索这些方面，而且有民族主义思想的印度学者又往往以唯心主义观点作'颂古非今'的解说，对这部伟大民族史诗的落后面也加以歌颂，往往反而看不到其中真正进步的有益于人民斗争的方面。"[3] 这是一个洞见，出在忧

3. 金克木：《梵语文学史》，第 124 页，北京：人民文学出版社，1980 年版。

国忧民的金克木的笔端毫不奇怪。有了这个见解，再来看印度独立运动中，那些真正的民族革命者，手持一册《薄伽梵歌》而赴汤蹈刃，就不难理解了。

　　黄宝生对于《摩诃婆罗多》的贡献有二：一是在老师金克木年迈体衰、同窗赵国华英年早

逝的情况下，从繁杂的公务和自己的梵语诗学研究中腾出时间，接手主持大史诗的翻译工作，一路攻坚克难，终于成功。二是潜心研究大史诗，成果丰硕，形成《摩诃婆罗多》研究的一个新的里程碑。他的研究成果主要体现在《〈摩诃婆罗多〉导读》一书中。季羡林译成《罗摩衍那》后，有《〈罗摩衍那〉初探》一书问世。学习老师的做法，黄宝生在主持并完成了《摩诃婆罗多》的翻译后，在每卷前都写有导言。在第一卷金克木的《印度大史诗〈摩诃婆罗多〉译本序》之后，黄宝生写有长篇前言。上述就是他对《摩诃婆罗多》研究的主要成果，也是他的《〈摩诃婆罗多〉导读》一书[1]的主要构成。如果说各卷卷首的导言以介绍

1. 黄宝生：《〈摩诃婆罗多〉导读》，北京：中国社会科学出版社，2005年版。

各卷内容为主，那么首卷的前言则是黄宝生研究《摩诃婆罗多》的最重要的文字。

前言由"翻译缘起"、"《摩诃婆罗多》的成书年代"、"关于《摩诃婆罗多》精校本"、"《摩诃婆罗多》的社会背景"、"《摩诃婆罗多》的神话背景"五部分组成。这篇前言是中国的《摩诃婆罗多》研究者不可不研读的。不是因为作者曾经是中国社会科学院外国文学研究所所长暨《外国文学评论》主编，也不是因为他是中国社会科学院的学部委员，而是因为他终身研究印度文学，是《摩诃婆罗多》译务的主持者和最重要的译者。他在前言中所写内容，是关于这部大史诗的最新、最接近真实、最可信的研究成果。

在"翻译缘起"中，作者叙述了《摩诃婆罗多》在中国的翻译经历，是研究大史诗中国翻译史的宝贵史料。讲到金克木说，作者写道："在金先生支持下，赵国华约定席必庄、郭良鋆和我一起合作翻译《摩诃婆罗多》全书。

《〈摩诃婆罗多〉导读》，黄宝生著

译文决定采取散文体，译本拟分作十二卷。金先生亲自动笔翻译了《摩诃婆罗多》的前四章。这前四章中包含全书的篇目纲要，翻译难度很大。金先生的译文为全书的翻译起了示范作用。"[1]

1. [印度] 毗耶娑著，黄宝生等译：《摩诃婆罗多》（一），第 6 页，北京：中国社会科学出版社，2005 年版。

金克木不仅为《摩诃婆罗多》的翻译起了"示范作用"，而且在《梵语文学史》中为一系列神名、人名、书名、地名、术语等专用名词的翻译，起了"示范作用"。真正懂得翻译甘苦的人，知道这种译名的示范作用，是十分重要和见功底的。

赵国华是原来的翻译主持人，不幸于 48 岁时英年早逝。在新版《摩诃婆罗多》第一卷附录中，保留了赵国华为第一版所写的"翻译说明"和"后记"，"以示对赵国华翻译《摩诃婆罗多》首创之功的纪念"[2]。赵国华为《摩诃婆罗多》"倾尽满腔热血，付出整个生命"的事

2. [印度] 毗耶娑著，黄宝生等译：《摩诃婆罗多》（一），第 7 页，北京：中国社会科学出版社，2005 年版。

迹，是 20 世纪末中国学术界的一曲悲歌。就像印度《摩诃婆罗多》精校本首任主编苏克坦卡尔（V.S.Sukthanker）未见全书出齐就去世一样，赵国华未及看到《摩诃婆罗多》第一卷在 1993 年出版，即于 1991 年因心肌梗塞而猝然逝世。就像许多伟大的文化工程一样，苏克坦卡尔和赵国华的以身殉职，为《摩诃婆罗多》这部伟大史诗的传播，增添了一份难以抹去的悲壮色彩。正是这份色彩，激励后人在研究《摩诃婆罗多》时，更坚定，更执著。

印度学家黄宝生、郭良鋆伉俪

黄宝生在前言中，不仅向读者叙述了上述诸方面的史实，而且还提出了一系列重要的研究课题："诸如史诗神话的起源与发展，与政治、经济、宗教、哲学、道德和文化心理的关联，象征和隐喻，神魔之争是否含有上古时代雅利安游牧部落和印度河流域城市文明冲突以及雅利安部落社会内部冲突的基因，这些都是有待深入探讨的论题。"[3] 一位卓越的译者，

3. [印度] 毗耶娑著，黄宝生等译：《摩诃婆罗多》（一），第 25 页，北京：中国社会科学出版社，2005 年版。

除了奉献优秀的译本之外，还应有自己的研究成果。季羡林、金克木是这样，作为他们学生的黄宝生也是这样。这是值得中国的印度文学研究者学习的。黄宝生接过赵国华的旗帜，主

持完成的《摩诃婆罗多》全本汉译以及他对这部史诗的研究，必将引起中国史诗学、民俗学、比较文学、文化传播学研究领域的学者、特别是青年学者的巨大兴趣，必将出现一批以大史诗为研究对象或以大史诗为重要材料依据的重大研究成果。

第六章　　印度戏剧与中国戏剧的关系

　　到了元代，"中国戏剧和欧洲、印度一起，形成世界三大戏剧传统鼎足而立的局面"[1]。在世界三大戏剧体系中，真正的中西

1. 郁龙余主编：《外国戏剧鉴赏辞典·前言》（古代卷），第5页，上海：上海辞书出版社，2009年版。

戏剧交流至现代才出现，中印戏剧交流则自古就有，源远流长。然而，印度自古重口传而不重文字记录，中国重视文字记载，但对倡优历来鄙视。司马迁在《史记》中设《滑稽列传》，实属功德无量。在以后的各种正史中，演艺不受重视，中外戏剧交流的记录，更是少之又少。文献稀载，并不说明中印戏剧交流的缺失，而说明这种交流是以民间的、行业的方式进行的，不足为官家道。

　　所以，发掘中外各种形态的资料，研究中印戏剧交流的历史，是中印文学、文化关系研究中的一大课题。中印间存在两千年以佛教为载体的文化交流，将中印古代戏剧交流史研究清楚了，就几乎完成了中外古代戏剧交流史研究的一半任务。

第一节　中国和印度戏剧关系梳理

中国戏剧和印度戏剧存在大量相同或相似的元素或成分。同为人类戏剧，有若干相同、相似的元素或成分，并不为奇。但是，中印戏剧之间相同、相似的元素或成分，竟如此之多、如此之巧，两者的关系就不得不引起人们的深思了。

较早关注中印戏剧关系的现代学者，是许地山。《中国戏曲文化》说：

许地山《梵剧体例及其在汉剧上底点点滴滴》（载 1927 年《小说月报》第十七卷号外）

一文，把中国戏曲与印度梵剧作了比较，提出一种看法："中国戏剧变迁的陈迹，如

果不是因为印度的影响，就可以看作赶巧两国的情形相符了。"[1]

1. 周育德：《中国戏曲文化》，第 5 页，北京：中国友谊出版社公司，1996 年版。

许文在中国戏剧史上地位重要，凡是说到中国戏剧起源，许多学者就将其列为"外来说"的代表。其实，许地山十分低调，说："我承认我这篇文字只是倡发问题，不是研究成功的结果。我将这个有趣的问题提出来和同志们商量，希望大家能在中国文学史底破纸堆里找出一段中国思想活动的连环。"[2] 许文写于民国十四年十二月（1925，12）牛津印度学院，主要材料来自西籍，

2. 许地山：《梵剧体例及其在汉剧上底点点滴滴》，原载《小说月报》第 7 卷中国文学研究专号，见郁龙余编：《中印文学关系源流》，第 12 页，长沙：湖南文艺出版社，1987 年版。

书未附有所用书目，文章观点多取麦克唐纳（A. A. Mac Donell）等人。许文共有六部分：引端，一、中古时代中国与近西底交通，二、宋元以前的外国歌舞，三、梵剧底原始及其在中国底影响，四、梵剧与中国剧底体例，结论。他当时的有利条件是西文资料丰富，参考书目就有十多种，其中两种是 1924 年出的新书。不利条件是"此地汉籍不够用，宋元戏曲很少，所引底多是记忆中较清楚的事实，希望将来或同志们能为之补证和改订"[3]。实际上，许地山在此预留了一个

3. 郁龙余编：《中印文学关系源流》，第 55 页，长沙：湖南文艺出版社，1987 年版。

重要课题——用实证来进一步论述中印戏剧关系。由于各种原因，这个课题还没有人认真研究，还有待年轻的有志学者作出新的努力。

郑振铎（西谛）的观点比许地山彻底："传奇的体例与组织，却完全是由印度输入的。"[4]

4. 郑振铎：《插图本中国文学史》（三），第 567 页，北京：作家出版社，1957 年版。

这里的"传奇"，指南戏，是早于杂剧的戏曲形式，细读郑著，发现他的态度基于他的长期研究："我对于这个问题，曾有七八年以上的注意与探讨，但自己似乎觉得还不曾把握到十分成熟的结论。今姑将自己所认为还可以先行布露的论点。提出来在此叙述一下。"[5] 郑振铎的《插

5. 郑振铎：《插图本中国文学史》（三），第 567 页，北京：作家出版社，1957 年版。

图本中国文学史》写于 1932 年，是当时最新锐、最具国际眼光的一部中国文学史。书中对中

印戏剧关系的叙述，引起了学术界的广泛重视。

中国印度戏剧中存在的大量相同相似的元素或成分，是确认中国戏剧在文化交流中受到印度戏剧影响的最有说服力的证据。为什么是印度影响中国，而不是相反呢？这与中印戏剧发祥的先后有关。世界上最早发展戏剧的是古埃及，然后是古希腊，接着是印度。中国戏剧尽管滥觞很早，但真正发展是宋元时代的事了。保存至今的印度古代最早的剧本是公元一二世纪马鸣的三个戏剧残卷，以及公元二三世纪跋娑的《惊梦记》等十三个剧本。而印度在公元前后，即出现了一部戏剧学巨著《舞论》（*Na yaśāstra*）。理论是对实践的总结。据此我们可以推断，在《舞论》诞生的年代，甚至更早，印度已经有了大量丰富多彩的演出实践。发达早的文化影响后发达的文化，这是文化交流史上的常理。所以，中国戏剧受到印度影响，是顺理成章之事。当然，世界上无绝对之事，中国戏剧是否亦曾对印度戏剧产生过某些影响？这也是需要我们留意并研究的。

一、　"形象" 及其与中印戏剧关系

戏剧是最有生命力的造型艺术。研究中印戏剧关系，应该了解"形象"一词在两国的内涵、行用及相互关系。

"形象"一词的涵义，在中国文学、美学、绘画、雕塑理论界，有过热烈的讨论。关于这个词的产生，有两种意见：一种认为是中国本土自生，一种认为是印度佛教译词。作为中国词语，"形象"最早出现于《东观汉记·高彪传》："画彪形象，以劝学者。"此书形成于东汉灵帝时代。在早期的佛经译文中，也一再出现"形象"一词：

　　譬如佛般泥洹后，有人作佛形象。人见佛形象，无不跪拜供养者。其相端正妍好，

　如佛无有异，人见莫不称叹，莫不持香花缯彩供养者。

　　　　　　　　　　　　　　　　　　　　　　　　——《道行般若经》卷一〇

这段译文出于支娄迦谶之笔，时为东汉光和二年（公元 179 年）。同年，他又译成《般舟三昧经》。现存一卷本《四事品》云："常造立佛形象，常教人学是法。"三卷本《四事品》云："菩萨复有是事，疾得是三昧。何等为四？一者作佛形象若作画……"[1]

1.《大正藏》第 8 卷，第 476 页；第 13 卷，第 900 页，第 906 页。

自支谶之后，形象一词在中国广为运用。慧皎说："圣人资灵妙以应物，体冥寂以通神，借微言以津道，托形象以传真。"（《高僧传》卷八《义解论》）刘勰也说："双树晦迹，形象代兴，固已理精无始，而道被无穷者矣。"（《理惑论》，《弘明集》卷八）义净这样记述："又复凡造形象及以制底，金、银、铜、铁、泥、漆、砖、石、或聚沙雪。"（《南海寄归内法传》卷四）

由于本土文献和汉译佛经中，在同一时期出现"形象"一词，很难断定是谁借用谁。但是，形象一词在中国大量使用，则是佛教造像运动的功劳。

佛教发展有三个时代，正法时代、像法时代和末法时代。佛灭五百年后，佛教传入中国，正值像法之时。此时的教化称"像教"或"像化"。造像、拜像，是中国佛教的重要主题。

像，在印度有多种表述，钵罗底（prati）是其中之一。像法，就是 saddharma-prati。另外，还有 rūpuka、mūrti，也都是形体、形状、神像、偶像、特质的意义，rupaka 由 rūpa 而来，rūpa 一般译成"色"或"形"。mūrti 由 mūrta 而来，强调具象性。佛教既然称为像教或像化，各种造型有一定之规，一般称有三十二相。这个相，梵文为 laksana，有象征、符号、标志、表征、表相、状态、形相等意义，与本质、本体、内容相对应。相与相之间有微小变化的称 anuvyanjana，译经师将其译成"好"，也译成小相、随相、随形好、小好，佛教有"八十种好"之说。

形象的梵文是 Pratimā，由 Prati（反映，映象，类似，相仿、复本）和 mā（māpanā，称量、测计）结合而来，除了偶像、神像、影像、画像、雕像之外，还有体现、化身、标志、象征和砝码的意义。pratimā 强调"对等"、"相当"、"酷似"、"就是"的性质。

在古代印度，形象、偶像的同义词众多，和各种宗教活动活跃是分不开的。一般认为，佛教造像是在佛灭之后五百年，在此之前仅用莲花、白马、宝座、足印等表示。其实，佛陀在世之时，即有佛像出现。早期佛经《增一阿含经》载：佛陀往三十三天为亡母摩耶夫人说法，四部之众久不见如来，优填王与波斯匿王亦忧愁成患。"群臣白（优填）王云：何以忧愁成患？其王报曰：由不见如来故也。设我不见如来者，便当命终。是时群臣便作是念：当以何方便，使优填王不令命终？我等宜作如来形象。是时群臣白王言：我等欲作形象，亦可恭敬承事作礼。时王闻此语已，欢喜踊跃，不能自胜，告群臣曰：善哉！卿等所说至妙。群臣白王：当亦何宝作如来形象？

是时王即敕国界之内诸奇巧师匠而告之曰：我今欲作形象。巧匠对曰：如此，大王。是时优填王即以牛头旃檀作如来形象，高五尺……"[1] 波斯匿王闻知，亦以紫磨金作五尺如来形象。"尔时阎浮里内始有此二如来像"，这就是佛教最早的两尊佛像。

1.《增一阿含经》，第 28 卷《听法品》，见《大藏经》第 2 卷，第 706 页。

印度自古是充斥泛神论和多神崇拜的国度，各种偶像、象征物比比皆是。佛教标新立异，反对偶像崇拜。但是，佛陀在世之时，偶像崇拜的禁忌已被打破。如果说《增一阿含经》所说造像事先未征得佛陀同意，《十诵律》的记载则说明了作像是征询了佛陀意见的，只是同意为菩萨作像。《十诵律》载：

尔时给孤独园居士信心清净，往到佛所，头面作礼，一面坐已，白佛言："世尊，如佛身像不应作，愿佛听我作菩萨侍像者。""善"，佛言，"听作菩萨"。[2]

2.《十诵律》第 48 卷《增一法》，见《大正藏》第 23 卷，第 355 页。

关于佛陀对偶像的态度，不同佛经有不同说法。《观四威仪品》说：

佛告阿难：如从今日持如来语遍告弟子，佛灭度后，造好形象，令身具足，亦作无量化佛色像，及通身光，及画佛迹，以微妙彩及颇梨珠安白毫处，令诸众生得见是相。……若有众生于佛灭后，造立形象，幡、花、众香持用供养，是人来世必得念佛清净三昧；若有众生知佛下时种种相貌，系念思维，必自得见。[3]

3.《大正藏》，第 15 卷，第 678 页。

这里，为佛陀灭寂后的造像运动埋下了伏笔。为了推动偶像崇拜，鼓励造像，《作佛形像经》则大讲造像的功德："作佛形象，后世得福无有穷极尽时，不可复称数。四天下江海水尚不可斗量枯尽，作佛形象其得福过于四天下江海十倍，后世所生为人所敬护。作佛形像譬若天雨水，人有好舍，无所畏……"[4]

4.《大正藏》，第 16 卷，第 788 页。

佛教从"正法时代"迈向"像教时代"，为了表示正统，各种"造像经"纷纷出笼。段晴在《〈造像功德经〉所体现的佛教神话模式》中说："《造像功德经》在汉译佛典中还有多种版本。可枚举者如后汉已经译出的《佛说作佛形像经》，东晋时译出的《佛三昧海经》之《观四威仪品》，以及《佛说造立形像福报经》。"[5] 由此可见，一个宗教为了发展的需要，可以

5. 北京大学东方文学研究中心：《东方文学研究通讯》，2011 年第 2 期（总第 39 期），第 13 页。

堂而皇之地造出许多新的经典，哪怕这些经典与教主旨意不符甚至背道而驰。

佛教徒生活在偶像崇拜的汪洋大海里，这是他们不但要突破偶像禁忌，而且要大搞偶像崇拜的一大原因，另一大原因是印度发达的歌舞表现。

印度是世界著名的歌舞之乡，各种宗教都利用歌舞来发展壮大自己。在这方面，以革新、

反传统面貌出现的佛教也乐此不疲。佛陀不但不反对用歌舞来传播佛教，而且他自己身体力行，绝对是一位一流的表演艺术家。《佛本行集经》写道："世尊音响，善能教他，犹如鼓声，犹如梵声，犹如伽罗嚬鸟声，有如帝释声，有如海波声，有如地动声、昆仑震声、孔雀鸟声、拘翅罗声、命命鸟声，如雁王声、犹如鹤声、犹如狮子猛兽王声，犹如箜篌琵琶五弦筝笛等声，闻者能令一切喜欢。"[1]

1.《中华大藏经》，第 35 册第 868 页，《佛本行集经》第 34 卷。见王昆吾、何剑平编著《汉文佛经中的音乐资料》，第 411 页，成都：巴蜀书社，2001 年版。

佛陀还广交民间演艺界的朋友，据《大事》记载，当佛陀到达迦毗罗卫，大量演艺人来看望他。"所有的乐师们都来了，就是说，杂耍人、宫廷吟唱诗人、演艺人、舞师、竞技手、摔跤手、鼓手、丑角、（看图讲故事的艺人，sobhika）、演倒立的、敲手鼓的、小丑、dvistvala、朗诵人、paècavatuka、歌手、舞师、说笑话人、作鼓上舞的人、号手、敲小鼓的、铜鼓手、击钹手、笛师，还有琴师，还有琵琶师——全都集合在宫殿的大门口。"[2]

2. [美] 梅维恒：《绘画与表演》，王邦维等译，第 25 页，北京：燕山出版社，2000 年版。

印度古代，以"舞"（nāṭya）指称各种歌舞类节目。等到有剧情的多幕剧出现，则以 nāṭaka 指称，显然由 nāṭaya 演变而来。印度第一部戏剧学著作婆罗多（Bharata）的《舞论》（nāṭyasāstra），一般认为成书于公元前 2 世纪到公元 2 世纪，所论述的已不是简单的歌舞节目了，而是有传说剧、创造剧、神魔剧、掠女剧、争斗剧、纷争剧、感伤剧、笑剧、独白剧和街道街等，称为"十色"。（《舞论》第二十章）婆罗多还专设一章论述戏剧情节，包括情节发展的五个阶段、五种元素、五个关节等。（《舞论》第二十一章）在《舞论》中，有大量论述形象的地方，例如第三十五章《论角色分配》：

《绘画与表演》，王邦维等译

奇特的语言、品性、行为和形象，由于这些特殊的对象，这种味称作奇异味 (6·75)

诸如此类各种形象，凭借老师的智能，应该使用泥制、木制或皮制的模具。(35·10)

演员具有自己的形态，要用油彩和装饰掩盖自己的形象，进入舞台。　(35·11)

一部学理深刻、体量庞大的《舞论》，告诉后人：印度曾经有过高度发达、繁荣的戏剧事业。这一盛况在印度的出现，并不偶然，印度有着世界最适合戏剧生长的沃土。

其一，歌舞是印度原始文化的重要组成，载歌载舞的传统，在印度文化发展的各个阶段，一直被很好地保存下来，并且成为戏剧发展的"初乳"。

其二，印度宗教种类繁多，各宗教之间的竞争主要表现为对信众的吸引。各种说唱、歌舞、看图讲故事、戏剧，是招引信众的主要手段。

其三，随着宫廷文化的发展，宫廷诗人吸收民间表演艺术，写出了一批批高质量的经典剧本，如迦梨陀娑的《沙恭达罗》、《优哩婆湿》等等，将印度古典戏剧推向高潮。

显然，佛教在发展过程中，及时并充分地利用了戏剧这一深受大众喜爱的表演艺术。现存印度最早的剧本，就是著名佛教诗人马鸣（Aśvaghoṣa）的作品，他除了写下长诗《佛所行赞》和《美难陀传》，还写有三个剧本，其中之一是《舍利弗传》。"这是个九幕剧，描写佛陀的两个大弟子，舍利弗和目犍连，怎样改信佛教出家的故事。这个剧本虽然有许多残缺，但是仍然显出完全是古典戏剧的形式。人物、语言、格式等都符合传统规定。这证明了古典戏剧已达到完全成熟的阶段。"[1] 另外两个剧本因残缺较多，不能完全肯定是马鸣所写，但都是宣传佛教的。

1. 金克木：《梵语文学史》，第 262 页，北京：人民文学出版社，1980 年版。

佛教剧本在传播中，有的被译成其它文字。如用梵语或其它印度语言写的《弥勒会见记》，曾翻译成吐火罗语和回鹘语。这是两种流行于中国新疆地区的古代语言。季羡林于晚年将这个吐火罗语剧本进行译释，使学术界对这个佛教剧本有了全新的认识。[2]

2. 参阅《吐火罗文〈弥勒会见记〉译释》，见《季羡林全集》第十一卷，北京：外语教学与研究出版社，2009 年版。

佛教徒除了翻译、传播佛教戏剧之外，对非佛教系统的印度戏剧，也有接触与了解。我国浙江天台山国清寺，珍藏着一部"贝叶经"，这是智者大师的遗物。这部藏在佛教名寺、传承可考的梵文经典，其实并非佛经，而是印度最富盛名的剧本——迦梨陀娑的《沙恭达罗》。"这部'贝叶经'共 24 页，今存仅 19 页，形如竹箦，字若蝇头，长约 30 厘米，宽约 6 厘米，嵌贴在楠木薄板上，装订成册，极为精致。从外型上猜度，应该是从印度传入中国的代珍品。"[3]

3. 刘朝华：《迦梨陀娑在中国》，见郁龙余等：《梵典与华章》，第 223 页，银川：宁夏人民出版社，2004 年版。

关于《沙恭达罗》剧本的发现，郑振铎有较详细的叙述："前几年胡先骕先生曾在天台山的国清寺见到了很古老的梵文的写本，摄照了一段去问通晓梵文的陈寅恪先生。原来这写本乃是印度著名的戏曲《梭康特拉》（Sukantala）的一段。这真要算是一个大可惊异的消息。天台山！离传奇或戏文的发源地温州不远的所在，而有了这样的一部写本存在着！这大概不能是一件仅仅目之为偶然巧合的事件罢。"[1] 智者大师，即天台宗开创人智顗（538—597），中国佛教史

1. 郑振铎：《插图本中国文学史》（三），第568页，北京：作家出版社，1957年版。

上的一代高僧，他"东西垂范，化通万里"，致力"圆融华梵"。从思想上讲，智者收集、阅读、甚至喜爱《沙恭达罗》一类非佛教的印度典籍，是完全可能的。但是后来郑振铎又否认了此事，据说国清寺发现的是别的梵本，而并非《沙恭达罗》。文本的真实情况尚且不论，仅说此事在学术界引起的轰动，足以说明中国人对此剧的青睐。

雕刻、绘画、泥塑艺术的形象，主要来自生活、经典和艺术家的想象。同时也来自舞台艺术。许多著名石窟的雕像、壁画，实际上是一幅幅凝固的乐舞表演。难怪一些古代的雕塑、绘画精品，会成为后来的艺术表演大师的临摹范本和灵感源泉。[2]

2. 梅兰芳演洛神，曾到洛阳龙门石窟观摩，终于获得艺术灵感和理想舞姿，使演出大获成功。

综上可知，"形象"一词在中印两国畅行，不但与偶像崇拜有关，而且与中印戏剧交流密切相关。

二、　中国戏剧印度输入说研判

20世纪上半叶，中印戏剧关系研究领域，有两篇文章意义深远，一篇是许地山的《梵剧体例在汉剧上底点点滴滴》，一篇是郑振铎的《戏文的起来》[3]。郑文的主旨是中国戏曲由印度输入。

3. 这实际上是郑振铎《插图本中国文学史》第四十章。

他认为："就传奇或戏文的体裁或组织而细观之，其与印度戏曲逼肖之处，实足令我们惊异不止，不由得我们不相信它们是由印度输入的。"[4] 郑振铎是一位饱学之士，他的中国戏剧印度输入说，

4. 郑振铎：《插图本中国文学史》（三），第569页，北京：作家出版社，1957年版。

不是一时意气。他在文章中提出了五大论据：

第一，印度戏曲是以歌曲、说白及科段三个元素组织成功的。歌曲由演者歌之；说白则为口语的对白，并非出之以歌唱的；科段则为作者表示着演者应该如何举动的。这和我们的戏文或传奇之以科、白、曲三者组织成为一戏者完全无异。

第二，在印度戏曲中，主要的角色为：（一）耶伽（Nayaka），即主要的男角，当于中国戏文中的生，这乃是戏曲中的主体人物；（二）与男主角相对侍者，更有女

主角挈依伽（Nayika），她也是每剧所必有的，正当于中国戏文中的旦；（三）毗都娑伽（Vidusaka），大抵是装成婆罗门的样子，每为国王的帮闲或侍从，贪婪好吃，每喜说笑话或打诨插科，大似中国戏文中的丑或净的一角，为主人翁的清客、帮闲或竟为家僮；（四）男主角更有一个下等的侍从，常常服从他的命令，盖即为戏文中家僮或从人；（五）印度戏剧中更有一种女主角的侍从或女友，为她效力，或为她传递消息的；这种人也正等于戏文中的梅香或宫女。此外尚有种种的人物，也和我们戏文或传奇中的脚色差不多。

第三，印度的戏曲在每戏开场之前必有一段"前文"，由班主或主持戏文的人，上台来对听众说明要演的是什么戏，且介绍主角出场来。最初是颂诗祝福，或对神，或对人；其次是说明戏名，与戏房中出来的一个人相问答；再其次是说明剧情的大略或主人翁的性格（大抵是用诗句）。然后后台中主人翁说话的声音可以听得见。这位班主至此便道："某某人（主角）正在做什么事着呢"而退去。

于是主角便由后台上场。这正和我们的传奇或戏文中的"副末开场"或"家门始末"一模一样。我们的"开场"是：先由"末"或"副末"唱念一首西江月等歌词，这歌词大抵总是颂贺，或说明要及时行乐之意。然后他向后房问道："请问后房子弟，今日敷演甚般传奇？"后台的人（不出场）答曰："今日搬演的是某某戏。"他便接着说道："原来是某某戏。"于是便将此戏的此末大概，用诗词念唱了出来。唱完后，他用手指着后台道："道犹末了，某某人早上。"便向下场门退去，而主角因以上场。为了这是一场过于熟套了，所以通常刻本的传奇常以"问答照常"四字，及必需每剧不同的唱念的西江月及"家门"等诗句了之，并不完全将这幕"开场"写出。这便是中、印剧二者之间最逼肖的组织之一。

第四，印度戏曲于每戏之后必有"尾诗"（Epiloge）以结之。这些"尾诗"大都是赞颂劝戒之语，或表示主人翁的愿望的。唱念着这"尾诗"的必是剧中人物，且常常是主角。如梭康特（拉）唱念"尾诗"的乃是主角国王。如 The little Clay Cart 唱念"尾诗"的乃是主角 Charudatta。他们的辞句，不外是祈求风调雨顺，人民快乐，君主贤明，神道招灵一类的话。这还不和我们戏文中的"下场诗"很相同的么？所略异的，我们戏文中的下场诗，大都是总括全剧的情节的，如琵琶记的"自居墓室已三年，今日丹书下九天。官诰颁来皇泽重，麻衣换作锦袍鲜。椿萱受赠皆瞑目，鸾凤衔恩喜并肩。要识名高并爵显，须知子孝共妻贤"，张协状元的"古庙相逢结契姻，财登甲第没前程。梓州重合鸾凤偶，一段姻缘冠古今"，杀狗记的"奸邪簸弄祸相随，孙氏全家福禄齐。奉劝世人行孝顺，天公报应不差移"都是。但说着"子孝共妻贤"及"奉劝世人行孝顺"诸语，欲仍是以劝戒之语结的。与印度戏曲的"尾诗"性质仍相肖合。

第五，印度戏曲在一剧中所用的语言文字，大别之为两种：一种典雅语，即 Sanskrit，一种是土白语，即 Prakrits。大都上流人物，主角，则每用典雅语，下流人物，如侍从之类，则大都用土白。这也和我们传奇中的习惯正同。在今所传的传奇戏文中，最古用两种语调的剧本，今尚未见。然在嘉靖年间，陆采的南西厢记等，已间用苏白。而万历中沈璟所作的西异记，则丑、净已全用苏人乡语（见郁蓝生曲品）。今日剧场上的习惯更是如此。丑与净大都是用土白说话的，即原来戏文并不如此者，他们也要将他改作如此。如今日演李日华的南西厢记，法聪诸人的话便全是苏白，全是伶人自改的。但主人翁，正当的脚色，则完全用的是典雅的国语，决不用土白。这个习惯，决不会是创造于陆采或沈璟的，必是剧场上很早的已有了这种习惯。不过写剧者大都为了流行他处之故，往往不欲仍用土语写入剧中。而依了剧场习惯，把土语方言写入剧本中者，则或当始于沈、陆二氏耳。这与印度戏曲之用歧异语以表示剧中人物身分者，其用意正同。[1]

1. 郑振铎：《插图本中国文学史》（三），第 569—571 页，北京：作家出版社，1957 年版。

列举以上五点之后，郑振铎说："在这五点上讲来，已很足证明中国戏剧自印度输来的话是可靠的了。"

这是 20 世纪 30 年代的文字。随着对印度古代文学了解的深入，尤其是有了《沙恭达罗》、《小泥车》等名剧和戏剧学经典《舞论》的翻译，我们对中印戏剧关系的了解，比以前大为增多。郑振铎的上述五点，不但可以成立，而且可以获取更多的支持材料。例如，中国戏剧中的男女伶伶串角，京剧女角由男演员扮演，越剧则由女演员扮演男角。这两个剧种的男女角色反串，已经成为职业的性别位。当下虽有改良，但作为这两个剧种的根本特色之一，很难完全改去。其它剧种，也常有这种性别反串的情况。其实，这是戏剧效果的需要。古代印度不但颇多此类情况，而且在婆罗多的《舞论》中对此有明确表述：

> 表演人物的角色有三类：顺色、离色和随色。（35·13）

> 年龄相仿的女演员扮演女角色，男演员扮演男角色，这称为顺色。（35·17）

> 少年演员扮演老年角色，老年演员扮演少年角色，这称为离色。（35·18）

> 男演员扮演女角色，这在戏剧演出中称为随色。（35·19）

> 同样，女演员也可以扮演男角色。但是，老年演员和少年演员不宜互相扮演。
（35·20）

> 智者应该亲自为女演员安排角色，要努力让女演员扮演男角色。（35·26）

在婆罗多时代，印度虽然有了"顺色、离色、随色"的三色理论，但在职业分工上尚未产生反串的性别定位。[1] 男女角色反串的"随色"理论，到了中国的京剧、越剧，算是做到了极致。

中印戏剧色彩，也存在着一定关系。几千年来，在印度文化里，不同的颜色和不同的性格、品德有着对应关系。这种对应关系，和中国戏剧有着一定的相似之处。

我们将《舞论》中对味、常情、色彩、神之间的对应关系，列表如下：[2]

1. 至当代，印度戏剧中还有一人演数角（包括男女反串）的情况。如在演《罗摩衍那》时"那位女演员一扮四：公主、女友、佣人和妖魔。她用动人的眼神、明确的表情和优美复杂的手语进行哑剧表演。在变换人物身份时，不换装，不下场，只是用能使观众领会的眼神，引领观众欣赏她的变换过程：她始终面向观众，双膝微屈，以超乎寻常的缓慢步法，从原来的立足处横移到右边的一个位置。她的绝妙表演使观众相信，在舞台上有四个人物在活动，构成一幅幅戏剧画面。那旁唱者时断时续的歌唱，介绍了戏剧情节，也抒发了人物的心态。"（参见曲六乙《宗教祭祀仪式：戏剧发生学的意义》，收入曲六乙、李肖冰编《西域戏剧与戏剧的发生》，第6页，乌鲁木齐：新疆人民出版社，1992年版。）

2. 郁龙余等：《中国印度诗学比较》，第461页，北京：昆仑出版社，2006年版。

味	绝情	滑稽	悲悯	暴戾	英勇	恐怖	厌恶	奇异
常情	爱	笑	悲	怒	勇	惧	厌	惊
颜色	绿	白	灰	红	橙	黑	蓝	黄
神	毗湿奴	波罗摩特	阎摩	楼陀罗	因陀	财神	湿婆	梵天

我们再将京剧脸谱所用颜色的寓意列表如下：

颜　色	寓　意
红　色	象征忠义、耿直、有血性、来源于民间传说中的"红脸汉子"。
紫红色	象征忠正、刚毅、肃穆、稳重。
粉红色	多表现年迈气衰之人。
黑　色	象征勇猛鲁莽或公正刚直。
水白色	象征奸诈多疑或刚愎自用。
油白色	象征冷漠、刚愎、凶恶、专横。
蓝　色	象征桀骜不驯、刚直。
绿　色	象征暴躁、骁勇。
黄　色	文官象征有心计、残暴，武将象征威猛、彪悍。
金银色	象征威武、庄严，多用于神怪。

流行歌曲《脸谱》，则是当下中国人对颜色和性格所作的概括性表达：

　　蓝脸的窦尔敦盗御马，红脸的关公战长沙；

　　黄脸的典韦，白脸的曹操，黑脸的张飞，叫喳喳；

　　紫色的天王托宝塔，绿色的魔鬼斗夜叉；

　　金色的猴王，银色的妖怪，灰色的精灵，笑哈哈。

上表根据《京剧脸谱图鲜》中的《京剧图谱概述》[1] 中的内容而制。虽然是今人的创作，

1. 盛华绘，常立胜注：《京剧脸谱图解》，第 6 页，北京：人民音乐出版社，2004 年版。

但其对传统的继承是毋庸置疑的。从以上二表的对照中，我们不难发现，两国文化中所反映的颜色和人物性格之间的对应关系，有同有异。这种情况，是不同民族对颜色认知的共同性与差异性，以及中印戏剧在长期的实际交流中，既互相认同又以我为主，经过长期的历史演变而逐渐形成的。

中国戏剧中有许多印度题材，这些题材的存在状况，大体可以分为两种：第一种是显在的，第二种是内在的。像目连戏、观音戏等等，一看就知道是印度题材的中国戏，属于第一种。第二种因为中国化程度很高，印度题材处于隐性状态，需要专家进行分析研究，才能看清它们的印度特性。这类剧本数量巨大，因为在比较文学和中印文学交流研究中，有着巨大的学术价值，所以一直为中外学者们所津津乐道。如《陈巡捡梅岭失妻》、《赵贞女蔡二郎》、《王魁负桂英》等戏剧中，都有着印度元素。《陈巡捡梅岭失妻》的主要内容，和印度大史诗《罗摩衍那》的故事框架，非常相似。大史诗的核心故事，还出现在《西游记》中。有学者写有《失妻救妻——〈西游记〉中微型罗摩故事》，认为："在《西游记》第六十八回到七十一回所写的朱紫国国王的故事，就是一篇微型的罗摩失妻救妻的故事。"[2] 郑振铎认为，《赵贞女蔡二郎》和《王魁负桂英》

2. 刘安武：《印度文学和中国文学比较研究》，第 228 页，北京：中国国际广播出版社，2005 年版。

和印度迦梨陀娑的《沙恭达罗》的故事主线相似。裴普贤在《戏剧起源中所受印度的影响》中写道：

> 梁启超在《印度与中国文化之亲属的关系》一文中，提出我国歌舞剧的传入，始于南北朝的"拨头"。据近人考证，"拨头"系来自南天竺的拔豆国，后来著名的《兰陵王》、《踏摇娘》等戏本，都是从"拨头"变化出来。他所称"近人考证"的近人，系指王国维。旧唐书音乐志："拨头者，出西城，胡人为猛兽所噬其子求兽杀之，为此舞以象之也。"又唐人段安节乐府杂录记"拨头"称"钵头"。"钵头，昔有人父为虎所伤，遂上山寻其父尸。山有八折，故曲八叠。戏者披发素衣，面作啼，盖遭丧之状也。"而北史西域传南天竺之上有"拔豆国"，王国维在他的《宋元戏曲史》（民国四年九月上海商务印书馆出版）第一章中说："隋唐二志，即无此国，盖于后魏之初一通中国，后或亡或隔绝，已不可知，'拨头'与'拔豆'为同音异译，而此戏出于拔豆国，或由龟兹等国而入中国，则其时不应在隋唐以后，或北齐时已有此戏，而

《兰陵王》、《踏摇娘》等戏，皆模仿而为之者欤？"[1]

1. 裴普贤：《中印文学研究》，第 192 页，台北：台湾商务印书馆，1976 年版。

王国维语气并不肯定，只能算是提出问题，黄宝生的态度则较谨慎，说："这里的'曲八叠'，如果不是单纯的伴奏或伴舞的乐曲，也包含演员自道遭遇的唱词，那就类似梵语的'独白剧'（Bhān，可以音译为'薄那'、'钵拿'、'拨拿'或'般'）。""我国唐代有另一种称作'合生'的胡戏。……而'合生'可能就是梵语 Prahasana（笑剧）一词的音译略称。""唐代戏剧是在钵头、合生和参军戏的基础上，向宋元杂剧发展的。"[2]

2. 黄宝生：《印度古典诗学》，第 21 页，北京：北京大学出版社，1993 年版。

在这第二种戏剧中，有的印度材料已经被置换殆尽，只剩了一个印度戏眼。例如元杂剧《灰阑记》，完全是中国故事、中国人物、中国景物，粗粗一看，全无印度痕迹。但是，知道印度故事的学者明白，这部戏的戏眼——包拯断案的计策——灰阑，却是印度智慧。有意思的是，这出戏在 20 世纪 40 年代，布莱希特先将它改编为短篇小说《奥古斯堡灰阑记》，接着又改写成剧本《高加索灰阑记》，结果大获成功，成为他的代表作之一。布莱希特在"楔子"中说："一个古老的传说，它叫作《灰阑记》，从中国来的。"[3] 有学者将两者进行了比较，认为《高

3. 牛国玲：《中外戏剧美学比较简论》，第 266 页，北京：中国戏剧出版社，1994 年版。

加索灰阑记》的主题思想有升华，"不难发现两剧有很大的不同，或者可以说布莱希特的剧是青出于蓝而胜于蓝"[4]。在比较文学发展史上，《灰阑记》像一只吉祥鸟，从印度—中国—欧洲，

4. 牛国玲：《中外戏剧美学比较简论》，第 266 页，北京：中国戏剧出版社，1994 年版。

一路飞来，给文学天空留下了一道绚丽的景色。

季羡林在《吐火罗文 A（焉耆文）〈弥勒会见记剧本〉与中国戏剧发展之关系》一文中，对中印戏剧的异同作出八点归纳："1.韵文、散文杂糅，二者相同，在中国是道白与歌唱相结合；2.梵文、俗语杂糅，中国戏剧从表面上看不出来；但是倘仔细品评，至少在京剧中员外一类的官员与小丑的话是不相同的；3.剧中各幕时间和地点随意变换，二者相同；4.有丑角，二者相同；5.印剧有开场献诗，中国剧有跳加官，性质相同；6.结尾大团圆，二者基本相同，中国剧间有悲剧结尾者；7.舞台，印剧方形，长方形或三角形，中国剧大抵方形。在 Wintenitz 归纳的七个特点之外，我想再加上一项：8.歌舞结合以演一事，二者相同。"[5]

5. 季羡林：《季羡林全集》第十七卷，第 565 页，北京：外语教学与研究出版社，2010 年版。

我们还可以举出更多关于中印戏剧关系的事例来，但是不能同意中国戏剧印度输入说。有学者认为："中国戏剧，自王国维创为一门独立的学科起，关于其起源问题，真可谓众说纷纭。建国迄今，曾有两次争论之高峰，学者们各抒己见，莫衷一是，统计得九大学说。"[6] 中国戏

6. 麻国钧：《中国戏剧的发生》，见曲六乙、李肖冰编《西域戏剧与戏剧的发生》，第 129 页，乌鲁木齐：新疆人民出版社，1992 年版。

剧起源问题是一个十分复杂的问题，凭我们现有的方法和资料，还不足以彻底解决。但我们可

以逐步积累，不断接近目标。郑振铎的中印戏剧关系研究，功不可没，他的印度输入说的一个基础，将中国最早的戏剧定为南戏（传奇）。其实，中国戏剧中已知的确切资料，要比南戏早得多。如新疆地区，"大型回鹘文佛教剧本《弥勒会见记》成书于公元 767 年，而吐火罗文本更早，也就是说在中国隋代，可见戏剧这种文学艺术在新疆的兴起，比内地的早数百年之久。"[1]

1. 多鲁坤·阚白尔：《〈弥勒会见记〉成书年代新考及剧本形式新探》，见曲六乙、李肖冰编《西域戏剧与戏剧的发生》，第 17 页，乌鲁木齐：新疆人民出版社，1992 年版。

又如"敦煌变文"，以前总是将它们看作一般的"说唱文学"，其实它们大都是"戏剧文学"。古代艺人只需要台词内容，不需要交代唱、念、做、打等程序，这些是师徒传授和各人自我发挥的事情。敦煌变文中，有一些是已经很成熟的戏曲脚本，如《下女夫词》。《下女夫词》现有八种，在敦煌一个石窟就发现五个抄本。为何同一石窟中竟有如此多的相同的抄本呢？说明它们是给民间艺人演出用的节目脚本。"凡是熟悉民间戏曲的人，只需作一些简单的辨认，也就可以认定《下女夫词》绝不是某类讲唱艺术的演出底本，而是供民间艺人排练演出的戏曲剧本。"[2]

2. 任光伟：《敦煌石室古剧钩沉》，见曲六乙、李肖冰编《西域戏剧与戏剧的发生》，第 78 页，乌鲁木齐：新疆人民出版社，1992 年版。

总之，郑振铎将中国戏剧发生或起源的复杂问题简单化，过分夸大印度因素，导致得出偏颇的结论。但是，也不应无视中国戏剧在发展过程中，所受到的印度戏剧和整个印度文化的巨大影响。这是一个宏大的课题，期待着中外学者进行进一步的探究。关于中国戏剧的发生或起源的研究，必须重新回到重宏观、整体把握和循序发展的思想轨道上来。我们曾经说过："艺术源于生命，源于生命的本能。所以，一切艺术，从根本上讲，都是生命艺术。有生于无，是起于非，艺术出于非艺术。"[3] 关于中国戏剧艺术的发生，我们不妨听听古人的观点。唐代崔

3. 郁龙余等：《中国印度诗学比较》，第 21 页，北京：昆仑出版社，2006 年版。

令钦在《教坊记序》的一开头说："昔阴康氏之王也，元气肇分，灾疹未弥。水有襄陵之变，人多肿腿之疾，思所以通利关节，于是制舞，舜作歌，以平八风，非慆心也。"[4] 这说明，中

4. 俞为民、孙蓉蓉主编：《历代曲话汇编·唐宋元编：新编中国古典戏剧论者集成》，第 2 页，合肥：黄山书社，2006 年版。

国古人最早的歌舞，是为了健康，而不是娱乐。印度最古老的诗歌集《梨俱吠陀》中，有许多乞食歌、咒语诗，也是为了活命和祛病，不是为了娱乐。所以，中国和印度的歌舞最早发生的动因是同一个，然而这种发生是互不相干的。在中国传说中，出现过"有巢氏"、"燧人氏"、"伏羲氏"、"神农氏"等等。"同时也有关于歌舞创始的传说，《山海经》载：'帝后有子八人，始为歌舞。'《广博异记》载：'舜有子八子，始歌舞。'可知，歌舞也是原始人类的一项重大发明。"[5] 其实，这里说的，已不是人类最早最原始的歌舞，应相当于印度婆罗多在《舞论》

5. 参阅黄宝生译：《梵语诗学论著汇编》（上册），第 37 页，北京：昆仑出版社，2008 年版。

6. 王克芬：《中国舞蹈发展史》，第 2 页，上海：上海人民出版社，1989 年首版，台北：台北南天书局，1991 年初版。

中说的，他遵命向梵天学习并教会他一百个儿子的"戏剧吠陀"[6] 是早期戏剧。但此时，中印

戏剧应该还没有机会发生交流。在以后的发展过程中，互相有了交流并产生影响，而且这种影响并不均等，但是与中印歌舞的发生或起源无关。因为只有源可以决定流，而流不能决定源。

第二节　印度戏剧的中国译介与研究

　　印度戏剧随着佛教东传，在遥远的古代，就传入我国新疆和西藏地区，译成了回鹘语、焉支语（吐火罗语）、藏语。如马鸣的三个佛教剧本，译成吐火罗语，其中的《弥勒会见记》还有十分完整的回鹘语译本。非佛教系统的《沙恭达罗》一剧，早在 800 年前就有了藏语译本。[1]

1. 刘朝华：《五天屈子 千古一美——迦梨陀娑在中国》，见郁龙余等：《梵典与华章》，第 226 页，银川：宁夏人民出版社，2004 年版。

　　进入现代，中国对印度戏剧的译介，步入了全新的阶段。

一、　两位奇僧的《沙恭达罗》情结

　　说到现代学者对印度戏剧的译介，不能不提奇僧苏曼殊。这位通晓多种语言、英年早逝的才子，有国际视野，然而又独钟印度文学。杨鸿烈在《苏曼殊传》中说："曼殊在他比较研究中国欧洲印度文学之后，最赞美的是印度，其次是中国，又其次才是欧洲。"[2] 他如此钟情

2. 柳亚子编：《苏曼殊全集》（三），第 129 页，北京：当代中国出版社，2007 年版。

于印度文学的一个重要原因，是印度的千古名剧《沙恭达罗》深深地打动了他。"沙恭达罗（Sakoontala）者，印度先圣毗舍密多罗（Viswamitra）女，庄艳绝伦，后此诗圣迦梨陀娑（Kalidasa）作 Sukootala 剧曲，纪无能胜王（Dusyanta）与沙恭达罗慕恋事，百灵光怪；千七百八十九年，William Jones（威林，留印度十二年，欧人习梵文之先登者）始译以英文，传至德，Goethe 见之，惊叹难为喻说，遂为之颂，则《沙恭达罗》一章是也。"[3] 苏曼殊对歌德（Goethe）《题沙恭达罗诗》

3. 柳亚子编：《苏曼殊全集》（三），第 129 页，北京：当代中国出版社，2007 年版。

的汉译，脍炙人口：

　　　　春华瑰丽，亦扬其芳；

　　　　秋实盈衍，亦蕴其珍。

　　　　悠悠天隅，恢恢地轮，

彼美一人，沙恭达纶。[1]

1. 柳亚子编：《苏曼殊全集》（一），第 56 页，北京：当代中国出版社，2007 年版。

后人介绍歌德对《沙恭达罗》一剧的赞美，往往多引曼殊译诗。苏曼殊对译诗有专长。郁达夫甚至这样说："笼统讲起来，他的译诗，比他自作的诗好，他的诗，比他的画好，他的画，比他的小说好。"[2]歌德的这首《沙恭达罗》诗，因苏曼殊的汉译而风行中国。今，有懂英、

2. 郁达夫：《杂评曼殊的作品》，见柳亚子编：《苏曼殊全集》（四），第 63 页，北京：当代中国出版社，2007 年版。

德语者，自译此诗，可能意思更准确，但难与苏译争风头。[3]

3. 苏译与各种新译孰美，由读者见仁见智。现引录歌德原文于此：Willst du die Blü the des frühen, die Früchte des späteren Jahres, Willst du, was

苏曼殊为了步入印度文学堂奥而研读梵文。1903 年，他 28 岁"入西湖灵隐山，著《梵文

reizt und entzückt, willst du wäs sattigt und nährt, Willst du den Himmel, die Erde, mit einem Namen begreiten, Nennäich Sakontala,dich, und

典》八卷成，自为之序"。[4]后又有《初步梵文典》四卷，章太炎作《初步梵文典序》。可惜，

so ist alles gesagt. Goethel791（《苏曼殊全集》（一）第 74 页）。　4. 柳亚子编：《苏曼殊全集》（一），第 7 页，北京：当代中国出版社，2007 年版。

以上二书均散佚。对于他非常向往的《沙恭达罗》一剧，1909 年，他曾在《潮音·自序》中说：

"此后我将竭我的能力，翻译世界闻名的《沙恭达罗》诗剧，在我佛释迦的圣地，印度诗哲迦梨陀娑所作的那首以献呈给诸位。"[5]1911 年，飞锡的《潮音跋》说："阇黎杂着亦多，如《沙

5. 原文为英语："Hereafter, I shall try my best, to present them with the translation of the world reknowned Sakuntala of the famous poet

昆多罗》、《文学因缘》、《岭海幽光录》、《婆逻海滨遁迹记》，《燕子龛随笔》、《断鸿

Kalidasa of Hindustan, the land of lord Sakya Buddha. That the labour bestowed on the present publication will be appreciated by my readers is

零雁记》、《泰西群芳名义集》、《法显佛国记惠生使西域记地名今释及旅程图》，俱绝作也。"[6]

the Writer's earnest desire."　柳亚子编：《苏曼殊全集》（一），第 90 页，北京：当代中国出版社，2007 年版。译文为柳亚子所译，柳亚子编：《苏曼殊

苏曼殊自己也几次提及。但是，一直未见到他的《沙恭达罗》诗剧的译文。苏曼殊有否译成汉

全集》（三），第 24 页，北京：当代中国出版社，2007 年版。

语，学术界一直有不同意见。季羡林说："在中国近代，第一次注意到《沙恭达罗》的人是苏

6. 柳亚子编：《苏曼殊全集》（三），第 27 页，北京：当代中国出版社，2007 年版。

曼殊。他曾谈到要翻译它；是否真正翻译出来了，无从确定。据估计，大概是没有翻译。"[7]

7. 季羡林：《季羡林全集》第二十卷，第 27 页，北京：外语教学与研究出版社，2010 年版。

也有学者这样认为："虽然苏曼殊的译本已经湮然不可见，但是从他自己所提及的这些译著来看，其中五本广为流传，最后两本今虽不可见，但经过考证苏曼殊的确写完了这两本书。因此，在 1909 年至 1911 年间，苏曼殊可能翻译了《沙恭达罗》一剧，只是由于身处乱世、流离失所而最终散佚了。"[8]

8. 刘朝华：《五天屈子 千古一美——迦梨陀娑在中国》，见郁龙余等：《梵典与华章》，第 228 页，银川：宁夏人民出版社，2004 年版。

和苦难才子苏曼殊身世极为相似的，是藏族学者根敦群培（Dge-vdun-chos-vphel 国内亦有研究者译为"更敦群培"）。"他年少出家，半生漂泊，壮年崩殂。""在他短暂而坎坷的一生中，更敦群培的学术研究跨越了多个领域，在历史、宗教、语言、文学、艺术、民俗、地理、考古、医学等方面均有著述。而且他和苏曼殊一样，都是出色的画家。他以其过人的睿智和远见批判地研究印藏文化，将人文精神引进藏族的历史、文化和宗教研究中，突破了佛教神学宰制了近千年的传统藏学格局，唤起人们对理性、科学和真理的尊重。他既是一位承上启下的启蒙思想家，也是近代藏族学术的奠基人。更敦群培之所以能取得如此高的成就与他勇于睁

眼看世界，吸收外来文明的行动密不可分，特别是与他在南亚的 12 年游历生活有很大的关系。在这一时期，他广泛接触了印、法、英、日俄等国的学者，掌握了汉文、英文、梵文、僧伽罗文、印地文和巴利文等 13 种语言，这为他学习西方文明和传播西藏文化奠定了良好的语言基础。"[1]

1. 刘朝华：《五天屈子 千古一美——迦梨陀娑在中国》，见郁龙余等：《梵典与华章》，第 229 页，银川：宁夏人民出版社，2004 年版。

凭借自己的语言天才和深厚学识，根敦群培著译丰硕，"除了最重要的历史著作《白史》以外，还撰有大量各类论著。哲学类有：《动论》、《智论》、《中论要义》、《唯识派论》、《艰难之明路》、《外道异见明析》、《修行道论》、《龙树教义饰》。翻译类有：《昙钵偈》、《巴纳歌》、《瑜伽真信》、《沙恭达拉》、《释量疏》、《青史》、《军事操典》、《罗摩衍那传》。"除此之外，还有大量游记类、美术类、语言类、民俗类的著作。"这些著作内容广泛，文笔畅达、精烁，词汇丰富，寓意深刻，通俗易懂，以很强的感染力和幽默、诙谐、风趣的词语，深深地吸引了众多的读者，也充分展现了他渊博的学识和才华，给丰富多彩的藏族文化宝库增添了晶莹耀眼的瑰宝。"[2]

2. 曾国庆、郭卫平编著：《历代藏族名人传》，第 371 页，拉萨：西藏人民出版社，1996 年版。

根敦群培一生颠沛流离，但是他的译著却有着明确的目的。"如果说《军事操典》是更敦群培为了满足藏军发展的实际需要而作出的贡献，《薄伽梵歌》是为了向藏人介绍印度国民的文化精神深层性格和行为，那么《沙恭达罗》的翻译就纯粹是为了欣赏优雅的文本背后的人性。"[3]

3. 刘朝华：《五天屈子 千古一美——迦梨陀娑在中国》，见郁龙余等：《梵典与华章》，第 230 页，银川：宁夏人民出版社，2004 年版。

根敦群培是一位伟大的爱国诗人，他的诗才在文学史上获得充分肯定。[4]

4. 马学良、恰白·次旦平措、佟锦华主编：《藏族文学史》，第 804—811 页，成都：四川民族出版社，1994 年版。

随着研究深入，根敦群培翻译《沙恭达罗》的意义，也被认识得越来越清楚。杜永彬在《论更敦群培对中印文化交流的贡献》一文中，对他翻译《沙恭达罗》一剧，作了详细而有力的论述，他说："更敦群培认识到《沙恭达罗》的价值，必定也很赞赏沙恭达罗的反抗精神。沙恭达罗敢于痛骂国王，她说：'你引诱我这天真无邪的人。''卑鄙无耻的人！你以小人之心度君子之腹。谁还能像你这样披上一件道德的外衣，实在是一口盖着草的井。'（第五章）因而非常希望将这部蜚声世界的梵文剧作译成藏文，并且还向弟子讲授这部作品。据更敦群培的两名诗人弟子说，更敦群培在 1950 年前后曾向他们讲解《沙恭达罗》，并且还对这部作品作了适当的评论。更敦群培在向喇琼阿波和达瓦桑波两名弟子讲解《沙恭达罗》时说：'《沙恭达罗》的作者迦梨陀娑并不是一位佛教信徒，这是一位比檀丁（《诗镜》——引者）更伟大的学者。在这部译作中，我表达了这种见解。假如你们逐字逐句地与梵文原本对照，就会发现原作者的所有见解都被译成了藏文。这一次我轻而易举地达到了目的。'这证明更敦群培将梵文名著《沙恭达罗》译成了藏文，霍康也断定更敦群培将这部作品译成了藏文，但成书年代不详。据笔者考证，更敦群培的这部译作已被保存下来。在更敦群培之前，还未见到《沙恭达罗》的藏文译本，这是更敦群培对印藏文化交流作出的又一贡献。"[1]

1. 刘朝华：《五天屈子 千古一美——迦梨陀娑在中国》，见郁龙余等：《梵典与华章》，第 230 页，银川：宁夏人民出版社，2004 年版。

《沙恭达罗》的名声与艺术，使得二十世纪初的中国学者中，有志翻译者不乏其人。除了苏曼殊、根敦群培之外，曾圣提曾完成了《沙恭达罗》的翻译，在新加坡时因日本人侵入而遗失。在他日后回忆录《在甘地先生左右》中，记录了此事。在《读书杂志》创刊号上，贺扬灵撰文介绍《沙恭达罗》，并说自己已译出一半。但后来未见发表。1925 年，《京报》的《文学周刊》，刊出焦菊隐的译文《失去的戒指》。这是《沙恭达罗》第四、五幕内容的节译，也是能够确定日期的最早的中文译本。王哲武在《国闻周报》上，从第六卷十八期开始，陆续刊出他根据法国人杜圣（Franfz Toussaint）的法文本转译的《沙恭达罗》。1933 年 4 月，由上海世界书局出版的《沙恭达罗》，是最早的汉译单行本，译者是王维克，不过，这个译本依然是从法文转译的，它依据的是 1884 年出版的柏盖涅与勒于日译本和 1922 年出版的杜圣译本。1954 年 9 月，人民文学出版社根据杜圣的法译本和莱德的英译本，对王维克的译本进行修订并出版。20 世纪 50 年代，王维克的这个译本的绫罗精装本，作为周恩来总理出访礼品，赠送给印度友人。1936 年，朱名区根据世界语译本编译的戏剧故事《沙恭达罗》，由广东汕头市立第一小学出版部出版。1945 年 10 月，卢前的南曲形式的译本《孔雀女，一名沙恭达罗》，由重庆中正书局出版

《沙恭达罗》，季羡林译

发行，并于 1947 年 2 月在重庆再版。1947 年，广州致用中
学图书馆印行了王衍孔的译本，王译依据的是法文的《沙
恭达罗》译本。1959 年，糜文开的译本《莎昆妲梦》在台
湾全右出版社出版，后又由台湾商务印书馆再版。糜译依
据的是英文译本。

以上情况说明，进入现代，中国学者对《沙恭达罗》
充满热情，多人多次将其翻译出版，成为译本最多的印度
古典名著。但是，这些译本并非译自梵文原典，而是译自英、
法等中介语。1956 年，季羡林译自梵语的《沙恭达罗》问世，
结束了《沙恭达罗》一再转译的历史。除了上述译本之外，
《沙恭达罗》还被改编为影响巨大的连环画出版，并两次

1. 刘王斌最杰出，也是他最后一部连环画作品《沙恭达罗》，由上海人民美术出版社于 1958 年出版。1957 年 9 月和 1982 年 5 月，中国青艺两度公演《沙恭达罗》。

搬上舞台，大获成功。[1]

这两次演出所依据的是季羡林的译本。详见郁龙余等：《梵典与华章：印度作家与中国文化》，第 231—233 页，银川：宁夏人民出版社，2004 年版。

二、 印度戏剧研译进入专业阶段

季羡林从梵文直接翻译《沙恭达罗》，开创了印度戏
剧汉译的新阶段。继 1956 年翻译《沙恭达罗》之后，季羡
林于 1962 年翻译了迦梨陀娑的另一部名剧《优哩婆湿》，
由人民文学出版社出版。1996 年，季羡林又花费大量时间
和精力，将译成吐火罗文的印度古代戏剧《弥勒会见记》
进行译释，获得学术界高度评价。

季羡林之后，中国学者直接从梵文翻译印度古典戏剧
蔚然成风。吴晓铃是一位科班的梵文学家，他在梵语文学
方面的贡献，主要是翻译两部重要的古典戏剧《龙喜记》
和《小泥车》。并先后于 1956、1957 年由人民文学出版社
印行。《龙喜记》和《璎珞传》、《妙客传》三剧都署在

《小泥车》，吴晓铃译

戒日王名下，题材也都来自《伟大的故事》。"《龙喜记》是五幕剧，写持明天国的云乘太子的恋爱结婚和以身代龙（蛇）供大鹏吃的故事。这个剧宣传了佛教的舍身饲虎思想，我国有藏语译本。义净也提到戒日王把这个故事编为歌舞剧流传。"[1]《小泥车》是与《沙恭达罗》齐名

1. 金克木：《梵语文学史》，第 362 页，北京：人民文学出版社，1982 年版。

的印度古剧，但两者有着明显的不同。首先，作者身份不同，《沙》的作者迦梨陀娑是"宫廷九宝"之一，《小》的作者首陀罗迦是一个低等种姓。其二，两者代表的戏剧种类不同，《沙》是传说剧（英雄喜剧）的代表，而《小》是创造剧的代表。其三，歌颂的种姓不同，《沙》歌颂的是刹帝利，《小》歌颂的是婆罗门。金克木认为："《小泥车》是古典戏剧中少有的现实主义的作品。它以进步的观点直接反映了古代印度城市人民的生活与斗争，给我们留下了当时社会的生动图画。"[2]季羡林和吴晓铃选择这两个剧本，从学术史和文学史上讲，都是慧眼独具。

2. 金克木：《梵语文学史》，第 270 页，北京：人民文学出版社，1982 年版。

1982 年，韩廷杰将印度著名剧作家跋娑的《惊梦记》译成中文，由中国戏剧出版社印行。自从 1910 年在南印度寺庙藏书中先后发现了十三个古代剧本，并根据考证推论它们是跋娑的作品，"跋娑十三剧"的声名便不胫而走。"古代印度文人曾说《惊梦记》是跋娑名剧，一再称引。""现代许多人以为这是十三剧中最好的。它比较其它剧更接近于古典戏剧的要求。"[3]

3. 金克木：《梵语文学史》，第 257 页，北京：人民文学出版社，1982 年版。

韩廷杰选译此剧的理由是充分的，使印度古典梵剧又多了一个宝贵的中文译本。季羡林为此剧写了序，他在《序》中说："这个剧本可能是处于马鸣与迦梨陀娑之间的。文字朴素，没有多少文采。这是它同《沙恭达罗》不同之处。但也有相同之处，就是结构严谨，没有一幕是不必要的，一步逼一步，一直达到发展的高潮。"[4]《惊梦记》除了韩廷杰的译本，还有黄宝生的译

4. [印度] 跋娑著，韩廷杰译：《惊梦记》，第 4 页，北京：中国戏剧出版社，1983 年版。

本，1999 年由浙江文艺出版社出版。

在印度梵剧汉译的过程中，吴文辉值得一书。他是中山大学的中文教授，长期担任学校领导职务，但钟情于印度文学，自学梵文、印地文，译出迦梨陀娑的《摩罗维迦与火友王》一剧。季羡林 在《〈东方采菁录〉序》中说："文辉同志治学，还有一个非常难能可贵的，为一般人所难以办到的特点或者优点，这就是：他研究某一个国家的某一部作品，决不专靠翻译，吃别人嚼啐吐出来的东西（鸠摩罗什有类似的说法）。""他研究一部外国作品，必先尽可能地学习原作的语言。近代语言如印地语等，因无论矣。即如古代的希伯来语和梵语等这些令人望而却步的决非容易掌握的语言，他也毫不畏缩，焚膏继晷，兀兀穷年，奋力使这些古怪的语言为

5. 吴文辉：《东方采菁录》，第 11 页，广州：中山大学出版社，1997 年版。

自己所用。"[5]吴文辉翻译此剧，是出于对其文学价值的认识。他认为：《摩罗维迦与火友王》

是"一部被忽略了的重要剧作"。他不避困难，译出此剧，结果意外地发现，"它是一部相当重要的剧作。特别是在可以帮助人们深入认识和了解迦梨陀娑方面，《摩罗维迦》毫无疑问具有十分重要的价值。"[1] 季羡林提出以他为榜样，扎扎实实，一步一个脚印地写作。实际上，

1. 吴文辉：《东方采菁录》，第 194 页，广州：中山大学出版社，1997 年版。作者在文末注一中说明："本文所引《摩罗维迦与火友王》一剧中的文字，均
季羡林是在为中国的印度文学翻译者，研究者，倡导一种走正道的风气。蔡枫的研究有自己的
由笔者译自印度伊拉哈巴德书社出版，拉玛·普拉塔帕编辑和翻译的《迦梨陀娑全集》。因为笔者初学梵文，未尽明了，翻译时主要依据普拉塔帕的印地语译文，
视角。她认为："作为一部古代印度宫廷写实剧，作为研究迦梨陀娑戏剧艺术的组成部分，其
并参考了莫斯科国家文学出版社 1956 年出版，拉宾诺维奇编辑的《迦梨陀娑选集》。"
研究价值不亚于《沙恭达罗》。"她以"迦梨陀娑的宫廷写作为研究基点"，"力图展现'古印度宫廷风俗画'之风貌"。[2] 文章刊出，即获好评与摘要转载。
2. 蔡枫：《〈摩罗维迦与火友王〉中的印度宫廷文化》，载上海《戏剧艺术》，2009 年第 5 期。

在印度戏剧翻译进入专业阶段之前，借助于西方资料对其进行介绍的不在少数。等到中国学者从印度原文翻译、进入专业阶段之后，各种评论、赏析文章，不但数量大增，质量也大为提高。据不完全统计，[3] 以下文章有较大影响：
3. 1999 年以前资料，主要来自王向远《东方各国文学在中国》附录"20 世纪中国的东方文学研究论文编目"。

1. 许地山.《梵剧体例及其在汉剧上底点点滴滴》，《小说月报》17 卷号外《中国文学研究》下册 1927 年 6 月

2. 许地山.《印度戏剧之理想与动作》，《戏剧与文艺》第 1 卷（2）1929 年 6 月 1 日

3. 禅林.《印度剧起源之传说》，《戏剧》第 1 卷（2），1929 年 7 月 25 日

4. 徐昌霖.《印度的一种民众剧》，《戏剧岗位》，1939 年 4 月 15 日

5. 柳无忌.《沙恭达罗：附论印度的戏剧》，《时与潮文艺》第 2 卷（6），1944 年 2 月 1 日

6. 王夫乐.《印度古典戏剧家迦梨陀娑及其作品》，《文学书刊介绍》，1954（10）

7. 陆侃如.《迦梨陀娑：印度古代最伟大的诗人》，《文哲史》，1956（5）

8. 季羡林.《纪念印度古代伟大的文学家迦梨陀娑》，《光明日报》，1956 年 5 月 26 日

9. 董每勘.《迦梨陀娑和他的名剧〈沙恭达罗〉》，《作品》，1956（6）

10. 吴晓铃.《关于迦梨陀娑和他的剧本》，《剧本》，1956（8—10）

11. 王衍礼.《关于迦梨陀娑的出生年代问题》，《文史哲》，1956（8）

12. 熊佛西.《〈沙恭达罗〉》，《解放日报》，1956 年 8 月 29 日

13. 金克木．《关于印度诗人迦梨陀娑》，《新建设》，1956（9）

14. 葛一虹．《迦梨陀娑和他的名剧〈沙恭达罗〉》，《戏剧报》，1956（6）

15. 郑振铎．《印度大诗人迦梨陀娑传》，《文艺报》，1956（10）

16. 李长子．《诗情画意的〈沙恭达罗〉》，《戏剧报》，1957（6）

17. 石真．《泰戈尔论〈沙恭达罗〉》，《光明日报》1957 年 10 月 5 日

18. 吴晓铃．《印度戏剧的起源分类和角色》，《戏剧丛论》，1957（5）

19. 严绍端．《首陀罗迦〈小泥车〉》，《译文》，1958（2）

20. 黄华．《沙恭达罗》，《新观察》，1959（11）

21. 王寿享．《古代印度诗人迦梨陀娑简论》，《华东师范大学学报》1959（2）

22. 卢前．《中国戏曲所受印度文学及佛教之影响》，张曼涛主编：《现代佛教学术丛刊·佛教与中国文学》，大乘文化出版社，1978

23. 何乃英．《论〈沙恭达罗〉的主题思想及其意义》，《外国文学研究》，1979（4）

24. 韩廷杰．《印度古代的伟大戏剧家跋娑》，《外国文学研究》，1980（2）

25. 金克木．《概念的人物化：介绍古代印度的一种戏戏类型》，《外国戏剧》，1980（3）

26. 张朝柯．《试谈〈沙恭达罗〉中的人物形象：沙恭达罗·豆扇陀·干婆》，《辽宁大学学报》，1981（1）

27. 季羡林．《〈惊梦记〉序》，《外国戏剧》，1982（2）

28. 韩廷杰．《跋娑和他的〈惊梦记〉》，《外国戏剧》，1982（2）

29. 白珊．《爱情·理想·神话：对〈沙恭达罗〉主要人物的理解》，《戏剧学习》，1982（3）

30. 郭祝崧．《〈沙恭达罗〉的创作和主题》，《四川师范学院学报》1982（3）

31. 赵国华．《印度古代文学简介（五）：现实主义的戏剧珍品〈小泥车〉》，《南亚研究》，1982（3）

32. 王远泽．《论印度古典名剧〈沙恭达罗〉》，《广西民族学院学报》，1983（3）

33. 邢化祥．《〈沙恭达罗〉的浪漫主义倾向》，《语文学刊》1983（2）

34. 如珍.《浅论泰戈尔的戏剧创作》,《南亚研究》, 1984 (5)

35. 吴永富.《豆扇陀形象新释: 读印度古典名剧〈沙恭达罗〉》,《牡丹江师范学院学报》, 1985 (4)

36. 赵云龙.《诗情画意, 意蕴深刻: 印度现代名剧〈飞〉浅谈》,《戏剧创作》, 1985 (1)

37. 寿生.《印度名剧〈眼睛〉的戏剧"意境"构思》《艺谭》, 1986 (2)

38. 李强.《印度梵剧与中国戏剧关系之研究》,《戏剧艺术》, 1986 (3)

39. 黄鼎.《试论沙恭达罗形象》,《语文学刊》, 1989 (5)

40. 黄宝生.《印度戏剧的起源》,《外国文学评论》, 1990 (2)

41. 沈尧.《古典梵剧寻踪》,《中国戏剧》, 1990 (8)

42. 文良辰.《试论〈沙恭达罗〉的抒情艺术》,《牡丹江师范学院学报》, 1990 (3)

43. 何乃英.《论〈沙恭达罗〉的艺术构想: 史诗插话与戏剧剧本异同之比较》,《南亚研究》, 1991 (1)

44. 季羡林.《吐火罗文 A (焉耆文)〈弥勒会见记剧本〉与中国戏剧发展之关系》,《比较文学与民间文学》, 北京大学出版社, 1991

45. 姜小凌.《一首水乳交融的优美诗: 论迦梨陀娑及其诗剧〈沙恭达罗〉的"情境"美》,《电视与观剧》, 1991 (1)

46. 陈生永.《美与善的化身, 钢与柔的典型: 沙恭达罗形象浅析》,《韶关大学学报》, 1993 (1)

47. 涂江莉.《印度民间传说与古典戏曲在国家发展中的作用: 一种传播学的分析》,《汕头大学学报》, 1993 (1)

48. 李玲.《浅谈〈沙恭达罗〉的主题》,《嘉庆(应)大学学报》, 1995 (2)

49. 仝祥民.《东方之珠〈小泥车〉重读》,《国外文学》, 1996 (1)

50. 孟昭毅.《泰戈尔象征剧美学初探》,《贵州师范专科学校学报》, 1996 (4)

51. 梅晓云.《连理枝与如意树——试论中印文学中爱情悲剧的幻想解决》,《印度文学研究集刊》(第三辑), 上海译文出版社, 1997 年

52. 毛小雨、库提亚塔 . 《古典梵剧的遗响》，《戏曲艺术》，1997（2）

53. 陈兰 . 《浅谈迦梨陀娑及其〈沙恭达罗〉》，《江苏教育学院学报》，1997（4）

54. 郑苏淮 . 《仙人诅咒的文化内涵：对诗剧〈沙恭达罗〉矛盾转折的阐释》，《戏剧》，1997（1）

55. 黎蔷（李强）. 《印度梵剧的发生与东渐》，《敦煌研究》，1998（4）

56. 姜景奎 . 《梵剧〈沙恭达罗〉的显在叙事》，《河南教育学院学报》，1998（4）

57. 姜景奎 . 《近代印地语戏剧家及其创作》，《东方研究》（百年校庆论文集），蓝天出版社，1998 年 4 月

58. 胡吉省 . 《〈沙恭达罗〉形象的文化意蕴》，《浙江师范大学学报》，1996（2）；又载《印度文学研究集刊》第四辑，上海译文出版社，1999 年

59. 臧天婴 . 《迦梨陀娑的审美思想》，《江苏教育学院学报》，1999（4）

60. 吴文辉 . 《〈摩罗维迦与火友〉序幕散论》，《中山大学学报》，1999（3）

61. 刘雅倩 . 《〈沙恭达罗〉昭示的印度中古审美准则》，《龙岩师范专科学校学报》，1999（1）

62. 李强 . 《中国最早的佛教戏曲，〈弥勒会见记〉考论》，《中华戏曲》第 23 辑，文化艺术出版社，1999 年

63. 方志华 . 《天然去雕饰，清水出芙蓉：沙恭达罗形象浅议》，《黑龙江教育学院学报》，1999（6）

64. 陈伯通 . 《简论〈沙恭达罗〉的艺术性》，《印度文学研究集刊》，上海译文出版社，1999 年

65. 李强 . 《吐蕃苯教与中印佛教戏剧关系考》，《西藏艺术研究》，2001（4）

66. 廖波 . 《再议〈沙恭达罗〉与〈优哩婆湿〉》，《印度文学研究集刊》第 6 辑，上海译文出版社，2002 年

67. 冉东平 . 《从现实走向理想的悲歌——评泰戈尔的象征主义戏剧〈邮局〉》，《印度文学研究集刊》第六辑上海译文出版社，2003 年

68. 陈明 . 《印度古典戏剧研究的学术史考察》，《东方文学：从浪漫主义到神

秘主义》，湖南文艺出版社，2003 年

69．刘安武．《〈沙恭达罗〉与〈长生殿〉—兼论历史题材的作品》，《东方文学：从浪漫主义到神秘主义》，湖南文艺出版社，2003 年

70．毛小雨．《虚幻与现实之际——元杂剧"神佛道化戏"论稿》，澳门嘉华出版社有限公司，2006 年

71．范慕尤．《从〈仲儿〉一剧管窥跋娑戏剧特色》，《南亚研究》，2008（1）

所谓印度戏剧译介的专业阶段，主要是指中国学者从印度戏剧的原文直接翻译成中文，从而结束了通过中介语转译的历史；与此同时，形成了一支由印度学专家与印度文学研究者相结合的研究队伍。两者的主要区别是，前者懂印度语言，后者一般没有经过印度语言的科班训练。这两部分学者互有优缺点，但真正的大家，代表中国研究水平的，都出在印度学专家之中。我们检索中国学者研究印度戏剧的历年论文，可以发现有几个显著特点：

其一，戏剧标准，中西统一。对印度戏剧的选择，中国学者与西方学者观点相一致，他们都自觉不自觉地接受了温德尼兹等一批欧洲印度学家的意见。这说明，对印度戏剧选择标准，我们与西方的眼光一致。

其二，特色鲜明，不惟西方。对印度戏剧的研究，则显示了鲜明的中国特色。这主要表现为接受唯物史观、辩证法及中国传统文化的交互影响，对西方学者的许多观点，多采取分析、批判的态度。

其三，锦上添花，突出重点。中国的印度文学研究，有四大重点：泰戈尔、迦梨陀娑、两大史诗和古典诗学。迦梨陀娑研究集中在他的剧本《沙恭达罗》上。《沙恭达罗》是锦，中国学者又给它新添了许多花，使其成为知名度最高的外国戏剧之一。

其四，黄钟洪音，众声喧哗。20 世纪，中国学者研究印度戏剧，出现过两次高潮。一次是 1956 年，一次是 1982 年。特别是 1956 年这一次，郑振铎、季羡林、金克木、吴晓铃、陆侃如、董每戡、葛一虹等大家，纷纷亮相，如黄钟大吕齐鸣，令人振奋。然而，自 1982 年出现的一次小高潮之后，印度戏剧研究，进入众声喧哗状态。文章数量大为增多，其中既有名著力作，也有不少应付了事的泛泛之谈。令人高兴的是，一些久经沙场的名宿老将，宝刀不老，

树老花红。如季羡林在 20 世纪 90 年代对《弥勒会见记》
用中英文进行译释，引起国内外学术界的关注。1998 年，
他在柏林和纽约出版了研究专著。同年，在《季羡林文集》
第十一卷中出版了中英文合体的《吐火罗文〈弥勒会见记〉
译释》。季羡林在耄耋之年，胜利完成《〈弥勒会见记〉
译释》，可以说是一个奇迹。"[1]

《印地语戏剧文学》，姜景奎著

1. 郁龙余等：《梵典与华章》，第 507 页，银川：宁夏人民出版社，2004 年版。

　　在青年学者中，出现了研究印度戏剧的后起之秀，
如北京大学的姜景奎。他的《印地语戏剧文学》一书，深
得行内专家好评。[2]《印地语戏剧文学》对一系列重要问题，

2. 这是姜景奎的博士论文，1999 年被评为北京大学优秀博士论文，北京：中国对外翻译出版公司，2002 年版。

作出了自己的分析与判断，显示了作者深厚的专业功底及
理论水平。例如，对众说纷纭的"黑天本事剧"的评价，
就十分精到，在和"罗摩本事剧"作出比较之后，说："究
其历史意义，一是宣传印度教及其教义，二是力求在世人
心目中树立起反对外来伊斯兰教的大旗，达到复兴印度古
老传统、'拯救'印度教的目的。究其现代意义，一是提
倡民族文化，发扬传统文化，二是劝人为善，净化心灵。"[3]

3. 姜景奎：《印地语戏剧文学》，第 21 页，北京：中国对外翻译出版公司，2002 年版。

中国学者研究印度戏剧一个世纪以来，积聚了一笔财富。
陈明的《印度古典戏剧研究的学术史考察》[4] 一文，将这笔

4.《东方文学：从浪漫主义到神秘主义》，长沙：湖南文艺出版社，2003 年版。

财富作为一个整体，进行盘点和梳理。作者以平和之心，
广搜博罗，材料详赡，取舍有度。治印度戏剧研究史者，
不可不读此文。

　　毛小雨的《虚幻与现实之际——元杂剧"神佛道化戏"
论稿》，是一部意义特殊的戏剧论专著。刘荫柏为该书作
序中指出：他用"神佛道化戏"取代了自明初朱权以来一
直沿用的"神仙道化戏"分类法，不但拓宽了研究视野，

5. 毛小雨：《虚幻与现实之际——元杂剧"神佛道化戏"论稿》，第 1 页，澳门：澳门嘉华出版社有限公司，2006 年版。

而且这样归类也更符合实际情况。[5] 此书不是研究印度戏剧

对中国元杂剧有什么影响，而是研究整个印度佛教文化和元杂剧的关系。正如作者在认为的"元杂剧的主体思想体系属于儒家文化系统，但很早以来，儒家的世界观和艺术观就与佛、道渗透。三者一起成为构筑中国思想化的三个支柱"。[1] 此书是作者的博士论文，视野开阔，取精用宏，

1. 毛小雨：《虚幻与现实之际——元杂剧"神佛道化戏"论稿》，第 236 页，澳门：澳门嘉华出版社有限公司，2006 年版。

富于新见，是研究元杂剧的一部当代力作。

　　在印度戏剧研究领域，我们期待老学者多出佳作，更期待涌现更多新秀。这是一个天高地厚的大旷野，有无数文学宝藏有待青年博雅去开发。陈明认为："在将来的研究中，应着意以下三点：1. 要抓住印度古代文化的特质，立足于印度文化的大视野，凸现其印度文化的整体背景。2. 多进行中印戏剧比较，要有自觉的中印文学比较意识，以加深对中印双方戏剧创作的特点与规律的认识。3. 多探讨深层的艺术特点，并加以有现代感的美学阐释。"[2] 这位全国优秀博士

2. 《东方文学：从浪漫主义到神秘主义》，第 160 页，长沙：湖南文艺出版社，2003 年版。

论文作者的学术感官是敏锐的。上述三点，洞若观火。即使在整体研究上，也大有可为，完全可以在陈文基础上，将近代以来中国的梵剧研究放在国际学术视野中，作出更全面、更深刻的梳理和开凿，在博士或硕士学位论文的层面，对诸如"梵剧百年研究史"、"《沙恭达罗》研究在中国"等课题，进行符合学科规范的深入研究。令人高兴的是，陕西师范大学刘建树的博士论文《印度梵剧〈沙恭达罗〉英汉世界传播与流变研究》即将完稿，这是我国第一篇以《沙恭达罗》为研究对象的博士论文。

第七章　　印度现代文学的汉译与研究

　　印度现代文学的汉译、研究与接受，是中印文学交流史上的重要内容。从数量上说，对印度现代文学的翻译、研究的文字，大大超越了印度古代文学。但是，中国学者对印度文学似乎有厚古薄今的倾向。在不少中国学者心目中仍以印度古代文学为重心。造成这种数量重心和心理重心不一致的原因很多，其中之一，是对现代印度文学翻译、研究的历史与现状，缺乏学术史的梳理与研究。

　　中国对印度现代文学的翻译与研究，主要集中在三方面：泰戈尔及其作品，普列姆昌德及其作品，以及众多英语作家及他们的作品。其中，对泰戈尔作品的翻译和研究，在中国现代翻译文学史上，具有特殊地位。《二十世纪中国翻译文学史》（五四时期卷）专设一章《泰戈尔热》，作者认为："五四"时期的文学翻译，如同近代以来的中国从物质文化到制度文化再到精神文化向外求索的视野一样，国人放眼世界的注意力大半放在西方。但是"印度的泰戈尔却引起了特殊的关注，形成了与易卜生热、托尔斯泰热等相比毫不逊色的泰戈尔热"。[1] 这个评价，是非常合乎历史事实的。

1. 秦弓：《二十世纪中国翻译文学史·五四时期卷》，第 43 页，天津：百花文艺出版社，2009 年版。

第一节　泰戈尔与中国现代新文学

"全世界的诗歌爱好者都对泰戈尔心存感激。他以 72
年的诗龄，创作了 50 多部诗集，为我们奉献了如此丰富的
佳作，真是独步古今。"[1]除了诗歌之外，小说、戏剧、散文、

<small>1.郁龙余：《泰戈尔诗歌精选·序》，第 X Ⅲ 页，北京：外语教学与研究出版社，2007 年版。</small>

文学理论以及音乐、绘画等等各方面，他全都有卓越贡献。

"泰戈尔赢得了一代又一代中国人的尊重和喜爱。在教育
部推荐的中学生课外阅读书目和大学中文专业的阅读参考
书目中，均有泰戈尔诗集。"[2]这对一位外国诗人来说，是

<small>2.郁龙余：《泰戈尔诗歌精选·序》，第 X Ⅲ 页，北京：外语教学与研究出版社，2007 年版。</small>

一份独一无二的殊荣。

自从中国进入现代，大量外国的作家作品如潮水一般
涌入。但是，最终能够站稳脚跟并深刻影响中国现代新文
学的，可谓凤毛麟角。泰戈尔就是这少数外国文学大家中
的杰出代表。我们研究中印现代文学交流史发现，如果没
有泰戈尔，中印现代文学关系就会变得逊色很多。泰戈尔
对于中印文学关系的贡献，无论怎样评价都不会过高。

一、中国人心中的泰戈尔形象

泰戈尔是印度人民的骄傲。在著名学者卡兹·阿卜杜
尔·沃杜德的笔下："从童年时代起，他就酷爱诗歌，既
爱好迦梨陀娑、胜天和其他毗湿奴教派诗人的作品，也爱
好拜伦、雪莱、华兹华斯、济慈和布朗宁的作品。""在
他二十六岁的时候，他已成为'为艺术而艺术'主义的成
熟诗人。"在四十岁时，"他在各个方面都达到了伟大诗

《泰戈尔》，徐悲鸿画

人的水平，而且预示着更伟大的成就。"[1]

1. 黄宝生、周志宽、倪培耕译：《现代印度文学》，第 25 页，北京：外国文学出版社，1981 年版。

一位外国作家要在中国人心中树立形象，决非易事。泰戈尔在中国读者心中的形象，如此美好而长青，在世界文学史上是极为少见的。

中国最早介绍泰戈尔的是 1913 年 10 月 1 日发表在《东方杂志》第 10 卷 4 号上的《台莪尔之人生观》，作者是钱智修。自此，中国文坛各派人物纷纷撰文介绍。1924 年泰戈尔访华，出现了一股泰戈尔旋风。[2] 不管拥护派，还是反对派，都被卷进了这股旋风。波及之广，影响之深，

2. 据不完全统计，中国报刊 1924 年共登载有关泰戈尔的文章、报道达 110 篇之多。见孙宜学：《泰戈尔与中国》，第 301—307 页，石家庄：河北人民出版社，

在世界文学关系史上实属罕见。

2001 年版。实际数量当然要大于此数。

泰戈尔在中国人心中的形象，一直在变化着。这种变化的基本态势是：尖锐对立，毁誉参半——逐步稳定，渐趋明朗——高度稳定，十分美好。

20 世纪 20—30 年代，中国学者（其实大多数是一些年轻知识分子、社会精英）对泰戈尔的评价存在严重分歧。以陈独秀、沈雁冰、瞿秋白等人为一方，挖苦、讽刺、反对泰戈尔；以梁启超、徐志摩、郑振铎、冰心等人为一方，喜欢、热爱、支持泰戈尔。中间还有一些温和派，如江绍原等。

陈独秀的文章，一听题目就知道他的反对态度，他先后发表过《我们为什么欢迎泰谷尔？》（《中国青年》第 20 期，1923 年 10 月 27 日）、《太戈尔与东方文化》（《中国青年》第 27 期，1924 年 4 月 18 日）、《评太戈尔在杭州、上海的演说》（《民国日报·觉悟》，1924 年 4 月 25 日）、《太戈尔与梁启超》（《向导》第 63 期，1924 年 4 月 30 日）、《好个友好无争的诗圣》（《向导》第 63 期，1924 年 4 月 30 日）、《太戈尔与清帝及青年佛化的女居士》（《向导》第 64 期，1924 年 5 月 7 日）、《太戈尔在北京》（《向导》第 67 期，1924 年 5 月 28 日）、《巴尔达里尼与太戈尔》、（《向导》第 67 期，1924 年 5 月 28 日）、《太戈尔是一个什么东西！》（《向导》第 67 期，1924 年 5 月 28 日）、《诗人却不爱谈诗》（《向导》第 68 期，1924 年 6 月 4 日）、《太戈尔与金钱主义》（《向导》第 68 期，1924 年 6 月 4 日）、《反对太戈尔便是过激》（《向导》第 69 期，1924 年 6 月 11 日）等文章。

陈独秀的文章有三个特点：（一）时间集中。几乎全在 1924 年泰戈尔访华期间，有时在一个刊物上同时发三篇文章，如 1924 年 5 月 28 日的《向导》第 67 期。5 月 30 号泰戈尔就在上海乘船去了日本。显然，这些文章都是逐客令。（二）文章短小。陈独秀的文章都非常短小急促，有的只有一百多个字，如《太戈尔是一个什么东西！》："太戈尔初到中国，我们以为他

是一个怀抱东方思想的诗人，恐怕素喜空想的中国青年因此更深入魔障，故不得不反对他，其实还是高看了他。他在北京未曾说过一句正经，只是和清帝、舒尔曼、安格联、法源寺的和尚、佛化女青年及梅兰芳这类人，周旋了一阵。他是一个什么东西！"（三）化名发表。也许陈独秀觉得自己的文章有失身份，所以都署名"实庵"。以上三点也呈现出实际上深刻的时代烙印、阶级烙印，这一现象不是偶然的，也不仅仅是陈独秀的个人情绪。陈独秀反对泰戈尔的立场，不是一开始就有的。他在 1915 年 10 月 15 日的《青年杂志》第 1 卷第 2 号上，发表用文言文翻译的四首《吉檀迦梨》的诗。陈独秀在"注"中这样介绍："达噶尔，印度当代之诗人，提倡东洋之精神文明者，曾受诺贝尔和平奖金，驰名欧洲，印度青年尊为先觉，其诗富于宗教哲学之理想。"此时的陈独秀对泰戈尔深有好感，对其介绍除"文学奖"误为"和平奖"之外，均属允当。后来，他对泰戈尔态度的变化，与 1919 的五四运动密切相关。泰戈尔访华就像一面镜子，照出了五四运动之后的中国的方方面面。要写好"五四"这段历史，泰戈尔不失为一面有用的镜子。

拥护泰戈尔这一派的文章，大多热情洋溢，雍容华贵。如徐志摩的《太戈尔来华》（《小说月报》第 14 卷 9 号，1923 年 9 月 10 日）、郑振铎的《欢迎太戈尔》（《小说月报》第 14 卷 9 号，1923 年 9 月 10 日）、梁启超的《印度与中国文化之亲属的关系——为欢迎泰谷儿先生而讲》（《晨报》副刊，1924 年 5 月 3 日）现在都成了中印文学交流史上的名篇。其中，许多文字已经成了中印友谊史上的佳话。例如：

> 在新诗界中，除了几位最有名神形毕肖的太戈尔的私淑弟子之外，十首作品里至少有八九首是受他直接或间接的影响的。
>
> ——徐志摩：《太戈尔来华》

> 他是给我们以爱与光与安慰与幸福的，是提了灯指导我们在黑暗的旅途中向前走的，是我们一个最友爱的兄弟，一个灵魂上的最密切的同路的伴侣。
>
> ——郑振铎《欢迎太戈尔》

> 凡成就一位大诗人，不但在乎有优美的技术，而尤在乎有崇高的理想。泰谷儿这个人和泰谷儿的诗，都是"绝对自由"与"绝对爱"的权化。
>
> ——梁启超《印度与中国文化之亲属的关系》

　　至于中间派江绍原，因为对泰戈尔有较全面、深入研究，所以他的观点比较沉稳、公正。他在《一个研究宗教史的人对于太戈尔该怎样想呢》一文中说："我的胆本来很小，不敢乱谈太戈尔，但现在大胆欢迎或反对他的人如此之多，叫喊得如此之响，倒教我的胆子壮起来。所以有这一篇随便讲演的话。"江绍原的这篇长文在《晨报》副刊 1924 年 5 月 18 日、6 月 4 日、6 月 14 日、7 月 2 日分 4 次登出，是当时最有分量的文章，也是值得后人仔细阅读的文字。

　　济人在 1924 年 5 月 19 日《晨报》副刊发表《不了解的欢迎与不了解的驱逐》。2001 年，青年学者孙宜学在《泰戈尔与中国》一书中，也写有《不了解的欢迎与不了解的驱逐》一节，并将这种"不了解"分析为五种"误解"。[1] 这是很有说服力的。国际上流行的是"误读说"，如国际比较文学学会副主席、印度著名比较文学教授阿米亚·杰夫说："1924 年文化误读的情形就是这样，而泰戈尔则成为一位名符其实的有争议的客人。"[2] 但是，误解说、误读说都不能将泰戈尔访华引起的思想冲突完全解释清楚。

1. 孙宜学：《泰戈尔与中国》，第 130—146 页，石家庄：河北人民出版社，2001 年版。2007 年，孙宜学在《不欢而散的文化聚会——泰戈尔来华讲演及争论》一书的《序》中，依然持有五种"误解"的观点。
2. [印度] 阿米亚·杰夫：《文化相对主义与文学价值》，见乐黛云、张辉主编：《文化传递与文学形象》，第 24 页，北京：北京大学出版社，1999 年版。

　　在泰戈尔访华之后的几十年间，泰戈尔的形象随着中印社会的进步，逐渐清晰并定型下来。在这过程中，周恩来和季羡林起到了极为重要的作用。

　　1956 年，中国总理周恩来在访问印度国际大学时指出："泰戈尔不仅是对世界文学作出卓越贡献的天才诗人，还是憎恨黑暗、争取光明的伟大印度人民的杰出代表。中国人民永远不能忘记泰戈尔对他们的热爱。中国人民也不能忘记泰戈尔对他们的艰苦的民族独立斗争所给予的支持。至今，中国人民还以怀念的心情回忆着 1924 年泰戈尔对中国的访问。"[3] 这段讲话意味深长，为 30 年前的那场争议做了公正的结论。[4]

3. 载《新华半月刊》，1956 年第 6 期。
4. 郁龙余：《中国印度文学比较》，第 85 页，北京：中国社会科学出版社，2001 年版。

　　1961 年，季羡林写出长篇文章《泰戈尔与中国——纪念泰戈尔诞生一百周年》。他说：泰戈尔"有光风霁月的一面，也有怒目金刚的一面。他能退隐田园，在大自然里冥想，写出那些爱自然、爱人类、爱星空、爱月夜的只给人一点美感的诗歌，但是他也能在群众大会上激昂慷慨地挥泪陈辞，朗诵自己的像火焰一般的爱国诗歌；当他看到法西斯、军国主义以及其他魑魅魍魉横行霸道的时候，他也能横眉怒目、拍案而起，写出刀剑一般尖锐的诗句和文章"。[5]

5. 季羡林：《中印文化关系史论文集》，第 159 页，北京：三联书店，1982 年版。这篇长文写于 1961 年 2 月 21 日，但当时没有全文发表。其中的一些内容以《纪念泰戈尔诞生一百周年》为题，发表于《文艺报》1961 年第 5 期。其余内容以《泰戈尔与中国》、《泰戈尔的生平、思想和创作》为题，发表于《社会科学战线》1979 年第 2 期和 1981 年第 2 期。全文发表于《中印文化关系史论文集》（三联书店，1982 年）之中。1978 年 12 月 17 日，他在"羡林按"中说："这是将近二十年前写的一篇纪念泰戈尔的文章。由于一些原因，当时没有发表。"季羡林在这个按语中，对泰戈尔作出了这样的评价："他热爱祖国，同情人民，反对殖民主义和法西斯侵略，对中国人民始终怀着深厚的感情。他的作品曾经在某种程度上影响五四运动以后中国新文艺的创作，他对中国的感情在印度人民中引起广泛的响应。"

　　周恩来以他政治家的睿智和感召力，在政治上为泰戈尔评价确定基调；季羡林则以印度学首席专家的学术说服力，在学术上为泰戈尔评价划出了框架。事实证明，周恩来的基调和季羡林的框架，经受住了历史的考验。因为它们是与时俱进及实事求是的，是以学术研究为基础的。

自从 20 世纪 50 年代以来，中国出版了多部各种书名的"泰戈尔传"，例如：《回忆录·我的童年》，［印度］泰戈尔著，谢冰心、金克木译，人民文学出版社，1988 年；《泰戈尔传》，［印度］克里希那·克里巴拉尼著，倪培耕译，漓江出版社，1984 年；《泰戈尔传略》，何乃英著，天津人民出版社，1983 年；《泰戈尔评传》，［印度］维希瓦纳特·S·纳拉万著，刘文哲、何文安译，重庆出版社，1985 年；《泰戈尔评传》，［印度］S.C. 圣芨多著，董红钧译，湖南人民出版社，1984 年；《家庭中的泰戈尔》，［印度］梅特丽娜·黛维夫人著，季羡林译，漓江出版社，1985 年；《我的老师泰戈尔》，魏风江著，贵州人民出版社，1986 年；《20 世纪文学泰斗：泰戈尔》，吴文辉著，四川人民出版社，1999 年；《寂园飞鸟——泰戈尔传》，侯传文著，河北人民出版社，1999 年；《泰戈尔与中国》，孙宜学编著，河北人民出版社，2001 年；《天竺诗人泰戈尔》，董友忱著，人民出版社，2011 年，等等。评论泰戈尔的文章，则多得难以胜计。[1] 这些论著中的泰戈尔形象，都是正面的，尽管每篇各有特点与重点，但在总体评论

1. 可参阅王向远：《东方各国文学在中国》附录：《20 世纪中国的东方文学研究论文编目》，南昌：江西教育出版社，2001 年版，以及孙宜学《泰戈尔与中国》附录《国内报刊评论泰戈尔文章索引》，石家庄：河北人民出版社，2001 年版。

上都没有与周恩来的基调和季羡林的框架的意见相左。在当下，有个别青年学者，对泰戈尔出现了一些负面评价，如徐坤写有《泰戈尔在华影响的负面效应》（《铁道学院学报》社科版，1995 年 12 月）这是罕见的，也是正常的情况。从总体上讲泰戈尔在中国读者心中的形象是非常美好的。泰戈尔的美好形象是由哪些要素构成的呢？就其荦荦大者，共有四个方面：

其一，蜚声世界文坛的伟大诗人

泰戈尔是获得诺贝尔文学奖的东方第一人。他以毕生之力，创作了《吉檀迦梨》等 52 部诗集，《沉船》、《戈拉》等 13 部中长篇小说，《河边的台阶》等 100 多篇短篇小说，《邮局》等 60 多个剧本，以及大量散文、游记、评论随笔、歌曲、绘画。他是一位伟大的文学家，同时也是一位伟大的艺术家、思想家、哲学家、教育家和社会活动家。随着翻译和研究的不断进展，泰戈尔这种在人类历史上可遇不可求的超一流全才形象，逐渐深入人心。这种形象不是平面的，而是立体的；不是单薄的，而是丰满的；不是日益衰老的，而是与日俱新的。当下在中国网民中流行一首诗《世界上最遥远的距离》。大多数人认为是泰戈尔的，点击率是天文数字。这说明，泰戈尔没有远去，他活在中国人心中。泰戈尔的东方思想，曾经被视为天方夜谭和开历史倒车；随着西方资本主义神话渐渐黯然失色，泰戈尔成了一位在黑夜里预言黎明的哲人。

其二，印度民族解放的伟大战士

　　在印度民族的独立解放运动中，泰戈尔是甘地、尼赫鲁的亲密朋友。当然，由于各种特殊的原因泰戈尔和甘地、尼赫鲁等，在某些问题上观点不尽一致，甚至有过观望徘徊。但是，在关键时刻，在大是大非面前，泰戈尔的原则立场无比坚定。1919 年，由于一战结束，英国人腾出手来加紧镇压印度民族解放运动，于 3 月颁布罗拉特法，可以随时拘捕任何被怀疑为反政府的人，并可不经审判而获刑。4 月 8 日，甘地被捕。4 月 12 日，泰戈尔发表公开信。他说："当局终于惊惶失措，暴跳如雷，向我们伸出魔爪。""只要我们一天不自由，就要为自由战斗下去。"4 月 13 日，发生阿姆利则大屠杀，死 379 人，伤 1 200 多人。泰戈尔获知后赶往加尔各答，举行公众集会抗议不成，于 5 月 29 夜致信印度总督。6 月 2 日发表此信，声明放弃自己的爵位。此事引起英国当局极大震惊和恼怒，却极大鼓舞了印度人民。季羡林说："1919 年发生了阿姆利则惨案，泰戈尔勃然大怒，拍案而起。"（《〈泰戈尔诗选〉译本序》）泰戈尔不是一位职业革命家。但是，每当印度民族处于紧急关头，他总是不顾安危，挺身而出，不愧是印度民族独立解放的伟大战士。有着相同遭遇的中国人民，对泰戈尔的战士形象，备感亲切。

　　其三，支持中国抗战的伟大朋友

　　泰戈尔在印度国内外具有广泛影响。在"二战"中，他的每句话、每个行动都备受关注。泰戈尔一向对日本存有好感，日本侵略者更是竭力讨好、拉拢他。但是，善良和正义是泰戈尔的本质。1916 年，泰戈尔访日，大受欢迎。此时正值一战结束后日本乘机占领中国山东半岛，日本政府如此高调接待泰戈尔，是为自己的侵略行径涂脂抹粉。但泰戈尔在每一次演讲中，都对日本的政策和行径进行毫不留情的揭露。1937 年 7 月 7 日，日寇悍然发动芦沟桥事变，全面侵略中国。泰戈尔闻讯，义愤填膺，用各种方式评击日本侵略者。这一年秋天，泰戈尔患病卧床，世界政要名流纷纷致电问候。电报山积，他根本不回，但却给蔡元培等中国友人回电，说："贵国人民此次对于所加于贵伟大和平国土之非法无理之侵略，作英雄勇武之抵抗，余已不胜钦敬，并祈祷阁下等之胜利。"[1] 此电在全世界产生巨大影响。日本战争当局仍不死心，收买、

组织印度旅日侨民和诗人野口米次郎，不断对他进行威胁利诱。泰戈尔依然不为所动。1938 年 1 月，日寇到佛寺里祈祷胜利。泰戈尔闻知消息后，十分愤怒，写下了著名的《敬礼佛陀的人》。在诗中他反复喊道：

　　　他们整队到佛陀

---

1. 谭云山编：《诗圣泰戈尔与中日战争》，第 50 页，重庆：重庆独立出版社，1939 年版。

> 那大慈大悲者的庙里，
>
> 祈求他的祝福
>
> 战鼓正在隆隆地敲
>
> 大地颤抖着。

1938 年 4 月，他写下了《致中国人民书》，告诉浴血奋战中的中国人民："胜利之种子，已深植于诸君此次艰苦卓绝奋斗之中，其未来之生命必将永无终绝。"

除了诗文，泰戈尔还组织募捐，支持中国学生和难民，他以身作则先捐 500 卢比作为倡导。同时，他还和国际大学师生一起到印度各地义演，所有收入都用于中国抗战。泰戈尔终其一生，对中国抗战的支持不遗余力。中国人永远感念他。

其四，中印文化交流的伟大使者

在印度现代三圣（诗圣泰戈尔、圣雄甘地、圣哲阿罗频多）中，泰戈尔和中国关系最亲密，除了全力支持中国抗战之外，他还支持谭云山创办国际大学中国学院，大力开展中印文化交流。他先后三次访华，第一次访华虽然受到误解，但他没有因此而稍减对中印文化交流的热忱。中国现代史上一大批文化名人如徐悲鸿、高剑父、金克木、吴晓铃、常任侠、徐梵澄等等，都得过他的支持和帮助。这一切，都基于他对中国文化的深刻认识。季羡林将泰戈尔对中国文化的认识和评价归纳为十点：1. 中国艺术家看到了事物的灵魂；2. 中国的文明有耐久的合乎人情的特性；3. 中国文学以及其他表现形式充满了好客的精神；4. 中国人不是个人利己主义者；5. 中国人不看重黩武主义的残暴力量；6. 中国人坚定执著地爱这个世界；7. 中国人爱生活，"爱到什么东西上，就赋予什么东西以美丽"；8. 中国人爱物质的东西，而又不执著于它们；9. 事物是怎样，中国人就怎样接受；10. 中国人本能地把握住事物韵律的秘密。[1] 这是一位印度智者对

1. 季羡林：《季羡林全集》第二十卷，第 27 页，北京：外语教学与研究出版社，2010 年版。

中国文化的认识与评价，同时也是一位中国智者对这种认识与评价的高度概括。这样，就不难理解泰戈尔对中国文学的那份迷恋。1924 年访华时，他说："我一直在阅读你们的一些富于诗意的文学作品的译文。你们文学中的品位令我着迷。它具有你们自己的特色，在我所知道的所有其他文学中，我从未见过与之相似的文学。"[2] 泰戈尔对李白、杜甫、王维的诗歌情有独钟。

2. 《泰戈尔全集》卷 20，第 12 页，石家庄：河北教育出版社，2000 年版。

他认为李白的诗歌很具有现代性，说："中国诗人李白创作的诗已有上千年的历史，但他仍不失

3. 《泰戈尔全集》卷 22，第 259 页，石家庄：河北教育出版社，2000 年版。

为现代诗人。他的观点就是现今观察世界的观点，他以简洁的语言写下了五言诗和七言诗。"[3]

泰戈尔对中国文学的热爱，不仅仅停留在口头上，而且还内化在他的作品里。文化上的认同，是最深刻的认同。1924 年，泰戈尔作为一名年过花甲的国际名人访华，这样说道："我不知道是什么缘故，到中国便像回故乡一样！""但是我可以这说，印度感觉到同中国是极其亲近的亲属。中国和印度是极老而又极亲爱的兄弟。"[1] 除了文化上的体认之外，很难解释泰戈尔的

1. 沈（KshitimohanSen）：《兄弟相会》，载《中印学报》，第 1 卷，第 1 部分，第 9 页。

这份感情。自然，中国读者对泰戈尔的喜爱，也是出于对他的作品及其代表的印度文化的热爱。如果说中印现代文学交流是一座大桥，泰戈尔就是这座大桥一个最坚固的桥墩。

　　中国人的交友之道，最为重要的有四条：崇德，爱才，急难，惜缘。泰戈尔的上述四大形象，正好吻合中国人的交友之道。在中国人心目中，泰戈尔是一位道德高尚的爱国者，才华盖世的大诗人，中国人的患难之交，和中国文缘持久而深厚。这就是泰戈尔形象及其吸引中国人的魅力所在。这种美好形象，对外具有强大张力，对内有着极佳的结构合力。它是在历史中慢慢自然形成的。有人认为，1924 年泰戈尔访华是一次"不欢而散的文化聚会"[2]。还有人认为，

2. 孙宜学：《不欢而散的文化聚会——泰戈尔讲演及争论》，合肥：安徽教育出版社，2007 年版。

泰戈尔 1924 年访华"在某种层度上是悲剧"[3]。从发展的眼光看，这次访华在当时就至少取得

3. 王邦维、谭中主编：《泰戈尔与中国》，第 6 页，北京：中央编译出版社，2010 年版。

了四方面的成功："首先，通过这次访问，大大促进和加强了中印两国人民的交流和友谊；其二，促进了中国对东方文明的研究，有助于克服一部分人'言必称希腊'的欧洲中心主义；其三，大大增强了对泰戈尔作品及印度文学的认识，在中国出现了一个翻译、出版泰戈尔作品和印度文学的热潮；其四，影响、薰陶了一批中国最有才华的诗人和作家。"[4] 历史发展到今天，

4. 郁龙余：《中国印度文学比较》，第 86 页，北京：中国社会科学出版社，2001 年版。

随着对泰戈尔认识得越来越全面、深入，中国读者从泰戈尔 1924 年访华中悟到许多东西，愈发体认到泰戈尔的善良、正义和不计前嫌的人格力量。世界上没有无缘无故的爱，也没有无缘无故的恨。泰戈尔在中国人心中的美好形象，已经深深地扎下了根。我们也从理论上回答了 1924 年泰戈尔访华引发争议的问题，认为："国情不同，斗争的对象、目标不同，其策略、手段亦不同。""当时，泰戈尔的倡导、维护东方传统的文化的身份，与中国社会的前进方向，显得极不协调。这就是 1924 年泰戈尔访华引发争议并导致一系列不愉快事件的根本原因。抓住了这个根本原因，其他的问题就不难回答了。"[5]

5. 郁龙余：《1924 年泰戈尔访华引发争议的根本原因——答国际知名学者阿莫尔多·沈之问》，载《深圳大学学报》（文科版），2011 年第 1 期。

二、 泰戈尔与"五四"新文学

中国现代新文学，起于1919年"五四"新文化运动，所以也叫"五四"新文学。从发生论上说，中国现代新文学，是中国传统文学与外国文学交流的产物。"它既是对传统文学的继承，又是对传统文学的革新；既是对世界各国文学的借鉴，又是对世界各国文学的融化。"[1] 在现代中外文学关系史上，印度文学拔得头筹。这和泰戈尔有着很大关系。《五四新文学与外国文学》一书，将"五四新文学与印度文学"列为首章，并指出："我们研究'五四'新文学与印度文学关系，实际上是研究'五四'作家与泰戈尔为代表的印度文学的关系。"[2]

[1]. 郁龙余：《中国印度文学比较》，第83页，北京：中国社会科学出版社，2001年版。

[2]. 王锦厚：《五四新文学与外国文学》，第3页，成都：四川大学出版社，1996年版。

进入现代，中外文化交流轰轰烈烈，中国出现了留学热潮，但主要是留日、留欧、留美，接受的外来思想也以西方为主，留日学生也在相当程度上充当西方思想的二传手。在这种西风劲吹的大背景下，印度文学如何能在中外文学关系中获得重要地位？这不仅是一个有趣的现象，而且有着深刻的文化交流学的原因。简单说来，这个原因就是泰戈尔。在当时，获得诺贝尔奖的泰戈尔既满足了西方人对这一奖项国际化的需要，又满足了一部分崇拜西方的东方人的心理需求，和另一部分自我中心的东方人的精神诉求。从时间上讲，泰戈尔获奖后在世界上不断走红的过程，正好是中国"五四"新文学诞生和发展的过程。在文学风格与品位上，"给了'五四'前后的中国文坛各派作家各取所需的机会。他那些表现自我、歌颂自由、弥漫着神秘主义泛神论的作品，被中国的浪漫主义作家引为榜样；他那些清新纯真、批判社会不平等的作品，被中国追求现实主义的作家视为楷模；他那些宣扬'信爱'，充满'童心'、'母爱'的作品，更为大批小资产阶级作家和青年学生视为知音；他那些追求正义、光明的理想，博大仁慈的胸怀，独具魅力的人格，更是赢得了无数中国读者的敬仰。"[3]

[3]. 郁龙余：《中国印度文学比较》，第84页，北京：中国社会科学出版社，2001年版。

柳无忌曾经这样说：泰戈尔"对中国新文学运动的初期有着深刻的影响，他的诗歌的音奏，他对人生的深刻见解，他的思想，他的伟大的精神的感召，深深地印在中国作家的心灵上，其痕迹也遗留在他们的作品中"。"泰戈尔曾经是我们一派新诗人的灵感的源泉，东方文化的伟大的支持者，在他身上，实现了中印文化的交流。"[4] 这段话不但是正确的，而且相当精确，将泰戈尔的影响锁定在"中国新文学运动的初期"，完全符合历史真实。

[4]. 柳无忌：《印度文学》，第53页，北京：中国文化服务社，1945年版。

中国新文学运动从新诗开始。现代中国新文学的代表人物郭沫若、冰心、王统照、郑振铎、沈从文、许地山、徐志摩等等，都受到泰戈尔的影响。泰戈尔的诗风，又通过他们影响了更多的中国年青人。

郭沫若是中国新诗第一人，也是最早受泰戈尔影响的中国诗人。1914 年，22 岁的郭沫若赴日留学。一天，他的一位本科三年级的亲戚同室，"从学校里拿来几张英文的油印录回来，他对我说是一位印度诗人的诗。我看那诗题是《婴儿的路》(Baby's Way)、《睡眠的偷儿》(Sleep Stealer)、《云与波》(Clouds and Waves)，我展开来读了，生出了惊异。第一是诗的容易懂；第二是诗的散文式；第三是诗的清新隽永。从此太戈尔的名字便深深印在我的脑海里"[1]。可是没过几年，到 1916—1917 年前后，郭沫若因失意和婚恋悲苦，跌进人生低谷，在自杀与出家之间徘徊。此时，他接触到了泰戈尔的《吉檀迦利》、《园丁集》、《暗室王》、《伽吡尔百吟》等书，他感觉到："我真的好像探得了我'生命的生命'，探得我'生命的泉水'一样。每天学校下课后，便跑到一间很幽暗的阅书室里去，坐在宿隅，面壁捧上书而默诵，时而流着谢感的泪水而暗记，一种恬静的悲调荡漾在我的身之内外。我享受着涅槃的欢乐。"[2]这种"面壁默诵"

[1] 郭沫若：《泰戈尔来华的我见》，载《创造周刊》，1923 年 10 月 14 日，第 23 号。

[2] 郭沫若：《泰戈尔来华的我见》，载《创造周刊》，1923 年 10 月 14 日，第 23 号。

和"流泪暗记"的力量是巨大的。青年郭沫若在诗歌风格和思想两方面，同时受到泰戈尔的深刻影响。例如他的第一首白话诗《死的诱惑》和泰戈尔《园丁集》81 首诗惊人相似。有学者指出："这两首诗在结构、设置、拟人方法和对话方式上都有惊人的相似。郭沫若显然从泰戈尔的诗中得到启迪和影响，巧妙之处在于把'死亡'化作女性的身份，化为情人的形象，便更有浪漫的情调。除此外，在《女神》中所收的《新月与白云》、《别离》、《Venus》，《莘薆集》中所收的《题辞》，以及《牧羊哀物》中的几首牧羊歌也可以找出泰戈尔的影子。"[3]郭沫若

[3] 魏丽明：《泰戈尔和中国》，见唐仁虎等著：《泰戈尔文学作品研究》，第 70 页，北京：昆仑出版社，2003 年版。

认为，自己是中国最早接触泰戈尔作品的人，称自己文学生涯的"第一阶段是泰戈尔式的"。"那些诗是我最早期的诗，那儿和旧式的格调还没有十分脱离，但在仔细研究过泰戈尔的人，他可以知道那儿所表示着的泰戈尔的影响是怎样的深刻。"[4]

[4] 郭沫若：《郭沫若文集》第 7 卷，第 58 页，北京：人民文学出版社，1958 年版。

泰戈尔是一位诗哲，郭沫若奉他为"精神上的先生"，他的哲学思想对郭沫若的影响，比诗歌形式更为深刻。"1919 年'五四'运动前后，郭沫若正是把爱国精神，个性解放和从泰戈尔那里接受的泛神论思想熔于一炉，作为'自我表现'的动力，汇集成一股反抗现实，冲决封建桎梏的豪迈激情，写出了'五四'新文学运动中最伟大的诗集——《女神》，为中国新诗开辟了一个崭新的时代。"[5]关于这一时期的心路里程，郭沫若自己是这样表述的："我因为自

[5] 张光璘：《泰戈尔在中国》，载《中国名家论泰戈尔》，第 3 页，北京：中国华侨出版社，1994 年版。

来喜欢庄子，又因为接近了泰戈尔，对于泛神论的思想感
受着莫大的牵引。""因为喜欢泰戈尔，又因为喜欢歌德，
便和哲学上的泛神论接近了——或者可以说我本来是有些
泛神论的倾向，所以才特别喜欢有那些倾向的诗人。我由
泰戈尔的诗认识了印度古诗人伽毕尔（Kabira），接近了
印度古代的（Upanishad）的思想。"[1] 综上所知，作为中

1. 郭沫若：《郭沫若文集》第 7 卷，第 58 页，北京：人民文学出版社，1958 年版。

国新诗第一人的郭沫若，称自己文学生涯的"第一阶段是
泰戈尔式的"并非虚言。

1981 年，81 岁的冰心在为《泰戈尔诗选》写译者序
时，下笔第一句就是"泰戈尔是我青年时代最爱慕的外国
诗人"[2]。冰心深爱泰戈尔，是因为泰戈尔的文学作品中洋

2. 张光璘编：《中国名家论泰戈尔》，第 175 页，北京：中国华侨出版社，1993 年版。

溢着一种月亮般的阴柔美。这一种阴柔美集中表现为母爱、
自然爱和童年爱。像无数"五四"青年一样，理想与现实
的矛盾，使得她内心充满痛苦和彷徨。她也像郭沫若一样，
无意中接触到了泰戈尔的诗歌，心灵像久旱的田野，获得
了甘霖的浇灌与滋润。泰戈尔梵我一如的思想和那些自然
天成的诗句，"都渗入我的脑海中，和我原来的不能言说
的思想，一缕缕地合成琴弦，奏出缥缈神奇无调无声的音
乐"[3]。冰心作为一位新女性，她那奔腾的现代心与天生的

3. 冰心：《冰心全集》（三，散文集），北京：北京书局，1932 年 9 月，初版。

女性之爱，和泰戈尔的博爱思想相融合，化作一篇篇清新、
隽秀的诗篇，成为中国"五四"文学天地中的一处明丽的
全新景观。她认为，女性与母爱有着天然联系，女性的天
职就是爱。倘若失去女性和母爱，"这个世界至少要失去
十分之五的'真'十分之六的'善'，十分之七的'美'"[4]。

4. 冰心：《关于女人·后记》，第 111 页，银川：宁夏人民出版社，1980 年版。

于是，以"母爱、自然爱、童年爱"为核心的博爱思想，
成了冰心创作中的主旋律。这样，不但奠定了她在中国新

《泰戈尔诗选》，冰心等译

文学史上的地位，而且使她的作品魅力永在。因为爱是永
恒的。

　　在新诗形式上，冰心的贡献卓越至伟。这和泰戈尔也
有密切关系。她说："我写《繁星》和《春水》的时候，
并不是在写诗，只是受了泰戈尔《飞鸟集》的影响，把平
时自己写在笔记本上的三言二语——这些零碎的思想，收
集在一个集子里。"[1] 这样，似乎在不经意之中，冰心为

　　1. 冰心：《冰心选集》（散文集），第 392 页，成都：四川人民出版社，1984 年版。

中国新诗作出了一项历史性的贡献。有学者指出："正是
在泰戈尔《飞鸟集》思想内容和艺术形式影响下，冰心创
作了《繁星》和《春水》，开创了中国新诗中'小诗'和'短
诗'的历史，丰富了我国'五四'时期诗歌的形式。"[2]

2. 魏丽明：《泰戈尔和中国》，见唐仁虎等著：《泰戈尔文学作品研究》，第 68 页，北京：昆
仑出版社，2003 年版。

　　郭沫若和冰心，是中国"五四"诗人的代表。除了他
们二人之外，其他许许多多"五四"诗人都程度不同地受
到泰戈尔的影响。之后，泰戈尔在中国依然影响巨大。直
到当代，一些著名作家因受到泰戈尔的滋养而心怀感恩。
小说家张炜说："时代风云变幻不停，艺术的偶像也挪来
挪去。可是没有谁想更动泰戈尔的位置——他身上有一种
难以测知的神力在保佑他，就像印度的瑜伽一样。那种古
老文明国度的精华雨露滋养了一位身穿红袍的白须老人，
老人永远神采奕奕。"[3] 郑振铎译的《新月集》，曾经伴

3. 张炜：《精神的魅力》，第 59 页，北京：群众出版社，1996 年版。

随着名散文作家刘湛秋的童年，度过那些快乐和忧伤、受
屈辱和奋发、饥饿和苦读的黎明和黄昏。成名后，他这样
写道："现在，当我已越过天命之年很远的时候，泰戈尔
的作品依然如此新鲜，只是更显得深邃、幻丽，像高邈的
天空，像恒河的波影。这决不是我个人的体验，我敢说，
几乎所有文学青年都受过泰戈尔的沐浴。泰戈尔那长满大

《吉檀迦利》，冰心译

胡子的、和善的、像圣经一样的肖像永远是我们崇拜的偶像。"[1]

1. 刘湛秋:《泰戈尔的文学圣殿——〈泰戈尔文集〉序》,见刘湛秋主编:《泰戈尔随笔》,第2页,合肥:安徽文艺出版社,1997年版。

这些诗人和作家成长的心路里程,正是中国新文学诞生和发展的历史里程。以前,由于各种原因,对泰戈尔在中国新文学发展中的实际影响,缺乏必要的深入研究。现在已经到了必须予以足够重视的时候了。

在外国诗人中,泰戈尔最具魅力与亲和力。他的作品在中国的翻译和发行,数量也最为巨大。泰戈尔作品的译介,在中国先后出现过四次高潮。20世纪上半叶是第一次高潮。大量译介作品,对泰戈尔的争论也发生在这一阶段。这一阶段对泰戈尔的译介尚属初步,却为今后泰戈尔热的持续发展,打下了坚实基础。20世纪50—60年代是第二次高潮。在此时期,泰戈尔最重要的诗集、小说集出版,对泰戈尔的评介,结束了以往的混乱状态,渐渐统一于周恩来、季羡林的讲话精神。而且,这种评价基调,一直延续至今。20世纪80年代是第三次高潮。从孟加拉原文直接翻译泰戈尔作品成为风气,对泰戈尔的评论以及传记类著作的翻译、撰写,成一时之风。"从1980年到1999年20年间,各学术期刊公开发表的有关文章约有一百四十多篇。"[2]21世纪以来是第四次高潮。共24卷的《泰戈尔全集》

2. 王向远:《东方各国文学在中国》,第68页,南昌:江西教育出版社,2001年版。

于2000年问世,这次高潮与第三次高潮在时间上完全衔接,但是在内涵上自成特色,从一般性的译介逐渐转为学科研究,出版了若干从比较文学、文化交流学、译介学等学科方法出发的研究成果。同时,一部完全译自原文、更加完全的《泰戈尔作品全集》的翻译出版工作,亦在泰戈尔诞辰150周年之际正式启动。这部由东方出版社出版的《泰

《新月集》,郑振铎译

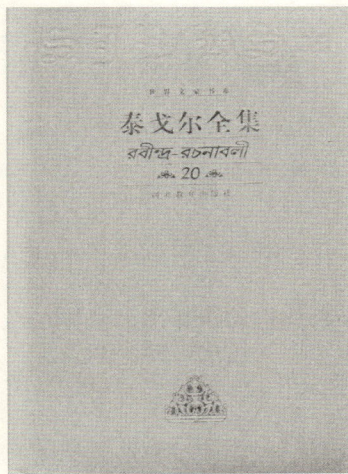

《泰戈尔全集》(共24卷),刘安武、倪培耕、白开元主编

戈尔作品全集》，是一项重大的文化工程，在中印文化交流史上具有重要意义。

　　处于商业时代的中国当下出版，非常扑朔迷离。要完全将泰戈尔作品的出版情况，统计清楚，是一项困难的工作。但泰戈尔作品的走俏，常销不衰，是毫无疑问的。除了大量单行本之外，还有大量选集、文集出版。比较重要的选集有：《泰戈尔作品集》（1—10 卷），人民文学出版社，1961 年；《泰戈尔小说全集》（A—C 卷）四川文艺出版社，1995 年；《泰戈尔剧作集》（1—4 集）中国戏剧出版社，1958—1959 年；《泰戈尔文集》（1—4 卷）安徽文艺出版社，1996 年；《泰戈尔小说全译》（1—7 卷）华文出版社，2005 年；《泰戈尔诗歌精选》（1—6 卷），外语教学与研究出版社，2007—2008 年。2000 年，由河北教育出版社出版的《泰戈尔全集》24 卷，虽然不是真正意义上的全集，但是有 1000 万字规模，是中国翻译泰戈尔著作的集大成式的成果，已经成为世界上最著名、最多读者的《泰戈尔全集》之一。香港学者梁锡华亦有《祭坛佳里》一书出版，别有一番情趣。

《祭坛佳里》，梁锡华著

　　在泰戈尔及其作品的研究方面，由于纳入了学科轨道，其规模与水平比以前有了显著提升。如孟昭毅为《中外文著学交流史》一书撰写的"泰戈尔与中国"、王向远在《东方各国文学在中国》一书的"泰戈尔的译介"，侯传文《多元文化语境中的东方现代文学》中的"泰戈尔与中国现代诗学"、"我国五四时期对泰戈尔的接受"、"功夫在文学之外——泰戈尔现象"，唐仁虎等的《泰戈尔文学作品研究》一书，均显示了当代中国学者泰戈尔研究的最新水

《泰戈尔文学作品研究》，
唐仁虎等著

平。《泰戈尔文学作品研究》一书有共 42 万字，分"泰
戈尔简论"、"泰戈尔和中国"、"泰戈尔诗歌的创作历程"、
"泰戈尔诗歌中的文化因素"、"短篇小说"、"中长篇
小说"、"戏剧"、"文艺思想"，八章 32 节。由唐仁
虎等四人花数年时间合作完成，是目前中国研究泰戈尔作
品最全面、最深入的一部专著，具有里程碑的意义。但是，
此书也有明显不足，一是泰戈尔作品的一些重要方面未能
论及，已经论及的亦有待进一步深入；二是四位作者虽然
都长期研究泰戈尔，有的还是印度语言专家，但是没有一
人懂孟加拉语，而泰戈尔绝大部分创作用的是孟加拉语。
不过，这也为今后可直接用孟加拉语研究的学者留下了
极大的空间，这是中国学者今后的重要努力方向。侯传
文的《话语转型与诗学对话——泰戈尔诗学比较研究》[1]，

1. 侯传文：《话语转型与诗学对话——泰戈尔诗学比较研究》，北京：中国社会科学出版社，2010 年版。

是一部 40 万字的研究泰戈尔诗学的专著，是我国当代泰
戈尔研究和比较诗学研究领域中的重要收获，应该引起学
术界的重视。

《泰戈尔与中国》，王邦维、谭中主
编

2011 年，是泰戈尔诞辰 150 周年，中国出版了一系列
新书。其中，董友忱的《天竺诗人泰戈尔》[2]，是一部大量

2. 此书由人民出版社于 2011 年 1 月出版。

运用原文资料的泰戈尔传记。作者于 2008 年访问泰戈尔创
办的国际大学，以第一手材料纠正了许多沿袭已久的错误。
此书是中国已出版的诸多泰戈尔传记中最优秀的一种。在
新出版的论著中，魏丽明等的《"万世的旅人"泰戈尔》，
以神话篇、阅读篇、宗教篇、民族篇、影响篇和中国篇，
共 6 篇 25 章来叙述泰戈尔和他的作品。"通过多层面、
多角度的分析，力求呈现泰戈尔笔下最为重要的意象和观
念。"这是一次成功的尝试，诚如谭中在序言中所说：

《东方各国文学在中国》，王向远著

"读这本书就好像精神上、智慧上的旅游，在导游的引领下走进泰戈尔的富丽堂皇的文学宫殿。"[1] 姜景奎主编的

1. 魏丽明等：《"万世的旅人"泰戈尔》，第 8 页，北京：中央编译出版社，2011 年版。

《中国学者论泰戈尔》，收录了季羡林、钱智修、胡愈之等 100 位学者的文章（实为 105 篇）。编者后记说："本书是我国第一部全面展示中国语境中的泰戈尔的集子。"[2]

2. 姜景奎主编：《中国学者论泰戈尔》，第 858 页，银川：阳光出版社，2012 年版。

所以，此书具有重要的学术史价值。

郁龙余、董友忱主编的《泰戈尔作品鉴赏辞典》是纪念泰戈尔诞辰 150 周年的重头戏之一。《代序》梳理了中国读者热爱泰戈尔的十大缘由：少年天才，德艺双馨，诗意动人，形象可人，出身名门，名扬天下，吹佛新诗，名家评介，患难之交，走进教材。于是，"泰戈尔和中国读者心连心，零距离，变成了中国读者的自家人"[3]。

3. 郁龙余、董友忱主编：《泰戈尔作品鉴赏辞典》，第 15 页，上海：上海辞书出版社，2011 年版。

泰戈尔的形象在不断发展，功能在不断延伸。2013 年 1 月，中国前外交部长、中国国际友联会会长李肇星和他的太太秦小梅发表了一篇文章《读泰戈尔的诗，向孙子孙女学习》，给泰戈尔的形象和功能赋予了新的内涵。文章说："介绍一些中外文人的善事佳作，有益于增进中外人民的相互了解。我们先想到了印度诗人、翻译家、作曲家、政论家、印度和孟加拉国国歌作词兼作曲者、1913 年诺贝尔文学奖获得者泰戈尔。"[4] 作者说："我们正苦思冥想

4. 秦小梅、李肇星：《读泰戈尔的诗，向孙子孙女学习》，载《环球时报》，2013 年 1 月 17 日。

可讲给孙子孙女听的诗，而泰戈尔的诗正合适。"作者觉得要读泰戈尔的儿童诗，得向孩子学习。泰戈尔描写"婴儿的纯洁"，"坚定地站在孩子一边"，认为大人和孩子"应互相体贴，平等相待"。"这样一位好人的诗，我们的孩子和做家长的不妨读一读。这有利于中印友好交流，也有利于推动不同辈份的人相互学习。"作者将"童心"看得

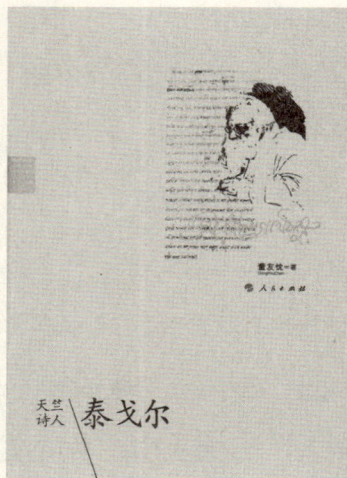

《天竺诗人泰戈尔》，董友忱著

《中国学者论泰戈尔》（上、下册），姜景奎主编

很重，认为"如果我们的官员和知识分子，除了有高级业务水平外，还有纯真的童心，那么我们的改革开放和和平发展大业肯定会飞跃前进"。在作者心里，泰戈尔的儿童诗，是沟通大人和儿童心灵的桥梁，是净化官员和知识分子心灵的良药。这篇文章不长，但在泰戈尔作品中国传播史上意义非凡。它不是应景之作，是心得的自然溢出。

2012 年 6 月 12 日，章必功校长向潘迪总领事赠送《泰戈尔作品鉴赏辞典》。

《泰戈尔作品鉴赏辞典》，郁龙余、董友忱主编

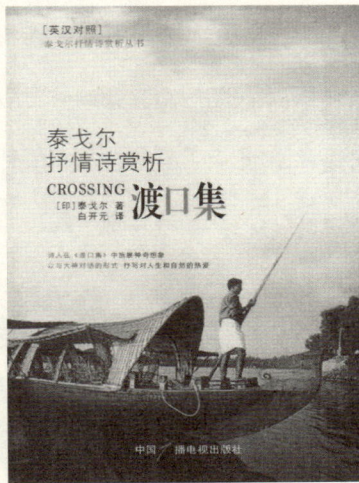

《渡口集》，泰戈尔著，白开元译

对泰戈尔史料的发掘也有了不少新进展，如以前史家都认为泰戈尔两次访华，其实是三次。第三次是在 1929 年 6 月 11 日到 13 日，是在他访日归途中，住上海徐志摩家。

泰戈尔热在中国经久不衰，堪称奇迹。随着中国学者对泰戈尔译介及研究的继续不断深入，尤其是当泰戈尔的孟加拉语作品，全部从原文译成汉语之后，即《泰戈尔作品全集》问世之后，必将在中国出现一个从比较文学、比较翻译学，文化交流学、比较诗人学、阅读学、泰戈尔研究史等等不同学科出发的研究热潮。印度总统普拉蒂巴·帕蒂尔闻讯我们举全国之力来进行《泰戈尔作品全集》的翻译出版和《泰戈尔作品鉴赏辞典》的编写出版，欣然发来《祝词》，以表嘉勉。《祝词》全文如下：

在庆祝"师尊"罗宾德拉纳特·泰戈尔诞辰 150 周年之际，一部汇编了他不朽作品的中文文集即将出版，这让我很高兴。这位伟大诗人对中国怀有浓厚兴趣，努力拉近两个亚洲古老文明之间的距离，纪念文集适于追忆和缅怀。

20 世纪初，师尊泰戈尔带着普世的人文关怀进行创作，他的创作主题在印度和其他国家引起共鸣，其中包括中国。师尊造访中国并与当时的中国知识分子进行了卓有成效的交流，印中两国人民对此铭刻在心。20 世纪 30 年代，他在圣地尼克坦创立了国际大学中国学院，开创了中国研究和汉语学习的先河。今年早些时候，我对中国进行国事访问，期间在上海为泰戈尔半身塑像揭幕。塑像是为了纪念泰戈尔为架起印中两国人民友谊桥梁所做出的贡献。我在访问中注意到，他唤起中国人民的热情，且继续受到中国人民的敬重。我确信，即将出版的这部文集，会让中国人民更好地欣赏他的作品，并由此来了解他的国家和民族。

这是一项意义深远的计划，我衷心感谢编辑们和其他参与者，谨此表达我最美好的祝愿。

普拉蒂巴·帕蒂尔

新德里

2010 年 7 月 15 日

（张晓红译）

正如印度总统普拉蒂巴·帕蒂尔在《祝词》中所说，这是一项意义深远的计划。她表示："我确信，即将出版的这部文集，会让中国人民更好地欣赏他的作品，并由此来了解他的国家和民族。"[1]

---

1. 蔡枫、黄蓉主编：《〈跬步集〉——深圳大学印度学研究文选》，第 395 页，北京：北京大学出版社，2011 年版。

印度总统
普拉蒂巴·帕蒂尔女士

राष्ट्रपति
भारत गणतंत्र
**PRESIDENT
REPUBLIC OF INDIA**
<u>MESSAGE</u>

I am happy that to commemorate the 150th birth anniversary of Gurudev Rabindranath Tagore, a compilation of his timeless writing is being brought out in the Chinese language. It is a befitting way to recall the great poet's deep interest in China and his efforts to bring our two ancient Asian civilizations closer to each other.

Writing in the early 20th Century with a pervading spirit of universal humanism, Gurudev Tagore dealt with subjects that found resonance beyond India, including in China. Gurudev's visits to China, where he had fruitful interactions with Chinese intellectuals of the day, are well remembered both in India and China. He also pioneered the study of China and the Chinese language by establishing 'Cheena Bhavan' in Shanti Niketan in the 1930s. During my State Visit to China earlier this year, I unveiled his bust in Shanghai as a tribute to his contributions to build bridges of friendship between the peoples of India and China. I noticed during this visit that he evokes enthusiasm and continues to be held in high esteem by the Chinese people. The present volume, I am sure, will enable them to better appreciate his writing, and through this, to understand his land and people.

I appreciate the efforts of the co-editors and others involved in this monumental project and extend my best wishes.

(Pratibha Devisingh Patil)

New Delhi
July 15, 2010

印度第 12 任总统
普拉蒂巴·帕蒂尔
女士的祝词

此时，一门新的学问——泰戈尔学（简称"泰学"）就有了诞生的条件。"泰学"在印度语言中可称 Ravindranatha Takura Vidya, 英语中则称 Studies for Ravindranatha Takura。我们相信，富有中国特色的泰戈尔学的诞生为期不远了。

第二节　中国对普列姆昌德的接受

普列姆昌德(Premachanda, 1880—1936)，生于印度邦贝拿勒斯(现名瓦拉纳西)附近的农村。著有 15 部中、长篇小说和 300 多部短篇小说，有"小说之王"的称号。另外，在剧本、翻译、评论等领域，也多有建树。他的作品和思想，整整影响了印度几代人。

印度现代文学对中国的影响，泰戈尔是一号人物，二号人物则是普列姆昌德。他们两人既有相同的地方，又有相异之处。泰戈尔出身于加尔各答的富贵名门，普列姆昌德出身于印度北方的贫苦农户。泰戈尔主要用孟加拉语创作，也用英语创作，是全才型作家，浪漫主义是其作品的主色调；普列姆昌德开始用乌尔都语创作，后来用印地语创作，他的主要成就是长篇小说与短篇小说，批判现实主义是其作品的基调。泰戈尔在世时，周游列国，已名扬四海，具有国际影响；普列姆昌德在世时，虽然日本、德国的作家、学者写信给他，希望翻译、介绍他的作品，但他的影响主要在印度国内。他们有两点是相当一致的。一是理想服从于现实。泰戈尔和普列姆昌德都反对封建礼教，反对童婚，反对嫁妆，在他们的作品和言论中，表现得十分鲜明。但是，在现实生活中，他们都不同程度地作了妥协甚至屈服。泰戈尔将自己的女儿在童年时就嫁了出去，普列姆昌德则借债嫁女。二是对中国和中国抗战的态度一致。泰戈尔热爱中国，支持中国抗战，早已为国人知晓；普列姆昌德对中国的热爱，支持中国抗战的力度，丝毫不亚于泰戈尔。

普列姆昌德和鲁迅一样，一生都在伸张正义，都在为穷人说话，又在同一年（1936）逝年。所以，普列姆昌德有"印度鲁迅"之誉。

一、 普列姆昌德作品译介

在普列姆昌德的作品中，最早介绍到中国来的是《顺从》[1]，时间是 1953 年，是从俄语转译的，

1. 这篇小说的篇名以后按照原文译为《辞职》。

收在上海潮峰出版社出版的《印度短篇小说集》中。从此，普列姆昌德的作品不断地被译成汉语。

对此，刘安武做过专门的统计。[2] 并说明： "发表在报刊上的某些散篇作品，以及论述他的创

2. 刘安武：《普列姆昌德评传》，第 505—506 页，北京：中国国际广播出版社，1999 年版。

作的论文、文章还未计算在内。"[3] 这样，我们可以知道，尽管我们没有把普列姆昌德的全部

3. 刘安武：《普列姆昌德评传》，第 506 页，北京：中国国际广播出版社，1999 年版。

作品译成中文，但是，最基本、最有代表性的作品都有了中文译本。[4] 作者在此表中将已译成

4. 请见《普列姆昌德小说创作年表》，见刘安武：《普列姆昌德和他的小说》，第 166—178 页，北京：北京出版社，1992 年版。汉译者，用星号——列明。

有了这些译本，我再说普列姆昌德是泰戈尔之外，对中国影响最大的印度作家，就有了坚实的

基础。

普列姆昌德作品的汉译，有以下几个特点：

其一，开始从俄语、英语转译，逐步走向从印地语直接翻译。普列姆昌德最早用乌尔都语

从事写作，以后进入乌尔都语、印地语兼用阶段，最后则全部用印地语创作。他的写作用语的

变化，在印度是一个备受注目的问题。《印度现代文学》认为： "当已经成名的乌尔都语小说

家普列姆昌德（1880—1936）悄悄地选择了印地语的时候，语言形势似乎起了最后的决定性变

化。"[5] 在印度，写作用语往往被荒唐地和政治捆在一起。我们中国学者则一般将普列姆昌德

5. [印度] S·瓦差衍：《印地语文学》，见黄宝生、周志宽、倪培耕译《印度现代文学》，第 88 页，北京：外国文学出版社，1981 年版。

视作印地语作家，他的早期的乌尔都语作品，从印地语本译出，也不视为转译。因为印地语和

乌尔都语，在普列姆昌德时代，没有多大的区别，被合称为 "印度斯坦语"，现在又有人称之

为 "北印度语"。

其二，集中于 1950 年代与 1980 年代。由于中国的文化学术生态的原因，普列姆昌德作品

的翻译出版，集中于两个时期，1950 年代和 1980 年代。

1953 年，《印度短篇小说集》，上海潮峰出版社。此集从俄文转译，内含普氏《顺从》（即

《辞职》）。

1956 年，《变心的人》，上海少年儿童出版社，译者正秋，小说集由英文转译。

1957 年，《普列姆昌德短篇小说集》，人民文学出版社，译者袁丁等，由英文转译。

1958 年，《戈丹》（长篇小说），人民文学出版社，译者严绍端，由英文转译。

1959 年，《妮摩拉》（中篇小说），人民文学出版社，译者索纳（金鼎汉之笔名）。

1950 年代，是普列姆昌德作品在中国翻译介绍的第一阶段，也是由转译走向从原文直接翻译的阶段，反映了我国印地语翻译的发展水平。

1980 年代，是普列姆昌德作品汉译的第二阶段，除了个别作品之外，全部从印地语原文译出，反映了印地语翻译在中国进入了一个鼎盛时期。翻译出版的具体情况如下：

1980 年，《舞台》（即《战场》，长篇小说），广东人民出版社，译者庄重（马孟刚、徐晓阳、孙宝刚、吴达审等人之笔名）。

1982 年，《新婚》（短篇小说集），贵州人民出版社，刘安武译。

1983 年，《如意树》（短篇小说集），上海译文出版社，刘安武译。

《仁爱道院》（即《博爱新村》，长篇小说节译），新华出版社，译者周志宽、韩朝炯、雷东平。

《一串项链》（长篇小说，即《贪污》），山西人民出版社，庄重译。

1984 年，《普列姆昌德短篇小说选》，人民文学出版社，刘安武编选，刘安武等 23 人译。共收小说 41 篇，含 1957 年人民文学出版社出版的《普列姆昌德短篇小说选》中的所有作品。

1985 年，《割草的女人》（短篇小说集），湖南人民出版社，刘安武译。

1986 年，《仁爱院》（全文），上海译文出版社，周志宽、韩朝炯、雷东平译。

1987 年，《普列姆昌德论文学》，漓江出版社，唐仁虎、

《戈丹》，严绍端译

刘安武译。

《罗摩的故事》，北京国际文化出版公司，殷洪元译。

1989 年，《普列姆昌德传》（即《拿枪的战士》），阿姆利德·拉耶著，王小丹、薛克翘译。

对普列姆昌德作品的大规模翻译，在 1980 年代基本告一个段落。之后，刘安武译《普列姆昌德短篇小说选》，于 1996 年，由湖南文艺出版社出版。作品全部是第一次与中国读者见面。从此，普列姆昌德作品的翻译，暂时画上了句号。出现这种情况，主要有三个因素，首先是中国出版市场不乐观；其二是译者的力量与兴趣均显不足；其三是普列姆昌德的优秀作品，基本上已经翻译出版。但是，普列姆昌德作品的翻译，依然存在较大空间。因为已译作品只是普氏全部作品的三分之一左右。随着我们审美意识的多样性发展，普氏的未译作品中，仍有不少有价值的可译之作。某些从英文转译的作品，如《戈丹》，在条件具备时应考虑从印地语原文直接译出。

其三，翻译力量相当集中。由于印地语在中国是一个小语种，北大东语系率先创办此专业。所以印地语人才包括翻译人才多集中于此。普列姆昌德作品的翻译，除了个别从英文转译者外，几乎清一色地出自北大师生之手。这是包括印地语在内的非通用语种所独有的特征。

1988 年，中国外文出版社出版了一本印地语版的《中国普列姆昌德研究论文集》，此书由蔡国辉、钱永明和博德（Mrityubodha）编，收入刘安武、彭端智、吴文辉、金鼎汉等 10 位学者的论文。季羡林为论文集写了《序》，他说："这些文章不但对中国学者有其重要意义，而且对

《普列姆昌德论文学》，唐仁虎、刘安武译

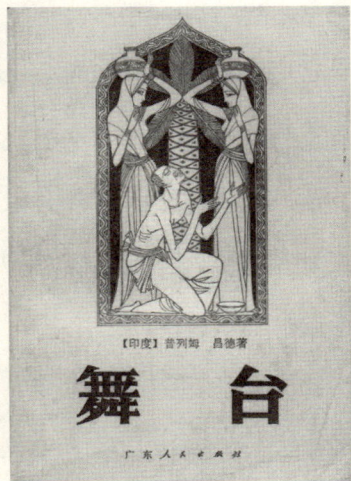

《舞台》，庄重译

印度读者也同样有其重要意义，甚至更重要的意义。因为，通过这些文章，印度广大读者也能从中国这一面镜子里照见了他们的作家的真相。"[1] 这本论文集的出版，不仅具有学术史的意义，

1. 季羡林：《季羡林全集》第十卷、第 349 页、北京：外语教学与研究出版社，2009 年版。

而且具有出版史的意义。这是首次将中国学者的文学论文结集译成印地语出版。

进入 1990 年代，开启了普列姆昌德作品的研究时代。主要的成果是刘安武的《普列姆昌德和他的小说》（北京出版社，1992 年）、《普列姆昌德评传》（中国国际广播出版社，1999 年）。另外，一些学者发表了若干评论文章，将普列姆昌德研究提升到了一个新的水平。

二、　普列姆昌德作品研究

刘安武不但是普列姆昌德作品翻译的主力，而且是普氏研究的重要代表。从原创意义上讲，刘安武的普列姆昌德作品研究，代表了中国学者的研究广度与深度。首先，刘安武是中国第一代的普氏作品的重要译者，对普氏有全面、深刻的了解。其二，他是中国首位在大学开设印地语文学史并出版专著的学者，由讲学需要而到深入研究，是许多学者的通常路径。其三，印地语人才稀缺，刘安武有责无旁贷之感，他几乎把所有能利用的时间，都用在印地语文学的研究之上，而普列姆昌德作品是最大的重点。

刘安武对普列姆昌德的研究成果，集中在《普列姆昌德和他的小说》、《普列姆昌德评传》二书之中。这也是中国学者迄今为止对普列姆昌德研究的最高水平。

《普列姆昌德和他的小说》，是"外国文学知识丛书"中的一种，十来万字，似乎是一本普及型的小册子。其实不然，此书深入浅出，既是一本普及读物，又是一本学术性很强的专业读物。这与刘安武的为人和文风有关。他是印度文学研究专家，但他待人接物如邻家长辈，行文如话家常。普列姆昌德这位对中国年轻人有些生疏的印度作家，在刘安武的笔下，变得通俗易懂和可亲可爱起来。

《普列姆昌德和他的小说》共分十部分："一张传票"写普列姆昌德因写了有"煽动性"的作品，而受到英国殖民当局的打压。"然而，这并没有吓倒他。以后照样不断有'煽动性'的作品问世。""'像平原'的一生"，抓住普列姆昌德在《一生的主要经历》中的"我的一生像平原"这句话，介绍普氏的生平。如果说普列姆昌德的人生像平原，那么他的创作生涯自

从 1918 年发表《服务院》，就踏上了一个"创作高原"。他总是那么高昂，那么高产，但又是那样平坦，一望无遗。"文坛试步"、"新阶段"、"作品的"旺季""，介绍普列姆昌德是如何踏上"创作高原"及进入"高原"之后的情况。第六部分"农村的史诗——《戈丹》"，从六个方面来分析这部普氏代表作的故事情节和人物形象，是此书的重点。此书的另一个重点是第七部分"短篇小说百花园"，这是因为短篇小说和中长篇小说，对于普列姆昌德来说，拥有同等重要的地位，他的"小说之王"的名号中，两者兼具。第八部分"文学的目的是批判生活"，介绍普氏的文学思想。这样，《普列姆昌德和他的小说》告诉我们的，不仅仅是普列姆昌德这个人和他的作品，还告诉我们这个人及他作品的灵魂。第九部分《创作中的某些问题》，指出了普氏作品中的三个缺陷：唯心主义的神秘主义色彩，改良主义思想，抽象的人性论和阶级调和的思想倾向。并认为，普列姆昌德在生命的最后一年即 1936 年，他"已经走过了同情苏联、同情社会主义的阶段，而向接受社会主义的思想体系迈进了"[1]。第十部分"普列姆昌德与中国"，介绍了普氏对中国人民深深的爱，以及对日本帝国主义侵略行径的强烈的恨。

1. 刘安武：《普列姆昌德和他的小说》，第 157 页，北京：北京出版社，1992 年版。

作者深情地说："我们怀着崇敬的心情，向印度这位杰出的作家——中国人民的真诚朋友表示诚挚的敬意。"[2]

2. 刘安武：《普列姆昌德和他的小说》，第 164 页，北京：北京出版社，1992 年版。

《普列姆昌德评传》是刘安武的一部专著，长达 35 万字，不但在中国独一无二，在世界普列姆昌德研究中，也鲜有能望其项背者。作者在"后记"中说，10 万字通俗读物《普列姆昌德和他的小说》是写这本《普列姆昌德评传》的预演。从著作的结构框架上讲，两者颇为相近。《普列姆昌德评传》分六大部分："童年和少年时代的生活环境"、"走向社会的青年时代"、"早期成功的创作实践 (1903—1918) "、"丰收的年代 (1919—1927) "、"创作高峰的岁月 (1928—1936) "、"批评生活——文学理论和批评"。

然而，《普列姆昌德评传》不是简单地将《普列姆昌德和他的小说》的规模扩大，而是在内容和思想上，有着更详细的叙述和更深刻的开凿，体现出作者 12 年间对普列姆昌德及其作品认识的提升与变化。[3]这样提升和变化，主要表现在对"阶级斗争为纲"及"改良、改良思想、

3.《普列姆昌德和他的小说》写成于 1987 年冬，《普列姆昌德评传》写成于 1999 年夏，相隔 12 年。

改良主义"的态度之上。这关系到写作的指导思想，是头等重大的问题。指导思想的转换，即批判武器的重新选择，是这一代学者碰到的普遍问题，也是最难解决好的问题。人是时代的人。时代变了，人如何跟上时代步伐，与时俱进，所谓识时务者为俊杰。然而，这种变化必须是有

根据的，真正来自认识与良知的。而不是随便跟风、动不
动就挂靠弗洛伊德之类西方学者的。刘安武的《普列姆昌
德评传》，很好地实现了这种转换。他在"后记"中说：
我国对普列姆昌德评价，不能说有很大分歧，但肯定存在
不同意见。"笔者对普列姆昌德的评论主要收集在《印度
印地语文学史》中有关介绍他的章节方面。这本书是 1984
整理、加工、补充文革以前讲课的讲义而成。虽然努力避
免原讲义中以阶级斗争为纲的影响，但里面似乎还有残留。
另一是 1987 年写的《普列姆昌德和他的小说》，当时也
想避免用改良主义思想来分析和评价其作品。现在写这本
《普列姆昌德评传》，笔者正面地阐述应该如何看改良、
改良思想、改良主义和作家在作品中正面地表现理想人物
等等。"[1]

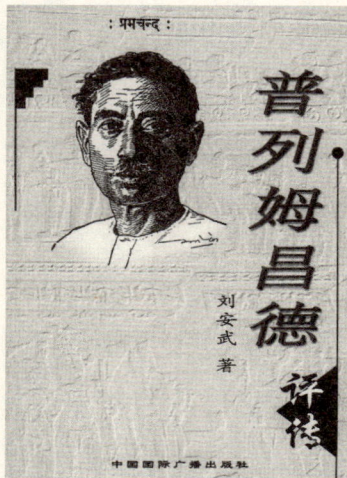

《普列姆昌德评传》，刘安武著

1. 刘安武：《普列姆昌德评传》，第 507 页，北京：中国国际广播出版社，1999 年版。

　　《普列姆昌德评传》一书的写作，用了三年时间。但
是为此作准备所用时间远不止此。他说："笔者自接触他
的作品 40 多年来，特别是 50 年代在印度留学的几年里，
不仅和老师讨论过他的作品，而且参观过他在农村中的故
居，访问过他故居的四邻，在文学集会上会见过《拿笔的
战士》的作者、普列姆昌德的次子阿姆利德·拉伊。笔者
对这位热爱印度人民、忠于自己祖国和对中国受日本侵略
深表同情的杰出作家深怀敬意。"[2]

2. 刘安武：《普列姆昌德评传》，第 507 页，北京：中国国际广播出版社，1999 年版。

　　刘安武，这位知名中国学者，深怀敬意地撰写《普列
姆昌德评传》，努力探索，力求对普列姆昌德的评论更准确、
更到位，"但总感到，关于这方面的问题以及其他诸多方
面的问题还需要进一步探索"[3]。刘安武留给我们的，不仅

3. 刘安武：《普列姆昌德评传》，第 507 页，北京：中国国际广播出版社，1999 年版。

仅是一部部印度文学译作，包括《普列姆昌德评传》在内

的学术专著，还有他的与时俱进、实事求是的探索精神。

　　除了刘安武，其他东方文学专家孟昭毅、唐仁虎、王向远、侯传文、石海峻、黎跃进等，对普列姆昌德也有深入研究。《北大南亚东南亚研究》第一卷刊出唐仁虎的《印度农民的悲剧史》、王靖的《浅析普列姆昌德小说〈戈丹〉中的主要女性形象》，为中国学者对普氏作品研究的最新成果。[1] 作为刘安武的学生辈，他们的成果既各有特色，又呈师承脉象。

　　1. 姜景奎主编：《北大南亚东南亚研究》第一卷，第 43—48 页、89—99 页，北京：中国青年出版社，2013 年版。

　　从普及层面讲，普列姆昌德在中国的接受，主要靠两个渠道：一是阅读他的各种作品，二是通过高校各种类型的东方文学课程。一批有着重要影响的东方文学教材，都设有普列姆昌德的专节，如《外国文字简编·亚非部分》（朱维之、雷石榆、梁立基主编，1983 年中国人民大学出版社出版）、《东方文学史》（郁龙余、孟昭毅主编，1994 年陕西人民出版社出版，2001 年北京大学出版社新版）、《东方文学史》（季羡林主编、刘安武第一副主编，1995 年由吉林教育出版社出版）等等。这样，通过高校课程，普列姆昌德在中国相当多的大学生中获得接受。

第三节　印度英语文学的中国译介

　　到 20 世纪中叶，历时数百年的西方殖民主义劫波先后退去，留给东方各国的遗产中，有西方的思想、制度、语言和文学，等等。印度是受殖民统治时间最久的国家之一，所受西方遗产也最多，英语和英语文学就是其重要内容。"英语像一道墙，将印度隔成两个世界，一个是英语世界，一个是不懂英语的本土世界；知识精英、领导阶层，在墙的这一边，广大人民特别是劳苦大众在墙的那一边；印度传统文化，一方面因插上英语的翅膀而在世界飞翔，另一方面又在被英语的概念、译文所误读、取代和吞噬。所以可以说，英语既是英国人送给印度的天使，又是送给印度的魔鬼。"[2] 以上是旁观者的观点，印度学者作为局中人的看法，是非常不一样的。

　　2. 郁龙余等：《印度文化论》，第 13 页，重庆：重庆出版社，2008 年版。

C.R. 雷迪博士在一部论述"印英文学"的国际"笔会"专著的导言中说：

　　　　"印英文学"与印度文学在类别上没有本质不同。前者是后者的一部分，是它的

　　3.K.R. 希里尼瓦萨·艾衍加尔：《印度英语文学》，见黄宝生、周志宽、倪培耕译：《印度现代文学》，第 41 页，北京：外国文学出版社，1981 年版。

光荣的现代表现。[3]

　　这样，我们作为一名旁观者，来讨论印度英语文学在中国的译介与研究，实是一项非常有意义的学术活动。

一、　印度英语文学在中国的译介

　　"印英文学"在印度经过前后两个发展阶段，而在这两个阶段中，"印英文学"的实际含义是很不相同的。在第一个阶段，印英文学是指"在印度的英国人（或者，并非经常地，一些从稳健的浪漫主义远距离迷恋印度的英国人）以印度为题材创作的文学"。这种文学发端于乔叟时代，但是，"'印度文学'（用来称呼这种以印度主题和印度精神为灵感而由英国人创作的文学）正式开始于临近十八世纪的威廉·琼斯"[1]。在第二阶段，印英文学则是指由印度人用

1.K.R. 希里尼瓦萨·艾衍加尔：《印度英语文学》，见黄宝生、周志宽、倪培耕译：《印度现代文学》，第 40 页，北京：外国文学出版社，1981 年版。

英语创作的文学。这两种不同身份作者创作的文学，以及前后两个发展阶段，存在过一个交替的过程。如乔治·桑普森在《剑桥简明英国文学史》的"印英文学"专章中，论述泰戈尔、曼莫汉·高斯、阿罗频多的作品。随着历史的发展，特别是 1947 年印度独立，"印英文学"的含义越来越清晰：印度人用英语创作的文学作品，英国人创作的只能算英国文学，不能称印英文学。这一点，中国学者是十分认同的。四川大学尹锡南的博士论文《英语世界中的印度书写》，正式出版时书名定为《英国文学中的印度》（India in English Literature）。此书的中心内容是"英国作家的印度书写"，即"印度文学"在第一阶段的含义与现实。在这里，尹锡南将吉卜林到奈保儿、拉什迪等人的作品，都归为"英国文学"。此书的关键词是"英国文学，英国作家，印度、殖民文学，后殖民文学"。[2]这样，就划清了"英语世界"中的英国文学与印度文学的界限。

2.尹锡南：《英国文学中的印度》，第 5 页，成都：巴蜀书社，2008 年版。

我们在这里要讨论的是印度作家的英语文学作品。奈保儿、拉什迪等"无家可归者"、"文化流浪儿"，显然不能归入印度作家，他们的文学作品被称作"流散文学"，应有专书讨论。

　　有不少印度作家不止有一种创作用语，如泰戈尔主要用孟加拉语，也用英语。不管是印度学者还是中国学者，不但不会将他视为英国作家，而且也不会视作英语作家，而是视作印度孟加拉语作家。这种看法，随着殖民时代的结束，而被越来越强化。这样，印英文学创作者的队伍，得到了又一次的"纯化"，只有那些纯粹用英语创作的印度作家，才有资格称作印度英语作家，他们的作品才归入"印英文学"之列。泰戈尔的英语创作，如他的《吉檀迦梨》，只说明他具

有英语创作才华，不会将其归入"印英文学"之中。这个问题似乎有悖逻辑。因为，"印英文学"这个概念，涉及民族、文化、政治、社会，远远超过了语言和文学的范围，不是仅仅依靠逻辑就能匡定的。弄清楚并理解"印英文学"概念的变化，对于我们的研究是有益的。这就是印度学者艾衍加尔在《印度英语文学》一文中，用六分之五的篇幅来讨论独立之前的印英文学的原因。

在中国的翻译力量中，英语人才最多最强，甚至出现过用英语转译印度民族语言文学作品的现象。这样，印英文学的汉译，很早就呈现出了兴旺的景象。

在印度文学界，有"印度英语文学三大家"之说，他们是安纳德、纳拉扬和拉贾·拉奥。

M.R.安纳德（1905—2004），是印度最伟大的英语作家。1951年，他曾来华访问，参加国庆观礼，与郭沫若、冰心等中国著名作家有交往。安纳德的作品，非常契合中国国情，深受中国人民喜爱。他"有几本书被译成中文，数量仅次于泰戈尔和普列昌德的作品"。[1]这些作品是《不可接触的贱民》

1. 王槐挺：《与安纳德在一起》，载《南亚东南亚研究》，1988年第1期。

（王科一译，平明出版社，1954年）、《理发师工会》（顾化五、周锦南译，上海文化生活出版社，1954年）、《安纳德短篇小说选》（侯浚吉译，上海文艺联合出版社，1954年）、《两叶一芽》（黄星圻、曹庸、石松译，新文艺出版社，1955年）、《印度童话集》（谢冰心译，中国青年出版社，1955年）、《苦力》（施竹筠、严绍端译，中国青年出版社，1955年）、《村庄》（王槐挺译，上海译文出版社，1983年）、《黑水洋彼岸》（王槐挺译，上海译文出版社，1985年）、《剑与镰》（王槐挺译，社会文献出版社，2011年），等等。

R.K.纳拉扬（1906—2001）是印度英语文学的又一位国际知名作家，获得印度国内外多项文学大奖。他是一位创作时间长而又多产的作家，从1932年第一部长篇小说《斯瓦米和朋友们》，到1993年他的最后一部长篇小说《外祖母的故事》，历时60余年，共创作了15部长篇小说。其中，4部为印度独立前的创作，独立后创作11部。他的《男向导的奇遇记》（原名《向导》）和《卖甜点的人》（亦译《糖果小贩》有中文译本。另外，他的三个短篇小说《一匹马和两头山羊》、《星相家的一天》和《瞎子的狗》也有中译）。[2]纳拉扬的印度同行这样评价他和他的

2. 李南译：《男向导的奇遇记》，上海：上海译文出版社，1993年版。《卖甜点的人》，台湾：新雨出版社，1999年版。

作品："一位始终比较令人满意的艺术家R.K.纳拉扬有好几部享有盛誉的长篇小说和短篇小说集。《文学士》、《暗室》（1938）以及《英语教师》（1945）是属于他的一些最好的作品。"[3]

3. K.R.希利尼瓦萨·艾衍加尔：《印度英语文学》，见黄宝生、周志宽、倪培耕《印度现代文学》，第52页，北京：外国文学出版社，1981年版。

奈保尔相当仰慕纳拉扬，认为："他是不可模仿的，也不能认为他的创作是印度文学所需要现

4. 石海军：《后殖民：印英文学之间》，第79页，北京：北京大学出版社，2008年版。

实的综合性的产物。"[4]中国学者则指出："纳拉扬在他的小说创作中遵循的实际上是印度传

统的神话信仰，原初的世界是秩序井然的，但魔鬼以混乱的方式扰乱着众神的世界；而且魔鬼的力量如此强大，以至众神也无可奈何。"[1]

1. 石海峻：《20世纪印度文学史》，第262页，青岛：青岛出版社，1999年版。

　　拉迦·拉奥是印度最杰出的英语作家之一。他信奉吠檀多不二论哲学，是一位十足的学者型小说家。和印度英语文学三大家中的其他两家一样，他的创作也获得了国内外的众多奖项。拉迦·拉奥是印度卡纳达人，他最早的创作用语是卡纳达语，后来又用法语，最后选用英语。他的第一部英语长篇小说《根特浦尔》，于1934年一出版即获好评。1960年，他的第二部长篇小说《蛇与绳》问世。之后，他又出版了《猫和莎士比亚》（1965）、《奇里洛甫同志》（1976）、《棋王和他的棋着》（1988）等三部长篇小说。除了长篇小说，拉迦·拉奥的英语短篇小说也十分引人瞩目，有《路障上的母牛》（1947）、《警察和玫瑰》（1978）和《恒河岸边》（1989）等三部短篇小说集问世。于1965年出版的长篇小说《猫和莎士比亚》，是他在自己于1959年所写短篇小说《猫》的基础上改写、扩充而成的。

　　除了"英语文学三大家"之外，印度的英语作家队伍庞大，人才辈出。老一辈的著名作家有巴帕尼·巴达查里雅、马诺赫尔·马尔贡迦尔、阿鲁·乔希、库什文德·辛赫等等。年轻一代的著名英语作家则有维克拉姆·赛德、安妮塔·德赛等等。

　　其实，英语作家不局限于英语小说家，艾衍加尔在《印度英语文学》中，就给我们提供了一个长长的作家名单，完全突破了小说或者文学的界限。他津津有味地向我们介绍说："新闻家、法学家、演说家、政治家和经济家，他们的名字是大批的，其中最优秀的新闻家如M.恰勒伯迪·拉沃，法学家如阿舒多什·穆克吉，演说家如希利尼瓦萨·夏斯特里，历史学家如K.M.伯尼拾尔，辩证法专家如C.拉贾高伯勒加利，他们能在各自的领域与最优秀的英美散文大师相比。"他还认为"贾瓦赫拉尔·尼赫鲁的《自传》和《印度的发现》是又一位最高级的英语散文大师的作品"。[2] 艾衍加尔的《印度英语文学》一文，是研究印度英语文学的重要文献，代表着他那个时代的主流观点。

2. K.R.希利尼瓦萨·艾衍加尔：《印度英语文学》，见黄宝生、周志宽、倪培耕《印度现代文学》，第55页，外国文学出版社，1981年版。

二、 印度英语文学研究在中国

　　真正学科意义上的印英文学研究，对于中国学者来说，最早始于对艾衍加尔的《印度英语文学》一文的翻译。此后，出现了若干研究印英文学的论文，如田力的《印度作家 R.K. 纳拉扬》（《外国文学研究》1987 年第二期）、程惠勤的《与印度作家安纳德的对话》（《外国文学动态》1993 年 7 月）。1993 年还接连发表了介绍、评论维克拉姆·赛德的《如意郎君》（一译《合适的男孩》）的文章，它们是：英光的《轰动世界文坛的〈如意郎君〉》（《光明日报》1993 年 5 月 15 日）、邹海仑的《印度文坛新人维克拉姆·赛恩》（《外国文学动态》1993 年第 5 期）、邹海仑的《一位"巨人"正在站起》（《文艺报》1993 年 7 月 10 日）、陈风雨的《维克拉姆和他的〈如意郎君〉》（《光明日报》1993 年 9 月 18 日）。1996 年，至少有 3 篇文章来研讨印英文学，它们是魏丽明的《"诗意现实主义"和现代主义：安纳德早期三部曲解读》（《国外文学》1996 年第 2 期）、谭少青的《印度英语诗探讨》（《四川外国语学院学报〈高等教育研究专版〉》1996 年增刊）、司空草的《后殖民印度英语小说的现代性与印度性》（《外国文学评论》1996 年第 4 期）、石海峻的《九十年代印度英语小说掠影》（《外国文学动态》1997 年第 5 期）、黎跃进的《民族寓言：安纳德三四十年代小说创作论》（《南亚研究》1998 年第 2 期）、邹海仑的《一部印度女作家的新长篇：吉兰·德赛和她的长篇小说新作〈番石榴园中的喧哗〉》（《外国文学动态》1998 年第 4 期）、司空草的《后殖民印度英语小说的现代性与印度性》（《外国文学评论》1999 年第 4 期）、石海峻的《"杂交"的后殖民印度英语小说》（《外国文学动态》1999 年第 6 期）、瞿光辉的《奈都夫人和她的诗》（《书与人》2000 年第 1 期）、刘朝华的《甘地浦尔还是尼赫鲁浦尔？——从小说〈根特浦尔〉看拉贾·拉奥的政治取向》（《南亚研究》2005 年第 2 期）、尹锡南的《印度作家维克拉姆·赛特笔下的中国题材》（《东方丛刊》2009 年第 2 期）。

中国学者在文学史层面研究印度英语文学，石海峻的《20 世纪印度文学史》首先开河。作者在此书第十八章"印度英语小说"中，分"述评"、"拉·克·纳拉扬"、"拉贾·拉奥"、"90 年代印度英语小说掠影"四节，介绍和论述印度英语小说。限于篇幅，作者没有系统、全面地研讨印度英语文学，而是抓住了重点——英语小说。在英语小说中，又抓住了纳拉扬和拉迦·拉奥这两位最重的作家。作者评述纳拉扬时说："像大多数的印度作家一样，纳拉扬对严格的自我审视、自我批判不感兴趣，他更喜欢将印度理想化或神秘化。在他的小说中，他虚构出一个南方小城马尔古帝，并将它视为印度社会传统的象征。"[1] 这一评价对印度英语小说中

1. 石海军：《后殖民：印英文学之间》，第 261 页，北京：北京大学出版社，2008 年版。

"马尔古帝王国"缔造者的纳拉扬来说，是一针见血的。对拉迦·拉奥的作品，石海峻也有着自己深刻的见解。如他在对《蛇与绳》进行一系列剖析后，指出："《蛇与绳》是一部有着迷人哲理深思的小说，它写的不是某种迷人的感情，而是一种无状态的心灵状态，沉浸于其中的是彻底的自我和自我的解脱。"[1]《甘特普尔》是拉迦·拉奥的成

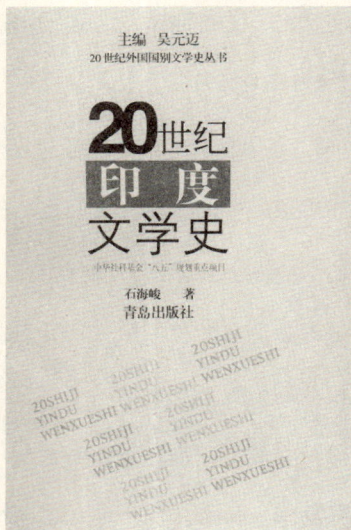

《20世纪印度文学史》，石海峻著

1. 石海军：《后殖民：印英文学之间》，第 268 页，北京：北京大学出版社，2008 年版。

名作。小说的叙事风格和主题思想，一直备受评论家们的关注。作者自己认为，《甘特普尔》的叙事方式，得益于印度的《往世书》传统。至于它的主题思想，大多数人认为是宣扬甘地主义的。青年学者刘朝华在《甘地浦尔还是尼赫鲁浦尔》[2] 一文中，提出了不同观点，让人耳目一新，

2. 载《南亚研究》，2005 年第 2 期。

显示出中国学者对这部文学作品的认识有着自己的见解，而这种见解，显然比传统的观点更切合实际、更深刻。

进入 21 世纪，中国对印度英语文学的研究进入了佳境。这个佳境的主要标志，是北京大学印度语言文学专业一批研究印度英语文学的博士论文的相续问世。2005 年杨晓霞首开先河，完成博士论文《独立前的印度英语小说》，在研究印度英语文学的领域中，具有拓荒意义。

紧随杨文之后，是 2006 年王春景的博士论文《R·K·纳拉扬长篇小说研究》。杨文是开局之作，具有综论性质。王文则开启了专门论某一印度英语作家作品的新局。接着是 2007 年刘朝华的《拉贾·拉奥小说研究》，2008 年张玮完成博士论文《M.R. 安纳德长篇小说研究》，2009 年李美敏的《安尼塔·德赛的女性小说研究》、曾琼的《重读经典：〈吉檀迦利〉翻译与接受研究》。

由唐仁虎、刘曙雄指导的这些研究印度英语文学的六

篇博士论文的卓然问世，成了中印文学交流研究中的一道美丽景观。[1] 究其原因有三：一是印

1. 为了让更多读者了解这六篇博士论文的内容，我们征得作者同意，将它们的中文摘要以附录形式刊于本章之后。

度英语文学的确极有研究价值，而且随着全球化的不断深入，印英文学的作者身份、作品形态

及思想内容，也在发生着新的变化。这种变化不但不会削弱印英文学在印度和世界文学史上的

地位，反而会加强这种地位。二是出自北京大学印度语言文学专业，而不是出自其他大学的英

语文学专业。印度英语文学，不是一般意义上的英语文学，没有印度的语言、文化知识，不管

你的英语多好，也是不能搞好研究的。三是获得了中印著名学者的倾力支持。这种支持对博士

生和指导教师的帮助，自不待言。如安纳德作品翻译研究的著名专家王槐挺对张玮论文的支持。

张玮在论文"后记"中写道："王老师缠绵病榻数年，当他知道我准备做安纳德小说研究的时候，

便把安纳德赠给他的书转赠给我，还把他多年收集的资料，以及他与作家之间的私人信件交给

我。"等作者动手写论文之时，王槐挺却去世了，给人们留下的是一段老学者倾其所有支持青

年学者的感人故事。

《拉贾·拉奥小说研究》博士论文答辩会。

王槐挺与安纳德和村民在一起。

正因为有了以上三个原因，北京大学研究印度英语文学的系列博士论文大获成功。正如张玮在论文结束时所说："本论文希望能为国内的安纳德研究做点基础性的、抛砖引玉的工作——实际上，我相信，更加全面与广泛的安纳德研究将是一件非常有价值的工作。"她的观点，我们完全可以进而做这样的理解：北大的系列博士论文，为整个印度英语文学研究所做的是"基础性的、抛砖引玉"的工作，为全面而广泛的、非常有价值的印度英语文学研究，在学术的规范性、风格的多样性方面，都作出了表率。

　　在印度英语文学研究领域，迄今为止我们最重要的收获是石海军的《后殖民：印英文学之间》。全书共七章："从后殖民文化研究的角度看印度现当代文学"、"奈保尔与纳拉扬"、"拉什迪与印度流散文学"、"殖民与后殖民话题中的吉卜林"、"民族主义与后殖民主义"、"现代性与现代性模仿"、"甘地主义、种族意识与种姓制度"。这些全是印度现代社会与文学的重大课题，作者以犀利的目光对它们进行了剖析与评论。此书是国家社科基金项目，虽然作者在序言中说，作为"愚公"乡人，总是辛勤地劳作，但却做着"智叟"的工作，其实这是他十年思考的结晶，填补了我国在印英文学研究领域中的空白。既然是一项开创性的工程，不完善是难免的，但是它代表了我国学术界在此领域中最新、最高的研究水准。我们期待着《后殖民：印英文学之间》在再版时，会有一个更加健硕的身姿。

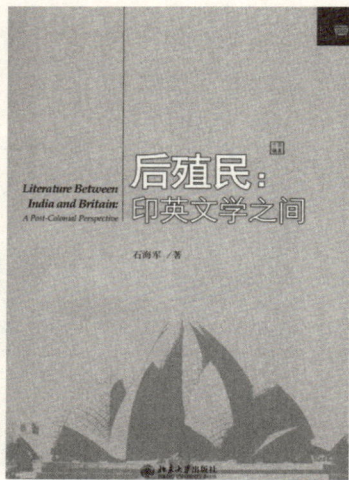

《后殖民：印英文学之间》，
石海军著

第四节 印度其他文学的中国译介

印度是个语言大国，文学大国。除了以上介绍的孟加拉语、印地语、英语文学以外，在近现代文学园地里，还有大量使用其他语言创作的优秀作家和作品，也受到了中国学者的重视和读者的喜爱。

对印度近现代文学的评论、介绍，是中国印度文学研究者的重要任务。而他们的研究成果，集中地体现在由季羡林任主编、刘安武任第一副主编的《东方文学史》一书中。此书第四编"近代文学"第四章"南亚文学"，以及第五编"现当代文学"第四章"南亚文学"，以很大的篇幅全面而又重点突出地对印度近现代作家作品，进行了介绍和评论。此书为国家哲学社会科学"七五"规划重点项目，编写者都是我国长期从事东方国别文学研究的专家，他们都有语言专长。此书的问世，是我国东方文学家长期积累及合作的成果，体现了我国 20 世纪东方文学史研究的最高水平。以南亚文学为例，主编季羡林、第一副主编刘安武、副主编黄宝生，都是我国最著名的印度文学专家。编写者中，除了刘安武、黄宝生之外，李宗华、张锡麟、刘曙雄、董友忱、唐仁虎等，都是研究印度文学的当代大家。在第四编第四章"南亚文学"中，印度文学居于中心地位，一共分五节介绍"迦利布和乌尔都语文学"、"般吉姆和孟加拉语文学"、"泰戈尔"、"帕勒登杜和印地语文学"、"巴拉蒂和泰米尔语文学"。在第五编第四章"南亚文学"中，又以五节重点介绍了"萨拉特和孟加拉语文学"、"普列姆昌德和印地语文学"、"伊克巴尔"、"克里山·钱达尔和乌尔都语文学"、"泰米尔语文学"。

作为《东方文学史》的配套项目，由季羡林主编、刘安武副主编的《东方文学辞典》[1]，是

1. 该书由吉林教育出版社 1992 年 12 月出版，编写队伍有 49 人，几乎是《东方文学史》的原班人马。

一部 110 万字的大书。该书一共收录了印度的 18 种语言的文学条目。除了上面介绍过的梵语、印地语、孟加拉语、英语文学之外，还有巴利语、俗语、泰米尔语、旁遮普语、马拉提语、古吉拉特语、阿萨姆语、奥里萨语、克什米尔语、信德语、马拉雅拉姆语、卡纳尔语、泰卢固语、乌尔都语文学，内容丰富多彩。

现在，我们本着"不重复、择其要"的原则，来介绍印度近现代文学史上乌尔都语和泰米尔语重要的作家与作品。

一、 乌尔都语文学研译

乌尔都（Urdu）即军队、军营，乌尔都语即"军话"、"军语"之意。广泛流行于印度北方地区，语法上与印地语没有本质区别。1947 年，印、巴分治后，乌尔都语成为巴基斯坦国语，印地语成为印度国语，在用词上差异逐渐扩大。乌尔都语多用阿拉伯、波斯词汇，印地语多用梵语词汇。分治之前，乌尔都语文学，出现了一大批大作家，在印度近代文学史上熠熠生辉。

迦利布（1797—1869），近代乌尔都语第一诗人。他出身贫寒，但自幼聪颖，13 岁即开始作诗。1850 年，他应召入宫编写帖木尔王朝史，1855—1857 年任宫廷太傅。他一生用乌尔都语和波斯语写作。1841 年出版《迦利布诗选》（乌尔都语），1861 年版收有 500 余首诗歌。另有《印度的芬芳》（1850—1866 年书信）、《乌尔都精粹》（1866 年之后的书信）。迦利布的"书信语言简洁精练，诙谐幽默，富于诗情画意，被认为是乌尔都语现代散文的开端"[1]。他的波斯

1. 季羡林主编、刘安武第一副主编：《东方文学史》（下册），第 970 页，长春：吉林教育出版社，1993 年版。

语诗集有《迦利布诗全集》（1845）、《最后的果实》（1867）。另外，迦利布论述文学、艺术、语言、历史的大量文字，收入《迦利布散文全集》于 1868 年出版。

尽管迦利布著作丰多，但是他"对乌尔都语文学最大贡献是他的诗歌，尤以抒情诗最为精彩。他的抒情诗格调新颖，内涵丰富，完全是发自内心的对生活的理解和呼唤"。"迦利布的诗歌具有强烈的美感效果，诗人主观的思想情感和审美情趣与他所描写的对象和景物交融贯通。"[2]

2. 季羡林主编、刘安武第一副主编：《东方文学史》（下册），第 970、971 页，长春：吉林教育出版社，1993 年版。

其诗歌之美，深深打动了中国的读者。

在乌尔都语诗人中，影响最大的是穆罕默德·伊克巴尔（1877—1938）。他同时又是哲学家、思想家，出版有 11 部诗集，其中 3 部用乌尔都语写成，7 部用波斯语写成，1 部用两种语言写成。1924 年，他将所写的 250 首诗结集成《驼队的铃声》出版，获得好评。著名文学评论家阿卜杜尔·卡迪尔在诗集前言中这样写道："有谁知道，在迦利布之后印度将诞生一个把新的灵感注入乌尔都语诗歌，从而再现迦利布那无与伦比的想象力和别具一格的表现力，使乌尔都文学得以继续发展的诗人？乌尔都语有幸在当代获得像伊克巴尔这样的诗人，他的诗篇深深地镶嵌在全印度乌尔都语人士的心坎上，他的名声远及罗马、伊朗和英国。"[3]

3. 季羡林主编、刘安武第一副主编：《东方文学史》（下册），第 1293 页，长春：吉林教育出版社，1993 年版。

伊克巴尔在 1935 年出版了第二部乌尔都语诗集《杰伯列尔的羽翼》，收有各类诗近 200 首，主要是探讨人的本质和使命，也有一些政治抒情诗，如长诗《列宁》。在《侍酒歌》里，伊克

巴尔充满豪情地写道：

> 新时代，新天地，
>
> 新的乐器奏出新乐曲。
>
> ……
>
> 资本主义时代已经过去，
>
> 魔术师变完戏法也已离去！
>
> 沉睡的中国人民已经觉醒，
>
> 喜马拉雅山的喷泉开始沸腾！[1]

1. 季羡林主编、刘安武第一副主编：《东方文学史》（下册），第 1295 页，长春：吉林教育出版社，1993 年版。

伊克巴尔学识广博，激情澎湃，思想感情完全和苦难的人民联系在一起。中国学者这样评价道："伊克巴尔的诗歌语言精练简洁，节奏感强，这使得他的诗歌为人民所喜闻乐见，广为传诵。"[2] 他的诗作赢得了中国读者的喜

2. 季羡林主编、刘安武第一副主编：《东方文学史》（下册），第 1299 页，长春：吉林教育出版社，1993 年版。

爱。1958 年，邹荻帆、陈敬容从英语译出诗歌 43 首，以《伊克巴尔诗选》的书名出版。1977 年，王家瑛从《驼队的铃声》、《杰伯烈尔的羽翼》、《格里姆的一击》和《汉志的赠礼》四本乌尔都语诗集中，选译 37 首诗歌，仍以《伊克巴尔诗选》的书名出版。1999 年，北京大学出版社出版了伊克巴尔的叙事体哲学长诗《自我的秘密》，译者刘曙雄为此书写有 2 万余言的长文《伊克巴尔与〈自我的秘密〉》。"这篇文章详细地介绍了伊克巴尔的生平思想与创作，深入地分析了《自我的秘密》的哲学内涵、所引起的争议和所产生的影响，是中国伊克巴尔研究与评论的代表性成果。"[3]

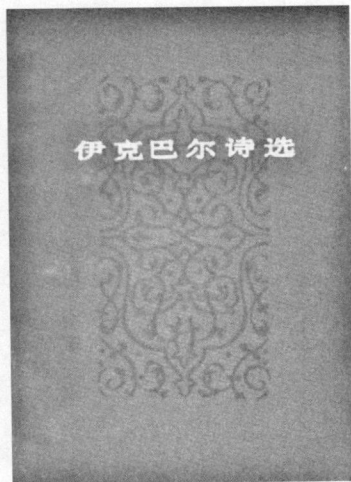

《伊克巴尔诗选》，王家瑛译

3. 王向远：《东方各国文学在中国》，第 85 页，南昌：江西教育出版社，2001 年版。

刘曙雄这一阶段的研译，为他的博士论文《南亚穆斯林诗人伊克巴尔》奠定了坚实基础。

乌尔都语文学中，最享盛名的是克里山·钱达尔（1914—1977）。他一生著有 30 多部中、长篇小说，400 多篇短篇小说，

还有 30 多部电影剧本及若干散文作品，享有印度 "短篇小说之王" 的美誉。

1947 年，印、巴分治，教族大屠杀带给印度人民的苦难，是任何外人难以想象的。许多印度作家面对残酷现实，有的表现出忏悔、沉沦，有的变得更加疯狂，有的则直面人生，继续拿起笔，伸张正义、鞭挞丑恶、歌颂美好，为印度人民的新生活而辛勤耕耘。钱达尔就是第三种人的代表。他出生于中产阶级家庭，少年时生活在美丽的克什米尔。他是一位真正的爱国者。读大学时，担任学院办的英文刊物《信使》、《北方评论》的编辑，参加抗英秘密武装。曾当选为印度进步作协总书记。1950 年代访问中国，对中国友好。

作者早期作品，以描写克什米尔平静生活为主，富于诗情画意。但现实生活中的种种丑恶现象，在作者笔下也有真实反映。后来，作者以更加广阔的印度独立运动和世界和平运动为背景，写出了一系列优秀作品。《失败》是钱达尔的早期代表作，主题是通过不幸婚姻抨击社会弊端。《当田野苏醒的时候》，标志着他 "在创作思想和题材上进入一个新的、更高层次的阶段"[1]。钱达尔对 1947 年的教族大屠杀，表示强烈谴责。他的《白沙瓦快车》、《我们是野蛮人》，

1. 季羡林主编、刘安武第一副主编：《东方文学史》（下册），第 1303 页，长春：吉林教育出版社，1993 年版。

对殖民主义的阴谋、教族主义的恶行，进行了无情的揭露，为所有人的生存权呐喊，不论是哪个宗教，哪个阶级。他的《给在朝鲜阵亡的第一个美国兵的信》、《我要等待》等作品，在国际上引起了反响。1963 年，他出版《痛苦的运河》，反映印度废除土地地主所有制后即将发生的变化，他的创作主题重新回归农村与农民。

纵观克里山·钱达尔一生的创作，他的著作 "紧跟时代的步伐，以敏锐的观察力反映印度社会，乃至世界当前的主要政治生活现实。作品的主题和题材多种多样，想象力丰富，密切结合现实斗争，体现了文学的社会和审美功能，是时代的一面镜子"[2]。

2. 季羡林主编：《东方文学史》（下册），第 1304 页，长春：吉林教育出版社，1993 年版。

钱达尔是最早介绍到我国，并为我国读者深深喜爱的印度现代作家之一。据东方文学研究专家王向远统计："50 年代初，光明书局出版了冯金辛翻译的钱达尔短篇小说集《火焰与花》；1955 年，作家出版社出版了冯金辛翻译的《钱达尔短篇小说选》；1958 年，人民文学出版了《我不能死》；同年，少年儿童出版社出版了《一棵倒长的树》。进入 80 年代后，钱达尔的若干中长篇作品被大量翻译过来，主要有长篇小说《一头驴的自述》（唐生元等译，北岳文艺出版社 1982）、《失败》（两种版本：怡新译，北岳文艺出版社 1986；如珍译，湖南人民出版社 1986）、《钱镜》（瑞昌译，陕西人民出版社 1984）、《一个少女和千百个追求者》（两种版本：

庄重、荣炯译，山西人民出版社 1982；任蔚典译，湖南人民出版社 1981）、《流浪恋人》（朱国庆、张玉兰译，湖南人民出版社 1986）等。这些作品由于明快简练的风格和引人入胜的故事而受到我国读者的欢迎，每种译本都有超过万册的印数。特别是描写吉卜赛女子悲惨命运的《一个少女和千百个追求者》，在我国一度成为畅销书，两种译本的发行量达六十六万册之多，影响很大。"[1] 随着作品的译介，中国学者对钱达尔的研究，也越来越多，并进入大学课堂。《我不能死》还进入了《东方文学鉴赏辞典》。但是，对钱达尔及其作品的研究，还存在着一个向纵深发展的巨大空间。

1. 王向远：《东方各国文学在中国》，第 79、80 页，南昌：江西教育出版社，2001 年版。

在印度文学版图上，乌尔都语文学是个"大国"。除了上述作家之外，还有众多知名作家，他们的作品也深得中国读者好评。其中，密尔·阿门的《花园与春天》，是著名的长篇自由体故事诗，1982 年由李宗华等四人翻译出版。米尔扎·鲁斯瓦的长篇小说《一个女人的遭遇》（原名《乌姆拉奥·江·阿达》）1987 年由佘菲克翻译出版。这两部作品，均列入人民文学出版的"印度文学丛书"，足见其品位之高。

对于乌尔都语文学发展史的研究，很早就受到中国学者的重视。北京大学东语系乌尔都语教研室的山蕴教授，根据巴基斯坦学者阿布赖司·西迪基的《乌尔都语文学史纲》、《今日乌尔都语文学》二书，编译而成《乌尔都语文学史》，于 1993 年由中国社会科学出版社出版。根据教学需要，乌尔都语教研室的李宗华教授，决心用中国人的视角进行写作，终于完成了 40 万字和 60 万字的两种《乌尔都语文学史》教材的写作。[2] 这是一项了不起的大工程。由于李宗华既精通乌尔都语，又精通英语，长期潜心研究，厚积而后发，得到了业内专家的高度评价。

2. 李宗华的《乌尔都语文学史》已进入出版程序。

二、　泰米尔语文学研译

泰米尔语和梵语一样古老，泰米尔语文学历史十分悠久。约在公元前 5 世纪到公元 2 世纪，在印度北方地区史诗、往世书创作的同时，南方达罗毗荼语系地区，也涌现了大量优秀诗作，史称"桑伽姆文学"。现存的主要有 3 部典籍《朵伽比亚姆》、《八卷诗集》和《十卷长歌》。"《朵伽比亚姆》既是一部语法书，又是一部创作论，它本身不是文学作品，但它总结了古代泰米尔文学的成就与经验，从而能够使我们高度统合而概括地了解桑伽姆文学的盛况。《八卷诗集》和《十卷长歌》是数百年间集体创作的产物，由学者在国王支持下收集整理而成的诗歌总集，成书时间一般认为在公元 2 世纪左右。两书共收诗歌 2000 多首，是桑伽姆文学的两部代表作，标志着古泰米尔文学的发达与繁荣。"[1]

1. 郁龙余：《中国印度文学比较》，第 20 页，北京：中国社会科学出版社，2000 年版。

现代泰米尔语文学的复兴，肇始于 19 世纪，其标志是泰米尔语小说的产生与发展。这与整个印度民族的觉醒和文化复兴，是相一致的。

泰米尔语文学史上的第一部长篇小说，是魏达纳雅姆·比莱的《比拉达巴·牟达里亚尔传奇》创作于 1876 年，是一部英语小说与印度传统故事文学相结合的自传体小说，对当时印度的社会风貌作了深刻、生动的描述。第二部长篇小说是充满大量哲学思想的《卡玛拉姆巴尔的传记》。作者拉贾姆·埃维尔青年时代爱好哲学又熟悉印度南方农村，所以"使现实主义的故事内容和简洁凝炼的语言风格达到了完美的统一"[2]。第三部泰米尔语长篇小说，依然是农村题

2. 季羡林主编：《东方文学史》（下册），第 1008 页，长春：吉林教育出版社，1993 年版。

材，发表于 1890 年，作者是马达维亚，作品中故事生动，反映了当时农民生活和思想的现状。"浓厚的改良主义色彩与较高的艺术性在这部作品中达到了统一与和谐。"[3] 正是这三部长篇小说，

3. 季羡林主编：《东方文学史》（下册），第 1008 页，长春：吉林教育出版社，1993 年版。

在 19 世纪末奠定了泰米尔语长篇小说创作的基础。应该说，这个基础打得相当牢固。正因为有了这么好的基础，到了 20 世纪初，出现了《帝纳塔耶鲁》、《穆杜·米娜志》、《孙达丽》、《维查耶姆》等一系列同情寡妇悲惨命运、关注现实题材的优秀长篇小说。

随着泰米语文学的发展，一位天才的伟大爱国诗人巴拉蒂（1882—1921）出现了。巴拉蒂出生于婆罗门家庭，天资聪颖，7 岁能诗，11 岁便有"神童"之誉。他父母早亡，从小随姑母在贝拿勒斯读书，通晓梵文、印地文、英文，崇拜雪莱和拜伦，以"雪莱达桑"笔名写诗。1905 年，年仅 23 岁的巴拉蒂担任《皇后》月刊主编，1907 年任《印度报》主编。1908 年，第一本诗歌集《祖国之歌》出版。他抨击殖民统治，宣扬爱国主义。同年，他遭殖民当局迫害，查封《印度报》，被迫逃亡到法属琫地治里，结识了印度三圣之一的圣哲阿罗频多等人，对他的创作产生深刻影响。十年后，巴拉蒂离开琫地治里回到内地，又遭逮捕入狱。1920 年，他出任《祖国之友》报副总编，继续发表诗文，到处演讲，宣传民族革命。1921 年，不幸英年早逝，年仅 39 岁。

身后，他的诗文被汇集成《大诗人巴拉蒂诗集》、《巴拉蒂短篇小说集》、《巴拉蒂文集》出版。在他所有创作中，诗歌的影响最大。他的诗歌，主要分为"民族主义诗歌"，"烦神诗歌"，"杂咏诗歌"和"长篇叙事诗"四部分。巴拉蒂诗歌的进步思想，主要表现为歌唱祖国人民，

宣扬爱国主义；反对殖民压迫，渴望自由民主和民族独立解放；反对封建压迫，反对种姓制度，提倡男女平等；讴歌十月革命，向往光明幸福的理想社会。他在《自由之歌》中写道：

> 称婆罗门为尊者的时代已经过去，
>
> 见洋鬼子叫老爷的时代已经过去，
>
> 乞食者受欺凌的时代已经过去，
>
> 为骗子手卖命的时代已经过去！
>
>
> 到处都在谈论自由，
>
> 人人平等是必由之路，
>
> 让我们吹起胜利的号角，
>
> 把自由之歌唱遍全球！[1]

1. 季羡林主编：《东方文学史》（下册），第 1012—1014 页，长春：吉林教育出版社，1993 年版。

巴拉蒂是一代伟大的诗人，被称为"泰米尔诗王"。他的诗歌深受人民喜爱，许多作品被译成印度许多民族文字，还被译成英、俄、德、波兰语等，受到普遍好评。

印度独立之后，泰米尔文学走上了新的发展里程，涌现出一批新的优秀诗人和作家。随着时代的发展，小说的影响越来越大，小说家的社会作用超越了诗人。其中，小说家卡尔基（1899—1954），普杜迈毕丹（1906—1948）、阿基兰（1922—1988）的成就最大。

卡尔基最初写短篇小说，在 1937 到 1938 年，发表了第一部长篇小说《小偷的情人》，一举成功。从此他成功创作了《献身之地》、《马古达瓦蒂》、《山林公主》、《涛声》等社会小说，之后又写历史题材小说《巴尔底班之梦》、《伯因尼之子》、《西瓦迦米的誓言》等，充分展现了作者的艺术才华，被誉为"泰米尔语历史小说先驱"。但是，在卡尔基全部创作中，还是以现实题材的《涛声》为其代表作，它也是"印度现代泰米语文学中最优秀的小说之一"。[2]

2. 季羡林主编、刘安武第一副主编：《东方文学史》（下册），第 1309 页，长春：吉林教育出版社，1993 年版。

普杜迈毕丹的真名是 S·维鲁达萨拉姆，自幼得不到家庭温暖，早早独自谋生，饱尝人间艰辛。他只活了 42 岁，但留下了 200 多篇短篇小说，以自己的卓越才华，赢得了"泰米尔语小说之王"的称誉。

阿基兰，原名阿基兰丹姆，10 岁时家道中落，随母寄居在外祖母家。从青年时代就投身民族革命事业，同时开始从事文艺创作。1945 年，他的中篇小说《女人》荣获"文艺女神"小说一等奖。从 1958 年起，阿基兰专门从事写作，一生共发表 200 篇短篇小说，18 部中长篇小说，还有剧本、儿童文学和散文。长篇爱情小说《画中女》是其代表作，心理刻画细腻，人物形象丰满，具有极大的艺术感染力。中国学者认为"阿基兰首先是一位爱国主义者和甘地主义者，然后才是一位作家。可以说，爱国主义和甘地主义思想贯穿于他的所有作品之中。因此，他被称为甘地主义现实主义作家。在文学创作中，阿基兰反对'为艺术而艺术'的观点，主张'在真实中寻求美'。他的这种文艺思想无疑是正确的"[1]。

1. 季羡林主编、刘安武第一副主编：《东方文学史》（下册），第 1315 页，长春：吉林教育出版社，1993 年版。

在印度现代泰米尔语作家中，作品翻译介绍最多的是阿基兰。1984 年，张锡麟将阿基兰的 32 篇短篇小说译成汉语，并以《阿基兰短篇小说选》之名，由上海译文出版社出版。1986 年，刘国楠从印地语本将他的《画中女》译成汉语，由山西北岳文艺出版社列入《东方文学丛书》出版。

有学者中肯地指出："总体看来，我国的印度现代文学的译介，除了泰戈尔、普列姆昌德及钱达尔、安纳德等少数几个作家之外，译介面不宽，评论和研究也显得薄弱，远远不能反映印度现代文学的全貌。"[2] 他还说："我国当代从事印度文学翻译、评论和研究的人为数太少，

2. 王向远：《东方各国文学在中国》，第 83 页，南昌：江西教育出版社，2001 年版。

和从事英美文学、法国文学、日本文学、俄罗斯文学等其他外国文学的人比较起来，显得不成阵容。"[3] 泰米尔语文学的翻译与研究的情况，显得尤为突出。本来，我国的泰米尔语专家极

3. 王向远：《东方各国文学在中国》，第 84 页，南昌：江西教育出版社，2001 年版。

为稀少，竟然还产生严重流失。如翻译《阿基兰短篇小说选》的张锡麟，他是我国最强的泰米尔语文学专家，除了翻译之外，还搞研究。季羡林主编的《东方文学史》中，关于泰米尔文学由古至今的文字，都是他的研究成果。这些分布在全书的四节文字，有数万字之多，实际上是一部精当、简明的《印度泰米尔语文学史》。可是，不知何故他竟在 20 世纪末离开北京，改

4. 锡麟初到东莞文联，负责一本杂志，和我有几次联系，对改行表示心有不甘。我在深圳大学任教，与他仅一步之遥，却爱莫能助。不久，就没有了联系。

行回到了家乡。[4] 这样，中国研究印度文学的队伍中又少了一员大将，令人扼腕。

现在撰写《中国印度文学交流史》，重读锡麟书稿而不知其人在何处，不觉神伤。没有他的翻译和研究，我们对印度泰米尔语文学的了解，无从谈起。

附录：《北京大学印度英语文学博士论文摘要》汇编

杨晓霞：《独立前的印度英语小说》（中文摘要）

本文研究了独立前的印度英语小说创作的情况，从历史文化的视角剖析了印度英语小说产生、发展与繁荣的深层原因。此外，还对印度英语小说史上著名的三位小说家列专章进行分析，概括介绍他们的小说创作，总结他们创作的艺术特点。由于研究完整性的需要，对他们三位作家在印度独立后的创作也进行了论述。全文除绪论外，正文分为上下两篇。上篇分为两章。第一章主要介绍印度英语小说产生的时间和历史文化背景，以及早期印度英语小说的创作，阐明了这一时期的小说创作特点。这一时期的小说创作多是为迎合读者，尤其是英国读者猎奇的需要，小说中充满印度风情和神秘传奇色彩。第二章阐述了在新的历史文化背景下，印度英语小说家为突破"套话"所做的努力，有些作家已经开始在传统题材中增加新的思想，带有一定的时代色彩。下篇分为四章。第一章介绍了 20 世纪 30 年代印度英语小说创作的繁荣景象，说明印度英语小说家的视野更加广阔，他们的叙述技巧比以前的作家成熟。印度国内的政治风云变幻、人民的现实生活景象等都成为他们小说的描写对象。这一时期出现了著名的印度英语小说三大家——安纳德、纳拉扬和拉迦·拉奥。第二章介绍了安纳德的生平与小说创作。从文化研究的角度，运用拉康的镜像理论分析了安纳德在印度独立前出版的几部长篇小说，论述了安纳德通过对小说中主人公遭遇的描写来对自我和民族文化身份的探寻。第三章介绍了纳拉扬的生平与小说创作，分析了纳拉扬的"马尔古蒂"系列小说。研究了纳拉扬如何通过对马尔古蒂镇的人和事件的描写，生动地表现西方思想和观念对印度的影响和冲击。第四章介绍了拉迦·拉奥的生平与创作，通过对他在印度独立前出版的小说《根特浦尔》的分析，阐述了拉迦·拉奥对印度政治问题和甘地主义的看法和思考。

王春景：《R. K. 纳拉扬长篇小说研究》（中文摘要）

R. K. 纳拉扬是印度英语文学的重要作家，是印度英语小说三大家之一，在印度与西方都有较大影响。本文从历史背景、现实关注和艺术特征等方面对纳拉扬的长篇小说进行了系统、整体的研究。全文除绪论外，分为四章。第一章"生平与创作"主要介绍了纳拉扬生活中一些重要事件，以及对他的思想影响比较大的一些人物，并对他的长篇小说的情节进行了简单介绍。第二章"纳拉扬长篇小说的主题与现实"主要分析纳拉扬作品中与社会现实关系密切的内容，分为：儿童与教育问题、女性问题、民族性格问题与文化冲突问题。纳拉扬塑造的儿童形象、女性形象系列，表现出他对儿童教育与女性命运的关注和思考。他笔下的男性主人公系列，则具有典型的民族性格，表现出印度的宗教文化对人们的心理和精神状态产生的重要影响；传统文化与现代文化的冲突在纳拉扬的长篇小说中也得到了丰富的描写。论文对这四类问题进行了详细的分析和评价。第三章主要研究纳拉扬创作中的印度性问题。纳拉扬的英语写作表现出鲜明的地域文化色彩，具有明确的文化身份和立场，印度性是其突出的特色。第四章长篇小说艺术。主要分析纳拉扬长篇小说的艺术特色。纳拉扬的创作观是现实主义的，主要表现普通人的平凡生活与内心现实；他的长篇小说的结构是以故事与人物为核心的；在叙事视角上，纳拉扬运用了多种方式，达到了客观冷静的叙述效果；纳拉扬的语言平易简洁，幽默诙谐，形成了独特的创作风格。

刘朝华：《拉贾·拉奥小说研究》（中文摘要）

拉贾·拉奥是印度英语小说三大家之一，在印度英语文学发展的过程中起了重要作用。他的小说在印度和西方受到广泛的关注。但是在国内，对拉贾·拉奥的研究刚刚起步，至今还没有系统的研究，所以对他的小说进行系统和全面的研究很有必要。本文将拉贾·拉奥的小说置于反殖民和后殖民文学的背景下，讨论拉贾·拉奥小说体现出来的哲学多样性和社会文化意义。作为创作时间超过70年的印度作家，拉贾·拉奥没有回避现代印度社会和文化中的诸多问题，他的作品一方面从形而上的层面描绘印度，另一方面对印度在发展过程中遇到的政治和社会问题作了研究探讨。与大部分现代作家不同的是，拉贾·拉奥把印度历史上和宗教传说中的人物形象融入他的现代人物形象塑造中，将传统的宗教信仰看成一种现代的和革新的力量。本文除绪论外，共分为九章。为了发掘作家和作品的关系，第一章描述了拉贾·拉奥的生平和文学创作，试图分析他和甘地、尼赫鲁、阿特曼南德、E·M·福斯特以及罗曼·罗兰等人的交往以及他们对他的影响。第二章分析了拉贾·拉奥早期的两部短篇小说集。这些作品非常印度化，展现了独立前印度生活中的一个个小片段：印度教大家庭中孤立无援的寡妇，农民悲惨的生活，甘地对印度青少年的影响，修行者对真理和神的追求等等。拉贾·拉奥的短篇小说有一个显著的特点，那就是它们记录了作家创作发展的轨迹。后期的作品虽然也保持了对印度现实社会和文化的问题的严肃关注，但是作家对哲学主题的偏爱和对印度叙事技巧恰当运用的追求变得更明显了。第三章除致力于找出作家创作发展的轨迹外，还试图集中分析作家在短篇小说集《恒河码头》中展现的人性，关注造成这些人物特性的特殊环境。第四章主要依据拉贾·拉奥的长篇小说《根特浦尔》来探讨作家的政治取向。第五章是对作家的半自传体小说《蛇与绳》的文本分析。通过对拉姆斯瓦米和他的后母、法国太太以及他的情人的关系变化的分析，揭示小说的主题。第六章说明《猫与莎士比亚》不仅描绘了作者在心目中能够通过精神追求达到的、光明而美好的世界，并且揭示了独立前印度官僚机构的腐败。第七章分析了《基里洛夫同志》，指出这部小说主要研究是人的存在和道德。作家借基里洛夫的经历表明了他对马克思主义和甘地主义看法。第八章探讨了《棋王与棋着》中的哲理问题，分析了西方文化对小说的影响。最后一章通过印度英语表达方式和中国意象建构的例子，对拉贾·拉奥的艺术风格和叙事策略作了剖析。

张玮：《M. R. 安纳德长篇小说研究》（中文摘要）

M.R. 安纳德是印度英语文学的开创者之一，在印度现代文学史上占有重要地位。本论文以他的长篇小说为研究对象，对小说主题、人物形象、创作观念等方面进行分析解读，并研究探讨安纳德在借鉴西方文学创作技巧和继承印度文学传统基础上所形成的独特创作风格。本文除绪论之外，正文共分五章。第一章为"M.R. 安纳德的生平与创作"。本章分为"早年生活"、"海外生活"和"重归印度的生活"三节，介绍安纳德不同时期的生活和文学创作情况。此外，安纳德不仅是一位文学家，还是一位艺术评论家和社会活动家，本章对他从事艺术活动和社会活动的情况作了简要介绍，并分析这些活动与他文学创作的关系。第二章为"贱民问题"。通过对安纳德贱民主题的小说进行文本细读，本章分析了他小说中所表现的印度社会中具有代表性的种姓制度和贱民问题。本章分析安纳德小说中贱民形象的发展变化及其原因，阐明安纳德把贱民作为小说主人公来描写的进步意义。同时，此章还分析论述了安纳德为贱民"鸣不平"

的思想来源。第三章为"工农问题"。本章结合印度现代时期农业和工业的发展状况，研究安纳德以工农问题为主题的作品，介绍安纳德描写的农民、工人的悲惨命运，分析小说中具有代表性的农民、工人形象，指出工农问题的发展变化及其原因。第四章为"女性问题"。本章结合印度文化、习俗，研究安纳德长篇小说所表现的女性问题和所塑造的女性形象。本章总结了小说中所描写的印度妇女面临的问题，解读了其中女性形象的意义，揭示了现代印度妇女走向独立自主的觉醒过程。第五章为"安纳德长篇小说的艺术风格"。本章从安纳德小说中具有印度特色的英语、多样的文本结构和表现形式，以及对意识流、象征等手法的运用等方面，研究分析了安纳德小说的艺术风格。

李美敏：《安妮塔·德赛的女性小说研究》（中文摘要）

安妮塔·德赛是现代著名印度英语小说家。她的小说在印度和西方受到广泛的关注。但是在我国，对安妮塔·德赛的研究还处于起步阶段，对她的小说进行研究很有必要。安妮塔·德赛的女性小说写作从传统的外部现实转向人物内心，为印度英语小说的创作空间增加了新的维度。女性是德赛小说重要的表现题材，她的这类小说主要描写女性角色的心理。从敏感、神经质到内心独立的女性形象，反映了印度现代社会具有独立意识的女性群体的心理变化。本文将安妮塔·德赛的小说置于印度独立后的历史语境中，结合社会、历史因素进行综合评析。安妮塔·德赛在塑造人物形象时没有把人物封闭和孤立化，而是把印度历史和传统文化元素融入其中，不是单一性的人物心理描写。通过研究她小说中的女性群体，可以窥视时代的变化，以及这个群体是怎样从传统走向现代，从边缘走向主流。

本文逐一分析安妮塔·德赛的女性小说，除绪论之外，共分为八章。第一章主要介绍安妮塔·德赛的生平和创作、德赛所处环境的多元性以及这种多元性对其小说创作的影响。第二章分析安妮塔·德赛的小说《斋戒·盛宴》。一方面，从印度传统文化的角度分析小说中的女性角色，另一方面以饮食习惯为切入点，剖析东西方文化的差异性，揭示德赛旅居国外 10 年的经历对创作这部小说的意义。第三章分析小说《哭泣吧，孔雀》。试图从夫妻关系、父女关系等角度分析精神绝望的女性主角，探究女性对现代社会无所适从的心理根源。第四章主要分析小说《今年夏天我们去哪儿？》，通过西塔的马诺里之行，探讨印度独立之后女性对个人空间的追寻。第五章分析小说《城市之声》。以三兄妹在加尔各答的生活经历为主线，分析德赛对现代城市中异化、荒诞以及碎片化的描写和两性之间的差异和隔阂，揭示女性的内心世界。第六章依据小说《山火》中的三位女性形象，分析人物的心理意识。剖析在印度独立后的社会转型背景下，女性悲剧性命运的根源。第七章是对安妮塔·德赛的半自传体小说《白日悠光》的文本分析。以男性人物拉贾为参照，分析女主角敏从模仿男性、塑造男性气质到摆脱模仿、建构女性独立人格的过程。通过对敏的形象分析，揭示现代印度新女性坚定的独立意识。最后一章通过安妮塔·德赛文本中的例证，综述女性小说的艺术特色，重点阐述她小说的叙事策略、语言特色和人物形象塑造的技巧。

曾琼：《重读经典：〈吉檀迦利〉翻译与接受研究》（中文摘要）

《吉檀迦利》是为罗宾德拉纳特·泰戈尔赢得诺贝尔文学奖的主要作品，曾在 20 世纪的世界文坛引起过轰动性的反响，同时它在我国也一直作为外国文学经典而备受学界重视，是我国外国文学史上的一部重要作品。本文主要从翻译和接受两个方面对《吉檀迦利》进行了细致、深入的分析和研究。全文除绪论外，分为四章。

第一章研究综论，对目前已有的国外和国内研究成果进行了系统的梳理并予以评论，也对我国《吉檀迦利》研究的现状进行了反思。第二章孟加拉文"吉檀迦利"文本和英文版《吉檀迦利》的对比研究。在厘清了孟加拉文文本与英文版《吉檀迦利》关系的基础上，对孟加拉文原诗和英文版诗篇进行了对比分析，探讨了泰戈尔在翻译过程中所采取的删减、增加、整合与重写等再创作策略，并对这些翻译策略进行了评价。第三章英文版《吉檀迦利》和《吉檀迦利》冰心译本的对比研究。本章的主要研究对象是作为我国外国文学经典的冰心所翻译的《吉檀迦利》，分析了冰心译本的独特文本魅力，探讨了它成为经典的原因，并对《吉檀迦利》冰心译本中存在的一些难点疑点提出了合理解释，在此基础上本章解析了冰心的翻译观与《吉檀迦利》冰心译本之间的关系。第四章所研究的是《吉檀迦利》的接受情况。本章首先讨论和分析了《吉檀迦利》在南亚近现代不同语种文学中的接受情况与产生的影响，其次论述和研究了这部诗集在亚洲其它国家和地区的传播和接受情况，指出了它在中国、日本等主要国家接受情况的异同。

对于《吉檀迦利》在欧洲、美洲的接受研究，本文首先详细解读了英、美两国对《吉檀迦利》的误读，接下来对这部诗集在俄罗斯、西班牙、以及拉丁美洲的传播与接受情况进行了较为全面、深入的分析。文章指出《吉檀迦利》在欧、美的接受具有复杂性与多面性，并分别探讨了形成不同接受情况的原因。

第八章　　季羡林和印度文学研究新局面

季羡林贺中国比较文学学会成立 20 周年题词

　　季羡林（1911—2009）山东临清人。家庭赤贫，从小依靠在济南铁路工作的叔父供养。他读书勤勉，成绩优异。进入高中，三年考得六个甲等第一名。1930 年，同时考取北京大学和清华大学。因清华出国机会多，而入读清华西洋文学系。大学毕业后，任山东济南高中语文教员一年。1935 年考取官费留学德国哥廷根大学，主修印度学。1941 年，以全优成绩获得哲学博士学位。由于"二战"，直到 1946 年才有机会回到祖国。因陈寅恪推荐，北京大学校长胡适破格定其为教授，并任新建东方语文学系主任。北大是季羡林除济南高中之外，唯一的供职单位。

　　当代中国，季羡林不但是一位学术大家，而且是一位公认的学界领袖，有"文宗"之称，担任过众多学术职位。他在《学海泛槎》一书中说：根据我自己还有些朋友的归纳统计，我的学术研究涉及的范围约有以下几项：1. 印度古代语言，特别是佛教梵文；2. 土火罗文；3. 印度古代文学；4. 印度佛史；5. 中国佛教史；6. 中亚佛教史；7. 糖史；8. 中印文化交流史；9. 中外文化交流史；10. 比较文学及民间文学；11. 美学和中国古代文艺理论；12. 德国及西方文学；13. 中西文化之差异和共性；14. 散文及杂文创作。[1]

1. 季羡林：《学海泛槎》，第 280、281 页，太原：山西人民出版社，2000 年版。

第一节 季羡林创建中国现代梵学

季羡林的以上 14 个方面的学术文化贡献，可概括为
五大项，其中四项属于学术研究。季羡林在"夫子自道"
的"真话"中，这样认为，他的学术研究的第一阶段是
德国十年。研究的主要方向是原始佛教梵语。主要成果
是他的博士论文 *"Die Konju-gation des finiten Verburns in dan
Gāthas des Mahavastu"*（《〈大事〉中陀部为限定动词的变化》）。
"在论文中，我论到了一个可以说是被我发现的新的语尾，
据说在印欧语系比较语言学上颇有重要意义，引起了比较
语言学教授的极大关怀。"[1]1965 年，他还写了一篇 *"On*

1. 季羡林：《病榻杂记》，第 212 页，北京：新世界出版社，2007 年版。

*the Einding-neatha for the Fuar Ruom Rlunel Atm, in the Budccher
Mixed Dialeer"*。这是博士论文的持续发展。"当年除了博
士论文外，我还写了两篇比较重要的论文，一篇是讲不定
过去时的，一篇讲—am〉o,u。都发表在哥廷根科学院院

2. 季羡林：《病榻杂记》，第 212 页，北京：新世界出版社，2007 年版。

刊上。"[2]"此时还写了一篇关于解谈吐火罗文的文章"，
季羡林说，"这算是我研究佛教梵语的第一次高潮。"[3]

3. 季羡林：《原始佛教的语言问题》，第 1 页，北京：中国社会科学出版社，1985 年版。

1956 年，季羡林写出《原始佛教的语言问题》；1958 年，
他写出《再论原始佛教的语言问题》；1984 年，他写了《中
世印度雅利安语二题》和《三论原始佛教的语言问题》。
在季羡林心目中，这四篇文章"可以算是第二次高潮吧！"[4]

4. 季羡林：《原始佛教的语言问题》，第 4 页，北京：中国社会科学出版社，1985 年版。

而且说："我相信，在今后图书资料条件日益改善的情况
下，必将有一个第三次高潮出现，而且是一个高于前两次
高潮的最高的高潮。"[5]1985 年，季羡林将四篇文章结集以

5. 季羡林：《原始佛教的语言问题》，第 6 页，北京：中国社会科学出版社，1985 年版。

《原始佛教的语言问题》的书名出版。

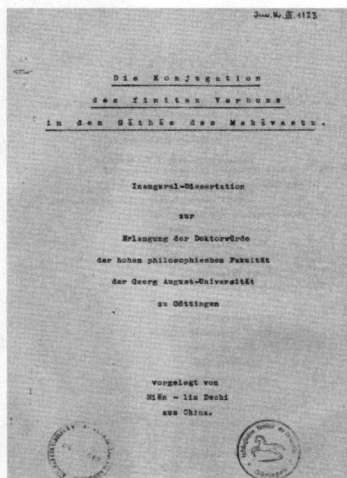

季羡林先生博士论文

　　那么，研究佛教语言的第三次高潮，到底有没有出现呢？季羡林本人没有说。我们认为，不但出现了，而且确如他所预期的，是高于前两次高潮的最高的高潮。

　　在第一次高潮时，季羡林写了一篇文章，讲《福力太子因缘经》的诸异本，解决了吐火罗文中的一些问题，确定了几个过去无法认识的词儿的含义。[1] 20 世纪 70 年代，

1. 季羡林：《病榻杂记》，第 213 页，北京：新世界出版社，2007 年版。

中国新疆出土了吐火罗文 A（焉耆语）的《弥勒会见记剧本》残卷。"到了 20 世纪 90 年代后期，我集中精力，把全部残卷译成英文。……即使我再谦虚，我也只能说，在当前国际吐火罗研究最前沿上，中国已经有了位置。"[2] 季羡林

2. 季羡林：《病榻杂记》，第 214 页，北京：新世界出版社，2007 年版。

的研究成果在西方的刊物上发表，并以《吐火罗文〈弥勒会见记〉译释》的中英文合本的形式，收在《季羡林全集》第十一卷中。[3] 季羡林在耄耋之年完成的这项成果，"说其

3. 季羡林：《季羡林全集》第十一卷，北京：外语教学与研究出版社，2009 年版。

是奇迹，是破天荒之作，是中外翻译史上的幸事，一点也不过分"[4]。这不正是比前两次更高的第三次高潮吗？

4. 郁龙余：《梵典与华章》，第 508 页，银川：宁夏人民出版社，2004 年版。

以三次高潮为标志的对佛教语言的研究成果，是季羡林全部学术研究的核心构成。当今世界，能窥其堂奥者，可谓凤毛麟角。完全可以说，对佛教语言（包括梵语、巴利语、吐火罗语等）的研究成果，是季羡林的第一大学术贡献。

　　季羡林第二大学术贡献，是对中外文化交流的研究。

　　从 1940 年代开始，季羡林就重视中外文化交流研究。纵观他的全部学术成果，中外文化交流是贯彻始终的一条红线。在晚年的《病榻杂记》中，他说："我是一个文化多元论者，我认为，文化一元论有点法西斯味道。在历史上，世界民族，无论大小，大多数都对人类文化做出了贡献。

《原始佛教的语言问题》，季羡林著

文化一产生，就必然会交流，互学，互补，从而推动了人类社会的进步。我们难以想象，如果没有文化交流，今天的世界会是一个什么样子。在这方面，我不但写过不少文章，而且在我的许多著作中也贯彻了这种精神。长达约八十万字的《糖史》就是一好例子。"[1]

1. 季羡林：《病榻杂记》，第212页，北京：新世界出版社，2007年版。

在七十年的学术人生中，"最让人震惊的是，季羡林在耄耋之年发表了'三十年河东，三十年河西'论，在学术界引发轩然大波。纵观季羡林的学术人生，'河东河西论'是其最激烈、最鲜明、最先锋的学术思想。'河东河西论'既有重大理论价值，也有重大的社会意义"。"'河东河西论'是季羡林晚年在学术思想上的最大贡献，也是其一生中最重要的理论贡献之一。"[2]

2. 郁龙余：《梵典与华章》，第498页，银川：宁夏人民出版社，2004年版。

而这一理论贡献，也是建立在他长期进行中外文化交流研究所取得的成果的基础之上的。当时，"它作为中国和平崛起的先兆，昭示着以文化学术复兴为核心内容的中华民族伟大复兴即将到来"[3]。时代发展到现在，中国国际地位的巨大变化，不正印证了"季氏判断"的科学性吗？当

3. 郁龙余：《梵典与华章》，第498页，银川：宁夏人民出版社，2004年版。

然，季羡林是位乐观主义者、和平主义者，他认为：只要我们共同学习，努力互相了解，"不管还需要多么长的时间，人类有朝一日总会共同进入太平盛世，共同进入大同之域"[4]。

4. 季羡林：《季羡林全集》第六卷，第430页，北京：外语教学与研究出版社，2009年版。

季羡林的第三大学术贡献是佛教史研究。

"1946年回国以后，由于缺少最起码的资料和书刊，原来做的研究工作无法进行，只能改行，我就转向佛教史研究，包括印度、中亚以及中国佛教史在内。"[5] 季羡林的佛教史研究，以佛

5. 季羡林：《病榻杂记》，第212页，北京：新世界出版社，2007年版。

教发展传播史为重点，同时，与他的佛教语言研究密切结合，与他的中外文化交流研究相交叉，所以形成了两个显著特点：一是求索历史真相，二是善于解析高端难题。有了这两点，季羡林的佛教史研究，在中国和世界佛教研究史上，独树一帜，令人瞩目。台湾文化大学教授李志夫说："季氏因醉心印度、佛教文献及中印文化交通史之研究，加之他对印度、乃至中亚古典文字之精湛素养，其著述往往发人之未发，实为我国当代大师级人物之一。"[6] 他的研究成果，主要

6. 季羡林：《季羡林佛教学术论文集》，台北：东初出版社，1995年版。

集中在《季羡林佛教学术论文集》（台湾东初出版社）和《佛教十五题》（中华书局）之中。

在佛教史研究中，季羡林看重《佛教开创时期的一场被歪曲被遗忘了的"路线斗争"——提婆达多问题》一文，他说："在印度佛教史方面，我给与释迦牟尼有不共戴天之仇的提婆达多翻了案，平了反。"[7] 撰写此文的动机，出于问题的重要性以及长期被忽视。他在文章的开头说：

7. 季羡林：《病榻杂记》，第212页，北京：新世界出版社，2007年版。

"这是佛教史上的一个重要问题。可惜过去还没有人认真探讨过，本文是第一次尝试。以后再写印度佛教史，必不应再忽略这个事实。"[8] 正如季羡林在晚年所说："在长达半个世纪的漫

8. 季羡林：《季羡林全集》第十五卷，第184页，北京：外语教学与研究出版社，2010年版。

长的年代里，不管我的研究对象'杂'到什么程度，我对

佛教研究始终锲而不舍，我在这方面的兴趣也始终没有降

1. 季羡林：《我和佛教研究（代序）》，见《佛教十五题》，第 1 页，北京：中华书局，2007 年版。

低。"[1] 这种坚持的最后一个重要成果，是他的《佛教的倒流》

一文。此文不但第一次详尽地梳理了中国佛教倒流印度的

特异现象，而且深刻地分析和回答了三个问题：为什么只

有佛教才有"倒流"现象，为什么只有佛教大乘才有"倒流"

现象，为什么只有中国人才能把佛教"倒流"回印度。[2] 这

2. 季羡林：《佛教十五题》，第 258 页，北京：中华书局，2007 年版。

样，就为中印佛教交流史研究，开启了一个新的重要课题。

季羡林的第四大学术贡献是印度文学的翻译与研究。

中国印度之间的文学交流，历史悠久，影响深远。东

汉以后的中国文学，实际上是中国先秦、秦汉文学和印度

古代文学（以佛教传播为主要渠道）相融合的产物。由于

宗教的排他性，印度文学的主流（吠陀教、印度教）作品，

并没有传播到中国来，即使有，也只是夹杂在汉译佛经中

的吉光片羽。这种局面，到近代被慢慢打破。但是，早期

的印度文学的翻译，大都数由英语、法语等译本转译而来。

真正从梵文原典将印度文学的主流作品，翻译介绍到中国，

并进行学术研究的，季羡林是第一大家。（详见本章第二节）

季羡林的第五大贡献是散文创作。

散文创作不是学术研究。季氏散文中，属于纯粹"学

术小品"的几乎没有，倒是他的学术论文中，不少具有散

文的特色，如《一个流传欧亚的笑话》、《说嚏喷》等等。

有业内人士认为，散文创作是季羡林"不务正业"的表现。

季羡林本人并不这么看。他一方面肯定自己的努力，在《病

榻杂记》中说："我从中学起就好舞文弄墨，到了高中，

受到了董秋芳老师的鼓励。从那以后的七十年中，一直写

《印度古代文学史》，季羡林主编

《东方文学史》（上、下册），季羡林
主编

作不辍。我认为是纯散文的也写了几十万字之多。"另一
方面他对自己的散文评价不高,也不理会别人的评论。他说:
"但我自己喜欢的却为极少数。评论家也有评我的散文的,
一般来说,我都是不看的。"[1]季羡林在乎的是读者。他知

1. 季羡林:《病榻杂记》,第 214 页,北京:新世界出版社,2007 年版。

道当代散文处境有些尴尬,勉励道:"今天的散文作家大
可以尽量发挥自己的风格,只要作品好,有人读,就算达
到了目的,凭空作南冠之泣是极为无聊的。"[2]季羡林散文,

2. 季羡林:《病榻杂记》,第 214 页,北京:新世界出版社,2007 年版。

文如其人,透出的是一个"真"字。温家宝说:"您是提
倡真的。要真情,要真实,要真挚,要真切。"乐黛云在
为《当代中国散文八大家》的季羡林卷《三真之境》的前
言中写道:"每次读先生的散文都有新的体味。我想那原
因就是文中的真情、真思、真美。"[3]

3. 季羡林:《三真之境》,第 6 页,深圳:海天出版社,2001 年版。

　　季羡林常说,散文是他的副业。正是散文这项副业,
才使这位梵文、巴利文、吐火罗文的专家为广大国人所熟识。
范曾认为,季羡林写散文是为了"释放"和寻找"归宿"。
他说:"季羡林必须寻找一件事情,足以缓解他如此惨淡经营
的学术生涯,使他的心灵中所贮藏的人性的温暖得以释放,将
自己诗人般的情态自由找到归宿,于是,产生了季羡林的散文。"[4]

4.《彼美一人——谈季羡林先生的散文》,见范曾:《范曾自述》,第 227 页,北京:文化艺术出版社,
2009 年版。

我们认为,范曾的见解是细腻而深刻的。散文对季羡林的一生
而言,意义远远超出了散文本身。没有散文的季羡林,必将是
另外一个季羡林。散文,是一般读者和这位冷僻专业学者之间
的桥梁。季羡林的散文,是当代中国"学者散文"的代表。

　　以上五大学术文化贡献,基本上是按照季羡林在《病
榻杂记》中"对自己'功业'的评估"来进行概述的。但是,
这不是季羡林贡献的全部,更不是他最满意的成绩。季羡
林一生治学,钟情考证。1988 年他在《季羡林学术论著自

《印度两大史诗评论汇编》,季羡林、刘安武编

选集》的自序中写道：义理、文章、考证三者中，我最不善义理，也最不喜欢义理。我"最喜爱的"是考证，"我过去五六十年的学术活动，走的基本上是一条考证的道路"[1]。

1. 季羡林：《季羡林全集》第六卷，第 146 页，北京：外语教学与研究出版社，2009 年版。

中国现代梵学的先驱是陈寅恪和汤用彤，季羡林受到二位的教泽与提携，以毕生的努力和五大学术文化贡献，奠定了中国的现代梵学的坚实基础，成为中国现代梵学名至实归的创建者。

随着学术地位的提升，季羡林顺应业界呼声，出面组织了一批有影响的学术著作，如《东方文学史》（上、下册）、《印度古代文学史》、《印度两大史诗评论汇编》等等。至今，都已成了传世之作。

第二节 季羡林的治学之道及影响

作为一位印度学家，季羡林将极大的精力投放在印度文学特别是古典文学的翻译和研究上。下面是他翻译印度文学的简况：

《沙恭达罗》，迦梨陀娑著，1956 年人民文学出版社，1959 年、1980 年列入《外国文学名著丛书》；

《五卷书》，1959 年人民文学出版社，并于 1964 年、1980 年重印；

《优哩婆湿》，迦梨陀娑著，1962 年人民文学出版社；

《罗摩衍那》（一至七），蚁垤著，1980 年～ 1984 年人民文学出版社；

1985 年，漓江出版社出版梅特丽娜·黛维《家庭中的泰戈尔》；

1994 年，人民文学出版社出版《罗摩衍那选》；

1995 年，中国工人出版社出《中国翻译名家自选集》季羡林卷《沙恭达罗》；

1996 年，他晚年花了许多精力的吐火罗文《弥勒会见记》译释终于完成，作为《季羡林全集》的第十一卷于 1998 年由江西教育出版社出版。

季羡林还选译《佛本生故事》七则，曾与他人所译合集出版《佛本生故事选》。今这七则故事和《十王子传》选译《婆罗摩提的故事》一起收入《季羡林全集》第十五卷《梵文与其他语种文学作品翻译》（一）中。

　　上述情况告诉我们，季羡林几十年来焚膏继晷，孜孜不倦，在印度古代语言、中印文化交流、印度文化历史、佛教、比较文学和民间文学、糖史、吐火罗文、东方文化研究和散文创作、大量序跋写作的同时，还翻译了如此多的印度古典名著，实在令人惊叹。这就印证了他说过的一句话："不管我其他工作多么多，我的兴趣多么杂，我决不会离开外国文学这一阵地，永远也不会离开。"[1]

1.《季羡林自传》，第 277 页，南京：江苏文艺出版社，1996 年版。

　　季羡林的译作除《家庭中的泰戈尔》之外，都是印度文学史上的第一流的古典名著。

　　迦梨陀娑的戏剧，标志着印度古典梵语戏剧创作达到鼎盛阶段。《沙恭达罗》和《优哩婆湿》是迦梨陀娑的两个优秀剧作，特别是《沙恭达罗》，在印度人民心中有崇高的地位。印度有一则谚语说："韵文里最优美的就是英雄喜剧，英雄喜剧里《沙恭达罗》总得数第一。"在世界戏剧史上，它也当之无愧地被列为千古名剧之一。18 世纪末，被译成欧洲文字后，震惊了整个欧洲。

　　《五卷书》是印度最著名的故事集，具有广泛的世界影响，它的译本之多，仅次于《圣经》。《佛本生故事》是与《五卷书》齐名的印度故事集，在世界各地有广泛影响。《十王子传》是印度文学史上最著名的宫廷诗之一。

　　季羡林用力最勤、费时最多的，还是《罗摩衍那》的翻译。这部史诗和《摩诃婆罗多》合称印度两大史诗，是古代印度文学的伟大宝库，对印度的影响，无论怎样评价都不会过高。泰戈尔曾经这样说过："光阴流逝，世纪复世纪，但《罗摩衍那》和《摩诃婆罗多》的源泉在全印度始终没有枯竭过。"[2] 两大史诗的西传，与欧洲启蒙运动及浪漫主义密切相关。为了向教

2.《泰戈尔论文学》，第 144 页，南京：江苏文艺出版社，1996 年版。

会神权、封建专制斗争，宣扬个性解放、人权天赋，欧洲学者对风格迥异的东方文学表现出极大关注。他们陆续介绍、翻译两大史诗，从中汲取丰富的养分。

　　总之，季羡林抓住了重点，为中国学者研究印度古代文学打开了正门。

　　"佛兴西方，法流东国。"（玄奘：《大唐西域记》）由于佛教东传，中国曾经是世界上对印度文化研究最深入、最富成效的国家，翻译的印度经典汗牛充栋。但由于宗教的排他性，属于印度教系统的大量印度古典文学名著未能翻译成汉语。只是极少数夹杂在佛经中的内容，

3. 郁龙余主编：《东方文学史》上册，第 102 页，西安：陕西人民出版社，1994 年版。

如《梨俱吠陀》中的几句诗曾经汉译，真是吉光片羽。[3] 进入近代，这种局面有所改观，一部

分印度古典名著开始被翻译介绍到中国。但是，这种翻译一般都不是根据梵文或其他原文，而往往是根据英、法、日等中介文字转译而来。如《沙恭达罗》在季译之前，焦菊隐曾于1925年从英文本转译出第四、第五幕，名为《失去的戒指》。王哲武根据法文本转译此剧。王维克也从法文本转译此剧，于1933年、1954年两度出单行本。王衍孔也根据法文本转译，于1950年印行。卢冀野还根据英文本将此剧改编成南曲《孔雀女金环重圆记》，于1954年印行。

自1956年，季羡林根据梵文原文译出《沙恭达罗》，并由人民文学出版社出版，此剧在中国的翻译才算正本澄源，一锤定音。1957年和1982年中国青年艺术剧院两度根据季译演出此剧，获得巨大成功。

所以，季译标志着现代中国翻译印度古典文学进入了新的里程。

季羡林翻译印度古典名著，特别是翻译大史诗《罗摩衍那》，是在十分困难的情况下进行的。

首先，是外部环境的困难。开始翻译是在"文革"末期，各种帽子、各种禁锢尚未除去。他白天大部分时间要给系里发信、守电话、当门房值班。《罗摩衍那》在当时尚属"毒品"范围，他不敢将原著带到值班的地方，就利用在家里的时间，每天将一小段原文抄在一张张小纸条上，上班干活之余，反复思考构思，打腹稿，如果眼前没有人，再偷偷写下译成的腹稿，下班后再回家赶紧抄写下来。[1]

1. 蔡德贵：《季羡林传》，第519页，太原：山西古籍出版社，1998年版。

这种外部恶劣环境带来的心理压力和成倍加大了的工作量，不亲身经历是无法真正体会到的。

其次，是翻译工作本身的困难。

《罗摩衍那》在玄奘取经时有1.2万颂，而到当代则发展到2.4万颂。季译根据的是最近的精校本，亦有2万颂。他夜以继日，从1973年到1983年，历十年风雨，呕十载心血，终于译成汉文9万行，5千余页7篇8巨册的皇皇大作。这个工作量，对于一位六七十岁的老者是何等巨大，季羡林是充分估计到了。所以，在动笔之初，他只计划翻出3篇。后来，外部环境好转，特别是人民文学出版社表示准备出版此书，受到极大鼓舞的他，取消了原先只译三篇的计划。1980年《罗摩衍那》第一篇出版，季羡林喜不自禁，下定决心，锲而不舍，昼夜不息，终于译完全书。

除了工作量巨大之外，翻译本身也遇到了麻烦。大史诗故事情节不复杂，充满详叙铺陈。"这种故事情节简单而叙述冗长、拖沓的风格，有时让我非常伤脑筋，认为翻译它是一件苦事。"[1]

1.季羡林:《季羡林自传》，第253页，南京: 江苏文艺出版社，1996年版。

译文体裁也令季羡林大伤脑筋。原文是诗，译文亦必须是诗体，但到底哪种诗体好呢？中国诗歌进入白话诗，已无严格诗体可言。若用古体，无疑是作茧自缚。加上史诗中有许多神名、人名、地名、花木名、武器名，在原文中是合韵的，一译成汉语就头疼。严复说:"一名之立，旬月踟蹰。"季羡林是"一脚（韵脚也）之找，失神落魄"。其痛苦实不足为外人道也。[2]

2.季羡林:《季羡林自传》，第253页，南京: 江苏文艺出版社，1996年版。

季羡林对印度文学的贡献，不仅体现在他以身作则，翻译了四百五十多万字的印度文学作品里，而且还体现在他对印度文学见解独到的研究中。

以《五卷书》为代表的印度寓言故事，传布世界各地，中国也不例外。最早，是通过佛经汉译传入的，自魏晋以降，中国书籍中可以找到不少源自《五卷书》的故事。进入近代，通过中介语言出现一些转译故事。1959 年，季羡林从梵文直接译出此书并由人民文学出版社出版，使中国读者见到了此书的真实面貌。

在此前后，季羡林对《五卷书》和印度故事展开深入研究。1941 年，他写出《印度寓言自序》。1946 年，写成《一个故事的演变》、《梵文五卷书: 一部征服了世界的语言童话集》。1947 年，写成《一个流行欧亚的笑话》、《木师与画师的故事》、《柳宗元〈黔之驴〉取材来源考》。1948 年，写出《"猫名"寓言的演变》。1949 年，写出《〈列子〉列子与佛典》、《三国两晋南北朝正史与印度传说》。1958 年，写成《印度文学在中国》。1959 年，写成《〈卡里来和笛木乃〉中译本前言》、《五卷书译本序》。

至此，季羡林对《五卷书》的介绍与研究告一段落，并对印度著名故事集、与《五卷书》并称双璧的《本生经》进行译介。1963 年，他在《世界文学》五月号上发表《关于巴利文〈佛本生故事〉》和《佛本生故事选译》。

到 1979 年，季羡林又写《〈五卷书〉译本重印后记》，1982 年，为《中外文学书目问答》一书写《五卷书》简介。1985 年，为《简明东方文学史》写《五卷书》一节，1988 年写成《〈五卷书〉在世界的传播》。

季羡林对以《五卷书》为代表的印度故事文学的研究，不仅向中国读者对印度故事作出有深度的介绍，而且使其从实践和理论上成为中国比较文学较早的研究者之一。季羡林认为，比较文学作为一门新兴学科的出现，与以《五卷书》为代表的印度故事有关。他说:"《一千零一夜》、《十日谈》、《安徒生童话》、《拉封丹寓言》和其他许多书籍都有《五卷书》中的故事，有的故事甚至传到了非洲。19 世纪以研究这些故事传播演变的过程，形成了一门新的学科，即比较文学史。"[1] 他还认为民间文学与比较文学结下了难解难分的缘分，"甚至可以说，没有民间文学，就不会有比较文学的概念"[2]。

1.《中国百科全书》外国文学卷"五卷书"词条。

2. 季羡林：《季羡林全集》第十七卷，第 521 页，北京：外语教学与研究出版社，2010 年版。

季羡林对比较文学研究，不仅很早，而且甚勤。除了上面所举文章之外，他早在 1947 年写成《从比较文学的观点上看寓言和童话》，以后陆续发表《漫谈比较文学史》、《新疆与比较文学研究》、《应该看重比较文学研究》、《文化交流与文学传播》、《当前中国比较文学的七个问题》、《比较文学之我见》、《对于 X 与 Y 这种比较文学模式的几点意见》等文章。1991 年结集出版《比较文学和民间文学》一书，近三十万字，是他对比较文学研究的一个总结性成果。

季羡林对比较文学的研究，有以下几个特点：（1）以介绍印度故事为先导，翻译印度故事为后续，两者互为呼应。以中印比较为主，辅以他国故事。（2）中印故事比较以影响研究为主，注重考据，强调与文化交流结合，拒绝简单比附，亦不尚平行研究。（3）以具体的中印故事文学比较为基础，逐渐建立起自己的比较文学理论。这个理论以语言、历史、宗教、文化研究为学术背景，不求完备，但求独具特色。（4）研究由实而虚，从比较文学到比较诗学，是其发展路向。1988 年他发表《关于神韵》一文，是其中印比较诗学研究的重要收获。

当然，季羡林对比较文学的研究是全面的，研究对象除了故事文学之外，还包括神话、史诗、小说、戏剧等等。

现代中国比较文学的研究，可以追溯到梁启超、王国维、鲁迅、陈寅恪以及朱光潜、吴宓、钱锺书等人。然而，比较文学中国学派的建立，当推季羡林为第一人。他以半个世纪的辛勤，写下了大量论著的同时，为中国比较文学的发展奔走呼号，呕心沥血。他精通多种语言，通晓中印文学，研究成果丰硕且自成体系，极富中国特色，是当代中国比较文学研究的宝贵财富和对世界比较文学研究的重要贡献。

季羡林对《罗摩衍那》的翻译和研究也是并重的。1973 年他着手开始翻译这部庞大的史诗，1977 年译成。他一边翻译，一边进行研究，其成果《〈罗摩衍那〉初探》一书于 1979 年由外国文学出版社出版。在此之后，季羡林对大史诗的研究并不就此止步，而是进一步向纵深发展，于 1984 年写出《〈罗摩衍那〉在中国》、1985 年写出《罗摩衍那》两篇长文。季羡林对《罗摩衍那》的研究，运用的重要方法是比较文学的方法。尤其是《〈罗摩衍那〉在中国》一文，堪称比较文学影响研究的范例。《罗摩衍那》以优良的译文质量荣获国家图书奖，他的研究在学术界也获得了高度评价。季羡林是中国《罗摩衍那》研究的开拓者和集大成者，至今无一人能望其项背，为国际《罗摩衍那》研究注入了新的活力，为中国学术界赢得巨大荣誉。

《弥勒会见记》译释，是季羡林晚年的一项重大翻译研究工程，历时之久，用力之勤，不亚于翻译大史诗《罗摩衍那》。吐火罗文是在我国新疆境内发现的一种古文字，分 A、B 两种，出土于焉耆县的，称吐火罗文 A，又称焉耆文；出土于龟兹县的，称吐火罗文 B，又称龟兹文。世界上通晓吐火罗文者，极为珍稀，所以吐火罗文可以说几成绝学。季羡林是国内惟一真正掌握这门绝学之人。他自 1946 年回国之后，由于资料完全缺乏，再也没有机会研究。然而，到了他的晚年，44 张 88 页吐火罗文残卷突然出现在他面前。他知道翻译研究这些残卷难度巨大。接还是不接，进退两难。最后，季羡林以巨大的学术勇气，"还是硬着头皮接了下来"。于是，当代中国翻译史上，乃至世界翻译史上最精彩的一幕开始了。1998 年在柏林和纽约出版了研究《弥勒会见记》剧本的英文专著，同年在中国作为《季羡林全集》第十一集出版了中英文合体的《吐火罗文〈弥勒会见记〉译释》。在这个合体本中，收录了季羡林研究吐火罗文 A 残卷《弥勒会见记》的英文专著 Fragments of the Tocharian A Maitreyasamiti—Nāṭaka of the Xinjiang Museum, China 和中文的长篇《导言》。

季羡林在耄耋之年，胜利完成《弥勒会见记》剧本的译释，可以说是一个奇迹。首先，他捡起丢了四十多年的吐火罗文。他找出从德国带回来的尘封已久的吐火罗文书籍，绞尽脑汁，把当年获得的那一点知识从遗忘中再召唤回来，刮垢磨光，使之重现光彩。[1] 他将婆罗米字母

1. 季羡林：《季羡林全集》第十一卷，第 2 页，北京：外语教学与研究出版社，2009 年版。

转写成拉丁字母，转写了不到几页，《弥勒会见记剧本》的书名便赫然在目，顿时喜不自胜。其二，得到了回鹘文译本的相辅。吐火罗文残卷是 27 幕《弥勒会见记》剧本中的一部分，而这个残本由于被火烧过，没有一页甚至没有一行是完整的。然而十分幸运，这个剧本在中国新疆出土了丰富的回鹘文残卷，而中国有回鹘文专家。季羡林像得到了一根拐棍。在中国回鹘文专家耿世民、李经纬等教授的帮助下，季羡林逐渐弄清楚了吐火罗文残卷的内容。这是一件十分费时费力的困难之事，他在自序中说："我只能靠着西克师有名的《吐火罗文法》一书的索引，

辅之以回鹘文的汉译文，艰难困苦地向前爬行。"[1]有没有回鹘文的相辅，是很不一样的。在

1. 季羡林：《季羡林全集》第十一卷，第 3 页，北京：外语教学与研究出版社，2009 年版。

德国，早已由 Sieg 和 Siegling 将保存在欧洲的中国新疆出土的《弥勒会见记》的原文及由他们

用拉丁字母转写的本子出版了，但是没有任何一位学者译释出版过。因为欧洲学者缺乏一种必

要的辅助。季羡林则有这种辅助，他说："对照汉文有关资料，其中最为重要者实为回鹘文译

本，若无回鹘文译本，则翻译吐火罗文本，几为不可能之事。"[2]其三，得到了国际友人的帮助。

2. 季羡林：《季羡林全集》第十一卷，第 146 页，北京：外语教学与研究出版社，2009 年版。

季羡林用十几年的时间，先后译释了若干篇章，用中英文在国内外杂志发表。于是引起国外专

家的重视，德国吐火罗文专家 W．Winter 教授要求他将这个剧本残卷全部译成外文在欧洲发表。

于是，季羡林在得到中国回鹘文专家帮助的同时又得到德国吐火罗文专家 W．Winter 和法国吐

火罗文专家 G．Pinault 教授的大力支持。季羡林在案语中说："现在这个英译本，虽为破天荒之

作，倘无上举德法两位专家学者之鼓励，之帮助，则必不能达到现在这个水平，此可断言也。"[3]

3. 季羡林：《季羡林全集》第十一卷，第 146 页，北京：外语教学与研究出版社，2009 年版。

　　以上三个条件合在一起，于是就有了我们今天见到的《吐火罗文〈弥勒会见记〉译释》的

中英文合本。说其是奇迹，是破天荒之作，是中外翻译史上的幸事，一点也不过分。而这个成

果是他在耄耋之年取得的，不得不令人肃然起敬。

　　那么，《弥勒会见记》译释到底有何重大意义呢？这部著作的意义有两部分，一是其内在

的学术意义，二是其外在的影响意义。

　　季羡林对吐火罗文《弥勒会见记》研究的学术意义到底表现在哪些方面呢？

　　首先，搞清楚了吐火罗文《弥勒会见记》的性质。此书在典籍中无载，故在新疆残卷第一

次发现之前，谁也不知道有这本书。残卷的出现，学者们大为震惊。但由于残缺，学者们不知

道这是一部什么样的书。后来，有学者通过研究，渐渐知道这是一部佛经，是一部文学作品。

经过他的译释，则比较彻底地弄清楚了这部书的真面目。

　　（一）吐火罗文《弥勒会见记》是一个译本，它的原文是印度文，可能是梵文，也可能是

印度其他俗语。由于迄今在印度尚未发现原文，这就为不善保存古籍的印度增添了一份文学遗

产。回鹘文的《弥勒会见记》是根据吐火罗文译出的。季羡林认真将这两个本子进行核对，发

现两者："虽然在不少地方有一定的距离，但是在另外一些地方则几乎是字与字句与句都能对

得上的。称之为翻译完全符合实际情况。"[4]这样，不但为印度戏剧史和中亚佛教传播史填补

4. 季羡林：《季羡林全集》第十一卷，第 10 页，北京：外语教学与研究出版社，2009 年版。

了一个空白，而且进一步确定了吐火罗文的历史地位和《弥勒会见记》在中亚的两个译本之间

的关系。

（二）　确定《弥勒会见记》是一个剧本。由于这个译本颇为特殊，戏剧的特征十分模糊，使得西方学者包括 Sieg 和 Siegling 在内也都否认它是一个剧本。他们说："从内容上来看，这部作品一点也不给人戏剧的印象。它同其他散文夹诗的叙事文章一点也没有区别。"[1] 约三十

1. 季羡林：《季羡林全集》第十一卷，第 11 页，北京：外语教学与研究出版社，2009 年版。

年后，Sieg 教授承认《弥勒会见记》是一个剧本。但是怀疑、争议在西方学者中依然存在。季羡林经过译释，特别是将此剧的吐火罗文本和回鹘文本加以对照，确认吐火罗文《弥勒会见记》是一个剧本。季羡林明确指出，吐火罗文剧本无论在形式方面，还是在技巧方面，都与欧洲的剧本不同。带着欧洲的眼光来看吐火罗文剧必然格格不入。当然，这个吐火罗文剧严格来说，是一个羽毛还没有完全丰满、不太成熟的剧本。[2] 季羡林的这个结论，不仅廓清了西方学者对

2. 季羡林：《季羡林全集》第十一卷，第 14 页，北京：外语教学与研究出版社，2009 年版。

此剧的怀疑，而且为我们指证了一个在文化交流中尚未成熟、定型的戏剧样式。这对研究东西方戏剧差异及戏剧在翻译传布过程因接受多种因素的影响而发生变化，是十分有意义的。

第二，搞清楚了《弥勒会见记》的版本情况。季羡林译释的残卷从新疆焉耆县出土，并由新疆博物馆收藏，所以季羡林名之为"新博本"。新博本内容相对集中，大都在 27 幕剧的第一、二、三、五四幕。虽然剧本内容不全，但意义重大。早在 1983 年，有专家在《文物》上刊文指出："这次发现吐火罗文 A（焉耆语）本《弥勒会见记剧本》残卷，为研究吐火罗语文提供了极有价值的实物资料；对于我国民族史、戏剧史、宗教史等的研究来说，也是弥足珍贵的。"[3]

3. 季羡林：《季羡林全集》第十一卷，第 17 页，北京：外语教学与研究出版社，2009 年版。

这么重要的古籍版本流传状况，季羡林是不会放过的。他对流存在各地的本子进行了介绍，其中对"德国本"做了重点分析，并将新博本与德国本进行了对照，使人们对两者的相互位置一目了然。另外，季羡林对弥勒故事在巴利文、梵文、于阗文、粟特文、回鹘文、汉文中的情况作了介绍。其中对巴利文、梵文和于阗文的材料收集尤详。季羡林是梵文、巴利文专家，治梵文、巴利文资料自然驾轻就熟。在此，我要强调的是于阗文资料。于阗文曾流行我国古代新疆的于阗一带，于今已与吐火罗文、回鹘文等一样，成了一种死文字。关于弥勒的资料，保存在一部因一位名叫 Ysambasta 的官员命人撰写因而被称为《Ysambasta 之书》的长诗中。此书共 24 章，其中第 22 章《弥勒授记经》的内容，季羡林根据 Emmerick 的英译本全文译成汉语。这样使我们的汉文佛藏多了一份文学作品，同时为弥勒研究提供了新的极有价值的资料。季羡林如此看重《弥勒授记经》，是因为它的研究价值。在《吐火罗文〈弥勒会见记〉译释》的导言中，

季羡林对《弥勒授记经》和鸠摩罗什译的《佛说弥勒下生成佛经》进行了比较研究，并且对这个于阗本故事在新疆及中亚弥勒信仰的传播中所起的作用，亦做出精辟的论述。

第三，对弥勒研究有了新的突破。弥勒是佛教中的重要菩萨。他原出身于婆罗门家庭，后来成为佛弟子，从佛授记（预言）将继承释迦牟尼位为未来佛（"当佛"）。弥勒救世思想传入中土，与道家某些教义融合，形成三佛应劫救世观念，在中国民间迅速传播。所谓三佛应劫救世，简言之为燃灯佛、释迦佛、弥勒佛，在不同时期应世救难。而弥勒佛在末劫之世降临人间，行龙华三会，救苦救难，度贫男贫女回归彼岸。本是大乘佛教中一派的弥勒净土信仰，不但得到中土上层社会的诚信，而且得到中土下层百姓的追捧，一时势力大增，在一段时间里面几乎直追释迦。人们不仅翻译了大量有关弥勒的佛经，而且杜撰了许多拥戴弥勒的伪经。从造像上也可以看出当时弥勒信仰的情况。据统计，北魏时释迦造像 103 尊，弥勒 111 尊，阿弥陀 15 尊，观世音 64 尊，可见弥勒信仰之盛。从汉末到清代，弥勒救世思想在中国流传不绝，并在相当长的时期里与朝廷对抗，形成了中国宗教史上的一个奇特现象。

然而，以前对弥勒信仰的研究，所据材料基本上以汉译佛经为主，对弥勒信仰在梵文、巴利文典籍中的记载以及在传播途中的有关情况，由于资料的欠缺而从无展开。

季羡林的《吐火罗文〈弥勒会见记〉译释》，则完全突破了这个局限。印度早期佛教中就有多数佛的概念。在巴利文佛典中，就提到了未来佛。弥勒 (Metteya) 这个巴利文词汇出现于巴利藏最早的经典之一 Suttanipāta 中。佛教从小乘发展为大乘，弥勒信仰非但未受影响，而且势力愈来愈大。原因是大乘佛教冲破了小乘佛教的各种束缚，形成了"一神论思想"、"救世主思想"、"功德转让"、"在家修行"、"塑造佛像"等等众多特点，而弥勒集这些特点于一身。季羡林深刻指出："在某种意义上，他是惟一的神；他在无数的菩萨中是一个特殊的菩萨；在小乘中他只是一个未来佛，通过弥勒 Cult 他成为一个救世主；他有像；他通过自己的功德最终普渡众生，使众生皆大欢喜，来了一个最大的大团圆；他是他力的典型代表。"[1] 这段论述，

1. 季羡林：《季羡林全集》第十一卷，第 79 页，北京：外语教学与研究出版社，2009 年版。

不但道出了弥勒的风云际会、扶摇直上，而且道出了佛教从小乘向大乘发展的轨迹。

总之，季羡林的《吐火罗文〈弥勒会见记〉译释》，特别是其中《巴利文、梵文、弥勒信仰在印度的萌芽》一节中所论述的七个问题《巴利文和梵文中〈弥勒会见记〉与〈弥勒授记经〉的各种异本》、《Maitreya 这个字的含义》、《Maitreya 与 Aajita》、《Maitreya 与伊朗的关系》、《Maitreya

与 Metrak》、《弥勒信仰在印度的萌芽和发展》、《弥勒与弥陀》，充满了对弥勒研究的新突破，为我们提供了丰富的新材料和新论点。中外学人再要研究弥勒，应从研究他的《吐火罗文〈弥勒会见记〉译释》开始。

影响意义是建立在学术意义之上的。

中国进入近代，由于西方列强的入侵和封建制度衰亡，积贫积弱，大量文化古籍被盗往国外，敦煌古卷便是典型的一例。于是，敦煌学研究渐渐兴起。不幸的是，由于种种原因，出现了这样一种说法：敦煌在中国，敦煌学在国外。不管这种说法能否成立，总是中国学者面临的尴尬。新的吐火罗文残卷出土了，送到了中国惟一懂吐火罗文的学者面前，怎么办？季羡林经犹豫之后最终接受了任务。此事表面上是新疆博物馆的李遇春突然造访，将新出土的 44 张 88 页吐火罗文残卷交给了他。而我认为，这实际是一种民族的重托，尤其是当弄清了这些残卷的内容及其学术意义之后。季羡林在迟暮之年所以花这么多心血和时间，除了译释工作的学术意义之外，我想不会不考虑其影响意义。现在我们看见的这部《吐火罗文〈弥勒会见记〉译释》中英文合体本，是当今世界对《弥勒会见记》研究的最新成果，代表这一领域研究的最高水平。我可以放言：吐火罗文《弥勒会见记》出土在中国，吐火罗文《弥勒会见记》研究也在中国。季羡林又为中国学术争了光。

季羡林是中国迄今惟一的吐火罗文的通人。他的《吐火罗文〈弥勒会见记〉译释》，作为《学术论著》三，收入《季羡林全集》第十一卷。其他吐火罗文研究成果，包括有关讲话 1 篇《吐火罗话与尼雅俗语》、专著 1 部《吐火罗语研究导论》、论文 2 篇《吐火罗文 A 中的三十二相》和《梅呾利耶与弥勒》（附英文），都收入《季羡林全集》第十二卷《学术论著》四《吐火罗文研究》之中。周绍良先生的一篇文章亦收录在此卷之中，季羡林在《补记》中说："我商得周绍良先生的同意，将他的论文《隋唐以前之弥勒信仰》附载于此。这是一篇好文章。"[1] 季

1. 季羡林：《季羡林全集》第十二卷、第 249 页，北京：外语教学与研究出版社、2009 年版。

羡林对印度文学的介绍与研究，不局限于古典文学，还包括近现代文学。

其中，推介最力的当数泰戈尔。大概由于文本的原因，季羡林对泰戈尔的推介不是将精力放在作品翻译上，而是利用各种集会发言和写纪念性文章的机会，全面深入地向中国人民介绍这位近代东方最伟大的诗人。泰戈尔在中国有不少好友和崇拜者，不少知名作家受他的影响，如：冰心、郭沫若、许地山、徐志摩等等。但对泰戈尔评价最全面、最公正、最有见地的是季羡林。

他对泰戈尔及其作品的评价，是中国学者中最具影响的，其中不少已成不刊之论。中国学者研究泰戈尔，必须先研究季羡林的研究。

1961 年，泰戈尔诞辰 100 周年，中国举行隆重纪念大会。季羡林发表了四篇文章，《泰戈尔与中国》、《泰戈尔的生平、思想和创作》、《纪念泰戈尔诞生 100 周年》、《泰戈尔短篇小说的艺术风格》。以后又写了《纪念泰戈尔诞生 118 周年》（1979）、《泰戈尔诗选序》（1984）、《家庭中的泰戈尔》译者序言（1984）、《简明东方文学史》之一节"泰戈尔"（1987）、《泰戈尔散文精选》前言（1990）等等。他受黛维夫人嘱托翻译《家庭中的泰戈尔》，是为了向广大中国读者介绍泰戈尔更真实、更亲切的另一面。季羡林 13 岁时候在济南见过泰戈尔，高中又读他作品，并模仿他的作品写过一些小诗。到了中年，对他进行过一些研究，写过论他的诗歌和短篇小说的文章。季羡林说："我同泰戈尔的关系，可以说是六十年来没有中断。"[1] 季

1. [印度] 梅特丽娜·黛维：《家庭中的泰戈尔》译者序言，第 5—6 页，桂林：漓江出版社，1985 年版。

羡林不遗余力地推介泰戈尔，不是为推介而推介，而是为了促进对泰戈尔的研究，提高人们对印度现代文学的认识。只要是事关印度文学，请季羡林作序题字，无不慨允。他曾先后为《舞台》中译本（1980）、《惊梦记》（1981）、《秘密组织——道路社》（1983）、《佛经故事选》（1984）、《薄伽梵歌》（1984）、《印度印地语文学史》（1984）、《摩奴法典》汉译本（1985）、《中国普列姆昌德研究论文集》（1987）、《中国民族文学与外国文学比较》（1988）、《印度古代文学史》（1990）、《北大亚太研究》（1991）、《汤用彤先生诞生 100 周年纪念论文集》（1992）、《东方文学名著鉴赏大词典》（1993）等等作序。2008 年，王树英编成《季羡林序跋集》交由新世界出版社出版，计达 60 万字。

季羡林耕耘和守望印度文学达半个世纪，可谓摩顶放踵，吐哺握发，开创了中国印度文学研究的新时代。

第三节　又一座不可逾越的高峰

在季羡林最后的学术生涯中，他的学术兴趣却发生了巨大变化。他在叙述了自己的"功业"之后，说："我自己最满意的还不是这些东西，而是自己胡思乱想关于'天人合一'的新解。至少在十几年前，我就想到了这个问题。大自然中出现了不少问题，比如生态平衡破坏，植物灭种，臭氧出洞，气候变暖，淡水资源匮乏，新疫病产生等等，等等。哪一样不遏制，人类发展前途都会受到影响。我认为，这些危害都是西方与大自然为敌，要征服自然的结果。西方哲人歌德、雪莱、恩格斯等早已提出了警告。可惜听之者寡。情况越来越严重，各国政府，甚至联合国才纷纷提出了环保问题。我并不是什么先知先觉，只是感觉到了，不得不大声疾呼而已。我的'天人合一'要求的是人与大自然要做朋友，不要成为敌人。"[1] 晚年季羡林的大小文章中，

1. 季羡林：《病榻杂记》，第 214 页，北京：新世界出版社，2007 年版。

几乎都贯彻了他的"天人合一"思想。其中，最集中的表述是《东方文化集成·总序》一文。他将《总序》译成英语，刊载在《东方文化集成》的每一种著作的书首。显然，在季羡林晚年的思想中，文化多元——反对西方文化中心——三十年河东，三十年河西——拿来主义——送去主义——文化互补——天人合一，是互相贯通的。这些思想的产生，以他以考证为主要手段的中外文化交流研究为坚实基础。可以说，季羡林的天人合一新解，是他数十年考证研究的思想之果。

季羡林四百多万字的文学翻译和研究，到了他的晚年，成了他研究比较文学和美学的前期积累和坚实基础。因此，季羡林关于比较文学和美学、文艺理论的观点，往往见解独到、一针见血。为了给人一点回旋余地，他来了一点季氏幽默，称自己的观点为"怪论"，是"胡思乱想"。季羡林写过一篇文章《论怪论》，不过他提倡"怪论"是有条件的，"国家到了承平时期，政通人和，国泰民安，这时候倒是需要一些怪论"[2]。他认为，中国的春秋战国和西方的古希腊，

2. 季羡林：《讲真话》、《人生箴言录》，第 257 页，合肥：安徽教育出版社，2009 年版。

"怪论"纷呈，结果发展为东西方文明的渊源和基础。有了这样一种定位，季氏"怪论"一条条接踵而来，成为我国学术界的一道不可多得的景观。这些季氏"怪论"中，比较有影响的有：21 世纪将是中国的世纪，反对西方文化独流，哪一种文明也不能万岁，分析不是研究学问的唯一手段，重写我们的文学史，美学必须彻底转型，中国古史应当重写，大国学，等等。这些"怪论"，

有的已经变为现实。季羡林曾写过一篇《一个预言的实现》，说："我在十几二十年前提出来的预言（21 世纪将是中国的世纪——笔者注）完全说对了。"[1] 有些"怪论"正在实现之中。

1. 季羡林：《病榻杂记》，第 130 页，北京：新世界出版社，2007 年版。

　　季羡林不但是一位旷世的大学问家，而且是一位时代的智者，一位给自己戴着"怪论"帽子的思想家。比如，他的"大国学"思想，是那么中肯，那么铿锵。他说："按我的观点，国学应该是'大国学'的范围，不是狭义的国学。既然这样，那么国内各地域文化和五十六个民族的文化，就都包括在'国学'的范围之内。"[2] 听到季羡林在 96 岁时发出这样的声音，我们

2. 季羡林：《季羡林说国学》，第 1 页，北京：中国书店，2007 年版。

深以为是，深以为幸。又比如，在前些年，有人用各种办法贬损鲁迅等人，又用各种办法抬高周作人之流，出现了很大的思想堕落与混乱。季羡林为此写了《周作人论——兼及汪精卫》一文，说：周、汪晚节不保，是地地道道的反面教员，没有盖棺，即可定论了。又说："我们的祖国早已换了人间。在今天的国势日隆，人民生活迅速提高的大好形势下，保持晚节的问题还有什么现实意义吗？有，而且很迫切。"[3] 一个大国，在大时代中，是不能没有思想家的。季羡林，

3. 季羡林：《病榻杂记》，第 83 页，北京：新世界出版社，2007 年版。

这位操着浓重鲁西北口音的学者，在他的晚年，以"怪论"、"胡思乱想"的方式，对国家前途、中外文化关系、人类命运等重大问题以短文、访谈、序言等形式发表看法，不经意之中起到了思想重镇的作用。这种作用，既来自它们自身的深刻性、前沿性和紧贴人心（主要是知识分子），又来自季羡林的凡人伟业及其学术界无冕领袖的地位。

2007 年 6 月，郁龙余在北京三〇一医院
看望季羡林先生

　　盖棺定论，是中国人的常规做法，总得给人一个评价。让我们学着季羡林的方法，来评价他吧。季羡林曾经说，中国学术史上有许多像章太炎、王国维、陈寅恪、汤用彤这样的"不可逾越"的高峰。[4] 现在，我完全可以说，季羡林是继他们之后的又一座"不可逾越"的高峰。

4. 季羡林：《汤用彤全集》序，载《北京大学学报》（哲学社会科学版），2000 年第 6 期。见《季羡林全集》第六卷。

由于时代与个人情况的不同，季羡林这座高峰，具有自身的特点。这些特点，主要表现为：

（一）学富五车，著作等身

季羡林毕业于清华大学西洋文学系，德国留学十年，学习梵语、巴利语、吐火罗语，又学了英语、俄语、塞尔维亚克罗地亚语和阿拉伯语，德语是学习用语，自不待言。一种语言代表一种思维和文化。季羡林凭借语言优势，在各种文化中汲取营养。所以，他视野广阔，学识渊博，古今中外汇通。文章憎命达，诗穷而后工。是贫寒家境、"二战"、"文革"等历史背景，造就了季羡林特殊的学术结构和学术品格。

（二）老树著花，学界子牙

季羡林历经清朝、民国、共和国三个时代，享年98岁，学术生涯长达70年。这在中国学术史上是罕见的。更为令人称奇的是，季羡林的学术高峰出现在他70岁之后，尤其是80岁之后。1981年70岁以后，出版了《罗摩衍那》七卷8册，《朗润集》、《印度古代语言论集》、《中印文化关系史论文集》、《大唐西域记校注》、《家庭中的泰戈尔》、《大唐西域记今译》等；1991年80岁以后，季羡林任《四库全书存目丛书》主编纂，《东方文化集成》总主编，《传世藏书》、《中国当代散文八大家》丛书主编，出版《人生絮语》、《怀旧集》、《季羡林自传》、《我的心是一面镜子》、《季羡林学术文化随笔》、《文化交流的轨迹——中华蔗糖史》、《朗润琐话》、《留德十年》、《千禧文存》、《新纪元文存》、《病榻杂记》、《季羡林生命深思录》、《季羡林序跋集》、《真话能走多远》等等。以上所列，虽然不全是七十、八十岁之后的新著，但足以说明他晚年老树著花，宝刀不老，正如白化文所说"耄耋之年，康强犹昔"。正因为有了大量1981年以后的宏文高论，才使他成为愈老弥坚、震古铄今的学术界的姜尚。

（三）品格高尚，得道多助

正如白化文所说："虽力谢纷华，性安恬淡；而中外仰延，后进依为模楷；生徒倚赖，群贤奉为宗师。是以外事纷繁，内务丛脞。夜答电函，日应会议；晨了文债，夕接学人。所至车马群归，在座英杰广聚。"[1]季羡林创造出写作高产奇迹，除了他自身努力外，还得力于众人相助。

1. 白化文：《临清季希甫先生九十寿序》，乐黛云编：《季羡林与二十世纪中国学术》，第6页，北京：北京大学出版社，2001年版。

这众人中，首先是他在东语系的同事。季羡林担承东语系主任达30年，他只管大事，日常系务工作全由贺剑城、张殿英、桂智贞、黄宗鑑等人承担。他们几十年密切合作，和舟共济，给了季羡林这位系主任最大的帮助和支持。老书记贺剑城最知季羡林的甘苦，2009年7月19日，在告别遗体后说："季先生这一生不容易！"这是合作了五六十年的老伙计发出的感佩与赞叹。

刘安武这位做过东语系学术委员会主任的北大资深教授，长期默默地支持、协助季羡林，是他的一位有实无名的学术秘书长。另外，给季羡林最大帮助的就数他的三任助手。首任助手是李铮，他中学毕业后就一直跟着季先生，为他抄稿发信找资料，鞍前马后一直到退休、去世。第二任助理，是义工李玉洁，她天天给季羡林读报念信，迎来送往，料理各种杂务，从 1995 年到 2006 年，几乎天天如此，从不间断。她感恩季羡林几十年对她和丈夫杨通方教授的关心爱护，在家人支持下，毅然挺身而出，自愿担当季羡林的义务助理。李玉洁在季羡林晚年的生活中，"举足轻重、不可或缺"。[1] 卞毓方的这个断语，是符合史实的。杨锐是第三任助理，她在李玉洁中风病倒后，

1. 卞毓方：《天意从来高难问·晚年季羡林》，第 16 页，北京：中国文联出版社，2009 年版。

怀着敬仰之心，义无反顾地接过了照顾季羡林的工作。这是需要极大勇气和毅力的。他们的付出，不是局外之人所能理解的。说季羡林品格高尚，得道多助，这便是生动体现。

（四）学泽广被，继志有人

通常说季羡林有六千学生。这是指北京大学东语系培养的毕业生的总数。季羡林梵文、巴利文专业的受业弟子有黄宝生、王邦维等二十多人。通过媒体、论著接受季羡林薰陶、影响的人，则多得无法计算。在中国当代学者中，像季羡林这样学泽广被、生徒和仰慕者如云如潮者，不说绝无仅有，也是凤毛麟角。

在众多的生徒和仰慕者中，有多少人称得上是季羡林学术精神的继承者？这是值得思考的问题。中国古人讲孝，包括两层意义，一是继志，一是继嗣。孔子强调继志，他说："夫孝者，善继人之志，善述人之事者也。"（《礼记·中庸》）意思是说，所谓孝，就是要继承好先人的志向，继承好先人的事业。孟子强调继嗣，说："不孝有三，无后为大。"（《孟子·离娄上》）时代发展到今天，继志的意义远远大于往昔。旷世大家，他的精神和事业能否行之久远，就要看他的继志者的多寡与品质。如果继志者众多而且品质高尚，则必定能门庭长盛，造福民族。季羡林一生辛勤俭朴，笔耕不辍到最后时刻。他不仅为我们留下了极为丰富的文化著述，而且留下了极为宝贵的学术品格。这二者都是他为中华民族创造的精神财富。对于季羡林的继志者来说，需要认真学习他的著作，更需要学习他的学术品格。季羡林是中国当代学术的骄傲，是中国当代学者的楷模。

季羡林以 98 岁高寿辞世，做到了真正的著作等身，功德圆满。季羡林勤勉 80 年，70 岁后为学术高峰，焚膏继晷，笔耕不辍，为中华文化宝库增添了诸多新财富。其中，有两项尤为宝

贵：一是近 2 000 万字的著作，包括正出版的《季羡林全集》30 卷约 1 500 万字，以及 1995 年至 2009 年尚未结集的新著，还有日记、英文论著、通信、演讲、谈话，等等；二是他的学术品格，他何以能如此勤勉，始终沿着正确的方向，愈老弥坚，直到生命终结，与他的治学之道即学术品格是分不开的。如果说，季羡林 2 000 万字的著作是有生命的躯体，那么，它的学术品格就是这些著作之魂。

季羡林的学术品格，是在漫长的学术生涯中逐渐形成的。别具特色，催人奋进。概而言之：勤勉不怠，惜时如金，为其成功秘诀；预流弄潮，追寻真理，为其不死灵魂；取弘用精，灵构妙筑，为其得心常法；学术道德，以身作则，为其立命之本；真情相待，从善如流，为其交友之道。

季羡林是当代中国学术的骄傲。他为学术奋斗终身，取得惊人的研究成果。先让我们看一看已经出版的《季羡林全集》[1] 的情况：

1. 季羡林：《季羡林全集》共三十卷，北京：外语教学与研究出版社，2009 年开始出版，2010 年出齐。

第一卷：散文一 [因梦集、天竺心影、朗润集、燕南集]

第二卷：散文二 [万泉集、小山集]

第三卷：散文三

第四卷：日记·回忆录一 [清华园日记、留德十年]

第五卷：回忆录二 [牛棚杂忆、学海泛槎]

第六卷：序跋

第七卷：杂文及其他一

第八卷：杂文及其他二

第九卷：学术论著一 [印度古代语言]

第十卷：学术论著二 [印度历史与文化]

第十一卷：学术论著三 [吐火罗文《弥勒会见记》译释]

第十二卷：学术论著四 [吐火罗文研究]

第十三卷：学术论著五 [中国文化与东西方文化（一）]

第十四卷：学术论著六 [中国文化与东西方文化（二）]

第十五卷：学术论著七 [佛教与佛教文化（一）]

第十六卷：学术论著八 [佛教与佛教文化（二）]

第十七卷：学术论著九 [比较文学与民间文学]

第十八卷：学术论著十 [糖史（一）]

第十九卷：学术论著十一 [糖史（二）]

第二十卷：译著一 [梵文及其他语种作品翻译（一）]

第二十一卷：译著二 [梵文及其他语种作品翻译（二）]

第二十二卷：译著三 [罗摩衍那（一）]

第二十三卷：译著四 [罗摩衍那（二）]

第二十四卷：译著五 [罗摩衍那（三）]

第二十五卷：译著六 [罗摩衍那（四）]

第二十六卷：译著七 [罗摩衍那（五）]

第二十七卷：译著八 [罗摩衍那（六上）]

第二十八卷：译著九 [罗摩衍那（六下）]

第二十九卷：译著十 [罗摩衍那（七）]

第三十卷：附编

从目录就可以看出，除散文、序跋、杂文之外，他的学术研究极富有挑战性，不少内容（如吐火罗文）是少有人敢问津的世界难题，30 卷 1 500 万字，谈何容易。

2012 年 1 月，印度 ICCR 讲席教授夏尔玛（Nirmala Sharma)博士研读季羡林著作。

让我们来具体分析一下他的学术品格。

（一）勤勉不怠 惜时如金

季羡林是个朴拙的老实人，为人做学问都一样。他所以能成为世界知名大学者，靠的不是聪明，而是锲而不舍、孜孜不倦的精神。勤勉不怠，惜时如金，是他的成功秘诀。故而他又是高明的。季羡林看重天才。有人认为："九十九分勤奋，一分神来（属于天才的范畴）。"他认为这个百分比应该纠正一下，"七八十分的勤奋，二三十分的天才（才能）"，更符合实际一点。季羡林从不以为自己有什么天分，所以他非常强调以勤补拙。他说："无论干哪一行，没有勤奋，一事无成。"[1]

1. 季羡林：《学海泛槎》，第 308 页，太原：山西人民出版社，2000 年版。

郭应德说："在我和先生相处的日子里，他经常中午不回家休息。在办公室随便吃点东西，或同青年同志一起，去学校食堂吃饭，然后回到办公室翻译、查材料或写东西。先生分秒必争，常利用会议间隙写作。他善于闹中求静，即使环境杂乱，也能专心致志属文。他宵寝晨兴，夜里三四点钟即起，夜阑人静，辛勤笔耕，数十年如一日。先生的宏篇巨著，就是这样孜孜不息完成的。"[2]

2. 郭应德：《人格的魅力》，第 36 页，延吉：延边大学出版社，1996 年版。

利用一切可以利用的时间，古今中外许多学者都如此。不过季羡林是更为甚者，珍惜时间到了对自己几近苛刻的程度。古人惜时有"三上"之说，他则利用一切时间的"边角废料"，会上，飞机上，火车上，汽车上，甚至自行车上，特别是在步行时，脑海中思考不停。他恨不得每天有 48 小时，不敢放松一分一秒，不然静夜自思就感到十分痛苦，好像犯了什么罪，好像是在慢性自杀。除了有争分夺秒的惜时之心，还得有巧用时间的妙法。季羡林在几十年间养成了一段时间内从事几种研究的习惯，不喜欢单打一。这种歇活儿不歇人的办法，他屡试不爽，在《罗摩衍那》的翻译中，使他获益良多。他说："除了这件事之外，我还有许多别的工作，特别是后期，更是这样，并且还有许多开不完的会加入进来。这一些繁杂的工作，实际上起了很大的调剂作用。干一件工作疲倦了，就换一件，这就等于休息。打一个比方说，换一件工作，就好像把脑筋这把刀重磨一次，一磨就锋利。再换回来，等于又磨一次，仍然是一磨就锋利。《罗摩衍那》就是我用这种翻来覆去磨过的刀子翻译完毕的。"[3]

3. 季羡林：《季羡林自传》，第 255—256 页，南京：江苏文艺出版社，1996 年版。

是时代造就了季羡林特殊的勤勉不怠，惜时如金的性格。他说："在人类社会发展的长河中，我们每一代人都有自己的任务，而且是决非可有可无的。如果说人生有意义与价值的话，其意义和价值就在这里。"[4] 读了这一段发自肺腑的话，我们对季羡林近乎怪僻的治学之道，就不

4. 季羡林：《人生絮语》，第 233 页，杭州：浙江人民出版社，1996 年版。

难理解了。勤勉不怠、惜时如金，愈老愈勤，坚持一辈子不动摇。天道酬勤，季羡林的印度学研究，以及其他学术的研究，获得跨越时代的成就，皆得益于此。

（二）预流弄潮　追寻真理

治学要开创新天地，决不能因循守旧，人云亦云；而必须勇立潮头，不主故常，咸与维新。季羡林对此有深刻体认，而且身体力行。他强调学术要紧跟上时代的新潮流。他说："近百年以来，在中国学术史上，是一个空前的大转变时期，一个空前的大繁荣时期。处在这个伟大历史时期的学者们，并不是每一个人都意识到这种情况，也并不是每一个人都投身于其中。有的学者仍然像过去一样对新时代的特点视而不见，墨守成规，因循守旧，结果是建树甚微。而有的学者则能利用新资料，探讨新问题，结果是创获甚多。"[1] 他非常赞同陈寅恪关于学术研究的"预流"的精辟之见。他说：不预流，就会落伍，就会僵化，就会停滞，就会倒退。能预流，就能前进，就能生动活泼，就能逸兴遄飞。并认为王国维、陈寅恪等近代许多中国学者都是得了"预流果"的。我认为，季羡林本人也是得了预流果的，是中国当代学术的弄潮人。

1. 季羡林：《饶宗颐史学论著选·序》，第 8 页，上海：上海古籍出版社，1993 年版。

季羡林学术研究中的弄潮精神，除了受到他的中国老师陈寅恪等的影响外，还得益于他的德国老师瓦尔德斯米特教授。这是一位权威学者，在季羡林念完第四学期后，就给了他一个博士论文题目《〈大事〉伽陀中限定动词的变化》。为了做好博士论文，季羡林花了大约一年多的时间，写了一篇长长的绪论。送给教授，约一周后退回，整篇文章用一个括号括了起来，被"坚决、彻底、干净、全部"否定了。教授说："你费劲很大，引书不少。但是都是别人的意见，根本没有你自己的创见。看上去面面俱到，实际上毫无价值。你重复别人的话，又不完整准确。如果有人读你的文章进行挑剔，从任何地方都能对你加以抨击，而且我相信你根本无力还手。因此，我建议，把绪论统统删掉。"[2]

2. 季羡林：《赋得永久的悔》，第 349—350 页，北京：人民日报出版社，1996 年版。

这件事对季羡林的打击很大，但受用终身。"没有创见，不要写文章"，成了他的戒律和衣钵，并传给他的学生。

由此，季羡林对印度学的研究，见解独到，充满新意。我们以他对《罗摩衍那》的研究为例，来看他如何革故鼎新的。他在专著《〈罗摩衍那〉初探》和论文《〈罗摩衍那〉在中国》、《罗摩衍那》中，对这部大史诗作出了自己的解释，新意迭出。对其思想内容的分析，尤见心裁和功底。

他首先将世界上著名的《罗摩衍那》专家的各种见解一一列出，然后指出：以上这些学说

或看法，很不相同，也很有趣味，但都没有搔到痒处。看来还有进一步探讨的必要。[1] 真是一

石投林惊百鸟。接着，季羡林从种姓关系、婆罗门和刹帝利之争、正义和非正义之辨、民族矛

盾问题切入，对大史诗的思想内容作出深刻精辟的论述，提出自己独树一帜的一系列新论点，

铿锵作响，掷地有声。

1. 季羡林：《比较文学与民间文学》，第 255—256 页，北京：北京大学出版社，1991 年版。

追求卓越和不同凡响，是季羡林学术研究的风格和坚持不懈的精神。这种风格和精神在他

对印度学的研究中，随处可见。例如，他对《梨俱吠陀》中被西方学者称为："东方神秘主义"

的若干哲学诗的新解，特别是对《无有歌》的洞见，真有振聋发聩之感。《吐火罗文〈弥勒会

见记〉译释》一书，更是他宝刀不老、勇攀高峰精神的见证。

季羡林对印度学研究如此，对其他学科的研究也如此。预流创新，追寻真理，是他的不死

灵魂、生命和价值所在。他呼吁我们："放眼世界，胸怀全球，前进，前进，再前进；创新，

创新，再创新。"[2] 为此，季羡林提倡了解国外同行的研究动态，阅读中外国杂志，反对闭门

2. 季羡林：《饶宗颐史学论著选·序》，第 27 页，上海：上海古籍出版社，1993 年版。收入《季羡林全集》第十四卷。

造车，反对空喊和国际接轨。他说，不读外国同行的新杂志和新著作，你能知道"轨究竟在哪

里吗？连'轨'在哪里都不知道，空喊'接轨'，不是天大的笑话吗？"[3]

3. 季羡林：《学海泛槎》，第 313 页，太原：山西人民出版社，2000 年版。

（三）用弘取精　灵构妙筑

季羡林推崇胡适"大胆的设想，小心的求证"的观点，认为它是不刊之论。为什么要大胆呢？

季羡林认为："不要受旧有的看法或者甚至结论的束缚，敢于突破，敢于标新立异，敢于发挥

自己的幻想力或者甚至胡想力，提出以前没有人提过或者敢于提出的假设。""没有大胆的假设，

世界学术史陈陈相因，能有什么进步呢？"[4] 在这里，大胆假设和预流是相通的，不过大胆假

4. 季羡林：《学术论著选集》自序，第 7 页，北京：北京师范学院出版社，1991 年版。

设之后要小心求证。"预流之后，还有一个掌握材料，越多越好。"饶宗颐是这样评价的："他

具有褒衣博带从容不迫的齐鲁风格和涵盖气象，从来不矜奇，不炫博，脚踏实地，做起学问来，

一定要'竭泽而渔'，这四个字正是表现他上下求索的精神。"[5] 这四个字作为度人的金针，

5. 饶宗颐：《季羡林传》序，第 1 页，太原：山西古籍出版社，1998 年版。

亦是再好没有的。但要真正做到这四个字，必须具备条件："第一要有超越的语言条件，第二

是多姿多采的丰富生活经验，第三是能拥有或有机会使用的实物和图籍、各种参考资料。这样

不是任何一个人可以随便做到的，而季老皆具备之；故能无一物不知，复一丝不苟，为一般人

所望尘莫及。"[6]

6. 饶宗颐：《季羡林传》序，第 2 页，太原：山西古籍出版社，1998 年版。

季羡林对材料的求全责备，跟他重考据的学术爱好有关。清代桐城派姚鼐认为，天下学问

之事，有义理、文章、考证三者之分，异趋而同为不可废。季羡林认为，考证是他最喜欢的东西，他七八十年的学术活动，走的基本上是一条考证的道路。

考证的基础是材料。所以对材料的竭泽而渔，是季羡林学术研究的首要追求。但是，这仅仅是事情的一半。有了材料，还要在正确的观点和方法的指导下，抽绎出可靠的结论，使结论尽量接近真理，就是"小心求证"。如果说，尽可能多地占有材料，以至于达到竭泽而渔的境地，是"用弘"的话；那么用正确的观点和方法去指导，抽绎出可靠的接近真理的结论，就是"取精"。季羡林认为，"小心求证"要根据资料提供的情况，根据科学实验提供的情况来加以检验。有的假设要逐步修正，使之更加完善。有的要反复修正十次、百次、几百次，最后把假设变成结论。经不住客观材料考验的假设，就必须扬弃，重新再立假设，重新再受客观材料的考验。这就是小心求证。

综观季羡林的学术成就，无论是印度学研究，还是其他领域的研究，走的都是用弘取精的路子。首先是大胆假设，收视反听，耽思旁讯，精骛八极，心游万仞，所谓发挥想象力、胡想力；一旦确立假设，就广收博罗，对材料竭泽而渔；接着就是对材料爬梳剔抉，披沙拣金，去芜存菁，用可靠的材料去修正假设；最后将经过修正的假设和挑选过的材料进行博综精思，灵构妙筑，写出学术论著。以《罗摩衍那》研究为例，他写了一本专著和两篇论文。在《〈罗摩衍那〉在中国》一文中，介绍和研究《罗摩衍那》在中国的传播和影响，搜集了梵文、巴利文、汉文、傣文、藏文、蒙文、古和阗和吐火罗文 A（焉耆文）八种语言的材料，给人搜罗备至，叹为观止的感觉。同时，他的演绎归纳做得很好，许多高妙的绝论令人叹服。用弘取精，灵构妙筑，为其得心常法。

（四）学术道德 以身作则

季羡林治学非常重视学术良心或学术道德。中国学者历来讲道德文章，即强调做人和文风。这个传统到清代还得到较好传承，梁启超在《清代学术概论》中说："隐匿证据或曲解证据，皆认为不德。""凡采用旧说，必明引之，剿说认为大不德。"季羡林对此深表赞同。认为梁启超的"德"与他谈的学术道德完全一致。[1]

　　1. 季羡林：《学海泛槎》，第 307 页，太原：山西人民出版社，2000 年版。

对学术道德，季羡林以身作则，身体力行，而且大声疾呼。他不相信人性本善，但相信学术的作用。"人类社会不能无学术，无学术，则人类社会就不能前进，人类福利就不能提高；

每个人都是想日子越过越好的，学术的作用就在于能帮助人达到这个目的。"他就是在这样一个起点上谈学术道德的，看似调子不高，却十分坚实。他对学术骗子给予严厉鞭挞。什么叫有学术良心或学术道德？季羡林认为：通过个人努力或者集体努力，老老实实地做学问，得出的结果必然是实事求是的。这样做，就算是有学术良心。什么是学术骗子呢？他说：剽窃别人的成果，或者为了沽名钓誉创造新学说或新学派而篡改研究真相，伪造研究数据。这是地地道道的学术骗子。对于学术骗子，季羡林给予了严厉的警告：这样的骗局决不会隐瞒很久的，总有一天真相会大白于天下。许多国家都有这样的先例。真相一旦暴露，不齿于士林，因而自杀者也是有过的。季羡林所以大声疾呼，是因为这种学术骗子，自古已有，可怕的是于今为烈。

要求别人做到的，首先必须自己做到。季羡林郑重申明：我可以无愧于心地说，上面这些大骗或者小骗，我都从来没有干过，以后也永远不会干。[1] 季羡林认为，正确对待不同学术意见，

1. 季羡林：《学海泛槎》，第306、307页，太原：山西人民出版社，2000年版。

尤其要敢于公开承认和改正自己的错误意见，这才是光明磊落的真正学者的态度。他坦诚地承认，最初他对不同的学术观点也不够冷静，觉得别人的思考方法有问题，或者认为别人并不真正全面地实事求是地了解自己的观点。后来，他有了进步，认为要求别人的思想方法与自己一样，是一厢情愿，完全不可能的，也是完全不必要的。他还认为，无论怎样离奇的想法，其中也有可能有合理之处，采取其合理之处，扬弃其不合理之处，是唯一正确的办法。尤其可贵的是，季羡林认为，个人的意见不管一时多么正确，其实还是一个未知数。他强调了时间的因素，认为"是否真理，要靠实践，兼历史和时间的检验"。季羡林是这么认识的，也是这么做的。他在选编《东西文化议论集》时，将反对意见的文章，只要能搜集到的，都编入书中，让读者自己去鉴别分析。[2]

2. 季羡林：《学海泛槎》，第314、315页，太原：山西人民出版社，2000年版。

谦虚，是学者的美德。季羡林作为一位学术大家对此非常关注。他关注的是真谦虚，而不是"故作谦虚之状"的假谦虚。他将谦虚与否，作为一个道德问题来考量，认为"在做学问上谦虚，不但表示这个人有道德，也表示这个人是实事求是的"。对一些年轻人自视甚高，他深感忧虑。他说："有不少年轻的学者，写过几篇论文，出过几册专著，就傲气凌人。这不利于他们的进步，也不利于中国学术前途的发展。"人贵有自知之明。季羡林是真正做到了的。他总觉得自己不行，

3. 季羡林：《学海泛槎》，第310页，太原：山西人民出版社，2000年版。

"样样通，样样松"，"自知之明"过了头，不是虚心，而是心虚了。[3] 凡是了解季羡林为人的，

都知道他讲的是实话。他写了一辈子文章，累计达一两千万言，但一直到晚年他写作还是不敢离开字典。这种小心翼翼、如履薄冰的态度，就是"心虚"，就是不敢自以为是，就是对读者的尊重和负责，就是学者的道德。季羡林的谦虚可谓数十年一贯制。1947 年，已经是教授、系主任的他，听了汤用彤的《魏晋玄学》一年，每堂课必到，听课笔记保留至今。周祖谟当时还不是正教授，季羡林觉得自己中国音韵学知识欠缺，就征得他的同意去旁听他的课。到晚年，他撰写《中华蔗糖史》，为了资料占有的彻底性，他不耻下问，向东语系各专业的教师包括青年教师请教各类糖在各种语言中的说法。

虚心治学和学术勇气相结合，这才是完整的学术道德。坚持自己认为正确的观点，敢于向权威挑战，是季羡林的一贯作风。关于原始佛教语言问题，他曾于 1956、1958、1984 年写过三篇论文，是其在国际学术论坛勇于挑战、敢于胜利的范例。进入耄耋之年，季羡林的学术勇气依然不减当年，他提出中国通史、中国文学史必须重写，美学必须彻底转型，大破大立，另起炉灶。这是何等的见地和勇气！季羡林为何愈老威望愈高，不但得到国内外老一辈的同行学者的敬仰，而且深得青年学者的喜爱？是因为他的学术道德和以身作则。学术道德，以身作则，为其立命之本。

（五）真情切磋 从善如流

苏东坡说：文人相轻，自古而然。这句老话到了季羡林这里，似乎就不灵了。在季羡林的同辈学者中，几乎没有不敬重他的。季羡林的为人与为文，突出一个"真"字。乐黛云在给"当代散文八大家"的季羡林卷起名时，就起了个《三真之境》的书名，并以《真情·真思·真美》为题写了一篇充满真挚的前言。不但道出了季羡林为文的真谛，也道出了他为人的真谛。张中行说："季先生就以一身而具有三种难能：一是学问精深，二是为人朴实，三是有深情。三种难能之中，我认为，最难能的还是朴实，因为，在我见过的诸多知名学者（包括已作古的）中，像他这样的就难于找到第二位。"比季羡林年长 6 岁的著名诗人臧克家作诗赞道："你的人，朴实非常，你的衣着和你的人一样。"袁行霈在《朴实的力量》一文中写道："季先生就是集中了朴实的美德并展现了朴实的力量的典范。"他还在《生命的赞歌》一文中说："除了敬佩他学问之博大精深之外，人格方面得到的印象归结起来就是'老实人'三个字。""高山仰止，景行行止，季先生是值得我永远学习的。"

另外，像赵朴初、周一良、林庚、侯仁之、启功、王元化、钟敬文、张岱年、何兹全、梁披云、任继愈、周汝昌，等等，以及属于"后学"的庞朴、汤一介、乐黛云、严家炎、胡经之、范曾、刘梦溪、王尧、白化文等当代学术大家，都十分敬重季羡林。

2001 年，季羡林九十华诞，由钟敬文撰文、启功书写的寿联，是对这种敬重的极好表达：

　　珠玉千篇，学者同沾光泽

　　泰嵩一老，人寰共仰嵯峨

季羡林逝世后，"红学泰斗"周汝昌作诗哀悼：古历己丑闰五月十九日惊闻季羡林先生谢世痛悼不已敬赋小诗略展悲怀。

　　大师霄际顾人寰，五月风悲夏骤寒。

　　砥柱中华文与道，渠通天竺梵和禅。

　　淡交我敬先生久，学契谁开译述关。

　　手泽犹新存尺素，莫教流涕染珍翰。

这就是中国文人推崇的君子之交。季周交谊始于 1950 年周汝昌翻译季羡林的《列子与佛教之关系》，是典型的以文会友。

中国俗话云：隔行如隔山。又云：同行是冤家。但是，这两句俗语到了季羡林这里，都失效了。季羡林的晚辈同行，全是他学生，如黄宝生、郭良鋆、赵国华、蒋忠新、张保胜、王邦维、葛维钧，段晴、高鸿，等等，自不待言。在晚年的口述中，季羡林说："我这个人是从来不跟人斗，不搞小圈子，在北大，我当了一辈子中层、高层干部，跟同事没有矛盾过。"[1] 为此，

1. 季羡林：《大国学：季羡林口述史》，第 206 页，西安：陕西师范大学出版社，2010 年版。

还有人说他"好人主义"。他的同辈同行，如徐梵澄、金克木、饶宗颐等，也都对他膺服不已。饶宗颐闻讯季羡林、任继愈同一天逝世，即书"国丧二宝，哀痛曷极"。过了几天，又作《挽季羡林 先生》（用杜甫长沙送李十一（衔）韵）诗：

　　遥睇燕云十六州，商量旧学几经秋。

　　榜加糖法成专史，弥勒奇书释佉楼。

　　史诗全译骇鲁迅，释老渊源正魏收。

　　南北齐名真忝窃，乍闻乘化重悲忧。

和季周之交一样，季饶之交也是"君子之交淡如水"。季饶的研究领域不尽相同，但在国内学

术大师中，两者应是最为相近的了。将他们视为同辈同行，当无大谬。民间有"北季南饶"的并称，即将二位视作同辈同行。季羡林与饶宗颐，隔山望海，谋面的机会并不多，主要是文字之交。1984 年，《饶宗颐史学论著选》将在上海出版，这是他的学术著作首次登陆，作者请季羡林写序。季羡林"毫不迟疑地答应了下来"，因为"同声相应，同气相求"。这篇序写了一万多字，可谓大气磅礴，酣畅淋漓。他先精要地总结了饶宗颐的治学精神：预流、取弘、创新。在文章的最后，季羡林写道："时为旧历中秋，诵东坡'但愿人长久，千里共婵娟'之句，不禁神驰南天。"这是何等的情谊与兴致。

然而，季饶之交并不停留在唱酬序跋之中，而是直达"如琢如磨，如切如磋"的中国文人相处的最高境界。季羡林是著名的佛教语言研究大家。1990 年，他应韩国东国大学之请，写成《梵语佛典及汉译佛典中四流音 ṛ ṝ ḷ ḹ 问题》一文。在论文的第一部分，作者写道：几经准备，动手写的时候，"我接到俞敏学长寄赠的《俞敏语言论文集》，其中有几篇文章是谈悉昙章的。仔细阅读，茅塞顿开。自己的一些看法不能不修改或者放弃了。准备重新动手写的时候，又接到香港饶宗颐教授寄赠的《悉昙学绪论中印文化关系史论集·语文篇》。书中绝大部分论文都与悉昙有关，而且饶先生还直接引用了慧琳那一段话。这对我似乎是云层中流出来的阳光，让我的视野更加开阔了。饶先生以其广博的学识、深厚的功底，对有些问题分析入微，深中肯綮。小子愚鲁，何敢再赞一辞。于是我就停止写作，把原来的稿子全部作废，决心另起炉灶。我又开始了广泛阅读的过程，我决定竭泽而渔了。"[1] 最后，季文足有二万五千字之长，成了现代佛学名篇。

1. 季羡林：《季羡林佛教学术论文集》，第 350 页，台北：台湾东初出版社，1995 年版。

从季羡林的《梵语佛典及汉译佛典中四流音 ṛ ṝ ḷ ḹ 问题》一文的写作中，我们可以知道，什么叫以文会友，什么叫从善如流。请教、切磋、致谢，是季羡林学术生涯的习惯，几十年间没有变化。我们常常在他的著作中看到"附记"、"羡林案"的文字。例如：1947 年 10 月 9 日，他在《浮屠与佛》一文末尾的"附记"中写道："写此文时，承周燕孙先生帮助我解决了'佛'字古音的问题。我在这里谨向周先生致谢。"1949 年 2 月 5 日改毕《佛教对中国儒道两家的影响》一文，在"附记"中写道："此文初稿曾送汤用彤先生审阅，汤先生供给了我很多宝贵意见，同时又因为发现了点新材料，所以就从头改作了一遍。在搜寻参考书方面，有几个地方极得王利器先生之助，谨记于此，以志心感。"1988 年 9 月 14 日，季羡林写成《关于神韵》一文，

1989 年 3 月 19 日在"羡林案"中写道："此文付排后，接香港中文大学饶宗颐教授函，他对拙文提出了几点意见，我觉得很有启发，现节录原信附在这里。"他又在"补遗"中说："承蒙敏泽先生函告：钱钟书先生《管锥篇》第四册页 1361—1366，引宋范温《潜溪诗眼》关于韵的论述。此确为我所忽略，谨向敏泽先生致诚挚的谢意。宋范温论韵的意见十分精彩，钟书先生的引申更为神妙。"

此类例子，不胜枚举。真情相待，从善如流，为其交友之道。每得助益，必记文鸣谢。这不仅成了季羡林学术生涯的习惯，而且成了他的学术品格。

季羡林是当代学术界的大宗师，其学之富，非五车可喻。以上所述，只是对季羡林学术研究的一孔之见，既不深，更不全。然而古人说"见象之牙，知其大于牛也"，请读者"以所见占未发"吧。

2008 年 6 月 6 日，季羡林先生获颁印度"莲花奖"。

季羡林一生获奖无数。2008 年 6 月 6 日，时任印度外交部长慕克吉，代表印度总统帕蒂尔，在中国前外交部长、全国人大外事委员会主任李肇星和印度驻华大使拉奥琦的陪同下，向季羡林先生授予印度国家最高荣誉奖"莲花奖"奖章。

我们完全有理由认为，季羡林用毕生的精力，不仅为我们树立了一座学术高峰，而且为我们树立了一座品格高峰，永远令人叹之，仰之。

第九章　　徐梵澄：苦行者的学术样板

　　伟大学者留给后人的往往有两种财富，一种是学术，一种是为人之道。徐梵澄就是一位学术和为人都堪称卓绝的圣哲。对于我们这个时代，我们这个民族，徐梵澄的这两笔财富，实在太重要了。然而，要学习这位圣哲是困难的。首先，我们必须努力认识徐梵澄及他的财富。他的人格力量和学术贡献，按目前我们的认知水平，无论怎样评价，都不会过高。徐梵澄的学术贡献，主要有两个，一是传播中国学术菁华，二是汉译印度文学哲学经典。我们在这里要介绍的是他第二个贡献。

第一节　三十三年寂寞的文化苦旅

　　徐梵澄（1909—2000），湖南长沙人，1909 年 10 月
生。原名琥，谱名诗荃，字季海，笔名季子。徐家殷实开
明，梵澄自小受名师开蒙。四书五经，六朝古文，为其童
子功底；对国艺书画篆刻，亦皆受家风熏习。后入新式学
校，青年毛泽东为其地理老师。1926 年入武汉中山大学历
史系，1928 年入上海复旦大学西洋文学系。因投稿得罪当
局而结识鲁迅，一直受到鲁迅关爱。1929 年赴德国海德堡
大学，主修哲学，辅修艺术。1932 年因父病回国。此后，
在上海以写作、翻译为生。抗战爆发，到云南中央艺术专
科学校任教，后任重庆中央图书馆编纂，兼任中央大学教授。
1945 年抗战胜利，受教育部派遣到泰戈尔创办的国际大学
（Visva Bharati）任教，揭开其人生新的一章。

徐梵澄先生在北京团结湖寓所。

　　在重庆登机前，郭沫若、郑振铎挥手相送说："要取
真经回来！"所以徐梵澄在国际大学，一边教授欧阳竟无的
惟识学，一边学习梵语、印地语。因为他知道，不懂梵语和
印地语，取真经就无从谈起。1949 年，中国政权更替，国
民政府退走台湾。国际大学中国学院（Chīna Bhavana）经
费一向由国民政府教育部提供，从此就失去了经济来源。于
是，许多中国学者纷纷出走。但徐梵澄没有离开印度，而
是来到了印度圣城贝拿勒斯进修梵文。就在这时，他迈出
了译经的第一步，首先译出被称为"圣歌"的《薄伽梵歌》
（Bhagavadgītā），接着又译出印度第一部抒情长诗、迦
梨陀娑（Kālidāsa）的《云使》（Meghadūta）。

1951 年，徐梵澄来到南印度瑃地舍里（Pondicherry）的室利·阿罗频多修道院（Sri Aurobindo Ashram）。此时，院主阿罗频多已于前一年逝世，院母密那氏（Mira）热情接待并将他留下。密那氏是法国人，一位道行极高的精神导师。她的关爱坚定了徐梵澄的修道决心。有人问徐梵澄：你来这里干什么？他正色回答："我来翻译室利·阿罗频多！"为了兑现这句话，徐梵澄在修道院整整苦干了 28 年。圣哲阿罗频多是印度现代三圣之一，另外两位是圣雄甘地和诗圣泰戈尔。阿氏早年留学英国，34 岁即成名教授被推为大学校长。36 岁结社领导革命，事败入狱一年，获释后继续从事爱国运动，闻讯又将关押，即逃亡到当时的法国属地南印度的瑃地舍里。此后，阿氏改变斗争方式，隐居著述，以精神力量推动民族独立运动，直到生命最后一刻。以前国人都片面认为，印度独立完全是甘地的非暴力主义的胜利，其实英国人最怕的是印度人民革命的力量。而阿罗频多是印度人民革命的精神领袖，他的思想是印度民族独立运动的理论武器。泰戈尔曾于 1907 年 8 月写有《致奥罗宾陀》一诗，诗一开头这样写道：

> 啊，我的朋友，祖国的朋友——
>
> 奥罗宾陀，泰戈尔的敬礼，请您接受！
>
> 您是民族之魂的高大形象，
>
> 从不追逐个人的安逸、富足、荣光。[1]

1. 《泰戈尔全集》第 8 卷，第 484 页，石家庄：河北教育出版社，2000 年版，诗中将阿罗频多译为"奥罗宾陀"。

印度独立后，将阿氏的生日 8 月 15 日定为独立日。[2] 徐梵澄的睿智，使他及时认识到阿氏

2. 按 1947 年 7 月通过的《蒙巴顿方案》，英国政府将于 8 月 15 日将权力移交给印、巴两个自治领。实际上许多印度人愿意将阿罗频多的生日定作印度独立纪念日。

学说的学术价值和社会意义，全身心地投入到研究与翻译之中。在修道院，他先后翻译了被印度人视为"当代惟一宝典"的《神圣人生论》（1952）以及《薄伽梵歌论》（1953）、《阿罗频多传略》（1954），还有《五十奥义书》、《瑜伽论》（1—4）、《玄理参同》、《教育论》、《社会进化论》、《南海新光》等。

院母密那氏对梵澄特别器重，梵澄称其为"神圣母亲"、"圣慈"，先后译出密那氏《母亲的话》4 卷及《神母道论》等书。除了将梵、德、英、法典籍译成汉文之外，他还将汉籍《肇论》、《周子通书》译成英语。

徐梵澄是一位双向的文化交流者。他一方面积极将印度、欧洲典籍译成汉语，一方面将中国文化学术介绍给印度与世界，如撰写《孔学古微》（英语）、《小学菁华》（英语）、《唯识菁华》（英语）等。早年，他还将若干古典小说译成英语，可惜这些小说都不知所踪，成了"流

亡"作品。

1978 年，年近古稀的他回到了阔别 33 年的祖国。他孑然一身，有的是他那无与伦比的苦行阅历和满腹经纶。第二年，他入中国社会科学院世界宗教研究所，任专职研究员。从此，他进入了学术生涯的又一个春天，老树着花花满枝。一方面积极整理旧著旧译，一方面努力新的写作和翻译，直到 2000 年 3 月逝世。在他最后的 20 多年中，有 20 多种书籍陆续问世，平均每年一种。在这段时间里，他将精力投放在对中国基本经典的解读中，用精神哲学的维度重新丈量中国的学术家园。有《老子臆解》、《陆王学述》等著作问世。

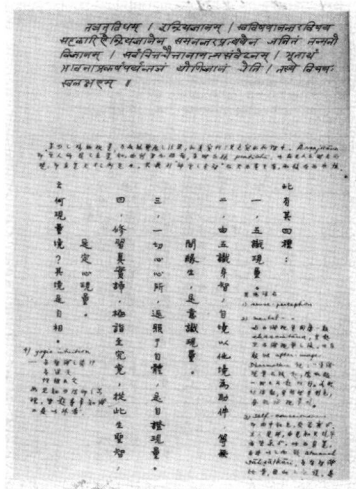

徐梵澄手迹

回国后的徐梵澄，依然是苦行者的作风。卓新平这样概括他的人生："在现实社会充满动感、流动不居的学术舞台上，一批批学者开始映入人们的眼帘，其中一些德高望重的学界前辈和学坛精英在人们的注目中被称为'大家'、'大师'，而徐梵澄先生的公众亮相却极为稀少，长期被看似在积极发现'新星'、'新秀'的学术舆论界和评论界所忽视、埋没和遗忘。对于当代学人而言，徐梵澄先生奇特的求学经历、曲折的人生历程似乎颇具'神秘'色彩，其学问和知识对常人而言也有高不可攀、深不可测之感。"[1]

这就是现代苦行学者的风采。

徐梵澄是一位纯粹的学者，但他的卓绝令诸多常用词如"大师"、"硕学"之类失去光彩。总结他的一生，至少以下几点值得我们永远记住：

他是一位圆通世界三大文明的学者，对中、印、西研究都有特别建树，这种研究不是个别孤立的，而是融汇贯

1. 卓新平：《徐梵澄传·序》，见孙波：《徐梵澄传》，第 1 页，北京：社会科学文献出版社，2009 年版。

通的，只有深知三大文明深义者才能有此道行。

他在中外学术史上屡次开山，是中国全面而深入地翻译、研究德国超人尼采的第一人，中国翻译研究印度现代圣哲阿罗频多的第一人，中国翻译研究印度古代圣典《奥义书》、《薄伽梵歌》的第一人，现代中国翻译《肇论》、实践"佛教倒流"的第一人。

他学海无涯苦作舟，扬帆远航而又成功返港。对德国、印度哲学精研而知得失，古稀之后对中华国学的见地更是独具慧眼。"历史上未尝有可凭宗教迷信而长久立国者。五千年中国文教菁华原自有在，不得不推孔孟所代表的儒宗。"[1] 此语出自徐梵澄这位学途老马之口，充满苍凉，

1. 徐梵澄：《徐梵澄集》，第 255 页，北京：中国社会科学出版社，2001 年版。

更充满铿锵。

他事师如事神，所以择师极严，终其一生只有鲁迅、尼采、阿罗频多和密那氏四人。鲁迅最早，是其潜心、淡泊的学术人生的启动者。他因鲁迅而爱尼采，尼采是他的精神导师。阿罗频多在他去南印度前一年已去世，也是一位精神导师。密那氏是他侍奉 27 年的圣慈。他在 1950 年代、1960 年代都有归意，均因密那氏不允而作罢。1973 年密那氏以 96 岁高龄示寂，他于 1978 年出版《母亲的话》（3、4 卷）后回国。徐梵澄的一生，包括他的学术和为人，受此四人的影响，至深至大。研究徐梵澄的思想与人生，不能不懂这四人。

学者以学术传世。徐梵澄"所贡献的是一份学术事业，精神事业，这与他的生命流程是紧密相关的"。[2] 他一生

2. 孙波：《徐梵澄传》，第 1 页，北京：社会科学文献出版社，2009 年版。

著译丰赡，主要收集在《徐梵澄文集》[3]16 卷中，4 卷著作，

3. 徐梵澄：《徐梵澄文集》，上海：上海三联书店、华东师范大学出版社，2006 年版。

12 卷译作，共 650 万言，分尼采著述汉译、印度哲学文学

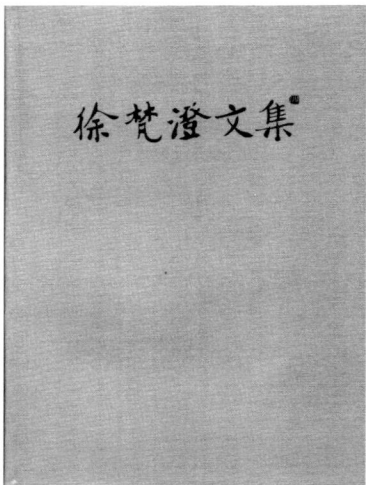

《徐梵澄文集》

经典汉译、中国学术菁华英译和中国哲学思想新解四部分。这不是他著述的全部，他犹有《宗

1. 徐梵澄未出书目如下：《宗教论》（德译汉）、《文艺复兴时期的绘画》、《天竺字原》、《母亲的话》（5—8）（法译汉）、《中国古代小说》（汉译英。

教论》等七部著作尚未出版。[1] 我们在这里要重点介绍和评价的，是中国学术菁华英译和印度

此从鲁迅校勘之《唐宋传奇集》及《古小说钩沉》中选出）、《超心思的显示》（英译汉）、《佛教密乘研究——摄真言义释》（梵译汉）。见孙波：《徐梵澄传》，

哲学文学经典汉译。

第 462 页，北京：社会科学文献出版社，2009 年版。

第二节　徐梵澄对汉籍的英语译介

1945 年，徐梵澄赴印的任务是传播中国文化。不管人生旅途多么坎坷，他始终没有忘掉自己的使命，克服了常人难以想象的困难，做出了出类拔萃的成绩。中国学术菁华传播，徐梵澄做了两方面的工作，一是将中国古籍《周子通书》、《肇论》等译成英语；一是用英语著述，有《小学菁华》、《孔学古微》、《唯识菁华》等。这两项工作，一部分是在印度完成的，如《孔学古微》、《小学菁华》、《周子通书》，《肇论》和《唯识菁华》则是归国后的著译。

作为一代鸿儒，徐梵澄对中国学术的传播，不是率性而为，而是有着自己的深思熟虑。

1963 年，徐梵澄首先用英语向外国人介绍的，是中国的语言学，即传统的"小学"。这是当时的实际需要。他在《小学菁华·序》中说："近些年来，很多外国人非常需要汉语知识，对在学习中遇到的困难发出了许多抱怨。"[2] 针对外国人学汉语的畏难情绪，他进行了这样的

2. 徐梵澄：《古典重温》，第 78 页，北京：北京大学出版社，2008 年版。

分析："学习汉语所产生的困难，有许多原因，这是一个十分复杂的问题，而且从根本上说，它甚至关系到现代的全部教育体制。一般来说，作为第二语言，人们并没有用正确的方法学习它。就心理而言，困难并不完全在于语言本身，更重要的在于我们自己的思想态度。在某种意义上，我们无一不受自身成见和习惯的束缚。"[3] 仅仅分析困难、要求克服成见是不够的，他还用学

3. 徐梵澄：《古典重温》，第 79 页，北京：北京大学出版社，2008 年版。

习语言的意义，来进一步引导外国朋友，说："我们学习一门外语，目的在于了解这个国家人民的生活习俗、心性、文化，以及他们在物质和精神领域所取得的全部成就，以便与他们共同走向更完美的生活，并且最终能够为全人类创造一个更加幸福的世界。凭借着语言工具，我们能够学习和吸收其它民族最好的东西，当彼邦人民落后时，我们可以催促他们的前进步伐。"[4]

4. 徐梵澄：《古典重温》，第 81 页，北京：北京大学出版社，2008 年版。

徐梵澄认为，学习语言特别是学习汉语，教和学的方法十分重要。《小学菁华》的编撰，就是

要为外国人学习汉语提一种便捷、有效的门径和方法。徐梵澄不仅精通中文，而且有学习多种外语的经验。他的这本书可以"作为初学者的臂助"，"吃透这本书将会大大减轻记忆单词的负担，且据此可以理解汉语的精神本质"。"由于从词源学做出了可靠的解释，因此本书可以作为正确地阅读古代文本，尤其是哲学文本的工具。"[1]

1. 徐梵澄：《古典重温》，第 89 页，北京：北京大学出版社，2008 年版。

徐梵澄志在高远，志在弘扬中华文化，正如他自己所说：《小学菁华》"只是通向崇高之路——高深的研究——的第一个阶梯"。[2] 这实际上也告诉人们，撰写《小学菁华》，是他传

2. 徐梵澄：《古典重温》，第 89 页，北京：北京大学出版社，2008 年版。

播中华文化的第一步。

几十年之后，我们迎来了世界范围内的汉语热。徐梵澄的这本《小学菁华》，匠心独运，极具特色，值得我们学习。他编撰此书时放眼世界、拓荒创新的精神，更值得我们继承和发扬。《小学菁华》在国际汉语教学史上有着独特的重要地位。

通过学习汉语来了解中国文化，这是最根本的途径。然而，这是一条费时费力的途径。许多外国人希望通过英语读本来学习中国文化。随着这种呼声越来越高，徐梵澄终于下决心，用英语编写了一册《孔学古微》。他在此书的《序》中说："几年前，我们的国际教育中心要求我谈一谈儒学的问题。当时，由于某些情况，还不太可能。时至今日，这桩尚未做成的事情仍然萦绕在我心中，我突然想到与其举办讲座，倒不如写成一本小册子，以便对后来者具有更长

3. 徐梵澄：《古典重温》，第 91 页，北京：北京大学出版社，2008 年版。

久的参考价值。"[3]

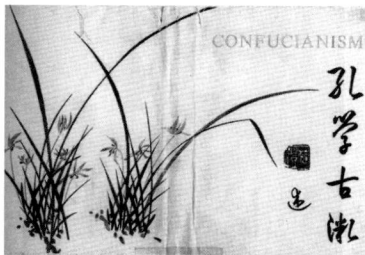

《孔学古微》(英文版)，
徐梵澄著

在《孔学古微》中，徐梵澄向他的中外读者娓娓道来，循循善诱，以阐释中华国学菁华为务，其余一概不述。好像他是在菩提树下或白鹿洞前，给一帮洋弟子讲学，头上顶的是一弯古时月。《孔学古微》洋溢的是幽兰之香，是那么淡然，又是那么不绝如缕。

《孔学古微》的阅读对象是外国人，所以叙述尽量通俗易懂。这些外国人中有世界各地来的，更多的是印度人，为了便于他们理解，书中引用了大量西方和印度的概念、故事。无论是

书的内容，还是由他设计的封面与题字，都告诉世人：《孔学古微》是徐梵澄的精心之构，独一无二的中印西三大文明的美妙荟萃。检视域内与海外，有此功力和心思者，惟澄公一人耳。

徐梵澄的《孔学古微》，不是"思古之幽情"，而是表达对儒学的态度。它的淡定、沉静，比"反其道而行之"及"矫枉必须过正"，更有力量，更能服人。

在《孔学古微》中，徐梵澄所表达的对儒学的态度，到底是怎么样的呢？

首先，徐梵澄认为，儒学是维护中华民族稳定的精神力量。

对儒学，他这样总体评价："我认为儒学在本质上既不是世俗的，也不是一套生硬的道德法典或干瘪的哲学原理，它实质上是一种最高的精神。"[1] 他又说："如果在世界上有一种类似国家宗教的东西——将其称为一种'宗教'，我们感到犹豫，最好称它为民族信仰，那么在中国除了儒家之外别无分号。"[2] 被徐梵澄称为"最高的精神"和"民族信仰"的儒学，在中

1. 徐梵澄：《古典重温》，第 95 页，北京：北京大学出版社，2008 年版。

华民族发展史上的稳定作用，他是借阿罗频多的话来说的："这是一个特殊的民族，总是被骚扰而又总是保持不变！如果你研究中国千年以来的历史，你会发现他们在骚乱中仍保持他们的文化。蒙古大汗试图以烧毁他们的典籍来破坏他们的文化，但是没有成功。这就是那个民族的品格。"[3] 徐梵澄对他这位精神导师的话佩服得五体投地："这是多么简洁的评论，同时对我

2. 徐梵澄：《古典重温》，第 97 页，北京：北京大学出版社，2008 年版。
3. 徐梵澄：《古典重温》，第 93 页，北京：北京大学出版社，2008 年版。

们中国人又是具有何等的教益！"[4] 总结中国的历史，徐梵澄坚定指出："我们之所以在每一次内乱和外敌入侵后仍然存活下来，这主要是因为我们在过去两千五百年的历史中，一直遵循着儒家的道路前进。"[5]

4. 徐梵澄：《古典重温》，第 93 页，北京：北京大学出版社，2008 年版。
5. 徐梵澄：《古典重温》，第 93 页，北京：北京大学出版社，2008 年版。

其二，徐梵澄认为，儒学的最大特点是经世致用。

这一特点是在比较中得出的。他说："与世界其他的伟大体系相比，儒学没有那么丰富多彩的人生具象和偏激的观念。……就人的实践活动而言，儒家反对无所作为，苦苦修行、弃绝尘缘或禁除欲望；既没有关于点石成金的炼金术，也没有使人延年益寿、长生不老的炼丹术。"[6] 他援引元文宗和大臣之间的问答，赞同将儒家比作"稻谷"。认为："它阐明了儒家文化对维护生命的重要性，它甚至包含着我们生活问题的全部答案，无论是对于个人还是对于民众来说都是如此。"[7] 关于生存问题，我们不得不敬佩徐梵澄极具超前性的洞察力，他认为，现代世

6. 徐梵澄：《古典重温》，第 95 页，北京：北京大学出版社，2008 年版。
7. 徐梵澄：《古典重温》，第 98 页，北京：北京大学出版社，2008 年版。

界的文明已经发展到这样的程度：生存问题已经变得如此复杂，人类的痛苦变得如此惨烈，以至找不到任何令人满意的解决方案。如果从本质上看这些困难与问题，我们就会发现它仍然是

一个如何获得正当的与幸福的生活方式的问题。"如果这个判断可以成立，那么我们就可以从儒学这个源泉中获得很多东西。"[1] 徐梵澄四十多年前的这个观点，今天不但依然正确，而且

1. 徐梵澄：《古典重温》，第 98 页，北京：北京大学出版社，2008 年版。

愈加焕发光彩。

其三，徐梵澄认为，和佛、道相比，儒学更优。

对世界宗教，徐梵澄有深刻研究，又长期生活在"宗教王国"印度，对各种宗教现状耳闻目睹。所以，他对宗教的认识，非常人所能及。对中国的儒佛道，他在深切把握的基础上，作出明确判断。这种判断，既一视同仁，又有伯仲之分。判断的标准，不是个人好恶，而是对民族生存和民族文化发展贡献的大小。他说："从佛教传入中国直到它被完全吸收同化并变成另一种形态之前，它吸收这个民族知识精英的注意力达六百年之久。本土的道教也同样具有吸引力，并获得这一民族的伟大天才人物的信奉，其时间甚至比佛教还要长几百年，虽然它没有那样的辉煌和显赫。尽管佛教和道教有着如此重大的影响，然而，儒家在漫长的岁月中始终巍然屹立，从未受到动摇和损害。"[2] 他还认为："因为儒家是沉着和冷静的，它不能抓住那些具有强烈性情之人的

2. 徐梵澄：《古典重温》，第 97 页，北京：北京大学出版社，2008 年版。

心灵，所以他们很容易被引入其它宗教。"[3] 这里讲的，实际上是一个功能分工问题。儒家修身，

3. 徐梵澄：《古典重温》，第 97 页，北京：北京大学出版社，2008 年版。

讲经世治国；佛家治心，讲冥福、身后解脱；道家怡情，讲人生的逍遥潇洒。三家各司其职，各安其位，并驾齐辕。

认为儒家优于佛道，徐梵澄是从治国安邦上来说的。"在公元 6 世纪上半叶，佛教对统治这样一个大帝国进行了实验，但是这一实验失败了。除此之外，道教作为一股强大的潜流存在于这个民族的心灵之中，然而从来没有非常明显地浮出过水面。"[4] 因为儒家在中华民族发展

4. 徐梵澄：《古典重温》，第 93 页，北京：北京大学出版社，2008 年版。

上的贡献，徐梵澄十分敬爱周公和孔子，说："在中国历史上有两个伟大的圣人，他们决定了这个民族过去三千年的命运，至今，我们仍然享受着他们的恩惠，我们也可以称他们为文化的导师，先是周公，在他之后五百年是孔夫子。"[5]

5. 徐梵澄：《古典重温》，第 99 页，北京：北京大学出版社，2008 年版。

《唯识菁华》是徐梵澄归国后的出版的英文著作，其实是他"昔年行箧中之旧稿"。全书除了《序》之外，分四十二章。中印两大民族总体而论，中国长于史学，印度长于哲学。在中印文化交流史上，特别自玄奘创立唯识宗后，有关唯识学的切磋，一直是重要的内容。徐梵澄以"历史唯物主义"的观点，来探讨"玄学"（唯识学）在中国被误会的发生与发展。他认为："在一个玄学于其文化中占有优势的国度里，以上所说的误解从来没有发生过。印度就是地球

上唯一的这样一个国家，在对精神真理的崇拜中，它的祭祀活动已持续了数千年以上。"[1]

1. 徐梵澄：《古典重温》，第 120 页，北京：北京大学出版社，2008 年版。

徐梵澄坦率承认，由于内部冲突，印度目前的状况并不是很好，并且所有的宗教似乎都对其有害而无益。但是，他又指出："在评价一个民族真正价值的时候，一个人不应把他的视域仅仅限于眼前。人类既应该回首于它漫长的历史，又应该放眼于它无限的未来。……一个民族可能暂时被世人所忽视，但是他们过去的光荣和对人类的贡献是不能被否定的。对一个伟大过去的认识，意味着对一个伟大未来的希望。在经过火的洗礼之后，一只新生的凤凰从它前生的灰烬中腾空而起，它甚至比过去更加美丽。"[2] 这是徐梵澄对印度民族的祝福。

2. 徐梵澄：《古典重温》，第 120 页，北京：北京大学出版社，2008 年版。

研究唯识学这一历史悠久的话题，徐梵澄明确认为是"为了伟大的未来做好准备。不然的话，他们所有的艰苦的研究工作就没有什么意义"。[3] 由于他有为伟大未来做准备的抱负，他

3. 徐梵澄：《古典重温》，第 103 页，北京：北京大学出版社，2008 年版。

的学术视野既不囿于印度，也不囿于中国。作为一个整体，《唯识菁华》中所讨论的唯识学属于中印两个民族的共同精神财富，也是人类的共同精神财富。他站在时代的高度，除了整体看待唯识学之外，还对它的缺点和衰落的原因，以批判哲学的观点来审视。《唯识菁华》中的这些观点与立场，在今天看来依然十分正确和宝贵。徐梵澄的《唯识菁华》以及其他相关的论著，是中国现代哲学史关于唯识学研究的最新最重要的学术成果。这部为"伟大未来作准备"的著作的学术价值，将为越来越多的人所认识。

将汉籍经典译成英语，直接向世界弘扬中华文化，是一件伟大而艰巨的工作。古今中外，凡是有志于此而有成就者，一要非凡的学识，包括语言能力，二要长期沉潜，耐得住寂寞，日积月累，数年甚至数十年才能有传世译作。作为一位将弘扬中国学术为己任的学者，徐梵澄不但具备了上述两个条件，而且又身处外国学人对中国学术渴望的现场。对他来说，将中国学术著作译成外语，既是一种使命，又是一种生存方式。

中国学术经典汗牛充栋，自耶稣会士东来，有相当一部分已译成外文。这样，翻译学术经典，首先有一个选择的问题。个人的精力和时间有限，将有限投入到无限之中，必须慎之又慎。徐梵澄选择的是北宋鸿儒周敦颐的《通书》和东晋名僧僧肇的《肇论》。

每一个朝代，为了达到长治久安的目的，必须确定其立国之本。中国进入封建时代，在经济上长期以农立国。为了维护、巩固农业的基础地位，历朝历代实行重农抑商政策，社会阶层以士农工商排序。与经济基础相适应，从汉初开始，中国在政治文化上独尊儒术，即以儒学为

国学。中国的封建制度，如果说肇始于秦代，奠定于汉代，那么儒家从一开始就是这一制度的主要建设者。汉儒（经学）获得了重大发展，但到东汉桓帝时开始式微。魏晋南北朝，玄学和佛道风行，儒家经学受到巨大挑战。隋唐汲取教训，儒学的地位有所提升。但总体而言，儒学已风光不再。经唐末及五代之乱，中国建立赵宋王朝。通过反思前朝，精英阶层痛定思痛，认识到重新确定国学的重要性。这样，儒学的国学地位再次被确定，甚至出现了"半部《论语》治天下"之说。

宋代，儒学获得新生和巨大发展，一般被称为"道学"、"理学"或"新儒学"，明代则称"宋学"。随着新儒学的兴起，封建社会作为一种政治和经济文化制度，也在中国勃发生机，出现了"中兴"的局面。实际上，宋代的经济、文化、科技、教育的发展水平，远甚于唐代。这一切在很大程度上，应归功于儒学在宋代的复兴，归功于宋代新儒学（理学）的诞生。但是，理学在诞生之初，一度被扣上"伪学"帽子而遭受打击。像任何新生事物在逆境中发展一样，这种打击使理学在以后的前进路上走得更远。

徐梵澄认为，儒家在宋代返老返童，是五位大师启动了这一复兴。"第一个是《通学》的作者周敦颐；其次是程颢（1032—1085）和程颐（1033—1107）两兄弟，他们两个都是周敦颐的学生；第四个是张载（1020—1077）；第五个是朱熹（1130—1200），他的《四书集注》和《朱子语类》使他在当今仍名闻天下。"[1]这"宋代五子"的学术传承，不是宗教式的，他们是学者、

1. 徐梵澄：《古典重温》，第 103 页，北京：北京大学出版社，2008 年版。

教育家、官员、政治家，凭着师徒相传，这种方式使理学延续了七百年。"这些弟子连续的师承关系被清楚地记录下来，回溯并止于周敦颐。"[2]周敦颐是二程的本师、宋代理学之祖。这

2. 徐梵澄：《古典重温》，第 103 页，北京：北京大学出版社，2008 年版。

就是徐梵澄选择周敦颐的原因。当然，理学在中国儒学发展史上的实际地位，徐梵澄是清晰的。他说："不可否认，这些大师比起孔夫子及其稍后的诸子略有逊色，他们缺乏先秦学者们的独创性。"[3]对周敦颐的历史功绩，他用朱熹《六先生画像赞》中的话说："道丧千载，圣远言埋。

3. 徐梵澄：《古典重温》，第 103 页，北京：北京大学出版社，2008 年版。

不有先觉，孰开我人。书不尽言，图不尽意。风月无边，庭草交翠"[4]，在儒学发展史上如此重

4. [清] 张伯行辑：《太极图详解》，第 9 卷。

要的一位承上启下的杰出人物，"其哲学精华存于《通书》之中，这几乎是他留给我们的唯一著作。"[5]这样，《通书》的重要性及其英译的必要性，就不言自喻了。

5. 徐梵澄：《古典重温》，第 107 页，北京：北京大学出版社，2008 年版。

作为阿罗频多的崇拜者，又在他的修道院中从事翻译，徐梵澄非常自然地将周敦颐和阿罗频多进行比较，并看到两者之间的许多共同点：每位大师都把"诚"作为寻求真理（"道"）

的起点，把"无欲"作为"入道"的手段，把"无我"作为更高的追求，把"变化气质"作为目的来传授给学生。这种比较，具有现场感，不但贴切，而且使人易于接受。

挺举周敦颐，除了上述儒学发展史的原因，不可否认，还有一个乡党的原因。这在《周子通书·序》中写得非常明白。不过，徐梵澄的是非功过之心是平和与冷静的，他说："新儒家或宋学的长处以及不足依然存在，而且仍然值得思想深刻的人们对其进行思考。"今天，经历了"文化大革命"、又身处国学热潮之中的我们，不是更值得对其好好地进行思考吗？

僧肇（384—414）是一位才华横溢的学问僧，鸠摩罗什的得意弟子。他协助鸠摩罗什译出多种佛典，并为许多佛典作注、写序。僧肇寿短，只活了30年。他的贡献除了译经、作注和写序之外，更重要的是大力弘扬大乘佛教的空宗思想，对般若学进行全面而透彻的总结。僧肇对佛学有深刻见地，写出《不真空论》、《物不迁论》和《般若无知论》等哲学论文。后人将这些论文集为《肇论》一书。

在僧肇之前，尽管对大乘空宗派经典已多有译述，但众说纷纭，莫衷一是。僧肇经过考虑，发现了问题的症结——缺乏一个共同的理论的起点。于是他写了一篇《不真空论》，专门研讨般若学的根本问题——空。在这篇重要论文中，僧肇提出了空宗各派都可以接受的概念——"至虚"。他说："至虚无生者，盖是般若玄鉴之妙趣，有无之终极者也。"[1] 这样，至虚成了空宗的最高范畴，对有无观作出了总结。

1.《肇论·不真空论》，见《大正藏》，第45卷。

《物不迁论》是僧肇的又一篇论文，重点讨论动静问题。在当时，动静观是儒释道三家争论的理论前沿。僧肇对兼宗儒道的玄学的动静观，有深刻理解。他大量吸收玄学的理论成果，运用自己的佛学思辨资源，对"动静不异"、"物不迁"、"变即无相"三个问题进行论述，对动静观作出了总结。

僧肇的《般若无知论》讨论的是"知"与"无知"的问题，这也是儒道十分关心的命题。自从佛教的《般若经》的不同译本在中国问世，引起无数僧俗学者的兴趣，自然也是歧见丛生。僧肇深知此命题的重要意义，既是儒道两家的理论关切，又是般若学的本义所在。他提出"无知"的观念，将佛家的"成佛之智"和儒家的"大智即无知"、道家的"无知无欲"贯通起来，对知识智能观进行一次阶段性总结。

由上可知，《肇论》虽然是一本佛家之书，但实际上，它是中印思辨哲学进行交流融汇的一个重大学术成果。僧肇由此被推为中国佛教最早的教派之一——三论宗的开山初祖。三论宗对他的思想多有继承，"在吉藏的疏论中所引僧肇的思想文句也远远超出罗什门下的其他弟子，就是明证。"[1] 可以说，僧肇为印度佛教中国化，在无意之中做出了巨大贡献，自三论宗和与

1. 夏金华：《中国学术思潮史·佛学思想》，第170页，上海：上海社会科学院出版社，2006年版。

它几乎同时的天台宗之后，印度佛教走上了中国化的快车道。

在徐梵澄之前，《肇论》有过一个德国人W·利本塔尔的英译本。由于这个译本传播范围极小，加上它的译文"给人这样一种印象：这位译者被一大片丛生的荆棘所缠绊而不能自拔"。[2] 所以徐梵澄决定重新翻译，"是以尽量不加一字不减一字直接方式译出的，而且在不

2. 徐梵澄：《古典重温》，第115页，北京：北京大学出版社，2008年版。

加修饰润色的情况下仍然可读"。至于译书目的，他说："它旨在帮助读者清楚地了解佛教在传入中国的最初阶段，其理论是如何被道教接受的，正像中国僧人僧肇解释的那样。"[3] 作为

3. 徐梵澄：《古典重温》，第115页，北京：北京大学出版社，2008年版。

佛教徒，僧肇的观点是有一定片面性的。儒佛道在交流激荡中，互相学习，各取所需，才是当时中国学术文化的真实景观。正如有的学者所指出："佛学这种全新的学术，从进入中土的开始，就是在与传统固有学术的相互碰撞和吸纳中向前推进的。"[4]

4. 张立文主编，向世陵著：《中国学术通史·魏晋南北朝卷》，第242页，北京：人民出版社，2004年版。

翻译《肇论》，是学术的客观需要，徐梵澄在主观上对"空论"并无好感。他说："与佛教传入中国同步，空论的蔓延势如森林大火，而且给中华民族带来了很大的损害。在印度，这一损害更为明显。"对于《肇论》他的评价是："在我看来，它是一个非常好的智力或'思想技巧'的游戏例证。"[5] 作为精神哲学研究大家的这番话，值得我们深思。

5. 徐梵澄：《古典重温》，第111页，北京：北京大学出版社，2008年版。

传播中华学术，徐梵澄分三种不同情况。自己最有把握，对其精髓吃深吃透的，他就用英语著述，如《小学菁华》、《孔学古微》和《唯识菁华》；自己对其很有把握，对其精神实质有很好理解而且有相宜文本的，他就进行汉译英，如《周子通书》、《肇论》等；自己没有十分把握，但又很感兴趣、很有见解的，他就用中文著述，以期引起同行的讨论与批评，如《异学杂著》、《老子臆解》、《陆王学述》等。《老子臆解》出版于1988年，因没有引出任何评论文章，徐梵澄对此耿耿于怀。这也反证了他撰写《老子臆解》以期引发讨论的意图。

第三节 徐梵澄汉译印度文学哲学

徐梵澄青年学鲁迅、尼采，中年去国，皓首还乡。终其一生，其著作以译著为最多，译著中又以印度文学哲学经典汉译为最重要、最享学术地位。徐梵澄汉译的印度文学经典，主要是《行云使者》（《云使》）和《薄伽梵歌》，汉译的印度哲学经典主要是《五十奥义书》和阿罗频多的系列著作。徐梵澄出色的翻译，在中印文化现代交流史上具有重要意义。

迦梨陀娑（Kālidāsa）是印度古代文学史上最伟大的诗人和剧作家，才华横溢，生前即为"宫廷九宝"之一。1956年，世界和平理事会将其列为世界十大文化名人之一。迦梨陀娑的代表作是长篇抒情诗《云使》和戏剧《沙恭达罗》。

《云使》（Meghadūta）是印度文学史上第一部抒情长诗，印度梵语诗歌的"六大名诗"之一，不但奠定了长篇抒情诗在印度文学史上的地位，而且代表着印度古代长篇抒情诗的最高艺术成就。"迦梨陀娑以其卓越的天才，开一代诗风。在《云使》之后印度出了'信使诗热'，模仿之作不断涌现，诸如《风使》、《鹦鹉使》、《蜜蜂使》、《天鹅使》、《月使》、《杜鹃使》和《孔雀使》等等。在各国文学史上，只有旷世杰作的诞生，才会出现这种现象。"[1]

1. 郁龙余、孟昭毅主编：《东方文学史》，第138页，北京：北京大学出版社，2001年版。

徐梵澄首译梵语文学经典选择《云使》，是因为它"词义清新，文字简洁，多字相合之辞少见，而音节浏漓顿挫，附义微妙丰多，皆为不诬"。他认为《云使》"辞藻富丽，声调和悦，体制弘大，意象恢奇"。他高度评价诗人迦梨陀娑，称赞"其学固博涉《韦陀》、《奥义书》、《古事记》等，而且识度高旷，天才卓越，有不愧为世界第一流诗人者"[2]。对待这样一部第一流的文学经典，

2. [印度] 迦梨陀娑著，徐梵澄译：《行云使者·序》，印度室里阿罗频多修道院出版，1957年版。

徐梵澄"研而译之"，费极大心力。他谦称自己的译作为"拙陋之华文译本"，"窃愿今后之治梵学及擅白话诗者，再从而译之，别铸伟词，后来居上"[3]。半个世纪后，有学者读到他的译作，

3. [印度] 迦梨陀娑著，徐梵澄译：《行云使者·序》，印度室里阿罗频多修道院出版，1957年版。

称奇不已：

> 徐以古体出之，且自创机杼，七言五言，巧构连连，可讽之秀句迭出。其《前云》
>
> 尤嘉，兹举三例，以证吾说之非缪也。其二十八阕（此原典当作二十九阕也）：
>
> 似闻腰带轻铃响，乃是江流动雁喧。
>
> 涡旋如脐波如语，款语委曲辞吐吞；

中途若遇中岭水，便与脉脉相温存。

女悦所欢初有许，整襟暗示是情言。

其三十四阕：

鬟髻香雾出窗牖，合泽与君增体肥。

献以舞蹈敬爱客，家禽孔雀如亲依。

空中花气芳霏霏，丽躯白足染茜绯，息君涉跋之旅腓。

其三十八阕：

举臂如林结圆环，神光烨如日衔山。

蔷薇新花漫朱殷，象皮赤湿血斑驳，湿婆起舞意转闲

神媪嘉君之诚款，解忧睇视能开颜。

三阕皆述云使途遇之人天物景，与之流连。较诸原典，徐译纤毫必现，且神韵全出，婉丽可颂。以整襟暗示数言译 strīnāmādyam pranayavacanam vibhramah priyeshu，皆含蓄而有情致。此等译文非深于梵文学及吾国旧诗者不能为也，洵为近世汉译文学中之名作也。

确如徐梵澄所说："一作而传数译，亦经典文学常例，不必谓谁本之谁。"继徐译之后，有北京大学金克木先生的白话文译本。他们是同辈，金克木是"治梵学及擅白话诗者"，他的译本在中国大陆广为流传。及见徐译，有学者进行比较，认为金先生的译文比较直，与其说在翻译《云使》，不如说是在解释《云使》。其实，徐译金译，各适其需，相映成趣，互见长短，一典二译，皆为《云使》的经典汉译。除了徐、金二译，《云使》近年还出过多个中译本，罗鸿的译本颇受注目。[1]

1. ［印度］迦梨陀娑著，罗鸿译：《云使》，北京：北京大学出版社，2011 年 5 月第 1 版。全书 247 页，目录分前言、正文和参考文献。前言部分包括《云使》简介，印度《云使》校勘本及主要注释本的情况，藏、蒙、英、法、德、汉译本情况，金克木与徐梵澄的汉译本、新译本所依校勘本及注释本资料（苏悉·库玛·德博士校勘本，印度《更生注》、《明灯注》、《难语释》等）。新译本正文采取梵（天城）藏汉合刊形式。

徐梵澄译《云使》有二功，一为我们提供了一个古色古香、可圈可点古体的汉译本，二为我们写下了一篇融通中外、精妙绝伦的《译者序》。此序是他多年的心力之作。译毕，稿置数年，"中间稍搜古代近代名家于此诗之评论，终不能得一字以为之序"。所以，徐序全为其心得，见地精到，文句逸丽，笔意酣畅淋漓，为当代诗学力作。《译者序》一气呵成，不分段落。从内容上看，可分为前后两段。前段纵论中国文学史，后段讲《云使》翻译。其概括之精当，评述之精深，用语之精美，衔接之精妙，堪称文章圣手。在中国诗学史上，《行云使者·译者序》

完全可与历代诗学名篇媲美。

在中国翻译理论史上，徐梵澄的《行云使者·译者序》，也是一篇当之无愧的举鼎之作。作为旷世大译家，徐梵澄深知"凡诗皆不可译"，《云使》又是梵文古诗，号称难译，又不得不译。如何译值得译者反复斟酌。徐梵澄采用的，不是直译，也不是意译，而是"创译"。用他的话来说就是"取原文之义自作为诗"（《行云使者·跋》）。为何如此？他说："顾终以华梵语文传统不同，诗词结构悬隔，凡言外之意，义内之象，旋律之美，回味之长，风神之秀，多无可译述；故当时尽取原著灭裂之，投入镕炉，重加锻铸，去其粗杂，存其精纯，以为宁失之减，不失之增，必不得已乃略加点缀润色，而删削之处不少，迄今亦未尽以为允当也。"（《行云使者·序》）这样，徐译与原作的关系是神似而非形似，"与迦里达萨几若无与，然亦有不昧迦里达萨之光华灿发者"。徐梵澄既是"创译"的践行者，又是"创译论"的首倡者。徐梵澄的创译论是对罗什、玄奘译学思想的创新和发展，中外治翻译理论者，不可不读徐梵澄的译序和译跋。

在中国现代翻译史上，出现过多种翻译观，如直译、意译、神韵译、风韵译、神译、魂译，等等。在"五四"前后，直译、意译之争不断。一些低劣的译作往往打着"意译"旗号，其实是曲译、误译。沈雁冰一方面主张直译，一方面"赞成意译——对于死译而言的意译，不是任意删改原文，以意译之的意译；换句话说，就是主要在保留原作神韵的译法"。[1] 这种主张，

1. 玄珠：《诗译的一些意见》，载《时事新报·文学旬刊》第 52 期，1922 年 10 月 10 日。

被人称为"神韵译"。这是一种高级的译法。刘半农从"曲译"走向直译并取得赞许之后，依然自谦说不敢仰攀"神韵译"，但实际上《茶花女》中的《饮酒歌》颇有一点"神韵译"的风味。[2] 风韵译，首先由郭沫若提出，他说："诗的生命，全在他那不可把捉之风韵，所以我

2. 秦弓：《二十世纪中国翻译文学史》（五四时期卷），第 276 页，天津：百花文艺出版社，2009 年版。

想译诗的手腕于直译意译之外，当得有种'风韵译'。"[3] 西林评赵元任译作《阿丽思漫游奇境记》，

3. 《沫若附白》，载《少年中国》第 1 卷第 9 期，1920 年 3 月 15 日。

在《国粹里面整理不出的东西》一文中提出了"神译"说，他说："《阿丽思漫游奇境记》是一部具有特色的书，所以赵元任先生用的方法，也兼用了一种特别的方法。这种方法我们可以替他取个名字叫'神译'法。"后来，西林又提出了更高级的"魂译法"。他说"神译比直译或意译都难……然而读了《阿丽思漫游奇境记》，同时再读一读他的原著，我们仍旧免不了发生了一种感觉；就是觉得这部书用神译法来译他，还是不能痛快；要得痛快，恐怕要用一种比神译法再高明一等的方法——比神译还要高明的方法，我想总得要叫他'魂译法'了罢？——

这魂译法就是把一本书的味儿都吞下去，把全书从头到尾全忘了，然后把这味儿吐在你的墨盒子里面，用里面的墨汁写出一本书来。"[1]

1. 西林：《国粹里面整理不出的东西》，载《现代评论》第1卷第16期。

了解了以上种种译法，再来回味徐梵澄的"创译"，是否觉得与神韵译、风韵译、神译和魂译，有异曲同工之妙？只是徐梵澄的译作品种更多，数量更巨，不但译梵为汉、译英为汉，还译汉为英。也就是说他的创译论，具有更好的实践基础，而且叙述得非常透彻。创译论，是中国现代译学史上一笔宝贵财富。

创译，只有少数大家可以成功，寻常舌人象胥不可妄为。否则，必然沦为曲译、误译。

《薄伽梵歌》的汉译，是徐梵澄最早的梵典译著之一，在他的翻译生涯中占有特殊地位。

在印度文化史上，《薄伽梵歌》既是文学经典，又是哲学经典。它原本是大史诗《摩诃婆罗多》第六篇《毗湿奴篇》中的十八卷（第23—40章），是一个独立成篇的插话。由于《薄伽梵歌》在印度文化史上和宗教生活中地位重要，被称作"神曲"、"圣歌"，甚至有人认为，《薄伽梵歌》的价值高于整部《摩诃婆罗多》。自18世纪起，西方学者也极推崇《薄伽梵歌》，如德国威廉·洪堡说："这个插话是最美的，或许也是我们所知的一切文学中唯一真正的哲学诗。"S·T·艾略特认为，《薄伽梵歌》"是仅次于但丁《神曲》的最伟大的哲学诗"。A·赫胥黎则说："《薄伽梵歌》是永恒哲学最清晰、最全面的总结之一"，"或许也是永恒哲学最系统的精神表述"。[2]

2. 参阅C·D韦尔摩编：《世界文学中的〈薄伽梵歌〉》，1990年版。

进入现代，《薄伽梵歌》引起学者们的高度关注。锡兰哲学家L·A·贝克说："《薄伽梵歌》代表着人类精神所能翱翔到的最高点。"[3] 中国著名印度学家季羡林在《薄伽梵歌·汉

3. [锡兰] L·A·贝克著，傅永吉译：《东方哲学的故事》，第127页，南京：江苏人民出版社，1998年版。

译本序》中介绍了史学家高善必（D. D. Kosambi）、巴沙姆（Basham）和恰底巴亚耶（D. Chattopadhyaya）对《薄伽梵歌》的评价，然后讲出自己的观点："我认为，《薄伽梵歌》标志着由多神论向一神论发展，由祭祀向皈依（bhakti）发展。"[4] 季羡林的这个见解一语中

4. 季羡林：《季羡林序跋集》，第221页，北京：新世界出版社，2008年版。

的。正是《薄伽梵歌》反映的由多神向一神、祭祀向皈依虔诚发展的立场，符合印度社会前进的方向，才是这部圣歌备受推崇的真正原因。

在《摩诃婆罗多》中，般度族首领阿周那目睹兄弟残杀，斗志动摇。大神毗湿奴的化身黑天向他开导，两人的对话构成了《薄伽梵歌》的主体内容。在《薄伽梵歌》中，黑天是"至高原人"、"至高的梵"，教导阿周那消除心中疑虑，投身战斗。"向阿周那阐明到达人生最高目的解脱

（moksa）的三条道路：业瑜伽，智瑜伽和信瑜伽。"[1]"黑天将瑜伽含义扩大，泛指行动方式。

1. [印度] 毗耶娑著，黄宝生译：《摩诃婆罗多》（三），第16页，北京：中国社会科学出版社，2005年版。

瑜伽（yoga）一词源自自动词词根 yuj, 意思是约束、连接或结合。这样，黑天所谓的瑜伽，要求行动者约束自己，与至高合一。"[2]无疑，就是要求阿周那绝对服从黑天，崇拜黑天。这种崇拜，

2. [印度] 毗耶娑著，黄宝生译：《摩诃婆罗多》（三），第16页，北京：中国社会科学出版社，2005年版。

不追求吠陀时代的繁琐祭祀礼仪，只要求献上"一片叶，一朵花，一枚果，一掬水"，（31·26）更重要的是要修习瑜伽，在入定中崇拜黑天。

　　在多神崇拜泛滥，宗派林立，异见纷呈，悲观思想严重，一心只求来世解脱的古代印度，《薄伽梵歌》提倡有所作为，推行一神崇拜，将解脱与瑜伽结合起，即心身兼修，既便捷，又有神效。于是如火借风势，风助火威，《薄伽梵歌》开创印度古代的虔诚（皈依，bhakti）运动并且获得蓬勃发展。直到近现代，《薄伽梵歌》依然是印度民族革命的圣典。有学者说："那时候一个爱国者只要手持一册《薄伽梵歌》，就能步伐坚定地走上绞刑架。"[3]这种情形，徐

3. [印度] D·恰托巴底亚耶：《印度哲学》，第5页，北京：商务印书馆，1980年版。

梵澄是这样表述的："间尝闻其当代领袖，竟以此一歌而发扬独立运动，士以此蹈白刃，赴汤火，受鞭扑，甘荼毒而不辞，卒以获其国之自由。向者吾游天竺之中州，接其贤士大夫，观其人人诵是书多上口，又皆恬淡朴实，有悠然乐道之风，是诚千古之深经，人间之宝典矣。"[4]

4. 徐梵澄：《古典重温》，第25页，北京：北京大学出版社，2008年版。

　　这样，徐梵澄在20世纪中叶，率先翻译《薄伽梵歌》就成了顺理成章之事。当然，他首译《薄伽梵歌》不是从众赶潮流，而是基于对其内涵的深切理解。徐梵澄认为："撰者之意，盖假一历史事迹，以抒其精神信念与宗教思忱。要其函纳众流，包括古韦陀祭祀仪法信仰，古《奥义书》超上大梵之说，天主论之神道观，僧佉之二元论，瑜伽学之止观法，综合而贯通之。"[5]

5. 徐梵澄：《古典重温》，第15页，北京：北京大学出版社，2008年版。

　　任何宗教都需要圣典。印度教由于其包容性，庞大的吠陀文献以及两大史诗和众多《往世多》都是其圣典。由于《薄伽梵歌》在虔诚运动中特殊的精神支柱的作用，由于虔诚运动使印度教成功抵御外来宗教势力的侵袭，不但避免了像佛教那样被消灭的命运，而且促进印度教一教独大，所以《薄伽梵歌》是印度教乃至整个婆罗多民族的圣典中的圣典，是圣典之王。

　　作为一位通晓世界各大文明的中国学者，徐梵澄翻译《薄伽梵歌》"未当不深思其故"。将《薄伽梵歌》作为一部世界性的文化经典来看待的，将它和世界各宗教相联系，认为"诸教典之义相贯通"。他还将《薄伽梵歌》和中国的儒释道相比较，"当就其同者而勘之，则不得不谓其合于儒，应乎释，而通乎道矣"。[6]在译序中，徐梵澄论述了"合乎儒、应乎释、通乎道"之后，

6. 徐梵澄：《古典重温》，第16页，北京：北京大学出版社，2008年版。

感叹中国自玄奘、义净之后，渐渐不闻天竺之事，几不知除佛法之外，彼邦原有其正道大法存，

而彼亦未知吾华舍学于释氏之外，更有吾华之正道大法存焉。他认识到近代以来，中国对印度的研究大为落后，决心通过自己的努力改变现状，说："倘从此学林续译其书，正可自成一藏，与佛藏、道藏比美。"[1]

1. 徐梵澄：《古典重温》，第 25 页，北京：北京大学出版社，2008 年版。

这是 1952 年秋孤悬海外的徐梵澄译成《薄伽梵歌》写《译者序》时的心志。

徐梵澄的译文，大受称赞。释昭慧说："梵澄先生流畅、典雅的神来译笔，更是令人激赏不已。他仿中国古代南方民族，每隔一句的末尾，用一个语助词'兮'字，深备楚辞风格，读来荡气回肠。如对战场的描写云：

乃鼓舞其壮气兮，彼威猛之大父，句卢之叟，高吹战螺兮，作大声如狮子吼。（《徐梵澄文集》第八卷页 6）

如见战场对垒者竟是其亲眷师友，陈述战士心中之痛苦云：

我四肢疲惫兮，口舌为焦；

毛发为竖兮，驱身摇摇。

大弓堕自我手兮，肌肤如灼，

我几不能自立兮，心飘飘如无托。

（《徐梵澄文集》第八卷页 9）

被认为"由此一端，亦可见梵澄先生国学功力之深厚，以及他对印、中诗学与印、中宗教的学问涵养"。[2]

2.《徐梵澄纪念专辑》，载《弘誓》，2007 年 4 月第 86 期。

中国有一千多年的佛典汉译史，但由于宗教的天然排他性，《薄伽梵歌》一直没有汉译本。作为印度的"正道大法"，不能在汗牛充栋的汉译佛典中毫无踪迹。经徐梵澄考证，元魏菩提留支译提婆造："释《楞伽经》中外道小乘涅槃论"，其第十二外道，即指此《歌》。他列出具体内容，并在《按》中说：此"乃极有研究价值之一橛史料。唯愿治佛学者，按此《歌》求之，则沉沉大藏中，类是必有可发现者也"。[3]

3.《徐梵澄文集》第八卷，第 201 页，上海：上海三联书店、华东师范大学出版社，2006 年版。

1950 年，徐梵澄在艰难之中译出《薄伽梵歌》后，大病一场，被喻为"盖挥汗磨血几死而后得之者也"。1957 年在南印度出版，1990 年由北京中国佛教文化研究所再版。2003 年，与《薄伽梵歌论》合璧由商务印书馆出版。2006 年，收入《徐梵澄文集》第八卷。

作为印度圣典，《薄伽梵歌》除徐译之外，还有多个中译本，如张保胜译本和黄宝生译

本。[1] 林语堂不是梵语学者，但对印度文化怀有热爱之心，

1. 张保胜、黄宝生均为季羡林、金克木 1960 年级梵文、巴利文班学生，张译由中国社会科学出版社 1989 年初版，2007 年再版。黄译见《摩诃婆罗多》第 6 卷，北京：中国社会科学出版社，2003 年版。

曾用英语编著《中国印度之智慧》。在《印度卷》中，

他将《薄伽梵歌》和《梨俱吠陀》、《法句经》作为印

度思想发展的里程碑，而一起入选。2006 年，这个英译本

已由杨彩霞译成中文出版。[2]

2. 林语堂所选的是斯瓦米·帕拉曼纳达的英译本，见《中国印度之智慧·印度卷》，西安：陕西师范大学出版社，2006 年版。

《薄伽梵歌》作为印度圣典，在民族独立运动中，是

战斗的武器。许多爱国志士，手持《薄伽梵歌》而赴汤蹈火，

视死如归。室利·阿罗频多在狱中因读《薄伽梵歌》而明

道。自此，他的整个哲学人生都围绕这一圣典展开。其中，

《薄伽梵歌论》是他的重要著作。徐梵澄说："此一论著，

出义圆明，文章茂实，而结构宏大，审辨精微，越秩古疏，

颖出时撰。"[3] 已经译成《薄伽梵歌》而又投奔阿罗频多修

3. 徐梵澄：《〈薄伽梵歌论〉手稿小引》，见《徐梵澄文集》，第 4 卷，第 24 页，上海：上海三联书店、华东师范大学出版社，2006 年版。

道院的徐梵澄，很快便开始翻译《薄伽梵歌论》，于 1953

年译成。

徐梵澄在《薄伽梵歌论·前言》中说："原意在'述'

而非'译'。于是有合并之篇，有新编之节，有移置之句，

有润之文。"有些内容存而未出，是因为"当时认为此诸

章内容，与吾华现代思想相距过远，出之适成扞格，反累

高明"。[4] 他的这种"述"的做法，和古代诸多高僧翻译

4. 徐梵澄：《〈薄伽梵歌论〉手稿小引》，见《徐梵澄文集》，第 4 卷，第 208 页，上海：上海三联书店、华东师范大学出版社，2006 年版。

佛典时的做法，如出一辙。

《薄伽梵歌论》于 1953 年译成后，由于规模巨大，无

法在南印度出版。回国后，徐梵澄非常关心此书的出版，

在他弥留之际仍在看清样稿。"当时他的气力几尽，身体

极度衰弱，稿看一会儿就倦怠入乎迷睡，然后醒来再看几

行。"[5] 徐梵澄的《薄伽梵歌论》手稿，共三部四十四章节，

5. 孙波：《梵典与华章踽踽独前驱》，见《学问人生——中国社会科学院名家谈》（上），第 309 页，广东：高等教育出版社，2007 年版。

638 页，34 厘米 ×22 厘米，无格白纸，蓝黑钢笔手书，虽

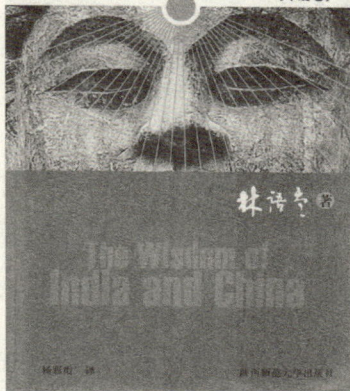

《中国印度之智慧》，林语堂编著，
杨彩霞译

历半个多世纪，纸已发黄变脆，字迹依旧整齐清晰。在孙波的真诚帮助下，此手稿已入藏国家图书馆名家文库。

印度文化犹如热带丛林，嘉木良材满目皆是，恶藤莠草遍地丛生。要在邪见左道堆里识别正法大道，并非易事。徐梵澄慧眼识宝，他首译《薄伽梵歌》之后，直奔阿罗频多修道院，研究翻译阿氏达 28 年，回国后继续整理出版其著作，终于将其主要著述翻译成汉语。阿罗频多是印度文化学术主脉吠陀—奥义书—薄伽梵歌的正宗传人之一。徐梵澄翻译阿氏的著作《薄伽梵歌论》之外，还有《瑜伽的基础》、《瑜伽论一：神圣行业瑜伽》、《瑜伽论二：整体知识瑜伽》、《瑜伽论三：神圣敬爱瑜伽》、《瑜伽论四：自我圆成瑜伽》、《瑜伽书札集》。[1]

1. 以上六种合集成《徐梵澄文集》第 11 卷、12 卷，由上海三联书店、华东师范大学出版社于 2006 年出版。此前出版情况，请见《徐梵澄文集》第 4 卷《瑜伽论 (4) 附记》。

《神圣人生论》是八十多万言的大著，徐梵澄称："此乃印度当代精神哲学大师平生唯一杰作。"[2] 此书阿氏撰于 1914—1919 年间，出版后风靡世界。徐梵澄译成于 1952 年，因文字浩茫，

2. 徐梵澄：《徐梵澄文集》，第 4 卷，第 49 页，上海：上海三联书店、华东师范大学出版社，2006 年版。

无法在海外出版。于是，他一校再校，2006 年收于《徐梵澄文集》第 13、14 卷出版。此书"内容集印度韦檀多哲学（Vedanta）之大成，所据皆《黎俱韦陀》及诸《奥义书》。数千年之精神哲学菁华皆摄。以'超心思'为主旨，以人生转化为极归。"[3] 徐梵澄数十年致力于此书，

3. 徐梵澄：《徐梵澄文集》，第 4 卷，第 134 页，上海：上海三联书店、华东师范大学出版社，2006 年版。

自有其深意："（一）收拾佛法之残绪而代之；（二）廓清西教之神说而遏之；（三）移植彼精神哲学之大本，则凡古今宗教之偏见可除；（四）而发扬真理，必有以佐吾华新学之建立者。"以上四点可归为一点：不以武力称霸，而以文教卓立于全世界，其滋润之功，攻凿之用，必有藉资于此者矣。[4]

4. 徐梵澄：《徐梵澄文集》，第 4 卷，第 134 页，上海：上海三联书店、华东师范大学出版社，2006 年版。

纵观徐梵澄数十年翻译生涯，费时最多、用力最勤、影响最大的译作，当为《五十奥义书》。这和《奥义书》的历史学术价值，是分不开的。

印度古代有"吠陀文献"，其代表的时代称"吠陀时代"。四大吠陀（《梨俱吠陀》、《婆摩吠陀》、《夜柔吠陀》、《阿闼婆吠陀》）及众多《婆罗门书》、《森林书》、《奥义书》，是吠陀文献的主要构成。《奥义书》有 200 多种，最古老者 13 种。梵语 Upaniṣad 原义是"坐在某人身旁"，故有秘传之意。由于它是所谓吠陀研究的终结，所以又称"吠檀多"（Vedānta）。《奥义书》在古代印度影响极大，各大学派，不论赞成者还是反对者，都精心研究。在长期的学术竞争中。吠檀多哲学一枝独秀，成了印度哲学的主流。

如果说以《梨俱吠陀》为首的四大吠陀，是印度文化之源，《婆罗门书》则开创了礼仪

之路。经过《森林书》的过渡阶段，到《奥义书》终于走上了学术之路。"《奥义书》的最大意义，是开创了印度历史上的哲学时代，为婆罗门教提供了颠扑不破的理论基础——梵我一如（Brahmātmaitym）和轮回业报论。"[1]我们认为：在《奥义书》中，"梵"（Brahman）是

1. 郁龙余等：《印度文化论》，第 292 页，重庆：重庆出版社，2008 年版。

万物的始基，世界终极的原因，世上一切客观与主观的存在。梵具有真相和显相，两者关系犹如形与影一样。"我"（ātman），音译"阿特曼"，有真我与命我、大我与小我之分。认为阿特曼是万物内在的神妙力量，宇宙统一的原理。这样，经过哲学思辨将"梵"与"我"这两个概念统一起来，建立了"梵我同一"（Brahmātmaikym）的理论。这个理论认为，作为外在的、宇宙终极原因的"梵"（大宇宙）和作为内在的、认得本质的"我"（小宇宙），是统一的。"宇宙即梵，梵即自我"这一理论的出现，给梵书鼓吹的礼仪主义以很大的冲击。在浩渺的宇宙和狂热的神灵崇拜中发现自我，是一次思想大解放。《奥义书》的另一个贡献是建立了轮回业报论。这是一种哲学思想，也是一种宗教伦理学。其主要内容是：人的灵魂不死，人死后通过灵魂转移可以再生；再生形态可以是神、人、兽、草、木等等，取决于人在世时的"羯磨"（Karma），即业或行为。《广林奥义书》说："依照人的行为，决定那个人将来要成为什么样，行善的成善，形恶的成恶。"人生的最高目标是超脱轮回，途径就是证悟梵我同一。如何才能达到梵我同一呢？主要通过三道：即知识之道——研学吠陀，对物质和精神进行哲理探讨；行为之道——各守本分，嘉言懿行；敬神之道——虔诚事神，勤力祈祷供奉。[2]

2. 郁龙余、孟昭毅主编：《东方文学史》，第 68 页，北京：北京大学出版社，2001 年版。

《奥义书》和《薄伽梵歌》同为印度文化主脉。徐梵澄译《奥义书》的动力，除了此书的价值之外，受阿罗频多的影响，当是应有之义。他首译《由谁奥义书》和《伊莎奥义书》，并译出阿氏对此二书的英语《疏译》，1957 年出版于南印度阿罗频多修道院。1984 年由中国社会科学出版社出版。及 1995 年再版《五十奥义书》时，略去阿氏疏释。2006 年出版《徐梵澄文集》，此书列入第 15、16 两卷，阿氏《疏释》附于第 16 卷卷末，有近 150 页。

在《五十奥义书·序》的一开头，徐梵澄说："奥义书五十种，皆无所谓深奥之意义也。"这句话是译成后说的，目的是为了拉近读者和《奥义书》的距离。其实，《奥义书》与《易经》一样，号称难读。所以，译者在序的末尾说："原其文辞简古，时有晦涩，与后世经典梵文不同。贝叶传抄，历世不竭，讹夺衍文，间尝可见。且字少义丰，训释靡定；举凡文法，修辞，思想方式，

3. 郁龙余、孟昭毅主编：《东方文学史》，第 64 页，北京：北京大学出版社，2001 年版。

在与汉文相异，出此义庸或不渝，而精圆概难乎臻至也。"[3]由此可知，徐梵澄译《五十奥义书》

所付之巨。正是由于他的这种付出，今天我们得以研读、领略这部印度古代的伟大宝典。

　　至近代，《奥义书》风靡世界，与中国《易经》等书一起，被喻为"影响人类的十本书"。[1]

1. 澳大利亚国家图书馆馆长简·符乐顿认为，影响人类的十本书：《周易》第一，《奥义书》第二。见乃文编译《奥义书》精编版，第157页，北京：中国

这么一部印度民族的正道大典，在有着一千多年译经史的中国，一直没有中文译本。[2]徐梵澄的贡献，

致公出版社，2008年版。

是第一次将《奥义书》的可靠译本奉献给中文读者。而这一份奉献，不仅体现了他本人的学力、毅力，

　　2. 徐梵澄说："闻古有刘继庄之译，未见其单行本流行于世。又闻有汤用彤氏节译，惜未之见也。"见《徐梵澄文集》，第4卷，第63页。

更是中华民族一千多年译经传统的新继续，代表着中国人当代的译经水平。

　　《奥义书》规模庞大，徐译出五十种为其重要精华。他孤身天涯，以一人之力有此皇皇译著，

实为中国译史骄傲。但对整个中国学术界而言，有待梵华兼通的博明君子，沿着徐梵澄开创的

道路，译出更多的《奥义书》。[3]

3. 黄宝生译注：《奥义书》（13章），北京：商务印书馆，2010年版。译者认为："中国翻译奥义书的先驱是徐梵澄先生"。"徐梵澄先生的译文采用文言体，

　　综观徐梵澄一生，是我国学者中少有的对中、印、西三大文明都有重要研究成果的通人。

故而对一般读者而言，在阅读和利用上会有一定困难，鉴于奥义书在印度思想史上的重要地位，我觉得有必要为国内读者提供一部《奥义书》的现代汉语译本，

仅就印度学研究而言，他和季羡林、金克木是鼎足而立的中国现代梵学三维。关于徐梵澄和季

也就着手做了这件工作。"（《〈奥义书〉译本导言》，载《深圳大学学报》2009年第5期）

羡林、金克木的学术评价，陆扬有一段切中肯綮的文字："徐先生在现代学林中是非常特别的

人物。他在人文学方面的很多造诣不是同辈所能企及的。这是他的一项优势，比如他对中西古

典的掌握就远远超过了季羡林先生，也比金克木先生有系统。他在这个基础上再转入梵学和印

度思想研究，当然视野就会不同，领悟力也会很高。但徐先生又具有很强的艺术家和文人气质，

有时不够冷静，而且他对思想的理解也有古为今用、六经注我的意识在里头，这都会影响到他

的学术见解。比如他对《奥义书》等的译注，就受到印度现代思想家阿罗频多的诠释的制约，

有时类似于熊十力对唯识的解释。我也读过他英译本的《肇论》，发现译得很不精确，几乎不

能采信。但徐先生和金克木先生一样，都注重从文化内部去观察，而不仅仅是从外部做些观察

或实验，这个态度我很欣赏。"[4]陆扬是1984级北京大学梵巴专业本科生、美国普林斯顿大学

　　4. 钟三：《中国印度学发展要靠真正的学术眼光——访美国堪萨斯大学历史学学者陆扬》，载《中国社会科学报》，2010年11月9日，第4版。

历史学博士，任教于多所美国名校。像他这种受到中国名师亲炙、又有欧美学历和任职履历的

学人的评论文字，应该受到重视。徐梵澄年近古稀回归祖国，对他本人和中国学术，都是一件

幸事。对促成他回国并帮助他迅速投入工作、给予种种方便的胡乔木、冯至、任继愈诸先生，

学术界心存敬意。徐梵澄的学术助手孙波，几十年如一日，为徐梵澄学术著作的整理出版，劳

心劳力，不是血脉胜似血脉，学术界亦表示敬意。徐梵澄的一生是清苦的，也是幸福的。

　　徐梵澄对大多数中国人乃至知识分子来讲，是相当陌生的。然而，他的业绩和贡献不能被

埋没。相信学术界会有更多人投身到徐梵澄研究之中。长期做徐梵澄助手的孙波，对他的形象

做了这样的勾勒——"无神而有信：守真；由博而返约：企上；学而知不足：精进。"[1]

1. 孙波：《略谈徐梵澄先生的学问人生》，载《北京大学学报》，2012 年第 4 期。

附录：徐梵澄本地治理廿七年纪略

朱　璇[2]

2. 北京大学外国语学院南亚学系博士研究生，2010—2011 年赴印度德里大学（University of Delhi）哲学系交换学习一年。研究方向为印度宗教、哲学与文化。

2010 年 12 月至 2011 年 1 月，笔者为搜集论文资料来到南印度海滨小城本地治理

3.Pondicherry 之名，已于 2006 由当地政府更改为 Puducherry，在泰米尔语中意为"新城镇"。在徐梵澄著述中，此地又译为"捧地舍里"。

（Pondicherry）[3]，在市区的室利阿罗频多修道院（Sri Aurobindo Ashram）[4] 和近郊的阿罗

4. 关于 Ashram 释名。"'阿施蓝'（Ashram），即可为'私塾'，——这是这名词的本义。在规模较大人数众多者，亦略同于'书院'或'学院'，但来

新城（Auroville）[5] 居住一月有余。在修道院办公人员德维迪普·甘古利（Devdip Ganguli）

归之弟子，多是倾全家而来，所以只好译为'修道院'。——教弟子修为之余，自己努力工作。"徐梵澄：《〈周天集〉译者序》，见《徐梵澄文集》（四），

的引荐下，走访了修道院档案室、图书馆、画廊、国际教育学校、体育场及徐梵澄先生在此生

上海：上海三联书店、华东师范大学出版社，2006 年，第 183 页。

活了 27 年（1951—1978）的故居，结识了在此工作、生活数十年的人们。提起"Hu Hsu"（徐琥，

5. 据本地治理市区约 13 公里，于 1968 年 2 月 28 日奠基。奠基当日，来自 124 个国家和印度众邦的青年代表五千多人聚集在此，将从各国或各邦采集来的一

即徐梵澄）这个名字，年纪稍长者皆有耳闻，有些寥寥数语略忆其貌，有兴者则顿足、浅浅一笑，

撮泥土投入状如莲花苞的白色瓮中，象征人类大同。建城宗旨为"阿罗新城要成为一世界之城，一切国家的男女，皆能在和平与进步的和谐中生活，超出一

似乎醉入当年的情境，并娓娓道来。当他们得知这位少言寡语的中国先生竟是一位著名学者时，

切教派，一切政治，和一切国界。阿罗新城的目的，是实现人类大同。"（神圣母亲语，1968 年 8 月，见徐梵澄《南海新光》）该城如今已成为 45 个国

含笑的面庞露出讶异与赞许的神情。每到这时，我亦会自得地向他们讲述中国年轻一代眼中的

家 2 200 多位居民共同居住的国际社区。徐梵澄手稿中，将阿罗新城又称为"黎明之城"。

徐梵澄先生。

一、 修道院的追忆

在室利阿罗频多修道院，一谈到"徐琥"，人们马上会想到一个高高个子、常穿白色长衫

的中国人。徐先生知名于此，因其画作。谈起他，人们会说他是位画家。

大家所描述的徐先生形貌相差无几。他常穿蓝色或白色的印度土布或棉料材质的印式长衫

"古尔达"（kurta）和长裤"旁加玛斯"（pyjamas），脚踩木鞋，戴一副墨绿色的遮阳镜，

在修道院附近骑车或散步。"朋友不多，独来独往，但他并非隐者，而是实在太忙，不是忙着

6.Harikantikai. Hu Hsu 一文，见 12025 Letters and Misc papers by Hsu—8，No.1057，Archives Library，Sri Aurobindo Ashram. 尚未核实作者全名。

翻译阿罗频多和母亲的书，就是在作画写字。"[6] 徐先生常习大篆或小楷，偶尔抄写天城体的

梵文写本。一次印度友人向先生提议用汉字书"神圣母亲"[1]的名字，徐先生便先拿出一张宣纸，

1. 法国人密那氏，于 1914 年定居本地治理，与室利阿罗频多共创修道院并宣扬阿氏人类一统的理想，人称"母亲"（The Mother）。1926 年阿氏退隐著述以后，

用很细的砂纸将其打磨，再将所有的毛笔洗过一遍，然后慢慢磨墨……做了近一个小时的准备

一切院务皆由母亲办理。晚年筹建阿罗新城。

工作，甫一落笔，却在两三秒中挥毫而就。友人不由惊嘘。[2]

2. 详见 Vijay. Hu Hsu and the Game of "Go", Sri Aurobindo Society Singapore Newsletter, Vol 14.09, September 2000, pp.4—6.

据《母亲日志》（Mother Agenda）记载，每逢母亲的生日，先生会呈上一幅画作献给母

亲，上题"圣母赐存"。逢至十月，母亲会唤她的多年秘书昌姆帕克拉尔（Champaklal）打听

徐先生的阴历生日，到了那天母亲便召唤约见他。这时，先生仍会以一幅画作回敬母亲。[3]

3. 详见 Saroja. Hu Hsu-A Glimpse, Sri Aurobindo Society Singapore Newsletter, Vol 14.09, September 2000, p.10.

母亲十分欣赏徐先生的绘画才能。在她的极力支持下，1967 年 5 月 4 日至 7 日，先生曾在

构伯特街（Goubert Avenue）的展览馆（Exhibition Hall）开个人画展献给母亲。母亲选择

这个日子极具匠心，因按照英语的表达习惯开幕的日期书写为"4.5.67"，而展览之日也恰巧

为五月的四、五、六、七四日。在当年的宣传海报上，母亲为这次展览题写祝辞："这些画出

自一位学者之手，他是艺术家亦是瑜伽士，致以我的祝福。"修道院的人们都知道，"瑜伽士"

（yogi）乃每位习瑜伽者的毕生理想，这一盛赞出自不喜丽辞的"神圣母亲"笔端，更是弥足

珍贵。

　　画展开幕当日，室利阿罗频多的多年秘书洛里尼·康多·古帕达（Nolini Kanto Gupta）

和母亲的儿子安德烈（Andre Morisset）前来祝贺。翻看当年的照片，身着白衣的古帕达先生

手捧鲜花献呈，徐先生合十躬身致谢。展厅正中悬挂着先生白描的母亲画像，旁置两幅青山图，

一幅古劲巍峨，山峦叠嶂，涓涓溪流沿山麓而下；一幅清丽峻拔，山势依稀，几间茅屋、几棵

苍松散落其间。另有劲竹图两幅，卓卓而立，寓秉直高洁的精神内蕴。参展画作中多为山水花

4. 修道院于 1967 年出版的《室利阿罗频多国际教育中心通讯》（Bulletin of Sri Aurobindo International Centre of Education, Vol. XIX）第 3 期上刊有

鸟的中国画，亦有西洋油画与静物写生，照片中徐先生耐心地向好奇的观众讲释画中之意[4]。

新闻及展览照片四张，第 94 页。参展画作现存于室利阿罗频多修道院画廊，照片存于修道院档案馆。

在修道院，很多人希望向徐先生学画，但并非请愿者都能为他所接受。何人能成为徐先生

的学生，得经母亲同意。萨若迦（Saroja）是先生第一个绘画学生。"他是一个简单的人，但

是一位了不起的老师"，萨若迦这样形容。他讲求以系统的方法循序渐进地教画，充满无限的

耐心和细心，有时不免也非常严格。先生起先教她素描，学勾勒轮廓，再学如何利用光、影加

强效果。直到萨若迦画满了整个绘画本，先生才开始教她水彩。当发现她确有进步之后，再教

她用毛笔简笔画莲花、池鱼和竹子。绘画课并不定时，遇到先生需集中精力翻译时，绘画课会

搁置一阵子。当 1978 年先生离开修院时，把画笔、颜料、工具和一些珍贵的画作留给了萨若迦，

并叮嘱她不要将其展出。[1]

1.Saroja. *Hu Hsu-A Glimpse*, Sri Aurobindo Society Singapore Newsletter, Vol 14.09, September 2000, p.10. 关于不展览画作，先生有自己的考虑：

提瑞·梅赫拉（Kiren Mehra）是徐先生的第二位学生，跟随先生学画三四年。绘画课一周

"不是随意便举办一展览会，如现代全世界艺林之所为。……凡作品，不论今世的或古代的，展览一次便要受到一次损伤，无论保护如何周到。……若雨季

两次，每次一个小时左右。依照先生的叮嘱，提瑞来上课时会按两次门铃，以便先生为上课做准备。

的印度，或雾季的伦敦，若展览及月余之久，其于纸墨的效果可见了。"徐梵澄：《谈"书"》，见《徐梵澄文集》（四），第346页，上海：上海三联书店、

如遇先生正忙，她会遵嘱先动笔练习。先生渐次有序地教画，给她四五支毛笔、墨汁和宣纸后，

华东师范大学出版社，2006年版。

便一直坐在旁边，观察每次运笔并随时纠正。提瑞坦言作画过程并不容易，每下一笔后，都得洗

净笔墨以备第二次着墨。她常常忘记洗笔，先生便不厌其烦地在旁提醒。有时先生会让她带一些

纸笔回家练习，这样坚持六至八个月以后，才正式开始教她用颜料作画。她起先学画草，然后竹、

樱桃以及造型不一的各种石头，大部分凭记忆或想象作画，并不参照实物。当她学会如何运墨以

后，便开始画全景（瀑布、树林、天空等）。有时临摹着书学画，有时由先生先画好，她再模仿。

一段时日以后她的画作大有长进，母亲夸奖她"学有得道"。徐先生离开旧宅前，郑重地交给提

瑞两卷画作，告诉她这是她自己的画，要好好保存，提瑞这才记起自己已弃置一旁的旧画作。[2]

2.Kiren Mehra. *Hu Hsu My Chinese Art Teacher*, Sri Aurobindo Society Singapore Newsletter, Vol 14.09, September 2000, p.12.

亲临先生作画可谓神妙的体验。斯比丽·哈贝尼克（Sybille Hablick）在她的《在印度

三十年——故事、经历和传说》一书中写到，有一年中国春节，斯比丽和朋友们去看望先生，

先生说要为朋友们画点画。于是在大家面前铺开宣纸，斯比丽屏住呼吸细细观看。一笔一根枝干，

再一个圈点一个枝节，然后一竖笔，一支细竹跃然纸上。一根细细的垂线上缀上几点，便是四

片小叶。灯光下斯比丽安静地凝视，随白纸上蘸墨毛笔的游走体验艺术之纯美。[3]

3.Sibylle Sharma-Hablik.*Memories of Hu Hsu*, Sri Aurobindo Society Singapore Newsletter, Vol 14.09, September 2000, p.14.

徐先生的艺术品味和才华随处可见。修道院档案馆的徐先生手稿中尚存《浮槎集》、《通书》

和《小学菁华》等书的封面设计草稿，有些挥毫直书，有些则图文并茂。如《小学菁华》封面上，

先印好花体的文字与抽象的图画，裁剪下来，布局好后粘贴到书皮上。[4]

4.12025 Letters and Misc papers by Hsu—8, No.1057, Archives Library, Sri Aurobindo Ashram. 修道院自制纸张，母亲每年的贺卡均是这般制作，如

徐先生亦钟爱围棋。维贾埃（Vijay），罗易（Roy Chvat），加里·米勒（Gary

今当地仍热衷这种自制方式。

Miller），史蒂文·菲利普斯（Steve Phillips），格哈迪特·史得特纳（Gerhardt Stettner）

等街坊邻居和阿罗新城的好友们周末会时不时来先生家对弈几局。他不爱日式石子，就请加里

制作中国式的木头棋子。先生初教维贾埃围棋时，会在棋盘上摆上几粒棋子，教他认识棋子之

间的关系，那些即使看起来相距遥远的棋子之间亦有某种"精神联系"，因此下棋要识全盘，

而不仅关注某几个棋子。这些棋理在修习阿罗频多瑜伽的维贾埃看来，与瑜伽的整体思维非常

相似。面对维贾埃这样的初学者，先生不会将对手"杀"得片甲不留，而更愿意以一子取胜，

实际是为保持棋局的平衡。先生下棋时非常镇定，若对手下得和缓，他也和缓；遇对手下得激烈，

他也便激烈，但不论输赢都一样开心。先生离开本地治理前将整副棋盘赠送给维贾埃留念。[1]

1.Vijay：*Hu Hsu and the Game of 'Go'*, Sri Aurobindo Society Singapore Newsletter, Vol 14.09, September 2000, pp.4—6.

除了下棋，远足和骑单车也为徐先生所好。周日他会和朋友散步到乡村或骑车到阿罗新城。

徐先生精力很好，常常"徒步西复东，转南又直北"[2]，四方来回健步，弄得与他一同远足的

2. 徐梵澄：《徐梵澄文集》（四），《蓬屋诗存》之《行健篇》，第 611 页，上海：上海三联书店、华东师范大学出版社，2006 年版。

朋友吃不消。徐先生的多年老友皮尔·勒格朗（Pierre Legrand）说，"我很佩服徐先生的精

力，他都快 69 岁了，而我还年轻，然而每次都是我最先喊累"，徐先生教皮尔如何保存体力：

3.Eric Courage：*Remember Hu Hsu*. Eric Courage，埃里克（Eric Courage），法国人，从 2001 年起居阿罗新城至今，任教于阿罗新城的 Udavi 学校。他

想象将精力汇聚脚上，或将注意力放在绿油油的稻田里。[3] 旺盛的精力可能得益于徐先生自创

于 2009 年 11 月开始访问阿罗新城居住的徐先生旧交，后在 2010 年根据访谈记录写成《悼念徐琥》（*Remember Hu Hsu*）一文。

的修习。他曾教安吉（Ange）简易呼吸法，想象将鬱气呼出体外，吸大气之菁华；[4] 先生见鲍

4.Ange：*The Mystery of Hsu*, Sri Aurobindo Society Singapore Newsletter, Vol 14.09, September 2000. pp.8—9.

勃·茨威克（Bob Zwicker）[5] 常背靠着墙冥思沉想，便告诉他不要倚靠墙，最好自行站立且放松，

5. 现修道院档案室负责人。

使气脉汇通；他亦建议史蒂文若感觉工作疲惫，睡前拿一本梵文读本，读上几个单词或一、两行，

6.1977 年 9 月 21 日徐先生写给史蒂文·菲利普斯（Steve Phillips）信的手稿，参见 12025 Letters and Misc papers by Hsu—8, No.1057, Archives

第二天早上起床后再重读五分钟，坚持一年渐成习惯，不问结果如何[6]；先生谈及自己的日常

Library, Sri Aurobindo Ashram.

锻炼，"其每日之体操，及每星期日之散步，则为之不懈。以二小时行二十千米，尚不甚觉劳……"[7]

7. 见十月二日（年份不详）徐先生致《星洲日报》主编郑裕德信的手稿，参见 12025 Letters and Misc papers by Hsu—8, No.1057, Archives Library,

徐先生是个很安静的人。大部分受访者谈起徐先生时用的第一词都是"安静"。"他很少

Sri Aurobindo Ashram.

谈论自己，除非他主动谈起，人们也不去多问。"[8] 实际上，了解他的人知道他只是内敛，心

8.Harikantlkai：*Hu Hsu* 一文，12025 Letters and Misc papers by Hsu—8, No.1057, Archives Library, Sri Aurobindo Ashram.

灵极为纯净。鲍勃·茨威克这样描述徐先生：安静、干净、和善、头脑清楚，极有智慧，亦极

简单，不惹麻烦。彼得·赫斯（Peter Heehs）[9] 与徐先生住同一条街，他忆起自己有次生病卧

9. 美国独立学者，著有 *Sri Aurobindo: A Brief Biography* 及 *The Lives of Sri Aurobindo*。现居修道院。

床在家，徐先生来看他，带来了一枝百合花苞，旁枝上有几粒花骨朵，两人并未寒暄。次日清早，

当彼得睁开眼，花骨朵似乎"嘭"地一声齐放，那种绽放的明亮顿时驱散病中彼得心中的阴云。

到先生家做客，他会泡制当地的红茶招待客人，其茶之浓郁被邻居维贾埃形容为"火药

味十足"（real dynamite）。先生爱浓茶，也爱烈烟，平日里抽价廉且味道浓烈的简易烟卷

Chewroots。另一喜好便是干制的姜糖，十分辛辣，一点也不甜。[10] 邻居们有时会送点好烟给他，

10.Vijay：*Hu Hsu and the Game of 'Go'*, Sri Aurobindo Society Singapore Newsletter, Vol 14.09, September 2000,pp4—6

他则按中国传统"礼尚往来"。罗易记得自己曾从父亲那得来一些上好的进口烟 Nat Sherman

送给先生，先生推辞不下只得接受。随后两人对弈，但棋局间隙，先生忽说失陪一下，随后返

回继续下棋，过一会儿又说失陪一下，往复几次，直到棋局结束，罗易被徐先生邀请去另一个

房间，才发现他已做好一顿中国饭菜，以此答谢客人。[11]

11.Eric Courage：*Remember Hu Hsu*.

徐先生也爱开玩笑打趣老朋友。如今惠存徐先生画作的画廊负责人萨玛达（Samata）女士

仍记得她的父亲瓦苏提伍（Vasudev）讲给她的一则趣闻。有一天，先生如往常一样来到画廊，毕恭毕敬地站在瓦苏提伍和克里希那拉尔（Krishnalal）面前，说要呈给他们看一副画。瓦苏提伍刚接过画，先生忙说"请稍等一下"，又将画拿回来，双手将它紧紧揉成团，等一阵后才缓缓铺开，略加整平，再次呈给瓦苏提伍，对他说"这就是一幅中国古画"。

对于孩子们，徐先生更是倾注无限喜爱与耐心。和徐先生同住一条街，当时年仅四岁的安吉称这位瘦高的、戴着圆圆眼镜的老先生是她的"近邻伙伴"（round-the-corner-pal）。先生声音高昂，每见安吉做什么恶作剧便会高声大笑。安吉喜欢围着先生院子里的果树玩闹，当先生瞅见了她从树枝后露出的小脑袋时，开怀的笑容溢于言表。[1] 她记得徐先生喜欢招待跑到

1.Ange: *The Mystery of Hsu*, Sri Aurobindo Society Singapore Newsletter, Vol 14.09, September 2000. pp.8—9.

他家去玩的孩子们，给他们看各式各样的毛笔和画画的工具。一个名叫阿姆拉（Amra）的小姑娘喜欢先生画的竹子，就向先生讨要。"好的，我会为你画一幅"，先生说。两个月后正逢圣诞节，先生毕恭毕敬递给阿姆拉一幅用纸包好的画，小姑娘打开一看有点失望——一棵树、一条河，一些石头，但没有竹子。但她很快高兴起来，因为在画作的最下面，先生用橙色毛笔题写着"Miss Amra"，这是专为她而作！[2] 阿南达·瑞迪（Ananda Reddy）[3]那时大约十一二

2.Eric Courage: *Remember Hu Hsu*.　　3.室利阿罗频多高级研究基金会主任。

岁，常和伙伴们跑到徐先生的大院子里摘果子，但徐先生并不理睬他们，一直专心画画。卡如那·甘古利（Karuna Ganguli）说自己上小学时亦常见到徐先生，然而他总是伏案埋头。她只知他是一位了不起的画家，竟不知他翻译了如此多的作品。徐先生称呼他的这些小伙伴们为"荳子朋友"，并曾为之写下《列传》。（详见后文）

徐先生在修道院的生活，纵然清贫，但得益于诸多帮助，他能仍心无旁骛，专心从志。这其中，母亲是他最为感激的人。

1951年徐先生刚来修道院时，母亲赏识其才华，委以重任，给他极好的工作室奥菲利亚（Villa Orphelia），坐落在杜马斯街（Rue Dumas）22号。这是一栋约有2 000平米的法式宅邸，有一个花园，临孟加拉湾海滨仅一条街。对徐先生的译作，母亲虽看不懂，却深知其中价值。在《母亲日志》（*Mother Agenda*）中记载，徐先生曾给母亲信中谈及翻译，称其所费时日之多，实为一机械工作。母亲当时甚为费解。因在她看来，翻译这门艺术只有体验原著精神以后才可能表现，若仅从一个单词直译到另一个单词，便无甚意义。何以言之"机械"？后来母亲恍然悟到，汉语的翻译并不同于印欧语之间的译法。汉字的每一偏旁皆有含义，当同一字换上不同的偏旁，

新的字意更生。母亲对徐先生创造新字、新词来表达新意以切合阿罗频多思想的处理方法非常

欣赏,认为"此人是个天才!"母亲与徐先生不常交谈,但她见过徐先生的信,认为他对其所

译亦有体验。母亲说:"他曾告诉一位朋友说如果你想体验道家思想,到修道院来吧,你将践

行老子的哲学思想。他是位圣哲。"[1]

1.Mother's Agenda, vol. 3, 1962, October 30, pp.413—414.

　　平日里,母亲偶尔会给居修道院的人一些"零花钱",先生虽然和其他人一样接受了,但

却有些腼腆。母亲辞世后,徐先生好几次与人谈及母亲时不禁说"圣母真好,对我们真是好!"[2]

2.Vijay: Hu Hsu and the Game of 'Go', Sri Aurobindo Society Singapore Newsletter, Vol 14.09, September 2000, pp.4—6.

并作《荣哀篇》[3]一诗悼念母亲。

3. 徐梵澄:《蓬屋诗存》,见《徐梵澄文集》(四),第 612 页,上海:上海三联书店、华东师范大学出版社,2006 年版。

　　徐先生在 20 世纪 60 年代出版的中文著作多是与一个来自香港,名叫古谭升(音译 Ko

Tam Sing)的排字工人共同合作完成。出版的书籍末页所注"南印度捧地舍里室利阿罗频多

修道院华文组"或"华文部",实际上就先生与古二人而已。当时新加坡室利阿罗频多学会的

编辑帕德·南得拉尔(Patel Nandlal C)[4]和游云山帮助徐先生物色人选,母亲从寄来的一堆

4. 曾于 1954 年与游云山(Yau Wan Shan)在香港成立室利阿罗频多哲学研究会(Sri Aurobindo Philosophical Circle),徐先生 1957 年前出版的《阿罗频多事略》、

简历中选中了古谭升。古虽不懂英文,但来到修道院以后很快上手,不仅排字工作出色,还结

《母亲的话》(一)、《教育论》、《伊莎奥义书》、《薄伽梵歌》等书均由修道院与该学会共同出版。

识了些朋友,成了小有名气的排球健将。古谭升在修道院呆了两年,后因家里老母和两个弟妹

需要照顾而返回香港,但他的故事已被记录进《室利阿罗频多和圣母简介》一书中。[5]徐先生

5.Syam Kumari: A Remarkable Compositor: Ko Tam Sing, Sri Aurobindo Society Singapore Newsletter, Vol 14.09, September 2000, p.13.

所写不少短文首发于新加坡《星州日报》上。该报编辑郑裕德向徐先生承诺任其所写,来稿即发,

既助其学术发展,又解其经济上燃眉之急。

　　新加坡室利阿罗频多学会(Sri Aurobindo Society Singapore)从 1970 年开始接手徐先生

中文著作的排字和印刷工作。先生多年至交帕德·南得拉尔正是该学会负责人与学会通讯的编

辑。学会秘书达亚南丹(S.Dayanandan)则负责具体的刊印事务,如与新加坡猛虎印刷厂及

本地治理修道院的联络。2000 年,徐先生谢世。当年 9 月《新加坡室利阿罗频多学会通讯》(Sri

Aurobindo Society Singapore Newsletter)发专刊(Vol 14.09, September 2000)纪念先生。

此刊现已成为记录先生在修道院 27 年生活的主要资料。学会还在当年筹划并组织先生的纪念

6.2000 年 7 月 5 日 Patel 写给北京姜丽蓉 d 的信,其中谈到准备将徐先生的 54 幅字画作品展览一个月。参见 12025 Letters and Misc papers by Hsu—8,

画展。[6]2002 年,帕德·南得拉尔访华时曾将徐先生在新加坡出版的全部中文译著副本五千余

No.1057, Archives Library, Sri Aurobindo Ashram.

册赠送给中国社会科学院。[7]

7. 孙波:《徐梵澄传》,第 231 页,北京:社会科学文献出版社,2009 年版。

　　徐先生多年老友邵嘉猷对其相助良多。邵嘉猷出生香港,早年在美国做生意,他笃信母亲

的教示。手稿中尚存不少徐先生在 70 年代写给邵嘉猷的信。读罢此信,方知徐先生在院中做

事之难。且不论院中一些人对华文组的排挤，曾遇铅字被盗五六百磅；但就集资印书，往往求

1. 1977 年 6 月 13 日室利阿罗频多学会秘书达亚南丹（S.Dayanandan）写给徐先生的信，参见 12025 Letters and Misc papers by Hsu—8，No.1057，

助诸友，辗转多处。为出版《母亲的话》，邵嘉猷支付一万卢比首款，后又将余款用支票寄至

Archives Library，Sri Aurobindo Ashram.

修道院。[1]《小学菁华》的成功出版，也幸得邵嘉猷邮寄 50 英镑及友人近千卢比的资助。[2] 在

2. 徐梵澄写给邵嘉猷的信；8 月 10 日徐梵澄写给友人信，不完整，不知年，参见 12022 Page Proofs and Misc.papers in Chinese by Hsu-5，No.1054.

1978 年 1 月 29 日徐先生写给邵嘉猷的信中谈"……诸人于此——Chinese section，向例无有兴趣。

Archives Library，Sri Aurobindo Ashram.

若诸书皆一一出版，并且畅销，使 S.A 与 M[3] 之学术，徧漫东土，终归于诸人并无实利，亦不

3. 即 'Sri Aurobindo' 的缩写，'M' 为 'The Mother' 的缩写。

乐也。"后徐先生计划回国，仍需路费资助。"足下所助之多，而所定印书之款，又决不可挪

移所旅行之用。……倘犹能有所补助耶？"[4] 徐先生仙逝以后，国内不少刊物登载悼念、缅怀

4. 参见 12025 Letters and Misc papers by Hsu— 8，No.1057，Archives Library，Sri Aurobindo Ashram.

的文字。邵嘉猷将之收集、复印，并用英文简要说明，寄回给修道院档案馆，如今这些笔记均

存于此处。[5] 提及这些，邵嘉猷先生只是淡淡一笑说："谁叫这里就我们两个中国人哪！"邵

5. 邵嘉猷，亦称 Kayau shiu，Desmond 与 Ramana，至今仍住在本地治理阿罗新城，参见 12025 Letters and Misc papers by Hsu—8，No.1057，Archives

嘉猷记得：徐先生曾对章太炎说，中国在释迦牟尼诞生之前对印度的学问几乎没有，于是便开

Library，Sri Aurobindo Ashram.

始译五十奥义书。这正应了先生早已说过的话，印度可以不知道中国，但中国可不能不知道印

度！

　　1973 年母亲示寂后，修道院的发展一度遇到瓶颈，先生在这里的生活每况愈下。旧友维贾

埃曾为此抱不平，认为徐先生平日里慷慨仁慈，将所有出版作品捐献给了修道院，然而当他想

向修道院为自己的绘画和工作买点必要工具时却如此困难。[6]1976 年左右，先生原住杜马斯街

6. 详见 Vijay：Hu Hsu and the Game of 'Go'，Sri Aurobindo Society Singapore Newsletter，Vol 14.09，September 2000，pp.4—6.

的大房子被收回，他便迁至一栋小公寓 Castellini 处。这座公寓面积不大，上下两层，上层两个

房间一间藏书用，一间当工作室；下层一间做卧房，一间勉强用作厨房。此时印书工作已转交

新加坡，排字工人也早已离开，徐先生一人住倒也合用。但此地临近市区、阴湿昏暗，令先生

难以集中精力做事。他在 1977 年 9 月 17 日写给修道院基金会（Sri Aurobindo Trust）的信中

谈及住在此处的诸多不便——房子小，地下沼水，阴湿难闻，楼上两屋很热致使藏书无法保存，

楼下虽凉爽但太阴暗，房屋对街往来车辆嘈杂。"对面操场和学校于我无碍，当我集中注意力

时便并不觉喧闹，我也乐意看他们玩耍，碰到学校开讲座，我就关上窗门。……华文组工作停罢，

汉语教学和绘画教学也停罢，我唯一能留给修院的就是我的书，书代表未来一代，更不用说，

我从未从这些出版书中赚过一个卢比……"[7] 先生后迁至 Moutou Mariamman Covil 街的卡诺屋

7. 参见 12025 Letters and Misc papers by Hsu—8，No.1057，Archives Library，Sri Aurobindo Ashram.

（Carnot House），但不久便在邵嘉猷的帮助下离开本地治理。

二、 字画的保存与展览

如今，紧邻修道院主院门的画廊（The Studio）是徐先生画作的主要保存地。画廊的负责人萨玛达·巴特（Samata Bhatt）女士讲述了画廊的筹建历程。

20 世纪 40 年代末 50 年代初，随着来修道院的人数增多，献给母亲的赠画多了起来，这些画作统一存放于画家屋（Painter's House，现已无人知其址）。后来将这些画作迁移到一栋法式屋宅普拉萨德屋（Prasad House）里，但画作在此只作一般性的存放，并无专人管理。60 年代，母亲见与修道院相邻一条街的 Delafon Building 空间较大，便决定用以建美术馆（Art Gallery）并请工程师设计。来自欧洲的建筑师见这座小楼南面向阳，就照欧洲的建筑风格，将南面墙凿开，嵌以一排几近落地的大玻璃窗，以享受日光，并以石棉材料搭建屋顶。这样的建设纵然美观，但每逢盛夏，便会燥热难耐。曾有人提议将石棉屋顶拆换成混凝土屋顶，但由于经费所限，最终没能实施。不管怎样，美术馆建起来了，直至 2001 年画廊建成，美术馆一直是主要的藏画地。其时有三位工作人员：贾亚提拉尔（Jayantilal）、克里希那拉尔（Krishnalal）和瓦苏提伍（Vasudev）。其中贾亚提拉尔是主管。他们开始手工为画作编号、制作名录，逐渐整理起画作来，并定期组织小规模的展览。萨玛达从 1993 年起跟随其父亲瓦苏提伍和叔叔克里希那拉尔在美术馆工作。

如今的画廊于 1995 年设计至 2001 年建成，紧靠修道院主楼，是最晚建成也是最好的一栋画廊。画廊共三层，三十多位画家的画作均存放于地下一层。该层置有篮式和箱式两种藏柜，便于依据画作的大小进行存放。篮式抽屉上贴有姓名的标签。藏室中间的长型工作台用于整理及清理作品。三台落地风扇持续转动，以保持室内通风。画廊一楼为工作人员办公区，二楼为展厅，共四面墙。其中两面墙专展母亲画作，约二十多幅，另两面墙则根据画廊计划和要目布展。待笔者到来时，这里正在展览 1963 年 1 月 1 日曾展出过的菲利庞德·海伦（Phillipand Helen）和马丁（Martin）的画作，有意思的是，马丁先生的画作评论为徐先生所写，内容如下：

> 评点：我对艺术无甚所知，但可以肯定并愿在此表达的是：经由你的画作，我被引入
艺术领域几近丧失的新要素中，即对宏观的细微呈现。现代性是个抽象的概念，它的本性

---

1. 在手稿中亦有打印草稿一份，文字略有差别，参见 12025 Letters and Misc papers by Hsu—8, No.1057, Archives Library, Sri Aurobindo Ashram.

> 充满活力，但在表达上却混乱、浮夸和矫饰。
> 从这儿我们真切地听到，一些未知的、完满的、欢悦的和令人振奋的声音。（徐琥）[1]

1995 年至 1998 年间，萨玛达开始组织给所藏画作拍照。2003 年开始扫描这些照片的底片，扫描工作大约 6 个月完成。其中徐先生的字画扫描版共 282 幅，后徐先生"大弟子"萨若迦捐赠她所藏徐先生画作近十五幅，如今画廊共存徐先生原字画两百九幅。这些画作多是以山、水、石、花、鸟为主题的中国画，有些曾于 1967 年展览过，亦有绘画草图若干。

甚为可惜的是，当 2001 年此栋画廊建好之时，徐先生的画作藏于旧美术馆数十年，并未得到很好的保存。萨玛达坦言，之前的收藏条件实在不足以保存这些怕潮怕晒的中国画，很多画作上可见点点黄渍，修复工作迫在眉睫。[1]

1. 两百九十余幅字画中约有八九十余幅字画上有明显黄渍或受潮印痕，亟需修复。

但是，想要在印度南部这个边陲小城找到懂得修复中国画的专家实在困难。萨玛达曾请教过修道院资料中心专事修复室利阿罗频多残稿的美国女士芭芭拉（Barbara），并曾联系她在美国的画家朋友，但始终未能找到懂得修复中国画的专家。2010 年 8 月，住在阿罗新城已近两年的台湾女孩张怡安[2] 在返台之际，与萨玛达商量将徐先生的一幅画作带回台湾，尝试请有关

2. 2009—2010 年居于阿罗新城，曾在 2010 年 1 月—2 月阿罗新城"同一个亚洲"（One Asia）活动中参与策划并组织茶艺、古琴、书法、太极等中国艺术展示。

专家进行修复。回到台湾以后，张怡安联系了几家单位，最终台北纸博物馆的陈馆长答应按博物馆级别修复该画。修复工作历时 7 天完成，手工花费近 2 500 元人民币，所有开销由陈馆长个人捐赠。[3]

3. 这位陈馆长的师尊是晓云法师（游云山）所创华梵大学的一位法师，听闻张怡安讲述徐先生和游云山当年在修道院的清苦生活，感动不已。

画廊现藏画作四千余幅，每年在此组织四次展览，轮番展出收藏画作，平均每幅作品三至四年有机会展览一次。展览一般根据主题内容布展，如花、鸟、人物等，徐先生的画作亦会出现在专题展览中。每幅画作背面会标记该幅作品的参展时间。而个别画家的作品还会挑选入每年的阿罗新城新年记事本中，用作封面和插图，徐先生的画作曾列入阿罗新城 2002 年记事本的专题。

2009 年 10 月，在修道院办公室工作的德维迪普·甘古利到访北京，恰逢徐先生诞辰 100 周年纪念活动。在社科院孙波的介绍和带领下，参观了徐先生在北京的故居。德维迪普坦言，此次游历对他影响很大，使他产生要了解这位旅居修道院 27 年，留下如此多中印经典论著、译著的老先生。于是，待他返回本地治理后，便开始筹划在本地治理纪念徐先生的活动。2010 年 5 月 7 日，德维迪普在室利奥罗宾多国际教育中心（Sri Aurobindo International Centre of Education）举行了一次两个小时的演讲。题为"认识中国——旅行见闻"（*Acquaintance with China-story and Images from Recent Trip*），介绍他的中国之行和徐先生的生平事迹。

约有 75 名观众聆听了此次演讲。

2010 年 10 月 20 日至 30 日，在阿罗新城的国际区（International Zone）藏文化馆（Pavilion of Tibetan Culture）举行了题为"悼念徐琥——诞辰 101 周年"（*Remember Hu Hsu—An Exhibition on The Occasion of His Centenary Year*）的专题书画展览。展览由张怡安、埃里克·凯瑞吉（Eric Courage，法国）、德维迪普·甘古利（印度）、米歇尔·凯（Michael Kai，德国）和帕拉·帕爵（Pala Pajor，美国）五个人发起并组织。"悼念徐琥"书画展筹备一个半月，大家共同制作画框、海报、写简介和展示文字以及现场设计，分工有序，配合井然。开幕时间为 2010 年 10 月 20 日，简写的"20.10.2010"的设计灵感来源于 43 年前母亲为徐先生精心挑选的展览日子——"4.5.67"。10 天的展览，展出徐先生的个人照片和画作近 30 幅，其中照片 14 幅，包括徐先生留学德国、在修道院生活和晚年北京生活的照片及国画作品 12 幅、版画 1 幅、书法 2 幅，每幅作品旁配有简介。10 月 26 日是徐先生的生日，他们特意在这天下午五点至六点，举办了一个小型的生日纪念会。开场是五分钟的默思哀悼，然后一位西藏女孩点烛祝福，由张怡安和埃里克分别用中、英文介绍徐先生的生平事迹，德维迪普诵读孙波先生的致辞，并请阿罗新城的居民讲述与徐先生交往的故事。期间穿插张怡安的古琴演奏、埃里克沏制中国茶、米歇尔现场手绘中国龙、帕拉则展示花艺。现场来宾约 14 人。该画展后应参观者要求延长到 11 月初。与此同时，张怡安和埃里克搜集到徐先生所著中、英书籍近 100 本，置于修道院的法音书店（Sabda Bookshop）和阿罗新城访客中心书店（Visitor's Centre Bookshop），供有心者购置。

2009 年 11 月的《今日阿罗新城》（*Auroville Today*）月刊刊载《悼念徐琥》（*Remember Hu Hsu*）一文。介绍徐先生所译阿罗频多和母亲著作、先生所撰《黎明之城》的情况，以及那些因徐先生的翻译而对阿罗频多精神哲学和阿罗新城感兴趣的人们。

2009 年 12 月 17 日《中国日报》香港版《漫漫精神求索》（*In A Unending Search for Spirituality*）一文这样评价徐先生："古时中国僧伽负笈印度学习佛法，并将珍贵典藏带回中国，他们当中已有一些名垂青史。但徐先生在印度游历的时间比他们当中任何一位都要长……他坚信人类的发展历程必将从现代工业和政府系统向道德独立和精神圆满进发。"

同样的溢美之词出现在 2010 年上海世博会上。徐先生作为中印文化交流的重要人物，与室利阿罗频多和母亲一起，写进了本地治理馆的展览册中，介绍中写道："很少中国人知道，

本地治理其实是现代中印文化交流的重镇，这归功于一位曾在那里生活了 27 年的中国学者。人称'现代玄奘'的徐梵澄先生。……直至今天，很多生活在本地治理的朋友依然对他深深怀慕，有人说'他是我们时代少见的一位圣人'。"[1]

1. 英文简介及中文翻译由曾旅居阿罗新城两年的陈旭波所作，陈现居广州。

同年 10 月 25 日《新印度快讯》(*The New Indian Express*)网络版发表克劳德·阿皮尔(Claude Arpil) 的一篇《中国最近一位朝圣者的馈赠》（*The Legacy of China's Last Pilgrim*）一文。26 日该报的金奈（Chennai）版重刊该文，更名为"中国最近一位朝圣者的重要性"（*The Importance of China's Last Pilgrim*）。文中说："中国也许是时候沉思这位朝圣者的经历和贡献了，徐梵澄的一生无疑带给中国青年一代以启示。"

三、 藏书与手稿

当年的"华文组"（Chinese Section）如今坐落于室利阿罗频多图书馆（Sri Aurobindo Ashram）。图书馆位于圣马丁街（Rue Saint Martin）4 号，距离海滨最近的一条小巷。欧式的两层建筑，高吊顶，落地窗，石制地板，木质楼梯。这里除了各语种的书籍、刊物，另有古旧的雕刻三十余座，大小不一地成列于各处。图书馆大小房间十余间，四面立着书架和书柜，中间置办公桌一张，供工作人员和读者使用。二楼的阳台置书桌八张，可供阅读，亦可闲适地晒晒太阳。不禁想象当年徐先生坐于此处，面朝大海，春暖花开，海风拂面，涛声伴读，会是怎样一番心境。

图书馆的馆长德布让疆（Debranjan）与不少工作人员提到徐先生还印象深刻。德布让疆形容徐先生是中国人中的少有的高个子，且相当安静。他记得先生当年来图书馆自带的一"宝贝"，模样似壶，壶身较长。先生将其甚爱的茶叶置于当中，壶口处有一活动拉杆，往下一按，茶叶随即入水泡制。工作人员当时见此装备，无不好奇。

图书馆旁侧一楼第二间藏室（又称"印地语室"）置有三个闭架书柜和三个开架书柜，最中间的白色书柜便是华文组的藏书柜。除了孙波于 2009 年托德维迪普从北京带来赠给图书馆的《徐梵澄文集》全套 16 册和一本新近出版的《诗经》（赠送人未知），其他藏书皆为徐先生个人所藏。

先生曾在 1979 年 9 月 27 日写给档案馆负责人贾亚提拉尔的信中提到过这些藏书："至于

我的三个盒子，我个人收藏的书籍皆在此。这些珍贵且成套的书籍都完整地赠与了图书馆。这只是我个人的一点收藏而已。"[1]

1. 12025 Letters and Misc papers by Hsu—8, No.1057, Archives Library, Sri Aurobindo Ashram.

待笔者来到时，徐先生藏书已制有简易书目，分书名和卷数，未制编号。其中书目如下：

1. 中华书局出版的《十三经注疏》（珍倣宋版印），未查出版年份。包括《尚书正义》（上、下两册），《毛诗正义》（一至六册），《周礼注疏》（一至四册），《仪礼注疏》（一至四册），《礼记正义》（一至八册），《春秋左传正义》（一至六册），《春秋公羊传注疏》（上、下两册），《春秋古梁传注疏》，《论语注疏》，《孝经注疏》，《尔雅注疏》，《孟子注疏》（上、下两册）。

2. 《中华大藏经》，分两辑。从 1962 年到 1968 年由台湾脩订中华大藏经会印行。第一辑从第一到第四十册。第二辑不全，为第二十七至二十九册、第四十至四十六册共十册，直至 1968 年由台湾修订中华大藏经会印行。

3. 《大般若波罗蜜多经》二十四卷本及新编目录一册。1958 年由香港影印大般若波罗蜜多经委员会按逊清扬州鸡园刻经处影印并发行。

4. 仁寿本二十五史，由二十五史编刊馆景印，南宋绍兴间江南重刊北宋监本。包括《汉书》（第一至第一百册），《史记》（第一至一百三十册），《后汉书》（第一至一百二十册），《三国志》（第一至六十五册），《晋书讲注》（第一至一百三十册），《宋书》（第一至一百册），《南齐书》（第一至五十九册），《梁书》（第一至五十六册），《魏书》（第一至一百一十四册），《陈书》（第一至三十六册），《北齐书》（第一至五十册），《周书》（第一至五十册），《南史》（第一至八十册），《五代史记》（第一至七十四册），《隋书》（第一至八十五册），《北史》（第一至一百册），《旧唐书》（第一至二百册），《新唐书》（第一至二百二十五册），《旧五代史》（第一至一百五十册），《宋史》（第一至四百九十六册），《辽史》（一至一百一十六册），《金史》（一至一百三十五册），《元史》（一至二百一十册），《新元史》（一至二百五十七册），《明史》（一至三百三十二册）及考证（一至四十二册）。

二十五史全为线装书，16 开本，字迹清晰，书页较新，看似并不常翻动。每捆十册，由木枷和白绳捆系，侧面小篆书卷册条幅。

5. 《清史》（一至八卷），1961 年（民国五十年）台湾国防研究院与中国文化研究所合作出版。

　　此外，另有国立故宫博物院印行的《国立故宫博物院藏品选目》、《国立中央图书馆善本书目》（上、中、下三册）、《故宫季刊》、《吴派画九十年展》、《元四大家》以及英文版《中华文物》和《中国文物图说》。佛学方面的书有：宝静法师讲述之三《修习正观坐禅法要讲述》、《金刚般若波罗蜜经六译本》、1931 年商务印书馆印制的吕澂著《西藏佛学原论》、《太虚大师全书——法藏：法相唯识学》（三）、虚云老和尚开示《禅七法要》。另有中国文化方面的书：张其昀著《孔子学说与现代文化》，艾伦·米勒（Aaron Miller）著《乾坤泰》（*Changes*，书内汉字由徐先生手书），《艺术》（中国文化小史）。

　　J.N 街 3 号（No.3 J.N Street）的杜卜雷屋（Dupleix House）为主资料室，修道院内所藏手稿的拍照、扫描工作皆在此完成，徐先生的画作也是在此扫描。资料档案馆（Archive library）则在叙弗朗街（Rue Suffren）36 号。在此工作数十年的沃尔克（Volker，德国）、帕拉史那特（Parashnath，印度）和旺达那（Vandana，印度）都听闻徐先生的大名。这里存有徐先生手稿及所藏中文书籍。手稿用 39*27.5*7.5 厘米、标号为 1050—1057 的方形硬纸盒存放，总共八盒。其中每个盒子里有一张注明，上写有编号、标题、出版日期及出版地等。其中第 1050 号至 1052 号盒标签为所藏中文图书（Chinese books from Hsu），依次排序。第 1053 盒为中文手稿及笔记（12021 Manuscripts and Notebooks in Chinese by Hsu），第 1054 至第 1056 盒为纸质校样与杂稿（12022 Page Proofs and Misc.papers in Chinese by Hsu），第 1057 盒为信件及杂稿（12025 Letters and Misc papers by Hsu）。

　　档案馆除藏有徐先生的中、英文译著 21 部[1] 以外，另有零散书册：上海中华书局据南菁书院续经解本校刊《论语正义》（一——六），汉高秀注、光绪元年浙江书局《吕氏春秋》（二——六），中华书局《经义述闻》（一——十），世界书局《说文通训定声》（全一册）及《说文通训定声》残卷，《道门语要》，《中国名画百幅专辑目录》与中华书报《重印正统道藏缘起预约办法样张》，商务印书馆"万有文库"《中外交通小史》，汤用彤著《汉魏两晋南北朝佛教史》（上、下），丹阳黄葆真诚齐增辑《增补事类统编》（五本），世界佛学苑及香港星岛日报社《阿毗达摩摄义论》（全一册），锡兰比亚纳啰达原著、上海佛学书局《佛教述略》，张祥著《禅海塔灯》……另有字帖和拓本若干：苏东坡书、上海文明书局《醉翁亭记（大楷）》，云门寺常住《虚云老和尚手迹》，《王羲之正楷百家姓》，《柳公权金刚经》，《柳公权福林寺

1.《南海新光》（1971 年）、《阿罗频多事略》（1954 年）、《玄理参同》（1973 年）、《母亲的话》（四辑，1956 年—1978 年）、《教育论——自母亲的话（第一辑）分出》（1956 年）、《瑜伽书札集》（一）（1960 年）、《综合瑜伽论》（一、二、三）（1959 年）、《神母道论》（1972 年）、《行云使者》（1957 年）、《神圣人生论》（1984 年）、《由谁奥义书》（1957 年）、《伊莎奥义书》（1957 年）、《薄伽梵歌》（1957 年）、《瑜伽的基础》（1958 年）、《孔学古微》（1966 年）、《小学菁华》（1976 年）、《周子通书》（1978 年）

和尚古山房拓本《明拓大成殿记》。

从徐先生 1978 年离开修道院至今，30 年间再无中国人来此常住，也无人能识汉语。因此如今的藏书柜常年锁闭，手稿亦零散无人整理。[1]

1. 笔者在本地治理期间，与德国哥廷根大学印藏学系的杨嵋女士和中国藏学研究中心北京藏医院的刘英华先生将大部分手稿拍照。杨嵋另制作书目留给档案馆。

四盒手稿中尚存《母亲的话》、《神母道论》、《蓬屋诗存》、《澄庐文议》、《谈"书"》、《希腊古典重温》、《黎明之城》等草稿，另有《母亲的话》、《小学菁华》及《通书》等打印校样稿。手稿均由先生自裁尺寸，故而不同篇目的手稿纸张大小并不统一。如《母亲的话》手稿，统一书写在长 25.5 厘米、宽 8 厘米的纸片上，十分工整。零散手写稿中的内容较为糅杂。有读《左氏公羊榖梁传》、《淮南子》、《列子》、《抱朴子》、《荀子》、《史记》、墓志铭等读书笔记，往往先摘录原文数语，后引旧注释，如"何注"、"杜注"等，继而自写"徐疏"或"澄案"；自学法语的笔记本；关于中国诗歌的手稿 (The Teaching of Chinese Poetry)，谈五言、七言律诗的平仄讲究；自算阴历及天干地支……另有几篇不完整的手稿，诸如谈禅宗(No.1053)、谈文辞（鸠摩罗什、玄奘佛经翻译、姚鼐等文）(No.1056)、谈古文、谈历法 (No.1055)、谈通假 (No.1057) 以及薄伽梵歌教典 (No.1056) 等。

手稿中多数文章后已收入《徐梵澄文集》中，亦有一些奇巧别致之文，未见收入，估计因未完成所致。这些散稿并不完整，但从中可窥知先生学术兴趣一二。如有一小摞纸片，摘录报刊的航天及灾祸消息，如 1971 年美国登月、1975 年苏联火箭降落金星，又有 1972 年尼加拉瓜，太平洋 New Britan 附近，意大利北部边境，缅甸边境，墨西哥，印度尼西亚，尼泊尔，中国华北、唐山、东北以及日本，美国西部和菲律宾等地从 1972 至 1977 年间的各次地震、飓风等天灾。所有记录都有具体日期，条目清楚，乍看以为只是一般性的记录，其实不然，其后有一小段文字，才知以考察天象：

> 考宇宙坏灭之说，希腊，印度皆有之，《古事记》与佛书中所说，大致皆是说若
> 干万年为一期，期满则宇宙大毁灭，由于火焚。其说想像丰富，与人以浩茫之感，有
> 同近代人之以二十万万或二百万万光年计宇宙之远程。当然未尝举出任何证明。……
> 在公元前六世纪，我国的春秋也记有这类的事。——如昭公十八年 (524 B.C.) "夏
> 五月壬午，宋、卫、陈、郑灾"。似乎是从太空降下了某气体，而在各地同日燃烧；
> 这庸许与前年"冬，有星孛于大辰"有关……

这篇文章可能佚散，未收入文集当中。但手稿多页，初步统计约有四五十页。查到一目录，可见端倪：

一）史之修□，文字之后□，岁月时日之记录，易系传，三皇五帝，洪水，郯子之说，史记之五帝本纪开篇。

二）公元前三千年，彗星化金星而成为□地上之灾变。"天不兼覆，地不周载"，女娲，天问中之女娲，三原鸟，水、火、地震，四极颠倒，史料希腊、希伯来、埃及……海洋洲传说。

三）牍 Velikoveky（维里科夫斯基）之彗星与地相吸引说，因此解释"天倾西北"及"积芦灰以止溪水"与炼石补天诸说，"鸷鸟猛兽"繁殖之说。与火星之战斗，火星之 Viking 考察。

四）年代推算，十日并出：地震与洪水，禹时洪水与外国者同，康熙地震，明代地震。

五）洪水年代之推算（禹在 2300 B.C. 治水），禹之疏河。

六）三百六十日为年之说，西洋，中国尧典、"甲子"，中国之历法。

七）公元前七世纪时世界改历，始以十二月之年代十月之年，在中国不然。

八）星陨如雨一说，普□挥戈一说。[1]

1.12022 Page Proofs and Misc.papers in Chinese by Hsu—5, No.1054, Archives Library, Sri Aurobindo Ashram. "□"处为未辨识的汉字。

零散段落数篇：

古史如此悠远，实难使人作何肯定。倘不是如此，则羲、和数传之后，其学已废，天象未变，人事已乖，故有胤征之役。然于此假定有天象之变，较合情理。……据维里科夫斯基以上所统计，则全世界皆尝有三百六十日之年。直到公元前七世纪，方加上了五日又四分之一日。（据中国史，则时代已近春秋，是周末了。）上推则或至十九世纪。（则约当商代祖辛之后）……古代之以六十表甲子，似乎也是由分周天三百六十度而来。"天有四时，五行，九解（注谓为八方与中央为九解），三百六十日。人亦有四支，五藏，九窍（穴敷），三百六十节。"（淮南子精神篇）。这么由天时配合人事，颇同于后世以人身为小宇宙而天地为大宇宙之说。这么便建立道家或神仙家二修持原则。时常我们从古代典籍中，遇到三百六十日之说，我们总以为是"举成数"而言。易繫辞："乾之策，二百一十有六，坤之策，百四十有四。凡三百有六十，当

暮之日。"则仍是举其大略言之。……

后谈改历，中国历法中则先讲测量仪器。从《尚书》"在璿玑玉衡，以齐七政"中天文仪器"玉"、"衡"始谈（汉儒说其为浑天仪）。大禹治水随身"左准绳，右规矩，载四时"（《史记·夏本纪》），可见是陆地测量仪器。继而开始考证尚书中"天球"、"河图"出自易繫辞上传"河出图，洛出书，圣人则之"，故疑郑注所言"河图"源自"伏羲王天下，龙马出河，遂则其文，以画八卦，谓之河图"为后起之说。先生自度一说："'天球'非玉磬，而是天体星象的模型。河指黄河，可能是黄河流域之地势模型，或雕版，或泥塑。一属天文，一属地理，自古有之，传为周家之国宝。与'大训''弘璧'同陈。"继而讲朝代更迭，易服色，改正朔。但由于古人窥天以肉眼，操术、仪器不尽备，加之天体本身运行微变，"治历明时"不可能臻于完善，历法差失在所难免。古人亦知，才有东汉刘洪改当时所行四分历与乾象历以解决岁余和岁差问题。但"就史事观之，凡历法之必修改，不俟三百年。新历无不通行一时，勘诸先后数十年皆合，久而差度积累，必然又得改宪"。

改历之复杂不囿于中国阴历，西历亦然。"……古巴比伦、古希腊天行分为十宫或十一宫，各表以象，而非今之十二宫。古犹太天文图同然。至 Numa 改历时，全世界各民族不约而同，纷纷改历（Numa Pompilius 三让而后为君，统治罗马凡四十三年，卒于公元前六七二年）。而同时代的希腊哲学家泰列斯（Thales），古代七圣人之一，（古 Diogenes haërtius 撰）其传记中，说为'发现四季，并分一年为三百六十五日之人''文能确定冬、夏二至日，并预言日蚀'……又同时代之梭隆（Solon），亦希腊七圣人之一，著名立法者，始以每日之规定，附于月球之运行，发现自一新月至下一新月出现之间，当于三十日中减除半日。以为凡人皆可见之事，亦不待圣人而知。故可推定其时代日月之行必已经错乱，至变至如今常轨而已定，乃得依之修改历法……"[1]

1.12023 Pageproofs and Misc.papers by Hsu—6, No.1055, Archives Library, Sri Aurobindo Ashram.

此文融古今中外正野史学、旧闻新识，又观天象、查地理，文理皆备，通杂家之说，兼东西之长，可谓一学术科普文类。

另有一篇小文甚为有趣，徐先生的《希腊古典重温》初刊于新加坡《星洲日报》，结果该报刊印后将徐先生的名字写错。兹事体大，生气是难免的，但诉诸笔头的，却是一番诙谐自嘲的调子，自拟前序、绝句并加以注释，如此玩文，又是一篇学术小品了：

改名三绝并序

汎澄

承友人剪报寄下，乃知拙文《希腊古典重温》刊出，续完之次，赫然署名曰"焚澄"。嗢噱竟日曰：善哉！此等文字，焚之可也。夫"日"报不云"月"报，"星"洲自异"皇"洲，"凡"夫岂必"火"夫，"文"化殊非"大"化。"焚""梵"同一声之转，义不相通；

"火""水"成上下之分，卦名未济。手"氏"无意之"矢"，当从恕道原"清"，校"封"半字之"羞"，应觉内心有"鬼"。沉吟久之，漫成三绝。燎除业习，打油以助燃烧；还复灵明，添水以救心火。由此改名，聊当启事。

（一）天城梵字书难读，尽可随人一概焚。终有道心焚不灭，吹嘘灵气已成云。

注：现代梵书，号天城体，与古代梵文字母大异。而文则同。若通佛教大藏经中之梵书，仍无由读今之经典。愚尝迻録西方学者"布勒"（Georg Buehler）所考证，参以大藏中之悉檀，汇为一钜册，题曰"天竺字源"，以视香港某学者，颇遭漠视，而鄙人固亦早已淡然置之矣。

（二）浩劫湘城化赭烟，孤身从此去飘然。一暝随处茶毗可，沧海曾闻亦变田。

注：昔年对日本作战，当局实行焦土政策，将长沙城全部焚毁，旧家财产房屋，荡然皆尽。祇今托余生于海外。若一旦溘逝，焚之可也。

（三）醉月迷花事可曾？铅华眼缬两模稜。"凡"情未尽君虽改，千顷波涛一汎澄。

注：昔年修院印刷所工友，有因长醉而死者。致工作如此疏忽，或排字工友生活有当改善者耶？故初二句及之。"铅华"亦可谓"铅字之光华"。[1]

1.12024 Pageproofs and Misc papers by Hsu—7, No.1056, Archives Library, Sri Aurobindo Ashram. 摘录文字由孙波、杨嵋校阅。

徐先生喜欢孩子，在手稿中惊喜地发现一篇《荳子朋友列传》，文章乃是草稿，不似先生平日里字句考究的诗文，但这般轻松的文笔，在先生文稿中着实是不多见的。遂摘录全文，以饷好者。

荳子朋友列传

这篇文字，不好题"本纪"，也不好题"世家"，只可说"列传"。这不是某一位朋友之传，写"别相"；而是一班朋友之传，属"通相"。

荳有几相？总是那么小；精悍，而且总是三五成群。此其所以为荳子也。

玴地奢里地方很小，街道颇宽，住宅区人烟不甚稠密，没有站岗警察。我每晨出门，归寓，总是走同一条路。必定在学校或教堂门前，遇见同一班荳子，神气飞扬，仿佛宪兵把街似的。那么，有几种普遍现相，永远不变：

必定三，五，六，七以至若干，聚成一小群，讨论某事，空气紧张得很。

必定有乘自行车者，而必定车少于人。所以一个稍大的乘一车，必定再堆上两人，前坐一个在横樑，后轮再堆上一个。

必定有某甲搥某乙一拳，或踢一脚，便一跑，随之以一追之类。

遇见鄙人呢，或有某荳叫一声"早安"，鄙人也答一声"早安"；十有九是鄙人走过，一时会议又大家寂然，望望我，或者做一怪脸相，走过之后，会议继续。

此则街上之一群也。有一两位偶尔到鄙人寓所来，是节庆之日，要摘园里的花，去庄严圣坛。那也颇客气，道一声谢，捧一把花走了。

至若本院之一群则不然；不要摘花而要摘果。可以升堂入室登楼上屋顶，以至爬树，概不在禁止之列。

"这是'母亲'的房子，也就是你们的家，你们好好的玩哪；我不陪你们了！"——或者要糖，或者要盐，或者要刀子剥果实，我将他们引到厅里，给了他们之后，便走开了。

事实是这么样的；园子里有一大芒果树，两大橘子树，还有几棵木瓜树；凡遇假日或星期日，来了；或三，或五，或还多；客气，则在书房门口问一声："我要一个芒果！"

"你去摘一个呀！"

他便去摘了；这是最老实的。不然，便不问。我总只说："爬树要小心哪！怕跌坏你！""不会的！"但从来没有孩子跌下过。有时为摘橘子，径直爬上树去也好哪！不然，要在一低枝下一跳用手搭上，再用两脚翻上树去。那么浓密叶子遮住了，等一会，便从上面掷下橘子来。

有时我在低头写文字，忽然耳后觉得有鼻息嘘嘘，一回头，两只圆眼睛在瞪着，这是熟识的朋友了，但总归无论熟识与不熟识，都无分别；他叫"Da-da"要看图画，只好给图画看了；又要看亲自画；这时无论作什么千古不朽的诗文，只好停下笔，收开一切，援笔挥毫，乱画一通给看了。我的荳子朋友们居然也甚为知道世故，称赞说，"好看哪"。

当然，有时分糖果一枚，或者写一个梵文给认，或者出算术题目一个给作，紧张的很，算的对了，或说的对了，我便夸奖说"对呀！好哪！"皆大欢喜！偶尔提一大手巾冷块来，知道食物橱里有糖，有柠檬，或者自己摘来的橘子，便榨汁和水加糖加冰，先敬主人，请我喝一大碗。当然桌上地下随处是水，是果皮；而且不论主人是早茶刚过，胃里不必需那么一碗冰水，总归要请喝，我便好好喝完，说"多谢你呀！"便大家欢喜；于是呼啸而去。

一位波兰太太，管理花园之事，偶尔来了，看到树枝也攀脱了，枝叶果皮核子狼藉，便问"儿童又来过哪！"

"来过了！"

"你为什么不禁止呢？"

鄙人闷然无以应。久之曰："不禁也！入——我只叫他们不跌坏！"

"嗯！"

"我们不皆经过这时代的么？"

"要管教呀！"

"我不那么想！……不需也！"

偶尔我在街上遇到一位，便猝然问他说："你打你的哥哥吗？"

"我打！"

"为什么呢？"

"我们打架！"——诚实可嘉。

荳子朋友们的传略如是：悠悠岁月，鄙人十年形貌略无变化，但他们长大很快，看看有些只有桌子那么高，旋忽书架那么高了。这时彼此客气起来；但称谓还是如旧，他们仍叫我"Da-da"，"达达"者，哥哥也。[1]

1.12022 Page Proofs and Misc.papers in Chinese by Hsu-5, No.1054, Archives Library, Sri Aurobindo Ashram, 手稿中个别汉字难以辨识，略有改动。

（本文发表于《国际汉学》第 24 期）

第十章　　金克木、黄宝生印度文学研译

在中国的印度古典文学研究领域里，有一对黄金师生档——金克木和黄宝生。

金克木（1912—2000），安徽人，有黄山之奇，得皖江之灵。金克木家学渊源，曾祖、祖父、父亲都是清朝秀才。他称秀才为"初级知识分子"，并说自己"同样属于初级，只念完小学"。[1] 他 18 岁离开家乡，走上了自学成才的道

1. 金克木：《金克木小品》，第 215 页，北京：中国人民大学出版社，1993 年版。

路。金克木早年以诗闻名，24 岁出版《蝙蝠集》，成为"现代诗派"的卓荦名家。1935 年在北京大学图书馆任职员，从事创作与翻译。1939 年任湖南桃源女中教师，兼任湖南大学讲师。1941 年赴印度发展，曾任加尔各答《印度日报》编辑兼主笔，撰写和翻译不少文章。[2] 之后，特别是

2. 金克木曾将谭云山的《印度国际大学中国学院》一文由英文译成中文，刊于该报。谭于 1943 年 11 月 20 日的印度国际大学中国学院《时事月报》

1943 年开始，金克木拜师学习印地语，继而对

专文版（p17）记道："此中文译稿，系加尔各答《印度日报》主笔金克木所译载于该报者。《印度日报》为中国国民党驻印度总支部所办

印度哲学、文学、佛学等进行广泛而深入的学习

在印度之惟一小型中文报刊。"

研究。他在佛教圣地鹿野苑跟随著名学者高善必（Dharmanand Kosambi）研习梵文、巴利文。后又随迦叶波法师学习《奥义书》，协助郭克雷(V. V. Gokhale) 教授对梵本《集论》进行校勘。这种研学是印度式的，不追求文凭学位。由于金克木天资聪颖，1946 年回国任国立武汉大学教授。1948 年后调任北京大学东语系教授，印地语教研室成立后为首任室主任。和季羡林、马坚（阿拉伯语教授）一起，号称东语系的三大台柱。纵观金克木一生，充满坎坷艰辛，并不如意。正如他86 岁所作《自题梵竺庐集》诗所说："春花秋月

金克木先生在书房。

忆当年，禅院孤灯诵简编。人事蹉跎余太息，难将爝火照琴弦。"在 88 岁时，又以"哭着来，笑着走"六字，告别人生。[1]由于时代、社会等等原因，金克木在人生路上并

1. 欲知其曲折人生，可读其《告别辞》、《自撰火化铭》。

非一帆风顺，但是作为一名学者，他的学术生涯是丰富多彩的，为后人留下了宝贵的精神财富。

　　黄宝生是由季羡林、金克木执教的 1960 级梵文、巴利文班学生，1965 年毕业后长期在中国社会科学院外国文学研究所，从事印度古典文学研究。他先后担任过外国文学研究所所长、中国外国文学学会长、中国印度文学研究会会长等职。其研究重点，是印度史诗和诗学，并且做出了卓越成绩。印度史诗和诗学，也是金克木研究的重要关注所在。正是在这两个领域，黄宝生青出于蓝而胜于蓝，成为我国当代梵学的代表人物。

第一节　金克木和他的《梵语文学史》

　　金克木一生有两大值得骄傲的财富，一是他的著作，二是他的学生。[1] 他的著作包括文学
[1. 主要是和季羡林合作培养的 1960 级梵文、巴利文班，除黄宝生外尚有张保胜、郭良鋆、赵国华、蒋忠新、席必庄、韩廷杰、马鹏云等，都在专业领域作出]
创作和梵学成果。从时间上讲，早年诗作和晚年学术小品，使他两头红。对晚年的创作，黄宝
[不凡业绩。张敏秋毕业后改行从事经济研究，亦作出了巨大成绩。她主编的《跨越喜马拉雅障碍——中国寻求了解印度》一书（重庆出版社，2006 年）深得好评。]
生这样写道："近十几年来，金克木先生以学术随笔蜚声国内。在金先生的笔下，古今中外，

文史哲学，旧学新知，无不得心应手，触类旁通，挥洒自如。"[2] 对于自己的新旧大小文章，
[2. 黄宝生：《金克木先生的梵学成就》，此文原本是作者为《梵竺庐集》写的书评，发表于《外国文学评论》2000 年第 3 期。后为《印度文化余论—〈梵竺庐集〉》]
作者认为"前半是时代在思想中的投影，后半是盘旋在北京大学上空的淡淡云影"。（《百年
[补编》编者作为代序收入此书，北京：学苑出版社，2002 年版。]
投影》）困境出俊杰。坎坷人生使"他在知识的各个领域游弋，跨越了宏观与微观，人文社会

科学与自然科学的界限，尤其是精于印度学，曾学习梵文以及印度哲学、文学，参透梵佛奥理"。

他的散文有超越常人的非凡特色，"是学者的渊博与理性，思想家的敏锐与机锋，诗人的激情

与想象"。[3] 在金克木的散文中，不少和梵学研究有密切关系，如《天竺旧事》、《陈寅恪遗
[3. 龙协涛：《金克木散文精选·前言》，第 3 页，深圳：海天出版社，2000 年版。]
札后记》、《〈心经〉现代一解》等等。散文之外，金克木尚有诗文集《挂剑空垄》（新旧诗

集附注）、《孔乙己还乡》（小说集附评）、《评点旧巢痕》（长篇小说）等问世。

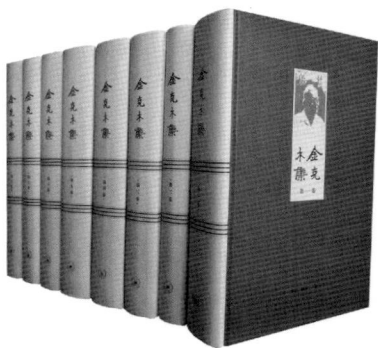

《金克木集》（共八卷），金克木著

　　这里，我们专论金克木的梵学研究成果。

　　金克木研究印度学始于 20 世纪 40 年代，到耄耋之年仍未停止。但以 50 年代末、60 年代
初及 80 年代，成果最为集中。平生出版多种论文集及专著，如《梵语文学史》、《印度文化论集》、《比
较文化论集》等等。但以 1999 年出版的《梵竺庐集》为最重要。《梵竺庐集》分三卷，甲卷《梵
语文学史》（包括《古代印度文艺理论五篇》），乙卷《天竺诗文》，丙卷《梵佛探》。作者

为丙卷写有《自序》，篇首说："现在将我发表过的研究
或论及古代印度文化的 24 篇文章结成一集出版，以便读者
参阅。这些都是'草创'之作，不足入'方家法眼'，但
也许还可以借给后来人做垫脚石。"[1] 后来，又出《印度

1. 金克木：《梵竺庐集（丙）梵佛探》，第 1 页，南昌：江西教育出版社，1999 年版。

文化余论——〈梵竺庐集〉补编》，作者在引言中说："我
所生产的关于印度文化的书已合为《梵竺庐集》3 卷出版，
现在把另外的有关印度文化的 10 篇零散文章合成一集。"[2]

2. 金克木：《印度文化余论——〈梵竺庐集〉补编》，第 1 页，北京：学苑出版社，2002 年版。

从学术而论,金克木的印度学研究主要集中在《梵语文学史》
和《梵佛探》、《印度文化余论》等 34 篇论文之中。

　　《梵语文学史》本是北京大学梵语、巴利文专业的讲
义。1964 年作为"高等学校文科教材"出版后，受到学术
界及社会读者好评。1980 年重印，因作者"已无力再进行
修改补充，只改了几处过时的话"。1999 年收入《梵竺庐集》
时自然也是原初面貌。《梵语文学史》是金克木作为一名
著名印度学家的奠基之作，也是中国学者笔下的第一部真
正意义上的印度古代文学史。比起许地山的《印度文学》，
《梵语文学史》无论从规模还是品质上讲，都有巨大进步。
许著当属首创，带有较多概述性质，还不是一本印度文学
史专著。金著则完全不同，是一本 28 万余言的大著，不但
有自己的观点，而且自成体系。这是写作环境使然，作者
在 1980 年版《前言》中说："对国际上和印度本国的有关
论述，我既未得遍观，见到的也是只可用作资料，难以抄
袭成书；即使想用一书作为底本，所见到的也多嫌陈旧而
且离我国现在的要求太远；只好尽自己微力，依据梵语原
书，吸收前人成果，略事编排，妄抒管见，作力所不及的
这一艰难工作，正是'力苍蝇而慕冲天之举'（《抱朴子》）

《梵语文学史》，金克木著

了。"[1] 印度梵语文学是西方学者研究东方学的兴趣所在，

1. 金克木：《梵语文学史》，第 13 页，北京：人民文学出版社，1980 年版。

如何写好一本中国人的《梵语文学史》，应该有清楚的思路。
金克木的考虑有四点：第一，"以文学为主，非文学部分
从略"；第二，"写成一本看出来是我国人自己写的书"；
第三，"使本书能为一般读者看得下去"；第四，简略他
人"有所未妥之处"，"大胆说一点自己的浅尝臆说"。[2]

2. 金克木：《梵语文学史》，第 11—12 页，北京：人民文学出版社，1980 年版。

这四点是作者写《梵语文学史》时的"一些考虑"，其实
是全书的写作纲领。理解这四点，对于理解全书至关重要。
这就是作者为什么在 1978 年秋为《梵语文学史》重印写前
言时，要花不少笔墨来交待他当初的这些考虑的原因。印
度古代和中国一样文史哲不分，文学与文献合一，甚至同
用一词 Sāhitya。所以，作者作出交待，既然是文学史，就
以文学为主。这样，就划清了两条界线，文学史与文献史
的界线，文学和非文学的界线。第二点最重要，讲如何处
理印度人和西方人写的各种关于印度古代（梵语）文学的
著作同自己写作的关系，当时作者也时常想到中国的古代
文学。他希望将《梵语文学史》写成中国人的书，是在考
量了上述三种因素之后得出的答案。这显然是最佳的结果。
第三点是为了照顾读者。因为中印古代文学各有自己的纠
缠，加上因佛经汉译又有了许多古结，如果被这些纠缠、
古结所困，写出的梵语文学史，只有极少数人能读。作者
面对"中外有异、古今相隔"的局面，就"说其大端，言
其概略，涉及我们难以接受的人情风俗思想感情处则从简
约"。这是高明之举。第四点是针对印度或西方学者的问
题的，包括西方人的"种族主义"、印度人的"民族主义"
等等。正因为作者看清了他们的错误观点，对其采取"简略"

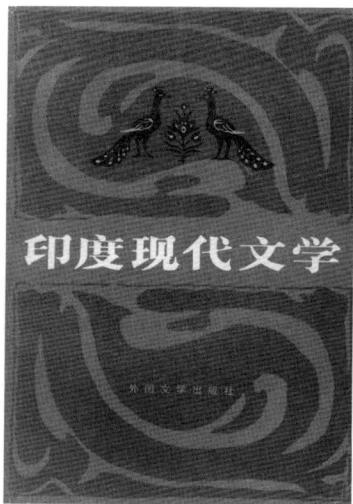

《印度现代文学》，黄宝生等译

之策，既避免论战，又有必要点拨，彰显出一位中国学者应有的立场。

黄宝生这样评价自己老师的这部著作："这部《梵语文学史》是中国梵语文学研究的奠基之作。与国外的同类著作相比，它有自己的显著特色和长处。它努力运用唯物史观，将梵语文学的发展置于社会历史发展的背景中。""金先生为开辟梵语文学史的写作新路作出了自己的贡献。联想到 20 世纪五六十年代中国学者撰写的外国文学史著作屈指可数，更显出这部《梵语文学史》的难能可贵。"[1]《梵语文学史》开中国研究印度文学史之先河。之后，有季羡林的《印度古代文学史》、刘安武的《印度印地语文学史》、黄宝生等译的《印度现代文学》、石海峻的《20 世纪印度文学史》等问世。

《印度古诗选》，金克木选译

收有《印度古诗选》、《云使》、《三百咏》等印度古代名诗译文的《梵竺庐集》（乙），显示了金克木的译诗水平。外语诗难译，梵语诗尤其难译。然而，金克木是诗人和学者的结合，是一位梵诗汉译的妙手。黄宝生说："我曾对照梵文原文读《云使》译本，对金先生的翻译艺术由衷钦佩。这个译本可以列为中国现代翻译史上的典范译品之一。只是国内的翻译理论家们不谙梵文，无法真切体认。我总惋惜金先生翻译的梵语诗歌不够多。梵语诗库中的一些珍品，惟有金先生这样的译笔才能胜任，也不至于辜负印度古代诗人的智慧和才华。"[2]

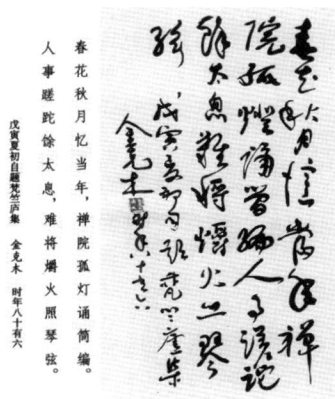

金克木自题《梵竺庐集》手迹

1. 黄宝生：《金克木先生的梵学成就》，见《印度文化余论》，第 4 页，北京：学苑出版社，2002 年版。

2. 黄宝生：《金克木先生的梵学成就》，见《印度文化余论》，第 5 页，北京：学苑出版社，2002 年版。

《梵竺庐集》（丙）和《印度文化余论》二书，是金克木梵学成就的重要组成部分，其重要性不亚于《梵语文学史》。二书中所收 34 篇文章，有 1945 年在印度时撰写的《梵语语法〈波你尼经〉概述》和《〈吠檀多精髓〉译述》，也有 1995—1996 年写的《〈心经〉现代一解》，前后相距五十余年，内容包括印度语言、哲学、佛学、美学、比较文学等等各个方面，体现了作者学识的深广。

2011 年，三联书店在金克木女儿金木樱和学生黄宝生、郭良鋆支持帮助下，出版了《金克木集》（八卷）。这是迄今为止最完备的金克木作品集，为读者研读提供了方便。[1]

金克木不以著作数量巨大著称，而以奇正皆备、品质精良享誉学界。他多才多艺，集学者、诗人、翻译家、散文家于一身，和季羡林、徐梵澄鼎足而立，构成"中国梵学三维"。

1.《金克木集》总目如下：第一卷：《挂剑空垒》（新旧诗集）、《旧巢痕》（评点本）、《天竺旧事》、《孔乙己外传》（小说集附评）；第二卷：《甘地论》、《中印人民友谊史话》、《梵语文学史》；第三卷：《印度文化论集》、《比较文化论集》、《艺术科学丛谈》；第四卷：《旧学新知集》、《燕啄春泥》、《燕口拾泥》、《文化的解说》、《文化猎疑》；第五卷：《金克木小品》、《八股新论》、《蜗角古今谈》、《末班车》、《书外长短》、《书城独白》、《无文探隐》；第六卷：《少年时》、《庄谐新集》、《风烛灰》、《杂著》；第七卷（译著）：《摩诃婆罗多·初稿（一—四）》、《印度古诗选》、《三百咏》、《古代印度文艺理论文选》、《〈薄伽梵歌〉译本序》、《我的童年》、《钻石》、《控诉》、《血和地毯》、《三自性论》；第八卷：《高卢日耳曼风俗记》、《海滨别墅与公墓》、《炮火中的英帝国》、《通俗天文学》、《流转的星辰》。

第二节　黄宝生及其《印度古典诗学》

黄宝生，上海人，1942 年出生。1960 年入北京大学东语系梵文、巴利文班，1965 年毕业后一直从事印度古代文学的翻译研究工作。其妻子郭良鋆和他是同班同学，毕业后在中国社会科学院南亚研究所（后为亚太所）做研究工作。和老师季羡林、金克木相比，黄宝生人生经历简单而顺利，有较多时间投入到专业研究之中。他虽担任过外文所所长、中国外国文学会会长、中国社会科学院学部委员等职，但也像季羡林做系主任一样，只抓大事，不管小事，始终将主要精力用于研译工作。在季、金所有的学生中，黄宝生认为自己并非最聪明、成绩最优秀。但是，他的业绩最骄人，主要有《印度古典诗学》、《印度古代文学》、《印度古代文学史》（合著）、《〈摩诃婆罗多〉导读》等，翻译了《奥义书（十三种）》、《梵语诗学论著汇编》（上下册），与人合作翻译《摩诃婆罗多》（六卷）、《印度哲学》、《佛本生故事选》、《故事海选》、《梵语文学读本》等等。另外，还发表了《古印度故事的框架结构》、《印度古代神话发达的原因》、《印度古典诗学和西方现代文论》、《〈奥义书〉译本导言》等等一批有影响的论文。

综观黄宝生的学术成就，有两大方面最为重要，一是印度梵语诗学的翻译与研究，一是印度大史诗《摩诃婆罗多》的翻译与研究。

关于《摩诃婆罗多》的翻译与研究，是一项大工程，参与者甚众。其中花时间最多、贡

献最大的是金克木、黄宝生师徒。（详见本书第五章"印
度两大史诗在华传播轨迹"）印度诗学在中国的传播接
受，也要归功于金克木、黄宝生师徒。金克木有开创之功，
如果没有他的努力拓荒，印度诗学在中国的翻译与传播，
可能是另外一番景象。黄宝生有发扬光大之功，在印度诗
学的翻译及研究上，他们师徒有青蓝之谊。这是金克木一
生中最可欣慰的事情之一。

　　印度诗学的现代研译，肇始于金克木。他于 1960 年在
北京大学写出讲义《梵语文学史》，于 1964 年正式出版。
此书第十二章"文学理论"，专门论述印度古代诗学，重
点介绍婆罗多的《舞论》和婆摩诃的《诗庄严论》、檀丁
的《诗镜》。这是印度诗学第一次进入中国高校讲义，也
是第一次通过学术著作的一章介绍给中国读者。1965 年，
金克木将选译的《舞论》、《诗镜》和《文镜》的重要章
节，在《古典文艺理论译丛》第 10 辑中发表。后来，他又
将《韵光》、《诗光》中的重要章节译出，和上述译文一
起，于 1980 年以单行本《印度古代文艺理论文选》一书出
版。金克木是印度诗学中国现代研译的开山者。黄宝生说：
"金克木在这五篇译文中确定了梵语诗学一些基本术语的
译名，并在引言中介绍梵语诗学的一些基本著作及其批评
原理，为梵语诗学研究指点了门径。"[1] 作为金克木的弟子，
这个评价是中肯而准确的。

　　黄宝生是印度诗学中国现代研译的第二人。他沿着金
克木的道路，在印度诗学研译方面，举逸继绝，不但无愧
于师辈，而且有青蓝之誉。

　　黄宝生对印度诗学研译的主要成果，集中体现在他的

《印度古典诗学》，黄宝生著

1. 黄宝生：《印度古典诗学》，第 1 页，北京：北京大学出版社，1993 年版。

《印度古典诗学》和《梵语诗学论著汇编》之中。介绍必
须以翻译为基础，两者一表一里。所以，金克木、黄宝生
师徒发表成果，也是沿着先表后里的同一路子。1964 年金
克木在《梵语文学史》中发表《文学理论》，1993 年黄宝
生出版《印度古典诗学》一书；1980 年金克木出版译作《印
度古代文艺理论文选》，2008 年黄宝生出版译作《梵语诗
学论著汇编》。从上可知，中国的师徒两代学者，弘毅怀远，
坚持不懈，用了整整半个世纪的时间，终于完成了对印度
诗学比较完整、全面而深入的译介任务。

　　《印度古典诗学》分上下两编，上编为《梵语戏剧学》，
下编为《梵语诗学》。作者开篇通过和中国古代文艺理论、
古希腊文艺理论的研究比较，认为"对印度古代文艺理论
的研究，还是一片有待开垦的处女地"。[1] 作为第二代拓

1. 黄宝生：《印度古典诗学》，第 7 页，北京：北京大学出版社，1993 年版。

荒者，黄宝生在《印度古典诗学》的上编中用九章介绍了
梵语戏剧源流、梵语戏剧学论著、味和情、戏剧的分类、
情节、角色、语言、风格、舞台演出等内容；在下编中，
用十一章介绍梵语诗源流、梵语诗学论著、庄严论、风格
论、味论、韵论、曲语论、推理论、合适论、诗人学、梵
语诗学的终结等内容。对印度诗学介绍得如此系统、全面
而深入，在中国是第一次。所以，这是一项创造性的劳动。

　　黄宝生说，他是"沿着金克木先生指点的门径，深入
探索梵语诗学宝藏，写出了一部《印度古典诗学》"[2]，

2. 黄宝生：《金克木先生的梵学成就》，载《外国文学评论》，2000 年第 3 期。

这体现了中国学者对学术的自觉与责任。所以，《印度古
典诗学》虽然是拓荒之作，但不是一般的启蒙读物，而是
一本有着深刻内涵的学术专著。是他发大愿、下大力，用
二十多年心力写成的当代学术名著。对此，李美敏曾在《梵

《梵语文学读本》，黄宝生编著

典与华章》中，写有"盛名不虚发愿之作：黄宝生及其《印度古典诗学》"一章，对其作出深入评价，指出："黄宝生数十年埋头笔耕，终成印度古典诗学大家。中国人学习印度古典诗学，最好的途径就是从研读他的《印度古典诗学》做起。"[1]

1. 郁龙余等：《梵典与华章》，第266页，银川：宁夏人民出版社，2004年版。

　　中国人具有"求真经"的传统，对从印度梵语直接译成的印度诗学论著，一直抱着渴求的态度。而关于这方面的译著，除了金克木的《印度古代文艺理论文选》之外，1996年由曹顺庆主编的《东方文论选》正式出版。此书第一编"印度文论"，收有二十多万字的印度诗学译文，给有关学者带来了巨大惊喜。我们曾写《旧红新裁熠熠生辉：简评〈东方文论选〉》一文，对此书的出版作出学术评价。[2]然而，限于当时的条件，"印度文论"仅选译了印

2. 郁龙余：《旧红新裁熠熠生辉：简评〈东方文论选〉》，载《外国文学研究》，1998年第1期。

度八种诗学论著，即《舞论》、《诗庄严论》、《诗镜》、《韵光》、《十色》、《舞论注》、《诗光》和《文镜》。其中，除《诗镜》、《十色》两篇因篇幅短小而全译之外，其余均为节译。

《梵语诗学论著汇编》（上、下册），黄宝生译

　　通过《东方文论选》，中国学者读到了较多的印度诗学论著的译文，但同时又产生了新的企盼：早日能读到更多、更全面的印度诗学的可靠译文。2008年，随着黄宝生翻译的《梵语诗学论著汇编》的出版，终于满足了广大印度诗学爱好者和研究者的愿望。

　　《梵语诗学论著汇编》（以下称《汇编》）上、下两册，皇皇83万字，是印度诗学汉译史上的里程碑。《汇编》中选译印度诗学论著十种，它们是婆罗多的《舞论》、婆摩诃的《诗庄严论》、檀丁的《诗镜》、欢增的《韵光》、

王顶的《诗探》、胜财的《十色》、新护的《舞论注》、恭多迦的《曲语生命论》、曼摩咤的《诗光》和毗首那特的《文镜》。其中四篇是节译，六篇是全译，《诗探》和《曲语生命论》是首次与中国学者见面。《诗探》是印度诗学中"诗人学"的代表作，《曲语生命论》是"曲语论"的代表作。这样，印度诗学的主要理论流派的代表作，在中国读者面前，进行了一次漂亮的集体亮相。在这漂亮亮相的背后，是译者几十年的辛勤与积累。有学者指出：《汇编》的出版是中国梵语诗学译介史上的重要事件，使我们得以一窥梵语诗学名著的全貌，比较充分地了解梵语诗学基本原理和发展脉络，从而为更好地研究梵语诗学乃至印度文学创造了基本条件。[1] 梵

1. 尹锡南：《〈梵语诗学论著汇编〉的学术意义》，载《外国文学评论》，2008 年第 3 期。

语翻译，号称艰难，梵语诗学翻译，更是难中之难。一个概念、一个术语的译名的确定，往往让人踟躇旬日。梵语经典汉译，除信、达、雅之外，还要求"顺"，即"顺古"，要充分考虑一千多年佛经翻译过程中的约定俗成，使现代的梵典译文和历史上的汉译佛典的关系比较"和顺"。这是一个只在具有深厚文化传统的中华民族的译介精英面前才会出现的问题，而认识到并能妥善解决的人，可谓凤毛麟角。黄宝生显然是这一类不可多得的专家之一，他的《汇编》，做到了信、达、雅、顺，是印度古代经典现代汉译的典范。

为了便于读者从总体上把握印度梵语诗学，黄宝生在《汇编》卷首写有长篇导言，从"梵语诗学的起源"和"梵语诗学的发展历程"两个方面，向读者作了必要的梳理和介绍。这是阅读或研究《汇编》的总纲。当然，要想更好地掌握印度诗学的精粹，对不懂梵语的中国学者来说，最佳方法是将《印度古典诗学》和《汇编》结合起来研究。《印度古典诗学》的一个贡献，是告诉中国读者印度诗学在世界诗学中的地位，并唤起中国学者研究印度诗学的热情。指出"在古代文明世界，中国、印度和希腊各自创造了独具一格的文艺理论，成为东西方文艺理论的三大源头"。[2] 《汇编》的贡献，除了提供印度十部诗学论著的可靠译文和介绍之外，还对印度梵

2. 黄宝生：《印度古典诗学》，第 1 页，北京：北京大学出版社，1993 年版。

语诗学作出了诸多精辟而深刻的评论，例如："就梵语诗学的最终成就而言，可以说，庄严论和风格论探讨了文学的语言美，味论探讨了文学的感情美，韵论探讨了文学的意蕴美。"[3] 堪称不刊之论。

3. 黄宝生译：《梵语诗学论著汇编》，第 29 页，北京：昆仑出版社，2008 年版。

第三节　印度诗学在中国的传播接受

印度诗学在中国的翻译、研究，以及在此基础上的消化、吸收、运用，是一个完整的接受过程。这个过程，是中印文学交流史的重要组成，有着重要的学术史价值。中印诗学关系，历史悠久，果实累累，意义重大。在中外文学交流史上，具有独特地位，是研究和撰写世界比较诗学史不可或缺的内容。

一、　印度诗学在古代中国的影响

印度诗学最早进入中国的具体时间，由于年代久远与史料的稀缺，已难以考定。但有一点可以肯定，印度诗学包括音韵、诗律，是随着佛教传入的。魏明帝时的应璩作《百一诗》，其中一首诗中，用审美的语言提到了佛陀（诗中指僧人）。应璩是一位重要的诗人，此诗讽刺时政，"独立不惧，辞谲义贞"[1] 是最早的涉佛诗之一。

[1] 刘勰：《文心雕龙·明诗》。

在这里，我们应该强调两点。第一，佛教传入中国，是中国僧人"取经"的成果，但同时也是众多印度僧人包括一部中亚僧人"送宝"的成果。第二，传入中国的佛教内涵极为丰富，除了佛教的教义之外，还有印度文化的方方面面，其中包括诗学思想、审美观念及哲学理论。所以，到了魏晋南北朝（220—581）时期，许多中国诗人笔下，不仅流淌着佛家的宗教思想，而且充满着印度的诗学思想和审美观念。"魏晋有佛情小说，六朝则有佛理诗。这一演进历程，昭示着佛教向文学深度渗透的趋势。"[2] 所说的正是这一情形。

[2] 吴功正：《六朝美学史》，第182页，南京：江苏美术出版社，1996年版。

印度人历来重口耳相传而不重文字。所以，印度古代的语言学非常发达。早在六种"吠陀支"中，除礼仪学、天文学之外，语音学、语法学、词源学和诗律学四种，都属于语言学。印度的诗律，在理论上有可以有无数种，比较常见的有十五种，最常用的是三种。印度作诗的基本单位叫"诗节"，每个诗节一般由四行（也有三行或五行）诗句组成。诗律的要素是音量，即长音和短音。每行诗可以有许多不同音节，但最后的四五个音节，必须符合不同诗律要求的长短音的排列规定。也就是说，印度早在吠陀时代，对诗律就有明确规定。中国也是诗歌大国，但不像印度那样很早就有了一套诗律的形式主义规定。中国诗歌，从二言、三言、四言、五言，到七言、九言，是一个为满足表达需要而自然发展的过程。关于诗律的发展从自然到自觉，则和印度音韵学的传入有很大关系。尽管在庞大的汉译佛典中，我们找不到印度诗学著作或语言学的完整著作，但分散的音韵学资料十分丰富，包括方音与一音、声才与辩才、如来音声、菩萨音声、体裁与语文等等。[1] 许地山对印度诗律传入中国并产生影响的时间，有着清晰的表述：

1. 参见王昆吾、何剑平编著：《汉文佛经中的音乐史料》，第 283—565 页，四川：巴蜀书社，2001 年版。

"一直到隋唐之际，九部乐占了一大半是外国乐，歌群的变迁当然在此发起。然则变迁底枢纽是在哪里呢？我们可以说是六朝间印度声明学底输入。梵音有长有短，有清浊，不能相混，迥不如中国古音底自由，六朝人因此定为四声。"[2] 在相当长的一段时间的影响下，到南朝时期

2. 郁龙余编：《中印文学关系源流》，第 40 页，长沙：湖南文艺出版社，1978 年版。

就出现了一种新体诗，"将平上去入为四声，以此制韵，有平头、上尾、蜂腰、鹤膝，五字之中音韵悉异，两句之内角徵不同，不可增减，世呼为永明体"（《南史·陆厥传》）。这种诗体，按照"四声八病"之说，严格要求声韵格律。显然，这和印度诗律要求长短音按规定进行变化，在原则上是相通的。至于"平头、上尾、蜂腰、鹤膝"之说，既是受南朝雕凿之风的影响，也是印度作诗好玩文字游戏的印痕。由于永明体过分讲究音律，所以流行并不持久，但作为诗歌发展史上的重要过渡，对唐代近体诗的产生有着直接影响。沈约说："自灵均以来，多历年代，虽文体稍精，音韵天成，皆暗于理合，匪由思至。"（《宋书·谢灵运传论》）这段话说明，在南北朝之前，中国诗律落后于诗歌创作实践。自从有了"四声八病"之说和"永明体"以后，中国诗歌才进入了理论和创作同步前进的阶段。今人吴永坤认为："随佛教传入我国的'悉昙'（梵文 siddham）的音译，这是梵文的启蒙读物，把梵文的三十三个辅音分别与十六个元音依次一一相拼，每拼一周称为一章，故又名'悉昙章'，实质是梵文音节表，供儿童练音用）对我国学者起了启发作用，于是在这一时期产生了系统地分析汉语语音的结构的新学科——等韵学。于是，它成了千余年来分析汉字声音的传统武器。"[3] 这段分析，是客观而中肯的。

3. 吴永坤：《国学四十讲·音韵学》，见卞孝萱、胡阿祥主编：《国学四十讲》，第 729 页，武汉：湖北人民出版社，2008 年版。

中国佛典翻译史上，出现过两次高潮，第一次是魏晋南北朝，第二次是唐宋。第一次高潮中，涌现出了以鸠摩罗什为代表的一批杰出的翻译家，他们精通梵汉语言文字，成功地将大批佛教经典译成汉语。在此过程中，中国出现了一批音韵学成果，完整、成熟的声律学的形成，便是其中之一。陈寅恪说："据天竺围陀之声明论，其所谓声 Svara 者，适与中国四声之所谓声者相类似，即指声之高低言，英语所谓 Pitchaccent 者是也。围陀声明论依其声之高低，分别为三：

一曰 Udāttd，二曰 Svarita，三曰 Anudātta。佛教输入中国，其教徒转读经典时，此三声之分别当亦随之输入。至当日佛教徒转读经典所分别之三声，是否即与中国之平上去三声切合，今日固难详知，然二者俱依声之高下分为三阶则相同无疑也。中国语之入声皆附有 K、P、T 等辅音之缀尾，可视为一特殊种类，而是最与其它之声分别。平上去则其声响高低相互距离之间虽有分别，但应分别之为若干数之声，殊不易定。故中国文士依据及摹拟当日转读佛经之声，分别定为平上去之三声。合入声共计之，适成四声。于是创为四声之说，并撰作声谱，借转读佛经之声调，应用于中国美化文。此四声之说所由成立，及其所以适为四声，而不为其它数声之故也。"[1]

1. 陈寅恪：《四病三问》，见《金明馆丛稿初稿》。

六朝声律学为唐代近体诗的声律规范奠定了基础。

诗律，不论中外都有着其自然的生理属性，都服从于人的发音器官的种种特征与要求。然而，由于各民族语言的不同，各民族的诗律必然会呈现出差异性。中国诗律接受印度诗律的影响，以生理属性为共同基础，语言差异性为借鉴动力。这种情况，我们可以在中印诗律的比较中，体会得十分真切。

印度三种最主要的诗律，规定如下：

特利湿图朴诗律——由四行组成，每行十一个音节：

OOOOOOO—V—V̱

伽耶特利诗律——由三行组成，每行八个音节：

OOOOV—VV̱

迦格提诗律——由四行组成，每行十二个音节：

OOOOOOO—V—VV̱

O 表示长短音不限，V 表示短音，—表示长音，V̱ 表示或短或长。[2]

2. 黄宝生：《印度古典诗学》，第 185 页，北京：北京大学出版社，1999 年版。

许地山认为："梵音有长有短，有清有浊，不能相混，迥不如中国古音底自由，六朝人因此定为四声。这凡稍微研究过音韵学底都知道底。梵音的长短等于中国底平仄；而天竺颂法，如输卢迦（Sloka），恒利室都婆（Tristbubh），阿梨耶（Āryā）等，最讲究长短声，因为声音一不对，连意义和格式都不对了。江左文人采用这个新法致使古诗底体例一变。既有了平仄，则五音容易定夺，故其直接影响到乐歌上头底事实可以想见。"[3]

3. 郁龙余编：《中印文学关系源流》，第 41 页，长沙：湖南文艺出版社，1987 年版。

我们再来看看中国"律诗"的情况：此诗体源于沈约等提倡的永明体，要求诗句字数整齐划一，有五律、六律、七律之分。通常每首八句，若仅六句，称小律，十句以上称排律或长律。声韵格律有严格规定，每首四韵或五韵，偶句押韵，首句可押可不押，一般押平声韵，不得换韵，且每句各字及各句各联之间平仄必须遵循一定的规则。虽有变格，而以依循规定之常格为主。此外，中间两联须对仗，倘是排律，则中间各联须对仗。小律则勿须苛守。[1] 中国诗律，因接

> 1.《中国文学大词典》（下），第 1985 页，上海：上海辞书出版社，2007 年版。

受印度影响而由魏晋南北朝至隋唐，逐渐变得严格。但这种严格是相对于古体诗说的。在实际创作中，变格之例，经常可见。出现这种情况，一是诗律为达意服务，只要变格有利于达意，变格是必然的；二是诗律服从于发音器官的生理属性，以发声容易、音色优美、旋律独特为当然选择。作为中国诗律参照借鉴的印度诗律本身，也充分体现了以上两条。我们如果把不常用的十多种诗律，看作是三种常用的主要诗律的变格，所有诗律就都有了相当大的灵活性。诗律的遵循及变格，都是诗歌创作的常态。印度是这样，中国也是这样。

　　中国在魏晋南北朝时期，而不是在其它时期，接受印度音韵学影响，改变韵文文体，是有着深刻的外部和内部的原因的。中国曾出现许多次文学革命，仅韵文就先后出现过六次革命，"古诗之变为律诗，四大革命也"。（胡适：《吾国历史上的文学革命》）这次革命的到来，是外因（印度音韵学）和内因（文学自觉）相结合的结果。审美追求是文学自觉的灵魂。而此时对美的追求已不限于对偶、用典、意蕴之类，还包括对声律美的更新、更高追求。所以，有学者认为："六朝诗绮靡典丽风貌的形成，声律是其中一个十分重要的因素。"[2] 中国文学发展，

> 2. 蒋长栋主编：《中国韵文文体演变史研究》，第 153 页，长沙：岳麓书社，2008 年版。

主要有两个动力，民间的和国外的。魏晋南北朝的这次文学革命，发生在中国诗文人文化（绮靡化）的过程中，印度音韵学的借鉴，是其得力外援。因此，这次文学革命的成果非同寻常，不仅使魏晋南北朝文学声誉大振，而且其影响自唐宋而至当下，都赫然在目。

　　《文心雕龙》是中国古代诗学的代表性经典。作者刘勰浸淫佛典多年，为了儒门仕途，刻意隐去自身的佛家色彩，但在《文心雕龙》中依然能找到印度的影响。这些影响主要表现为：第一，《文心雕龙》的一些重要思想，如本体观、折中论和神理说，受到了印度佛学的影响。第二，《文心雕龙》作为中国首部系统、完整的诗学著作，其体量之大，思维之精妙，令人惊异。有人认为，这种"体大思精"，受到了佛教因明学的影响。第三，《文心雕龙》的结构框架，受到佛典的影响。范文澜认为："彦和精湛佛理，《文心》之作，科条分明，往古所无。自《书记》篇以上，即所谓界品也，神思篇以下，即所谓问论也。盖采取释书方式为之，故能理明

晰若此。"[1]第四，《文心雕龙》中出现少数佛教用语或概念，如《论说》篇说："动极神源，

1. 范文澜：《文龙雕龙注》（下），第728页，北京：人民文学出版社，1978年版。

其般若之绝境乎？"这"般若"是梵语 prajñā（智慧）的音译。

从上述可知，中国首部诗学经典《文心雕龙》的确受到了印度的影响。除了刘勰、皎然、日本留学僧空海等，也都是佛门之人。他们的诗学著作《诗式》、《文镜秘府论》，在中国诗学史上也有重要的地位。中国的一批诗学概念，具有明显的佛家色彩，如诗禅、禅趣、禅味、诗家三昧、以禅喻诗、形象、境界等等。这有力说明中国诗歌与诗学，受到了印度的深刻影响。从目前的资料看，这种影响主要来自佛教。

中国古代直接受到印度诗学影响的典型例子，是藏族的"年阿体"诗歌。年阿体又称"诗镜体"，它的产生和印度古代诗学名著《诗镜》的翻译、研究紧密相联。

《诗镜》（Kāvyādarśa）是印度7世纪著名诗学家檀丁（Dandin）的代表作。元代由雄敦·多吉坚赞和印度诗学家罗克什弥伽罗合作，译成藏文。在此之前，贡嘎坚赞（1182—1251）在他的《学者入门》的首章《写作入门》中，对《诗镜》进行了简明的译介。自多吉坚赞的译本之后，藏族学者对《诗镜》的研究、教学、译注，持续不断，有多种注释本及研究著作问世。例如，仁绷巴的《诗注无畏狮子吼》、五世达赖罗桑加措的《诗镜释难妙音欢歌》、米旁·格勒纳杰的《诗学巨著诗镜本释旦志意饰》、一世嘉木样·协贝多吉阿旺尊珠的《妙音语教十万太阳之光华》、葛玛司徒丹白宁杰的《梵藏诗镜合璧》、康珠·丹增却吉尼玛的《诗注妙音语之游戏海》、久·米旁南杰加措的《妙注妙音喜海》，等等。藏族学者研究《诗镜》的成果，远不止以上所述。"这些著作不但引述了《诗镜》的原文，而且对原文作了注释，并举了新的诗例，有的对原作还有所补充和发展。"[2]

2. 马学良、恰白·次旦平措、佟锦华主编：《藏族文学史》（下），第458页，成都：四川民族出版社，1985年版。

经过长期的研究、消化，吸收，《诗镜》理论逐渐民族化，变成了藏族自己的诗学理论。在这种理论的指导下，产生了一种艺术风格独树一帜的诗歌体，"与'道歌体'和'格言体'诗歌鼎足而三，形成一种新的'年阿体（诗镜体）'流派，风靡文坛数百年而不衰。"[3]

3. 马学良、恰白·次旦平措、佟锦华主编：《藏族文学史》（下），第476页，成都：四川民族出版社，1985年版。

藏族同胞和汉族等兄弟民族一样，极富文学创造性。到6世达赖仓央嘉措时代，《诗镜》已成文人创作的金科玉律，"年阿体"也因格律苛严，追求文字雕琢而流于艰深。"总体说来精美有余、质朴不足，很难贴近普通读者。"而一代诗歌圣手六世仓央嘉措，"虽然势必不可少地受到了《诗镜》的影响，不过走的却是另外的路子。与'年阿体'的最大不同是，他的诗

歌运用一般口语，采取'谐体'的民歌形式，基本上是每
首四句、每句六个音节，两个音节一停顿，分为三拍，即'四
句六音节三顿'，这样的诗歌节奏明快，琅琅上口，还可
以用民歌曲调演唱，极富音乐感。所以，仓央嘉措的诗歌
很快为民间流传，而且，有个别诗歌演化为民歌，很少有
人知道是他的作品。"[1] 实际上，仓央嘉措的创作，标志

1. 苗欣宇、马辉：《仓央嘉措诗传》，第 233 页，南京：江苏文艺出版社，2009 年版。

着印度《诗镜》不但在理论上完全被藏族同胞消化、吸收、
民族化了，而且在创作实践上证明，这种消化、吸收、民
族化，是完全正确的、成功的。这是中外文学关系史、中
外诗学关系史上，极其经典的一例。应该引起国内外研究
比较文学、比较诗学的学者的高度重视。

　　中国是一个统一的多民族大家庭，藏族学者对印度诗
学的研究成果，自然而然地传到了其它民族，如蒙族学者
王·满特嘎于 2000 年出版了他编注的《蒙汉两文合璧檀丁
〈诗镜论〉》一书。我们认为，"中国藏族学者七个世纪
以来，对印度诗学名著《诗镜》进行孜孜不倦的翻译、注释、
比较研究、消化吸收，理论创新，指导创作，并将它传播
到中国其它民族中去，是中外文化交流史、中国比较文学
史、中国比较诗学史上的典范。"[2]

2. 郁龙余等：《中国印度诗学比较》，第 537 页，北京：昆仑出版社，2006 年版。

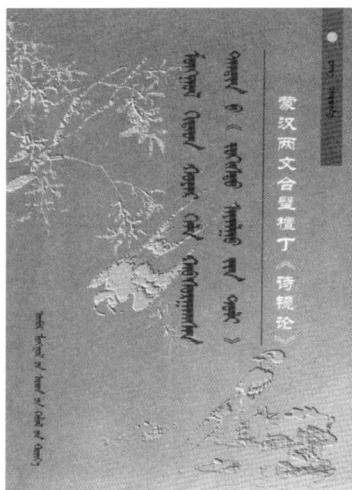

《蒙汉两文合璧檀丁〈诗镜论〉》，
王·满特嘎编注

二、 现代中国对印度诗学的接受

　　中国对印度诗学的现代研究，当然始于金克木及其弟
子黄宝生。但是，他们的研究侧重在翻译与介绍之上。黄
宝生发愿写《印度古典诗学》的目的，是"全面介绍梵语
戏剧学和诗学，供国内比较文学家参考，也供国内文学理

论家参考"[1]。他编译《汇编》的目的，"是凭着一股热情，想要为中国读者多提供一些梵语诗

1. 黄宝生：《印度古典诗学》，第 2 页，北京：北京大学出版社，1993 年版。

学原始资料"[2]。

2. 黄宝生译：《梵语诗学论著汇编·导言》（上册），第 3 页，北京：昆仑出版社，2008 年版。

中国学术界有不少对印度诗学研究深感兴趣者。他们确实如黄宝生所说，主要是比较文学和文学理论研究者。其中，深入研究而卓有成绩者不乏其人，曹顺庆和邱紫华、倪培耕是他们中的代表。

《东方文论选》的主编曹顺庆，曾为该书写有长篇绪论"东方文论的历史地位和理论价值"。在这篇 4 万字的长文中，以世界文学发展史为学术背景，对印度诗学作出视野宽广、分析透彻的论述。在以往，西方学者总是对西方学术熟悉，对印度略知梗概，对中国则几乎一无所知；中国学者则对中国学术熟悉，对西方略知梗概，对印度则几乎一无所知。曹顺庆的《东方文论的历史地位和理论价值》一文，则至少在诗学研究范围内，打破了这种局面，将中国、西方、印度以及其它东方民族的诗学，放在同一个平台上进行学术研究。而这种研究的实现，是以金克木、黄宝生等许多学者对印度诗学及其它东方诗学的翻译介绍为基础的。

2003 年，邱紫华著有《东方美学史》上、下两卷，下卷第四编"印度美学思想"以七章的篇幅，论述印度古代至泰戈尔的美学思想，当然所论主要是诗学。2006 年，关于印度美学部分从《东方美学史》中析出，以《印度美学》之名出版单行本。和曹顺庆的《东方文论选》一样，邱紫华的《东方美学史》，也是名重一时的学术旗帜。

倪培耕对印度诗学的研究成果，主要体现在专著《印度味论诗学》和《世界诗学大辞典》的印度条目的撰写上。《印度味论诗学》全书八章 25 万言，对印度从婆罗多到纳盖德拉（Nagendra）的味论诗学，进行了认真的学术梳理。作为《世界诗学大辞典》的三主编之一，倪培耕撰写了近 20 万字的印度诗学条目，功不可没。

2010 年 10 月 11 日，郁龙余、孟昭毅
在上海出席外国文学专家研讨会。

除了曹顺庆、邱紫华、倪培耕之外，对印度诗学感兴趣并取得可喜成绩的学者还有不少。这里要向大家介绍的是深圳大学的郁龙余和他的弟子。由于郁龙余 19 年印地语（Hindī，印度国语）的专业背景和 20 多年的中文教学的经历，他对印度诗学的研究，无论在深度、广度还是视角的投射上，都有自己的特色。他们的研究成果，主要体现在《中国印度文学比较》和《中国印度诗学比较》二书中，而以后者为主。《中国印度文学比较》中"中印审美主体构成"、"中印文化与味觉思维"、"中印味论诗学"和"中印修辞（庄严）论比较"等四章，比较集中地研究印度诗学。《中国印度诗学比较》全书 38 万字，分 12 章，对中印诗学发生、诗学家身份、诗学阐释方法、诗学传播形式、审美思维、味论诗学、庄严（修辞）论诗学、韵论诗学、艺术诗学、经典诗学例析、诗学现代转型、比较诗学等课题，进行了比较深入的分析和阐述。作者认为：

（一）中印诗学发生的社会现实不同，中国诗学发生于世俗社会，印度诗学发生于宗教社会。其产生的理论基础也不一样，中国诗学发生论以"言志说"为理论基础，有强烈的务实性；印度诗学发生论以"神创说"为理论基础，充满超验性。作者认为，这种巨大的异质性的存在，不仅可以帮助我们更深刻地认识中印诗歌与诗学，而且还能帮助我们认识以往比较文学研究、比较诗学研究上的缺失。

（二）中印作为世界诗国，诗学家备受尊重，但尊重的程度和世界诗国地位并不相当，离两国的诗人地位更是相去甚远，只是表现的形式有所不同。

（三）中国诗学的阐释方法最具特色的是直觉体悟、解喻结合和立象尽意；印度诗学的阐释方法有三种最基本的形式：神谕天启、析例相随和拟人喻义。阐释方法的相异，源自于两个民族的宇宙观和语言观的不一样，和两国不同的思维模式亦紧密相关，是各自历史、文化、社会的产物。

（四）中印诗学所表现出来的种种质量，与他们独特的传播形式互相表达和支持。口耳相传是印度诗学传播的主要形式，中国诗学的传播则深深打上了文字至上的烙印。

（五）与西方的"唯耳眼论"不同，中国和印度崇尚"五官平等论"。承认还是否定味觉的审美功能，是中印和西方在审美思维上对立的矛盾焦点。中印的神话思维存在差异：中国文化是士人文化，它对神话思维采取理性的态度，用神话的荒芜换来了史学的繁荣；印度文化是仙人文化，它将神话思维的想象和夸张发挥到了极致，神话繁荣的同时换来了史学的荒芜。

（六）中国印度的味论诗学是发达的味觉思维与两国诗学相结合的产物，是中印味觉思维最重要、最具理论特色的存在形式。中印味论诗学的生成背景、发展历程有异，喜好侧重亦有所不同。

（七）印度以"韵"论诗的理论，与中国韵论一样，把言外之意看得比言内之意更可贵，暗示比明示更重要。中印韵论都追求一种言外之意，追求超越有限文字之外的无限意义。中国韵论重视主客体的和谐，在艺术作品中，"韵"所指的是整体的艺术魅力；印度的韵论分为三种（味韵、本事韵、庄严韵），在艺术作品中，"韵"是指词义等的暗示，因此可以是作品的一部分，不一定是作品的整体。

（八）印度早期诗学家以探讨语言艺术特性为己任，形成视语言庄严为诗歌灵魂的庄严论体系。庄严的运用使语言产生惊奇，读者从惊奇中体会到艺术作品的奇特性和非凡性，并从中得到审美快感。中国古代书面文学发达，语言仅被作为传情达意手段，并保持了早期文辞"尚简"的传统。在"辞以意为主"的修辞总原则下，读者往往是在字里行间领会"诗外之味"，并产生共鸣。

（九）中国印度文化精神层面的差异，必然地在艺术和审美思想中表现出来。印度宗教哲学与艺术诗学存在着深度渗合与联系，不懂宗教，便难解艺术。中国伦理道德则以其强大的力量主动介入了艺术诗学领域，艺术成为伦理道德必然的载体，艺术诗学明确指向道德功利。

（十）《文心雕龙》和《舞论》是中国和印度最具有代表性的经典诗学著作。从规模上讲，《文心雕龙》不及《舞论》，也不及《诗学》。然而，《文心雕龙》内容宏富，所以说其"体大"又是完全名实相符。《文心雕龙》在"思精"上不让二者而优于二者。至于文辞，《文心雕龙》要比《舞论》、《诗学》更美。

（十一）以中印现代诗学的领军人物王国维与泰戈尔为研究对象，通过对他们的分析比较，尤其是对他们诗学思想共通之处的审视，有助于我们更为深入地了解中印诗学现代转型的总体情况和主要特点。

（十二）比较文学和比较诗学都是作为人类进步动力的文化交流重要组成部分和高级形

态。"影响研究"、"平行研究"是西方学者对比较文
学、比较诗学研究方法的表达，并未涉及二者本质意义。
二者的本质意义，是其作为文化交流重要环节和必需程
序，催生和发展新文学、新诗学。作者认为，比较文学
和比较诗学属于文化交流范畴的立场，应该是比较文学、
比较诗学中国学派的根本立场。也就是说，法国学派和
美国学派都属于方法论阶段，而中国学派则属于本质论
阶段。

　　《中国印度诗学比较》的问世，获得了中外读者的
好评。[1] 如李朗宁指出：《中国印度诗学比较》是作者从

1. 该书获 2009 年广东省哲学社会科学优秀成果奖（二等奖）。

学术制造走向学术创造的一次成功实践，强调了"求真
不求圆"的精神，在比较研究中坚持"第三者原则"，
倚重文化诗学的研究方法。[2] 曹顺庆、尹锡南著文认为，

2. 李朗宁：《举一炬以照梵华——〈中国印度诗学比较〉评介》，载《南亚研究》，2007 年第 2 期。

《中国印度诗学比较》是当前中国比较诗学研究领域的
重大突破。"通过这种三维立体体式的诗学比较，以往
在中西诗学比较中隐约模糊甚至被遮蔽忽视的一些问题
逐渐露出水面，从而为中国比较诗学研究开拓了更为广
阔的学术空间。""《中国印度诗学比较》一书锐意创新，
提出了许多新的学术见解，发人深思，启迪心智。""不
仅开拓了中印文学比较研究的新领域，深化了中印文化
关系研究，还可以视为东方诗学比较研究领域的第一块
里程碑。"[3] 乐黛云则称其为"十年积累，十年思考"的"集

3. 曹顺庆、尹锡南：《突破"中西主义"学术研究范式的新尝试——简评郁龙余等著〈中国印度诗学比较〉》，载《外国文学研究》，2007 年第 5 期。

大成之作"。（《中国印度诗学比较·序》）
　　印度同行的评价另有视角，著名印度学家谭中认为：
"像这样的学术工作，中外学术界都每每望而却步，郁龙
余带领的研究集体不畏困难，取得成就，十分难得，已经

《中国印度诗学比较》，郁龙余等著

《梵典与华章》，郁龙余等著

2011 年 2 月 17 日，郁龙余访问印度文学院。

变成中印研究基本工具书之一。"[1] 尼赫鲁大学狄伯杰教授称《中国印度诗学比较》是一部杰

1.《谭中致深圳大学校长章必功信》，2007 年 10 月 23 日。

出而深刻的著作，"是一本关于中国印度诗学的原创性理论著作，不仅照亮了中国诗学的新征

程，也照亮了印度诗学的新征程。"[2] 尼赫鲁大学的墨普德教授认为："《中国印度诗学比较》

2.《狄伯杰致深圳大学的推荐信》，2007 年 10 月 25 日。

在中印文艺比较与艺术关系史上是一个重要的里程碑。该书蕴含着中印审美观的精髓，对研究

中印诗艺美学的学者而言，具有极大的学术价值。"[3] 郁龙余认为，自己的著作建立在金克木、

3. 墨普德 (Priyadarsi Mukherji)：《对〈中国印度诗学比较〉一书的评论》，2009 年 1 月 16 日。

黄宝生对印度诗学的研译的基础之上，是金、黄研译的"下游产品"。

　　中国现代学者和他们的先辈一样，对印度诗学从研究自然地发展到运用。这种运用，在

大多数情况下，是内在的，不自觉的；在特殊情况下，则是显在的，自觉的。从元代开始，

中国藏族学者研究、翻译印度《诗镜》，注释、阐发《诗镜》理论，最终运用诗镜理论创造

出一种新的文体"诗镜体"（年阿体）。它的产生有着特殊的文化环境因素：藏族学者和印

度学者联袂，连续不断地翻译、阐译《诗镜》，以《诗镜》为读本的教学代代相传，终于将

一个外来的诗学体系，完全消化吸收，变成自己的东西。当代中国，也有一个显在的范例，

那就是黄宝生自觉运用印度诗学的味论、韵论、庄严论思想，对中国著名诗人冯至的诗歌进

行评论，写有《在梵语诗学烛照下——读冯至〈十四行集〉》一文。他认为，"蜡烛和电灯，

其照明功能是一致的。"[4] 黄宝生撰写此文的特殊文化环境因素，正是他自己。作为数十年浸

4. 黄宝生：《在梵语诗学烛照下——读冯至〈十四行集〉》，见《冯至先生纪念论文集》、第 63 页，北京：社会科学文献出版社，1993 年版。

淫于印度诗学的中国学者，用印度的诗学烛光来观照一位中国诗人的创作，是一件十分自然之

事，并无特别之处。但是，黄宝生在中国学术界本身就是一个特例。在印度诗学的学统上讲，

金克木和黄宝生，是一脉单传，中国没有出现一群"黄宝生们"。黄宝生以印度诗学理论为武

器，进行文学评论，也仅见《在梵语诗学烛照下——读冯至〈十四行集〉》一文。所以，此文

的撰写，只是一个特殊的个案。但是，个别蕴含一般，开创往往是普及之始。黄宝生的《在梵

语诗学烛照下——读冯至〈十四行集〉》是春天的第一只燕子，头燕的意义在于带来无数燕子。青年学者尹锡南在"黄宝生的范例操作鼓舞下"，"也进行了梵语诗学批评的实践"，"利用梵语诗学六大流派即庄严论、曲语论、味论、韵论、合适论和风格论等基本原理，对重庆当代土家族诗人冉仲景的诗歌进行了全面分析"。[1] 他"还以味论诗学为标准，对英语世界的一些经典作家进行了东方式的剖析"。[2] 我们可以把尹锡南看作黄宝生引来的一只燕子。

1. 尹锡南：《梵语诗学视野中的中国少数民族诗歌》，载《中央民族大学学报》，2006 年第 4 期。

2. 尹锡南：《梵语诗学对西方文学的现代阐释：以味论与合适论为例》，载《青岛大学师范学院学报》，2008 年第 1 期。

相信，随着印度诗学的研究在中国不断普及与深入，会出现更多的尹燕子。

当然，更多的学者在学习、研究印度诗学思想之后，作为自己的理论武装之一，运用到自己的文学批评、作品创作之中。这种运用是内在的，不露声色的，甚至是不知不觉的。所以，它又是普遍的、大量的。检索当代中国大学生、硕士、博士学位论文，以印度诗学为研究对象，或以印度诗学为重要内容的，不断出现。例如：汤力文的硕士论文《中印庄严（庄严）论比较》、杨晓霞的硕士论文《中印韵论比较》、刘朝华的硕士论文《中印美学现代转型研究——王国维和泰戈尔为中心》、杨修正的硕士论文《普列姆昌德和鲁迅文艺观综论》、李美敏的硕士论文《吠陀的文学研究》、冯飞的硕士论文《论〈沙恭达罗〉》，蔡枫的硕士论文《印度人物造型艺术论》等等。尹锡南除了撰写多篇有关印度诗学的论文之外，他的博士论文《英国文学中的印度》[3] 第七章中有三节专论"印度味论与合适论之文本运用"、"印度韵论之文本运用"、"印度庄严论、曲语论之文本实践"。他的博士后出站论文《梵语

3. 尹锡南：《英国文学中的印度》，成都：巴蜀书社，2008 年版。

《印度比较文学发展史》，尹锡南著

诗学与西方诗学比较研究》，是中国学者进行深入而系统的印西诗学比较的第一本专著。此书有 45 万字之巨，分上、中、下三编共 9 章，所述内容和中印诗学比较相呼应。同时，作者对研究条件的改善，如黄宝生译的《梵语诗学论著汇编》的问世带来的学术前景，抱有很大期望，认为："该书的出版，无疑将进一步促进学术界的中印诗学比较和印西诗学比较。"[1]2011 年，

1. 尹锡南：《梵语诗学与西方诗学比较研究》，第 548 页，成都：巴蜀书社，2010 年版。

尹锡南又出版 55 万字的《印度比较文学发展史》，分四章"印度比较文学'史前史'"、"印度比较文学的现代发展"、"当代印度比较文化的发展"、"当代印度比较文学的繁荣"，另有余论《中印比较文学发展的比较》，是一本值得重视的著作。一部由印度学者达雅古德潜心研究多年的著作《西方与印度诗学比较》，已由中国青年学者黄蓉和蔡晶译成，由中央编译出版社出版。这对我们进一步了解印度诗学，有很大的帮助。

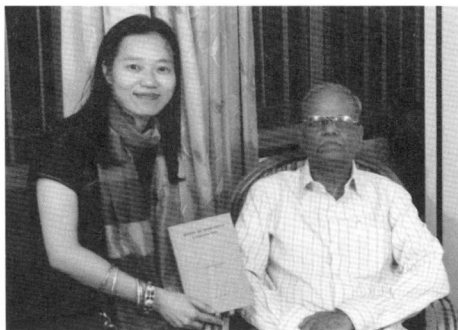

2012 年 1 月 14 日，黄蓉拜访达雅古德（Suresh Dhayagude）教授。

随着印度诗学在中国的影响不断扩大，一些别的学科的专家学者也受到启发，拓宽了自己的研究领域，出现一些令人耳目一新的研究成果。如北京大学泰国文学研究专家裴晓睿的《印度味论诗学对泰国文学的影响》，发表后深得好评。据作者说，她对这个论题的关注，得益于中国学者对印度诗学的研究成果。

2011 年 5 月，黄宝生教授、夏斯特利（Satya Vrat Shastri）先生在中国社会科学院与梵文专业师生交流。

自从金克木、黄宝生通过自己的研译，将印度诗学引进中国，印度诗学已经在华夏大地开花结果。但是，这仅仅是开始，随着研究、运用深入和发展，中国学者和诗人对印度诗学在中国的传播与接受的意义，必然会产生深刻的认识。这对于中国新诗学的建构来说是一件大事。

中国诗学在魏晋以前，基本上是独立发展，自成一体；魏晋之后，印度的诗学、美学思想随着佛经东来，中国诗学中便融进了许多印度元素，但中国特色依然鲜明。1919 年以来，西方思想大量涌入，文学界进行一系列"革命"之后，纷纷向现代转型，诗学也不例外。但是，由于受到"全盘西化"和"固守国粹"思想的困扰，中国诗学的现代转型至今未见成功，还处于过渡之中。在中国诗学的过渡期中，全面、深入地翻译、介绍印度诗学，意义重大而深远。因为造成中国现代诗学仍处于过渡状态的原因纵然很多，但非常重要的一条是受困于中西之争。我们认为："A、B 双方互比，往往会出现互相争拗、谁也说服不了谁的情况。这样，非常需要一位第三者。有了这位第三者的参考与比照，A、B 之间的许多问题就能不言自明。选择第三者的标准是异质性和影响力。异质性、影响力愈强就愈符合要求。中国、西方和印度，是世界三大独立发展的诗学体系，互相充满异质性和影响力。所以，进行中西或西中比较，印度诗学是最佳第三者。"[1]

1. 郁龙余等：《中国印度诗学比较》，第 574 页，北京：昆仑出版社，2006 年版。

这样，翻译、研究印度诗学，传播中国、西方、印度三种诗学智慧，同时有利于解决中西诗学争拗，促进既富于传统色彩、又充分融汇世界各民族优秀理论成果的中华新诗学的诞生。

中国对印度诗学的接受，大致可以分为三个阶段：第一阶段是学术滥觞期，始于汉末印度佛教东渐；第二阶段是原典译介期，可追溯到元代藏族学者对《诗镜》的译介；第三阶段是学科发展期，自 1980 年代开始。《中国印度诗学比较》一书的出版，标志着第三阶段的学科发展取得了新的进展。[2]

2. 李朗宁：《举一炬以照梵华——〈中国印度诗学比较〉评介》，载《南亚研究》，2007 年第 2 期。

印度诗学在中国的翻译、介绍、研究，和一切外来学术被接受一样，是一个循序渐进的历史过程。这种进程可以有快有慢，但不可能产生阶段性的跳跃。黄宝生的《梵语诗学论著汇编》，标志着印度诗学的汉译，已经取得了空前的重大成果，在今后相当长的一段时期内，可以满足非印度语言文学专业的学者对印度诗学研究的需要。同时，标志着在现有研究的基础上，更加全面、深入地研究印度诗学的新里程即将开始。

黄宝生研译之笔尚健。最新出版的《奥义书》告诉人们，他又开辟了新的研译领域。他说："中国翻译奥义书的先驱是徐梵澄先生。他自 1945 年起，侨居印度，在 50 年代期间，潜心翻译奥义书，先后译出五十种。1979 年回国后，他将译稿题名《五十奥义书》，交由中国社会科学出版社，于 1984 年出版。徐梵澄先生的译文采用文言体，故而对一般读者而言，在阅读和利用上会有一定困难。鉴于奥义书在印度思想史上的重要地位，我觉得有必要为国内学者提供一部《奥义书》的现代汉语译本，也就着手做了这件工作。"[1] 黄宝生译的是十三种最重要的奥义书，

这是一件富有挑战性的工作，其意义远大于中国多了一个十三种奥义书的汉译本。它至少还告诉人们，中国的梵学研究人才辈出，对最深奥的典籍的研译，充满喜悦和把握。这种细节其实是一个国家软实力的生动体现。

　　这样，对中文读者来说，最古老的十三部《奥义书》，有了徐、黄两个可靠译本。无论是学术研究，还是文学欣赏，对照二人的译文，是一件有意义的事情。

　　Kausitaki Upanisad 是众多《奥义书》中著名的一篇，第一章中有一首诗《答月亮问》的超生歌，十分有意思。月亮是入天国之门，人死后的灵魂若答对，则放其入天国，不然则化作雨水降落，按作宿业变作虎豹鱼虫等各类生灵。《奥义书》中提供了一个标准答案，徐梵澄译为：

> 嗟尔诸季候！我自远光来；
>
> 聚集为精气，出于十五分，
>
> 祖灵之世界，以人为作者，
>
> 置我于母体；我生又重生，
>
> 为十有二分，或十三连月，
>
> 是由十二分，或十三分父。
>
> 我知此且知，与此相对者。
>
> 嗟尔诸季候！导我至永生！[2]

黄宝生译为：

> 众季节啊，精液采集自光辉，
>
> 与出生和祖先有关的十五分；
>
> 你将我送给你的一个代理人，
>
> 通过这代理人，将我送入母亲。

　　　　　我依靠十二分父亲出生，

　　　　　作为附加的第十三分出生；

　　　　　我知道这个，也知道相反，

　　　　　众季节啊，带我进入永恒。[1]

　　　　　1. 黄宝生译：《奥义书》，第 337 页，北京：商务印书馆，2010 年版。

　　通过对徐、黄不同风格的译文对照，对诗文真义及译
诗之难亦会有体悟。同时，若能对照古埃及《亡灵书》中
的《他行近审判的殿堂》[2]，则会对古人生死轮回之说，有

　　2. 郁龙余、孟昭毅主编：《东方文学史》，第 20 页，北京：北京大学出版社，2001 年版。

深刻认识。

　　综观黄宝生已经取得的成就，我们完全可以说，他是
我国继季羡林、金克木、徐梵澄之后的又一位杰出的梵学
家。他的梵学成就，不但获得中国学者的高度评价，而且
获得印度学术界的极高肯定。2011 年 8 月 15 日，在印度第
64 个独立节之际，黄宝生荣获印度总统奖。2015 年 1 月 26
日，黄宝生又荣获印度国家最高奖莲花奖。这一莫大荣誉，
对他来说是名归实至。

黄宝生获印度"莲花奖"。

第十一章　　刘安武及其印地语文学研译

印地语 (Hindī) 是印度宪法规定的国语，按理它应译为"印度语"。[1] 但 Hindī 一名传至中国，正值英国殖民时期，矮化东方民族的语言文化已成了风气，加上自古有个梵语 (Sanskrit 雅语)，Hindī 就用音译法译成汉语的"印地"。现已约定俗成，难以更改。

1. 按印度语言构词法，国名末的 a 变成 ī，即为某国文、某国人。如：Cīna，中国；Cīnī，即为中文、中国人。同理，Hindā，印度；Hindī，即为印度文、印度人。

印地语文学（Hindī Sāhitya）是印度各民族文学中名家辈出、受众最多的一种。

中国的印地语文学研译，开始于 1950 年代。早在抗战期间，谭云山应中国方面要求，从国际大学的中国学院选派第一位印地语教师辛哈，到昆明东方语专任教。这就是中国的印地语教学源头。辛哈初到中国，可能只是掀开了一块石头，但开出的却是印地语文学在中国翻译、研究的一条大河。

第一节　中国印地语文学研译概述

1949 年之前，印地语教育在中国没有获得很好的发展。但毕竟培养了一批我国最早的印地语师资，如彭正笃、殷洪元。[1]1948 年，金克木从武汉大学调到北京大学东语系，后来任印地语

1. 东方语言专科学校，简称东方语专，1942 年创办于昆明。印地语专业招收一、二、三届（二年制），彭正笃为第三届毕业生。搬到重庆后，改为三年制，

教研室主任。他和彭正笃、殷洪元以及印度外教一起，开始了印地语专业的本科教育，初为四

殷洪元为第四届毕业生。

年制，后为五年制。随着印地语教育的发展，在翻译、广播、出版、外交等等领域，印地语人才逐渐获得充实的同时，北京大学印地语专业的师资力量也自然地得到巨大提升。"文革"前的 1965 年，印地语教研室拥有的教师，除了金克木、彭正笃、殷洪元三位前辈之外，还有金鼎汉、马孟刚、刘安武、徐晓阳、刘国楠等五位。在他们之后犹有作为学生辈的张德福、刘宝珍、王树英三位青年才俊。可谓成一时之盛。他们立足本职岗位，在印地语教学及印地语文学的翻译、研究方面，都竭尽全力，作出了自己应有的贡献。

彭正笃是印地语专业师资中的长者，他的主要精力投放在《印地语—汉语辞典》的编写上。这部辞典的编写，是集体劳动的产物，但彭正笃所花时间和力量是最多的。1972 年商务印书馆重印这部辞典时，在《重印说明》中写道："一九五八年，我们在党的三面红旗指引下，在兄弟单位的大力协助下，大搞群众运动，编出了这部辞典。目前，群众迫切需要这部辞典。而我们又因工作较多，人手不足，无力进行修改，所以，只好决定重印。"[2] 后来，印地语教

2. 见北京大学东方语言文学系印地语教研室编《印地语 — 汉语辞典》，北京：商务印书馆，1972 年版。

研室决定在《印地语—汉语辞典》基础上，扩大容量，纠正若干前者存在的差错，编写《印地语—汉语大词典》（北京大学出版社，2000 年）。编写者有 20 人之多，主要编写人为马孟刚、刘安武、任恺生、张德福、金鼎汉、殷洪元和彭正笃。彭正笃依然是编写主力。作为一位印地语—汉语辞典编写专家，彭正笃还参与不少文学作品的翻译，如普列姆昌德的短篇名作《失望》、《喂奶的代价》、《两姊妹》以及亚什巴尔的《命运的转轮》等。[3] 另外，彭正笃还和

3. 刘安武编选：《普列姆昌德短篇小说选》，第 94、422、472 页，北京：人民文学出版社，1984 年版。黄宝生等编选：《印度短篇小说选》，第 282 页，北京：

刘宝珍合译出版了《公理与惩罚》（河南人民出版社，1986 年），并参加翻译《现代印度文学

人民文学出版社，1983 年版。

研究》（刘安武、刘宝珍、唐仁虎、彭正笃译，中国社会科学出版社，1980 年）。

殷洪元也是一位资深的印地语—汉语辞典编写专家。他除了花费大量时间、精力投入上述两部辞典的编写之外，从 1998 年起花费六年时间主编《汉语—印地语词典》。这部词典填补

了一项空白，是中国也是世界上第一部汉语—印地语词典。
参加编写者有马孟刚、张德福、孙宝刚、孙宗荣、吴达审
等。季羡林身前给予特别关注，为词典题写了书名。词典
将由北京大学出版社出版。殷洪元对印地语教学的一个重
大贡献，是编写出版了《印地语语法》（北京大学出版社，
1993 年），以及和徐晓阳合作编选了《印地语课本》（商
务印书馆，1983 年）。对印地语文学翻译，殷洪元亦十分
钟情，除了翻译普列姆昌德的短篇名作《迦扎基》、《有
儿女的寡妇》，还翻译了《罗摩的故事》（国际文化出版社）、
《托钵僧的情史》（上海译文出版社），和马孟刚合作以
笔名"庄严"翻译出版《章西女王》（上海译文出版社，
1987 年）。由刘安武、倪培耕、白开元主编的《泰戈尔全
集》中，殷洪元参与了第 21、22、23 卷的部分散文的翻译。
（河北教育出版社，2000 年）

《章西女王》，庄严译

　　从以上对彭正笃、殷洪元两位成果的不完全叙述中可
知，我国的印地语学者从第一代起，就将语言与文学、教
学与研究，牢牢地结合在一起，而且做出了能够传世的成
绩。联想到他们所处的年代与环境，令人肃然起敬。

　　新中国培养起来的教师中，刘安武著述、翻译最多。
详见本章第二节。

　　金鼎汉是中国印地语文学界的"独行侠"。他取得的
成绩令人瞩目，其中最重要的是编著《印地语汉语成语词
典》（商务印书馆，1988 年）和翻译印度中世纪伟大诗人
杜勒西达斯的名著《罗摩功行之湖》（人民文学出版社，
1988 年）。另外，他以笔名索纳翻译出版了普列姆昌德的
小说《妮慕拉》（人民文学出版社，1959 年），和沈家驹

合译雅西巴尔的《虚假的事实》上下两卷（上海文艺出版社，2000 年）。1993 年 12 月，印度

1. "国际印地语贡献奖"（Visva Hindī Smmāna）由"国际梵学组织"（Visva Sāhitya Smskriti Smsthān）授予。获奖理由是他用汉语翻译了《罗摩功行之湖》。

总统 S·D·夏尔玛向他颁授国际印地语贡献奖。2015 年 8 月，他获印度文学院名誉院士荣衔。

印度《国际印地语之镜》（Visva Hindī Darsana）1994 年 7、8、9 月号，在头版给予了配图报导。

金鼎汉获印度文学院名誉院士荣衔。

马孟刚也是编写词典的主力，同时他和孙宝刚、徐晓阳、吴达审等合作，以"庄重"的笔名翻译出版了普列姆昌德的皇皇大作《舞台》（广东人民出版社，1980 年），在庄重名下出版的印度文学作品有《一个少女和一千个追求者》（庄重、荣炯译，山西人民出版社，1982 年）、《姬薇的故事》（庄重译，湖南人民出版社，1983 年）、《一串项链》（庄重等译，山西人民出版社，1983 年）等。[2]

2. 据马孟刚先生说：这三种书的译者庄重，与《舞台》译者庄重的实际人员并不完全一样。

徐晓阳是荆楚才女，曾为金克木助手，任印地语教研室副主任。然而她英年早逝，主要成绩是参与编写《印地语—汉语辞典》，和殷洪合作元编著《印地语课本》，以及参加翻译《普列姆昌德短篇小说选》、长篇小说《舞台》等。

刘国楠有才情，好身手，可惜命蹇，正壮年倒于印度街头，令人断肠。他除了参加词典编撰之外，翻译了许多印度文学作品，如《画中女》（北岳文艺出版社，1983 年）、《秘密组织道路社》（受季羡林委托，和刘安武合译，中国文艺联合出版社，1985 年）、《肮脏的裙裾》（与薛克翘合译，上海译文出版社）等。他有些译稿尚未出版，如印度印地语诗人瑟克赛纳的 240 行的长诗《乡村耍蛇人——读鲁迅〈社戏〉有感》。部分译诗只见诸薛克翘的引文。[3]

3. 薛克翘：《中印文学比较研究》，第 290、291 页，北京：昆仑出版社，2003 年版。

当时属于青年教师的张德福，后调到南京解放军外国语学院，教学、翻译、编词典，成一方重镇。刘宝珍曾调任西藏大学副校长，亦有许多印地语文学译作问世。王树英后调到中国社会科学院，各类编撰、翻译、著述几近等身，名盛一时。

郁龙余 1970 年毕业后留校任教，1984 年调入深圳大学，继续研究印度文学与文化。他的

主要成果有《中印文学关系源流》、《中国印度文学比较论文选》、《中国印度文学比较》、《梵典与华章》、《中国印度诗学比较》、《印度文化论》、《东方文学史》、《泰戈尔作品鉴赏辞典》等，论文多收入《跬步集——深圳大学印度学研究文选》。深圳大学的印度研究，被认为是北京大学印度研究的南方分蘖。

《中印文学关系源流》，郁龙余编

《中国印度文学比较论文选》，郁龙余编

《跬步集》，蔡枫、黄蓉主编

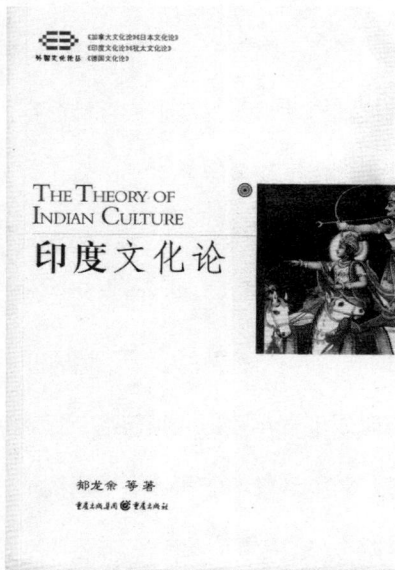

《印度文化论》，郁龙余等著

　　从以上这些史实中可知，北京大学印地语教研室，从小到大，在一二十年的时间内，发展成为一支教学、翻译、研究皆精的队伍，成为中国印地语文学翻译、研究的总源头。他们的成就的不少部分，是在一系列运动中取得的，在今天许多人看来，不但难能可贵，而且简直不可想象。

　　随着刘安武等人的陆续退休和淡出，印地语文学的翻译研究，虽不能说后继乏人，但的确风光不再。刘安武时代的那种五虎上将并驾齐驱的景象，已经成了追忆。中国的印地语文学，不论翻译还是研究，都在期待着一个新的高潮的到来。令人高兴的是，北京大学印度语言文学专业的一批博士已经崛起。他们是刘安武指导的姜景奎、李淳、刘曙雄、冉斌、魏丽明、郭童，以及唐仁虎指导的姜永红、廖波。姜景奎的博士论文《印度独立前的印地语戏剧文学》，已于2002 年以《印地语戏剧文学》书名出版，深得好评。（详见本书第六章"印度戏剧与中国戏剧的关系"）李淳的博士论文《耶谢巴尔文学作品中的女性》、刘曙雄的博士论文《南亚穆斯林诗人伊克巴尔》、冉斌的博士论文《现代印地语作家杰耶辛格尔·伯勒萨德的文学创作》、魏丽明的博士论文《介南德尔·古马尔小说创作论》，以及姜永红的博士论文《现代印地语作家雷努小说创作研究》、廖波的博士论文《印度印地语作家格莫勒希沃尔小说创作研究》等等，将印度文学的研究水平实质性地提升了一大步，获得很高评价。[1] 凡想了解中国学者研究印度

1. 为了让读者对以上博士论文内容有所了解，我们在征得作者同意后，将它们的中文摘要以《附录》形式刊于本章之后。

文学的前沿情况，以上博士论文不可不读。廖波的《印度印地语作家格莫勒希沃尔小说创作研究》，在中印文学交流史上具有多重意义。首先，它是由作者的博士论文修改而来。在研究印度印地语现代文学博士论文中，具有"样品"的意义。其二，将印度印地语新小说运动的领军人物格莫勒希沃尔，全面深入地介绍给中国读者。其三，通过此书，中国读者对印度普列姆昌德之后的小说创作，有了比较深入的了解。作为导师，唐仁虎在序中说："这是目前国内已出版的唯一一部研究当代印地语作家的专著。"并且认为，此书"与国外的研究相比，有创新之处"。[2] 文如其人，唐仁虎对自己的这位弟子没有什么溢美之辞，只有寥寥数语的评价。

2. 廖波：《印度印地语作家格莫勒希沃尔小说创作研究》，第3 页，北京：世界图书出版公司，2011 年版。

但这已经足够，足以引起读者对这本专著的重视。因为这平实的几句话，已经点明了《印度印地语作家格木勒希沃尔小说创作研究》一书的学术品味和学术史价值。

　　《印度中世纪宗教文学》的问世，是中国学者在印度文学史研究领域的重要收获。该书由薛克翘、唐孟生、姜景奎和印度学者拉盖什·沃茨（Rakesh Vats）合作撰写，上、

下两卷，共 23 章，约 64 万字。该书介绍了印度 5 种宗教和 15 种以上语言的中古文学。上卷以介绍印度教虔诚文学为主，下卷着重介绍了印度苏菲文学。书中大部分内容都是首次与中国读者见面。此书的作者队伍具有知识结构的优势，由 1940 年代、1950 年代和 1960 年代三代人组成，同时又是中印合作团队。正因为如此，才得以成功克服宗教跨度大、语言种类多造成的种种困难。正如薛克翘在前言中所说，本书有三个主要特点：第一，力图将宗教和文学结合起来，既从宗教层面阐发印度中世纪文学的特殊性，又从文学的角度描述印度中世纪宗教的发展轨迹。第二，兼顾不同宗教和不同地区的方言文学。第三，在充分借鉴我国学界前辈已有成果的同时，尽量发挥作者的长处，从研读原文入手，占有第一手资料。[1]

《印度中世纪宗教文学》（上、下卷），薛克翘、唐孟生、姜景奎等著

1. 薛克翘、唐孟生等：《印度中世纪宗教文学》，第 4 页，北京：昆仑出版社，2011 年版。

尽管作者在前言中说："其中肯定还存在不少问题，留有一些遗憾，错误也在所难免。"[2] 但是，在通阅全书

2. 薛克翘、唐孟生等：《印度中世纪宗教文学》，第 5 页，北京：昆仑出版社，2011 年版。

后，我们要说，《印度中世纪宗教文学》是我国继金克木的《梵语文学史》、刘安武的《印度印地语文学史》之后，又一部重要的印度文学史。它和《梵语文学史》、《印度印地语文学史》，在时段和内容上互相衔接和呼应。这三部文学史和《东方文化集成》、即将出版的《印度近现代文学史》（唐仁虎等）、《乌尔都语文学史》（李中华、唐孟生著）一起，朝着"印度文学史之环"的工程目标，又大大地前进了一步。

有学者认为："我国译介的印度文学作品，从 1950 年到 1985 年，共翻译出版了 100 多种。这期间有两个译

介高峰。第一个高峰在 50 年代，第二个高峰在 80 年代。"[1] 20 世纪 50 年代共出版了 59 种，

1. 薛克翘：《中国印度文化交流史》，第 523 页，北京：昆仑出版社，2008 年版。

80 年代前半期出版了 50 种以上。"80 年代后半期和整个 90 年代，又有一批印度文学作品被翻译或编译出版，数量多达近 200 种。[2] 从上述介绍可知，印地语文学在整个印度文学中占

2. 薛克翘：《中国印度文化交流史》，第 526 页，北京：昆仑出版社，2008 年版。

有非常重要的地位。

　　翻译印地语文学，往往以北大教师为主，或由北大教师和他们在外文局图书社、《中国画报社》等和中国国际广播电台单位的校友合作翻译。这样，印地语文学在中国的翻译出版，始终处于比较严谨、有序的状态。

　　印度经典的汉译工作出现了喜人的景象。北京大学姜景奎教授率领一批年轻学者，开始翻译《苏尔诗海》和格比尔达斯的著作。并且，将英语文献的汉译，也纳入到自己的视野。在 2012 年 11 月 15—16 日召开的"第四届中国—南亚国际文化论坛"上，他率领四位博士生、硕士生与会，带来了五篇论文。[3] 姜景奎认为："当下的印度经典翻译在与传统翻译遗产的关系、

3. 这五篇论文是姜景奎的《印度经典文献翻译》以及任婧的《简论〈苏尔诗海〉在中国的译介与研究》、张忞煜的《格比尔作品翻译中的版本问题》、贾岩的《浅析印度英语文献翻译的必要性》和任筱可的《试论印地语文学在我国的译介与研究状况》。

翻译体例、专用术语等方面依然存在一些值得关注的问题。"[4] 我们相信，这些问题的解决之时，就是一批印度经典汉译出版之日，也是中国新一代印度经典翻译家的成才之日。

4. 姜景奎：《印度经典文献翻译》，见《第四届中国——南亚国际文化论坛论文集》第 159 页，2012 年 11 月，深圳大学印度研究中心印制。

第二节　刘安武的印地语文学研译

　　刘安武，湖南常德人，1930 年 7 月出生。1949 年秋考入湖南大学中文系，1951 年春调入北京大学东语系印地语专业。1954 年毕业，旋即派往印度贝拿勒斯大学留学，1958 年夏回国任北京大学印地语专业教师。历任讲师、副教授、教授、资深教授，是北大东方文学研究室的首任主任。主要社会兼职有中国印度文学研究会秘书长、副会长、会长等，现为该会名誉会长。是我国继季羡林、金克木、徐梵澄之后的又一位功绩卓著的印度学家。

　　作为共和国培养、成长起来的第一代印度文学研究专家的代表，刘安武有着在国内学习和在印度名校留学四年的完整学历，加上他博闻强记，国学底蕴深厚，为人正气凛然而和蔼可亲。虽然和其他知识分子一样，也遭遇到"文革"的冲击，但是终究阻挡不住他积数十年

之功，成为一代印度学大家的步伐。2001 年，北京大学聘任刘安武为"资深教授"[1]。在印度

1. 北京大学所设"资深教授"，民间有"文科院士"之称，在校内享受院士待遇。选聘标准严格，2001 年为首届，仅选聘二十名。虽然之后尚无再次选聘，但其影响已经彰显。

语言文学专业，成为继季羡林之后得此称谓的第二人。业界一致认为，他得此殊荣，是名至实归。这既是对刘安武所作的学术贡献的肯定，也是对以他为代表的整个学术群体所作贡献的肯定。

作为一名卓越的印度学家，刘安武的贡献是多方面的。首先表现于他对印度印地语文学的翻译与研究。

印度印地语文学在中国的接受，始于 20 世纪 50 年代。其发展繁荣，则与刘安武代表的新一代印地语人才的成长分不开。那是一个振奋、向上的年代，不断的政治活动乃至运动，一方面使刘安武他们的学习、教学、研究大受干扰，一方面又使他们目标明确、心无杂念、充满意志力和执行力。他虽然因为留学印度，没有参加"反右"，然而无法躲避"文革"。虽遭冲击，到河南信阳文化部"五七"干校下放劳动，但是他对祖国的忠诚之心、为国家作贡献的事业之心不变。他对自己充满信心，对别人充满诚意，对不同意见的人充满包容、理解。所以，在那个歧见百出、纷争不断的特殊时期，他能洁身自好、与人为善。他的为人低调和对学术的孜孜不倦，使他在纷乱中静下心来研读印度文学原典。不经意间，为我们树立了一个朴实无华而又掷地有声的学人典范。当下的中国学人，应在对他的感慨、感念中汲取前进的力量。

刘安武的印地语文学的翻译和研究有两个主要成果。

一、 讲授并出版《印度印地语文学史》

1958 年冬，在印度留学四年回来的刘安武，为了给本科生讲授印度印地语文学史这门新课，首先编写了一个提纲。后来，在此基础上扩充为简单讲义。经过多次讲授，对讲义进行不断的补充、修改。到 1964 年，一本正式的《印度印地语文学史》讲义基本完成。可是，1966 年发生"文革"，北大首当其冲，部分手稿在打印时丢失，讲义的问世便变得遥遥无期。直到"文革"结束，高校恢复正常秩序，印度印地语文学史又被列入北京大学教学计划。于是，从 1979 年开始，刘安武捡出旧稿，重新进行整理、加工、修改、补充，有的部分进行重写。到 1983 年，《印度印地语文学史》终于完成。由于这部书稿的写作经历了曲折而漫长的过程，

作者在后记中说："这部文学史讲义，从开始到完成，时间拖得很长，所以，其中存在的错误、缺点和不足，当然不能归咎于'时间仓促'，而应归咎于笔者的水平。"[1] 季羡林为该书写序，

1. 刘安武：《印度印地语文学史》，第469页，北京：人民文学出版社，1987年版。

给予很高评价。他将《印度印地语文学史》和金克木的《梵语文学史》同等看待，说："多少年前，金克木教授写了《梵语文学史》，他利用了比较丰富的材料，表达了自己独立的见解，受到读者好评。这在研究外国文学史的学者中是比较少见的。刘安武同志现在又写成了《印度印地语文学史》，他也是占有了大量的原始资料，形成了自己独到的看法，并经过多年的研究，几易其稿，才得以成书。"[2] 季羡林和刘安武是师生关系，相处甚久，相知甚深。

2. 刘安武：《印度印地语文学史》，第1页，北京：人民文学出版社，1987年版。

他知人论世，进一步写道："了解刘安武同志的人全知道，他做人、做事、治学都是扎扎实实，一板一眼。他在写本书时，读了大量的原著，参考了大量的印度学者的专著，多方推敲，仔细核对，决不故意标新立异，哗众取宠。他这种朴实无华的学风，在本书中到处可见。"[3]

3. 刘安武：《印度印地语文学史》，第2页，北京：人民文学出版社，1987年版。

季羡林的这一段评价，十分中肯深刻，不但适用于《印度印地语文学史》，而且也适用于刘安武所有的学术著作。

和《梵语文学史》一样，《印度印地语文学史》也是一项填补空白的创造性工程。这两部著作是印度文学史研究领域中的双璧，一前一后，勾勒出了印度文学发展历史的主脉。如能进一步编写出《印度孟加拉语文学史》、《印度泰米尔语文学史》等等，则可以看见印度文学史的全景图了。金克木的《梵语文学史》和刘安武的《印度印地语文学史》相比，有几点异同：两者在中国都有首创意义，而且获得印度学术界好评；两者都有强烈的中国色彩，反映了作者的独到见解；金著用笔俏丽流畅，刘著行文朴实无华；金、刘都大量阅读原典原著，但所倚重的参考书不同，金著倚重欧美学者，刘著倚重印度学者。出现这种情形，全属自然。欧美学者对梵语文学的研究，不但历史长久，而且成绩卓然。然而，他们对印地语文学则相当陌生，又没有给予足够重视，所以几乎没有引人注目的成果。从这个意义上讲，刘安武的《印度印地语文学史》，是除印度之外，对印地语文学史研究最全面、最深入的专著之一，和金克木的《梵语文学史》一样，在国际学术界有其一席之地。

刘安武著《印度印地语文学史》28万多字，和《梵语文学史》的规模相当。全书共八个部分，第一部分序论，论述印地语文学产生的历史背景及地缘因素。作者说："印地语文学是整个印度文学的一部分，而且是比较重要的一部分。从印地语文学中，可以部分地了解到印度人民的

前天、昨天和今天的生活，了解他们的传统思想和斗争，从而有助于增强我们的国际主义意识，同时也可以促进中印两国的文化交流，使我们能吸收他们的精华来丰富我们的文化，而我们的祖先两千年来一直是这么做的。"[1]

1. 刘安武：《印度印地语文学史》，第 15 页，北京：人民文学出版社，1987 年版。

序论之后，是七章正文，分别论述"初期的印地语文学"（1350 年以前）、"前中期的印地语文学"（1350—1600）、"后中期的印地语文学"（1600—1857）、"近代文学"（1857—1900）、"现代文学（上）"（1900—1947）、"现代文学（下）"（1900—1947）、"印地语地区的民间文学"。作者采取了史论结合、点面结合的论述方法。在叙述印地语文学发展脉络的同时，阐述自己的观点；在叙述每个时期的文学发展史情况时，突出重点作家、作品。所以，《印度印地语文学史》是一部思路清晰、详略得当、立场鲜明的文学史专著，是我国 20 世纪印度学研究的重大收获，具有和《梵语文学史》同样重要的学术地位。对中国的印地语文学翻译者来说，此书为他们打开了一张印地语文学地图。许多人是靠着这张文学地图，找到了自己欢喜的作家，找到了自己下决心翻译的作品。一些印地语文学的博士论文题目的确定，也与此书不无关系。

二、 对印地语文学作品的翻译研究

刘安武对印地语文学作品的翻译、研究的一个重点，是对普列姆昌德作品的翻译与研究。[2] 除此之外，刘安武还对许多其他印地语作家的作品进行翻译与研究。

2. 详见书第七章第二节《中国对普列姆昌德的接受》。

首先，为了编写《印度印地语文学史》，他大量阅读并翻译了经典名著的代表性篇章。书中的引文全部由作者译出。对广大读者而言，这些引文便是窥探作品全貌的窗牖。由于各种原因，印地语名著的大部分至今并未有汉译本问世，所以书中的引文往往是中国读者所能欣赏到的某位作家的惟一汉译文字。由于行文的需要，文学史的引文必须少而精，书中所引自然都是精华中的精华。

前中期印地语文学中，有四位杰出诗人格比尔达斯、迦耶西、苏尔达斯和杜勒西达斯，他们无疑是文学史论述的重点。然而，他们的诗作数量庞大，除了杜勒西达斯的《罗摩功行之湖》后来有金鼎汉的汉译之外，全都没有完整的汉译，我们只能从这部文学史的论述和引文中来加以了解和欣赏。用什么样的风格来翻译这些诗人的作品是一个非常重要的问题。作者用通俗、明快的民歌体来翻译他们的诗歌，是非常正确、明智的选择。这四位诗人都长期生活在民间，下层人民是他们最广大的听众。只有类似民歌的诗体，才能较好地译出他们的诗意。例如，格比尔达斯几乎没有受到什么文化教育，他的口头创作由弟子记录下来，充满民歌风格：

> 若拜石头可成仙，
>
> 那我就会拜石山。
>
> 我看该拜石磨子，
>
> 它给世人常磨面。
>
> 剃头若可见大神，
>
> 人人都该剃干净。
>
> 绵羊剪毛好多遍，
>
> 始终一次未见成。[1]

1. 刘安武：《印度印地语文学史》，第 68 页，北京：人民文学出版社，1987 年版。

M. 杰杜尔威蒂（1888—1967）是一位民族主义诗人，他的《花的理想》一诗，作者用白话诗体译出，显得十分妥帖：

> 我不希望被编织在女神戴的首饰中，
>
> 我不希望被扎在引诱情人的花环中，
>
> 主啊！我不希望把我放在帝王的遗体上，
>
> 我不希望被幸运地放在神像的头上。
>
> 园丁，请摘下我，
>
> 把我放在道路上，
>
> 让准备为祖国献出头颅的英雄们，
>
> 从那条道路上前进。[2]

2. 刘安武：《印度印地语文学史》，第 261 页，北京：人民文学出版社，1987 年版。

这是对爱国者的讴歌，新颖而深刻，质朴直白的译笔，极好地体现了"花"的直抒胸臆。

此书的最后一章，首次较多地为中国读者提供了印度北方地区（印地语地区）的民歌译文。我们可以通过这些译文，了解印度北方民歌的风貌，对中印民歌比较研究，是极为重要的材

3. 详见《印度民歌》，载《民间文学》，1982 年 4 月。

料。[3]让读者叹服的娴熟的翻译艺术，与作者腹存数百首中国古诗有关。

另外，刘安武还对印地语文学（包括印地语译作）中的许多具有典型意义作品，进行翻译介绍。如短篇小说《她说过》、《司法大臣》、《获取荣誉的途径》、以及诗歌《伯金的吟酒诗》、《孟加拉母亲》，散文《不可接受的》、《接待》等等。刘安武还从印地语译著翻译过泰戈尔的 10 部著名剧本。

在季羡林的安排下，他还和刘国楠合作翻译出版了长篇小说《秘密组织——道路社》。总之，刘安武译著数量庞大，据《刘安武著译目录》的不完全统计，各类译著（含与他人合译和单篇译文）达 28 部（篇）之多。

《秘密组织——道路社》，刘安武、刘国楠译

刘安武译作丰多，但他不是单纯的翻译家，在他那里，翻译、研究一条龙，是贯通一气的。这从《印度印地语文学史》的写作过程，就可以看得很清楚。刘安武并不囿于对印地语文学史的研究，他对印地语文学史以外的印度文学也进行了广泛、深入的研究，写下了大量原创性的学术论文。据《刘安武著译目录》的不完全统计，他共发表各类论文（包括文章、综述、评传等）共 65 篇。全部都是在掌握第一手资料的基础上，发前人之未发，不是具有唯一性，就是具有示范性。由于他为人为文谨慎，所以他的论著虽然语言不够简练，但在学术上不失为准绳。印度是个文明古国和文化大国，许多人都想对它写点儿说点儿什么。他们以为用英语就能了解印度文化。坊间出了许多有关印度文化的书。仔细一看，错误甚多。所以，对学习研究印度文化的人来说，学术准绳显得非常重要。我们一共有五条准绳，季羡林、金克木、徐梵澄和黄宝生，这四条主管的是印度古代梵语文学和古代文化；刘安武这一条主管的

《印度印地语文学史》，刘安武著

是印度中世纪以来的印地语文学和中古、近现代文化。

第三节 从印地语文学到东方文学

刘安武不仅仅是一位印地语文学的卓越翻译家和研究专家，他还为整个印度文学在中国的翻译、研究，身先士卒，立下汗马功劳。

印度是一个多民族、多语种的国家，除了印地语文学之外，还有古代的梵语文学、孟加拉语文学、乌尔都语文学等等，以及和梵语文学同样古老的泰米尔语文学。面对这一情况，刘安武没有只顾自家的一亩三分地，而是努力推动印度文学的各路方面军稳步前进。促使刘安武这么做的，有两个原因，一是道德的力量，已欲达而达人，要把印地语文学的研译做好，就应该让其他语种的印度文学的研译也搞上去。二是组织的力量，刘安武是东方语言文学系东方文学研究室的首任主任，北京大学和中国社会科学院联合成立南亚研究所，刘安武任印度文化研究室副主任（无主任）。在其位，谋其政。这两个主任的位置，不容许他只管印地语文学，不管其他文学。刘安武的做法是继续"双肩挑"，在搞好自己的研究的同时，组织东语系和南亚所其他语种的师生展开文学研究。对自己的研究，刘安武也开始有了更宽的眼光。除了印地语文学，他利用自身印地语的优势，开始研究印度文学的其他领域。

一、 潜心研究印度两大史诗

刘安武研究两大史诗，始于"文革"后期。他首先利用东语系馆藏的《摩诃婆罗多》梵语、印地语对照本，潜心研读，将这部号称"十万本集"的大史诗搞得通透明白，然后再研究另一部大史诗《罗摩衍那》。刘安武的梵语—印地语的研究途径，优于梵语—英语的研究途径。这是不言自喻的。因为我们研究《诗经》、《离骚》，很难想象古汉语—英语的研究途径，会优于古汉语—现代汉语的研究途径。1984 年，刘安武和季羡林等合作，翻译选编《印度两大史诗

评论汇编》[1]。这是一部起点高而又比较全面的译论选编，

1. 季羡林、刘安武编：《印度两大史诗评论汇编》，北京：中国社会科学出版社，1984年版。

刘安武不但承担了拉·斯·"赫拉"的《罗摩衍那》和《摩

此书收录印度、德国、苏联、美国、法国、英国等著名的两大史诗研究专家的论文12篇。

诃婆罗多》、斯·格·夏斯德里的《史诗时代》、瓦·盖

罗拉的《罗摩衍那》的翻译，而且负责全书的选题和译文

审读。这样，他对世界各国的权威学者的代表性论文，有

了总体而深刻的把握，将这种把握与自己的研读心得结合

起来，便有了《印度两大史诗评说》（辽宁大学出版社，

2001 年）和《印度两大史诗研究》（北京大学出版社，

2001 年）。这两部著作尤其是《印度两大史诗研究》，是

研究两大史诗的必读书。两大史诗，内容宏富，结构繁复，

稍有不慎，读者便理不出头绪。所以，对初涉者来讲，科

学而简便的方法是，先读刘著，然后再根据自己的研究兴

趣，读两大史诗原著的译文。

　　"印度两大史诗研究"原本是刘安武按照北京大学研

究生院的课程建设计划，为印度语言文学专业研究生开设

的必修课程，也是东方文学和文化、东南亚文学和文化的

研究生选修的课程。为了方便研究生学习，刘安武在讲义

基础上写成这本教材。如何扩大读者面呢？他写了《中国

读者如何理解和欣赏印度两大史诗》放在书的前面，起到

入门引导的作用。为了便于读者尽快了解两大史诗的主要

内容，作者还写了故事梗概，既简要，又准确，极见功底。

　　《印度两大史诗研究》和《印度印地语文学史》一样，

都是教学用的教材，这样就和一般的个人学术专著不同。

个人学术专著，我手写我心，将个人的学术心得写出，自

己对自己负责即可。教材则不同，必须写主流共识，对学

生成长负责。所以，教材类著作的写作难度很大，不容易

《印度两大史诗研究》，刘安武著

出彩。然而，刘安武的《印度两大史诗研究》，不但专业人士喜欢，一般读者读了，也饶有兴味。

　　结合专著写作，刘安武先后发表了一系列研究两大史诗的论文，重要的有《印度神话中的三大神》（《东方研究》，1983）、《黑天的形象及其演变》（《印度文学研究集刊》第二辑，1986）、《世界上最长的史诗——〈摩诃婆罗多〉》（《东方文化史话》，1987）、《毗耶娑评传》（《外国著名文学家评传》，1990）、《试论印度大史诗〈摩诃婆罗多〉的妇女观》（《北京大学学报》东方文化研究专刊，1996）、《毗湿摩和迦尔纳》（《世界文学名著导读》1996、8）、《印度大史诗〈摩诃婆罗多〉的战争观》（《东方研究》，1998、4）、《剖析印度大史诗〈摩诃婆罗多〉的正法论》（《外国文学评论》，1998、5）、《罗摩和悉多——一夫一妻的典范》（《国外文学》，1998，8）、《关于印度大史诗〈摩诃婆罗多〉的插话〈莎维德丽〉》（《东方丛刊》，1999、12）、《论印度大史诗〈摩诃婆罗多〉朴素的民主意识》（《魏维贤七十华诞论文集》，2000、5）、《〈摩诃婆罗多〉赏析》（《世界文学名著赏析》，2001、5）、《〈罗摩衍那〉赏析》（《世界文学名著赏析》，2001、5）、《论〈摩诃婆罗多〉和〈三国演义〉的正法论、正统论和战争观》（《东方民间文学比较研究》，2003、10）、《失妻救妻——〈西游记〉中的微型罗摩故事》（《南亚研究》增刊，2004、4）等等。以上一系列论文，作者凭借深厚的中印古代文学功底，语言平和，视角独特，见地深刻。它们中的一部分，经过必要加工整合入《印度两大史诗评说》、《印度两大史诗研究》之中，但不少内容并未收入二书。所以，只有《评说》、《研究》两本专著，再加上一系列的论文，才是刘安武对印度两大史诗研究成果的全部。这是一笔重要的学术财富，值得我们去深入研究。

二、　助推泰戈尔研究的新高潮

　　在所有外国诗人中，泰戈尔是和中国读者最亲近的一位。近来网上流传一首诗《世界上最遥远的距离》，点击率是天文数字，许多人认为，此诗作者是泰戈尔。经过向印度泰戈尔研究权威专家调研，确认此诗并非泰戈尔所作。但是，这种无数人的误解和明知误解而不改初衷的情形说明泰戈尔和中国读者的零距离。出现这种情况的原因很多，其中之一竟和刘安武有相当的关系。当然，他本人肯定浑然不知。

泰戈尔热在中国出现过几次，每次都对中国文化生态造成很大影响。最近的一次出现在进入新世纪前后。它的标志性事件是河北教育出版社在 2000 年 12 月出版一套 24 卷的《泰戈尔全集》。这在泰戈尔作品出版史上，是一件意义深远的大事。它的出版将中国的泰戈尔热引向一个新的阶段，各种泰戈尔作品选，如《泰戈尔小说全译》（主编董友忱）、《泰戈尔诗歌精选》（主编郁龙余）等等，纷纷跟进出版。同时，泰戈尔研究也进入了一个纵深阶段，唐仁虎等的《泰戈尔文学作品研究》等等专著，显示了这个阶段的学术水准。在广大读者尤其青年学生中，通过文本或网络阅读泰戈尔成了一种时髦。而这一些，我们不能不和刘安武、倪培耕、白开元主编出版的《泰戈尔全集》联系起来。这三位主编因为资历、号召力等原因，又以刘安武为原动力，他们动员了全国的孟加拉语、印地语、英语的专家学者黄志坤、白开元、董友忱、倪培耕、唐仁虎、彬仁、广燕、刘运智、刘安武、刘竟良、李南、江锦成、殷洪元、陈宗荣、黄慎、冯金辛、刘建、耿克璞、韩朝炯、李缘山、谈耀康、潘小珠、刘宝珍、马孟刚、北广等二十多人、前后花数年之功才告完成。对冰心、石真等名家的译文，依然保留。这在中印文学交流史上，是一项前无古人的工程，其产生的积极意义应当充分肯定。当然，限于当时条件，这个《全集》也有一定缺点，例如没有做到"很全"，不少内容是转译，并非从孟加拉语直接译出。但是，这一切都不能掩盖《全集》的光焰，《全集》的历史性贡献不容否定。正如唐仁虎所指出："中文版《泰戈尔全集》的出版为我们研究泰戈尔的文学创作等提供了比以前更好的条件。"[1]

1. 唐仁虎等：《泰戈尔文学作品研究》，第 41 页，北京：昆仑出版社，2003 年版。

这段话是有感而发，非常实在。因为，由他主持的《泰戈尔文学作品研究》的研究对象，就是这个中文版《泰戈尔全集》。

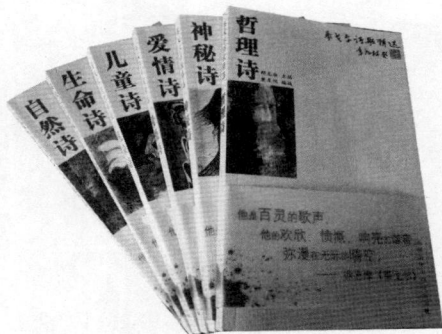

《泰戈尔诗歌精选》（共六册），郁龙余主编，董友忱编选

作为《泰戈尔全集》翻译工作的核心人物，刘安武身先士卒，从印地语翻译了泰戈尔的十部剧本：《国王和王后》、《拜贡特的巨著》、《天堂的笑剧》、《国王》、《邮局》、《南迪妮》、《独身者协会》、《太阳女》、《时代之旅》、《邦苏莉》。

刘安武除了在组织翻译、审译、出版过程中发挥他的不可替代的作用之外，还花大力气研究、介绍泰戈尔文学作品。据不完全统计，有关文章有《泰戈尔作品在中国》（《中国翻译词典》，1997、11）、《关于泰戈尔的戏剧》（《泰戈尔全集》戏剧部分序言，2000、12）、《关于泰戈尔的散文》（《泰戈尔全集》散文部分序言，2000、12）、《泰戈尔诗选导读》（《文学名著导读》，2001、1）等等。这样，刘安武对《泰戈尔全集》翻译出版的领导，不是停留在组织和技术的层面，而是处于既高屋建瓴、又洞若观火的最佳状态。

刘安武曾担任东方文学研究室主任和印度文化文学研究室副主任这两个岗位，他身先士卒，带领许多人做出了一番值得称道的事业，组织出版《泰戈尔全集》就是其中之一。有翻译文学史专家认为："这一套巨型文集的出现，堪称本世纪中国泰戈尔翻译的收官之作。"[1]

1. 赵稀方：《二十世纪中国翻译文学史》（新时期卷），第 38 页，天津：百花文艺出版社，2009 年版。

所谓：位不在高，有贡献则闪金光。刘安武的学术人生所昭示的，正是这样一条朴素而万古长新的道理。

三、 从印度文学迈向东方文学

1984 年 7 月 12 日，北京大学东语系东方文学师资进修班。

刘安武从印地语文学研究，走向两大史诗、泰戈尔作品研究，仍然属于印度文学范围。由于工作的需要，刘安武的研究又迈向了更加广阔的东方文学。作为一名有责任心的学者，他这一步迈得非常严谨。首先，他的东方文学研究，依然以印度文学为中心；其二，为了学科发展的需要，他用由点到面的办法，对东方文学作出宏观而有见地的研究，写出了一批有水平的文章；其三，主要精力放在推动、组织、协调等方面，决不包办代替。由于注意了这三点，他对我国东方文学的教学、研究与普及以及人才培养，作出了实质性的贡献。他的贡献主要表现在两个方面：

其一，撰写介绍、研究东方文学的文章。例如：《亚洲外国文学在中国》（《中国翻译》，1996、1）、《编写〈东方文学史〉的几点思考》（《文学史重构与名著重读》1996、12）、《〈东方神话概观〉序言》（《东方神话概观》，1998、9）、《〈东方文学史〉简介》（《光明日报》，1999、5、21）、《2000 年东方文学研究综述》（《北京社会科学年鉴》，2000、11）、《2001 年东方文学研究综述》（《北京社会科学年鉴》，2001、11）、《2002 年东方文学研究综述》（《北京社会科学年鉴》，2002、11）、《2003 年东方文学研究综述》（《北京社会科学年鉴》，2003、11）、《2004 年东方文学研究综述》（《北京社会科学年鉴》，2004、11）、《2005 年东方文学研究综述》（《北京社会科学年鉴》，2005、11）、《2006 年东方文学研究综述》（《北京社会科学年鉴》，2006、11）、《2007 年东方文学研究综述》（《北京社会科学年鉴》，2007、11），等等。

其二，主编或协助主编东方文学类著作。北京大学是中国东方文学研究的摇篮，长期担任东方语言文学系主任的季羡林，是东方文学研究的首席代表。季羡林的一生是勤奋的，为东方文学研究和中国文化学术作出了巨大贡献。了解情况的人都知道，季羡林在人生路上得到了各个层级的许多人的支持和帮助。在学术层面作用最大、最重要的是东语系学术委员会主任刘安武的支持与帮助。季羡林的许多重要的学术工程，是由刘安武作为主要助手来完成的。其中，比较重要的有：《东方文学作品选》（湖南人民出版社，1986 年）、《简明东方文学史》（北京大学出版社，1987 年）、《东方短篇小说选》（中国青年出版社，1988 年）、《东方文学名著题解》（中国青年出版社，1989 年）、《中国大百科全书·戏剧——亚非戏剧》（中国大百科全书出版社，1989 年）、《中外现代文学作品词典·亚非拉部分》（广西人民出版社，1989 年）、《东方文学词典》（吉林教育出版社，1992 年）、《东方文学史》上下册（吉林教育出版社，1995 年）、《南亚西亚散文选》（天津百花文艺出版社，2000 年）、《20 世纪外国文学作品选·亚非拉部分》（上海译文出版社，2004 年），等等。

　　出版以上著作，刘安武除了完成自己的撰稿任务，还要负责大量的组织、联系、审稿、协调工作。如《东方文学史》，主编季羡林，第一副主编刘安武，副主编有叶渭渠、仲跻昆、梁立基、黄宝生，加上编委和撰稿者，这是一支 42 人的学术队伍。如何提调、运筹这么一支队伍，是大学问。刘安武在后记中说："在季羡林同志的主持下，经过几年的努力，这部《东方文学史》终于完成了。"[1] 这"终于"二字，蕴含了多少艰难。他为此书出版付出的精力，远比他完成

　　1. 季羡林主编：《东方文学史》，第 1686 页，长春：吉林教育出版社，1995 年版。

自己的撰稿任务要多得多。正因为刘安武有着这样的一系列的付出，所以他的学术领域，自然地从印地语文学、印度文学扩大到了东方文学。他的学生郁龙余、孟昭毅亦步其后，根据教学需要，主编出版《东方文学史》，受到各高校欢迎。

《东方文学史》，郁龙余、孟昭毅主编

刘安武与郁龙余在北大印度研究中心。

四、 用中印比较深化文学研究

　　以上叙述了刘安武从印地语文学到印度文学、东方文学逐步拓宽自己研究领域的过程。刘安武是一位注重学术操守的人，不肯用自己不懂或不熟悉的东西，去糊弄学生和读者。所以，在学术界一片跨文化、跨学科的喧嚣声中，他也没有进入"东西方文学比较"或"东西文明比较"之类的研究之中，而是将他的学术视野投向了中印文学比较。纵观刘安武的学术轨迹，再看其

最后的一部专著《印度文学和中国文学比较研究》，我们不得不认为，这是一个极其漂亮的收笔。这样，刘安武在自己的学术园林的中轴线上增添了一座壮丽的重要建筑。

21 世纪的第一个十年里，在中国的印度文学研究领域，出现了一个令人喜悦的学术小气候，相继出版了四种中印文学比较的专著：郁龙余的《中国印度文学比较》（中国社会科学出版社，2001 年）、薛克翘的《中印文学比较研究》（昆仑出版社，2003 年）、刘安武的《印度文学和中国文学比较研究》（中国国际广播出版社，2005 年）和唐仁虎的《中印文学专题比较研究》（北岳文艺出版社，2007 年）。这四本书的研究领域相同，但内容互不雷同，各有所长。

《中国印度文学比较》，郁龙余著

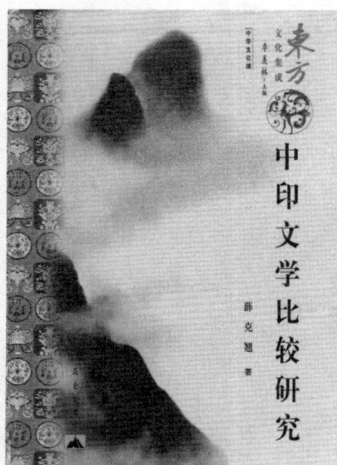

《中印文学比较研究》，薛克翘著

《印度文学和中国文学比较研究》，刘安武著

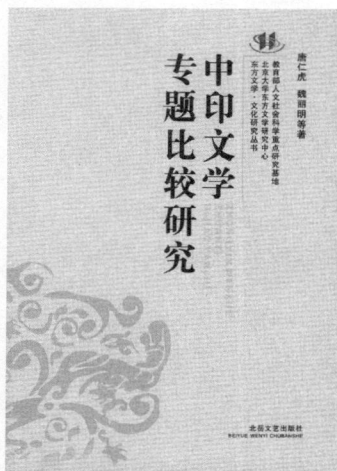

《中印文学专题比较研究》，唐仁虎、魏丽明等著

刘安武的《印度文学和中国文学比较研究》，显示出一位老学者对中国、印度古代文学的深厚底蕴，在他娓娓道来之中，使读者对印度文学和中国文学的理解，都有了新的深度。刘著不设章节，分14个专题，皆发前人之未发，极为精彩。如"观音的前天和昨天——观音来东土的前后"、"《云使》和《长恨歌》"、"从《西厢记》中的红娘说起——中印爱情戏剧中的婢女和女友"、"蛇女蛇郎"、"中国的重史轻文与印度的重文轻史"等等。世界上一切事物的本质或者说特征，都是内在的，只有通过比较才会发现与认识。中国文学和印度文学自然也不例外。凡是读过刘著的人，对书中14个专题所涉及的文学作品，就会产生新的认识。

同时，刘著对我们的研究课题的开凿，也有很大启发。比如，对"红娘现象"的研究。红娘是中国读者熟悉的女子形象，将她上升到"现象"，不是刘安武首创。但是，将中国"红娘"和印度"女友"进行比较，并由此对中印文化、特别是婚恋文化，进行深度研究，刘安武是第一人。这个话题，是作者和周围人常常聊起的，我们都知道他在做这方面的研究。出书之后，我们还是大大吃了一惊，竟然做得这么周全、深入，读后令人回味无穷。觉得文章写得好，写得巧。对"红娘"、"女友现象"，也有了进一步的认识。

作者在后记中说："在印度和中国文学的比较这一总课题下还有许多事情可做，以后我还将在这方面做出努力。"[1] 这段话是作者的自勉，同时也是作者对年轻一代的印度文学研究者的殷殷寄语。

1. 刘安武：《印度文学和中国文学比较研究》，第441页，北京：中国国际广播出版社，2005年版。

刘安武还有一大贡献，是不能不说的——筹办和建设中国印度文学研究会。

中国是世界上研究包括印度文学在内的印度学（梵学）的最早的国家。近代以前，中国的印度学研究水平一直遥遥领先于世界各国。进入近代，风光不再。但中国学人对印度学研究的传统和兴趣，依然存在，对梵佛的掌握程度依然是衡量学问大小的重要指标，一流的大学者都懂梵佛，如康有为、梁启超、章太炎、胡适、汤用彤、陈寅恪、季羡林，等等。分析中国的印度学研究者的身份，大体可以分成两大队伍：一支是以研究印度语言（包括梵语、印地语、孟加拉语、乌尔都语、泰米尔语等等）出身的所谓专业研究队伍，一支是分布在各大学外国文学教研室中专职或兼职的印度文学的教学队伍。这两支队伍各有优长和短缺，谁也离不开谁。专业研究队伍人数少，有语言优势，是印度文学翻译、研究的原动力，处于学术链的上游。没有这支队伍，就没有中国的印度文学翻译和研究，就无所谓中国的印度学研究了。但是，这支队伍也有短缺之处，他们中的许多人，一辈子将主要精力用于语言的教学与研究，对中国和西方的文学、诗学知之不多。所以，在翻译及研究印度文学时受到局限。教学队伍人数众多，一般来讲口才很好，写作水平也高，因为他们对中国和西方的文学、诗学有较多了解，思路开阔，是印度文学在中国传播的主力军。但是，这支队伍也有自己的不足，因为不懂印度民族语言，讲课、写文章时不敢发挥，往往一发挥就出错。只有既懂语言，又有中国、西方文学的深厚基础者，才能不为所困，并受到两支队伍的一致拥戴，如季羡林、金克木。然而，学者常有，季羡林、金克木这样的学者不常有。怎么办？要有一种组织形式和交流方式来解决这个难题。于是，在季羡林的旗帜下，中国印度文学研究会于 1982 年在杭州成立。这个研究会将印度文学研究、教学两支队伍团结在一起，将北京大学的教授专家和全国的教授专家团结在一起，将全国研究、讲授印度文学的老、中、青人才团结在一起。成立至今近三十年的历史告诉我们，严格按照章程办事，不疾不徐，优势互补，互助互动，每次年会后力争出一本论文集刊，确实对集聚人气、提高印度文学研究及教学水平起到了很大促进作用。

2002 年 3 月 29 日，第九次印度文学研讨会在深圳大学召开。

2004 年 4 月，天津师范大学举办第十届全国印度文学会年会暨学术研究会。

2006 年 9 月，深圳大学举办"印度节"系列活动。

中国印度文学研究会（后改名为中国外国文学学会印度文学研究会）的筹办，是印度文学研究和教学的需要，季羡林委托刘安武一手操办成立。刘安武自己也众望所归，被推举为研究会的秘书长、副会长、会长，现在是这个研究会的名誉会长。我们曾经说过，学者大抵分三种：第一种，自己独自研究，不善于和别人合作；第二种，自己学问不大，但善于团结、组织别人研究；第三种，不但自己是学问大家，而且善于团结、组织别人研究。这第三种人最难得、最可贵，刘安武就是这第三种人。中国印度文学研究会的成立，是中国印度文学研究发展史上的标志性大事。刘安武既是这个研究会的助产士和保育员，又是这个研究会的元老，功勋殊伟。对中国的印度文学研究和教学来说，刘安武永远是催绿学术园地、温暖各方学者之心的东风。

《多维视野中的印度文学文化——刘安武先生八十华诞纪念文集》，姜景奎、郭童编

附录：《北京大学印度语言文学专业博士论文摘要》汇编

姜景奎：《印度独立前的印地语戏剧文学》（中文摘要）

印度独立前的印地语戏剧可分为三部分，即古代（1600—1857）、近代（1857—1905）和现代部分（1905—1947）。这一时期是英国进入印度并进行殖民统治的时期，也是印度人民对英国殖民统治由漠然处之到接受到反对以致寻求印度独立的时期。印地语戏剧被深深打上了这一社会背景的烙印。

古代印地语戏剧文学成就不大，作品数量不多，质量也不高。这个时期印地语戏剧家对进入印度的英国人不持任何好恶态度，他们多脱离实际，其作品受印地语民间戏剧的影响较大，内容多与宗教有关；世俗作品则多是古典梵语戏剧的印地语译本，创作剧不多。

近代印地语戏剧家开始注重社会现实，他们接触了西方先进的文明，发现了印度社会及宗教的弊端，同时感受到了英国殖民统治的好处和坏处，他们的剧本多与这种认识有关。帕勒登杜是近代最重要的印地语戏剧家，被誉为近代印地语戏剧之父，他的《印度惨状》被认为是印地语文学中第一部爱国主义的作品。近代的其他印地语戏剧家大多团结在他的周围，他们多是帕勒登杜的朋友和合作者。社会现实性、历史文化性、印度民族主义情结和赞同英国殖民统治的观点的矛盾混合性以及印度传统戏剧形式与西方戏剧形式相结合是近代印地语戏剧文学的四个主要特点。

现代印地语戏剧比近代戏剧更为成熟，作品在数量和质量上都远远胜过后者。这时期的戏剧家们与社会现实更为接近，他们多站在英殖民统治者的对立面，主张印度脱离英国而独立；他们多受甘地主义影响，对印度传统文化和未来印度模式有所思考。杰耶辛格尔·伯勒萨德是现代印地语最大的戏剧家。他在印度历史研究方面有比较深的造诣，他很重视印度的传统文化，因此他的剧本多是历史剧，表现并企图复兴印度古老文化是他戏剧创作的主旨。阿谢格也是比较重要的现代印地语戏剧家，但他对印度的社会现实更感兴趣，他的绝大部分剧本都是社会问题剧，对社会黑暗面的批判性很强。珀德是个全方位的现代印地语戏剧家，他的作品既具有历史文化意义，又具有社会现实意义。此外，勒格谢米·那拉因·米谢尔和拉默古马尔·沃尔马也是现代印地语的著名戏剧家，他们在现代印地语文学史上占有很主要的地位。值得一提的是，多数著名的现代戏剧家在独立后仍然继续进行戏剧创作，他们的贡献甚至比现代时期还大。

李淳：《耶谢巴尔文学作品中的女性》（中文摘要）

耶谢巴尔是印度现代文学史上重要的现实主义作家。在他一生的文学创作中，他关注着承受着社会的种种制约和束缚的印度妇女的命运，塑造了众多的女性人物形象，反映出印度现代社会里女性的种种生存境遇、思想情感。分析和探讨这些女性人物形象，对于我们把握 20 世纪以来的印度妇女的生活现实，考察她们在社会变革、民族独立的过程中自身的女性意识的觉醒历程，具有一定的现实意义。

本文以耶谢巴尔创作的十四部短篇小说集、八部有代表性的中长篇小说及一些有关女性问题的政论集为基础，分独立前、五六十年代和 60 年代以后这三大时期，较为详尽地论述了耶谢巴尔文学作品里丰富的女性主题，女性形象以及妇女观的发展变化。

笔者认为，耶谢巴尔塑造的数个鲜明、生动的女性形象丰富了印度现代文学史的女性人物形象的长廊。作为一位接受了马克思主义思想的作家，耶谢巴尔在对于女性与社会、女性与婚恋、女性与性以及印度社会的寡妇、妓女等问题的论述中，显得比他同时代的其他作家更具有批判性，更趋于进步倾向。

刘曙雄：《南亚穆斯林诗人伊克巴尔》（中文摘要）

这篇论文讨论的是南亚著名诗人穆罕默德·伊克巴尔及其诗歌，共 8 章。第 1 章和第 2 章在介绍了伊克巴尔的生平及其诗歌创作活动之后，论述了伊斯兰教传入印度和印度波斯语、乌尔都语诗歌传统，为展开研究伊克巴尔提供了背景情况。公元 8 世纪阿拉伯人入侵，伊斯兰教传入印度。10 世纪初位于印度西北方向信奉伊斯兰教的突厥人对印度入侵，波斯文学传播到印度。乌尔都语产生于 12 世纪，是伊斯兰文化和印度本土文化融合的产物。印度波斯语和乌尔都语诗歌史上有三位诗人即霍斯陆、迦利布和伊克巴尔，分别代表古代、近代和现代的南亚波斯语和乌尔都语诗歌的最高水平。他们用波斯和乌尔都这两种语言创作诗歌并在文学史上获得公认的突出地位。伊克巴尔继承诗歌的优良传统并形成自己的独特风格。

第 3、4、5 章探究作为诗人的伊克巴尔。伊克巴尔用乌尔都语和波斯语创作诗歌，出版了 11 部诗集。早期诗歌具有印度民族主义倾向，充满爱国情思。面对殖民主义统治，他对印度教教徒与穆斯林之间的不和痛心疾首。他的伊斯兰哲理诗篇以《古兰经》为出发点和归宿，崇尚苏非但对苏非的消极遁世思想予以扬弃，提倡积极入世，有所作为。叙事诗《自我的秘密》高扬"自我"的价值，成为伊克巴尔的代表作之一。伊克巴尔的诗歌注重现实生活内容。表现伊斯兰精神、憎恶压迫与同情劳动者和批判西方价值观是伊克巴尔诗歌的审美标准。他的一些诗歌超越宗教观念，是人类文明的共同财富。用词新颖、充满激情、生动形象和对话式叙事方法体现了伊克巴尔诗歌的创作特色。

第 6、7、8 章主要论述作为思想家的伊克巴尔。伊克巴尔用诗歌阐述他的哲学思想。"自我"是伊克巴尔哲学思想的理论支柱，"非我"是其人生哲学追求的目标。伊克巴尔熟悉伊斯兰哲学传统，学习和研究了欧洲哲学。他认同尼采高扬生命价值的观点，但其"完人"与尼采的"超人"具有基本不同的内涵。他对柏拉图的理念论持批判态度。伊克巴尔在印度穆斯林启蒙运动中产生的"两个民族"理论基础上形成了伊斯兰民族观。他的民族观与泛伊斯兰主义有一定的联系。伊克巴尔提出的社会理想蓝图虽不切实际，但他没有在理论与实际的矛盾中徘徊。他最先提出了建立巴基斯坦国的主张，他的思想成为巴基斯坦的建国指导。在后伊克巴尔时期，他的思想继续影响巴基斯坦的社会进程。西方最早看到伊克巴尔是一位有影响力的穆斯林诗人，1950 年代后伊克巴尔在世界上的影响越来越大。

冉斌：《现代印地语作家杰耶辛格尔·伯勒萨德的文学创作》（中文摘要）

杰耶辛格尔·伯勒萨德是现代印地语文学史上最重要的作家之一。他在诗歌和戏剧领域取得了突出的成就，在小说领域也有所建树。本文以增加所处的时代和近现代印地语文学发展状况为背景，在全面考察其文学创作的基础上，重点分析了其主要作品的思想性和艺术性。

伯勒萨德的诗歌创作可以分为前后两个时期。前期（1906—1917）的多数诗歌写景或表现宗教思想，手法陈旧，风格雷同。有些诗歌传达了文化复兴、改良主义和民族主义思想，具有一定的时代意义。少数抒情性较强的景物诗和真切地表现诗人内心感情的诗预示了其诗歌创作的发展方向。受到泰戈尔的影响，1914 年起，伯勒萨德的诗歌创作进入了成熟期即后期（1918—

1937）。后期诗歌的主流是"阴影主义"诗歌，要求个性解放、抒发自我感受是其内容方面的主要特征，暗示、比喻、象征等手法的广泛运用是其艺术方面的主要特征。不少写景抒情的短诗都兼具意蕴之美、结构形式之美和音韵之美，而表现离情的长诗《眼泪》和规模宏伟、意蕴深刻的"大诗"《迦马耶尼》代表着伯勒萨德诗歌创作的最高水平。

伯勒萨德的戏剧创作也可以分为前后两个时期。前期（1910—1915）的剧作数量不多，影响不大，都带有探索的性质，从中可以看到一条从亦步亦趋地模仿帕勒登杜戏剧风格到摆脱其影响的发展轨迹。《维夏克》被认为是作家戏剧创作后期的起点。后期的剧作在形式和艺术风格方面借鉴了古典梵语戏剧、孟加拉语戏剧和英语戏剧。其戏剧创作的主要成就在历史剧方面。其历史剧既充满了包括爱国主义和某些社会进步思想在内的时代精神，也蕴含着宽容、和谐和非暴力这样一些体现独特的印度文化精神的思想。《健日王塞健陀笈多》、《旃陀罗笈多》、《特路沃斯瓦米尼》是作家创作手法上最成熟的三个剧本。

伯勒萨德是最早进行短篇小说创作的印地语作家之一，但他的大部分短篇小说抒情性重于叙事性，有些作品甚至没有完整的情节，更接近于散文诗。后期的一些取材于历史、民间传说和社会现实生活的作品比较成功，也称得上一般意义上的短篇小说。作家的两部完整的长篇小说都在一定程度上反映了印度当时的社会现实，也传达了作家的社会文化理想，但在艺术上存在着一些明显的缺陷。

魏丽明：《介南德尔·古马尔小说创作论》（中文摘要）

介南德尔·古马尔是印度现代文学史上著名的小说家。他的重要性在于他是印地语文学史上第一位现代主义意义上的小说家，他的小说创作为印地语小说注入自由的人文精神。他以小说为媒介，深入分析人物的心理世界，真实地再现印度民众的生存境遇和思想感情。

他的小说最为成功之处在于塑造了众多的女性形象，特别关注她们深受印度传统观念制约和束缚的命运，再现她们自身女性意识觉醒的精神历程。对他小说的研究不仅可以深入了解他的文学造诣，更可以进一步把握人类的精神困境。他的小说对于认识印度现代社会，也具有一定的现实意义。

本论文的目的在于评介介南德尔创作的 12 部中长篇小说及有代表性的短篇小说，分析他小说创作的主题、女性形象、小说技巧及作者的文学思想，并在此基础上较为详细地论述作者女性观的发展和变化。此外，论文还分析他小说创作的成就和不足，肯定他作为印地语心理分析小说创始人的重要性。

姜永红：《现代印地语作家雷努小说创作研究》（中文摘要）

帕尼什瓦尔那特·雷努是现代印地语文学史上一位重要的作家，在小说创作领域的成绩令人瞩目。雷努是印地语文学中"边区小说"潮流的开创者之一，而他本人又是首次明确提出"边区小说"这一概念的作家，可以说是印地语文学发展史上里程碑式的人物。

雷努的小说作品主要描述的是印度东北部比哈尔邦普尔尼亚边去的偏僻乡村和居住在那里的人民的生活情况。他的小说作品，特别是两部长篇小说，以整个边区作为小说的主人公，全面展现了边区的自然风貌、政治经济状况、宗教信仰和社会习俗以及边区居民的生活方式和思想状况等。尤其值得一提的是，雷努在展现边区人民生活中的各种问题的同时，对边区的民间传统文化给予了特别的关注。他既对边区民间传统文化的精髓进行了充分的赞扬，也对民间传统文化在社会发展过程中的衰落表示了担忧。在雷努看来，复兴和繁荣传统文化是振兴印度民族的主要途径之一。

作为普列姆昌德之后描写农村生活最突出的印度作家之一，雷努在继承普列姆昌德现实主义创作风格的同时，在作品的叙事方式、技巧和语言风格等方面进行了大胆的创新。他的创作方法影响了同时代的不少作家，这些作家积极投入"边区小说"的写作中，在 20 世纪 50、60 年代的印地语文坛掀起了"边区小说"创作的高潮。

本论文是对雷努小说创作的专题研究，共分五章。第一章介绍了雷努的生平和创作情况，分析了作家的生活经历与其文学创作之间的关系；第二章以雷努的两部长篇边区小说为研究对象，简要介绍了两部作品的故事梗概，并从主题、小说反映的社会现实等方面对作品进行了综合研究；第三章介绍了雷努的三部女性题材的中篇小说和一部自传色彩的中篇小说，主要从情节主题和人物形象等方面对几部小说进行了分析；第四章介绍了雷努的短篇小说创作，从题材、内容、思想、人物形象等方面对其短篇小说进行了全面研究；第五章总结和分析了雷努小说创作的艺术特色，对其长篇、中篇和短篇小说在艺术特色上的共性和特性进行了分析。通过上述的研究和分析，作者对雷努及其小说创作在印地语文学发展史上的贡献进行了肯定，也指出了其小说创作中的缺点和不足。

第十二章　　谭云山、谭中与印度现代汉学

　　谭云山被称为中印现代关系史上友谊金桥的一位建造者。他于 1927

年在新加坡受到泰戈尔邀请，1928 年来到印度国际大学，1937 年成立

中国学院，一直到 1983 年在菩提迦耶圆寂，凡五十余年一直为中印文

化交流奔忙。著名学者季羡林说：“云山先生踏着法显、玄奘、义净等

古代高僧大德的足迹，从事继承和促进中印两个伟大民族间的传统友谊，

可以说是穷毕生之力。”[1] 时代虽不同，但是“最后他们都以文化交流

的辉煌业绩彪炳史册，其无量功德赢得后人的敬仰”。[2]

1. 谭中：《谭云山与中印文化交流》，第 xvi 页，香港：香港中文大学出版社，1998 年版。

2. 郁龙余等：《梵典与华章》，第 465 页，银川：宁夏人民出版社，2004 年版。

　　谭中是谭云山的长子，当代著名中印学家。他子承父业，以毕生精

力继承谭云山意志，弘扬谭云山精神。谭家父子两代，为中印关系发展

和文化交流，作出了巨大贡献，被传为中印友好史上的佳话。

第一节　谭云山与印度现代汉学开拓

印度真正学科意义上的现代汉学的开拓，肇始于国际大学。谭云山在《印度之汉学》中指出："汉学之在近代印度始具规模者，梵斯佛菩尔提（Visva-Bharati）大学可称为发祥地。该校始创汉学研究于其研究部（Vidya-Bhavana）时为 1921 年，沙司铎氏（Vidhushekhara Bhartacharya Shastri）任该部主任。1924 年，诗圣太戈尔（Rabindranath Tagore）应北京各大学主办之学术讲演会邀请来游中国，该会主席为晚近大学者梁启超先生——当时曾有交换学者与教授之建议，拟请沙司铎氏偕同其他学者自印度和平庄（Santiniketan）来北京讲授梵文并研究中文；一面则请梁启超氏与其他中国学者数人至和平庄协助研究汉学之机关，同时研究梵语。"[1] 由于种种原因，这个动议并没有实现。印度国际大学汉学研究获得实质性的发展，

> 1. 谭云山：《印度之汉学》，载《图书月刊》第一卷、第七、八期、第 54 页、1941 年。

是在泰戈尔的支持下，谭云山建立中国学院之后。

1928 年，谭云山应国际大学研究部主任沙司铎之邀，开班教授中文，"学者凡五人，其中二人为大学教师，三人为作研究工作者。两教师之一为默克海略氏（Probhat Kumar Mukherji），为梵斯佛菩尔提大学教授兼图书馆长，博学多识，为孟加拉名作家。……但开班教授此课者，余并非第一人。当余至该校以前，已另有中国学者林君讲授中文历史二年矣。除该课程以外，晚近英国大语言家戈林博士（Dr. Colins），时为该校比较语言学教授，亦从余研究中国经学。戈氏通语言达五十种，熟谙中国文字，余赠以老子及四书，彼即以研读焉。"[2]

> 2. 谭云山：《印度之汉学》，载《图书月刊》第一卷、第七、八期、第 55 页、1941 年。

中国学院，又称中文学院，在印度语言中被称为 Chīna Bhavana，直译为"中国宫"或"中国大厦"。但实际上，它从成立的那一天起，一直是国际大学中的一个独立经费、独立管理、独立教学的特殊学院。直到 1951 年，国际大学由私立大学改为国立大学。在中印现代关系史上，特别是在中国全民抵抗日本侵略、印度人民反对英国殖民统治的悲壮岁月中，中国学院发挥了难以替代的巨大作用。

中国学院的原动力是泰戈尔，实际缔造者是谭云山。泰戈尔和谭云山是一对异国忘年交，他们之间的故事使人感动。正是泰戈尔和谭云山之间的人世少有的深情厚谊，才催生了中国学院和印度现代汉学。另外，谭云山百折不挠、庄敬弘毅，以及中国、印度的许多英杰的鼎力支持，

也是中国学院成功的不可或缺的条件。

谭云山后人向深圳大学谭云山中印友谊馆
捐赠《谭云山像》（徐悲鸿画）。

1933 年，谭云山为中印学会立下宗旨："研究中印学术，沟通中印文化，融洽中印感情，联合中印民族，创造人类和平，促进世界大同。"这个宗旨后来变为中国学院的宗旨，是谭云山为之奋斗终身的三十六字箴言。谭云山有几个身份，一是国际大学教授，中国学院院长；二是中印学会秘书，实际的操作手；三是文化专员，这是抗战胜利后国民政府给的头衔。当然，他还是泰戈尔的朋友与学生，尼赫鲁的朋友，甘地的敬仰者，释迦牟尼的信徒。在谭云山的一生中，他始终坚持了两个最基本的身份。一是中国人的身份，始终拿着中国护照；二是学者的身份，他始终热衷于教学和学术。一度有人劝其加入国民党，他婉拒了。但是，仍有极少数人怀疑他的身份。面对这种怀疑，他理直气壮地说："文化学术事业，最为清高尊严，苟借此掩蔽，以从事政治活动，岂不损人格与自丧地位？曷能讲学？至于遇有中国官员来印，辄来访问中国学院，这是一种游历参观性质，亦为一种同情与爱护，尊重文化学术之表示。绝对不能同政治关系，混为一谈。"[1] 以上是 1950 年谭云山为新加坡《南洋商报》所写特稿《谭云山与国际大学中国学院》的内容。

> 1. 新加坡《南洋商报》，1950 年 9 月 7 日。

谭云山自认识泰戈尔开始，便决定为中印文化事业奋斗终身，主要取得以下七大功绩。

（一）　白马投荒，创建中国学院

1927 年 7 月，谭云山在新加坡和心仪已久的诗圣泰戈尔相识。泰戈尔慧眼识英才，热情邀请不到 30 岁、没有大学文凭的谭云山到国际大学任教。意气风发的湖南才俊谭云山，深感知遇之恩，决心白马投荒，为中印文化交流贡献终身。1928 年 9 月，谭云山结束自己在南洋的大

有前途的事业，告别新婚妻子来到印度的圣地尼克坦。谭云山认识到，要在圣地尼克坦站住脚，

真正将中印文化交流事业开展起来，必须有一个运作机构和场所。于是，筹资建设中国学院大

楼成了谭云山工作的重中之重。在《建设国际大学中国学院计划书》中，谭云山写道："本学

院院所，包括一会堂兼图书室并教授二人学员十人之住室及厨房等。建筑费约需三万罗比。合

中币约三万三千元。"[1]

1. 谭云山：《印度国际大学中国学院》，金克木译于 1942 年 8 月 18 日，原载《印度日报》，重载于《时事月报》。见《深圳大学印度研究通讯》，2009 年

谭云山当初的思路，是个人捐款或公家拨款均可。"若由一人独捐，则以其人名名此建筑，

第 3 期（总第 4 期）。原稿存深圳大学谭云山中印友谊馆《谭云山文献》。

以为纪念。若由众人合捐或公款提拨，则另作特别纪念。如将来范围扩充，可再建筑一独立

会堂与一独立图书馆等。"[2] 这个计划说明，谭云山有相当高明的管理才能和发展眼光。1934

2. 谭云山：《印度国际大学中国学院》，金克木译于 1942 年 8 月 18 日，原载《印度日报》，重载于《时事月报》。见《深圳大学印度研究通讯》，2009 年

年 10 月，谭云山携带泰戈尔的书信及建院计划书回国。上下奔波游说，终获成功。"所募集

第 3 期（总第 4 期）。原稿存深圳大学谭云山中印友谊馆《谭云山文献》。

的款项，已足够修建一所中国学院的房舍及购置必需的用具。"[3] 除了金钱之外，谭云山还

3. 谭云山：《印度国际大学中国学院》，金克木译于 1942 年 8 月 18 日，原载《印度日报》，重载于《时事月报》。见《深圳大学印度研究通讯》2009 年第 3 期（总

收获了更为宝贵的精神财富："我获得了我国几乎所有重要人物的同情与热心。这些人中，

第 4 期）。原稿存深圳大学谭云山中印友谊馆《谭云山文献》。

我要列举下面的几位：即现代中国的文化领袖之一，故蔡子民先生，今日中国最崇高伟大的

人物与领袖蒋委员长，考试院院长戴季陶先生，立法院副院长叶楚伧先生，行政院副院长兼

财政部长孔祥熙先生，教育部长陈立夫先生，中央研究院院长朱家骅先生。而戴季陶先生之

鼎力倡导与陈立夫先生之热忱赞助，尤令人感激不已。"[4] 在谭云山的奔走下，1935 年 8 月，

4. 谭云山：《印度国际大学中国学院》，金克木译于 1942 年 8 月 18 日，原载《印度日报》，重载于《时事月报》。见《深圳大学印度研究通讯》2009 年第 3 期（总

泰戈尔收到由南京中印学会汇出的 31 712 卢比 7.5 安那的建设款。1936 年，谭云山回到印度，

第 4 期）。原稿存深圳大学谭云山中印友谊馆《谭云山文献》。

立即开始建设中国学院大楼。1937 年 4 月 14 日是印度孟加拉历元旦，中国学院宣告成立。泰

戈尔兴奋不已，说："今天在我真是一个伟大的日子。这是我久已期望的日子。"又说："今

天开幕的这所学院，将成为中印两国日益增长的更广泛的了解的中心与象征。"[5] 他为中国

5. 谭云山：《印度国际大学中国学院》，金克木译于 1942 年 8 月 18 日，原载《印度日报》，重载于《时事月报》。见《深圳大学印度研究通讯》2009 年第 3 期（总

学院写了一首《赞颂诗》和一首《颂诗》（song）。圣雄不能亲临，他致信泰戈尔祝贺道：

第 4 期）。原稿存深圳大学谭云山中印友谊馆《谭云山文献》。

"谨祝中国学院为中印新交谊之象征。"致信谭云山说："你的努力，很有价值，谨祝其成

功圆满。"原本答应担任开幕式主席的国大党主席尼赫鲁，因病（实为英兵所阻）没有出席，

就委托他的独生女儿英迪拉带来了"一封很感动人的长信"，称这是一次"伟大的典礼"，"其

伟大处正在一则唤起悠久的过去的回忆，一则也在其预告将来的同盟以及锻炼出使中印更加

6. 谭云山：《印度国际大学中国学院》，金克木译于 1942 年 8 月 18 日，原载《印度日报》，重载于《时事月报》。见《深圳大学印度研究通讯》2009 年第 3 期（总

接近的新的连锁"。[6]

第 4 期）。原稿存深圳大学谭云山中印友谊馆《谭云山文献》。

中国方面对中国学院的成立，也表示了巨大的热忱。大批政要名流、社会贤达来信来电。

1937 年 4 月 1 日，蒋介石以委员长身份致电泰戈尔："闻中国学院开幕，曷胜欣忭。亟愿与阁下合作以阐扬东方文化，致人类于和平幸福，而导世界于康宁协和。谨电致贺，并颂健康。"[1]

1. 谭云山：《印度国际大学中国学院》，金克木译于 1942 年 8 月 18 日，原载《印度日报》，重载于《时事月报》。见《深圳大学印度研究通讯》2009 第 3 期（总第 4 期）。原稿存深圳大学谭云山中印友谊馆《谭云山文献》。《谭云山文献》第 1 卷中的译文的字句稍有不同。

蔡元培、戴季陶、陈大齐同日致电泰戈尔："太戈尔先生慧鉴：中国学院成立，曷胜欣慰。愿共同努力，发扬东方之学术与文化，以进入人类和平幸福之域，而谋大同世界之实现。谨以至诚祈中印文化合作伟大之成就，并祝先生暨诸同志健康。"[2]

2. 见深圳大学谭云山中印友谊馆《谭云山文献》第 1 卷。

中国学院

　　在中印友人倾力支持下，谭云山以中国学院首任院长的身份开展建院工作。总体而言，进展顺利。1942 年，建院五周年之际，蒋介石夫妇又捐一笔款。谭云山不无感激地写道："最近蒋委员长与蒋夫人又捐了三万罗比的一笔巨款，为扩充院舍之用。"[3]

3. 新加坡《南洋商报》，1950 年 9 月 7 日。

　　在泰戈尔的支持下，谭云山成功筹建中国学院大楼，大楼正门上方由当时国民政府主席林森手写的"中国学院"四个大字赫然醒目。从建院那天起一直到现在，中国学院始终是国际大学最耀眼的景观，和谭云山的名字紧紧联在一起。

（二）　募集图书，建印度首个中文图书馆

　　图书馆对于一个学院的重要性，谭云山十分清楚。所以，无论在 1933 年由他起草的《中印学会：计划、总章、缘起》中，还是在印度的印中会一经成立，由他在泰戈尔指导下起草的《建设国际大学中国学院计划书》中，都十分强调中文图书馆的建设。他在计划书中说："本学院先设一图书室将来再扩充成一图书馆，专收罗各种新旧中文书籍以及有关于中国文化史地等之其他各种外国文字之书籍。"[4]

4. 新加坡《南洋商报》，1950 年 9 月 7 日。

　　由此可见，谭云山想建的中文图书馆，是包括各国文字在内的中国文化图书馆。甚至他还

想往文化博物馆方向发展，在计划书中他还写道："如果将来事实可能，并增设一文化馆，以陈列中印两国各种有关文化之事物。"[1]

1. 新加坡《南洋商报》，1950年9月7日。

图书募集工作进展顺利，谭云山说："我募来的书籍，甚至比我预计的数目还要多。中国中印学会，购赠了十余万卷中文书。其他友人与出版家等，也捐赠了此数的一半。大部分都是关于中国佛学、经学、史学、哲学、文学、艺术等的重要而珍贵的书籍。"[2]中国中印学会成

2. 新加坡《南洋商报》，1950年9月7日。

立于1935年5月的南京，蔡元培任理事会主席，戴季陶为监事会主席。"中印学会一成立，就决定向印中学会赠送一批图书，在国际大学建立中国图书馆。这批图书陆续运出，首批就有六万册，前后共有十多万册。中印学会所赠图书至今仍是国际大学的镇校之宝。"[3]

3. 郁龙余等：《梵典与华章》，第463页，银川：宁夏人民出版社，2004年版。

1949年之后，中国学院的中文图书馆建设，不断得到新的动力。其中，最值得一提的，是1957年1月周恩来总理访问印度，接受国际大学荣誉学位，发表演讲、捐款并赠书。谭云山特别珍视和周恩来的友谊，特别将周总理赠书的书目卡片抄录后珍藏起来。1967年谭云山退休，在《谭云山文献》中记录着当时的馆藏情况：

中国学院图书馆

中印学会赠书　22 314 册

自购、总图书馆转给他人赠书中文 7 125 册

其他文字 2 331 册，共 9 456 册

周恩来总理赠书　11 762 册

1967 年 7 月 1 日存书 43 532 册

第一批中印学会赠书为谭云山 1934 年亲自在南京购置，费银 2 万元。书目 845 类，共 20 097 本

第二批书亦由谭云山在南京亲自计划定购并指导

以上两批共收到 983 类，共 26 753 本

这些细节记录说明，自建院到退休，谭云山始终关注中国学院的图书馆建设。

谭云山深知佛典在中印文化交往中的重要性。基于此点，谭教授请求当时之最高政治当局及教育部，惠捐上海频伽大藏经十部。于收到藏经后，彼即分赠下列各个文化机关：

　　(1)　加尔各答大学 Calcutta University，

　　　　(2)　巴特那大学 Patna University（比哈尔邦），

　　　　(3)　贝纳拉斯印度教大学 Benaras Hindu University（北方邦），

　　　　(4)　安达拉大学 Andhra University（今安达拉邦），

　　　　(5)　槃达喀东方研究院 Bhandarkar Oriental Research Institute

（今麻哈拉施特拉邦的浦那 Poona），

　　　　(6)　文开特什瓦拉东方学院 Sri Venkateswara Oriental Institute

（今开拉邦的提鲁跋提 Tirupati），

　　　　(7)　国际印度文化学院 International Academy of Indian Culture

（今巴基斯坦的拉合尔 Lahore），

　　　　(8)　大菩提社 Maha Bodhi Society（今北方邦的鹿野苑 Sarnath），

　　　　(9)　孟加拉佛教会 Bengal Buddhist Association（加尔各答），

　　　　(10)　国际大学中国学院 Visva-Bharati Cheena-Bhavana（圣地尼克坦）。

　　此上海频伽藏共有释典 1916 部，计 8416 卷，合订成 414 厚册，附有樟木夹板，共装成 40 夹。他希望因此举能引起印度学者对中文研究的浓厚兴趣，并藉此增进两国间的亲密友谊。[1]

1. ［印度］巴宙：《中国第一位驻印"文化大使"》，见谭中《谭云山与中印文化交流》，第 167 页，香港：香港中文大学出版社，1998 年版。

（三）　成立中国语言文学专业，招生开课

　　印度的中文教育以加尔各答为最早。因为加城是印度第一商埠，离东南亚较近，有较多华人在此经商与居住。华人中又以具有重文传统的客家人居多，所以中文教育在 20 世初，即已在加城华人中出现，教育对象主要是他们的子女，教育程度只停留在中小学阶段。

　　印度大学的中文教育始于 1918 年加尔各答大学，但由于缺乏合格师资，学生常送到法国、越南、日本培养。印度高校的中文教育走上正轨，始于国际大学的中国学院，始于谭云山。

　　国际大学中国学院院章总则第二条说："本院目的乃在建立并发扬中印文化之交流，因此本院将供给中国学者研究印度语文、宗教及哲学等，以及印度学者研究中国语文、宗教及哲学等之方便，而佛教为所有研究之中心。"这说明，中国学院既重视学习，又重视研究；既为中国学者提供学习印度文化的条件，又为印度学者提供学习中国文化的条件。为了达到这个目标，中国学院采取了两大有效措施：一设立"中国文化讲座"和"中国佛学会讲座"，二设立学员

甲乙两种奖学金。

从结果来看，中国学院的专业教学是非常成功的。在不长时间内，国际大学成了印度的中国学摇篮，印度各大学的中国学师资几乎都来自国际大学，或者与国际大学有关。谭云山最早的学生只有五名，其中三名是教师，两名是研究人员。著名孟加拉文作家、图书馆长慕克吉教授就是其中之一。利用中国教育部设立的奖学金，谭云山组织交换的教授有师觉月（P. C. Bagchi）、蒲罗丹（Pradhana）和巴帕提（P.V.Bapat）。师觉月和蒲罗丹，都到过北京大学进行研究与教学。师觉月是印度著名中国学家，出任过国际大学副校长。蒲罗丹为著名梵文教授。巴帕提没有去中国，而是在国际大学中国学院做三年研究（1945—1947）。他出任过德里大学佛学系主任。在印度的留华学生中，日后成绩卓著的有白春晖（Paranjpe）、泰无量（Amitanth Tagore）、南希真（Ramanan）等等。中国派往印度的留学生有王汉中、沈锜、魏鉎荪等，都学有所成，在印度大学获得博士学位。

通过其他渠道到印度，接受中印学会和中国学院各种形式帮助的中国学子，不胜其数。后来事业有成的就有周达夫、吴晓铃、石素真、常任侠、徐梵澄、金克木、游云山、杨允元、巫白慧、冉云华、李开物、杨瑞林、糜文开等。其中，游云山不大为人熟悉。其实，她就是大名鼎鼎的台湾尼众领袖晓云法师。1998年正值谭云山诞辰100周年，她在题词中写道："余得住于学院前后五载，承谭院长之关照，感念之至！"[1] 不少印度学人通过中国学院或得到中国学院帮助，而成就事业者亦不在少数，其中，包括郭克雷（V. V. Gokhale）、慕克吉（P. Makherji）、苏季子（Sujit Mukherji）等等。

1. 原件存在深圳大学谭云山中印友谊馆。

谭云山在德里大学演讲。

谭云山十分爱护学生。他说，此生最大希望、最大财富是学生。他是用心、用生命来从事教育工作的。他十分赞赏孟子的"三乐"思想。有一次他去德里大学，中文系的学生闻讯请他开讲座。他就以孟子的"三乐"为题开讲，学生多少年后还赞叹不已。除了对孟子的崇敬之外，还有谭云山自己身世的原因。孟子说："君子有三乐，而王天下不与焉。父母俱存，兄弟无故，一乐也；仰不愧于天，俯不怍于人，二乐也；得天下英才而教育之，三乐也。"谭云山是孤儿，幼失怙恃，尽孝之乐对他来说已不可奢得。于是他移孝作慈，对学生格外爱护。谭云山不仅在印度大学开设中文课程，而且以卓越的教风，树立了神圣的教师形象。有些学生称他为"中国圣人"，原因多从此来。

（四）　组织中印学者交流、学生留学

20 世纪上半叶，中国和印度都处于一个特殊的历史时期。中国发生抗日战争和国共内战，印度处于英国殖民统治之下。中国朝野都需要印度特别是印度人民的支持，印度人民希望得到中国政府和人民的支持，而印英当局则心态复杂，既需要和中国保持同盟关系，又不愿意中国和印度民族力量走得太近。谭云山和中国学院刚好能满足中印之间处理复杂关系的需要。中印之间的许多学者、学生的交流，是通过中印学会和印中学会来操作的，谭云山则是实际的操作者。

在那段特殊岁月里，印度到中国访问的高级学者，几乎都是通过谭云山安排的。1944 年 5 月，贝拿勒斯大学副校长、著名哲学家拉达克里希南访问中国，开启了印度学者来华讲学的先河。1945 年 11 月，印度东方艺术学会副会长、著名美学家甘歌利应邀来华讲学，都由中印学会参与安排。

1943 年，中印两国政府商定互设留学生奖学金。同年 11 月，印度派出首批留学生 10 名（实到 9 名）来华，受到中国各方面的热烈欢迎。中国派去的 10 名留学生（6 人就读大学，4 人学习实业与工程），也受到印度人的热烈欢迎。

1947 年，印度成立临时政府，政权开始回到人民手中，尼赫鲁进一步加强中印学者、学生交流。当年派出著名汉学家师觉月到北京大学为首任讲席教授，并派出 10 名公费留学生，其中 3 名为大学助教，7 名为硕士。作为对等，中国派往印度的首任讲席教授是谭云山。从中国派出的公费、自费留学生源源不断来到印度。

中国的印地语（印度国语）教育始于 1942 年的昆明东方语文专科学校，首任印地语教师

辛哈（K. K. Sinha），由谭云山从国际大学选送。1949 年，东方语专合并于北京大学东语系。

　　特殊年代，特殊身份，谭云山为中印学者、学生交流作出了特殊贡献。他在 1946 年 3 月 15 日写给教育部长朱家骅的信中说："由部补助徐琥（梵澄）每月印币三百盾及常任侠、杨允元每月各二百盾，当由部中先一次寄给六个月。该六月之期，转瞬即满，应请部中继续予以补助，并将款先行汇发，俾各得安心工作，毋任感祷。"[1] 从这封信中可以看出，谭云山为当时的中印学者、学生交流，担负着非常重要而艰难的任务。信中提及的徐梵澄、常任侠、杨允元，后来都在学术上做出了巨大贡献。而在《谭云山文献》中保存下来的此类文稿非常多，说明他当年工作的辛劳与责任。

1. 此信收于深圳大学谭云山中印友谊馆《谭云山文献》第 4 册。

（五）　组织中印政要、名流进行互访

　　中印朝野在那特殊年代的特殊关系，给谭云山在组织安排政要、名流互访、交往中发挥才华的绝佳机会。1939 年 8 月，印度国大党领袖尼赫鲁应邀访华取得重大成功。他受到中国朝野 193 个社会团体的热烈欢迎，接待规格完全是国家元首标准。当时日机轰炸频繁，尼赫鲁在重庆期间五次躲进防空洞。但是，正是这次访问，大大增进了他对中国的了解。他说："中国人的承受压力的能力是令人吃惊的。但最使我印象深刻的是他们的从容镇定和抗战到底的决心。"[2]

2.《尼赫鲁选集》第 10 卷、第 112 页，新德里，1972 年版。

尼赫鲁的这次成功访华，和谭云山出色的幕后运作是分不开的。1939 年 8 月 18 日谭云山致重庆各部门的一封电报说："重庆分送中央党部朱秘书长，并转蒋总裁、戴院长、教育部陈部长，并转孔院长、叶部长钧鉴，印度领袖定于廿日飞华，已代致欢迎。到请款待。谭云山叩。"[3]

3.《谭云山文献》，深圳大学谭云山中印友谊馆。

　　作为对尼赫鲁访华的回访，戴季陶于 1940 年冬访问印度。谭云山与戴季陶关系特殊，一是戴在中印学会、中国学院成立过程中角色重要，二是他对佛学有深厚造诣。谭云山称其为季师，给其他要人写信，称大鉴、钧鉴，对戴则称慈鉴。戴季陶这次访印，谭云山安排他和泰戈尔会见，和圣雄甘地会见。印度报章对戴访印进行了大量报道。当时，尼赫鲁已入狱，戴带着蒋介石的信和礼品到尼家慰问。尼在狱中对蒋和戴都写了回信表示感谢。拜访甘地则由大企业家巴佳基（J. Bajaj）陪同。这也是谭云山的有意安排。这次访问，对甘地的"非暴力"思想和"新的自卫手段"，有了直接了解。1942 年 2 月，蒋介石夫妇访印，是中印关系史上一件大事。真正的目的，是说服印度民族领袖巩固同盟国阵营，同时要求英国尽早还政于印度人民。在谭云

山的巧妙安排下，蒋氏夫妇与尼赫鲁在国际大学中国学院和去加尔各答的火车上，有足够的交流机会。为了和甘地进行沟通，谭云山陪同蒋氏夫妇来到甘地的"三等车厢"办公室，商谈五个多小时。还安排印度首富比尔拉用家庭素筵招待蒋氏夫妇，尼赫鲁作陪。这次访华，从总体上讲，取得了很大成功，1942 年 6 月，甘地写信给蒋介石，表示无保留地支持中国抗战。

　　在接待社会贤达、宗教人士方面，谭云山也是全力以赴。重建鹿野苑中华佛寺，是道阶、德玉等高僧的心愿。在谭云山的努力下，新加坡商人李俊承出资在唐代佛寺原址附近购地兴建。1939 年，宏伟的新寺落成，从缅甸请得巨大玉佛一尊。同年，李俊承出版《印度古佛国游记》，民国政府主席林森为其题辞"淑世仁踪"。1940 年初，太虚法师率中国佛教团访印。太虚是中国佛学会理事长，在中外佛教界有着广泛影响。他拜访了尼赫鲁，尼与太虚进行了长时间的交谈。太虚还专程访问国际大学，除了和泰戈尔交谈之外，还和谭云山就佛教发展问题进行了深入的讨论，希望谭云山利用自身优势，为重振菩提迦耶多出力。他给谭云山的题诗，表达了自己的殷切希望：

　　　　中华孔老释三家，次第曾开福慧花；

　　　　好译大乘还梵土，菩提树再苗灵芽。

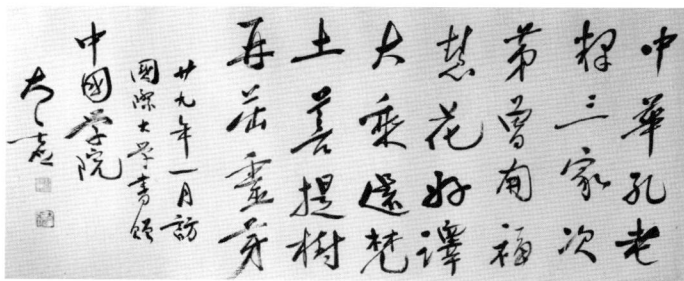

太虚大师手迹

　　徐悲鸿的印度之旅，可以说时间长、成果多，在中印文化交流史及徐悲鸿艺术发展史上，都是极为浓重的一笔。徐悲鸿为甘地、泰戈尔所作的人头画像，在各国画家的同类作品中享有盛誉。在甘地、泰戈尔支持下，徐悲鸿在国际大学和加尔各答举办画展，泰戈尔亲自写序，热情称赞徐的绘画艺术。在国际大学期间，徐悲鸿吃住都在中国学院，和谭家结下了深厚友情。

　　从以上数例可知，谭云山待人接物，尽心尽力。除了知名人物，还有更多当时并不知名但又需要帮助的人。谭云山也热情有加，慷慨相助，"直到伤害自己为止"。

（六）　沟通中印民众，为抗战服务

除了在中印上层人士中做大量牵线、联络工作之外，谭云山还利用自己的特殊身份，直接向印度普通民众作演讲，宣示中国人民的抗战立场。回到国内，又利用一切机会，向中国民众通报印度人民支持抗战的立场和行动。中国需要印度人民支持，以争取抗战早日胜利。印度人民需要中国支持，促进民族独立早日实现。谭云山深知这两者互助互长关系，他发表一系列演讲、文章，在沟通中印民众，化解矛盾，发挥了很大作用。1942 年 3 月 7 日，谭云山所写《良心的呼吁》一文，印度几乎所有大报，都有发表。文章呼吁印度民众，为了自己的利益，为了世界和平，暂时停止抗英，参加到反抗德日法西斯的运动中来。1943 年 7 月 7 日，是芦沟桥事变六周年，印度国大党举行中国日。谭云山应邀出席并作演讲，他说："我向国际友人、印度朋友保证，不管遇到什么困难，中国决不停止抵抗。我们为独立而战，为人类的公道与正义，为种族平等与自由而战。我们中国人最看重的是信用。孔子说：足食、足兵、民信三者中，最重要的是民信。一个独立、强大的中国对国联只会有益，不会有损，对整个世界也是如此！"

国大党发动的支持中国抗日的活动，谭云山积极参加和支持。1938 年，国大党选派五名优秀医生援华。谭云山回到国内，对他们给予种种帮助。巴苏医生在 1938 年 11 月 29 日的日记中写道："要是没有谭云山教授的不断关心与帮助，我们也许就完全脱离潮流了。"[1] 谭云山为

---

1. ［印度］B.S. 巴苏：《巴苏日记》，第 52 页，北京：商务印书馆，1988 年版。

了便于交际，给每一位医生取了中国名字。他的做法是，在每位医生的姓后面加上一个中华的华，巴苏医生就叫巴苏华。因为又方便又上口，大家都乐于接受。

支持都是互相的。中国人民对印度人民的独立解放运动，也给予了极大支持。谭云山是表达和实现这种支持的桥梁。当印度人民遭遇大灾害，中国人民在经济极端困难的状况下，依然给予力所能及的帮助。1943—1944 年印度孟加拉大饥荒，死亡数百万人。宋庆龄、戴季陶等发起捐款。情况非常感人，有幼儿园小朋友做出小工艺品，出售后当善款捐出。谭云山将这些善款捐给了加尔各答的印度大菩提协会机构，由他们去拯救饥民。

谭云山长期生活在印度，在印华人所做善举，都会和他联系在一起。1944 年 5 月底，谭云山突然接到甘地的一封电报，说："我向中国表示美好的祝愿和热爱。"原来，在 5 月 25 日，六个中国人去拜访刚出狱的甘地。他们请甘地在以前的合影上签名，并为"哈里真"基金捐了一些钱。甘地为这六个人题赠："1944 年 5 月 25 日向中国表示我最良好的祝愿，世界对中国

抱有极大的期望。"甘地的题赠和电报，已经将谭云山当作中国人的代表。而事实上，谭云山也确实当得起这个代表。

（七）　著书立说，出版刊物

作为一名学者，著书立说是应有之义。在那战乱、奔波的岁月里，谭云山用中英文写下了许多著作，不得不令人惊叹。据不完全统计，谭云山的主要著作有：

（一）　英文

A．编写的书

1．Cultural Interchange between India and China(1937)

2．Buddhism in China Today (1937)

3．What is Chinese Religion (1938)

4．India's Contribution to Chinese Culture (1942)

5．Chinese Studies in India (1942)

6．My Dedication to Gurudeva Tagore (1942)

7．The Visva-Bharati Cheena-Bhavana (1944)

8．The Spirit of Indian and Chinese Cultures (1949)

9．Great World Union and Union of Asia (1949)

10．Ahimsa in Sino-Indian Culture (1949)

11．Sino-Indian Relationship (1950)

12．Ways to Peace (1950)

13．The History of Chinese Language and Literature (1952)

14．Awakening of Consciousness: Sri Aurobindo's Message to the World (1957)

15．Twenty Years of Visva-Bharati Cheena-Bhavana (1957)

(The above books were all published by the Sino-Indian Cultural Society, Santiniketan, India)

16. Modern China published by Kitabistan, Allahabad, 1944

17. China, India and the War, published by The China press, Calcutta 1944

B. 编辑的期刊:

The Sino-Indian Journal《中印学报》1947，1948

（二）　中文

1.《海畔诗集》，广州，1930 年

2.《印度洋上》（诗集），广州 1931 年

3.《世界历法与历法革命》，南京，1933 年

4.《印度周游记》，南京，1933 年

5.《印度丛谈》，上海，1935 年

6.《印度自治》，上海商务印书馆，1935 年

7.《印度六大圣地图志》，上海，1935 年

8.《圣哲甘地》，南京，1936 年

9.《诗圣泰戈尔与中日战争》，重庆，1939 年

10.《印度人民对吾抗战同情》，重庆，1939 年

11.《现代中国讲演集》，重庆，1939 年

12.《南洋回忆》，新加坡，1950 年

13.《祖国观光及其他》（诗集），印度中印学会，1959 年 [1]

1. 谭中:《谭云山与中印文化交流》，第 301—302 页，香港：香港中文大学出版社，1998 年版。

和现代一些著作等身的学者比，谭云山的著作在数量上并不丰多，但自有特点。正是这些特点，奠定了他在现代中外文化交流史上的不朽地位。

首先，谭云山是位思想者。他慎于思，敏于行。经过深思熟虑，而且在自己的行为实践中得到检验的，才付诸笔端。其次，谭云山学佛，善于内省。重感悟认知，不好侃侃而谈。所以，谭云山的文章言简意赅，内涵深远。虽然几十年过去了，社会发生了天翻地覆的变化，但是依然经得住考验。不仅如此，许多文字至今仍可奉为座右铭。例如，他为中印学会拟定的宗旨，后来又成为中国学院的宗旨。这三十六字，对于今天办在印度的孔子学院或整个中印文化交流

事业，依然是可以奉为准则的。又如他对"中国教"的定义，

不但精当、全面，而且深刻。[1] 最能体现谭云山精神气质

1. 谭云山认为："中国教"的宗旨是至善、至美，实践是正心、修身、齐家、治国以达到世界的

的是他的《中印箴铭》：

太平幸福，天堂是天下大同，最终目的是天人合一。

> 立德立言，救人救世；
>
> 至刚至大，有守有为；
>
> 难行能行，难忍能忍；
>
> 随缘不变，不变随缘；
>
> 自觉觉他，自利利他；
>
> 己立立人，己达达人；
>
> 慈悲喜舍，禅定智慧；
>
> 格致诚正，修齐治平。

《谭云山与中印文化交流》，
谭中著

值得我们今天愿为人类进步事业作出贡献的志士仁人所学

习和效法。[2]

2. 关于谭云山精神，详见本章附录《〈中印箴铭〉六十四字真言初解》。

　　谭云山是学者，但是为了强身健体的需要，他自创了

一套《太极神功》，这套神功的口诀不但为中华武文化增

添了新鲜血液，也显示了他的哲思与文采：

太极神功

上段：发端（起功）

　　《天地与我并生，我与天地共存》

　　（一）　太极动　两仪生

　　（二）　两仪交　四象转

中段：精进（本功）

　　《万物皆备于我，我与万物为一》

　　（一）　乾通达

　　（二）　坤开展

　　（三）　震上旋

（四）　巽后转

（五）　坎荡漾

（六）　离点然

（七）　艮声峙

（八）　兑深远

下段：圆满（结功）

《放之则弥合六，退之则藏于密。》

（一）　乾坤一，宇宙全；

（二）　百物长，万事成。[1]

1. 谭中：《谭云山与中印文化交流》，第 132 页，香港：香港中文大学出版社，1998 年版。

谭云山六十四字真言

谭云山从小善诗，而且是多面手，不仅善旧体诗，也善新体诗、白话诗；不但用汉语作诗，而且写英文诗。其中，以旧体诗为最重要。他以诗记事、明志、述怀。一读他的诗，一个活生生的诗人就出现在眼前。所以，研读谭云山的诗，是了解他本人的最重要的第一手材料。1959 年刊行的《观光祖国诗及其他》，是谭云山的重要诗集，收有观光祖国诗三篇 24 首，附赠陈毅元帅诗 2 首；解放后观光前诗二篇 16 首，近诗 9 首；浴三洋诗三篇，每篇均五言二十句。另外，1968 年 8 月谭云山作《忆昔八章》，是赠给妻子陈乃蔚的。"这八首诗更是谭云山对个人、对时局、对中印关系、对中国国内发展种种变化的一种大总结。"[2] 所以，是最见心见性的。

2. 谭中：《谭云山与中印文化交流》，第 141 页，香港：香港中文大学出版社，1998 年版。

除了作诗之外，谭云山也有若干译诗。长期居住印度的谭云山，因交际和工作的需要，他除了通晓英语之外，还对梵语、孟加拉语有研究，从事汉梵、孟汉翻译。1934 年，泰戈尔锡兰举行的释伽"成道、诞生、涅槃"纪念大会，被推为主席，他在会上诵了一首赞佛诗。

事后泰戈尔用孟加拉文写出送给谭云山。1935 年 5 月 18 日，加尔各答的大菩提社（Maha Bodhi Society of India）举行释伽诞生纪念会，请泰戈尔做主席。他在会上除了发表演说，还诵出两首佛诗。这两次会上所作佛诗，均由谭云山从孟加拉语译成汉语。谭云山对 1935 年的佛诗的汉译如下：[1]

1. 谭云山：《泰戈尔甘地与佛教》，载《中央日报》，民国 24 年 11 月 2 日，第 2 版。

（一）

佛陀吾师尊，佛陀吾救主。

汝之诞生地，真实在此处。

此处之世人，残酷且苛刻。

惟汝之仁慈，拯彼于永劫。

助彼生信心，不复自失坠。

彼因忘记汝，乃忘凶恶日。

（二）

请就汝宝座，于彼堡垒门。

当彼正傲慢，狂乐且欢宴。

惟汝之光明，出自双目间。

战胜彼醉命，无限之凶险。

彼将无告者，蹂躏于脚跟。

彼为柔弱者，锻制此锁链。

从谭云山的译诗可知，泰戈尔确是现代佛家大菩萨，戴季陶喻其为"维摩诘长者"，非常贴切而形象。同时，又可知谭云山译佛诗功底不凡，颇有唐宋译经遗风。

谭云山对出版工作看得很重，他总是千方百计迎难而上。其中，有两项值得一提。其一，他将 1938 年泰戈尔和日本诗人野口米茨朗之间关于侵华战争的四封辩论信，以《诗人对诗人》（Poet to Poet）的书名出版，在当时产生了巨大影响。其二，他在 1947 至 1948 年，得到师觉月的支持，编辑出版《中印学报》（The Sino-Indian Journal），对中印文化交流颇具意义，只是因缺乏经费而不得不停止。

以上，就是谭云山从 1927 年认识泰戈尔，许身中印文化交流事业，到 1967 年退休四十年间，为中国学院的开创与建设所立下的七大功绩。1967 年退休之后，他继续为中国学院操劳之心不变，但不在其位不谋其政，加上其他一些因素，谭云山逐渐将精力投放到中印佛教交流事业之上，主要是在菩提迦耶筹建世界佛学苑。这也是谭云山当年投身中印事业的初衷之一。可以说，谭云山的人生分为两大阶段：1927 年之前，主要在中国和东南亚，共 29 年，为其人生第一阶段；1928 年至 1983 年主要在印度，共 55 年，为其人生第二阶段。在印度期间谭云山的事业和生活又可分为两个阶段：1928 年进入国际大学至 1967 年退休，为中国学院阶段，共 40 年；1967 年至 1983 年逝世，虽然仍常住中国学院，但心在菩提迦耶，并终老于斯，共 16 年，为菩提迦耶阶段。

从中国学院到菩提迦耶，谭云山的心路历程，在《忆昔八章》中表述得十分清楚。《八章》之二："荏苒流光四十年，儿孙绕膝已成群；成家立业等闲事，一炷心香为救人。"他将在中国学院"成家立业"的四十年视作"荏苒时光"。这是一位退休者的淡泊心态。《八章》之五："中印交流已肇端，犹存佛愿未曾完；几时削发作僧侣，脱去白衣着黄衫。"这说明研佛、事佛是他的宿愿。但到晚年，他向佛之心愈老弥坚，还有时事与现实的原因。这在《八章》的最后一首诗中表述得更为清楚："婆婆世界孽缘深，自性净清自照明；愿代众生无量苦，皈依释伽学忍仙。"[1]

谭云山最后 16 年，为建造菩提迦耶世界佛学苑，呕心沥血，劳苦功高。《佛光大辞典》第 7 卷有条目"谭云山"，对其所作贡献，评价颇高。谭云山在中印现代佛教交流史和世界现代佛教发展史上，令人景仰和感叹！

谭云山逝世后，印度总理英迪拉·甘地夫人写信给谭中说："他是位伟大学者，是崇高的文化人。泰戈尔师尊和我父亲都敬爱他。他和圣地尼克坦心连心，对增进印度和中国两大文明之间的了解作了巨大贡献。"[2] 中国著名学者季羡林在谭云山诞辰百年纪念文集的前言中，这样写道："真正从事继续构建中印友谊金桥的人却不是太多，这样的人必须具备大勇气和大智慧，识见逾越侪辈，目光超出常人。换句话说，就是这样的人决非常人，决非等闲之辈。如果用一个譬喻的话，就是我们常用的凤毛麟角。世界上，在中国，有没有这样的人呢？有的，他就是谭云山先生。"[3]

1.《忆昔八章》定稿于 1968 年 8 月 2 日，是给妻子陈乃蔚的赠诗。诗末有记："赠妈：尘缘将了，来事未定。一时激动有感，赠此八章，聊当四十年辛劳跟苦同居纪念。从今不言家务，不谭闲话，不谈是非。存心养性，反省求己。冀能长生久视，离苦得乐也。"《忆昔八章》为存稿，见《深圳大学印度研究通讯》2009 年第 3 期（总第 4 期），原稿存深圳大学谭云山中印友谊馆《谭云山文献》。

2. 谭中：《谭云山与中印文化交流》，第 295 页，香港：香港中文大学出版社，1998 年版。

3. 谭中：《谭云山与中印文化交流》，第 xvi 页，香港：香港中文大学出版社，1998 年版。

2011 年 7 月 11 日，文化部主办"谭云山现象与 21 世纪中印文化交流"中印文化艺术界高层论坛。

2008 年 11 月 21 日，谭云山后人出席深圳大学谭云山中印友谊馆开馆仪式。

　　我们认为："谭云山作为一名杰出的中国学者。为了中印文化交流，为了印度的中国学建设，奋斗到生命的尽头，最后终老五天。他是一位友谊的使者，文化的传播者，中华民族的赤子忠臣，印度人民的忠诚朋友。在那个翻天覆地的时代，他为中国和印度这两个伟大民族所作出的历史贡献，随着历史的流逝而显得越来越灿烂。中国古代对国家社稷有大功之人，无论朝廷还是民间都有谥号。现在是新时代，已无此惯例。但若论其牺牲之大，贡献之巨，当谥'文忠'。"[1]

1. 郁龙余等：《梵典与华章》，第 457 页，银川：宁夏人民出版社，2004 年版。

　　时代发展到今天，我们回头再去看谭云山和中国学院，不觉得中国学院就是最早的海外孔子学院吗？谭云山不就是最早的孔子学院院长吗？谭云山和中国学院，对今天的中外文化交流来说，有着重要的借鉴意义和榜样作用。谭云山精神，值得我们在对外文化交往中大力弘扬。

第二节　谭中的汉语教学与中印研究

谭中是谭云山的长子和哲嗣。孔子讲孝，重视的是继志。他说："夫孝者，善继人之志，善述人之事者也。"（《礼记·中庸》）孟子强调继嗣，说："不孝有三，无后为大。"（《孟子·离娄上》）谭中既继嗣又继志，有了谭中，谭云山不但后继有人，而且将谭云山的事业，大大地向前推进了一步。如果说，谭云山是印度现代汉学的开拓者，将印度现代汉学扶上了马，谭中则牵着马，送了非常关键的一程。印度现代汉学，能有今天的水平和特色，谭家父子功莫大焉。印度著名外交家梅农（K. P. S. Menon）说："中印两国应该认为最幸运的是，谭云山的儿子，谭中博士，从尼赫鲁大学中文教授退休后，现在担任英迪拉·甘地国立艺术中心教授顾问，正在把这一可贵的遗产承继下去。"[1] 梅农的这段话说得相当有见地。

1. ［印度］梅农（K. P. S. Menon）：《我向谭云山致敬》，见谭中：《谭云山与中印文化交流》，第182页，香港：香港中文大学出版社，1998年版。

一、　印度的汉语教育与中国研究

谭云山的汉语教育主要在加尔各答附近的国际大学。印度独立后，政治文化中心迅速从加尔各答向德里转移。谭中的汉语教育亦以德里为中心，正好适应了这种政治、文化中心的转移。

谭中1955年从中国到印度，他在中国接受了最好的中国学教育。到印度后，又取得了学士、硕士、博士学位，在学历上明显区别于谭云山。然而，这正是谭云山所希望的。谭中说："记得一九五七年我刚到印度两载并通过考试得到学士学位而获得能找到教书工作的一线光明后，父亲因公到新德里跑了一趟，带回了一首诗说：生当浊世自艰难，今日情形又别看；利器在怀聊一试，披荆剪棘斩楼兰。"[2]

2. 谭中：《谭云山与中印文化交流》，第4页，香港：香港中文大学出版社，1998年版。

谭中在很长一段时间里，以教中文谋生，他的硕士、博士学位是边教学边读书拿下的，比别人辛苦很多。这既是生计的需要，也是工作的需要。谭中获得学士学位后，在浦那（Pune）的印度国防学院做中文讲师，后来又到德里的外国语文学校教翻译班。1963年，因中印失和发生边界战争他被辞退。其实，谭中因祸得福，他从国防学校来到德里大学，以副教授身份当了

7 年中国日本系主任，培养了许多学生，做了许多有影响的学术工作。有人说他"出于幽谷，迁于乔木"，非常贴切。1978 年，他被尼赫鲁大学聘为正教授，担任亚非语文系和东亚语文系主任，直到 1994 年退休。

由于谭中长期在印度最重要的中文专业任教，为印度培养大批专业人才。这些人才，现在已经成了印度中文教育的中坚力量，如尼赫鲁大学的马尼克（Manik Batthacharya）、墨普德（Priyadarsi Mukerji）、邵葆丽（Sabaree Mitra）、狄伯杰（B.R.Deepak），德里大学的谈玉妮（Ravni Thakur）等等。

谭中在德大、尼大充分利用有利条件，搭建中国学研究的平台，不但有力地提升了印度当代的中国学研究水平，而且使得印度的中国学在国际中国学研究中独具特色。这些特色主要表现为两个方面：

2010 年 12 月 15 日，温家宝总理向谭中先生等颁发"中印友好贡献奖"。

（一）　在人才多元化中显现核心力量

印度研究中国的人才来源是多元的，除了中国之外，还有美国、英国、法国、加拿大等。这种多元局面的形成，既是传统因素的作用，又是当时政治的需要。1962 年，中印边界发生战争以后，印度政府决定在德里大学进行中国研究，目的是为了"知敌"（Know thine enemy），美国的福特基金会给予特别赞助。通过福特基金会，将一批学者派到国外深造。谭中先生在佛学系下成立了一个中国研究中心（Center for Chinese Studies），他就是"有实无名"的中心主任。到 1964 年，派出进修的学者陆续回来，就正式成立中国学系（Department of Chinese Studies），起初只有都德（V. P. Dutt）一位教授。谭中得到博士学位后，由讲师升副教授。1971 年，都德升任副校长，谭中则升为系主任。后来，由日本基金（Japan

Foundation）提供资助，增加日本研究，系名改为中日学系，后又改为东亚学系。草创之初，师资缺乏，福特基金会请哥伦比亚大学的胡昌度教授担任德里大学中国研究项目的顾问，请在美国教中文的韩效忠来任教。胡昌度两年后离去，韩效忠升为顾问，从台湾请何景贤、王国维来教中文。几年之后，他们也都离去，由深造归来人员充实教师队伍。其中包括耶鲁大学的历史学家 Giri Deshingkar、哥伦比亚大学的政治学家 Mira Sinha Bhattacharjea、哈佛大学的社会学家 Krishna Prakash Gupta 和加州大学伯克莱分校的政治学家 Manoranjan Mohanty。这样，以谭中为首的研究中国的国际小团队，就自然形成了。谭中调任到尼赫鲁大学后，这个小团队因为志同道合，就一直保持着密切联系。其中除了 Krishna Prakash Gupta 之外，其他人都成了印度最著名的中国通，受到印度历届政府重视。这个小团队是在人才多元化中显现出来的核心力量。谭中在德里大学中国学系采取了两项措施：一是建立自己培养中国专家的机制，办"速成中文班"，让已具有硕士学位的印度学生能够使用中文资料，进而让他们进修副博士或博士学位；二是到历史系、政治系去，为硕士生开设中国课程。

尼赫鲁大学开办于 1969 年。谭中到了之后，针对新大学的特点，为加强中文专业建设，采取了三条措施：首先，采用北京语言学院（今北京语言大学）出版的汉语教材，以报章杂志和文学作品为补充；其二，向学校争取增加教师名额，10 年间从 3 个名额增加到了 10 个；其三，成立独立的中文系，开始是成立东亚语文系，后来又将它分成中文系和日文系。尽管此时谭中已退休，但他的这三大措施取得了成效。其中，最大的标志是尼赫鲁大学的中文教学和研究水平后来居上，处于全印度的领先水平。这是一项了不起的成就。如果说，当年谭云山白马投荒，将印度大学的中文教育纳入正轨，那么谭中则将印度大学的中文教学、研究迅速提升到国际水平。谭中刚到德里大学时，校长笑着说"I am glad to have you / 高兴能得到你"。尼赫鲁大学的校长应该也是这种心情。

（二） 中国研究的驱动力前后不同

印度当代的中国研究，分前后两个阶段。第一阶段以地缘政治为驱动力。中印边界战事失败后，在"知敌"目的的驱动下，印度军方院校、普通大学办起了中文专业和中国研究机构。这是不言而喻的。第二阶段，即近二十年以来，印度的中文教育和中国研究，有了新的长足的发展。这种发展的驱动力主要来自经济和商贸。

在第一阶段，尽管中文教育和中国研究的驱动力来自地缘政治，是为了"知敌"。但是，谭中认为："印度正宗的'中国专家'没有一个反华健将。"他进一步分析说：印度对中国有兴趣、有信息、有主见的人可以分为三类：第一类是认真研究过中国、学过中文，懂得中国文化的。他们一般倾向于对中国友好，他们中间特别是那些对中印两大文明交往历史有些了解的人，都主张中印友好或 CHINDIA 中印大同。第二类是有军事或情报任务经验，主要从战略与安全的角度来看中国发展的，一般认为中国是威胁。在印度政府国防机关或情报部门工作过的人们接触的多半是中印关系的事务。他们退休以后，自然也成了中国通。退休的国防专家，情报专家，多半会认为中国是一个潜在的敌人。第三类是研究经济以及从事企业、贸易的，包括一些对时事很关心的媒介人士，他们在政治上相对地中立，但认为中国对印度极为重要，应该发展中印关系。这些人中许多人认为中国也不是敌人，但不要跟中国走得太近，他们对 Chindia 这种理想主义并不热情，也不驳斥。第三类人占了绝大多数。"对中国有所猜疑、甚至有敌意的印度学者人数并不多，但影响很大。"[1]

1. 石之瑜等：《谭中教授口述历史访谈》，台北：台湾大学社会科学院，2008 年 5 月 18、19、30 日。

德里大学谈玉妮（Ravni Thakur）说："当今印度对中国的看法可分为四大派，第一派认为中国是对印度安全的主要威胁，这种观点在印度安全战略部门和军队中占统治地位。第二派主张走中间路线，认为中印可以发展长期稳定关系，发展经贸，这一派知己知彼，是印度的主流。第三派是'文明派'祖师是泰戈尔，主张中印文化交流，建立永恒的友谊。第四派是左翼，

2. [印度] 杰伦·兰密施：《理解 Chindia：关于中国和印度的思考》，第 41—45 页，银川：宁夏人民出版社，2006 年版。

因中国是社会主义国家而对中国亲善。"[2] 谭中和谈玉妮的观点，可以互相佐证。

2007 年 4 月，谈玉妮出席"中国印度关系国际研讨会暨 2007 中国南亚学会年会"。

印度和许多西方国家一样，由于语言的障碍，对中国真正了解的人不多。在过去很长一段

时期中，汉学家常常被当作古董，放在博古架上。他们在社会上的影响很小。自从新中国成立，汉学家变成中国学家、中国通，汉语的重要性愈来愈凸显。"哥伦比亚大学的胡昌度教授说，美国的中国留学生本来很难找到工作，中华人民共和国建立以后，美国要透彻了解中国就得靠懂中文的知识分子，中国留学生都吃香了，他们不管是反共还是亲共都从心里喊'毛主席万岁'，这当然是说说笑的，但也说明了语言、特别是中文，是外国要了解中国的一把钥匙。"[1]

1. 石之瑜等：《谭中教授口述历史访谈》，台湾大学社会科学院，2008 年 5 月 18、19、30 日。

倘若一个民族的语言、文化在其他民族中的接受程度，和这个民族被接受的程度成正相关，那么，这个民族是有希望的，其语言、文化也是有希望的。印度的情况，再次告诉我们，外国人越了解中国的语言、文化，对中国的喜爱就越深。因为中国文化是开放的，具有亲和力，外国人对唐诗宋词、明清小说、鲁迅老舍，懂得越多，就必然越喜欢中国。这是一笔最可宝贵的民族财富。在以往印度的中文教育中，文学往往不是主导课程，但其作用却在学习者的人生旅程中举足轻重。文化、文学的滋润，往往如春风夜雨，不为人知，其力量也在此。谭中深知诗词的力量，在教学中给予足够的重视，并将中国古代诗词精华选译成英语，在印度出版《中国古典诗词》。

二、 谭中的中国印度研究

谭中生在马来亚，幼时到过圣地尼克坦，诗哲泰戈尔为他起名无忧（Aśoka），后回湖南读书，1955 年 26 岁时到印度。由于他持有中国护照，印度人自然称他中国人。为了工作方便，他加入了印度国籍，中国人就说他是印度人。1999 年，他移居美国并入籍，许多人不知该如何为他判籍，我则称他为"美籍华人印度学家"。其实，他赴美之后，心仍在印度。他是当今世界最知名的印度学家之一。不过谭中的印度研究有他自己的特点，与众不同。

第一， 独辟蹊径，不落窠臼。

西方人做研究有一套规矩，久而久之，就成了不准更改的老套。

谭中继承了谭云山的创新精神，加上他有极好的汉学功底，所以在做硕士论文、博士论文时，他不肯就范于西方的成规，而是独辟蹊径，进行了大胆创新。正因为如此，谭中获得了成功。他的博士论文出书后，成了印度的教科书。但是，印度是所谓"英语国家"，思维受英语思维影响，谭中的研究方法也受到了某些学者的质疑。例如，2004 年 12 月他应邀出席在新德里召开的英文著作 India and China: Twenty Centuries of Civilizational Interaction and Vibrations 的首发式。此书由谭中和北京大学教授耿引曾合著，会上谭中作主旨发言，中心论题是他一贯主张的"中印大同"。与会者有各学科的专家，其中有一位研究方法论的尼赫鲁大学教授，从历史学、宗教学角度对谭中的理论提出批评。这位方法论专家还引用法国后现代主义话语，指出谭中的逻辑思维不够标准。谭中据理力争，坚持己见。最后，谭中的中印大同的理论在许多学者中引起共鸣，他的观点获得了很多人的支持。

其实，谭中和方法论专家的争论，不局限于方法层面，它涉及到两种语言思维的异同问题。谭中熟悉中文思维、印度思维，也熟悉英语思维。但是，他偏爱中印思维，认为："中国和印度都有丰富理论逻辑智慧，应该从中印文明之中找到一种研究中印问题的方法。"[1] 他对盲从英语思维不以为然，批评用美国方法解释中文语法："比方说'我好'，把'我'当作名词的主语，把'好'当作表达状态的动词（stative verb）的谓语。这样的解释有两个毛病：（1）中文的词性是可以灵活变通的，'好'这个字，既是形容词，又是名词，又可以当作动词，不必机械；（2）中文句子不一定完全符合主语加谓语的公式，也不一定要加动词。"[2] 我

<small>1. 石之瑜等：《谭中教授口述历史访谈》，台北：台湾大学社会科学院，2008 年 5 月 18、19、30 日。</small>

们可以以小见大。谭中在这里争辩的不仅仅是阐释方法问题，而是反映了近三百年来西方语言强势给全世界造成的负面影响。他说，Power 不是 Strength，Strength 是 Self-defensiveness，Power 是 To influence and dominate others。如美国人说 We have the strength but not enough power to dominate others，也显示两者的不同，这不只是语言的问题，也是文明体会上差异的问题。[3]

<small>2. 石之瑜等：《谭中教授口述历史访谈》，台北：台湾大学社会科学院，2008 年 5 月 18、19、30 日。</small>

<small>3. 石之瑜等：《谭中教授口述历史访谈》，台北：台湾大学社会科学院，2008 年 5 月 18、19、30 日。</small>

谭中在英语强势语境中，坚持创新与突破，在研究中独树一帜，十分难能可贵。

第二，学术研究，坚持中印合一。

谭中的研究工作，几乎都是中国和印度课题的合一与比较，极少有纯粹研究印度和纯粹研究中国的。这种中印课题的合一和中印研究方法上的合一，在很大程度上是通过中印比较来实现的。所以，谭中对中印课题的研究，显得十分自然、深刻和富于说服力。

中印合一是谭云山的传统。谭中家学渊源，从小耳濡目染，谭云山的"中印学"思想已沁

入心脾。

谭云山首倡中印学，这在世界学术界史上是一件大事。随着中印两国学术的发展，以及东方学术的崛起，谭云山的中印学思想必将得到越来越多人的重视。谭中坚持学术研究中印合一，除了"继志"和自身优势之外，更是"中印学"所蕴藏的能量所致。"中印学"对谭云山来说，既是理想又是实践。他为中印学会拟定的宗旨，后来又成为中国学院的宗旨，也是谭云山一生的宗旨，其内容是：研究中印学术，沟通中印文化，融洽中印感情，联合中印民族，创造人类和平，促进世界大同。中印学（中印学术）研究，放在宗旨的首位。谭中说："他所提倡的中印学，包括历史、地理、宗教、哲学、文学、语文学、政治学、社会学、人类学、天文学、地质学、物理、化学、生物、美术、舞蹈、气功、医术、养生之道等，只要是学问都能应用到中印学上来。换言之，只要有中印学就有世界上的种种学问。"[1]

1. 谭中：《谭云山与中印文化交流》，第 96 页，香港：香港中文大学出版社，1998 年版。

这是谭中对谭云山中印学的阐述，同时也是他自己奋斗的方向。

子继父志，子承父业，这在东方文化中是一种无比强大的精神力量，是西方文化所缺乏的。谭中接受了中国和印度两种文明的淬火，在孝道上显得比谁都坚韧。只有理解了这一点，才会懂得当兰密施发明 Chindia 这个新词时，谭中所表现出来的喜悦、惊叹甚至狂热。他热切地向我推荐《理解 CHINDIA——关于中国与印度的思考》，希望能组织翻译与出版。很快，他为此书的中文版写了一篇酣畅淋漓的《前言》。2006 年，谭中和耿引曾合著《印度与中国——两大文明的交往与激荡》，书中专门讨论了"中印

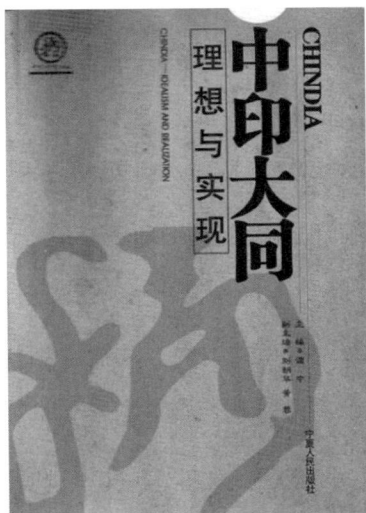

《CHINDIA 中印大同：理想与现实》，谭中主编，刘朝华、黄蓉副主编

合璧"（Sino–Indicratna）现象。他说："如果兰密施的书早出一年，我就会把'中印合璧'译成 CHINDIA 而不是 Sino-Indicratna 了。因为后者带连接号的，不如前者将把两种文明整合得难分难解。"[1] 谭中对 CHINDIA 的中文翻译，在进行了种种比较之后认为："我看，只有'中

1. [印度] 杰伦·兰密施：《理解 CHINDIA——关于中国与印度的思考》，蔡枫、董方峰译，第 3 页，银川：宁夏人民出版社，2006 年版。

印大同'才是 CHINDIA 的最好的中文符号。"[2] 兰密施的 CHINDIA，打开了谭中的思想与动

2. [印度] 杰伦·兰密施：《理解 CHINDIA——关于中国与印度的思考》，蔡枫、董方峰译，第 5 页，银川：宁夏人民出版社，2006 年版。

力的闸门。2007 年，他组织国内外 28 位学者写成《CHINDIA/ 中印大同：理想与实现》一书。他不但是主编，也是主笔。我是赞赏谭中观点的，写了《实现中印大同 /CHINDIA 的思想基础》一文作为呼应，认为 CHINDIA 一词的出现，"从创造者来讲，除了一般的机敏智慧外，必须对中印国情和世界发展趋势有着超乎常人的洞察力方能作出坚定的判断。兰密施具备了这些条件，所以他创造了 CHINDIA 这个国际新词汇。"[3] 谭中主编的这本书，是 55 万字的

3. 谭中主编：《CHINDIA/ 中印大同：理想与实现》，第 5 页，银川：宁夏人民出版社，2007 年版。

大著，在中印学术界着实掀起一股 CHINDIA 的讨论之风。

　　谭中几乎所有重要的学术成果，都与"中印"有关。其中，最有影响的有 China and the Brave New World: Origins of the Opium War、Triton and Drugon: Studies on Nineteenth Century China and Imperialism（《海神与龙：19 世纪的中国与帝国主义之研究》）、《谭云山与中印文化交流》、India and China: Twenty Centuries of Civilizational Interaction and Vibrations（《印度与中国：两千年的文明交往和激荡》，合著）、《跨越喜马拉雅障碍——中国寻求了解印度》（参著）、《CHINDIA/ 中印大同：理想与实现》和 Rise of the Asian Giants: Dragon-Elephant Tango（《龙象共舞：亚洲巨人的崛起》）等等。从已有的这些成果看，谭中的中印情结，早已有之，于今为烈。

　　第三，宝刀不老，愈老弥坚。

　　谭中的学术生涯，颇具季羡林气象。我曾说过，季羡林"老树著花红满枝，宝刀不老气盖世"。因为他虽一生勤勉，但由于各种原因，他的最重要的成果是在 70 岁之后问世的。谭中也是奋力一生，因谋生之需，他的大部分时间与精力都用于教学。但是，自从大学退休，他退而不休，特别是 1999 年旅居美国以后，不断有文章、著作问世，几成文坛学界一景。至今，虽然他已年逾 80，但仍然笔耕不辍。我们完全可以说，谭中宝刀不老，愈老弥坚。

2012 年 11 月，谭中、康维诺、阮瑞山访问深圳大学并与师生互动。

　　在勤奋著作这一点上，谭中和谭云山明显不同。检视谭云山一生的著述，大都是 1959 年以前的作品，1960 年代后，只有《忆昔八章》等极少量。他们父子二人的这种差别，主要由创作观念不同引起。谭云山惜墨如金，非经深思熟虑不肯下笔，留世的文字自然就少。谭云山的年代，写作、出版技术大不如今，加上他早期奔波辛苦，晚年有了沉思的空间与时间，但已不屑形诸笔墨。这是修道者的常态。谭中所处的时代与环境大为不同，这促使谭中采取不同的工作作风。谭云山时代的国际大学，是在一个民风淳朴的乡村，中国学研究也属于创始阶段。而谭中的学术活动，主要在首都德里，在印度顶级的高等学府，完全是一个开放的国际环境。谭中面临的是世界一流的中国学专家，充满信息与竞争。在一些西方学者中，甚至还流行"不出版就死亡"的观点。谭中如果坚持其父惜墨如金的作风，则完全不能应对已经发生了巨大变化的学术环境。

　　学术与时俱进，学者也必须与时俱进。谭中的中印研究，所体现的正是这种精神。

　　印度人很想知道自己在中国文献中的形象。这是非常自然的。谭中利用丰富的中国资料，对"印度形象"展开了深入研究。发表了《中国文学中的印度形象的历史扫描》[1] 和《中国文学中的古代印度》[2] 等文章，产生不小的反响。北京大学耿引曾积多年之学，写成《中国载籍中南亚史料汇编》二册及《中国南亚史科学》。如何将耿引曾的资料、理论和谭中的资料、理论融会贯通，是一件富有意义的学术合作。于是，就有了谭中和耿引曾合著的《印度与中国——两大文明的交往和激荡》的中文版和英文版。印度兰密施的《理解 CHINDIA——关于中国和印度的思考》于 2007 年问世，谭中本能地与之呼应，除了建议出中文版之外，还主编出版了《CHINDIA/ 中印大同：理想与实现》一书。谭中正是这样在与时俱进中紧跟中印学研究的前沿。

1. Tan Chung，"Indian Images in Chinese Literature：A Historical Survey"，*China Report*，January-February（1985），Delhi.
2. Tan Chung，"Ancient India in Chinese Literature," Abhai Maurya，ed. *India and World Literature*，Delhi：India Council for Cultural Relation，1990.

第十三章　　师觉月与现代印度汉学开拓

　　提到印度的汉学，不能不想起师觉月 (1898—1956)，印度现代汉学界的巨擘。师觉月学识渊博丰赡，其研究跨越几个领域，在汉学最鼎盛、最风光的 20 世纪初亦声名卓著。尽管他生平仅到过中国两次—— 一次作为交换教授，一次是访华团代表，在中国的时间并不太长，但他与中国的缘份却早在步入学术界时即已深结。

第一节 师觉月对印度现代汉学的贡献

师觉月的印度原名为 Prabodh Chandra Bagchi，Bagchi 这一姓氏属于婆罗门阶层。在印度婆罗门的主要职责是教化众生，因此他徇意自取中文姓为"师"。"觉月"是 Prabodh Chandra 的梵文原义。师觉月 1898 年出生于孟加拉，1921 年在加尔各答大学取得硕士学位。加尔各答大学由印英殖民政府创建于 1857 年，是印度三所历史最悠久、规模最大的综合性大学之一。早在 1918 年，加尔各答大学就率先开设了中国语言和文学课程，是印度最早进行中国文化研究和传播的大学。由于当时印度缺少从事中国研究的人员，对中国所知甚少，学生常常被送到法国、越南或日本去深造。

法国自 17 世纪下半叶起一直是西方汉学的重镇，四方俊彦麇集。19 世纪末 20 世纪初，我国西北地区大量的文物简牍被劫掠到欧美，这更促动了法国汉学的蓬勃发展。从法国的汉学研究的奠基人沙畹（Emmanuel E. Chavanness，1865—1918）、赛尔万·列维（Sylvain Lévi，1863—1935）到他们的弟子伯希和（Paul Pelliot，1878—1945）、马伯乐（Henri Maspero，1883—1945）、葛兰言（Marce Granet，1884—1941）等，一时间法国汉学界风云际会，星光熠熠。在几个生机勃勃的法国汉学研究机构中，设立在越南河内的法国远东学院（1898 年以印度支那古迹调查会名义创建，翌年正式改名）以其扎根远东、菁英辈出而闻名遐迩，加尔各答大学的东方学学生每每被选派至此进修。但在师觉月毕业当年，恰逢罗宾德拉纳特·泰戈尔父子创办的国际大学延聘著名的法国东方学学者赛尔万·列维担任讲授中国佛学的客座教授，加尔各答大学借此良机选派师觉月到国际大学亲炙大师的教诲。列维精通梵、藏、吐火罗语等语言，主要致力于翻译、研究印、藏、汉三地宗教典籍。他曾游历尼泊尔、中国、印度、日本、俄国、巴勒斯坦、朝鲜等国家，曾任法兰西学院、俄国圣彼得堡、印度国际大学教授，回到法国后，出任法亚协会副总裁、日法会馆馆长等职。师觉月负笈求师，主要从列维氏研习汉文及佛经，而列维也自师觉月处获得不少助益。列维从 1898 年起自尼泊尔等地搜集了不少梵文、藏文佛经典籍和资料。1922 年列维携师觉月重赴尼泊尔，在尼泊尔王室藏书中发现了安慧的《唯识三十颂释》。世传唯识论，主要是玄奘糅译印度亲胜、火辨、难陀、德慧、安慧、净月、护法、胜友、胜子、智月等十大论师分别对《唯识三十颂》所作的注释而成的《成唯识论》。此论以护法注本为主，十家学说杂糅难辨。列维所得梵文三十颂安慧释写本，是唯识论研究的一个突破口。师觉月在解读梵文佛经方面对列维的帮助极大，在列维重返法国的时候，师觉月获得加尔各答大学的奖学金，随列维到巴黎攻读博士学位。在法国期间，他继续协助列维校勘安慧的《唯识三十颂释》，1925 年校讫并与世亲所著之《唯识三十颂》合而刊行。这一法文本的佛教经典论书引起了国际汉学界对西域佛典的重视，打开了佛教哲学与历史研究的新视域。

古人说："年少慎择师，年高慎择徒。"师觉月既深入汉学重镇，号称"无可争议的西方汉学之都"的巴黎，又得到了列维的鼎力支持，故得以亲炙当时诸多硕学大才的教诲。他的业师包括伯希和（Paul Pelliot）、马伯乐（Henri Maspero）、布洛（Jules Bloch）和梅耶（Antoine Meillet）等名师。梅耶是现代语言学奠基人费尔迪南·德·索绪尔的高足，也是法兰西学派的中流砥柱。他的研究主要集中在历史语言学方面，研究范围几乎涉及了所有印欧系语言。师觉月虽然只跟随梅耶学习波斯古诗，但显然梅耶重视社会因素对语言变化所起作用这一学术心得深深地影响了师觉月的学术研究。马伯乐教授师氏汉文佛典，他精通中亚、西亚的多种方言，故而在汉语史的研究上多能言国人所不能。马伯乐出身于史学世家，20 余岁就有埃及财政史的论著行世。在远东地区度过 15 年后，马伯乐回到法兰西学院，连续 24 年主持其师沙畹创立的"中国语言文学讲座"。马伯乐在汉学研究上视野开阔，著述颇丰，对师觉月的影响并不局限于汉语言文学和佛典。马伯乐被称为近代探索道教史和道教内部体系的先驱，他的"古道教"研究的一些学术观点在师觉月的道教与密宗的研究中有所继承和发扬。在法国汉学界，伯希和是与中国学界联系最为密切的学者。他虽然以敦煌盗宝而"声名大噪"，但是他的学术地位并非由此而确立。伯希和精通包括汉、满、蒙、藏、阿拉伯、伊朗语在内的 13 种语言，博闻强记，对于中国的目录学、版本学深有研究，新旧资料绝不漠视，又敏于利用所见的文物。在对待中国当代学术的态度上，伯希和没有一般西方汉学家的偏见，他能充分认识近代中国学人的成就与不足，与他交往密切的中国学者包括了沈曾植、罗振玉、王国维、陈垣、陈寅恪、胡适、傅斯年等新旧学人。伯希和潜心文献和出土文物，从中作学术考察，注重中国的外来宗教和异教派别，并由此注意到中国与印度及其它西域国家的联系。他以历史语音学的比较考证法研究中国古籍中的外国人名、地名，这一方法给师觉月的启示颇大。1923 年至 1926 年间，师觉月在法国度过了宝贵的四年学习时间，上下两巨册的博士毕业论文《中国佛教圣典》即是这一动心忍性时期结成的硕果。《中国佛教圣典》将中国历代佛教经典按时代和译者逐一列出，再加以综合考证。由于师觉月重视采用科学的考据方法，因此除取材宏富、举证确凿外多有理论突破，对汉文佛典中所译的印度名词订正甚多。书中对每位翻译家传记，甚至包括了一些佚散已久的佛典的译者的情况，及其所译佛典的梵文名称、汉字拼音、卷数等一一辑录，说明作者的周密完备乃长期勉力的结果，绝非一时灵感可致。这一学术著作据称是近代印度学者第一部以汉文资料为主的专著，自 1927 年出版至今，一直是中国佛典研究者的案头必备。

1926 年 6 月，师觉月取得博士学位后返回印度，在加尔各答大学担任讲师职务。20 世纪初期的印度学术界，汉学不仅未成气候，而且还处在语言学和考古学里夹缝求生的时期。在这样的学术氛围下，师觉月坚持两面出击：一方面致力于汉学理论的研究，用丰富的成果来证明印度汉学研究的价值；另一方面努力译介汉文典籍，特别是佛教、道教的经典文献，以期能引发对中国文明的更多关注。师觉月的努力得到国际和国内学界的认可，40 年代，泰戈尔延聘师觉月为国际大学中国学院的教授，负责主持学院的教学与科研活动。在这一时期，印度的汉学开始进入黄金阶段，师觉月亦声名鹊起，跟当初筚路蓝缕、以启山林的惨淡经营完全不可同日而语。

近代汉学在印度的第一次兴起与国际大学中国学院的创办有很密切的关系。虽然加尔各答大学开设中国语言和文学课程最早，但是真正做到汉语教学和研究系统化和本土化的是国际大学。"从 1937 年学院成立到 60 年代初是中国学院汉学研究和汉语教学的黄金时期。根据成立总则，中国学院开设多种语言课程，包括汉语、藏语、梵语及印度其他语言，还有欧洲的几种主要语言；开展六个方面的研究工作，包括中印佛教对比研究、中印其他宗教研究、中国哲学研究、中国历史研究、中国文学研究及中印文化研究；出版学术著作，包括古籍翻译及语言研究成果。中国学院充分利用其藏书丰富、设备齐全的有利条件，大力开展专题研究，组织学术演讲、文化考察，并专为来此学习或进修的中国学生设立了奖学金，这些人后来都成了印度问题研究的中坚。……这一时期中国学院的汉学研究硕果累累，共出版中、英文及其他语种著作 34 部，发表论文 100 多篇。这些成果的核心是中国佛教及比较宗教学，研究重点是把在印度已经流失的佛学经典由汉语再译成梵文。这对复兴中印两国的文化交流无疑是功垂青史的。"[1] 师觉月是

1. 赵守辉：《印度国际大学中国学院的汉学研究与汉语教学》，载《世界汉语教学》1996 年第 1 期（总第 35 期），第 106 页。

对国际大学中国学院贡献最大的三杰之一，他的努力帮助成就了中国学院在印度汉学界一时无

两的地位。无怪乎 Haraprasad Ray 要说，谈到中国学院必得涉及三位伟人不朽的贡献：泰戈尔、谭云山和师觉月。泰戈尔是国际大学中国学院的灵魂和源泉，紧随其后的便是谭云山和师觉月。如果说谭云山建构了物理形态上的中国学院，那么师觉月则以其持之以恒的学术研究充实了中国学院。他对于"印中兄弟情深"现象做了广泛、深湛的概括研究。

　　师觉月在这一时期的重要汉学著述包括深为国际学术界推重的《中印千年文化关系》、《菩提伽耶的宋代中文碑铭考》（与周达甫合著）、《〈彰所知论〉——吐蕃萨迦班智达的一部阿毗达磨著作》、《密教研究》等，在译介方面，他把唐道宣的《释迦方志》译成英语，并与1946年在国际大学研修的学者吴晓铃合作翻译了北魏郦道元所撰的《水经注》（《永乐大典》本），这是国际郦学界的一件盛事。师觉月不仅在佛教史或道家史研究时涉及中印两国的文化关系，在语言研究上，他也不轻易放过有涉中印文化交流的任何资料。例如，他在考订《梵语千字文》时发现被译为"纸"的梵文"saya"一词，有异于另外的几个常见梵文表达方式，他就根据 12 世纪阿拉伯人最先介绍纸入印度，而印度尚不能造纸的历史推断，"saya"一词或许为中文"纸"字的音译，其做学问之精细可见一斑。

《印度与中国——中印文化关系千年史》，师觉月著

　　《印度与中国——中印文化关系千年史》（*India and China: A Thousand Years of Cultural Relations*）简略而全面地回顾了古代中印两国之间的文化交往和文化成果。这本仅 298 页的英文小书可以说是近代中印交流史上的标志性著作，正如国际大学教授 Biswananth Banerjee 所言，师觉月通过这本书"打破坚冰，现在寄望于对此有兴趣的学者们在这条道路上渐行渐远"（He has cut the ice and it is upto interested scholars now to proceed along the path."）。[1] 这并

1.Biswananth Banerjee, Introduction, India and China A Thousand Years of Cultural Relations, Saraswat Press First Saraswat Edition 1981, Calcutta, PXI.

非过誉之辞。宋元以后，中印两国的交流日渐式微，文化交流的通道上人迹渐稀。虽然泰戈尔、甘地、

尼赫鲁等先哲一致呼吁重建两国文化交往的桥梁，然而包括印英政府在内，在印度真正了解中国的人并不多，以致在 20 世纪 40 年代蒋介石访印的时候还差点发生以北洋军阀时期的国歌欢迎国民党政府首脑的笑话。在这样的压力下，主要采用中国的史料、面向印度同胞介绍两国的友谊史显得异常及时。当然对于中国人民而言，这本书也极有意义。它的写作目的正如师觉月在本书的诚挚题献中所言，"献给我在中国的友人。谨示我们并非善忘之辈。道路是漫长的，因此毋需为目前的狭隘而耿耿于怀。我们祈望您能接纳它。"（To friends in China. To show that we are not forgetful. The road is long, so do not mind the smallness of the present. We wish you may accept it.")[1] 这本书共分八章，第一章"通往中国的道路和最初的接触"，

1.Prabodh Chandra Bagchi, India and China A Thousand Years of Cultural Relations, Saraswat Press First Saraswat Edition 1981, Calcutta.

回顾了传说及有史可稽的两国往来，包括交往的最早时间、路线（丝绸之路、滇缅道及海路）以及人员的传记。第二章"印度来华的佛教使者"，记载了近千年来来华传播佛教的印度或其他西域国家的僧人的简历和在华的主要活动情况。第三章"到印度礼佛的中国人"，分时期介绍法显、玄奘、王玄策、义净等人到印度的情况，包括考察他们的访印路线及主要活动，甚至收录了部分中印僧人来往的信函。前两章的内容虽然在中国的史籍中有较丰富的记载，但是经过了师觉月的厘清以及与印度的历史传说相印证后显得更为可信。第四章"佛教在中国"，回顾了佛教在中国的发展概况，历朝历代的帝王及学派对它的影响。第五章评论佛教文学，它们在印度的源头以及它们在中国的发展与变化情况。第六章谈论的是印度的艺术和科学在中国的传播和它们与中国的文化的结合。第七章比较中印两国在文化传统上的相似点和不同点——中国的天与印度的伐楼那，中国的天子和印度的国王，中国的祖先崇拜与印度的祭祖，介绍了儒家的社会和政治理念，探讨为何中印两国人民在文化方面能够成功合作并产生了文化结晶：中国禅宗。第八章"中国与印度"，实际上是在印度史料缺乏的情况下努力发掘中国文化对印度的影响。师觉月证明了中印两国的文化交往是互动而不是单向的。从上述内容简介可以看出，师觉月在他的这部作品中，从宗教文化等角度探索了中印文化交流的奥秘，有助于两国人民理解和梳理两国的文化遗产。

四卷《中国—印度丛书》是师觉月的重要研究成果，"前两卷近 800 页，对汉译印度佛学典籍作了详细介绍。另外两卷对唐代编纂的供佛教学者使用的两部汉梵字典作了校勘。这些著作为印度问题研究者开拓了一个新的研究方向。"[2]

2. [印度] Ｈ·Ｐ·雷易：《中国学在印度》，见《中外关系史论丛》第 3 辑，第 243 页，北京：世界知识出版社，1991 年版。

1947 年，印度政府根据与中国签订的合作协议，派遣师觉月作为设在北京大学的印度历史

和文化讲座的首任教授，而中国政府相应派遣到印度教授中国学的即是谭云山。当师觉月和他所率领的十名印度留学生到达北京大学时，受到了北京大学师生的热烈欢迎。北大校长胡适对师觉月礼遇有加，他不仅亲致欢迎辞，请东方语言文学系主任季羡林负责接待工作，而且亲自向不太了解这位印度学者的学生作介绍，讲述中印友好关系及师氏的学术成就。"我记得是一天上午，在北楼二楼东边的阶梯大教室里，坐满了历史系的同学，静候客人到来。上课铃声刚停，胡适满面春风地推开教室的大门，而后彬彬有礼地请师觉月进来，和他并肩站在离门口不远的地方。他先是环顾教室一周，随即用英语向大家介绍师觉月博士。话说得挺慢，声音也不高。大约讲了五分钟，便转身请师觉月登上讲台，他又环顾教室一周，就从容地走出教室，轻轻掩上大门。这类事情，按理说由系主任出面就可以了，而胡适却亲自出马，也说明他对印度客人的关心与礼遇了。"[1] 胡适对师觉月的推崇显然与他对师觉月的学术成就的了解有关，特别是

1. 钟文典：《胡适为蒙山定宗小学题写校名》，载《文史春秋》，2003年第9期，第20页。

当时胡适正醉心于重勘《水经注》。在1948年末师觉月教学研修期满回印度之际，身处多事之秋的胡适还抽空为师觉月话别并送给他一幅珍贵的古佛经印本的横卷，亲笔提曰："印度政府为了增进中印两个民族之间的了解与合作，特在北京大学设立一个印度学术的讲座，第一任教授就是师觉月博士。他在北大的工作是给中印友谊与学术合作建立了一个有力量的基础。现在他要回国了，我们都很惜别。我把这一卷最可以纪念中、印文化关系的中国早期刻经送给他，祝他一路平安。胡适1948年11月25日。"[2]

2. 冉云华：《胡适与印度友人师觉月》，载《中华佛学学报》第六期，1993年7月，第268页。

　　师觉月在北京大学讲授印度学及做研究期间，不仅和他的老朋友吴晓铃、石真、周达甫过从甚密，而且广交北京佛学界、印度学界的学者，如周一良、王森等人。他利用一切便利，广泛阅读中国的古代典籍，在短短一年时间就发表了一篇英文论文《中文古籍中的印度古名考》。他的研究还不仅限于此，在来中国之前，他就已经准备好一批需要校对的梵文佛经，到了北大之后迅速要求校方派懂得蒙文、藏文的专家与他合作校勘。王森，字森田，号雨农，著名藏学家、佛学家，精通藏、英、日等文字。他就是被指派与师觉月合作，他们合作校勘了梵藏文本的《俱舍论》。师觉月回到印度后不久调任国际大学的副校长，20世纪50年代曾作为印度代表团成员再次访问我国。1956年，师觉月由于心脏病猝逝于国际大学副校长任上。

　　师觉月著述颇丰，主要集中在早期孟加拉语言文学、古代印度文化和佛典研究上，汉学虽然不是他唯一的研究方向却从未稍离他的研究视野。他以通达博学而返至专门精纯，在求专精

的同时又得以旁通。师觉月以他的努力和他的著作迎来现代中印两国第一个文化交流与合作的春天，他虽已逝世近半个世纪，中印两国的人民还是忘不了他。1998 年在北京召开了纪念当代中印友好关系奠基人谭云山教授诞辰 100 周年学术大会；与此同时，印度加尔各答也召开师觉月教授诞生 100 周年的纪念大会。这两位现代中印友好桥梁的建设者在荆棘满途的情况下，开创了中印文化交流的新局面，是否值得我们反复深思、再三致意呢？

第二节　师觉月汉学事业的影响与发展

师觉月作为谭云山的同事，和谭云山在中印文化交流研究上志同道合。他花费巨大精力进行汉文佛经研究。上述《中印千年文化关系》、《中国印度丛书》，就属于这一范围。

谭云山初到印度，在泰戈尔的支持下，将很大的精力投入到"佛教的倒流"之中。佛教发源于古印度，阿育王之时开始大规模向外传播。由于各种原因，13 世纪之后，佛教在原生地印度几乎绝迹。在中国、朝鲜、日本、越南，北传佛教极为兴盛；在斯里兰卡、泰国、缅甸、柬埔寨等国，南传佛教一派兴旺。以译经数量看，中国译佛经最为巨大。从接受外来文化影响看，中国通过佛教受到印度文化的影响最为深远。这样，在中国僧人和学者心中，自然而然地产生了一种反哺的念头，即把佛教倒传回印度。其中，两件大事最有意义：一是在印度修庙立寺，二是将佛经回译成梵文。按季羡林的观点，只有佛教才有倒流现象，只有大乘佛教（北传佛教）才能倒流，只有中国人才能将佛教倒流回印度。[1] 而谭云山符合这三点，他在筹建印度国际大

1. 季羡林：《佛教十五题》，第 258 页，北京：中华书局，2007 年版。

学中国学院图书馆时，从中国运去了 10 套上海频伽版大藏经。除了 1 套藏于国际大学之外，其余 9 套分赠给加尔各答大学等文化机构。此事足以说明谭云山对佛教倒流作出的巨大努力。在此基础上，谭云山组织若干中国和印度学者，着手将若干著名佛教经典，从汉文译回梵文。这是一件十分艰难之事，进展缓慢，加上经费困难，后来就逐渐收摊了。到谭云山晚年，花 16 年时间到菩提伽耶修世界佛学苑，不再提佛经回译之事。但是，谭云山倡导并身体力行，将佛经回译成梵文，在现代中印佛教交流史上功不可没。

　　师觉月不寿，只活了 58 岁。但是，他从事的汉文佛经研究充满生命活力。因为，通过汉文佛经的研究除了推动佛教传播研究之外，还可以推动比较语言学、翻译学、梵语演变史、汉语发展史等等的研究。对佛教倒流回印度，乃至将佛教推向世界，都有着巨大的推动作用。师觉月被称为"印度汉学，功推第一"[1]。季羡林在 1947 年 6 月写了《期刊简介：〈中印研究〉》

1. 郁龙余等：《梵典与华章》，第 481 页，银川：宁夏人民出版社，2004 年版。

一文，专门介绍师觉月主编的这一期刊。他说："产生在印度的佛教几乎可是说是搬家到中国来了，印度已经佚失的佛经很多都完整地保存在中译的《大藏经》里。中国历史里关于印度和西域的记载，中国高僧到印度去求学求法的记录，现在都成了研究印度历史的无上宝典。""这些材料虽然对中印文化关系这样重要，但在过去在这方面，研究的几乎都是欧洲和日本的学者。中国学者很少注意这方面，印度更没人注意。这不能不说是一件很大的憾事。但现在印度却有了人起来提倡这方面的研究了。这就是我上面提到的印度国际大学研究院院长、现在北大讲学的师觉月先生。"[2]季羡林介绍说，师觉月于 1945 年创办的《中印研究》（Sino-Indian

2. 季羡林：《季羡林全集》第十三卷，第 2 页，北京：外语教学与研究出版社，2010 年版。

Studies）是季刊，每年逢一、四、七、十月出版。主要目的是介绍关于印度历史和文化的材料，翻译印度已经佚失而在中国译文里还保存着的典籍，此外当然也涉及到中印关系的各方面。他强调"值得我们特别注意"。为此，季羡林对已出的一卷半（第一卷的一、二、三、四期和第二卷的第一、二期）中的重要论文的题目作了如下介绍：[3]

3. 季羡林：《季羡林全集》第十三卷，第 3 页，北京：外语教学与研究出版社，2010 年版。

第一卷第一期：

P. C. Bagchi, *The Beginnings of Buddhism in China*（《中国初期佛教》）

P. C. Bagchi, *Vajragarbhatantrarājasūtra, A New Work of King Indra-Bodhi— Study and Translation*（《最上大乘金刚大教宝玉经》）

第一卷第二期：

P. C. Bagchi, *Sino-Indian Relations*（《中印关系》）

The Period of the United Empires (1)

Chou Ta-fu, *Three Buddhist Hymns (Restored into Sanskrit from Chinese Transliterations)*（《三佛教赞歌——中文还原为梵文》）

第一卷第三期：

Lo Ch'ang-pei, *Indian Influence on the Study of Chinese Phonology*（罗常培：

《印度对中国音韵学之影响》）

　　N. A. Sastri, Harivarman on Vaisāradya

　　P. C. Bagchi, Bodhisattva—sila of Ubhākarasimha(无畏三藏禅要与翻译)

　　第一卷第四期

　　P. C. Bagchi, Sino-Indian Relations（《中印关系》）

　　The Period of the United Empires（Ⅱ）

　　第二卷第一期：

　　P. C. Bagchi, Kipin and Kashmir（《罽宾与迦湿弥罗》）

　　第二卷第二期：

　　S. Lévi, Ptolemic, le Niddesa et la Brhatkatha(英译)

　　师觉月的贡献主要有两个方面，一是以《中国佛教经典》、《中印千年文化关系》、《中国印度丛书》为代表的学术成就，二是他代表的以汉梵典籍对勘为重点的中印文化关系研究。这项工作最早的开创者不是师觉月，但是他作为一位印度学者，以自身独特的优势和努力，为现代学者作出了示范。现在，对佛典的梵汉对勘工作积少成多，已经蔚为大观。由于分藏在各国各地，具体数量难以统计。"虽然不能说所有的汉译佛经都能找到相应的梵文原典，实际上也不可能做到这样，但其数量仍然十分可观，超乎人们以往的想象。例如，在汉译佛经中占据庞大篇幅的《般若经》，其梵文原典《十万颂般若经》、《二万五千颂般若经》和《八千颂般若经》等均有完整的抄本。又如，印度出版的《梵文佛经业刊》（Buddhist Sanskrit Texts）收有三十多种梵文佛经校刊本。其中与汉译佛经对应的梵文原典有《神通游戏》（《方广大庄严经》）、《三昧王经》（《月灯三昧经》）、《入楞伽经》、《华严经》、《妙法莲华经》、《十地经》、《金光明经》、《菩萨学集》（《大乘集菩萨学论》）、《入菩提行经》、《中论》、《经庄严论》（《大乘庄严经论》）、《根本说一切有部毗奈耶》、《阿弥陀经》、《庄严宝王经》、《护国菩萨经》、《稻秆经》、《悲华经》、《撰集百缘经》、《佛所行赞》、《如来秘密经》（《一切如来金刚三业最上秘密大教王经》）和《文殊师利根本仪轨经》等。此外，诸如《金刚经》、《维摩诘经》、《阿毗达摩俱舍论》、《因明入正理论》和《辨中边论》等这样一些重要的汉译佛经也都有梵文校刊本。"[1]

1. 黄宝生：《梵汉佛经对勘丛书·总序》，见《宗风》"庚寅·春之卷"，第 255 页，北京：宗教文化出版社，2012 年版。

　　唐代玄奘所译《道德经》梵文原文，今天人们已无法寻其踪影。他所译的《大乘起信论》也仅存记录，不见译本传流。《大乘起信论》为马鸣菩萨所造，但对其真伪尚有争议。我们相信章太炎的意见，此经为马鸣所作，不是中国人所撰。真谛和实叉难陀的两个汉译本都收录于《大藏经》之中。玄奘将其译汉为梵，一说明印度已不传梵本，二说明此经地位重要。正如《佛祖统纪》所载："《起信论》虽出马鸣，久而无传。师译唐为梵，得流布五天，复闻要道，师之功也。"《续高僧传·玄奘传》也说："又以《起信》一论，文出马鸣，彼土诸僧，思承其本。奘乃译老为梵，通布五天。斯则法化之缘，东西互举。"季羡林认为："玄奘译汉文《大乘起信论》为梵文，确有其事，无可怀疑。虽然梵文译本已经佚失，但是它当年仍在印度起过作用，则是完全可以肯定的。这也是可以算是玄奘对印度佛教的一个贡献吧。"[1] 虽然玄奘曾

1. 季羡林：《季羡林全集》第十五卷，第 346 页，北京：外语教学与研究出版社，2010 年版。

将老子《道德经》和印度马鸣的《起信论》译汉为梵，出现了"东西互举"的局面。但是，这两个梵译本都没能流传下来。但是，比玄奘稍晚的义净所撰《梵语千字文》一卷至今犹存。此书又名《唐字千鬘圣语》和《梵唐千字文》，和《一切经音义》、《翻译名义集》等一样，属于学习、研究梵语的书籍。《梵语千字文》"以天地日月等汉文一千字对译梵语。此千字文意义连续且押韵，四字成一句，二十句为一联，每二十句换韵。二十句之后，置五言四句之诗，总为一百字，即一齣。全篇由十齣组成。卷末别录《梵唐消息》约三百字之对译"。（《佛光大辞典》）此书收于《大正藏》第五十四册。有学者认为，义净的《梵语千字文》在现代依然有意义。陈力行说："为了更好地了解佛陀弘扬的高深哲学，为了更正确地念诵梵文咒语，神州大地上仍有不少人想学习梵文。因此，义净大师的《梵语千字文》仍然具有非常重要的现实意义。"[2] 于是，他就克服各种困难，努力将《梵语千字文》用汉语、梵语天城体和罗马拼音

2. 陈力行给郁龙余的信。

来标示，为大家提供学习方便。梵文字母数变，雅利安人在公元前 6 世纪以后，使用的是"梵寐书"（Brāhmī），又称"婆罗迷字"。在公元 4—5 世纪，印度北方出现笈多（Gupta）文字，至公元 6 世纪又出现悉昙文字，公元 7 世纪出现城体文字（Nāgarī），8 世纪出现夏拉大文字（Shāradā）。到公元 11 世纪左右，终于出现了被认为是完美无缺的字体——天城体（Deva-nāgarī），意即神仙（天）创造的字体。这种字体使用至今。由于天城体晚出，网上流行的《梵语千字文》是汉语和罗马拼音对照。中国学者有意将它转成汉字和天城体对照。陈力行在校对过程中还发现有的地方拼音有误。为确切计，他先请印度老专家波拉普用梵文天城体拼音标出，

接着再请精通印地文罗马拼音的外文局陈士樾校对一遍，做了若干修正。最后又请中国国际广播电台印地语译审陈学斌协助校对一遍，并用梵文天城体打印。此事足以说明，中国当代依然有学者对梵语的学习和研究，孜孜不倦，乐此不疲。

《心经》，又名《般若波罗蜜多心经》，是最短、流传最广的一部佛经。鸠摩罗什的译本为 321 个字，玄奘的译本为 269 个字。表达的是印度般若学说的核心内容。此经有众多汉藏不同的译本，以玄奘的译本影响最大。进入现代，不少学者研究它，将它从汉文倒译回梵文。其中，巫白慧（巫百维）的成绩最为卓著。他克服了巨大困难，将《心经》回译成梵文。在回译过程中，对照各种不同译文版本，发现了一系列问题，并就此展开研究。他将自己研译的成果，除了用中文出版之外，还译成英语出版，向世界传播《心经》。《梵本心经"心无挂碍"辨义》是他的一篇颇见功底的力作。文章围绕"心无挂碍"（Cittavarana）问题，进行深入辨析解决了一桩公案。

在 1884 年，英国著名印度学家缪勒（Prof. F. Max Müller）根据在日本发现的"心经"梵文原本，校刊成了一新版梵文心经，并认为"心无挂碍"可作"心有挂碍"来理解。认为"菩提萨埵依般若蜜多故，心有挂碍……"是可以说得通的。这样，对 Cittavarana 的理解，就和鸠摩罗什、玄奘以及藏译佛经的理解正好相反。孰是孰非，成了争论的焦点。巫白慧运用他的印度语言和哲学功底，写成《辨义》一文。指出：中国的五个译本的译者一致认为：依止着"般罗蜜多"心是"无挂碍"的。经过详细分析论证，巫白慧得出结论：住菩提萨埵的般若波罗蜜多的人，心是"无挂碍"的，而不是"有挂碍"的。因此，也证明汉藏"心经"翻译家关于 Cittavarana 的翻译是对的，缪勒博士的翻译是不对的。[1] 巫白慧曾留学印度国际大学，1942 年至

1. 巫百维（巫白慧）：《梵本心经"心无挂碍"辨义》，载《现代佛学》（香港）1958 年第 11 期。

1948 年读完本科和研究生，获硕士学位，和谭云山、师觉月有师生之谊。他对印度哲学和佛教的研究成果，是现代中印文化交流的一笔宝贵财富。由于巫白慧的杰出研究成果，他于 1984 年获得了国际大学名誉文学博士学位和最高荣誉教授称号，并获得印度总统奖。巫白慧用英语写成题为 A Discuisson on Cittavarana in The Prajnaparamita-Hrdaya-Sutra 的论文[2] 宣传自己的观点。

2. 巫白慧：《印度哲学与佛教》，中国佛教文化研究所，1994 年版。

综上可知，对印度佛教的倒流，以及由此展开的研究、回译，起始很早，至少可以追溯到唐代。这项工作至近代，一批西方的学者参与其间，如缪勒、沙畹、列维。后来，日本的佛学研究者如荻原云来（U. Wogihara）、土田胜弥（C. Tsuchida）等，也参加了进来。在现代印

度，谭云山和师觉月为开创者。师觉月既有列维的学脉，

又得谭云山的相助。他的成绩最具影响力。为此，2008 年

在北京召开了"谭云山师觉月诞辰 110 周年国际学术研讨

会"，来自中国、印度的一百多人与会，纪念这两位学者

的学术贡献。[1] 在这次大会上，北京大学印度研究中心主

1. "谭云山师觉月诞辰 110 周年国际学术研讨会"，于 2008 年 11 月 23 日至 24 日在北京召开。主办单位为中国人民对外友好协会、北京大学、北京外国语大

任王邦维和美国纽约城市大学教授沈丹森（Tansen Sen）

学和深圳大学。11 月 23 日在北京外国语大学举行会议，11 月 24 日在北京大学举行会议，印度驻华大使拉奥琦均到会致辞。11 月 21 日，谭云山后人近二十人，

推出了他们的新编《印度和中国：佛教与外交的互动——

师觉月的三位女儿及其中国学者约四十人，出席在深圳大学举行的"谭云山中印友谊馆"开幕式，同时召开"泰戈尔谭云山国际大学与中印友谊"学术会议。

师觉月文集》（*India and China: Interactions Through*

Buddhism And Diplomacy—A Collection of Essays by

Professor Prabodh Chandra Bagchi）。此书共收师觉

2. Ancient Chinese Names of India；The Beginnings of Buddhism China；Indian Influence on Chinese Thought；A Note on the Avadānaśataka

月文章 14 篇[2] 以及介绍师觉月的两篇附录。此书对于研究

and its Chinese translation；A Fragment of the kāśyapa Samhitā in Chinese；The Chinese Mysticism；Some Early Buddhist Missionaries of Persia

师觉月具有重要价值。王邦维在题为《纪念师觉月教授》

in China；Some Letters of Hiuan-Tsang and His Indian Friends；New Lights on the Chinese Inscriptions of Bodhgaya；A Buddhist Monk from

的出版前言中说："从做研究的角度讲，师觉月的这些文

Nalanda Amongst the Western Turks；Political Relations between Benga land China in the Pathan Period；Chinese Coins from Tanjore；Report

章，一些内容大致已经成为共识。但回过头来看，在当时

on a New Hoard of Chinese Coins；Ki-pin and Kashmir.

是相当的新颖。还有很大一部分内容，至今读起来，仍然

有新鲜感，甚至可以说仍然还处在研究的前沿。他的文章

涉及的一些题目，在中国了解的人并不多。师觉月研究的

范围很广，如果要对他的研究做一个全面的评价，可以看

到，他不仅仅是一位'汉学家'，也不仅仅是'印度学家'，

他也不仅仅是研究佛教，而是跨越于多个方面，只有一个

词，'中印文化研究'，大概可以概括他的研究领域。"[3]

3. 沈丹森、王邦维编：《印度和中国：佛教与外交的互动——师觉月文集》，第 Xii 页，德里

王邦维的研究路数和师觉月相近，他的这个评价，是平实

Anthem 出版社，2009 年版。

而中肯的。

　　我们今天学习师觉月，是为了完成好肩负的任务。季

羡林认为，整理佛经，中国学者"近水楼台先得月"，客

观条件十分优越，是任何别的国家所没有的。"然而，唯

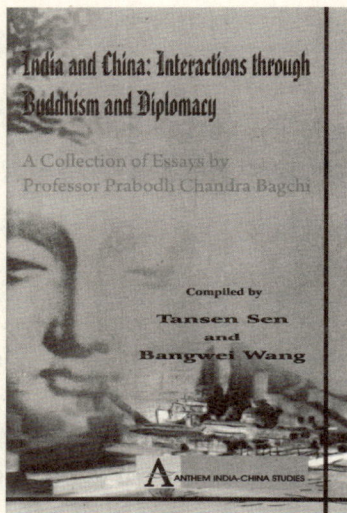

《印度和中国：佛教与外交的互动》，
沈丹森、王邦维编

其如此，我们肩上的担子也就更重，外国学者期望于我们的也就更多。这一点应当是我们的共识。"[1] 搞好佛经整理，是各国学者所期望的。所以，"我们将精选一些海内外的孤本和虽然

1. 季羡林：《季羡林佛教学术论文集·自序》，第 7 页，台北：东初出版社，1995 版。

不是孤本而原文比较有价值的佛典或其他梵文经典，甚至包括一些印度教经典和印度古代自然科学著作在内，逐步加以编纂、影印、整理、较刊，公诸于世，让全世界研究印度古代文化和宗教的学者能有机会利用，想必为全世界同行学者所欢迎吧！"[2]

2. 季羡林：《季羡林全集》第十五卷，第 102 页，北京：外语教学与研究出版社，2010 年版。

运用梵文原典、梵汉对勘的办法研究印度佛教，在现代中国肇始于陈寅恪、汤用彤、季羡林、吕澂等人。现在，黄宝生等人，在新的认识高度上开展梵汉经典对勘工作。黄宝生认为此项工作有四大意义：一、有助于解读汉译佛经，二、有助于解读梵文佛经，三、有助于佛教汉语研究，四、有助于中国佛经翻译史研究。当然，他认识到了这项工作的艰巨性和长期性，在《梵汉佛经对勘丛书·总序》的最后，他说："千里之行，始于足下。不管前面的道路怎样艰难曲折，让我们现在就起步，登上征途吧！"[3]

3. 黄宝生：《梵汉佛经对勘丛书·总序》，见《宗风》"庚寅·春之卷"，第 265 页，北京：宗教文化出版社，2012 年版。

从 2008 年开始，中国社会科学院启动"特殊学科建设"工作，梵文、因明学和甲骨学等 15 个绝学学科获得立项支持。这是中国印度学研究史上的莫大福音。包括梵汉对勘在内的佛经研究，好比是一场漫长的接力赛。在这场接力赛中，中国的《梵汉佛经对勘丛书》工程的启动，预示着这场接力赛进入了新赛程。截止 2012 年，中国社会科学出版社先后出版了由黄宝生译注的梵汉对勘本《维摩诘所说经》、《入菩提行论》、《入楞伽经》、《佛所行赞》、《神通游戏》等著名佛经，计 220 万字，皆极富文学性。有此骄人成果，其发展前景一定远大。此时此刻，我们不会忘记欧美、日本及中国老一辈学者为此付出的艰辛，也不会忘记这一接力赛中的印度学者的杰出代表——师觉月。

视觉月在办公室

师觉月三位女儿向深圳大学赠送师觉月文献。

第十四章　　《老子》、《庄子》在印度

　　古代中印文化交流的重头戏是佛教东渐。最初传入的是小乘佛教，接着是大乘佛教。小乘（*Hīnayāna*，醯那衍那）、大乘（*Mahāyāna*，摩诃衍那），原意为大小运载工具、大小船只。先小乘后大乘，对中印文化交流而言，不是佛教内部的派别问题，而是交流规模由小到大的发展趋势。

　　佛教航船来到中国，首先帮助接驳的是中国的道教。先秦诸子百家中道家的代表人物老子，被道教徒尊为教主。这样，老子在他的身后，不管他愿意还是不愿意，和佛教结下了千年的恩怨。以文化交流史家的目光，而不是用宗教徒的情怀来审视、梳理这段历史，一定能从佛道间难解难分的恩怨纠葛中，有所发现，有所收获。

　　《道德经》自唐代传入印度之后，一千多年间似乎湮没无闻。然而，20 世纪的灵修大师奥修（Osho），出于职业需要，对《道德经》和《庄子》作出淋漓尽致、纵横捭阖的奥修式阐释，令世人大开眼界。由于奥修充满印度灵修者的特色，西方人由于文化的隔膜，无法正确认识和理解他。一部分人视之为神圣，一部分人视之为恶魔。从中印文化交流的视角，对奥修阐释、传播《道德经》、《庄子》，作出我们的评价，是本书的应有之义。

第一节　老子佛陀千年难解的恩怨

老子和佛陀之间的千年恩怨，用印度著名作家耶谢巴尔的代表作的名字"不真实的事实"（Jhutha saca）来形容，是颇为贴切的。老子和佛陀的生活年代，虽然大致相当，但是远隔千山万水，没有历史材料证明他们有过什么交往，根本谈不上恩怨情仇。然而，自从汉代佛教传入中国，老子就和佛陀扯上了关系，上演一幕先亲热、后争斗、再融合的千年三步曲。

一、　佛教东渐与老子化胡

老子是中国乃至全世界最伟大的思想家之一。他生活在争鸣时代（西方称"轴心时代"）。那是一个智慧喷涌的时代，百家争鸣，百花齐放。中国是这样，欧洲、印度也是这样，出现一批像老子、孔子、佛陀、大雄、柏拉图、亚里士多德等杰出的哲学家、思想家。老子的思想两千多年来一直滋养着追求精神生活的中国人，而且对世界的影响也越来越广泛、深入。这和中印文化交流有着密切关系。

老子思想走出国门，首先在汉字文化圈的越南、朝鲜、日本产生影响，然后与异质文明的国家印度发生关系并产生影响。这后者是佛教东渐的重要结果。

佛教初来，不知中国国情，便自然而然地依附黄老，以黄老伙伴的身份出现在官家、百姓与史家的视线之中。《后汉书》中写道："英少时好游侠，交通宾客，晚节更喜黄老，学为浮屠斋戒祭祀。"（卷四十二）"楚王英始信其术，中国因此颇有奉其道者。后桓帝好神，数祀浮图、老子，百姓稍有奉者，后遂转盛。"（卷八十八）

汉武帝"罢黜百家，独尊儒术"之后，儒家学说就成了汉朝的国学。但是，就像长江的波浪，总是以高低起伏的形式前进，汉代儒学（经学）到桓帝时已经式微。与儒家互为表里的道家，从潜流变成了明流。佛教传入中国依傍黄老，一是因为道家已成主流学派，灸手可热；二是因为佛道在许多思想观念上是相近、相通的。于是，道家成了佛教航船来到中国的接驳船和靠岸码头。佛道有了一段甜蜜的"新婚期"，老子和佛陀结下了亲密的不解之缘。正是在这甜蜜的

"新婚期"，在中国出现了"老子入夷狄为浮屠"的说法。《后汉书·襄楷传》载："又闻宫中立黄老浮屠之祠，此道清虚，贵尚无为，好生恶杀，省欲去奢。今陛下嗜欲不去，杀罚过理，既乖其道，岂获其祚哉！或言老子入夷狄为浮屠。浮屠不三宿桑下，不欲久生恩爱，精之至也。"（卷六十）这段话出自臣子对皇帝的批评，必须稳妥可靠。即"老子入夷狄为浮屠"在当时是流行的说法，得到道家、佛家及信奉者的认可。如果是自己杜撰或有争议，臣子是断不敢用来向皇帝劝诫的。

有学者认为，"老子入夷狄为浮屠"的说法，最早并非出于道教徒，而是出于佛家。《三国志·魏志》裴注引鱼豢《魏略·西戎传》说："《浮屠》所载，与中国《老子》经相出入。盖以为老子西出关，过西域，之天竺，教胡。浮屠属老子弟子别号，合二十九，不能详载，故略之如此。"《魏略》大约作于曹魏之末，与《魏略》作者大约同时代的杜挚，在《笳赋·序》中说："昔李伯阳避乱，西入戎。戎越之思，有怀土风，遂造斯乐。美其出入戎貉之思，有大韶夏之音。"《后汉书·窦章传赞》："笳，胡乐也，老子作之。"汤一介指出：

> "《浮屠》"指佛教的经典（当为当时的某一经典），此处所说的"《老子》经"，很可能就是指《老子化胡经》之类的"经"，当然不是指的《老子道德经》，因唐道宣《归正篇·佛为老师章》的注说"出《老子》、《符子》"，或此处《老子》指《老子西升经》。

紧接着作者注曰：日本学者洼德忠《老子化胡说是谁提出的？》一文谓：造作化胡说是佛教方面提出的。他所据即上引《魏略》的一段话，只就这段话看或其说可成立，但前此有《襄楷传》的话和马融的《摴蒲赋》等材料，都可证明在《魏略》以前已有"老子入夷狄"之说。[1]

1. 汤一介：《早期道教史》，第318页，北京：昆仑出版社，2006年版。

佛教在中国站稳脚跟，逐渐坐大。由于宗教排他性的作祟，佛道关系出现裂痕。另外，佛教的一些观念与做法，如不孝父母，不敬王，无后等，也与中国文化相抵牾。于是，道教一马当先，批判佛教，出现了《老子化胡经》。这种矛盾的出现，其实是文化交流逐渐深入的表现。佛教初来，犹如女子新嫁，有不明之事便问小姑，关系是客气的。现在佛教已经做大，就不把小姑子道教放在眼里，姑嫂间的冲突便不可避免。在汉代，老子入夷狄为浮屠之说，佛教徒很能接受，因为当时"其说大有助于最初佛教之流行"。"至若后世佛教徒对于老子化胡之说深恶痛绝，在历史上往往煽动极烈之宗教情绪，引起重大之纷扰。如北周之毁佛法，元代之焚道经，则其尤显著者也。"[1]

1. 汤用彤：《王维诚〈老子化胡说考证〉审查书》，《汤用彤学术论文集》，第80页，北京：中华书局，1983年版。

佛教徒变得如此深恶痛绝，根本原因是其在中国已有权势。权极生恶，势大成毒。"苟富贵，毋相忘"，只是无权势时的天真愿望。无论佛道还是世俗，概不能外。具体分析"老子化胡"说，可知道教徒的心态前后也已有变化。汉时的"老子入夷狄为浮屠"，属于传说、神话一类，从字义看并无贬义，从前后文看，颇有褒义。佛教刚来乍到，不但没有异议，而且乐意接受老子这顶保护伞。到魏晋时，佛道冲突公开，道教徒作《老子化胡经》，接过汉代"老子入夷狄为浮屠"及"老子西出函谷不知所终"的说法，演义成《老子开天经》的"老子西入化胡成佛，佛以为侍者"。贬损之义十分明显，引出了残酷的宗教斗争。唐代道宣撰写的《续高僧传》第二十四卷《昙无最传》，记下了公元520年佛道之争惊心动魄的一幕：

> 元魏正光元年，明帝加朝服，大赦。
>
> 请释李两宗上殿，斋讫，侍中刘滕宣敕，请诸法师等与道士论论义。时请通观道士姜斌与最对论。帝问："佛与老子同时不？"姜斌曰："老子西入化胡成佛，佛以为侍者。文出老子开天经。据此明是同时。"最问曰："老子同何王而生，何年西入？"斌曰："当周定王三年在楚国陈州苦县厉乡曲人里，九月十四日夜生。简王四年为守藏吏。敬王元年年八十五，见周德陵迟，遂与散关令尹喜西人化胡。约斯明矣。"最曰："佛当周昭王二十四年四月八日生，穆王五十二年二月十五日灭度。计入涅槃经三百四十五年，始到定王三年，老子方生已年八十五，至敬王元年，凡经四百三十年，乃与尹喜西遁。此乃年载悬殊，无乃谬乎！"斌曰："若如来言，出何文纪？"最曰："《周书异记》、《汉法本内传》并有明文。"斌曰："孔子制法，圣人当明，于佛向无文志。何耶？"最曰："孔氏三备卜经，佛之文言出在中。"备书令元又宣敕："道士姜斌，论无宗旨，宜令下，仁者识同，管窥不览不弘远，何能自达！"帝遣尚席又议《开天经》是谁所说？中书侍郎魏收、尚书郎祖莹就观取经，太尉萧综、太傅李寔、卫尉许伯桃、吏部尚书邢乐、散骑常侍温子昇等一百七十人，读讫奏云："老子止著五千文，余无言说。臣等所议：姜斌罪当惑众。"帝时加斌极刑。西国三藏法师菩提留支苦谏乃止。配徒马邑。"[2]

2. 《高僧传合集》，第303页，上海：上海古籍出版社，1991年版。

以上文字出自佛徒之手，虽然颇似一出戏文，但皇帝、大臣、僧人配合默契，以及道教徒处境之危险，让人清楚看到当时佛道争斗的激烈程度。

持老子化胡类观点者，不仅是道教徒，还有一些社会人士。如西晋皇甫谧作《高士传》说："老子出关，入天竺国，教胡王为浮屠。"王浮造《老子化胡经》，更是轰动一时。刘义庆的《幽明录》，裴子野的《众僧传》，葛洪的《神仙传》，孙盛的《老聃非大贤论》、《老子疑问反讯》，竺道祖的《晋世杂录》，慧皎的《高僧传·帛远传》等等，有的挺佛，有的挺道。挺佛排道的著作中，出现了编造故事攻击道教的文字。《帛远传》说："帛远，字法祖，……后少时有一人，姓李名通，死而更稣，云：见祖法师在阎罗王处，为王讲《首楞严经》。云：讲竟应往切利天，又见祭酒王浮，一云道士基公，次被锁械，求祖忏悔。昔祖平索之日与浮每争邪正，浮屡屈。即瞋不自忍，乃作《老子化胡经》，以诬谤佛法。殃有所归，故死方思悔。"[1]

1.《高僧传合集》，第 8 页，上海：上海古籍出版社，1991 年版。

除了攻击道教徒之外，佛教徒还直接贬损老子，称其为佛弟子。《弘明集》卷一《正诬论》说："夫尹文子即老子弟子也，老子即佛弟子也。故其经云：闻道竺乾，有古先生，善入泥洹，不始不终，永存绵绵。竺乾者，天竺也，泥洹者，梵语，晋言无为也。若佛不先老子，何得称先生？老子不先尹文，何故请道经之经邪？以次推之，伊故文子之祖宗，众圣之元始也。"

佛教徒和道教徒一样，在编造历史的道路上越走越远。一些著名高僧，如东晋支遁，也走上了此路，他在《释加文佛像赞·序》中说："昔周姬之末，有大圣号佛……呈百练以为粹，导庶物以归宗，拨尧孔之外犍，属八亿似语极。……络聃以曾玄，神化著于西域。"在屡屡得手之后，佛教徒愈发大胆，利用造经译经的权力，直接编造、篡改佛经，《佛说申日经》说："佛

2. 汤一介认为："查今存法获《月光童子经》，其中根本没有上面引的一段，因此上引今本《申日经》中的一段显然是后来的人加进去的。"见汤一介《早期道教史》，第 322 页，北京：昆仑出版社，2006 年版。

告阿难：我般涅槃千岁之后，经法且欲断绝。月光童子当出秦国，作圣君，受我经法，兴隆道化。"[2]

关于老子化胡的争论一直没有停止。到唐代，由于皇室姓李，以老子为祖先，道教徒底气又足了起来。出现了"天下诸道观皆画化胡成佛变相"的情况，佛徒则以牙还牙。唐中宗想"惟新阐政，再安宗社"，导演了一次化胡经真伪的论辩。《宋高僧传》第十七卷《法明传》载：

> 中宗朝入长安，游访诸高达。适遇诏僧道，定夺化胡成佛经真伪。时盛集内殿百官侍听诸高位，龙象抗御，黄冠翻复未安，难定。明初不预其选，出场擅弄问道流曰："老子化胡成佛，老子为作汉语化？为作胡语化？若汉语化胡，胡即不解。若胡语化，此经到此土便须翻译。未审此经是何年月、何朝代、何人诵胡语，何人笔受？"时道流绝救无对明。由此公卿叹赏。则神龙元年也，其年九月十四日下敕曰：

仰所在官吏，废此伪经，刻石于洛京白马寺，以示将来。……限十日内并须除毁，若故留仰，当处官吏，科违敕罪。其化胡经累朝明敕禁断。近知在外仍颇流行。自今后，其诸部化胡经及诸记录有化胡事，并宜除削。若有蓄者，准敕科罪。其月洛京大恒道观主桓道彦等上表固执。敕批曰：朕以匪躬忝承丕业，虽抚宁多失，而平恕实专。夫三圣重光，玄元统序，岂忘老教，偏意释宗。朕志敕（款？）还淳情存，去伪理乖事舛者。虽在亲而亦除义符名当者，虽有怨而必录。顷以万机余暇，略寻三教之文。至于道德二篇，妙绝希夷之境，天竺有空二谛，理秘真如之谈，莫不敷畅。玄门阐扬至赜，何假化胡之伪方盛老君之宗？义有差违，文无典故。成佛则四人不同论，弟子则多闻舛互。尹喜即称成佛，已甚恁虚，复云化作阿难，更成乌合。鬼谷北郭之辈，未践中天，舍利文殊之伦，妄彰东土。胡汉交杂，年代亦乖，履水而说涅槃，曾无典据。蹈火而谈妙法，有类俳优，诬诈自彰。宁烦缕说，经非老君所制，毁之则匪曰孝亏；文是鄙人所谈，除之则更彰先德。来言虽切理实未安。宜悉朕怀，即断来表。[1]

1.《高僧传合集》，第 487 页，上海：上海古籍出版社，1991 年版。

从上述可知：佛道之争旷日持久，皇帝也无解决良策。唐中宗李显的敕令，为了维护社会安定，以比较客观的态度来处理两教争端。对道教的态度，不像元魏明帝那样高压，而是晓之以理，动之以情，甚至到了苦口婆心的程度。作为九五之尊，能如此劝谕，已属难能可贵。当然，中宗的作为是唯一正确的选择，不仅因为唐室宗老子，而且因为佛道两教势均力敌。只有佛道相安，天下才能相安，而相安之策在"平恕"。上述唐中宗在神龙元年（705）的敕令，可称为"平恕敕"。在中印文化交流史上意义特殊，为我们生动地记录了围绕《化胡经》的一场佛道之争，同时也为后人保存了《化胡经》的大概内容。

佛道的千年恩怨，斗得你死我活，是宗教的排他性所致。"这说明，有时为了宗教信仰往往可以不顾事实，不讲道理，甚至伪造历史，信口雌黄。我们研究这类问题，是把它作为一种社会现象来对待，研究作为一种意识形态的宗教的特殊性和社会作用。"[2]

2. 汤一介：《早期道教史》，第 327 页，北京：昆仑出版社，2006 年版。

佛道为利益驱使，在国内就老子化胡问题争得不可开交。但是，在国外不存在利益之争时，佛徒也常将老子和道家挂在嘴上，成了老子、道家和中国文化的宣传者、传播者。薛克翘认为：

两晋南北朝时，中国去印度取经的僧人很多，他们虽然是佛教徒，但不少人对中国文化十分了解。因此，他们在求法之余，把中国儒家和道家的思想介绍给印度人是完全可能的。《洛阳伽蓝记》卷五记有宋云和惠生去天竺取经事，神龟二年（518 年）十二月，宋云、惠生进入乌场国，受到国王接见，国王问中国是否出圣人，"宋云具说周、孔、庄、老之德，次序蓬莱山上银厥金堂，神仙圣人并在其上；说管辂善卜，华佗治病，左慈方术，如此之事，分别说之。"这一段记载非常宝贵，它说明这样几个问题：一、大凡去西域的官方使者、僧侣、商人，与外国人交往，难免会遇到宋云、惠生的情形，即使出于好奇，人家也会问问中国的风土文物，这是人之常情。所以，宋云介绍的情况别人也会介绍，只是没有记载而已。二、宋云介绍的内容很多，但其中突出了道教和方术。三、至少在这时，当中国还在为老子化胡事辩论得死去活来时，老子的名声已经传到了印度。老子和印度有了实质性的关系。[1]

1. 薛克翘：《中国印度文化交流史》，第 224 页，北京：昆仑出版社，2008 年版。

二、 老子《道德经》翻汉为梵

《史记·老子传》："老子者，楚苦县厉乡曲仁里人也，姓李氏，名耳，字伯阳，谥曰聃，周守藏室史也。……居周久之，见周之衰，乃遂去，至关。"关令尹喜曰："子将隐矣，强为我著书。于是老子乃著书上下篇，言道德之意，五千余言，乃去。莫知其所终。"老子和孔子同时代，比孔子年长，孔子曾向老子请教礼，回来后对弟子说："吾今日见老子，其犹龙邪！老子修道德，其学以自隐，无名为务。"这是孔子对老子的极高评价，也体现了孔子的慧眼识人和坦荡胸襟。孔老相会，是中国文化史乃至世界文化史上的一次伟大会面。老子不但得到孔子的高度评价，而且得到先秦诸子的一致推崇，在他们的典籍《墨子》、《庄子》、《韩非子》、《荀子》、《礼记》、《吕氏春秋》、《战国策》中，对其思想多有记载。正因为老子在中国文化史上声名赫赫，李唐王室为了巩固政权，尊其为宗室先祖。唐太宗多次下诏，给道佛排序。贞观十五年（641）帝谓僧曰："比以老君是朕先祖，尊祖重亲，有生之本，故令在前。"（《广弘明集》卷二八）尊祖重亲，和联姻一样，是古代帝王巩固地位的常用手段。但是，由于老子特殊的文化身份，使得李唐皇室的这次认祖，在中国文化发展史和中印文化关系史上，产生了放量效应。有学者说："老子是中国古代伟大的思想家、哲学家，他有着无与伦比的睿智。早在唐代，《老子》一书就被译成梵文流传国外，今天世界上仍有日文、英文、德文等译本流传。"[2]

2. 张智彦：《老子与中国文化》，第 2 页，贵阳：贵州人民出版社，1996 年版。

老子的《道德经》由玄奘奉诏译汉为梵，开了中华学术以官方途径向外传播的先河。

《道德经》译汉为梵，是唐太宗李世民尊奉老子的重要决策，也是当时中外文化交流的客观诉求。唐代，中外文化交流空前繁荣，丝绸之路上，使者、商贾、僧人、伍卒、挑夫，不绝于途。中国的丝绸、陶瓷、茶叶、药材，源源西去，印度、中亚、西亚和欧洲的奇珍、方物，滚滚东来。在文化方面，印度和中亚诸国，先小乘后大乘，将佛教文化送来，中国也有大批僧人赴西天取经。在这繁忙的背后，不管是帝王、官员还是普通百姓，心中自然而然地产生了失衡的感觉。对等持衡，是人类的普遍心理。在精神文化方面，摩诃支那（伟大中华）应该送些什么经典到印度去呢？从学术地位、学理特色和政治条件上讲，将老子的《道德经》翻汉为梵，送到印度去，是不二的选择。

不过，玄奘有否奉诏将《道德经》译汉为梵，历代有争议。《佛祖统记》说："上令翻《道德经》为梵文，以遣西竺。师曰：'佛、老二教，其致大殊，安用佛言用通老义？且老子立意肤浅，五竺观之，适足见薄。'遂止。"（《佛祖统记》卷三十九）给人的结论是，玄奘停止了翻译，没有完成任务。现代学者也有认为："翻译过程中，玄奘与道士的争论甚多。译《老子》事后来中辍。"[1]

1. 谭中、耿引曾：《印度与中国》，第174页，北京：商务印书馆，2006年版。

那么，玄奘到底有没有将《道德经》译成梵语？大多数人认为，玄奘完成了任务。原因是，这是一个"皇帝工程"，不是皇帝一时兴起，而是有着光宗耀祖、以文光华的考虑。玄奘是唐代最聪明的和尚，和李世民和整个唐皇室有着极深的关系。他没有任何理由半途而废。而且，唐太宗下诏后，组成了一个三十多人的工作班子，还由重要官员参加，可以说是皇上钦点，兴师动众。唐太宗是一代英主，他要玄奘翻译《道德经》自有考量，不会做无把握之事，更不会做成"烂尾工程"。

玄奘游学印度十七年，行程五万里，所闻所见，百有三十八国，亲践者一百一十国。这样一位阅历丰富、道声高远的僧人，深知"不依国主，则法事难立"。贞观十八年（644）他抵于阗便上书太宗，太宗立即答复："可即速来，与朕相见。"同时令人迎接慰问。他到沙洲后再次上书，太宗在洛阳，命西京留守左仆射房玄龄组织隆重的迎接仪式。玄奘于贞观十九年正月七日抵长安，二月太宗在洛阳见到来谒见的玄奘，对他的才华、气质大为赞赏，劝他还俗从政。玄奘志在译经，太宗大力支持，对他说："所须人、物、吏力，并与玄龄商量，务令优给。"

同时给房玄龄下令，要他大力支持玄奘，一切费用由国库支付。玄奘和太宗关系密切。他专心译经，"专精夙夜，不堕寸阴"。同时，他还经常追随太宗左右，每译成一经，必请太宗作序，不达目的不罢休。太宗其实看重他的才华，几次要他还俗，"致之左右，共谋朝政"。"意欲法师脱须菩提之染服，挂维摩诘之素衣；升铉路以陈谟，坐槐庭而论道。"（《大正藏经》卷五〇）玄奘回答道："仰惟陛下上智之君，一人纪纲，万事自得其绪。"现在看起来，这个回答真是非常得体，既拒绝了太宗的要求，又不得罪这位大皇帝，而且还狠狠地拍了一下马屁。[1]

1. 季羡林：《玄奘与〈大唐西域记〉一校注〈大唐西域记〉前言》，见《大唐西域记校注》，第 112 页，北京：中华书局、1985 年版。

还俗从政，对玄奘这样一位名僧来讲，实在兹事体大，难以从命，其他如将《道德经》译成梵文，有何之难？

太宗要玄奘译《道德经》，还是外交上的需要。在玄奘归国前一年（贞观十七年），太宗派李义表、王玄策出使天竺。贞观二十一年，李义表等归国，向太宗汇报出使情况，提到向东印度迦摩缕波国童子王介绍《老子》。于是太宗下敕，要玄奘将老子《道德经》译汉为梵。

怀疑、否认玄奘翻译《道德经》的根源，在于《佛祖统记》。为了弄清真相，以正视听，我们引述道安《续高僧传》卷四《译经篇·玄奘传》如下：

寻又下敕，令翻老子五千文为梵言，以遣西域。奘乃召诸黄巾，述其玄奥，领叠词旨，方为翻述。道士蔡晃、成英等，竟引释论《中百》玄意，用通道经。奘曰："佛道两教，其致天殊，安用佛言用通道义？穷核言迹，本出无从。"晃归情曰："自昔相传祖凭佛教，至于三论，晃所师尊，准义幽通，不无同会，故引解也。如僧肇著论，盛引老庄，犹自申明，不相为怪。佛言似道，何爽纶言？"奘曰："佛教初开，深文尚拥，老谈玄理，微附佛言。肇论所传，引为联类，岂以喻词而成通极。今经论繁富，各有司南。老但五千，论无文解，自余千卷，多是医方。至如此土贤明，何晏、王弼、周颙、萧绎、顾欢之徒，动数十家注解老子，何不引用？乃复旁通释氏，不乃推步逸踪乎？"既依翻了，将欲封勒。道士成英曰："老经幽邃，非夫序引，何以相通？请为翻之。"奘曰："观老治身治国之文，文词具矣。叩齿咽液之序，其言鄙陋，将恐西闻异国，有愧乡邦。"英等以事闻诸宰辅。奘又陈露其情。中书马周曰："西域有道如老庄不？"奘曰："九十六道，并欲超生，师承有滞，至沦诸有。至如顺世，四大

2. 《高僧传合集》，第 135 页，上海：上海古籍出版社、1991 年版。

之术，冥初六谛之宗，东夏所未言也。若翻老序，则恐彼以为笑林。"遂不译之。[2]

　　上面这段文字应当准确可靠，道宣（596—667）与玄奘（600—664）是同代人，而且和玄奘关系密切。道宣的《玄奘传》至少告诉我们这样几点：其一，玄奘"翻了"《道德经》，即完成了翻译任务。其二，玄奘没有翻"老序"，因为如果翻了，恐怕引起笑话，所以不译。其三，"老序"不是老子所作，也不是太宗所作，可能是道士们的续貂之作。所以玄奘斥为"其言鄙陋"。其四，佛道之争无处不在，即使在"皇帝工程"中也有充分反映。其五，《佛祖统记》后出，其作者不地道，用"去中段留头尾"的办法，是非颠倒，误导读者。

　　《道德经》既已译成，是否传到印度，并无明文记载，也不见印度有传本。我们认为，《道德经》译成梵文之后传到印度，毋庸置疑。理由有三：其一，这是一项"皇帝工程"，推力强大。其二，当时中印人员交往不断，包括中国派遣使团。其三，印度迦摩缕波国童子王（Kumara），与玄奘交情深厚，而且玄奘归国后，与佛教最高学府那烂陀寺一直保持着联系，传送渠道畅通。至于在印度不见传本，原因并不复杂。印度历来不重文本，气候炎热潮湿，纸质文本不易保存。更重要的原因是，《道德经》的译汉为梵，是当时政治和外交的需要，传到印度后作为外道的经文，是很难传之久远的。

　　那么，《道德经》在印度有现代译本流传吗？印度学者 I. N. 乔杜里说："勿容置疑，多少世纪以来，公元前 570 年诞生的中国古代著名哲学家老子及其《道德经》吸引了许多印度作家和学者的注意。他们翻译了《道德经》，并阐释这世界上第一种属于隐居作者的哲学思想。"[1]

薛克翘经过调查研究，答案是肯定的。他说：20 世纪 80 年代，印度北方一些城市的书摊出售

1. [印度] I.N. 乔杜里：《想象的起源：文学、理论、宗教与文化文选》，德里：斯特林出版社，2001 年版。译文从尹锡南《印度比较文学论文选译》，第 483 页，成都：巴蜀出版社，2012 年版。

印地文和乌尔都文《道德经》，而且印地文的《道德经》还不止一种版本。其中，北方邦瓦拉纳西全面服务协会出版、1984 年 4 月第三次印刷的译本，既非译自汉文，亦非译自英文，而是译自马拉提文。马拉提文译者在其 1959 年写的该书序言中说，他是在 20 年前得到《道德经》的英文译本并将它译为马拉提文，由于他不懂汉文，又无机会向中国的道教学者请教，生怕译文有误，故将译稿放置身边达 20 年之久，作了进一步的研究和思考后才斗胆付梓。可知印度人至少在 20 世纪 30 年代末即已见到英文本的《道德经》。印度其他文种的本子虽未见到，但仅据已知的四种文本来看，《道德经》在印度的流传已相当广泛，而且已至少流传了近 70 年。[2]

2. 薛克翘：《中国印度文化交流史》，第 226 页，北京：昆仑出版社，2008 年版。

有学者最新调查认为："在印度已有四十多个唾手可得的英文译本，有三到四个印地文印本，一个古吉拉特文译本和一个马拉提文译本。如果我们进一步探索，可能会发掘出更多的印度语

言的译本。"[1]

1. [印度] 舒明经 (Prof. Shubhra Tripathi):《又一部印地语版〈道德经〉》，载《中国古代文化经典在海外的传播及影响研究——以二十世纪为中心国

从上可知，《道德经》在现代印度有多个不同译本流传。这种流传是学理的自发，不是政

际学术研究会会议论文》（下册），第 197 页，中国海外汉学研究中心，2012 年 12 月。又刊于《湖南科技学院学报》2015 年第 3 期。

治和外交的需要，是基于它和印度教主流文化的相契。这和作为印度主流文化革命者的佛教徒

的态度来讲，是非常不一样的。所以，"今天的印地文《道德经》会被意译作《道奥义书》"[2]。

2. 薛克翘:《中国印度文化交流史》，第 226 页，北京：昆仑出版社，2008 年版。

《奥义书》是吠陀文献的重要组成，是印度哲学代名词。印度学者将《道德经》意译成《道奥

义书》，表达了他们对老子思想的深度理解和由衷喜爱，是时代的进步。正如乔杜里所说："道

家哲学和《奥义书》的自我哲学在超越层面上存在某些绝妙的相似。毫无疑问，它们都是各自

3. [印度] I.N. 乔杜里:《想象的起源：文学、理论、宗教与文化文选》，德里：斯特林出版社，2001 年版。译文从尹锡南《印度比较文学论文选译》，第

对于中国和印度的独立贡献。"[3]

493 页，成都：巴蜀出版社，2012 年版。

第二节 奥修与《老子》、《庄子》

自从老子《道德经》，由玄奘奉旨译成梵文传入印度，一千多年来似乎湮没无闻，没有了下文。然而，由于奥修（Osho）热情高涨而气势磅礴地对《道德经》的阐释与推介，使得《道德经》不但在印度，而且在全世界愈加精神焕发。除了《道德经》之外，奥修对《庄子》的阐发也投入极大热情。自从奥修被介绍到中国，他的大量阐发《道德经》和《庄子》的著作，当然也被译成汉语与中国读者见面。在读者群中，出现了一个不大不小的奥修热。但是，这个奥修热没有持续多久。主要原因是关于奥修的负面文字，越来越多地涌现了出来。所以，在谈奥修的功绩之前，我们要先谈谈他这个人。

一、 奥修是印度的现代古贤

奥修 1931 年 12 月出生于印度北方，1990 年 1 月去世。毕业于印度加沙大学哲学系，在全国辩论大赛中获得冠军。曾在印度杰波普的梭加大学（Sugar University）担任哲学教授九年。之后便在各地周游演讲，在印度国内外刮起了一股奥修旋风。奥修善于辞令，涉猎广泛，从印

度的吠陀、奥义书、薄伽梵歌，到佛陀、大雄、商羯罗、
泰戈尔；从中国的老子、孔子、庄子、慧能，到阿拉伯的
穆罕默德；从耶稣基督、达尔文、拿破仑，到弗洛伊德；
从古希腊的柏拉图、亚里斯多德，到古代波斯的莫拉维，
他几乎论及东西方所有的圣哲与大德。根据他的演讲，已
出版六百五十多种书籍，译成三十多种语言，风行世界。
一时间，好评如潮，如"二十世纪的稀有大师"，"印度
的伟大哲学家"，"奥修的思想早已成了国家的瑰宝"，
"给这个世界、这个国家带来荣耀的人"，"印度的老子"，
等等，不一而足。但是，几乎就在奥修蒸蒸日上的同时，
反对、批判他的声音也越来越多，有的说他是"邪教教主"，
有的说他是"色情魔头"，有的说他是"黑恶势力"。

　　对以上两种冰炭不容的观点，我们应该怎么看？首先
让我们了解一下不同意见的来源。总体而言，两种意见在
印度国内外都有。但是，从数量上说，对奥修持肯定、褒
赞态度的，主要在印度国内；对奥修持否定，贬斥态度的，
主要来自西方世界。为什么出现这种情况呢？这主要是由
印度和西方在文化上的巨大差异造成的。弄清楚这种差异，
或者说弄清楚印度文化的特殊性，对奥修截然不同的评价，
就会有我们自己的看法。

　　印度自古是一个神权至上的国度，到处充满灵异，各
地都是苦行者、修道士。佛陀、大雄、商羯罗、杜勒西达斯，
以及传为吠陀、奥义书和大史诗《摩诃婆罗多》作者的广
博仙人毗耶娑、大史诗《罗摩衍那》的作者蚁垤仙人瓦尔
米基，是这无数苦行者、修道士中的出类拔萃者。江山代
有才人出。中国出的是孔孟、老庄、程朱这一类的杰出人物，

《道德经心释》，奥修著

印度出的则是释迦牟尼、大雄、商羯罗一类的杰出人物。人才金字塔理论告诉我们，一个乔答摩成佛，是以成千上万不成佛的乔答摩为基础的。但是，一个成佛的乔答摩，足以唤起无数个乔答摩走上崇道之路。

印度独立之后，虽然建立了世俗政权，但神权至上的民族心理没有改变，各种修道院、净修林、森林学校依然大受欢迎。穿着三千年前的服饰，仅以水和根、果为生的苦修者经常可见。他们道行的高低，决定他们信众的多少和影响力的大小。这种修道院，有的也吸收一些现代管理理念，生产、商业、服务设施齐全，俨然像一个独立的小社会、小王国。像奥修这样的极富名望的出道者，在印度并非绝无仅有，至少可以坐满一张八仙桌。那么，他们的信众基础该有多么广大。靠票选从政的官员，谁也不敢冒天下古今之大不韪，去得罪大大小小的奥修们。印度是一个在宗教上极度包容的社会，过去是宗教的天堂，今天依然是宗教的天堂。社会上，包括普通百姓和政府官员，对奥修这一类有大名望的灵修大师，不是顶礼膜拜，就是捐款捐物。当然，不以为然者也有，但只在私下里，不会、也不敢当众表达。

有人对奥修有六百五十多种书籍行世，提出异议。一个人，尽管开悟早，但并不长寿，怎么能写这么多书呢？首先，要弄清楚一条，这些书不都是他写的，大多数是根据他演讲内容整理成书的。印度民族，是世界上最善于辩论、演讲的民族。演讲作为一种传统，可以追溯到吠陀时代。在《梨俱吠陀》中有一首诗《蛙》，其中一偈是这样的：

> 一个模仿着另一个的声音，
>
> 好像学生学习老师的经文。
>
> 他们的诵经声连成了一片，
>
> 像雄辩家在水上滔滔辩论。
>
> （七·103·5）

这偈描写雨天鸣蛙的古诗，给我们透出一个信息，吠陀时代印度人的雄辩，已经从社会现象上升成为一种文学形象，引起诗人的重视并将其入诗。

中世纪，印度读书人也非常重视口才，伐致呵利在他的《三百咏》中，好口才是理想人物的要件之一，他的第十四首诗写道：

> 穷困时坚定，腾达时谦逊，

　　　　语妙于会场，勇往于战场，

　　　　欢心在荣耀，专心在典籍，

　　　　这正是大人物本来面目。

　　直到今天，印度人依然重视口才，雄辩家受人尊敬。崇尚口才天赋，已经成了印度民族的一笔极可宝贵的精神财富，他们最敬仰的三大女神中，第一位就是辩才天女（Sarasvati），即语言女神，又称文艺女神、智慧女神。

　　奥修就是在辩才天女的光芒照耀下，成长起来的一代辩论、演讲天才。印度古代创作主要靠口述，而不是手写。口述由别人记录整理成文，自然比自己一个字一个字手写要快得多。印度古代发表作品多用 prakāsa（光）这个词，相当于汉语"光大"，即推广之意。总之，奥修这种自己演讲、别人整理推广的做法，是印度古代宗师开示立说的常法。不同的是，古人限于条件，不重视印刷出版，奥修的门徒则充分利用了现代印刷的技术优势。所以，奥修有六百五十多种书籍行世，不足为奇。当然，其中也一定包括印度古代学习秘法的作用。印度学习有称为"聪明法"的诀巧："一谓复审生智，二则字母安神。旬月之间，思若泉涌，一闻便领，无假再谈。"[1]

总之，印度人自有其奇特之处。

1. （唐）义净原著，王邦维校注：《南海寄归内法传校注》，第 206 页，北京：中华书局，1995 年版。

　　奥修最受诟病的恐怕是他的"生活作风"。许多西方人骂他是"色魔"，对女门徒性侵犯。实际情况如何，我们无从知晓，所以难作评论。不过，我们假设这所有指责全是事实，那他也只在西方文化中是犯罪，在"人权"、"女权"的语境中接受审判。在印度传统文化中，奥修的所作所为，不但不是犯罪，而且是学习神圣的榜样。印度教分三大教派毗湿奴派、湿婆派和性力派，毗湿奴派又分有形、无形两派，有形派中有罗摩支和黑天支。罗摩是一位圣明君主，《罗摩衍那》大史诗中的男一号。他作风检点，坚决主张一夫一妻制，在休妻时期也不和其他女子有染。毗湿奴的另一化身黑天（Krishna，克里希那），常常以牧童的形象出现，他"是一个多情的美少年，他和众多的牧区女子们谈情说爱，歌舞调情，发生肉体关系，这就是个体灵魂和宇宙最高灵魂的融合归一"。[2] 为了满足牧女们的需要，黑天常常分身成

2. 刘安武：《印度文学和中国文学比较研究》，第 418 页，北京：中国国际广播出版社，2005 年版。

无数牧童。自从 12 世纪胜天以此题材创作《牧童歌》，许多诗人争相效仿，形成一大诗派，在印度民间影响极大。

　　以上所述，不是解释，不是开脱，只说明"今月不照古人"、"新法只律今人"。奥修

虽然生活在 20 世纪，嘴里也有不少时髦语汇，甚至有大量现代思想，但总体而言，他是由印度传统文化孵育出来的。关于牧童和情人拉达的故事，在印度家喻户晓，拉达—克里希那（Radha-Krishna）成了挂在嘴边的口头禅，奥修当然也非常熟悉。他在《道德经心释》中写道："如果耶稣出生在印度，他一定不会被钉死在十字架上……我们允许克里希那有一万六千个女朋友，我们称呼她们为 gopi，gopi 这个字比女朋友来得更好，更亲密，更深。我们允许他有一万六千个女朋友，但是我们从来不会将他钉死在十字架上。并不是所有那些人都嫁给了他，她们之中有一些是别人的太太，拉达本人也不是他的太太，而是别人的太太。"[1] 奥修头脑中的核心思维是印度古典式的，最重要的理论积累也属印度古代哲学范畴。从某种意义上

<hr/>

1. ［印度］奥修著，谦达那译：《道德经心释》（上），第 167 页，西安：陕西师范大学出版社，2007 年版。

<hr/>

说，奥修是一位印度的现代古贤，是不能用西方现代的法律审判他的。不然，古代的许多圣贤都变得有罪错了。中国的大禹"三过家门而不入"，释迦牟尼悄悄地"抛妻别子"离家出走，都是今天的道德和法律不允许的。但是，他们的圣贤之光，不会因此而消减，他们的伟大主要来自他们的功绩。

读了我们以上的叙述，再来读奥修的著作，就不会再有"读罪犯著作"的感觉。不能因言废人，也不能因人废言。我们应客观地来讨论奥修对《道德经》、《庄子》的阐释和传播。

二、 奥修对《道德经》的心释

奥修对老子和《道德经》兴趣浓厚，在他的学术生涯里，有关老子和道德经的著作不在少数，其中，有六册印地语的《道奥义书》。奥修著作译成中文，我们又能见到的就有《〈道德经〉心释》（上、下）、《老子心解》、《天下大道：道德经中的哲学与智慧》、《老子道德经》（第1—4 卷）等多种。在奥修的其他著作中，论及老子的就更多了。作为一位印度哲学家，为何对老子如此钟爱呢？

印度的圣贤大体分两类，一类是闭门苦修，一边冥思一边著述，如室利·阿罗频多；一类是四处演讲开示，在和门徒、听者的交流、互动中著书立说，如奥修。他在印度国内外，四处激情演讲，涉及内容十分广泛，几乎包括了东西方所有哲学大家：印度自古至今的全部圣贤；伊斯兰教、基督教世界的先圣和大学者、大诗人，也在他的学术视野之内；对东方尤其中国的

哲学大家，他更是心仪已久。他知道老子的《道德经》，是最早译成西方文字的中国经典之一，知道《道德经》在中国、在全世界的学术地位。作为一位全才型、演讲型的哲学家，奥修是决不会放弃老子和《道德经》的。

在奥修的学术视野中，最熟悉的是印度传统哲学，西方哲学和伊斯兰哲学也不陌生，最陌生的是中国哲学。由于语言的原因，他只能通过英语译作来研究《道德经》。哲学和诗是不能翻译的。奥修看最好的《道德经》英译本，也只能雾中观花。但是，这非但没有影响他对老子的兴趣，反而使他对老子更加崇敬与爱慕。他将自己的住所命名为"老子屋"。其实，这是一件十分好理解的事。雾中赏花，花更香更美。中国玄学戴着印度眼镜看，中间有着一层英语之雾，就显得特别耐看，充满魅力。完全陌生的事物，最多只能产生一时的新奇感。既熟悉又陌生的事物，才会产生持久的愉悦和好感。中国和印度是东方玄学的故乡。中国玄学和印度玄学，相似又相异，正是这种相似又相异，使得两者互相欣赏和惺惺相惜。当年，印度的玄学随着佛教来到中国，多少中国的高僧大德、硕学鸿儒为之癫狂。现在，中国的玄学和奥修相遇，又怎能不令这位灵修大师欣喜若狂？

奥修是一位演讲家、精神导师，不是一位翻译家、注经家。他对老子和《道德经》的理解，一方面来自他能见到的各种文献材料，一方面出自他演讲的学术需要。也就是说，奥修不是一位传统意义上的汉学家，不会咬文嚼字。正是由于奥修扬长避短，以自己全部的知识储备和独特视角，天马行空般的叙事风格，故事和断言相结合的论述方法，使得他对老子和《道德经》的阐释，别开生面，独具匠心，

《庄子心释》，奥修著

洞烛精微。在全世界包括中国学者在内的所有《道德经》研究者中，奥修异军突起，独树一帜，为《道德经》研究开创了一片新天地。

印度学者有两种风格，一种口若悬河，滔滔不绝；一种面壁沉思，洞见深邃。奥修两种风格兼具，以第一种风格为主。所以，奥修的著述，一方面海阔天空，恣肆汪洋；一方面又别具慧眼，精义独见。本来以精深见长的五千言，到奥修那里成了一个长风万里的老子世界。在这个世界里，道教、佛教、印度教、耆那教、伊斯兰教、基督教，诸教互参；老子、佛陀、大雄、耶稣、穆圣，诸圣齐会。

有经注传统，特别受过乾嘉学派熏陶的中国学者，也许对奥修阐发《道德经》的作派，大不以为然。但是，时代发展到今天，学术已经没有国界，经典已经走出语言。误读、错读也是一种阅读，曲解、误解也是一种理解。因为它们都产生了意义。与其说奥修对《道德经》的阐释存在大量错误，不如说奥修创造了一部印度版的《道德经》，为人们解读老子，包括研讨他的误读曲解，提供了新的用武之地。

现在，我们来看看奥修是如何阐释老子和《道德经》的。

奥修将自己和老子融为一体

不管东方还是西方，凡是想成圣成道者，都将自己和神或天联系在一起，说自己是神或天的使者、代言人。这种做法，在印度叫"梵我合一"或"梵我一如"。所有开悟得道者，都必须经历这样一个过程，将自己的"小我"无条件地和宇宙大我即"梵"，相通相融。只有如此，"我"才能开天眼、开天耳，获得天聪、天明。这样，表达神旨天意才具权威性。奥修说他 21 岁时开悟，这是非常少有的。等到他接触老子《道德经》并以此开讲弘道时，不是以一个阅读者、接受者、闻道者的身份，而是以圣人老子的身份。这是奥修和世界上许多《道德经》的传播者大为不同的。了解印度"梵我一如"内涵以及奥修是 21 岁已开悟的人，就不难理解他"奥修的老子"、"老子的奥修"的说法了。"老子是生命的代言人，而且透过奥修的诠释，老子的道理更是活了起来。"[1]

1. [印度] 奥修：《道德经心释》（上），谦达那译，第 1 页，西安：陕西师范大学出版社，2007 年版。

奥修简直就是老子再世。本来讲阴柔、守雌的老子，到奥修这里，变得好像有些张扬和"老子天下第一"了。

《道德经心释》序言《老子他说》，实际是"老子和奥修一同说"。"虔诚地希望奥修的老子，或是老子的奥修，能够启发出你那锲而不舍的灵魂，推你、拉你、踹你、扶你，最重要的，引发你生命的热情和勇气——冲向大海……拖着生命在走似乎不怎么令人惬意……"[1] 在《道德经心释》这本书中，"所讲的内容很多是非常宝贵的，而且是其他书上所没有讲到的"。[2]

1. [印度] 奥修：《道德经心释》（上），谦达那译，第1页，西安：陕西师范大学出版社，2007年版。

2. [印度] 奥修著，谦达那译：《道德经心释》（上），第1页，西安：陕西师范大学出版社，2007年版。

阐发老子，固然是奥修学术整体的需要，也说明老子之"道"对他有着巨大吸引力。但是，奥修这位精神导师，并非不食人间烟火的神仙。他在口若悬河阐述老子的形而上学之时，却有着一个形而下的具体目的，教导人们要认真面对生活。

大家知道，印度文化是一种悲观文化。人生是苦，只有求得身后解脱，才能离开轮回之苦。这种思想不仅仅属于佛教徒，印度教徒及其他生活在这块土地上的人们，也都有这类思想。许多人厌世，一心想着出世，不肯积极、认真面对人生。老子的"无为"思想会不会加剧这种情绪？这是奥修要认真考虑的问题。所以，他在书中一再强调：要修天道，先修人道。作为一个社会的人，应该将各方面的工作做好。他虔诚地希望，所有钻研奥修之道的人能够在人生的各个方面都有妥善的安排。"笑要笑得很全然，哭要哭得很全然，享受时要很全然，静心时要很全然，工作时也要很全然。"[3] 他告诫信徒，不要因为了解奥修在修行方面"无为"的真理，就变得

3. [印度] 奥修：《道德经心释》（上），谦达那译，第2页，西安：陕西师范大学出版社，2007年版。

没有工作能力，这不是正确的人生。奥修强调，他的"道"横跨世俗面和修道面，"除了生活以外没有其他神"。奥修"虽然崇尚老子的'无为'，那是针对修行面而言的真理。人生还有另外一面——工作。在工作上要有计划，有安排，才能成功。……不要因为了解奥修在修行面'无为'的真理，就变得没有工作能力，这不是正确的人生"[4]。

4. [印度] 奥修：《道德经心释》（上），谦达那译，第2页，西安：陕西师范大学出版社，2007年版。

奥修如此近乎喋喋不休地强调要全面理解"无为"思想，这是非常必要的。因为，老子的"无为"很容易被理解为消极的无所作为。这种可能性在中国不大，因为儒表道里，有一个经世致用的儒家和道家相平衡。印度的情况正相反，需要的是强调坚定、果敢、勇往直前的业瑜伽（karma yoga）。《薄伽梵歌》为何在印度视为神圣？因为它深刻地论述了瑜伽的重要意义，并将瑜伽修行和解脱之道密切结合起来。《薄伽梵歌》中，黑天对阿周那说："你的职责就是行动，永远不必考虑结果；不要为结果而行动，也不固执地不行动。"（6.24.47）这种行动至上的业瑜伽，在印度文化中是必需的，不然整个文化就会失去平衡。奥修在《道德经心释》中，就如此反复强调全面理解无为思想，就是努力解决可能会出现的不平衡。应该说，奥修的做法，考虑到文化生态的安全，体现出这位哲学家思想的缜密与深邃。

插上文学的翅膀，放飞哲学

故事为文学之母。印度是世界故事之乡，享有"雅利安中心"的美誉。利用故事来吸引信众，发展势力，是所有宗教、社团的通则。奥修，哲学家、演说家、文学家三位一体。奥修王国的光辉，由这三道光芒交织而成。人类，特别是东方人都有爱听故事的天性。奥修的每一次演讲，都离不开故事。他阐释老子的《道德经》，依然离不开哲理与故事的结合。在奥修这里，哲理是鸟，故事是翅膀。鸟无翅膀不飞，翅膀无鸟则废。古代印度，佛教徒很早就发现了故事的作用。他们将教义比作药，将故事比作包药的蒌罗树叶。他们将印度的民间故事，拿来加工改造成"佛本生故事"（Jātaka）。这种加工改造有固定套路：今生故事，前生故事，偈颂，注释，对应，使得佛教能够在古印度异军突起，发展得如高天长风，几乎成了印度的国教。任何伟大事物，都由细节构成。细节决定事物的命运。佛教席卷印度全国，依靠的细节，就是一个个文学故事。这些佛教故事，像一个个有生命的珊瑚虫。后来，佛教由于与印度教合流以及伊斯兰教入侵等原因，在印度灭绝，但这些故事依然存在，成了印度佛教的珊瑚树。而这些故事，在中国、斯里兰卡等佛教国家，依然是有生命力的珊瑚虫。本生故事告诉我们，故事是文化交流的重要方式。将故事（小说）说成游戏，是很不全面的。[1]

奥修像他的先辈一样，熟练而尽情地使用故事——这种文化交流的极佳方式。在《道德经心释》中，他得心应手地讲述了许多个故事。而这些故事，有印度土产的，有来自中亚、欧洲和中国的。《道德经心释》成了世界故事荟萃，各国的知名故事在这里亮相、交流。这些故事来到奥修笔下，当然经过挑选，同时也经过一定的改造。上卷第七章《为无为》中，奥修选用了一个名为"皇帝和宰相"的中国故事。显然，几经辗转，已经颇有一些"图兰朵"那样的华洋结合的味道了。

"为无为"，是老子的一个高深而伟大的思想。奥修说："在行动当中，要无为，这是老子最深的奥秘。"对于这个"最深的奥秘"，奥修并没有给予由表及里、由浅入深的逻辑分析，让大家从奥秘中茅塞顿开。为什么？因为世界上任何真理，都是简单的、朴素的，甚至真理愈伟大，就愈简单、朴素。所以说它们奥秘、深邃，并不是说真理本身，而是指真理被遮蔽后给人造成的感觉。我们每个人都生活在自己的常识、经验、信条之中，它们在自己心目中，是百分之百正确的。但实际上，它们可能只有百分之五十的正确率。真理往往会被那些错误的常识、

---

1. 西方有学者一方面说："也许我应该以'文学：一种交流方式'来命名我的演讲"，另一方面又在演讲结尾时说："看来，小说既不是交流方式，也不是产品，而是一个游戏。"见戴维·罗奇：《小说作为交流方式》，见 D.H. 梅勒编，彭程等译：《交流方式》（剑桥年度主题讲座），第 116 页，北京：华夏出版社，2006 年版。

经验、信条遮蔽。真理好比美玉翡翠，常常被石质的外壳包着，这些石质外壳就是错误的常识、经验、信条。要见真理翡翠，无须精密仪器复杂的化验，只要一把锤子敲剥掉那些遮蔽的外壳。老子的《道德经》之所以深邃，被喻为"五千精妙"，是因为它是写给周朝统治者看的，只有结论，没有分析，没有故事，只有一些隐喻。所以，通篇都是偈语、警句，在许多人看来，就显得高深莫测。

真理既然是朴素、简单的，揭示它的最佳方法也应该是朴素、简单的。那就是讲故事，人类是爱听故事的动物。奥修深谙这个方法，他在揭示"为无为"这个老子"最深的奥秘"时，用了一连串故事，其中最核心的是世界著名的"发现阿基米德定律"的故事。奥修在书中这样写道：国王给了阿基米德一个从来没有人做过的难题，他尽了最大努力，工作紧张到了极限。但是，难题仍然没有解决，他感到很无助。

有一天，当他在洗澡，躺在浴缸里，很放松。

他已经抛掉了那个想解决问题的观念，它无法被解决，但是突然间，它被解决了！因此他变得很狂喜，光着身子冲到街上，大声呼喊：我找到了！我找到了！（Eureka!）国王以为他疯了，整个镇上的人都以为他发疯了。但是他没有发疯，他找到了答案。当国王问他说：你是怎么找到的？他说：借着无为。我什么事都没有做，我甚至没有试着要去解决它，事实上，我已经抛弃了它，我已经完全停止所有关于它的活动，我正在放松。[1] 奥修巧妙地借阿基米德之口，

1. [印度] 奥修著，谦达那译：《道德经心释》（上），第140页，西安：陕西师范大学出版社，2007年版。

说出老子的"无为"，是那样的天衣无缝和直捣真理核心。

以故事说道理，犹如戏法人人会变，看的是道行的高低。奥修打破时空界限，将全人类的故事为其说理所用，手法纯熟高妙，实为中印文学交流史上一段佳话。

天马行空，以无法为法

哲学和文学，对奥修来说是富足的，追求一种什么样的叙事风格，才能和他的哲学、文学才华相匹配呢？

奥修是现代的老子、佛陀，奥修自己和他的许多门徒都这样认为。这种身份定位表现在演讲和行文时，就是天马行空，随心所欲，天高海阔无间道，无章无法任我飞。这是奥修行文的总体风格，是由他的身份、才华和本性决定的。但是，只要演讲，只要行文，总是要用某种形

式来表达，而这种表达形式需要依据某种章法。那么奥修的章法是什么呢？是无法无章，就是以无法为法。我们以《道德经心释》为例，来分析奥修是如何在行文上以无法为法的。

《道德经心释》的书名，就告诉人们奥修依据的不是其他人的经注成果，而是自己的心。而心是无涯的，可以心驰万里，思接千载。这可以表现在行文内容上，也可以表现在行文风格上。全书分上下两卷，上卷十章，下卷九章，每章都以老子语为章名。有的不是老子原话，而是从《道德经》抽捻而成，如第一章"知与道"。

奥修对《道德经》的心释，大体分两种形式，凡是单数章，皆首先引一段老子语录，如第一章《知与道》引"不出门，知天下；不窥牖，见天道。其出弥远，其知弥少。是以，圣人不行而知，不见而明，不为而成"。第三章《欲取天下而为之》引"为学日益，为道日损，损之又损，以至于无为，无为无不为。取天下，常以无事，及其有事，不足以取天下"。凡是双数章，则完全用访谈即回答提问的形式展开。每章回答问题多寡不一，共计七十八题，分布如下：

> 上卷
>
> 第二章"道可道，非常道"，九题
>
> 第四章"知其雄"，十题
>
> 第六章"和光同尘"，十题
>
> 第八章"企者不立"，十一题
>
> 第十章"无欲则刚"，十一题
>
> 下卷
>
> 第二章"道生一"，七题
>
> 第四章"反者道之动"，七题
>
> 第六章"昔之得一者"，五题
>
> 第八章"无用之用"，八题

在单数章中，由解读老子语录开始，然而逐渐展开。我们以下卷第一章《天下皆谓我大》为例，来具体分析一下。章首他引的老子语录是：天下皆谓：我大，不肖。夫唯大，故不肖；若肖，久矣其细。我有三宝，持而宝之：一曰：慈。二曰：俭。三曰：不敢为天下先。夫，慈故能勇，俭故能广，不敢为天下先，故能成器长，今，舍慈且勇，舍俭且广，舍后且先，死矣。

奥修在演讲中，不断阐发自己的见解。为了突出重点，为了演讲中提示的需要，他不断重复老子的话。重复的次数，由重要程度来定。在重复中不断向前推进。每讲的标题是老子的，所引语录也是老子的，但阐释发挥完全是奥修的。

在双数章中，又是另外一副景象，除了标题作为招牌是老子的，其内容与老子关系不大，有的甚至完全无关。对每个问题的回答也详略不一。有的问题，长篇大论地回答，有的问题只答一句。如上卷第八章中，听者问（第七个问题）："在我的头脑里有一个小判官，他常常猛敲他的木槌说：不好，不好；好，好。与他共同存在的最佳方式是怎么样？"奥修回答说："不要去判断那个判官。"在上卷第十章中，有人问（第七个问题）："最近你说过，要达到成道的话，你必须经历过一个全然的挫折，完全丧失希望，但是当你知道一个师父借着他的'在'在帮助你，似乎不可能丧失希望。"奥修的回答也只有一句话："不必担心那一点，我会留意让你有机会完全受到挫折。"

如此回答听众提问，正是奥修演讲（行文）以无法为法的生动例子。

回答听众提问，具有很大的实战性。奥修是在论坛上出道的，自然而然，他喜欢挑战，在《道德经心释》中共回答了七十八个问题。有的问题极具挑战性，如：罪人有资格成道吗？到底是什么东西存在于人们里面，使他们对你所说的话，或对你这个人有那么多的敌意？这些问题，有的像抛过来的绣球，有的像掷过来的投枪，有的像送上来的一块石头。奥修在论辩和演讲生涯中，练就一身敏捷灵活的本领，不管提出的问题，是绣球、投枪还是石头，他一律欢迎。因为他将它们当作璞玉，因为他有因材施刀、随形赋彩的本领。

如果说听众提出的问题五花八门，毫无章法，奥修的回答办法"因材施刀，随形赋彩"，是他对待无法的法。当他听到为什么"他们对你所说的话，或对你这个人有那么多的敌意"这个问题时，奥修首先说："那个责任不在于人们，那责任在于我。"接着他又说："他们什么事都没有做，他们可以不管我，但是我不能不管他们。……我是一个叛逆者，任何我所说的都完全违反他们的制约。他们被制约成以某种方式来看待生命，来思考，来生活，但是我所说的话打扰了他们。我是故意这样做的，我必须去打扰他们，否则在他们生命当中就不可能有蜕变。"[1]

1. [印度] 奥修著、谦达那译：《道德经心释》（下），第79页，西安：陕西师范大学出版社，2007年版。

上述这一段答复中，摸准了提问人的脉搏，然后对症下药。先稳定情绪，将责任揽在自己身上，然后在多个进退往复中，不但消除对立，而且步步引向主题。

奥修，这位在论坛、演讲中崛起的精神导师，和书斋里伏案做学问的学者的确大为不同，尤其在叙事风格上。

三、 奥修对《庄子》的心解

奥修和老子、庄子相识，是中印文化交流史上的一件快事。他认为，老子是庄子的师父。对这师徒俩的敬佩，主要由于他们的禀性。老子和孔子相比，奥修喜欢老子。他说："孔子是正式礼节的形象，他是世界上最大的形式主义者，世界上从来没有一个比他更大的形式主义者，他就只是礼节、客套、文化和礼貌。他跑去看老子，老子是最不拘形式的，刚好跟他相反。"[1]

1. [印度] 奥修著，谦达那译：《庄子心解》，第 107 页，西安：陕西师范大学出版社，2007 年版。

奥修喜欢庄子，因为庄子不拘礼节。庄子的这几句话："最好的礼貌就是免于所有的客套，完美的行为就是免于顾虑，完美的智慧就是不计划，完美的爱就是没有任何展示，完美的真诚不提供任何保证。"[2] 奥修非常欣赏，在他的著作里反复引用。

2. [印度] 奥修著，谦达那译：《庄子心解》，第 91 页，西安：陕西师范大学出版社，2007 年版。《庄子·庚桑楚》原文为："至礼有不人、至义不物、至知不谋，至仁无亲，至信辟金。"

由于意气相投，奥修对《庄子》的翻译和阐释，是一次愉快的心灵之旅。《庄子·心解》是这次心灵之旅的重要记录。

高度评价老庄与道家

奥修是世界现代精神哲学界的一匹识途老马，不但见多识广，洞烛灵修堂奥，而且目空一切。自古至今，让他膺服的人不多。而在这不多的人中，他独尊老庄道家。在《庄子心解·后记》中说："我本来以为奥修的话语对我已经不能够像以前那么震撼了，但是当我在翻译庄子的时候，我仍然不时可以找到许多以前从来没有看过的花朵，在沿途开放着。"[3] 这说明，庄子给他带来了大量足以令其兴奋的新内容。例如，"无用之用"就是他在庄子那里找到的"一朵崭新的智慧之花"。他不但自己喜欢庄子，而且希望他的听众、门徒也喜欢。他说："虔诚地希望庄子的生命能够融入你的生命，那么你也可以成为古人，而不只是效法古人。"[4]

3. [印度] 奥修：《庄子心解》，谦达那译，第 287 页，西安：陕西师范大学出版社，2007 年版。

4. [印度] 奥修：《庄子心解》，谦达那译，第 287 页，西安：陕西师范大学出版社，2007 年版。

奥修不仅赞美老庄，对整个道家也是称羡不已："对我而言，道家的思想是曾经存在于这个地球上最深邃的智慧，没有其他智慧能够跟它相比。在耶稣、佛陀、或克里虚纳（Krishna：印度古神）的话语里有一些瞥见，但就只是瞥见而已。"[5] 奥修惊叹老子、庄子的"绝对纯粹"，

5. [印度] 奥修：《庄子心解》，谦达那译，第 21 页，西安：陕西师范大学出版社，2007 年版。印度古神，即黑天，印度古神。

从来没有被任何东西污染过。老子和庄子——师父和门徒——从来没有人在他们的照片上画出光环或氛围。不仅耶稣、查拉斯图特拉、克里虚纳、佛陀或马哈维亚，从来没有人在他们的头部画上光环，"因为"，他们说，"如果你真的很好，没有光环会出现在你头部的周围，相反地，那个头会消失。"[1]他认为，圣人头上的光环，不是圣人自己画的，是门徒们画的。奥修对庄子"至誉无誉"的观点，钦佩至极。

1.［印度］奥修：《庄子心解》，谦达那译，第22页，西安：陕西师范大学出版社，2007年版。

奥修对道家的称颂，除了上述的学理原因之外，还是一个比较的结果。当然，奥修在学理上独尊道家，也有比较的推力。他拿老庄和佛陀、耶稣等比较，他还拿老庄和世界著名学者作比较。他说："苏格拉底被下毒，因为他不知道庄子，如果他知道庄子，他就不需要被毒死。""如果他碰到庄子——当时庄子住在中国，他们是同一时代的人——那么庄子一定会告诉他这个秘密：不要试图去证明任何一个人是愚蠢的，因为愚蠢的人不喜欢这样。……庄子一定会说：最好你自己显得笨一点，那么人们就能够享受你，然后以一种非常微妙的方式，你就可以帮助他们改变，那么他们就不会反对你。"[2]

2.［印度］奥修：《庄子心解》，谦达那译，第27页，西安：陕西师范大学出版社，2007年版。

他不喜欢康德、黑格尔一类哲学家。"如果你读黑格尔，那个意义必须被发现，那是很费力的，好像黑格尔作尽一切努力要使它对你来讲变得尽可能困难，一层又一层的文字，编织得很复杂，使每一件事看起来都好像谜一样，所以当你首次碰到黑格尔，他将会看起来很宏伟，好像是一个非常高的高峰，但是你越穿透、越了解，他就变得越少。到了你全部了解他的那一天，他只不过是没有用的。"[3]欧洲思想重镇黑格尔，在奥修这里得到如此评价，因为他懂得佛陀、老子和庄子。

3.［印度］奥修：《庄子心解》，谦达那译，第273页，西安：陕西师范大学出版社，2007年版。

从总体上说，奥修是位世界主义者，对东西方文化不抱偏见。但是，他对西方屠杀圣人、学者，非常痛恨。他认为，屠圣的原因是西方没有道家的智慧。杀害苏格拉底这样的丑恶现象，没有发生在印度、中国或者日本，因为在这三个国家里，人们已经了解到，以一个智者的姿态出现将会惹祸上身。

对"得鱼忘筌，得意忘言"的真谛，奥修有深刻的理解，认为这是最大的难题之一，人们往往只要网，不要鱼。"如果你谈论基督，那是因为教会、神学、圣经——因为那些文字。人们携带着网好几世，而没有了解到它只是一个网，一个陷阱。"[4]

4.［印度］奥修：《庄子心解》，谦达那译，第213页，西安：陕西师范大学出版社，2007年版。

从社会身份上讲，奥修和庄子有某些相似：都才华横溢，旷世狂傲，愤世嫉俗，视权贵如粪土。他常常鞭挞政要权贵，甚至甘地、尼赫鲁这些民族领袖，在他眼中也只是政客而已。在《庄子心解》中，他极尽攻击官僚政客之能事，当然不是骂，而是用故事。

在《得鱼忘筌》这一章中，他讲了一个政客演讲的故事：一个大政客、一个领袖在演讲，他一直讲、一直讲，时间已经快要到午夜了，所有的听众都渐渐离去，大厅里只剩下了一个人。那个领袖感谢他：你似乎是唯一爱真理的人。那个人说："不要骗我了，我是下一个演讲者！"[1]

1. [印度] 奥修：《庄子心解》，谦达那译，第 215 页，西安：陕西师范大学出版社，2007 年版。

奥修意犹未尽，在《心与物游》一章中，又讲了一个部长失业的故事，一个部长失业了，找工作十分困难。因为这些政客除了玩弄政治之外，什么事都不会做。最后，一个马戏团的经理给了他一个扮假熊的工作。这位失业部长别无选择，只能答应下来。可是当他穿上演出服在兽栏旁坐下还不到十五分钟，一只熊朝他走来。部长吓得大叫："救命啊！赶快把我放出来！"然而，另外一只熊对他说："你以为你是唯一的失业的政客吗？我也是一个前任部长，不要那么害怕。"故事的主旨是反对虚假，"带着虚假的脸，真理永远无法被找到。一个人必须去了解他真实的脸，而抛弃所有虚假的面具"[2]。

2. [印度] 奥修：《庄子心解》，谦达那译，第 279 页，西安：陕西师范大学出版社，2007 年版。

用东方思想去拯救世界

由于宗教的排他性，佛道两家曾在中国恩恩怨怨一两千年。奥修不是佛家，也不是道家，他只按照自己的理解，对佛道两家作出研究，作出自己的判断。在奥修心目中，佛道在学理上是相通的，在他的著作中，佛道或道佛，经常相提并论，给予一样的评价。比如，说到死亡问题，佛陀和庄子是两个登峰造极的榜样，"一个佛——庄子——正在到达最高的顶峰，它是非常少发生的，在千千万万年里面才发生一两次"[3]。在死亡观上，佛道两家存在惊人的相似之处。

3. [印度] 奥修：《庄子心解》，谦达那译，第 272 页，西安：陕西师范大学出版社，2007 年版。

对人生的理解，奥修认为佛道也是相通的。他在《无为之为》这章中写道："佛陀曾经说过：人生是痛苦，出生是痛苦，死亡也是痛苦，每一件事都是痛苦的。它是痛苦的，因为有自我存在，那只船还不是空的。现在那只船是空的，现在已经没有痛苦，没有忧愁、没有悲伤。……这就是庄子所说的'一个完美的人就好像是一只空船'的意思。"[4]

4. [印度] 奥修：《庄子心解》，谦达那译，第 10 页，西安：陕西师范大学出版社，2007 年版。

在奥修那里，不但佛道相似相近，而且还认为耶稣也和佛道相近，甚至一样。他说："佛陀、耶稣、庄子和老子他们都一样的，因为他们并不是神学家，他们并不是从头脑来谈论，他们是从他们的心倾倒出来。"奥修有一个坚定的观点，神学家的宗教并不是本然的宗教，而宗教的创始人佛陀、老子、庄子、耶稣等，才是代表宗教的本然。耶稣为人所不容，被钉死在十字架上。奥修作出了这样的阐述："西方误解了他，但是东方可以了解他。因为东方知道老子、庄子和佛陀，而耶稣属于他们。"他坚持认为"耶稣来自东方"。[1]

1.［印度］奥修：《庄子心解》，谦达那译，第250页，西安：陕西师范大学出版社，2007年版。

奥修将耶稣视为老子、庄子、佛陀的同道，是基于他对东西方主流世界观的立场。西方强调抗争、个性、奋斗、叛逆，而这些不是年轻人创造出来的，是弗洛伊德等一批学者创造出来的。他不无惋惜地说："甚至连一个像罗素这么博学多闻、这么具有穿透力、这么具有逻辑的人也以征服来思考——征服自然。""东方的意识是完全不同的，东方的意识说：自我是问题之所在，不要使他变得更强，不要制造出任何抗争，并不是适者生存，而是最谦虚的人生存。"[2]

2.［印度］奥修：《庄子心解》，谦达那译，第250页，西安：陕西师范大学出版社，2007年版。

他认为西方靠政治生活，"道"是东方的核心。"征服"已经摧毁整个自然，现在开始叫喊环保，摧毁了整个平衡。奥修认为："现在庄子可以被了解，因为他说：不要跟自然抗争。要处于很深的爱之中，变成跟自然合一，透过爱，从心到心，那个奥秘就会显露给你，而那个奥秘就是：你并不是个人，你是整体，为什么要满足于只是一个部分？为什么不成为整体？为什么不拥有整个宇宙？为什么要占有小东西？"[3]

3.［印度］奥修：《庄子心解》，谦达那译，第251页，西安：陕西师范大学出版社，2007年版。

从奥修的论述中，我们可以看出：他沟通佛道，融摄耶稣，意在用东方思想去拯救世界。对于理性至上、科学至上、技术至上造成的恶果，他提出了一个根本性的大方子："我想要告诉你们，科学是最终的价值，科学只有两种：第一种是客观的科学，它决定关于外在世界的事；第二种是主观的科学，直到目前为止，它被称为宗教，但是最好不要称之为宗教，最好称之为内在的科学。将科学分为外在科学和内在科学！客观的科学和主观的科学。但是使它成为一个坚实的整体，科学仍然保持是最终的价值，没有什么东西比它更高。"[4]作为一位深谙东西方

4.［印度］奥修：《庄子心解》，谦达那译，第288页，西安：陕西师范大学出版社，2007年版。

文明历史与现状的杰出的哲学家，上述的论述，即提出客观的科学和主观的科学，而且两者必须成为坚实的整体，是他整个学术生涯中，对人类作出的最重要、最卓越的贡献。

相隔千年万里的知音

奥修对老庄的推崇，建立在观念一致、思想契合的基础之上。奥修和庄子，好像两位神交已久的异国忘年交，隔着千万里，隔着两千多年，但他们是真正的知音和道友。奥修认为，人与人相交分几个层次：头脑对头脑，心对心，本性对本性。本性对本性的说法，奥修并不满意，

不得已而姑妄称之。我认为，称"道对道"更好，是道友之间的相知相交。奥修认为："惟有本性跟本性接触，师父才能够传递他的钥匙。"[1] 佛陀拈花，迦叶微笑；五祖授衣钵，慧能夜奔，

1. [印度] 奥修：《道德经心释》（下），谦达那译，第 144 页，西安：陕西师范大学出版社，2006 年版。

都是本性对本性的典型例子。奥修和庄子这两位道友，主要有哪些相知相契之处呢？《庄子心解》回答了这个问题。全书共十一章：无为之为，道中之人，取舍的尺度，至智不谋，朝三暮四，无执成其善，死生之辩，无用之为有用，得鱼忘筌，大象无形，心与物游。这十一个方面，是奥修受庄子教益最多、启迪最大之处，也是他们相契最深，最想和听众、读者共享的地方。

无为之为的思想，深深打动、征服了奥修。他反复引述庄子的"虚舟"之喻，说"庄子的寓言很美，他说一个智者就好像是一只空船"。"它隐含很多事，首先，一只空船并没有要走到任何地方去，……即使它在动，它也并没有要走到任何地方去。"[2] 这种"无为之为"的思想，

2. [印度] 奥修：《庄子心解》，谦达那译，第 10 页，西安：陕西师范大学出版社，2007 年版。

使奥修认识到：积累金钱和积累痛苦的是同一个座右铭，让他追随庄子，到群众里去，和他们混在一起，平凡之人就是圣人，有力量，但是没有权力，没有名誉。

对"道中之人"奥修赞叹不已。庄子在《逍遥游》中说："至人无己，神人无功，圣人无名。"这"三无之人"就是"道中之人"。奥修认为，最伟大的人是一个"无人"，佛陀也说过这样的话，佛陀就是一个"无人"。他这样对听众说：真正伟大的将会是你们中的"无人"。当庄子说"最伟大的是无人"，这意味着什么？这意味着：它是不可衡量的。你无法衡量，你无法给他贴上标签，你无法将他归类，你不能够说"他是谁"。[3]

3. [印度] 奥修：《庄子心解》，谦达那译，第 65 页，西安：陕西师范大学出版社，2007 年版。

《取舍的尺度》这一章，奥修强调庄子"以道观之"的观点。用其他作为观察依据，皆有偏颇，只有"以道观之"，才能"物无贵贱"。这个"道"，就是"路"。奥修说："一个庄子是一道闪光，一个佛陀是一道闪光，我是一道闪光，不要看着我，要看着路。"如果你看着庄子、佛陀或者奥修，就会错失要走的路，他们只是引导你的闪光而已。

对"至知不谋"，奥修的理解是深刻的，他说："完美的真诚属于本性，而不属于头脑。爱、真理、静心、真诚、简单和天真，这些都属于本性。这些东西的相反之物属于头脑，为了要隐藏相反的东西，头脑就创造出虚假的东西：虚假的真诚——可以给予保证和承诺的虚假真诚；虚假的爱——它只不过是责任的代名词；虚假的美——它只不过是内在丑陋的一个外表。"[4]

4. [印度] 奥修：《庄子心解》，谦达那译，第 114 页，西安：陕西师范大学出版社，2007 年版。

这些虚假，除了自己，谁也不会受骗。

对"朝三暮四"的故事，奥修认为有深刻含义，并对它作出了全新的解释。他说："猴子

的头脑只是在找寻那个立即的快乐，并且不担心后来的发展，它不知道，因为它没有整体观，所以最好让智者来选择。"[1]他认为，西方民主政治，是猴子们的选择，一定会陷入混乱。古

1. [印度] 奥修：《庄子心解》，谦达那译，第 139 页，西安：陕西师范大学出版社，2007 年版。

代国王，一有难题，不问百姓问智者。因为他们抛弃了一切，有一个整体的看法，他们不执着，头脑不会陷住在某种思想里，他们没有自己的选择，也就是无选择的，他们会看整体，然后来做出决定。[2]"真正的智者会去考虑问题的两面性，没有任何的偏好，在道的光之下来看两者，

2. [印度] 奥修：《庄子心解》，谦达那译，第 140 页，西安：陕西师范大学出版社，2007 年版。

这个被称为同时遵循两条路线。"（是以圣人和之以是非而休乎天钧，是之为两行。《庄子·齐物论》）

"天执成其善"的关键是"无执"，无执就是无欲。欲望是人类进步向善的最大障碍。奥修说，欲望是最强的迷幻药，是最终的药物。当欲望产生，真正的你会离开，留下的只是你的欲望。人类总是一心想走进未来，所以奥修告诫说：当你开始思考，当你觉知到头脑已经进入未来、进入欲望，你就要立刻跳回现在。要在家。在家就充满乐趣。[3]

3. [印度] 奥修：《庄子心解》，谦达那译，第 164 页，西安：陕西师范大学出版社，2007 年版。

"生死之辩"是从孔子派子贡去帮助料理子桑户丧事开始的。儒道两家在生死问题上的观点，既相反又相通。奥修显然比较同意庄子的立场，他说："死亡或许可以被解释，但是生命无法被解释，因为死亡是某种结束的东西、完成的东西，而生命一直都是一件正在进行的事。生命一直都在旅途当中，而死亡已经到达了。当某件事已经到达而结束时，你可以解释它，你可以定义它；当某件事还在进行，它意味着那个未知的还须被经历。"[4]奥修说他不属于任何传统，

4. [印度] 奥修：《庄子心解》，谦达那译，第 168 页，西安：陕西师范大学出版社，2007 年版。

也不属于历史。所以，上述对生死的见解，也充满他的新意。

对相反相成的观点，奥修体认很深，说"整个道家的洞见就是基于相反两极的互补"。"无用之为有用"属于天下大道——辩证法，但容易受误解。奥修说："一个真实而完美的人，一个道中之人，没有执着，没有沉溺，他可以很容易地由一极走到另外一极，因为他停留在中间，他使用两只翅膀。"[5]如在后记中说："'无用之用'，这个观念我曾经知道过，但是这一次

5. [印度] 奥修：《庄子心解》，谦达那译，第 209 页，西安：陕西师范大学出版社，2007 年版。

我有了更深入的了解。对我而言，这是我在奥修的庄子里面找到的一朵崭新的智慧之花。"[6]

6. [印度] 奥修：《庄子心解》，谦达那译，第 287 页，西安：陕西师范大学出版社，2007 年版。

得鱼忘筌，经常被局限于言意之辩，其实它有更深广的含义。奥修的理解全面而深刻，他说："基督是内容物，基督教教义只是文字；佛陀是内容物，法句经只是文字；克里虚纳是内容物，吉踏经不过是一个陷阱。"[7]忘掉话语是难的，庄子一直在寻找这样的人。奥修告诫说："如

7. [印度] 奥修：《庄子心解》，谦达那译，第 213 页，西安：陕西师范大学出版社，2007 年版。

果你忘掉话语，他将会跟你讲话。不只是庄子，克里虚纳、基督、老子和佛陀，他们都在找你，

所有成道的人都在找寻没有知识的人。"[1]

"大象无形"是道家基本思想。奥修在这一章中,教诲他的听众做人要"本然"。"一个道中之人既不是一个懦夫,也不是一个勇敢的人,他不知道勇敢是什么,怯懦是什么。他生活,但是没有自我意识,并不是因为他学了很多,而且因为他摆脱了所学习的。"[2] 在这章结尾时,

他告诉他的听众:"除了你自己之外,其他没有人能够摧毁你;除了你自己之外,其他没有人能够拯救你。你既是犹大,你也是耶稣。"[3]

《庄子心解》第十一章《心与物游》,是讲庄子之死。庄子说:"吾以天地为棺椁,以日月为连璧,星辰为珠玑,万物为赍送。"(《庄子·列御寇》)奥修对道家的生死观,赞佩不已。他用庄子的话来教导他的门徒和听众:"不要在生命和死亡之间作选择,不要在这种类型的死亡和那种类型的死亡之间作选择。不要选择,保持完整。"[4] 道家人与自然合一的思想,已经

成为了奥修的思想。

《庄子心解·后记》说:"我们也应该清醒地认识到,奥修思想中也存在一些需要批判的地方,所以我们要加以甄别与思考,有选择地接受和吸收他思想中的精华。"[5] 这是赠送给每一位听众、

读者最重要的话。我们知道,奥修是现代印度的伟大哲学家,享誉世界的天才思想家,中印文化交流史上的耀眼明星,他对中国文化特别是道家思想的阐发,为中印文化交流乃至世界文化交流提供了崭新的经验和模式。但是,对奥修的经验和模式,切不可陷入盲目性,切不可顶礼膜拜,一定要进行甄别与思考,吸收他的思想精华。只有这样,才是对奥修最正确的态度。

第十五章　　拉贾·拉奥笔下的中国

拉贾·拉奥（Raja Rao，1908—2006）是印度英语文学三大家之
一[1]，作品曾获得印度文学院奖、纽斯达特国际文学奖和诺贝尔文学奖

1. 另外两大家是安纳德（Mulk Raj Anand，1905—2004）和纳拉扬（R.K.Narayan，1906—2001）。

的提名。他本人于 1969 年获得印度总统颁发的第三等国家奖小莲花勋
章 Padma Bhushan 。2007 年 1 月，总统府又宣布将向拉奥颁发第二等
国家奖莲花勋章 Padma Vibhushan （他那时已经去世）。2005—2006 年，
刘朝华利用两国政府互换奖学金的机会到印度去收集了一些有关他的资
料写刘朝华的博士论文，意外地从他的写作中发现中印"神交"现象，
这就是本文要聚焦的中心课题。

第一节　拉贾·拉奥与中国"神交"

拉贾·拉奥（1908—2006）作为当代著名印度作家有三大特点:(1) 他的作品被誉为"创造性小说"（innovative fiction），他宣称写作是他的"精神职责"（Sadhana），是体现真理的工具，还说，"写作是我的达摩（道）"（Writing is my dharma）；(2) 虽然他长期在西方生活、教书、写作，生活的语言都用法语和英语，但他的创作思维深深扎根于印度教文化传统；（3）他从来没有来到中国，但是中国是他最尊重的国家之一，也是出现在他笔下频率很高的国家。

一、　拉贾·拉奥与《大唐西域记》

拉奥的第一个特点是他的非小说作品中充满了神奇的想象，而他的小说却又近乎写实或描绘自己的亲身经历，或阐述印度哲学传统，或回顾历史片断。他在名著《印度的意义》（*The Meaning of India*）一书中说:

> 非理智仅仅是理智的反映；愚昧就是智慧的反映。神秘只是真理的反面——两者之间只有观点的差别。……如果没有双重性就不会有世界。[1]

1.Raja Rao, *The Meaning of India*, Delhi: Vision Books, 1996, p.13.

对于"印度的意义"，他其实没作任何理论性的分析，一开始就讲了与玄奘《大唐西域记》第七卷"五国"中"婆罗疴斯国"第三节"三兽窣堵波"兔子烧死自己来敬神的大同小异的故事，以突出印度传统中强调牺牲奉献的精神。拉奥在叙述故事时，没有谈到其出处，但谈到这是在"瓦

《印度的意义》，拉贾·拉奥著

拉纳西"(Varanasi)（过去叫"Banaras/ 贝纳拉斯"，即玄奘记载的"婆罗痆斯国"）发生的，兔子后来变成佛，这和玄奘的记载和传到中国的《兔王本生经》相似，也有间接从中国文献中引出的可能性。因为在印度流传的这则玉兔故事中，兔子最后送到了月亮上，并没有说明它是佛的前身。更有趣的是：他在继续讨论印度牺牲精神时接着引古代希腊访印大使梅格斯汀Megasthenes 和玄奘对印度的赞美。他引的是西方学者翻译《大唐西域记》中玄奘所说："夫其俗也，性虽狷急，志甚贞质，于财无苟得，于义有余让。"（卷二"印度总述"，十三节"刑法"）

关于拉奥的第二个特点，他在美国讲学，是用文学的内容来讲解印度传统哲学（他讲过四门课程，其中两门是印度哲学，一门是大乘佛教），他在自己的小说中却是以印度哲学来讲故事，其中许多都是自己的经历。他的思想逻辑沉浸在婆罗门教和印度教中，对佛教也特别尊重。在"二战"时期，他在印度到处旅行，并参加了独立运动。他对圣雄甘地和尼赫鲁都很崇拜。可是他的"印度"却不是一个国家，也不是一个地理概念，也不是一种独特的文明。他说："印度不是一个国家（desa）而是一个概念（darsana），它不是一种气候而是太极展现的一种心境（rasa）。"[1]

1.Raja Rao, *The Meaning of India*, Delhi: Vision Books, 1996, p.17.

英国著名女诗人莱茵（Kathleen Raine）曾经在德里和拉贾·拉奥一同开会时听到拉奥的一句难忘的名言："印度一开始就超越了愁苦。"(India begins beyond sorrow.)她分析拉奥对"印度的意义"的解释，只有一个字，就是"牺牲"（yajna）。她说："牺牲的真正意义是扬弃私心而使自己变成宇宙的我。"[2]

2.Katthleen Raine, *India deyond Sorrow*, www.resurgence.org/resurgenee/articles/ raine.htm.

关于拉奥的第三点，也是本文讨论的焦点，他是一个从未到过中国却在作品中不时提到中国的作者。泰戈尔 1924 年在北京对梁启超说："我不晓得什么缘故，到中国便像回故乡一样，莫非他是从前印度到过中国的高僧，在某山某洞中曾经过他的自由生活。"（《梁启超全集》第七册，第 4257 页）

下面这段经历是拉奥在《我和尼赫鲁初次见面》[3] 文中回忆的。1935 年 8 月，印度独立运

3. 收在《印度的意义》书中。

动领袖贾瓦哈拉尔·尼赫鲁的夫人卡玛拉（Kamala）在德国巴登维勒 Badenweiler 的疗养院病情恶化，圣雄甘地给印督发电报敦促英殖民政府从监狱释放尼赫鲁前去照料。9 月 4 日，尼赫鲁获释后立即飞往德国，9 月 9 号抵达巴登维勒。拉奥当时在法国，获知尼赫鲁到达欧洲后，立即写信求见尼赫鲁。尼赫鲁曾经听罗曼·罗兰跟他提起过这位比他年轻十余岁、刚刚在法国文坛崭露头角的印度"短篇小说"作者，因此对拉奥回信表示欢迎，而且告诉他从法国

坐火车到达巴登维勒车站后还必须爬山到尼赫鲁所住的公寓。在拉奥心中，尼赫鲁是个"菩萨"(Bodhisattva)("试想，菩萨住在公寓中！"拉奥写道[1])。拉奥身着秋装，脚穿露趾的夏鞋，

1.Raja Rao, *The Meaning of India*, Delhi: Vision Books, 1996, p.30.

披着一件薄的外套，手携尼赫鲁所要的三瓶依云矿泉水(给卡玛拉用的)和一本法文的佛教书籍，只身去进行这历史性的会见。

　　像大部分印度人一样，拉贾·拉奥对中国的神往主要是由玄奘引发的。玄奘到印度取经的故事，在现代印度可谓家喻户晓，甚至被编入了教科书。19—20世纪的东方学者在重新发掘考证印度的佛教历史遗迹时常常以玄奘的《大唐西域记》和法显的《佛国记》为依据。虽然印度教徒也将佛陀看作大神毗湿奴 (Vishnu) 的一个化身，但是对于佛教教义并不太感兴趣。拉贾·拉奥出生在一个非常传统的婆罗门家庭，本来不太可能去深入学习佛教教义，对中国来的僧人当然不可能特别地去关注。但在 1925 年，拉奥即将中学毕业的时候，他被查出患有肺结核。当时还没有找到治疗肺结核的特效药(链霉素发明于 1944 年)，只有把病人送往疗养院，通过阳光、新鲜空气和食补来提高自体免疫力，延长寿命。拉奥的母亲就是在拉奥年仅 4 岁的时候死于肺结核。在医生的建议下，即将毕业的拉奥离开了海德拉巴，到南建古德 (Nanjangud) 的妹妹家休养。南建古德离迈索尔城仅 25 公里，是一个山环水绕的宗教圣城，被誉为"南部的迦尸" (Dakshina Kashi)。南建古德位于迈索尔到山城乌堤 (Ooty) 的路上，拉奥的一个妹妹嫁到了这里，她的房子就在迦毗罗河岸边，朝着著名的 Srikanteswara 庙。这座庙宇的建立和佛陀有关系，当地的人们相信乔达摩王子曾经在这里居住过，并在此树立了一个林伽。因为身患传染病，这位才 17 岁的少年感受到了死亡的压力，感到压抑、焦虑和恐惧，同时他被一种"不洁"罪感压抑着，不太愿意走近自己的同胞。正是在这个时期，拉奥开始认真地思索佛陀的启示，后来佛陀成为他的一个终身的偶像。他特别欣赏乔达摩王子为了帮助人类断绝生老病死苦的根源而出家的这一事迹，这或许与他患病的这段经历有关系。拉奥自称从 1925 年到 1939 年这段时间阅读了大量的佛教书籍，其中包括了玄奘的《大唐西域记》和《大慈恩寺三藏法师传》等中国的佛教资料。

　　拉奥从法国到德国去见尼赫鲁。他一下火车就仿佛到了希特勒统治得井井有条的"魔鬼"(Mara) 的世界。他谢绝了一位自愿带他上山去见"伟大印度领袖"的德国"向导"，把水瓶夹在胁下一古脑儿地向黑林的方向爬山。这时，拉奥想起了玄奘的一段话：

于是三藏法师亲切地想到弥勒菩萨，就专心致志地幢憬天堂，真诚地希望到那儿去投胎，那样就可以拜见这位菩萨、聆听他的说法妙语而彻底觉悟。……突然间，在他极乐的心底，他好像上开到须弥山的高度，在经过了一、二、三座天宫以后，他好像在天堂看到尊敬的弥勒，坐在光辉的宝座上，周围有许多神。在那时候，他的躯体与灵魂都浮在快乐的海洋上。[1]

1.Raja Rao, *The Meaning of India*, Delhi: Vision Books, 1996, p.32.

这段没头没尾的引语没有注脚，但我们知道，西方各国流行的玄奘著作的英译只有两位到过中国的19世纪的英国人牧师塞缪尔·毕尔(Samuel Beal, 1825—1889)和外交官瓦特斯(Thomas Watters, 1840—1902) 的作品。拉奥引的是毕尔的译文（比瓦特斯译的差些），但可以肯定，上面这段话就是唐朝慧立本、彦琮笺述的《大慈恩寺三藏法师传》第三卷中描写玄奘在恒河船上遇盗时在林中设坛祈祷弥勒菩萨（"睹史多宫慈氏菩萨"）保佑的下面这段话的翻译：

于是礼十方佛，正念而坐，注心慈氏，无复异缘。于心想中，若似登苏迷卢（须弥）山，越一二三天，见睹史多宫慈氏菩萨处妙宝台，天众围绕。此时身心欢喜……

也就是说，拉奥在心中默念的故事正是玄奘离开阿逾陀乘船顺着恒河东下阿耶穆伕国途中，遇到强盗。强盗看到玄奘丰姿端美，决定将其杀了祭祀杜尔迦女神。拉奥所引的这一段文字是玄奘面临死亡时，镇定自若，专心礼佛发愿，希望弥勒佛点化强盗。后来黑风四起，恒河大浪滔天，强盗为天降异相所骇，向玄奘忏悔皈依佛教。这是玄奘西行故事中最为印度人熟知的一则故事，目前印度不少中学所用的初一英语课本就选了这则故事，题目改为《佛的影子》。

拉奥还把自己到黑林去见尼赫鲁比作玄奘谒见佛诞生地"劫比罗伐窣堵"(Kapilavastu)，并且引了毕尔在《佛教西方世界记录》*Buddhist Records of the Western World* 中对《大唐西域记》的译文如下：

（劫比罗伐窣堵）城南有 Nyagrodha／尼拘律树林，其中有阿输迦王建的塔，这是释迦如来成道后回到故国，见到父亲，并传道的地方。……Suddhodana-raja／净饭王命令臣属把道路打扫干净，沿途烧香插花，然后率领国家官员到 40 里路的城外备车迎驾。如来在广大群众簇拥下前进，八位金刚手护驾，四位天王走在前面。……和尚依次随后，佛居中央，好像众星捧月，他的神圣威严震动三界，他的光耀胜过七种光，他就这样在空中回到故乡。国王和臣相拜见他以后又回城，他们就在这尼拘律树林中住下。[1]

1.Raja Rao, *The Meaning of India*, Delhi: Vision Books, 1996, pp.30-31.

这段话的原文无疑是《大唐西域记》卷六"劫比罗伐窣堵国",第六节:"释迦证法归见父王处"的下面这段:

> 城南三四里尼拘律树林,有窣堵波,无忧王建也,释迦如来成正觉已。还国见父王为说法处。净饭王知如来降魔军已游行化导,情怀渴仰,思得礼敬。乃命使请如来曰:"昔期成佛,当还本生。斯言在耳,时来降趾。"……使臣还以白王,净饭王乃告命臣庶洒扫衢路,储积华香,与诸群臣四十里外宁伫驾奉迎。是时如来与大众俱,八金刚周卫,四天王前导,帝释与欲界天侍左,梵王与色界天侍右,诸苾刍僧列在其后。维佛在众,如月映星,威神动三界,光明踰七曜,步虚空,至本生国。王与从臣礼敬已毕,俱共还国,止尼拘卢陀僧伽蓝。"

后来,尼赫鲁问拉奥,三瓶矿泉水花了多少钱,拉奥说:"看神的面上,别!"尼赫鲁不解其意,拉奥解释说,他也是印度人。尼赫鲁冷淡地说,这和多少钱有什么关系啊,拉奥写道:"他不知道我心里的劫比罗伐窣堵。"[2]意思是说,拉奥见到尼赫鲁就像净饭王国家的人见了

2.Raja Rao, *The Meaning of India*, Delhi: Vision Books, 1996, p.34.

成道的佛陀那样,想奉献都怕不能。

"那是这么久以前。那时我很年轻。我经常梦到菩萨。"这是 1990 年代拉奥在写《我和尼赫鲁初次见面》文章时开宗明义的三句话[3],也把文章的要旨画龙点睛了。他这次去见尼赫鲁,

3.Raja Rao, *The Meaning of India*, Delhi: Vision Books, 1996, p.29.

等于踏上"朝圣"(pilgrimage)的征途——去见他心目中的"菩萨",他写道:"到黑森林朝圣如同玄奘朝拜迦毗罗卫国一样奇妙。"[4]试想,在 20 世纪的 60 年代,一位旅美哲学家和小说家,

4.Raja Rao, *The Meaning of India*, Delhi: Vision Books, 1996, p.30.

回忆起多年以前奔向未来、奔向印度民族独立运动时,竟把自己的注意力这样执著地盯着玄奘和他的传记以及对印度的记载,这一方面反映出他把玄奘当作最伟大事业"朝圣"(pilgrimage)的榜样,另一方面也反映出拉奥和玄奘,或者说和中国文明已经有了一种"神交"。

拉奥将尼赫鲁比作佛陀而以不畏艰险西行求法的玄奘自期。在会见尼赫鲁以后,拉奥很快写出了他的第一部长篇小说《根特浦尔》。这部以印度独立运动为背景的长篇小说是印度独立前最优秀的英文小说之一,也标志着拉奥投向了印度独立运动的洪流。此后,拉奥放弃了在巴黎攻读博士学位的机会,回到印度,正式参加到由甘地和尼赫鲁领导的独立运动队伍中。玄奘坚忍不拔地追求庄严国土、利乐有情的精神千年来一直激励着后人,拉奥是玄奘精神众多的受

惠者中的一个。

二、 两大文明"神交"由来已久

我们前面只是把拉奥当作一个"神交"的典型例子，所谓"神交"就是大幅度跨越时空的不直接交往。印度传统医学中有一种"神交医术"(telepathy)，医生可以通过遥感治病。文明之间，信息、愿景、观念、灵感都可以跨越时空潜移默化。换句话说，信息、愿景、观念、灵感等都是流通性强，不局限于国家与文明之间的楚河汉界的。中印两大文明"神交"已有几千年了。中印两国自古交通，然而由于史料的缺乏，人们已经很难考证古代印度人民最早何时对中国文化有了接触和交流，印度人民对于中国又有怎样的认识。季羡林先生根据梵文里具有"丝"这个意思的字的考证，推断出最迟在公元前 4 世纪中国丝已经传入印度，在古代"……印度人一想到丝就想到中国，一想到中国也就想到丝，在他们心目中丝与中国简直就是一而二、二而一了"[1]。古代"远西"人（他们称我们"远东"，我们也应该称他们"远西"）大概是继承了印

1. 季羡林：《季羡林论中印文化交流》，王树英选编，第 105 页，北京：新世界出版社，2006 年版。

度对中国的称谓，也把中国称为"赛里斯国"（丝国）(Seres)。公元前 4 世纪古希腊史学家克泰夏斯（Ctesias）说："据传闻，赛里斯人和北印度人身材高大……他们可以寿逾 200 岁。"[2]

2. [法] 戈岱司编：《希腊拉丁作家远东古文献辑录》，第 1 页，中华书局，1987 年版。

值得注意的是，中国出现在西方人的视野中的时候，是和印度联系在一起的。

中印两国自古亲如兄弟，印度给中国传来佛教、音乐美术技法、宝石、各种瓜果树木和香料等等，中国给印度带去丝绸、造纸术、瓷器、漆器、穿井开渠的技术等等。雄伟的喜马拉雅山和青藏高原，瀚海与大漠都没有阻断中印两国的文化交流，然中国重史，所以留下了中国与印度交往的部分记载，而"印度正好与中国相反，他们重视文学而不重视历史"[3]，因此在印

3. 刘安武：《中印文化交流与比较》，王树英编，第 240 页，北京：中国华侨出版社，1994 年版。

度关于中印交流的确切历史记载几不可见，只偶在文学作品中可作惊鸿一瞥。这种情况直到近代，随着中印交流的飞速发展而得以改变。从辨喜（Swami Vivekananda）在香港和广州看到的中国苦力到泰戈尔说："我不知道是什么缘故，到中国就像回家乡一样。"从安纳德（M. R. Anand）率印度作家代表团访华，到维格拉姆·赛特（Vikram Seth）到南京大学学习中国古典诗词，印度人民对中国的了解日渐增强，两国人民的情感也日益深厚。印度近代论述中国的文章很多，对中国的形象有不同的阐述和构建。

文学是在文字产生以前就有了的，亦即现代所说的"口传文学"（oral literature），包括歌谣与神话故事。印度最早的"诗经"《梨俱吠陀》Rig Veda 有《原人歌》Purusa，描写"原人"在"各方面拥抱着大地"，"月亮是从他的心中生出来的。从他的眼睛生出太阳……从他的肚脐生出了空界，从他的头生出了天界，从他的脚生出了地界，从他的耳朵生出了方位。他们就这样创造了世界。"[1] 中国神话的"盘古"和印度神话的"原人"有相似之处。盘古"神于天，

1. 黄心川：《印度哲学史》，第 45—46 页，北京：商务印书馆，1989 年版。

圣于地……左眼为日，右眼为月……身之诸虫，因风所感，化为黎氓"[2]。这盘古身上生出"黎氓"

2. 袁珂：《古神话选释》，第 1、9 页，北京：人民文学出版社，1979 年版。

老百姓又和印度"原人"分解时，"婆罗门是他的嘴，罗阇尼耶（武士）是他的二臂，吠舍是他的二腿，首陀罗是他的脚"[3] 有相似之处。再有，印度原始信念中宇宙有如从鸡卵中孵化出来，

3. 黄心川：《印度哲学史》，第 45 页，北京：商务印书馆，1989 年版。

可以从印度古典《森林书》（Āranyaka）中"苦行者"的概念中看出。印度概念"苦行"（tapas）的字根"tap"有"产生热"的意思。"在印度，如同许多远古和传统的宗教一样，从太初时代过渡到当前的时代被解释为宇宙创造的过程：从一个混沌的状态过渡到有序世界的形成，也就

4. [美] 米尔恰·伊利亚德（Mircea Eliade）著，晏可佳等译：《宗教思想史》，第 200 页，上海：上海社会科学院出版社，2004 年版。

是宇宙。"[4] 这又和中国"盘古"神话"天地混沌如鸡子，盘古生其中"[5] 相类似。我们从这中

5. 袁珂：《古神话选释》，第 1 页，北京：人民文学出版社，1979 年版。

印神话相似的例子中可以看出两大文明的口头文学之间很早以前就出现对话。

印度文学在中国的传播，特别是自佛教传入以来印度文学对中国文化的影响研究在这一个世纪以来蓬勃兴发，盛况空前。对印度文学文化在中国传播的研究一方面有助于消除旧中华帝国华夏中心的自大心理，另一方面也打破了西方所谓中国文化封闭论。这方面的专著在国内已煌煌然有大成了，兹略举一例，即印度民间故事国王误杀取水青年演变成中国二十四孝中郑子的故事来看印度文学在中国的流传和演变过程。

《二十四孝》现存多个版本，在元代成书的《二十四孝》中，睒子鹿乳奉亲的文字故事已经定形。"周睒子，性至孝，父母年老，俱患双目，思食鹿乳。睒子乃衣鹿皮，往深山群鹿之中，取鹿乳供亲。猎者见而欲射之，睒子俱以情告，乃免。"[6] 在印度史诗《罗摩衍那》中，十车

6. 《孝行古今图说》，枋寮净宗学会，第 7 页。

王在年轻的时候箭法超群，能够循声中的，不需要瞄准猎物。一次外出打猎天黑的时候，听到河边好像有大象喝水的声音，一箭射去却误杀取水的年轻山民。濒死的青年告诉十车王他的父母双目已盲，就在旁边的草庐，请他报丧去。青年的父母诅咒十车王将思念自己的儿子而死，然后两人跳进儿子的火葬堆，升天了。可以说，在《罗摩衍那》的故事中，孝的思想并不突出，但是为何在中国会演化成著名的睒子孝道故事呢？现代国人还把这个睒子和韩愈《师说》中的

"孔子师睒子"联系在一起，认为鹿乳奉亲的睒子就是春秋时的睒国国君。这样，时地人事都看似与印度没有任何瓜葛了。

国王误杀取水青年的故事最早传入我国的时间还有待进一步的发掘考证，可以确定的是不会晚于两晋时期这则故事已经传入我国的新疆地区。在新疆龟兹的克孜尔石窟（约两晋时期），绘有国王射死取水青年，青年的父母在一边结庐打坐的单幅菱格画。画面并没有出现佛经故事中最重要的佛下凡救活睒子这一情节，人物的服饰也是印度式的，和后来的佛教睒子壁画（如西魏麦积山石窟 127、北周敦煌西千佛洞 12 和北周莫高窟 299）的宽袍广袖的汉服不同。敦煌的残卷中也有这一则故事，人名是"子"。残卷说冈子是嘉夷国人，父母眼盲，他常着鹿衣与鹿为伴，一次取水，遇到……（后文缺）随佛经传到中国的睒子故事，季羡林先生指出："除了《六度集经》以外，这个故事还见于《僧伽罗刹所集经》（《大正大藏经》，卷四，116c—117a）；《佛说菩萨睒子经》（《大正大藏经》，卷三，442）；《睒子经》，乞伏秦圣坚译（《大正大藏经》，卷 3，436—438）；《睒子经》，姚秦圣坚译（《大正大藏经》，卷三，440）；《佛说睒子经》（《大正大藏经》，卷三，438—442）；《杂宝藏经》卷一，卷二；《王子以肉济父母缘》（《大正大藏经》，卷 4，447c—4，949a）。"[1] 此外，唐释道世的《法苑珠林》卷 49《睒

1. 季羡林：《〈罗摩衍那〉在中国》，《季羡林全集》第十七卷，第 314 页，北京：外语教学与研究出版社，2010 年版。

子部第四》也是文学色彩很浓的睒子故事：《大唐西域记》卷二所记商莫迦菩萨旧称映摩菩萨是错的，同时还点明国王误杀商莫迦的地方在化鬼子母北行五十余里外。佛经中对这个故事中青年的称呼，主要有睒子、商莫迦、睒摩、睒施、映摩等，睒子最为多见。睒子可算现存佛经记载中做早的汉文译名。在隋沙门法经等撰的《众经目录》卷 1 记载有"睒子经一卷（亦名孝子睒经亦名菩萨睒经亦名为佛说睒经）（晋世法坚译）"这个记载和汉文大正藏的《佛说睒子经》（0175a03 p0438）的记载一模一样，再综合大正藏两外两篇《睒子经》记载以及《历代三宝记》卷 9、《大唐内典录》卷 3 和《开元释教录》卷 4 关于法坚的记载可以推论，最早翻译睒子佛经故事的极可能是法坚。据《历代三宝记》和《大唐内典录》记载法坚遇乞伏国仁（？—388）于河南国，受之礼遇，遂为译经。《开元释教录》则记载法坚在太初年间为乞伏乾归（？—412）译了《罗摩伽》等经一十五部。这其中包括了《睒子经》。乞伏国仁虽然被称为西秦的建立者而且遇法坚在先，但是乞伏国仁在世时并没有称秦王。而乞伏乾归是西秦国君，曾在公元 400 年投降后秦国君姚兴。故此大正藏关于法坚的《睒子经》译于姚秦、西秦或者晋的记载

都没有错，而且该经可能在 388 年到 431 年之间译成。在法坚所译 2 000 多字的佛经睒子故事中，睒子已经是孝子的典范了，但是故事主要的教义不在睒子孝感动天，而是国王知错能改以及睒子父母的悲痛感动了释法梵四王，所以下凡让睒子复活，让其父母双眼复明。在此时，误把人当作鹿的情节出现了。南北朝时期在寺院流行的"唱导"和唐五代时期流行的"俗讲"将睒子故事传播益广，在讲唱的过程中睒子渐渐变成任子、剡子或者睒子，故事的内容也越来越中国化。最后故事的去佛教化。到了宋代，勾栏瓦肆和"说话"艺术的兴盛，使去佛教化的睒子故事基本定型了。到了宋金时期，睒子故事已经是二十四孝故事中没有争议的一部分了。最早关于二十四孝的说法大概可以算敦煌出土的《故圆鉴大师二十四孝押座文》，可惜，仅存本可见 8 人，其中释迦和目连，未见睒子。据考证圆鉴大师为云辩和尚，卒于后周元顺元年（公元 951 年）。从留存下来的 8 位孝子可以推定，圆鉴大师所定的 24 孝子和现在流行的 24 孝子并不完全相同。1933 年北平古物陈列所影印刊行了宝蕴楼藏的"赵子固二十四孝书画合璧"，据此，有专家判断最晚在南宋赵孟坚（1199—1264?）时期，现行的二十四孝故事已经成形。遗憾的是该画真迹不见于世，有专家指出所谓盖有晚明收藏家项元汴（1525—1590）印章的宝蕴楼藏画是明中期的伪作，是否存在赵子固的二十四孝图尚待考证。对于睒子故事在宋代已经列入二十四孝中目前最有力的实证是宋墓石棺线刻、砖雕和壁画，例如在山西壶关南村发现的20 块孝子故事砖雕，其中第 10 号砖雕（宋元祐二年，1087 年）为睒子故事，山西林县城关宋墓砖雕（约宋熙宁至政和年间，1068—1117 年）以及在甘肃发掘出来的数十座宋墓、金墓中都发现了二十四孝人物壁画，其中大部分存有睒子的故事。综上所述，从印度来的民间故事经由佛教人士的传播，在宋代经已发展成了中国二十四孝的故事中的一部分。

由国王误杀取水青年的印度故事发展成为中国的孝道故事，并在今天被当作中国传统文化的一部分，与佛教的本土化努力是分不开的。中国自古有孝的传统，《诗经·大雅》里的诗歌《下武》（据考证作于西周武王时候）就说"永言孝思，昭哉嗣服"；《大雅·既醉》也说"孝子不匮，永锡尔类"；《小雅·蓼莪》更是情真意切的孝思之作。在汉代，汉宣帝在各乡聚设痒序并各设《孝经》师一人，《后汉书·虞傅盖臧列传第四十八》更记载了宋枭希望在边睡凉州多写《孝经》令家家习之。汉代是一个孝子辈出、孝道盛行的时代。佛教传入我国后，受到的最大攻击一是不事生产，铺张浪费；二是无君无父，不忠不孝。第二条罪名更为封建统治者忌惮。为了让中国人接受佛教，将印度故事改头换面镶入忠孝的思想也是为佛教文化在中国传播行个方便。在今天，许多来自印度的故事或者文化意象如同睒子的故事一样，被当作中国本土文化固有的一部分，这一方面证明了两国文化交融的成功，另一方面也说明了中国传统文化并非封闭自足的，肯定会有一些文化的本源亟待厘清。

三、 玄奘与《大唐西域记》、《西游记》

让我们再回到玄奘的课题上来看中印"神交"，上面谈到的是拉奥在见到他心目中的"菩萨／佛"——尼赫鲁——以后憧憬自己是玄奘到"劫比罗伐窣堵"（Kapilavastu）朝圣。（拉奥描写他和尼赫鲁从黑林的公寓走到银行去时说："我们又一次走在 Kapilavastu ／劫比罗伐窣堵的边缘。"[1]）尼赫鲁既不像拉奥那样相信菩萨，也不把自己当作菩萨，但他对玄奘是十分敬

1.Raja Rao, *The Meaning of India*, Vision Books, 1996, p.34.

佩的。他在狱中写《印度的发现》*The Discovery of India*，是要使自己清醒地认识印度，要使他的印度同胞热爱印度。尼赫鲁不但介绍了玄奘到印度朝圣取经，还特别推崇玄奘《大唐西域记》对印度的记载与评论。尼赫鲁说：

> 玄奘的书《大唐西域记》 或者《 西方国家的记载》 （西方国家意思是印度）一读了引人入胜。当时中国的首都，西安府，是一个学术与艺术的中心，他从一个高度文明与老练的国家（来到印度），他对印度的评论和描写都是很有价值的。…… 关于（印度）人民，他说："普通老百姓虽然性情任意，却正直诚实。在钱的问题上不欺作，在执法是很照顾……他们的行为不欺骗或背信弃义，忠实于自己的发誓与诺言。他们的政府非常会允，但也很温柔与甜蜜。对罪犯与叛乱者（的处罚）很少，但有时也很发生麻烦。[2]

2.Jawaharlal Nehru, *The Discovery of India*, John Day, 1945, pp.187—188.

玄奘这段话的原文是："夫其俗也，性虽狷急，志甚贞质，于财无苟得，于义有余让，惧冥运之罪，轻生事之业，诡谲不行，盟誓为信。政教尚质，风俗犹和。凶悖群小，时亏国宪，谋危君上，事迹彰明，则常图圄，无所刑戮，任其生死，不齿人伦。"（卷二"印度总述"，十三节"刑法"）

我们注意到，拉奥在《印度的意义》中，也引了这段话。但把尼赫鲁和拉奥的引语相比，

两人所引的文字是不同的出处。可是，两人的相同点是：他们都把玄奘的评语当作对印度的神圣估价，把玄奘当作一位崇高的判案法官。

尼赫鲁在《印度的发现》中也谈到吴承恩的《西游记》。尼赫鲁写道：

> 十六世纪一本著名中国小说——吴承恩写的 *Monkey*《猴子》（被威利（Arthur Waley）译成英文）——是用神秘与幻觉的手法来写玄奘。（从中国）到印度的探险。书的结尾是对印度的献词："我把这本书奉献给佛的净土。祝愿它报答施主和导师的恩惠，祝愿它为失意者与受黜者减轻苦痛……"[1]

1.Jawaharlal Nehru, *The Discovery of India*, John Day, 1945, P.193.

据说威利不会说汉语，但却是非常出名的汉译英作家，尼赫鲁上面所引的这段对《西游记》的结尾的翻译可谓面貌全非，我们可以把它跟原文比较：

> 愿以此功德，庄严佛净土。
>
> 上报四重恩，下济三途苦。
>
> 若有见闻者，悉发菩提心。
>
> 同生极乐国，尽报此一身。

更有趣的，尼赫鲁在叙述玄奘出国与回归时，把历史和神话混到一起了。他写道：

> 玄奘回到祖国，受到皇帝和人民的欢迎，于是安定下来写书和翻译自己带回的许多经典。当他在许多年前启程（出国）时，有一个故事。唐朝皇帝把一杯放了泥土的酒敬他说："你最好喝了这杯，不是说吗，故国一撮土要比外国万磅黄金更贵重！"[2]

2.Jawaharlal Nehru, *The Discovery of India*, John Day, 1945, p.188.

尼赫鲁知道《西游记》是"用神秘与幻觉的手法来写玄奘（从中国）到印度的探险"，却不知道玄奘是违背了唐太宗封锁边境的禁令而走出国门的。他却把《西游记》第十二回中唐太宗为玄奘送行的下面这段故事弄假成真了：

> 只见太宗低头，将御指拾一撮尘土，弹入酒中。三藏不解其意，太宗笑道："御弟呵，这一去，到西天，几时可回？"三藏道："只在三年，径回上国。"太宗道："日久年深，山遥路远，御弟可进此酒：宁恋本乡一撮土，莫爱他乡万两金。"三藏方悟捻土之意，复谢恩饮尽，辞谢出关而去。

我无意对尼赫鲁的著作吹毛求疵，但说明《西游记》在国外的影响力，用国内的术语来形容是有点"乱真"了。尼赫鲁在《印度的发现》中被《西游记》乱真也是值得大书特书的。总的来看，玄奘、《大唐西域记》和《西游记》倒变成中国文化在印度扬名的三合一机制了。

《西游记》这本书，想象力特别丰富，值得研究的地方很多，因此新论不断出版。[1] 从本文的角度来看，它可算中印文学"神交"最为丰富的例子，我们可以从五个方面来探讨。

> 1. 特别立该推荐刘戈 2002 年所出《西游记新论》，为本书主要参考资料之一。

第一方面，中国很少有像《西游记》这样的文学作品，把中国只看成是广大宇宙的一部分。《西游记》的宇宙又是佛教思想体系中的宇宙，和佛教文学中描写的一模一样。北京大学刘勇强教授写道：

> 在《西游记》第八回，如来佛说："我观四大部洲，众生善恶，各方不一。……我西牛贺洲者，不贪不杀，养气潜灵，虽无上真，人人上寿；但那南赡部洲者，贪淫乐祸，多杀多争，正所谓口舌凶场，是非恶海。……"
>
> 仔细追究起来，这一番宏论与作品的实际描写似乎不尽相合。大唐王朝虽属万恶的南赡部洲，但在作者笔下，基本上还是个理想的国度，与西天路上的妖界相比，更有天壤之别，所以人人钦敬仰慕，恨不得投生东土。

这一评论勾画出《西游记》的宏观意境：在突出印度（西牛贺洲）的佛教宇宙观中以中华文明的自豪来勾画出虽然处在"万恶的南赡部洲"中，中国也堪称一片乐土。这样的宇宙观是公允而客观的。《西游记》基本上是"唐僧西天取经"的故事，佛教当然占中心地位，但整部小说也似乎极力宣传儒家和道家的文明精髓。换句话说，是整个中华文明和印度文明的对话。这就使我们得出结论：《西游记》这样一部文学巨著很明显地着眼于中印两大文明，可以说是"CHINDIA/ 中印大同"的一种标本。

第二方面，《西游记》是中国非宗教文学中唯一宣扬"朝圣"(pilgrimage)精神的大众读物。我们从泰戈尔、尼赫鲁、拉奥的言论中就可以看出，这"朝圣"(pilgrimage)精神是印度人最推崇的。1924 年泰戈尔在杭州对学生讲演时说：

> 从印度来到这儿和那些接受了他带来的礼物的人们一起生活至死的人（慧理）不是带着种族的优越感而来，也没有宗教的优越感，而是茂盛的爱心使他远离故乡。他一定经受过不可想象的困难和痛苦来和我们今天所感受不到的陌生人在一起。
>
> （达斯，50）

泰戈尔、尼赫鲁、拉奥正是以这样的心情来崇拜玄奘与推崇朝圣精神的。《西游记》可以说是推崇朝圣精神最神圣、最生动、最感人的一本书。从这一点来看，它是中印两大文明灵感交织的结晶。

第三方面，《西游记》故事中又有故事，可以说是把人生渲染成印度神话式的升天、下凡、人妖转换、斗法降魔的万花筒宇宙，人间社会形形色色，宣扬要懂得运用强力、机智与技巧并借助外援来和世间邪恶作斗争。"降魔"(maravijiya)这个概念是印度文明的基本信念。从古到今，印度民间每年都把史诗《罗摩衍那》罗摩战胜十首王的结局当作最大节庆，人们（特别是孟加拉人）相互拥抱说："胜利快乐！"(Happy vijiya)中文字典中的"魔"就是从印度进口的，原来是把梵文的"魔"(mara)译成"摩罗"，后来才创造"魔"这个新字。

在印度文明中"达摩／真理／神圣"(dharma)和"魔"(mara)不但同时存在，而且相辅相成。比方说，"蛇／龙"(naga)既能行善，也能作恶。受到佛教影响的摩尼教 Manichaeism 试图把印度文明的辩证概念简单化（以致影响到当今美国"新保守主义"把世界分成"善者"(good guys)与"恶者"(bad guys)两个你死我活的极端）。佛教在中国宣扬"降魔"(maravijiya)也有这样的趋势。19世纪"太平天国"运动把清政府说成"阎妖"，清政府把"太平天国"说成"匪／寇"就是这种趋势的表现。可是，《西游记》故事的情节中却充分表现了印度文明那种辩证的观点。正像刘戈所分析说：

应当承认，在《西游记》的实际描写中，神魔之间并不是壁垒分明，也没有不可逾越的鸿沟，它们是可以相互转化的。上界为神，下界为魔；神可以做魔，魔也可以成神。神魔发生对杭，又往往暗中句结。

(刘戈，31—32)

怪不得尼赫鲁在《印度的发现》这样严肃的书中也引用了《西游记》。从这一点来看，《西游记》又是中印文学"神交"的一种表现。

第四方面，正像尼赫鲁所指出的，《西游记》是一部奉献给印度的作品，恐怕没有任何中国小说有这样明确的目的性与针对性。尼赫鲁所看到的威利的英译本水平那么差，尚且能够使尼赫鲁感受到这点，为什么中国熟读《西游记》的知识分子就想不到这一点上来呢？让我们来重温《西游记》末尾的那首偈：

愿以此功德，庄严佛净土。

> 上报四重恩，下济三途苦。
>
> 若有见闻者，悉发菩提心。
>
> 同生极乐国，尽报此一身。

"愿以此功德，庄严佛净土。"吴承恩这儿的"功德"一方面指的是孙悟空护驾唐僧最后取经成功，功德圆满，玄奘变成"旃檀功德佛"，孙悟空变成"斗战胜佛"；另一方面指的也是他自己完成了一部文学著作。他认为这一著作对佛的"净土"（尼赫鲁说是印度的象征）起了"庄严"作用。吴承恩强调，他这样做是"上报四重恩，下济三途苦"。这"报恩"是一种中国传统思想，"济苦"是印度传来的菩萨思想。再看"报恩"，既可能是父母恩，也可能是国恩，还可能是佛教菩萨思想教导之恩，威利和尼赫鲁把它了解为"报答施主和导师的恩惠"也是说得过去的。"若有见闻者，悉发菩提心。"这是劝读者读完以后成就印度精神文明的崇高境界之一："菩提心"（bodhicitta）。最后"同生极乐国，尽报此一身"。这"极乐国"当然指的是"西方极乐世界"——尼赫鲁又可以解读为印度了。

印度文明从古到今都提倡"奉献"（dedication）（在神面前可以献身），印度作者出书，也喜欢以其"谨献"（dedicated to）。吴承恩的这一印度影响被敏感的尼赫鲁发现，可是，像刘戈那本七百多页把《西游记》分析得透之又透的精心著作中却对此不置一辞，这也说明当代两国文化发展的分道扬镳——中国强调批判，印度仍然喜欢调和。

第五方面，《西游记》从印度史诗《罗摩衍那》中所吸取的灵感，特别是这两部巨著中的猴王的相似之处。这个问题，已经由许多学者讨论过。比方说，曾经在印度国际大学中国学院呆过的吴晓铃于 1958 年在《文学研究》杂志上发表的《〈西游记〉和〈罗摩延书〉》，一方面用详细的考证说明《罗摩衍那》是传入了中国文学的，另一方面却又毫无证据地认为吴承恩以及先行者"都没有接触《罗摩延书》的机会的可能。他们甚至于连纪录玄奘到印度学法传经的真实资料如《大唐西域记》和《大唐大慈恩寺三藏法师传》也没有读到过"[1]。对此观点笔者持保留意见。无论《西游记》的作者是谁，从《西游记》的内容看，里面有采自《大唐西域记》的地方。首先是他对孙悟空两次去西天的路线的描写，一次拜菩提老祖走的海路是法显回国的那条路线，一次陆路是玄奘取经的路线。如果作者连法显的《佛国记》都知道，好像没有理由不看玄奘的《大唐西域记》。其次，《西游记》从原始故事发展到明代中后期百回定本的神魔

---

1. 郁龙余编：《中印文学关系源流》，第 146—147 页，长沙：湖南文艺出版社，1987年版。

小说，其中有取材自《大唐西域记》和《佛国记》之处。比如小白龙变白马的故事，据蔡铁鹰撰文介绍，太田辰夫发现的一个江户时代（1603—1867）手抄本《西游记》中，唐僧取经是自己步行，没有出现白马。现今传世的百回《西游记》里面出现的小白龙先是作恶被罚变做唐僧的白马，取得真经后被推到灵山后崖化龙池，变回了白龙。龙变马的这个故事估计就是从《大唐西域记》第一卷屈支国中来。

> （屈支）国东境城北天祠前有大龙池。诸龙易形交合牝马。遂生龙驹口戾难驭。
> 龙驹之子方乃驯驾。所以此国多出善马。闻诸先志曰。近代有王。号曰金花。政教明
> 察感龙驭乘。王欲终没鞭触其耳。因即潜隐以至于今。城中无井取彼池水。龙变为人
> 与诸妇会。生子晓勇走及奔马。如是渐染人皆龙种。恃力作威不恭王命。王乃引构突
> 厥杀此城人。

关于《西游记》中取材自《大唐西域记》的地方，已经有学者论述过。2007年1月湖北人民出版社出版的《走西天》一书中，作者李卫疆从《西游记》与《大唐西域记》的各组相似元素比较，推导吴承恩如何摆脱玄奘的直接影响创作了《西游记》，可谓"《大唐西域记》影响《西游记》说"最近的支持者。

我们可以从三点来看：(1)《西游记》和《罗摩衍那》有很多相似之处，可以看成是灵感交映的表现；(2)《西游记》中真正的英雄是孙悟空而不是玄奘，这是比较不符合中国"人畜有别"、"人高于畜生"的传统思想的（印度却从来不讲这样的区别），是一种"中印合璧"；(3)印度是猴、象之国，到处都有猴庙，猴子和人之间的亲密关系和中国形成天壤之别，《西游记》中那种人猴之间的生动描写，有人甚至把孙猴子和观音菩萨描写为"情人"与"母子"关系（刘戈，471—495），这也是印度文明的灵感所造成的。

第二节　拉贾·拉奥作品中的中印灵感

对文学来说，最重要的是"意境"：是从"对景生情"出发、任笔所之，创造出一种像庄

子所说"遁隐无形之境，放佚荒荡之乡"（《 指归 · 知者不言篇》）的"自由王国"境界。中印两大文明长时期"交结"(interface) 而产生"面界强度"(interfacial strength) 必然会在两国文学中造成相互呼应的"意境"。李白的"金粟如来是后身"（《答湖州迦叶司马问白是何人》）一说自己是"金粟如来"维摩诘的化身，以及"记得长安还欲笑，不知何处是西天"（《陪族叔刑部侍郎晔及中书贾舍人至游洞庭·三》），白居易的"海山不是吾归处，归即应归兜率天"（《答客说》）等，想象力都飞到印度去了。

一、 谭氏父子论中印文学灵感

在伦敦大英博物馆收藏的《敦煌文献》中有一首无名氏的《长安辞》，谭中教授认为作者有可能是一位比较年轻的不知名的访唐印度和尚（或者是自己写的；或者是原意，请人帮忙写成中文诗的，因而把它在印度发表了）。全诗如下：

> 天长地阔杳难分，中国众生不可闻。
>
> 长安帝德承恩报，万国归投拜圣君。
>
> 汉家法用令章新，四方取则玉华吟。
>
> 文章绎络如流水，白马驮经即自临。
>
> 故来行险远寻求，谁谓明君不暂留。
>
> 修身不避关山苦，学问仍须度百秋。
>
> 谁知此地欲回还，泪下沾衣不觉斑；
>
> 愿身死作中华鬼，来生得见五台山。[1]

1.Tan Chung, *Classical Chinese Poetry*, MP Birla Foundation , 1991, p.208.

如果作者真是印度人的话，那这首诗也是中印文学灵感交映的一个例子。在近代，重新建立印中交往通道的印度文学家是泰戈尔。1941 年泰戈尔逝世后，国际大学于 1942 年首次发表《泰戈尔诗集》（*Rabindranath Tagore: Poems*）。其中第 123 首写道：

> 我生日的圣水壶里
>
> 有些是我从朝圣中获取，
>
> 这点我牢记。

有次我去到中国大地，

那些人，我从没见过的

把友谊的标志抹在我的前额称呼我为知己。

我那陌生人的外衣

不翼而飞去，

从中脱颖而出

一个永恒的人

展示出预见不到的

欢乐的情谊。

我着了中国长衫，接受了中文名字。我心中明白：

有了友谊就使我再世，

朋友带给我

生命的奇迹。

这是泰戈尔回忆 1924 年人们在北京为他祝寿，梁启超为他取名"竺震旦"，梅兰芳等人为他表演节目，他的感受是"我再生了"（I am born anew）。他的这首诗象征着中印两大文明之间"永恒的欢乐的情谊"（eternal joyous relationship）。

泰戈尔诗中，把访问中国称为"朝圣"。他一到上海就对文学研究会、上海青年会、江苏省教育会各界的欢迎者说，他是"为求道而来"，"好像一个进香的人，来对中国的古文化行礼"。[1] 泰戈尔也许并不知道，当他还没有踏上中国土地时，他在中国文学家心目中早已有

1. 这是当时上海记者的报道，把泰戈尔说的"pilgrimage／朝圣"译成"求道"，把泰戈尔说的对中国文化"pay my respects／致敬"译成"行礼"。

了"神"一般的形象。1921 年，胡愈之把泰戈尔描写成"理想乐园里的东方之鸟"使"很多中国人被诱惑"。他说，中国对泰戈尔在欧洲受到"盛大欢迎"、"听讲者盈千累万"，媒介详细报道。他又引了泰戈尔的话说："西方文化的衰颓和灭亡，唯有输入东方文化，才可挽回。"（张光璘，3—8）郑振铎在 1921 年写道，泰戈尔在"荆棘丛生的地球上，为我们建筑了一座宏丽而静谧的诗的灵的乐园"。郑更以泰戈尔信徒的语言阐述："这座诗的灵的乐园，是如日光一般，无往而不在的，是容纳一切阶级、一切人类的。"（张光璘，36）正是因为对泰戈尔这种"神"一般的崇拜，使得郑振铎在泰戈尔到来中国的前夕唱出响亮的赞美和由衷的欢迎。他形容泰戈

尔："如一个伟人似的，立在喜马拉雅山之巅，立在阿尔卑斯山之巅，在静谧绚烂的旭光中，以他的迅雷似的语言，为他们（人类）宣传和平和福音、爱的福音。"郑振铎说，泰戈尔"将把他的诗的灵的乐园带给我们。他将使我们在黑漆漆的室中得见一线的光明，得见世界与人生的真相。他将为我们宣传和平的福音"。（张光璘，39—40）

"诗的灵的乐园"、"宣传和平和福音、爱的福音"，这是一位著名现代中国文学家对泰戈尔的作品的评语，是他从来没有称赞过其他世界文学家（包括中国伟大诗人）的。在全世界评论家对泰戈尔的赞语中，郑振铎这些出自肺腑的语短情长也算是极端了。更有趣的是许多中国现代革命思想家在他们早期也受到泰戈尔灵感的感染。在长征时期与周恩来合作确立毛泽东领导路线的张闻天，曾在 1923 年赞美泰戈尔说："他的歌充满了有生气字眼和燃烧的思想。他的字眼快乐我们的耳。他的思想渗灌到我们的心里。他的诗同时是充满心中的光明，是激动人的血的歌，是鼓动人心的圣歌。"（张光璘，25）

谭中教授从 1970 年代开始注意泰戈尔对中国现代作家的影响时就发现印度精神文明通过泰戈尔的灵感表达对苦难中国的有志之士所起的镇定与舒缓作用，主要表现在郭沫若身上。郭沫若到日本留学，一方面为自己寻找出路，另一方面忧国忧民，看不到国家前途，自杀的念头经常出现在他脑海。他的这种心情是有先例的。1905 年，湖南爱国青年、《猛回头》的作者陈天华（1875—1905）就是在日本跳海而死的。郭沫若多次到海边想要跳海，他听到海水向他叫喊："沫若，你别用心焦！你快来入我的怀儿，我好替你除却许多烦恼。"（郭沫若：《死的诱惑》）可是读了泰戈尔的诗以后，郭沫若觉得："我真好像探得了我'生命的生命'，探得了我'生命的泉水'——涅槃的快乐。"后来他到海边时，不是想跳海，而是；"我念着泰戈尔的一首诗，我也去和着他们（孩子们）游戏。暖！我怎能成就个纯洁的孩儿？"（谭中，1998，23~24 ）谭中说，他父亲谭云山早年在新加坡也有同样的苦闷，也想跳海。"谭云山和郭沫若的相似之处，不仅在于从自杀的边缘后转这一点上，还在于作为一个苦闷的中国青年知识分子和印度诗圣泰戈尔进行精神邂逅的经历。"（谭中，1998，23）

在众多的中国文学家所道出的对印度的感情中，谭云山于 1939 年写的英文诗《我爱印度》（*My Love to India*）是最富感情的：

　　印度，啊！印度，

那么荣耀的面容，

那么艳丽庄重！

像一朵金色芙蓉

亭亭玉立在

印度洋的牛奶盆里

那么取之不尽。

你戴的皇冠闪着银光

站到喜马拉雅的白雪上

永远光芒万丈。

恒河与印度河交映

圣洁的颜色与芳香，

你的心流向海洋

又从海上灌进异地。

我爱你，向你敬礼！

印度，啊！印度，

那么伟大的国度

高尚而丰富！

……

印度，啊！印度，

可记得你的古老朋友。

你的兄弟国家

就住在那儿

翻越喜马拉雅。

同样有圣哲、道德，

同样理义高尚的生涯。

我们这地球

拉贾·拉奥（1908—2006）

> *既没见过也没听过*
>
> *这么真挚的友情，*
>
> *几千年从不变心。*
>
> *我们决不见面沙场*
>
> *扬起霸王鞭*
>
> *争夺对地球垄断。*
>
> *但我们会面，*
>
> *高尚朋友之间*
>
> *把精神礼物交换。*
>
> *我爱你，*
>
> *向你致意！*
>
> *印度，啊！印度，*
>
> 　*（谭中，1998，281–283）*

　　一方面，这是印度文明在谭云山心中产生的回响；另一方面，是中华文明借谭云山之口来道出对印度的兄弟情感。这就是"CHINDIA/ 中印大同"的交响。

二、 拉奥憧憬的中国

　　拉贾·拉奥自称他的写作是一种冥想的方式，不是为了和读者交流，因此他的大部分作品往往在一句话中隐含多组意象，意中有意。这里有一个有趣的小例子。在拉奥已出版的最后一部小说《棋王与棋着》（*The Chessmaster and His Moves*）中，几乎所有的国家都用小写（他有意违背英语表达习惯），唯有将这个国家看作一个抽象文明的具象表现体的时候，才用大写。很多国家是没有大写的资格的，而大写的中国，出现的频率很高。拉贾·拉奥远远称不上是中国通，从他对中国的表述可以看出，他所感受到的中国是被书本和传说改变了的中国形象，但却为我们提供了理解印度作家的中国情感的一条途径。由于拉奥对中国和中国人的论述比较多，下文只举两段小例子，第一段选文来自《蛇与绳》（*The Serpent and the Rope*），1964 年此书获印度文学院奖：

> 普罗旺斯的花园就像中国的仙乡，有主教，高级教士，大主教；鼻烟盒，情妇，教皇新堡和私生子；看守宝藏的塔拉斯孔怪兽，关钾犯人的蒙马儒尔地牢……高强的武艺和一见钟情不能虏获那些仙后们的芳心，唯有灵妙的诗词，能让她在清澈的明镜之湖边展读深思，一探其深致。但是，中国的王后青春年少、丰姿懿德，法国的王后纤细苗条、高傲无瑕。有蹇驴驮醉客，到客栈听人讲鸟儿的智慧或指航星汉的知识。当月光洒下，就像在四川，王宙和张镒一边以杵捣米（如果在普罗旺斯，那必将是一边榨酒汁），一边痛饮狂歌，整个国家（法国）难道不像他们生活的王国？
>
> 王宙对张镒说："月光快要像在九龙夜时一般洒满山谷，只要我们服下一剂由四个山谷来的四只蝴蝶做的药水，我们就可以乘着月光到达成都城堡。那儿的公主会以竹子酒和大麻汁招待咱们，宫女们会围着我们跳舞，我们在那里可以好生享受一回。张，你觉得怎样？"
>
> 就在这时候，如同老故事所讲的教皇的骡子一样，驴儿被王子某位逞能的仆人拉到了城堡最高最高之处。当它往下望时，它看到了变得像洗衣工的小池一样窄的河流，辚辚的战车，行色匆匆的商人和飞驰的骏马；它看到了剑与盾和晨光，左排的仕女向一位爵爷行礼，右排的女士向一位黄皮肤的僧人或者一位满大人行吻手礼——直到三只白鹅从巫山飞来，一阵深蓝的风卷起，吹走了城堡和月亮。这时，王宙对张镒说："我们的旅行真棒，是吧——乘月太妙了。"王将捣杵靠到墙上，说道："张，我们何不织一张蛛网，像你我的四掌大小，将江山囊括，系于我们的腰带？"张沉思好一晌，答曰："也行啊，也行啊。但且先吸这撮鼻烟吧。"此时，声声晨钟从座座寺庙的钟楼传来，人们发现张和王正酣睡在他们的杵旁。府上的管家踢着他俩的腰窝吆喝道："喂，起来，你们！咱五个半两[1]的工钱可不是白出的！你们当咱的钱是从草梗里头长出来的不成！"[2]

1. 又称秦半两，秦汉时代的铜钱。

2. Raja Rao, *The Serpent and the Rope*, Delhi: Orient Paperbacks, 1968, pp.125—126.

这是小说《蛇与绳》中的一个小故事。主人公拉姆由于一个偶然的机会认识了一个小土邦国的公主莎维德丽。莎维德丽对拉姆甚是仰慕并对他产生了朦胧的爱意。从印度回英国的时候，莎维德丽特意撇下兄弟绕道到法国拉姆和玛德琳家做客。当拉姆帮她把箱子放到房间时，莎维

德丽打开窗子说："哦，这里真美丽。看那一轮湿婆的弯月！就像在奈尼塔尔。"莎维德丽，

一位真正的印度公主的到来和她无心的一句话使拉姆觉得自己住的小房子简直变成了一座宫

殿。作者第一次直接让拉姆承认了他异国婚姻的失败："就像我没有办法把它变成我的家一样，

玛德琳也不可能把它变成一座宫殿。对于玛德琳来说，它只是一所郊区的小屋，而我总觉得自

己是玛德琳的房客。"[1] 莎维德丽使拉姆家蓬荜生辉之余更让拉姆感到曾被家人引以为荣的出

1.Raja Rao, *The Serpent and the Rope*, Delhi: Orient Paperbacks, 1968, p.124.

国留学、娶法国太太玛德琳等的"荣耀"，在这夺目光彩下黯然失色，似乎拉姆追求过的一切

都被颠覆了。曾对自己的前途信心满怀的拉姆不由得产生了乡关何处的茫然："在何处，我问你，

在何处我曾要建上一所房子，一个家？在哪条河畔，哪方池塘边，或者哪座寺庙的游廊外？"[2]

2.Raja Rao, *The Serpent and the Rope*, Delhi: Orient Paperbacks,1968, p.125.

拉姆认识到了他和莎维德丽之间的感情，但是无论在印度还是在法国，莎维德丽对他的情谊都

是他无可回报的。因此，他以不堪盈握赠的这一缕中国月光，一个中国的故事来表达他对莎维

德丽的爱恋和想逃离现实而不得的无奈。随着小说情节的展开，读者会发现这个中国故事正是

拉姆和莎维德丽爱情的隐喻：在这个世间没有他们的姻缘，极尽人间欢乐的理想爱恋只存在于

梦中。但为什么拉奥会选择说一个中国的故事呢，在有生之年，拉奥并没有涉足中国，尽管他

在作品中多次提到中国、中国的历史文化和中国的人民。可以看出，作者仅仅是通过语言和幻

想将他的阅读经验直接转化为创作的源泉。

　　从引述段看，拉奥并没有简单地引入一个现成的故事来展开他的中国意象，而是通过自己

的方式重新组合、诠释、汰澄并糅入作家的联想，来完成目标意象的建构。由于拉奥博览群书，

在作品中讲求言必有出处，所以即使在这么简短的引述段中，也包含了令人惊异的多组典故。

作家试图通过对这些典故的改造和杂糅，达到一种陌生化和复调的效果。姑且不论这一段所暗

含的其他外国的典故，光一个中国的梦就涉及了《列子》、《太平广记》和《聊斋志异》等

著作中的多个中国的典故。王宙和张镒是唐人陈玄祐的传奇《离魂记》中的人物。这则传奇以

"王宙"为条目名，被收入宋人李昉等奉诏编撰的《太平广记》第三百五十八卷《神魂一》中，

后来又被郑光祖改编成著名的元杂剧《迷青琐倩女离魂》。其原文是：

　　　　天授三年。清河张镒官家于衡州。性简静。寡知友。无子。有女二人。其长早亡。

　　幼女倩娘。端妍绝伦。镒外甥太原王宙。幼聪悟。美容范。镒常器重。每曰。他时当

　　以倩娘妻之。后各长成。宙与倩娘常私感想于寤寐。家人莫知其状。后有宾僚之选者

求之。镒许焉。女闻而郁抑。宙亦深恚恨。托以当调。请赴京。止之不可。遂厚遣之。宙阴恨悲恸。诀别上船。日暮。至山郭数里。夜方半。宙不寐。忽闻岸上有一人行声甚速。须臾至船。问之。乃倩娘。徒行跣足而至。宙惊喜若狂。执手问其从来。泣曰。君厚意如此。寝食（寝原作浸。食字原作阙。据明抄本改补）相感。今将夺我此志。又知君深情不易。思将杀身奉报。是以亡命来奔。宙非意所望。欣跃特甚。遂匿倩娘于船。连夜遁去。倍道兼行。数月至蜀。凡五年。生两子。与镒绝信。其妻常思父母。涕泣言曰。吾曩日不能相负。弃大义而来奔君。向今五年。恩慈间阻。覆载之下。胡颜独存也。宙哀之曰。将归无苦。遂俱归衡州。既至。宙独身先至镒家。首谢其事。镒曰。倩（曰倩二字原阙。据明抄本补。）娘病在闺中数年。何其诡说也。宙曰。见在舟中。镒大惊。促使人验之。果见倩娘在船中。颜色怡畅。讯使者曰。大人安否。家人异之。疾走报镒。室中女闻。喜而起。饰妆更衣。笑而不语。出与相迎。翕然而合为一体。其衣裳皆重。其家以事不正。秘之。惟亲戚间有潜知之者。后四十年间。夫妻皆丧。二男并孝廉擢第。至丞尉。事出陈玄祐《离魂记》云。玄祐少常闻此说。而多异同。或谓其虚。大历末。遇莱芜县令张仲覠。因备述其本末。镒则仲覠堂叔。而说极备悉。故记之。

《离魂记》被林语堂收入《英译重编传奇小说》(*Famous Chinese Short Stories, Retold by Lin Yutang*) 于 1952 年由 A John Day Book Company 在伦敦出版。但是拉奥所读的未必是林语堂的版本。虽然林语堂将张镒，译为 Chang-Yi，但是在林译中王宙被译为 Wang-Chou，而非 Wang-Chu。由此看来，拉奥所看的版本极有可能是西方人另外改编的（也有可能是根据林语堂的版本改编），在改编的过程中 Chou 被简化为 Chu。例如，1955 年出版的《传奇》(*Extraordinary Tales*) 中也收录了《离魂记》的故事，这本书是阿根廷著名的魔幻现实主义作家及诗人豪·路·博尔赫斯 (Jorge Luis Borge) 和维奥埃·卡萨雷斯 (Adolfo Bioy Casares) 一起编写。在这本书所收的《倩娘的故事》(The Tale of Ch'ienniang) 中，王宙的名字就被写成了 Wang-Chu，其他人名的翻译和林语堂的翻译还是一致的。通过比较可知，这个故事与拉奥所讲的中国故事，除了人名地名外，似乎没有更多相关的地方。来自《离魂记》的人物，到了拉奥的故事中均演变成了似是而非的人物，爱情深深地被隐藏到了文本的背后。

而两个杂工的梦里逍遥醒后苦的大框架则取自《列子》中的一段："周之尹氏大治产，其下趣役者侵晨昏而弗息。有老役夫筋力竭矣，而使之弥勤。昼则呻呼而即事，夜则昏惫而熟寐。精神荒散，昔昔梦为国君。居人民之上，总一国之事。游燕宫观，恣意所欲，其乐无比。觉则复役。"值得注意的是，《列子》中这个故事原来的结局并没有像拉奥所截取的故事那样消极。原来故事中的老役夫对他人说，人的一辈子昼夜各半，我白天干活虽然很苦，但是我晚上做梦很快乐，那有什么好怨的呢？拉奥去除了《列子》故事中的过于戏剧性的因素，只保留了做梦与苏醒这两个每人都能经历的真实经验。由于人都能够做各种离奇古怪的梦，至于说梦，那是假作真时真亦假，无从考究。这样，这个中国故事获得了一定程度上的可信度。为了勾勒出浓郁的中国氛围，拉奥在描绘乘月游览的梦境中还仿照了《聊斋志异》中《崂山道士》的描写；此外，拉奥的这个小故事还杂糅了公冶长识鸟语（《焦氏笔乘》）、袖里乾坤（《聊斋志异·巩仙》）以及巫山等中国传说。虽然这个故事只有两个主题：普罗旺斯与中国的相似和王宙、张镒的梦，但是拉奥利用其独特的叙事技巧对五彩斑斓的典故意象加以迷宫式的组合与重建，使时间消失或回溯，顺利地实现了空间穿插，从而达到文本的增值，使自己的作品在充满百科全书式的书卷气的同时，也带上了老庄式的哲理意味。在描述普罗旺斯的时候，作者一连采用了九个富于指涉性的名词铺陈出普罗旺斯蕴藏着浩瀚精深的历史文化遗产和神秘迷人的故事传说的特点，而正是这些特点使她和中国的省市有了相通之处。然后，骑着驴的醉客上场，拉奥用了公冶长的典故，顺利将场景偷换到了中国。在同一轮明月下，人们，到底正在中国捣米还是在法国榨葡萄酒汁，已经没有什么分别了，空间界限已经模糊。兀然醉去和酣然入梦的人们暂时忘却了现实的愁烦苦恼，仿佛司空图所描绘的神人"体素储洁，乘月返真。载瞻星辰，载歌幽人。流水今日，明月前身"乘着月亮，纵身大化。奇妙的是，张镒和王宙的乘月游览所采用的视点却是去酒馆的那头驴儿的。刚才那匹驮着醉客的驴将空间偷转到中国，在此处，这头毛驴又通过法国作家都德写的一个故事将法国的影子模模糊糊地叠加在中国故事中来。教皇的骡子（La Mule du Pape）典故出自阿尔封斯·都德（Alphonse Daudet）《磨坊书简》（Les Lettres de Mon Moulin）的故事《骡子报仇七年不晚》（La Mule du Pape）。住在新堡附近的教皇很宠爱他的骡子，坏家伙狄斯特·维岱尼（Tistet Védène）装出非常喜欢这头骡子的样子获得了教皇的欢心，由此平步青云。其实背着教皇的时候，狄斯特·维岱尼老是给骡子一些苦头吃，最可怕的一次是他把骡子硬拉到了亚维农最高的钟楼上，让它能上不能下，站在几千呎高处往下望，吓得魂不附体，最后被人用起重器、担架和绳子弄下来，在整个普罗旺斯人面前丢尽了脸。拉奥在描绘仙境的时候用上这样的典故，模糊了时空界限的同时，也把已经从现实逃离的思想悄悄拉回来一点，让书内的听众和书外的读者都能隐约感觉到现实生活中的重压其实一直躲在暗处，虎视眈眈，并没有稍离半分。像神人一样自由遨游四海，在极尽人间的欢乐的同时达到精神上的彻底超脱，只能是一个遥远的梦想。最后晨钟敲响，梦境随之迅速破灭。

远在千里外走笔中国，拉奥没有打算为读者提供一个完整、准确的中国形象，而只是零碎的、蒙太奇式手法剪辑过的意象群，但在他的想象中却包含了超乎寻常的真实。精神分析学家认为，了解一个民族必须了解她的梦幻，就像个体人格一样。从这个意义上说，拉奥对中国的了解并不算少。

三、 拉奥笔下的中国文化剪影

下文选出自《棋王与棋着》，1988年此书获得第十届纽斯达特国际文学奖：

因此，我们最后决定到"江苏"去吃饭。古旧的墙壁上装饰着张牙舞爪的金龙，"江苏"沉默寡言的中国侍者脚步轻悄，面带微笑，却有点漠然，端出道道"佛祖的天堂"或者"贝壳扬州菜"。菜的神秘感不仅仅因为这些名字，更源于那些深藏不露的厨房。门帘挑起，雕像般的中国小侍者用漆盘端出了热腾腾的仙苗琼花，并奉上充足的茶水，以使舌头对所有的事务都保持一致的敏锐度。茶本身就是属于天堂的花草，大梵天一定为了教化野人们而把它种植。在我们印度人看来，中国人真像神的警卫，哪儿出现混乱他们就以静默以文雅，将之纳入正轨，仿佛那些警卫长们已偷师密教的法术，将指引世人走出他们的布达拉宫，西藏，中国最迷幻的南部边陲。此时，印度停留在远方，像一幅中国画上的留白（十三世纪，藏于奇迈博物馆）：一片旷野，小溪潺潺，流过群山，白鸟展翅，奋力飞翔于自己创造出来的永恒空间中。对中国人来说，印度人不像生活在尘世上，他们是边界人，会引领你到达世外更精致的各种天国。天国，或许吧，比人间更好，但不是人间世，人间世是可以通过精确的司法来使它变成人间天堂的，而印度人更像道家，骑在圣洁的白鹅背上随波逐流。世界属于中国的，中国，世界的中心。人都是儒家的人。谦谦君子、文雅之士并非十四世纪的法国（或者相应的十五世纪的英国）所造就的，而是中国对人类的贡献，那些饱学之士和圣人遥想天堂的和谐，顺应物种间的道德范式，缔结了这尘世的和平。

因此，当你端起佛跳墙或燕窝羹，咽下的则是对天堂的凝思。这本来源自紫禁城，是教化官员的方式之一。你先是觉得胃兴奋得抽搐作响，鼻翼张歙，每根毛发都化为条条感官的须，然后跟着是加味的姜，让你呼吸温暖。古老的味道和音色让你醺然欲醉，文思欲飞。你意识到变形是人生的本真，悖论就是一座山间的茅屋，门口有头驴，大腹便便的老圣人在道家的蒲团上打坐，吟唱着：

"乐与饵，过客止。

道之出口淡乎无其味。

视之不足见，听之不足闻。

用之不足既。"

……既然 X 夫人谈到了戴高乐，我为她转述了这几句：

"天地不仁，以万物为刍狗。

圣人不仁，以百姓为刍狗。"

米海伊清楚她妈妈性情急躁，于是马上将话题扯了开来。我们很快就谈回到中国的食物，并细细地看起菜单来。然后，话题落到了中国和印度的差别——我说这简直就是"命"和"我"的差别——时空与永恒，人和非人。对于天国来说，尘世也是天国，而对于尘世来说，这里有一个尘世，那里有一个天国，二者永不交集，除了皇帝或者毛泽东会这么认为外，我笑言。尼赫鲁从不相信世界是真实的，除了他的五年计划外，而毛坚信他能够将中国改造为人间的天堂。因为，中国本质上是非常儒家的，我们都知道这点。中国人认为，教育树人，印度人认为智慧就是人。一方发明了书本，另一方发明了各种味，亦即融解升华的各种方式。"您别担心，"我说，"毛会一直被安置在纪念堂中，而尼赫鲁的躯体已经在朱木拿河畔焚化。印度不是一个国家，她是一个隐喻。中国是国家，是高墙围护，设计合理、布局周全的大家园。千真万确，

在中国你会将逝者葬在你家地板下，这样当你家有什么大事时，像分娩婚庆（甚至是

一场官司的输赢），你都可以禀告先人。在印度，出生和死亡都是无关紧要的，无生

和无死，乃真义。法国则介于两者之间。"[1]

1.Raja Rao, *The Chessmaster and His Moves*, Delhi: Vision Books, 1988, pp.35—36.

拉奥描写的不是中国本身，而是中国文化的一个个剪影：美食，平和，儒家，道家，祖宗

崇拜……并通过隐喻捕捉到这组剪影的意义所在。不可否认，引述段的整体结构形式没有依照

常态的时间逻辑或情感逻辑，而仅仅是通过意识流和蒙太奇的手法剪辑对话片段，然而中国古

典儒家文化的秩序理性、伦理理性，道德自觉和道家的虚静明觉，已经被鲜明生动地表现了出

来。但是拉奥没有站在一个鲜明的历史背景或者政治立场来解说中国文化，而是通过对一个异

质、矛盾而破碎的时间架构，来打开读者的想象，建构一种新的文化意象。因此，作为被想象

者，中国的历史文化在抽象和变形中必然成为片面的、虚构的历史文化，例如对中国食文化一

定程度的夸张。毫无疑问，中国从古代开始就将饮食和文化联系在一起。鼎为国器，然而商周

时期的青铜鼎上多饰以饕餮纹。饕餮是一个头像龙又像狼的神兽，传说十分贪吃。到了《礼记》

编写的时候，儒家的这部经典宣称对饮食之类的欲望要冠之以礼："饮食男女，人之大欲存焉，

死亡贫苦，人之大恶存焉。故欲恶者，心之大端也。人藏其心，不可测度也，美恶皆在其心不

见其色也，欲以一穷之，舍礼何以哉？"[2]而发展到汉代，儒家学者已经将饮食看做传统治术

2.《礼记·礼运》第九。

中的一项："王者以民人为天，而民人以食为天。"[3]当代有学者指出："中国食文化博大庞杂，

3.《史记·郦生陆贾列传》。

它和地理、物产、医学、营养学、民俗、礼仪、政治、历史、经济、文化、艺术、宗教、哲学

等密不可分，从任何一个点切入进去都盘根错节，简直如入迷宫，如临深渊。"[4]拉奥将法国

4.李波：《"吃"垮中国：中国食文化反思》，第1页，北京：光明日报出版社，2004年版。

的中餐厅端上来的菜肴和紫禁城的宴席联系在一起，使读者感觉到中华帝国时代的文化模式并

没有随着时间的流逝而消失。相反，物质生活中蕴含文化行为，文化因素渗透在民间日常生活中，

使当代人和古人一起分享数千年的文化传统。

　　富庶、奢侈、文雅、长寿、博学……拉奥以儒家文明的浓墨重彩绘制他心目中的这个中国

意象，但是中华文明的另一个形象却时刻附在这个意象的上面，那就是清净淡和、无为自然的

道家思想。顺应自然、轻物重身的道家思想被拉奥视为儒家文明的悖论，正是在这点上，拉奥

认为中国文明和印度文明是相通的，印度文化和道家思想都是以儒家文明绘制的中国画上的留

白。留白是国画重要的构图技法，落笔处是实，留白是虚，疏密有致、虚实相生才能达到气韵

生动、余味无穷的深邃意境。拉奥将印度比作中国画中的留白，实际上是将印度和中国看作密不可分的一对，既相对立对比，又交融相生。

对于"人间天堂"的理想，拉奥并没有热切地期望它能实现，事实上，他对此是很怀疑的。作为一名印度婆罗门，法的实现才是他所追求的最高理想。印度的理想国——阿逾陀的建立强调的不是通过国王的励精图治，而是国王的道德完善。可以说，在对印度古代文明的优越性考量上，道德上的美好意愿压倒了对政治和社会建制方式的细察。当这一个评价的标准落到现实生活中，特别是当人们越来越以物质生活的丰富与否去衡量一个国家文明与否时，当拉奥面临对尼赫鲁的评价，或者要回应"贫穷的印度"的嘲讽时，他不得不痛苦地对东方殖民产生的一种后果是，在以拉奥为代表的部分东方知识分子心中，传统精神的优越与国家地位的被压制造成了一种文化心理失衡和部分文化认同的危机。现代印度的诞生经历了巨大的撕裂之苦，尔后以英国为代表的西方文化被用作她的粘合剂。（印度几乎证实了本尼迪克特·安德森 Benedict Anderson "殖民地的边界成为了'民族'的边界"的断言。）由于时空的不可逆转性，回复到传统文化的情境中只能是一种梦幻，化解这种文化危机的方法可以是通过对历史文化的再认识、再诠释，也可以通过反例或者模拟形象等虚拟论证来实现传统文化与现代文化的衔接、沟通和发展。此处，中国的形象显然起了第二种作用。需要注意的是，拉奥的这一番话的言说对象是西方人，汉文化和雅利安文化在面对西方文化时获得了一种东方的共性。姑且不论这一共性是想象的还是实际存在的，在现实世界中中国和印度的国际地位是比较接近的，两国的历史也比较相似。如同中华民族的文化认同在很大程度上是建立在肯定五千年中华文明优越性的基础之上，"印度的民族自我意识认同是通过强调雅利安文明的灿烂而确立的"[1]。但是在拉奥的心目

1. [日] 吉野耕作：《文化民族主义的社会学——现代日本自我认同意识的走向》，第51页，北京：商务印书馆，1997年版。

中，两国的主流文化一直有很大的差异性。在他看来，中国的主流文化是儒家的世俗文化，凸显的是物质文明的建设，而印度的主流文化是宗教文化，凸显的是精神文明的建设。"印度不是一个国家，她是一个隐喻。中国是国家，是高墙围护，设计合理、布局周全的大家园。"通过这样的比喻和划分，拉奥似乎为印度卸下了建设物质文明的国家职责，而此时中国实际上已经成为印度的一个镜像，中国的秩序理性、伦理理性和道德自觉在拉奥看来是和平有效的东方式救弊机制。换言之，这是拉奥对东方文化的自我肯定和对中印关系的检视。

由以上简单的分析可以看出，拉贾·拉奥对于中国或许没有很具体准确的认识，但是对于

中国文化的把握却自有其敏锐独到之处。在他笔下的中国，往往和印度是互补的。在第一段引文，印度虽然没有直接出现，但是这一段中国故事却是一位博学的印度教徒用来作为对自己现在和未来的警戒，实际上还是对印度文化的一种补充。中印文化同中有异，异中有同。从异处考量，印度是中国的留白，中国是印度的补充，中国和印度文化在作家的心目中组成了东方文化完整的一个圆。这刚好印证了泰戈尔所言："我可以这样说，印度感觉到同中国是极其亲近的亲属。中国和印度是极老又极亲爱的兄弟。"[1]

1.Kshitimohan Sen：《兄弟相会》，见《中印学报》第一卷，第9页。

第十六章　　中国文学作品的印度译介

　　将中国文学作品翻译成印度文字，应该和印度文学作品翻译成中国文字一样，都是中印文学交流的重要内容。但是，不知道什么原因，以前的中国学者几乎都不提中国文学作品翻译成印度文字之事，直到薛克翘的《中国与南亚文化交流志》[1] 问世，才结

1. 薛克翘：《中国与南亚文化交流志》，上海：上海人民出版社，1998 年版。

束了这种状况。因为限于主题和篇幅，薛著对中国文学在印度译介的论述未能展开。但是，此书为作者及其他学者对此课题的深入研究开了先河。

　　中国文学作品的印度译介，主要有两种情况：一是印度学者对中国文学作品进行研究，翻译成各类印度文字，在印度或西方出版发表，我们称之为"印度学者对中国文学的研译"；二是中国学者和印度学者合作，将中国文学译成印度文字，在中国出版发表，通过中介机构发行到印度，我们称之为"面向印度读者的中国文学译介"。所谓印度文字，主要指印地语、乌尔都语、孟加拉语、泰米尔语，由于英语通用于印度上层，所以英语也被视为印度语言。

第一节 印度学者对中国文学的研译

在印度，中国文学作品的译介、研究，属于中国学范畴。而印度的中国学，也是由汉学发展而来。印度的汉学，有自己的特点，就是曾花费相当巨大的人力、物力和时间，将大乘佛经倒译成梵文。这是一件吃力而很难讨好的事。要将大乘佛经准确地回译成梵文，人才难觅，即使译成，又有多少人能懂能用？谭云山创建中国学院后，曾花很大精力组织印度专家和高僧来"译汉回梵"，结果收效甚微。印度的中国学，则与西方一样，是基于现实的需要，呈现多元景象。所以，佛经回译被淡出，中国古典文学作品的翻译研究，也不在中心位置，现代文学的译介重于古代文学。除了谭中的《中国古典诗词》和 V·赛思的《三位中国诗人：王维、李白和杜甫》之外，很少有人将精力投放在中国古典文学的研译之上。

一、 印度的汉学和中国学发展

相比较而言，印度的汉学不像欧洲那么古老。如果欧洲汉学可以追溯到《马可·波罗游记》的话，印度汉学则可追溯到 20 世纪初戈达达尔·辛格 (G. Singh) 的日记《在中国的十三个月》。辛格是一位有正义感的印度士兵，被英印当局派到中国镇压义和团运动。他冒着生命危险，将在中国看到的，包括英国殖民者的倒行逆施，用印地文写在自己的日记里。回到印度后，他逃过英国人严格的书报检查，出版了这部日记。他在日记中说："中国人是信佛的，与印度人信的是同一个宗教。我们同是亚洲大陆上的居民，所以中国人也还是我的邻人呢。他们的肤色、风俗、礼貌和我们的也没有很大的差别，为什么神要降这样的灾难到他们身上呢？难道我们不倒应该去帮助他们吗？"[1]，辛格日记，无意间成了印度汉学的开山之作，"他的高尚的品格将永远为中国人民所敬重"。[2]

1. 林承节：《中印人民友好关系史》，第 54 页，北京：北京大学出版社，1993 年版。

2. 林承节：《中印人民友好关系史》，第 52 页，北京：北京大学出版社，1993 年版。

印度汉学诞生于 20 世纪初的加尔各答大学。时任副校长的阿·慕克吉 (Ashutosh Mukherji)，为印度历史文化专业研究生开设一门名为"中国语言文学"的课程。当时没有胜任的教师，大学便委派巴克齐 (Prabodhi Chandra Bagachi，中文名"师觉月") 赴河内、日本、法国进修深造。1926 年 6 月他终于获得博士学位，出任加尔各答大学讲师，成为印度汉学的重要开创者。（详见本书第十三章"师觉月与现代印度汉学开拓"）

1928 年，谭云山来到国际大学，在泰戈尔支持下，创办中国学院（Cheena Bhavana），印度汉学和中国语文教育步入正轨。

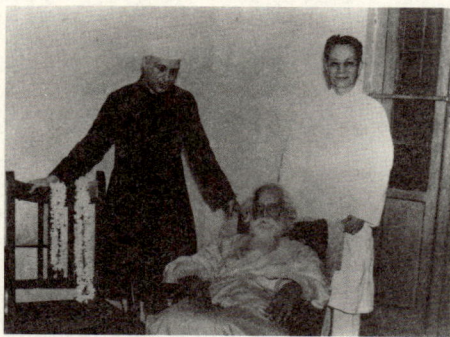

泰戈尔与谭云山、尼赫鲁

印度汉学有两个伟大推手，一是泰戈尔，二是尼赫鲁。泰戈尔像一位先知那样，支持、推动国际大学的汉学研究，聘请法国学者列维（Sylvain Levi）研究中国佛学。同时，他聘请谭云山，支持他创建中国学院。从他对中国学院及谭云山的赞美，显示他具有超凡的预见能力。他自己也努力通过吉尔士（Gills）等的英译本阅读李白、杜甫、白居易等中国诗人的作品，读书心得在自己的著述中每每都有流露。1924 年访华之后，汉学更是常常萦绕在他的心头。尼赫鲁是一位政治家，他吸纳世界各大文明的精华，形成自己的政治智慧，在《印度的发现》一书中，有大量关于中国文化的叙述。"在他的心目中，中国和印度是一对姐妹，在论述印度时常常会情不自禁地和中国相提并论。"[1] 他在狱中给女儿写信，其中第 21 封就是《中国和印度》。尼赫

1. 郁龙余：《印度文化论》，第 19 页，重庆：重庆出版社，2008 年版。

鲁虽然不是汉学家，但是他对中国文化的认识，称冠于当时所有外国的政治家。尼赫鲁非常推崇泰戈尔，称他为师尊（Gurudeva），又是谭云山的好友。尼赫鲁担任过印中学会名誉会长，国际大学收为国立大学之后，他又是首任校长（以政府总理身份兼任）。这样，印度现代汉学从其诞生之日起，就幸运地遇到了两位强有力的支持者。

谭中是印度汉学向中国学转变的重要见证人和操盘手。所以，他身上兼有汉学家和中国学家的学术特性。研究好谭中，对于了解印度的汉学向中国学转型及其取得的成就，至关重要。正如有学者指出："除了传统的文化、历史问题之外，当代印度的中国学学者最为重视的莫过

于中国政治、发展、外交政策和安全问题的研究，以及全球化对中国的影响和中国应采取的政

策。"[1] 由于中印是山水相连的邻邦，1962 年曾发生过边界战争，所以"中印关系中的军事和

1. 王荣华、黄仁伟主编：《中国学研究：现状、趋势及意义》，第 130 页，上海：学林出版社，2007 年版。

战略问题也是印度学者广泛研究且成果较多的领域"。[2]

2. 王荣华、黄仁伟主编：《中国学研究：现状、趋势及意义》，第 130 页，上海：学林出版社，2007 年版。

　　由于种种历史原因，印度先民重口传不重文字，印度几乎所有的重要经典，都是 19 世纪

以后才陆陆续续由记忆变成印本的。针对这种缺乏古本的情况，著名学者拉古维拉（Raghuvira）

创立了印度文化国际学院（International Academy of India Culture），旨在发现、收集各种

语言（汉语、藏语、蒙语、日语及其他语言）的印度文学的原文和译文。各国学者来到这里进

行研究工作，彰显出另一种研究风格。创院院长拉古维拉逝世之后，其子洛克希·金德尔（Lokesh

Chandra）博士继任院长。他原是一位英印政府的宪兵（M. P. 军事警察），他担任院长，一

方面是子承父业，一方面彰显了印度重文轻武的传统。

　　印度学者在汉学到中国学的发展过程中，取得了无愧于时代的成果。中国学者对此尚知之

甚少，应该花力气潜心研究。据不完全统计，印度学者的重要成果有：师觉月的《中国佛教圣典》

（博士论文，上下两巨册）、《中印千年文化关系》、《菩提迦耶的宋代中文碑铭考》（与周

达甫合著）、《〈彰周知论〉—吐蕃萨迦班智达的一部阿毗达磨著作》、《中国印度丛书》、《密

教研究》等等。[3] 巴帕特（P. V. Bapat）的《佛陀口述〈义足经〉Arthapada-sutra》、夏斯

3. 为了纪念师觉月的学术成就，北京大学王邦维和纽约城市大学的沈丹森（Tansen Sen）于 2008 年合作出版了 India and China: Interactions Through

特利（N. Aiyaswami Sastri）的《龙树（Nagarjuna）之〈十二门论〉Pvadasamukha Sastra》[4]，

Buddhism and Diplomacy 一书，ANTHEM 出版社。　　　　　　　　　　　　　4. 巴帕特和夏斯特利的论文分别载于"国际大学年刊第 1 卷和第 4 卷"。

在作为中国学和佛学研究重镇的国际大学的支持下，一批学者不断取得重要的学术成果，例如

拉马南博士（Ramanan）在汉文资料《大智度论》的基础上，进行《龙树的哲学研究》（哈佛

大学出版社出版），冉云华（Ran Yunhua）的《中国佛教编年史》（国际大学出版），他以

《佛祖同参集》（宋代著作）为基础，写成《中国佛教的变迁》（未出版），穆克吉（B. D.

Mukhaerji）研究的是《说一切有部》（Sarvastivada）。

2011 年 2 月 8 日，郁龙余在尼赫鲁大学与雷易会面。

　　雷易博士（H. P. Ray）是印度中国学研究的重要学者。他根据中文资料对 15 世纪印度的研究，及对鲁迅与 S. C. 查特吉（Sarat Chandra Chatterji）的比较研究 [1] 引起了国内外学者

1. 载《印度尼赫鲁大学语言学院学刊》，第 164—182 页，1990 年版第 1 卷。

的重视。另外，他对印度的中国学研究的梳理，独步一时，《中国学在印度》[2] 和《印度的中

2. 载《中外关系史论丛》第 3 辑，北京：世界知识出版社，1991 年版。

国学研究概览》、《中国人眼中的印度——兼评耿引曾主编〈中国载籍中南亚史料汇编〉》，是迄今在此领域中材料最丰富、为研究者乐道的论文。他日若有专著《印度的中国学研究》问世，必以雷易的这三篇论文为滥觞。[3]

3. 本章的有关资料，来自雷易的这三篇论文。《中国学在印度》是《印度的中国学研究概览》的简译。《印度的中国学研究概览》、《中国人眼中的印度——

　　德里大学和尼赫鲁大学是继国际大学之后印度研究中国学的重镇。雷易说：德里大学"至

兼评耿引曾主编〈中国载籍中南亚史料汇编〉》译文见《深圳大学印度研究通讯》，2010 年第 1 期，总第 4 期。

1987 年已经产生 6 篇博士论文。其中，一篇关于中国与世界，四篇涉及到国内政治发展，另一篇则着眼于中国的科学政策，也是印度的整个当代中国研究历史中唯一一篇此类论文。但是副博士论文（M. Phil）却表现较为多样化的特征。在 28 篇论文中，有 5 篇聚焦于中国与世界，其余 23 篇均涉及到国内发展。其中论及经济问题的有 4 篇，以中国教育为主题的有 2 篇，关于农业的有 3 篇，还有 1 篇着眼于妇女研究"。"德里大学有一些教师在国外修完博士学位，如顾卜塔（K. P. Gupta）研究'康有为与辨喜研究'、莫汉蒂（M. Mohanty）研究'中国革命与共产主义运动'、查克拉博蒂（S. Chakrabroty）研究'中国与纳萨尔派分子'等。"

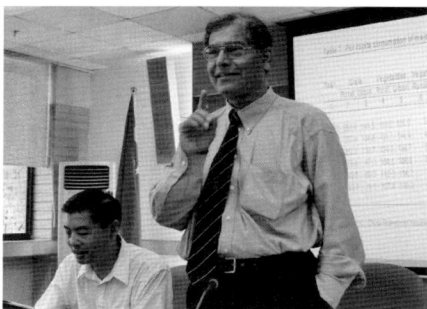

2005 年 10 月，尼赫鲁大学前任校长、
印度总理经济顾问契特访问深圳大学。

　　关于尼赫鲁大学的中国学研究，雷易写道："在 18 篇博士论文中，6 篇涉及到中国国内的政策，包括一篇探讨中国人民解放军的作用的论文和 1 篇论及'四人帮'的论文。另外几篇立足于编年史研究，还有 1 篇是关于西藏的宗教和政治。其他的均涉及到中国与世界各国的关系。"1970 年代，副博士学位引入印度，至 1992 年共有 70 篇论文通过审核。"其中 26 篇论述国内发展，4 篇论及社会主义，其余则全部涉及中国与世界。"以上资料来自雷易的《印度的中国学研究概览》一文。作者在列举印度学者的研究成绩后，还提出了七个"新的维度"，旨

在"力图着眼于从事中国学研究的学者应当关注的其它的研究方向，并且强调这样一个事实，即原初资料逐渐成为从事区域研究的必要条件"。雷易的这篇文章，为印度学者的中国学研究，拓展了众多新的方向。因为，他看到了印度的中国学研究的某些不足。这些不足主要表现为：第一，兴趣过分集中于某些有"时事价值"的特定主题。"这些主题或许在新闻界被广泛地探讨，或者具有一定的时事价值，因此往往会引起研究者的关注。"第二，没有充分利用第一手的中文资料。由于中文资料"比较复杂晦涩"，他们就大量甚至完全依赖英语资料。结果不少研究出现问题。这和印度的教学体制有关，"在利用中文原文第一手资料或者即便是在中国发现的第二手资料方面，从预科博士阶段开始，直至博士阶段越来越贫乏。在印度诸大学的论文中，鲜少有搜集了原始资料的痕迹。"他警告说："如果他们不去从原始资源中利用一手的信息，那就前功尽弃了。"

雷易的分析是一针见血的。造成这种情况的主要原因是中印学界的隔阂。从师觉月到法国、越南、日本学汉语，到现在普遍存在的主要利用英语资料来研究中国学，都是这种隔阂造成的。不过，进入 1990 年代后，这种情况正在逐步好转。要根本解决这个问题，必须大大加强中印学者的互相合作，合作是提高两国学者的研究质量的保证。

在印度的中国学研究中，文学研究不是重头戏。雷易说："印度学者在对中国文学的批评研究方面的兴趣似乎并不显著。一些文学研究者虽然从英译本翻译了一些中国著名的文学作品，但是对中国文学的批评研究是从 A.N. 泰戈尔对五四运动后中国文学的不同流派的研究开始的。"[1] 雷易所说的这种情况，从 1990 年代开始，正在发生某些变化，中国文学的研究在印

1.A. N. 泰戈尔出版有《现代中国文学论战：1918—1937》一书。

度中国学中的比重有所增加。

印度的中国文学研究，除了国际大学、德里大学和尼赫鲁大学之外，贝拿勒斯印度大学（Banaras Hindu University）也是一个重镇，早在 1940 年代就设立了中文学科。该校原文学院院长格默尔·希尔（Kamal Sheel）教授，是一位著名的汉学家。目前，他正在和薛克翘、邵葆丽等中国和印度的学者一起承担《中印文化交流百科全书》的编著工作。

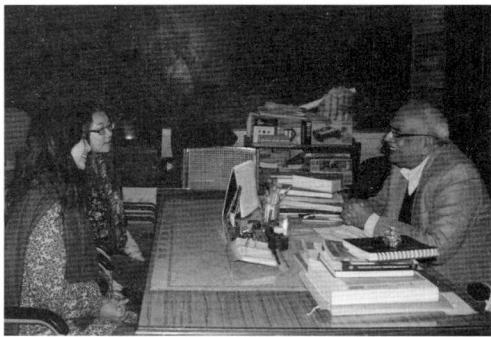

2013 年 2 月 4 日，王璧、林姮拜访汉学家 Kamal Sheel 教授。

二、　印度学者的中国文学研译

如上所述，由于历史的原因，在印度多样的中国学研究中，文学研究并不占重要地位。但是，文学毕竟是文学，她在各学科中的美神地位是不以时代、地域的不同而变化的。雷易在《印度的中国学研究概览》中，以"新的维度"指出中国文学研究的重要性的同时，又指出了若干新课题。"比如，在唐代著名诗人白居易（772—846）的叙事诗《长恨歌》（永恒的情殇）中提到的《霓裳羽衣曲》，我们还曾在其它出处中找到《春莺传》、《苏幕遮》、《摩诃》、《兜勒》（mo-bo-dou-lo-mahatana or mahagana）等神圣美妙的音乐。"说到中文佛教文献，雷易这样写道："这些记载大多冠以佛教文献之名，而内容是世俗的，关系到印度学的方方面面，如雕塑、文学理论、修辞学、韵律学、音乐等等。"这向人们显示，雷易作为一名深谙汉语的印度中国学家，不但知道印度中国学的广阔前景，而且知道文学研究在中国学中的重要地位。可以说，对中国文学、诗学（文学理论）研究的相对不足，是受冷战思想影响、将过多精力投入时事类课题造成的。也是对汉语、汉学掌握不足造成的。这种情况在当代印度的中国学家那里，正在得到改变。

如果说印度学者对中国文学研究相对不足，那么在不足之中也有强项。鲁迅作品研究，就是其中的一个强项。雷易说："在尼赫鲁大学举办鲁迅诞辰一百周年纪念庆典时，一系列的尝试是显然易见的。来自印度各邦的学者、文学家，来自中国的一些学者，以及学习中国语言的一些学生递交了三十余篇研究论文，内容不仅涉及到鲁迅作品的各个方面，也论及了鲁迅的现代影响。"雷易的这一段文字是可靠的，他出席了这次庆典，并发表了论文《鲁迅和查特吉比较研究》。

　　中国学者薛克翘对印度学者译介鲁迅作品多有关注，他的研究成果主要反映在《中印文学比较研究》一书中。在书中，他以"鲁迅在印度四例"为题，论述"近代以来的中国作家中，鲁迅在印度的影响最大"。[1] 这种影响是如何造成的呢？薛著认为原因有三：一是英语、印地语、

1. 薛克翘：《中印文学比较研究》，第 289 页，北京：昆仑出版社，2003 年版。

乌尔都语的各种中国杂志、画报，刊有鲁迅作品，在印度有一定的传播面。二是《鲁迅全集》（四卷本）和《鲁迅短篇小说选》译成英文。其中有些作品还译成印度民族语言印地语、乌尔都语、孟加拉语、泰米尔语等。三是在国内学习中文的印度学生或到中国留学的印度学生，一般都要学习鲁迅作品，有些学生的毕业论文就以鲁迅作品为研究对象。

　　接着作者举例"试图说明鲁迅在印度的影响，及其在印度人民心中的地位"[2]。

2. 薛克翘：《中印文学比较研究》，第 289 页，北京：昆仑出版社，2003 年版。

　　第一例是一首印地语诗歌。印度印地语诗人 S·瑟克赛纳在读了鲁迅的《社戏》之后，写了一首 240 行的诗歌《乡村耍蛇人——读鲁迅的〈社戏〉有感》。作者引了两段诗文后说："当读完 S·瑟克赛纳的这首诗以后，与《社戏》联系在一起，我们就不能不感到一种强烈的震撼，一种感情的升华。""这使我们想到，中印两国人民……有着相似的经历、相似的命运。这就是数千年来沟通我们两国人民的牢固纽带。"[3]

3. 薛克翘：《中印文学比较研究》，第 291 页，北京：昆仑出版社，2003 年版。

　　第二例是一次鲁迅学术研讨会。"1981 年 11 月 9 日，印度纪念鲁迅诞辰 100 周年学术讨论会在新德里尼赫鲁大学开幕。会议共进行了 3 天，计划宣读论文 40 篇。'40'这个数字不是一个简单的数字，一次历时三天的会议也不能小视，这说明鲁迅在印度人民中的地位和影响。"[4]

4. 薛克翘：《中印文学比较研究》，第 292 页，北京：昆仑出版社，2003 年版。

　　第三例是一个印地语剧本。印度著名剧作家巴努·巴拉提（Bhanu Bharati），于 1982 年成功执导自己撰写的话剧《查马库》。在"剧本版权页标题下尚有一行字：'有感于鲁迅的世界著名小说《阿 Q 正传》'"。剧本正文之前有鲁迅的简介："在读了《阿 Q 正传》之后，任何人都会觉得，我们大家就是阿 Q。鲁迅无情地揭露反人民的势力，向那些人民的压迫者发起进攻。同时又满怀热情地描写人民的向往、追求和他们的创造力。'改造社会是惟一的出路'，这就是鲁迅著作的根本旨意。"薛克翘认为："仅从这些话里就可以看出印度文学界和普通读者对鲁迅的了解和评价。"[5]"从剧本可知，查马库和阿 Q 极为相似，无论是他的地位、处境，

5. 薛克翘：《中印文学比较研究》，第 293 页，北京：昆仑出版社，2003 年版。

还是他的性格、命运，都与阿 Q 如出一辙。"[6] 当然，《查马库》不是《阿 Q 正传》的改编，

6. 薛克翘：《中印文学比较研究》，第 294 页，北京：昆仑出版社，2003 年版。

但是完全可以说，查马库是印度版的阿 Q。

　　第四例是一本名为《开创》的杂志。印度中央邦首府帕博尔市出有一本名为 PA H AL（开创）的杂志，1987 年 5 月的第 32 期是"中国当代文学"专号，介绍了诗人艾青、雷抒雁、袁可嘉等和小说家周立波、秦兆阳、王蒙、刘绍棠、张洁、冯骥才等，以及他们的作品。这一期的特邀编辑特里奈特拉·乔希，曾是中国国际广播电台的印度专家。他熟悉中国文学，热爱鲁迅。在《前言》中他花不少笔墨来介绍鲁迅，称鲁迅为"中国现代最著名的作家"。薛克翘认为："从这里不难看出，乔希先生在向印度读者介绍中国当代文学的时候，始终没有忘记鲁迅，在他的《前言》中反复提到鲁迅，着重强调了鲁迅在中国文学史上的地位。"[1]

1. 薛克翘：《中印文学比较研究》，第 295 页，北京：昆仑出版社，2003 年版。

　　综上可知，薛克翘用举例的方法告诉读者，鲁迅在印度人民中的影响与地位。因为所用大都是第一手材料，观点平和、中庸，深得学界好评。

　　确如薛克翘所言，对 1981 年在尼赫鲁大学召开的纪念鲁迅诞辰 100 周年学术研讨会"不能小视"。但一直以来，人们对这次会议及 40 篇论文的具体情况，知之甚少。原因是，这次研讨会之后没有出版论文集，有些论文并不成文，只是一个详细提纲。但是，人们无论如何不要低估了这次会议的成果和影响。例如，16 年后马尼克（Manik Bhattacharya）在谭中指导下，写成博士学位论文《鲁迅作品中的创造性过程和革命性话语》（The Creative Process and Revolutionary Discourse in Lu Xun's Writings）。我们有理由将其看作是这次讨论会的一个成果和影响。谭中是这次会议的发起人、组织者，又是马尼克论文的指导教授，两者的因果关系，是一目了然的。

　　马尼克因此而成为印度著名的鲁迅研究专家和中国学家。"他还曾以孟加拉语翻译了鲁迅小说《孔乙己》（1978）、以英语翻译了鲁迅的杂文《文化偏至论》（2004），发表关于鲁迅的研究论文如《阿 Q 与国民性质疑》（1991）、《鲁迅的"人"的概念》（1995）、《一个作家的辉煌高度：我的鲁迅观》（1998）等。[2] 马尼克曾将博士论文复印本赠与尹锡南，尹是第一位比较详细介绍马尼克学术成果的中国学者。除了对鲁迅作品的研究之外，马尼克还于 2004

2. 尹锡南：《20 世纪印度的中国文学和历史研究》，载《东南亚南亚研究》，2010 第 1 期。

年 3 月发表过《中国语言文学中的印度因素》的文章，于 1999 年和 2000 年主编出版了《我心中的中国形象》（The Image of China in My Mind）和《印中外交关系五十年》（50 Years of India–China Diplomatic Relations）两部著作。[3]

3. 尹锡南对马尼克的研究成果，可参阅其《印度的中国形象》一书，由人民出版社于 2010 年 6 月出版。

　　2012 年 11 月，印度中国研究所主办的"鲁迅文化周暨鲁迅文化研究国际会议"在德里召开。

来自印度各地及中国、韩国、日本、俄罗斯等国的 60 余名鲁迅问题研究专家出席。11 月 15 日，中国驻印度大使馆临时代办邓锡军应邀出席开幕式并致辞，他说："非常感谢印度中国研究所主办此次会议，使印度和中国的文化学者、专家能聚在一起共同纪念中国文学奠基人鲁迅先生诞辰 130 周年。"鲁迅文化周通过图片展、电影展播、舞台剧、研讨会等形式，来纪念这位文化巨人。其中为期 3 天的研讨会，就鲁迅的世界、鲁迅在亚洲文学的地位、现代中国小说和文化现代化、亚洲文化的现实意义、鲁迅在世界的影响等众多议题，展开了深入的讨论。这再次说明，鲁迅是印度学者心目中最重要的中国作家。鲁迅和泰戈尔一样，已经成为联结两国友谊的牢固纽带。

　　墨普德（Priyadarsi Mukherji）是印度当代著名中国学家。他家学渊源，从小受祖父、著名的泰戈尔传作者、史学家墨晓光（Prabhat Kumar Mukherji，1892—1985）薰陶，在国际大学附属高中开始接触汉语，在尼赫鲁大学完成本科到博士的学业。1986 年至 1988 年先后在上海复旦大学、北京师范大学进修，期间有机会向季羡林、钟敬文、吴晓铃等名家请益。1986 年，在上海举办的国际汉语演讲赛中墨普德荣获第一名。在中国深造期间，他专门搜集中国民间文学及民俗学的材料。1995 年，在尼大完成博士论文《汉藏社会反映于民间文学》，并于 1996 年获博士学位。2002 年，季羡林推荐并批准了墨普德作为中国教育部文化奖获得者访华计划。[1]墨普德少年英特，多才多艺，一路成绩优异。在读研究生时，开始将鲁迅诗集译成

　　1. 墨普德：《凝望远去的背影——追忆我与季羡林先生的交往》，载《人民日报》2009 年 8 月 14 日第 15 版。

孟加拉文。这样，翻译中国诗歌成了他的一大强项。迄今为止，他翻译出版的中国诗集计有：

　　《鲁迅诗集》（*Poems of Lu Xun*）（孟加拉文译本），1991 年 5 月由加尔各答 Baulmon 出版社出版，含鲁迅 45 首诗，每一首诗均有注释，让普通读者懂得中国文化及诗歌的象征意义。

　　《中国当代诗歌集》（*Contemporary Chinese Poems*）（印地语译本）1998 年 3 月由新德里国家书籍集团（National Book Organization）出版，含 27 位中国诗人的 54 首诗。有诗人简介。

　　《艾青诗歌和寓言集》（*Poems and Fables of Ai Qing*）（孟加拉语译本），2000 年 3 月由加尔各答 Baulmon 出版社出版，含艾青 86 首诗和 4 个寓言，每首诗都有注释。墨普德在 1990 年 7 月采访艾青以来就开始准备这些注释。

　　《跨文化的印象：艾青、巴勃罗·聂鲁达、尼克拉斯·桂连诗歌集》（*Cross-Cultural Impressions*）（英译本），2004 年 3 月由德里 Authors Press 出版，带有注释。将中文、西班牙文

原著译成英文。智利诗人聂鲁达、古巴诗人桂连的西班牙
语诗歌，系与西班牙老师贝雅特里斯女士合作翻译。

《毛泽东诗词全集与文学赏析》（孟加拉文译本），
2012 年 1 月由加尔各答舍蕾亚（Shreya）出版社出版。
这是毛泽东诗词全集第一次从原文被译成孟加拉文。书
中包括毛泽东的 95 首诗词。这些诗词反映出毛泽东的生
平及政治思想成熟的过程，此外还反映出中国现代史上
的重要发展阶段。书中除了诗词的孟文翻译之外，还有
每一首诗的注释及诗词内容的详细描述、诗词年表与诗
词主题类别。

墨普德认为：1906 年至 1973 年，毛泽东作的 95 首诗
词不仅反映出他是一位杰出的战略家、政治家，而且也是
一位诗人。这些诗词反映出毛泽东的生活、理想、愿望、
自尊心、爱国心、激情、战略、战术、宏大的政治抱负，
同时也反映出他对经史子集的深刻理解和作诗的独特风格。
这些诗词充分地描写毛泽东作为哲学家、善于建国的战略
家和人民解放军的总司令——这三个身份合成一体的杰出
爱国人士的形象。

本书的译注者将所有的诗词分析得很细致，将内涵意
义、典故等解释得很清楚，以便普通读者以及未来的研究
者能够阅读欣赏。译成孟文时，译注者将大多数诗词押韵。
为了保持孟加拉文化的特点，作者除了把诗中的中国人的
姓名音译成孟文之外，还把姓名意译成孟文，创作出语音
与语义上的新味。孟加拉诗歌的押韵法十分丰富，作者自
己作为诗人还将毛泽东诗词用不同押韵法译成孟文。墨普
德认为：自己有作诗的本领，才能够将原文（译出文）的

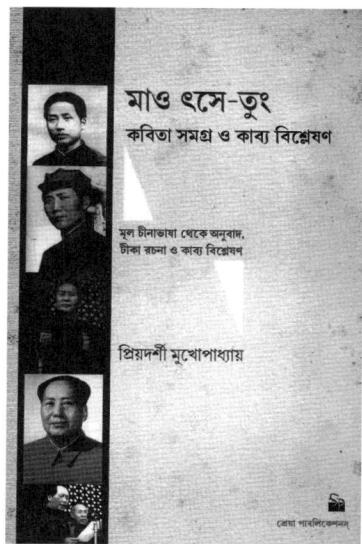

《毛泽东诗词全集与文学赏析》（孟加
拉语版），墨普德译注

诗歌翻译成目标文。墨普德作为作者，深入毛泽东作诗时的感情色彩、气氛，他才能够保留诗魂。[1] 从以上墨普德对《毛泽东诗词全集与文学赏析》的自我评介以及他对中国的总体了解，

1. 墨普德 2012 年 4 月 14 日给郁龙余的信《关于〈毛泽东诗词全集与文学赏析〉》。

可以说《毛泽东诗词全集与文学赏析》是印度当代翻译史上的一部力作，为中印文学交流增添了浓墨重彩一笔，开创了将中国诗人全集译成孟加拉语的先河。不论在印度，还是在中国，都是一件值得庆贺的事情。

除了上述五部诗歌翻译集之外，墨普德还发表了一系列文章讨论中国诗歌，主要有：《1978年以来中国诗歌发展》，1996 年 2 月印度贝拿勒斯大学"当代文学研讨会"论文；《跨文化的现象：艾青与聂鲁达》，1997 年 2 月印度对外文化关系委员会（ICCR）和尼赫鲁大学联合举办的"西班牙、拉美国际研讨会"论文；《1978 年以来中国当代女诗人的作品》，1997 年 10 月尼赫鲁大学印度语文系举办的"爱情诗歌国际研讨会"论文；《20 世纪中国女作家及其作品鉴赏》，2002 年 11 月德里大学举办的"中印妇女建设 20 世纪社会的主要作用研讨会"论文；《古巴诗人尼克拉斯·桂连的中国象征性诗歌》，2003 年 3 月西班牙驻印使馆与尼赫鲁大学联合举办的"西班牙、拉美国际研讨会"论文。

2008 年冬，ICCR 讲席教授墨普德在深圳大学。

墨普德以对中国诗歌的译介为重点，但是他兴趣广泛，对整个中国文学、语言，乃至宗教、艺术、社会、中印关系，都有研究。对中国民俗、民间文学、谚语具有兴趣浓厚。所以他的论著内容广泛，能触类旁通，引人入胜。他还发表过以下论文：《泰戈尔歌曲的社会、文化、政治意义》、《目前年青人面临的社会问题及其补救法》、《印度佛教梵文术语迁入中国佛教：词源研究》、《印度、中国的生殖器崇拜习俗》、《中国文字字源及其演变》、《印度电影及其社会文化意义》、《印中经济合作的历史、文化意义》、《〈西游记〉小说人物中的民俗学成分》、《从"三个代表"理论的角度分析今日中国社会》、《儿童文学理论及自全球化世界

的角度对孟加拉文作品的评论》、《中印关系：未知领域的探索》、《概念的移植：中国佛教术语的激进性与演变》、《改革开放以来中国电影的新趋势》、《印度对中国文学的影响：民间文学视角》，等等。[1]

1. 本文有关资料来自由墨普德提供的《墨普德学历、专业简历、学术成果》。

近年，墨普德有两本著作问世：第一本《伟大民众领袖 S.C. 鲍斯在东亚的印度解放运动：中国、印度档案馆销密的文件》（英文版，2008 年 8 月，共 468 页），第二本《伟大民众领袖 S.C. 鲍斯在东亚的印度解放运动：当代轶事、回忆录及战时报告文学》（英文版，2009 年 2 月，共 423 页）。这两本书虽然是写印度现代人物，但与中国不无关系。墨普德曾著《印度现代史上被遗忘的篇章：鲍斯与印度解放战争及其中国情结》，实为这两本著作的内容提要。他在该文中说："2001 年我曾在印度国家档案馆查到关于鲍斯的不少解密文件，2002 年我在中国档案馆和中国各地的图书馆里还找到了关于鲍斯的新的文件。这大量的文献证明鲍斯生活中的不少事实。"[2]

2. 载《深圳大学印度研究通讯》，2009 年第 1 期。

墨普德先后任教于国际大学、尼赫鲁大学；2004 年 5 月至今任尼赫鲁大学教授，中间一段时间，即 2005 年 4 月至 2006 年 8 月任德里大学教授，之后回尼赫鲁大学，并于 2008—2010 年第三次担任中国与东南亚研究中心主任（前两次为 1996—1998 年，2000—2002 年）。墨普德在印度各地的高校起到了开设中文课程以及传播中国文化的重要作用。

2008 年至 2009 年，墨普德受印度文化关系委员会 (ICCR) 派遣，以讲席教授身份访学深圳大学 14 周，为研究生开设《中印文学比较》，向本科生开设《印度文化与艺术》课程，深受师生欢迎。

2008 年 6 月 18 日，印度驻华大使拉奥琦与深圳大学章必功校长签署合作协议。

邵葆丽（Sabaree Mitra）是印度研究中国当代文学的著名学者，和中国学者交往广泛，她的成绩引起了中国学者的重视。综观邵葆丽的论著，有两个显著特征：一、 紧随中国当代文学发展脉律，二、 彰显女性意识。

2007 年 1 月 10 日，印度尼赫鲁大学汉学家邵葆丽教授在深圳大学做学术讲座。

在印度学者中，邵葆丽将自己的研究重点，定位在中国的新时期文学，即所谓的"后毛泽东时代"。她的研究，宏观与微观，即文学整体和作家个体相结合；注重细读文本，既重视西方评论，又重视中国评论。所以，她的论著给人沉稳、细腻而大方的感觉。她在《中国报告》1997 年第 4 期上发表《三中全会以来的文学政策：变化的十年》，1998 年，她以更加宽广的视野发表了《1976—1989 年间中国文学"百花齐放"的再现》，[1] 在 2004 年第 4 期《中国报告》

1. 尹锡南：《印度汉学界的中国文学研究》，见北京外国语大学亚非学院编：《亚非研究》第 3 辑，第 73 页，北京：时事出版社，2010 年版。（引文从尹译、下同）

上发表《"个人"在后毛泽东时代文学里的再现》。这三篇文章，集中地反映了邵葆丽对中国新时期文学的总体评价的广度与深度。她认为："如果说毛泽东时代的文学创作政治挂帅是唯一的话，80 年代社会主题占据优势，到了 90 年代，文学又与商业挂钩。"[2]"从这里的分析来看，

2. 尹锡南：《印度汉学界的中国文学研究》，见北京外国语大学亚非学院编：《亚非研究》第 3 辑，第 73 页，北京：时事出版社，2010 年版。

邵葆丽基本上把握住了 1976 年来中国文学的发展脉络。"[3]

3. 尹锡南：《印度汉学界的中国文学研究》，见北京外国语大学亚非学院编：《亚非研究》第 3 辑，第 73 页，北京：时事出版社，2010 年版。

奠定邵葆丽印度当代著名汉学家地位的，是她的两部专著。1997 年，邵葆丽完成博士论文《后毛中国的文学与政治》（Literature and Politics in Post-Mao China）。经过对中国当代文学作品的细读与研究，2005 年她出版了《20 世纪中国的文学与政治：问题和主题》（Literary and Politics in 20th Century China: Issues and Themes），2008 年她又出版《中国女性作家和性别话语（1976—1996）》（Chinese Women Writers and Gender Discourse (1976—1996)）。中国学者张晓红指出："在主题、材料、方法和体例上，两书体现了一种承前启后的历史连续性，广泛涉猎中国当下的政策法规、社会问题和文化现象，采用文学社会学的方法梳理当代文学和文化发展脉络，并运用文本分析和'语境化'（Contextualization）相结合的方

法透视各种文学话语的形成机制。"[1] 显然，两者研究的侧重是不同的。作为一名女性学者，

1. 张晓红：《"行动中"的中国当代女性书写——印度汉学家邵葆丽的性别研究》，载《澳门理工学报》，2011 年第 3 期。

她的全部论著都天然地带有女性的性别意识。那么，到《中国女性作家和性别话语》，她的女性意识得到了特别的彰显，性别话语成了她研究的重点和特色。

邵葆丽将中国当代女性作家分为三个阶段，第一阶段，以张洁、张欣欣和王安忆为代表的30 后、40 后、50 后作家，尽量避免私人化的"小叙事"，把个体女性的境遇置入更为宏大的社会文化语境中加以考察；第二阶段，60 后作家从私人经验出发，关注私人化的主题、感情和经验，而较少探讨国家政治之类的"宏大叙事"；第三阶段，卫慧和棉棉等 70 后女作家闪亮登场，一反前辈女作家的严肃和内敛，玩世不恭地书写都市青年"漂浮无根"的生存状态和"今朝有酒今朝醉"的生活方式。张晓红在作出上述归纳之后指出："简单的'三分法'反映了邵葆丽对中国当代女性文学史'粗线条'的认识，忽略个体作家创作经验的复杂性、多变性和交叉性，在彰显女性书写政治性的同时遮蔽了其文本性和互文性。"[2] 同样作为一名女性学者，张晓红

2. 张晓红：《"行动中"的中国当代女性书写——印度汉学家邵葆丽的性别研究》，载《澳门理工学报》，2011 年第 3 期。

和邵葆丽惺惺相惜。她认为："在男学者'一统天下'的印度汉学界，邵葆丽可谓'一枝红杏'。"[3]

3. 张晓红：《"行动中"的中国当代女性书写——印度汉学家邵葆丽的性别研究》，载《澳门理工学报》，2011 年第 3 期。

她看重邵葆丽开辟的"第三条道路"，因为"去西方中心"和去"中华本位"的"第三者视角"，无疑将为海外汉学注入鲜活的生命力。"有鉴于此，印度汉学家邵葆丽的性别研究将为我们观察和思考中国当下的性别问题开辟弥足珍贵的'第三条道路'。"[4] 邵葆丽正处在学术水平上

4. 张晓红：《"行动中"的中国当代女性书写——印度汉学家邵葆丽的性别研究》，载《澳门理工学报》，2011 年第 3 期。

升时期，中国学者对其研究虽然开始不久，却是客观的、深刻的。

狄伯杰（B. R. Deepak）是印度的中国学研究的后起之秀，有许多著作、译作问世。其《中国诗歌》印地语译本，是中印两大诗国文化交流史的一枝"报春花"。此书荣获"中国文学 2011 年杰出书籍奖"。

狄伯杰是印度中国学界一颗越来越耀眼的新星，和马尼克、墨普德、邵葆丽一样也是谭中的学生。关于他的简介，我们不妨引用《中国社会科学报》最新的文字："狄伯杰（B. R. Deepak），印度尼赫鲁大学中国与东南亚研究中心副教授、《思考印度》（THINK INDIA）季刊主编，主要研究方向为中印关系和中国文学。分别于 1986 年、1991 年和 1998 年在尼赫鲁大学中国与东南亚研究中心获学士、硕士和博士学位，他的博士论文为《20 世纪上半叶之印度与中国》。1991—1993 年，狄伯杰在北京大学做了 3 年访问学者，专门学习了文言文、中国古代史和近现代史；1996 年他再度来北京，在中国社会科学院进行中国文化与文明的高级研究。

取得博士学位后，狄伯杰在北京师范大学、英国爱丁堡大学和英国兰卡斯特大学进行了深入学习与研究。

狄伯杰就中印关系和中国文学发表了 15 篇较有影响的论文，并撰写了 6 部专著。这 6 部专著为：《印中对话》、《印度与中国，1904—2004：一个世纪的和平与冲突》、《20世纪上半叶的印中关系》、《我与柯棣华》，以及《中国诗歌：从诗经到西厢记》、《中国文学史概要及其代表作赏析》（该书成为印度本科生与研究生的教材）。此外，他还编写了《汉印词典》、《联合国语言词典》（与 H. P. Ray 等人合编）。[1] 狄伯杰关于中国文学翻译研究方面有两

《中国诗歌》（印地语版），狄伯杰译

项骄人的成果：一项是 2001 年出版的《中国文学史概要及其代表作赏析》，一项是 2009 年出版的印地语版的《中国诗歌》译释。这两种著作，都是尼赫鲁大学中文专业本科生、研究生的教材，是当代印度学者对中国文学研究的最新成果和最高水平。尤其是《中国诗歌》的印地语译释，一无依傍，是印度第一本中国古典诗歌的印地语译本，在中印文学交流史上具有填补空白的开创意义。

随着中印文化交流日益密切，不断传出印度学者翻译出版中国文学作品的消息。据《人民日报》记者廖政军报导："印度第一部由中文直接翻译成泰米尔语的中国第一部诗歌总集《诗经》节选译本 25 日晚在首都新德里泰米尔文化中心举行首发仪式。印度国家安全顾问梅农、中国驻印度使馆公使王雪峰等近 50 名嘉宾出席当晚活动。这部名为《谁适为容：诗经》的泰米尔语译著由印度前驻华外交官史达仁历经数年主笔翻译而成，作品节选了《诗经》中 30 余篇诗作。"同时刊出的还有新华社发的照片，说明文字为"图

---

1. 褚国飞：《龙象共舞：中印建交 60 周年——访印度尼赫鲁大学中印问题研究专家狄伯杰》，《中国社会科学报》，2010 年 10 月 21 日，第 4 版。狄伯杰现任尼赫鲁大学中国与东南亚研究中心教授、主任。——笔者注。

为 2 月 25 首发仪式上梅农（左）向王雪峰赠送泰米尔文版《诗经》"[1]。

1.《人民日报》，2012 年 2 月 27 日。

史达仁（左）、梅农（中）、王雪峰（右）在泰米尔语《诗经》首发式上。

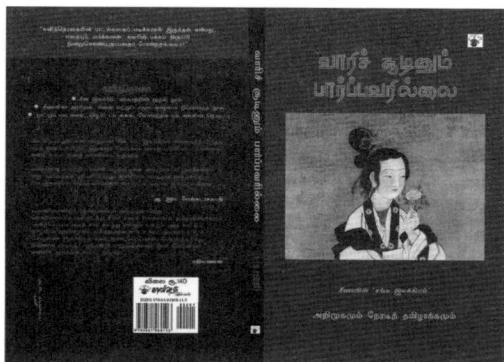

《诗经》（泰米尔语），史达仁译

　　2012 年 11 月 15 日，在德里召开了由印度中国研究所主办的"鲁迅文化周暨鲁迅文化研究国际会议"，出席会议的有来自印度、中国、韩国、日本、俄国等国的鲁迅研究专家 60 多人。中国驻印度使馆临时代办邓锡军应邀出席并致辞，他说："鲁迅先生曾经说过：'世上本没有路，走的人多了，也就成了路。'两千年前，中国的玄奘、法显和印度的鸠摩罗什、菩提达摩共同走出了中印交往之路，我相信只有在这条路上走的人越来越多，中印交往之路一定会越走越宽！"这次会议与 1981 年在尼赫鲁大学召开的"纪念鲁迅诞辰 100 周年学术研究会"有所不同，在文化周活动中，通过图片展、电影展播、舞台剧学术会议等形式，纪念鲁迅诞辰 130 周年。而学术会议讨论的议题包括鲁迅的世界、鲁迅在亚洲的文学地位、现代中国小说和文化现代化、亚洲文化的现实意义、鲁迅在世界的影响等。和 31 年前的研究会相比，这次显得更加从容、开阔和深入，显示出鲁迅的文学地位在印度不可动摇。

2012 年 11 月 15 日—16 日，深圳大学
与中国人民对外友好协会举办"第四
届中国—南亚国际文化论坛"。

　　真是机缘巧合。2012 年 11 月 15—16 日在深圳大学召开的第四届中国—南亚国际文化论坛上，启动了纪念泰戈尔获诺贝尔文学奖 100 周年的"泰戈尔在我心中"有奖征文比赛活动。印度中国研究所的创始人之一康维诺（Prof. Vinod Khanna）先生，在发言中不无喜悦地说：我们在这里讨论泰戈尔，一个小时前，鲁迅研究会在德里也开始了。这种巧合，再一次说明鲁迅和泰戈尔，是中印两大民族互相认可的文学巨匠，不但不可替代，而且历久弥新。

启动纪念泰戈尔获诺贝尔文学奖
100 周年"泰戈尔在我心中"有
奖征文比赛

第二节　面向印度读者的中国文学译介

　　将中国文学作品成批量地介绍给印度人民，是从 1950 年以国家行为的方式开始的，但那时依靠的主要是英语。自 1956 年开始，由中国外文局组织中外专家翻译、以外文出版社的名

义出版的各类印度文字的中国文学作品，在中国印度文学交流史上，是值得一书的。尽管它悄然无声，但是像春风夜雨那样，默默地滋润着广大不懂英语的但倾情中印友好、或极想了解中国文学的各阶层人民的文学之心。

1950 年 1 月，中国创办英文杂志《人民中国》，之后又陆续出版英文报刊《北京周刊》、《中国文学》、《今日中国》、《中国画报》、《中国日报》等。这些报刊上，都有一定的文学作品的译介。正如有学者指出："印度知识界一般都精通英语，从这些杂志上读到中国文学作品是情理中事。"[1]《中国画报》是《人民画报》的外文版，其中有印地文版、乌尔都文版。这两

1. 薛克翘：《中国印度文化交流史》，第 527 页，北京：昆仑出版社，2008 年版。

个版本，是面向南亚读者的。另外，"印度的一些文学杂志不时地出版中国文学专号，介绍中国现代文学家及其作品"[2]。

2. 薛克翘：《中国印度文化交流史》，第 527 页，北京：昆仑出版社，2008 年版。

外文出版社是中国文学向外介绍的主力。几十年间，除了英文之外，还出版了许多中国文学作品的印地文、乌尔都文、孟加拉文、泰米尔文的译本。这些译本一般是参照英文译本，由印度专家和中国学者合作完成。所以，译文质量较高，在中国翻译出版史上属于巧借力的成功范例。

尽管共和国建立之后，经济并不富裕，国内外形势并不太平，但文化格局相当宏大。用印地文、乌尔都文、孟加拉文、泰米尔文等印度、南亚文字译介中国文学，便是这种文化格局中的小小一环。"在印度，我外文出版社有代理机构，一些大城市的书店里往往能见到中国外文出版社出版的书籍（笔者 1987 年旅印期间就曾见过）。"[3]几十年间，由外文局组织翻译、外

3. 薛克翘：《中印文学比较研究》，第 289 页，北京：昆仑出版社，2003 年版。

文出版社出版的印度几种民族语言的中国文学作品不在少数。

将中国文学作品译成印地语，主要由外文局图书社印地语部来组织实施。根据任务的需要，印地语部除了自己的力量之外，还和北京大学东语系印地语教研室、中国国际广播电台印地语组的专业人员合作完成任务。外文局的印地语部成立于 1956 年，最初和《中国画报》社印地语组联合工作，后来分为两个独立单位。因都在外文局领导之下，互相合作是非常自然的。从翻译出版年代来讲，开始于 1956 年，1993 年结束。其间，文学作品翻译出版有两个高潮，1956年到 1966 年是第一个高潮，1980 年到 1993 年是第二个高潮。两个高潮之间是"文化大革命"，翻译工作虽没有中断，但以翻译政治文献为主。除了翻译书籍，还翻译印制了大量宣传介绍中国各类基本情况的单篇，放在驻印大使馆文化处，供需要者随意取阅。印地语部的翻译流程一

般是，先由印度专家根据英语译本翻译成印地语，然后由中国专家根据中文原稿进行审核校对。遇有难统一的问题，另请专家商议。这种工作流程，保证了翻译的快捷与高质量。于是，形成了一个特点，先有英语译本，后有印地语译本，几乎所有的印地语译本都是从英译本转译而来。这种翻译模式是由中国和印度的语言状况决定的。英语是一个国际通行的语种，中国有一支强大、高效的翻译队伍；印度专家的英语程度一般都很高，由他们根据英译本译成印地语，在速度和质量上就有了重要保障。中国专家结合中文原本进行审核，主要目的是保证内容的准确无误，使作品适应印度读者的情况，并避免在中译英过程可能出现的某些差错以及因文化差异而可能造成的不妥。在"外交无小事"的思想指导下，中国专家以高度的政治责任感来对待每一次的翻译任务。有时，为了赶时间，他们不分昼夜地工作。这种情形，主要出现在翻译政治文献之中，但也影响到了文学作品的翻译。所以，经由中印专家合作翻译出版的中国文学作品，在质量上都是经得住考验的。

地道与典雅，是中国文学作品的印地语译本的不懈追求。其实，这是中国文学作品翻译成其他语言的共同追求目标，这本不足为奇。但由于印度是一个通用英语的国家，印地语虽然是宪法规定的国语，但其情况并不稳定，特别是大量英语词汇的进入，使得印地语出现了"街市印地语"（Bājār Hindī）、"混合印地语"即"豆粥印地语"（Kicaḷī Hindī）。印度独立后，这种状态没有受到抑制，反而愈演愈烈。现在，能够说"纯粹印地语"（uddha Hindī）的印度人很少。这样，中国文学作品的印地语译本，就成了地道印地语的"飞地"。凡是读到这些译本的印度学者，都觉得很纯粹、很典雅，也有些艰深。有一位印度学者读了《西游记》的印地语译本后说：非常经典和精准，但现在的印度硕士生，不一定都能流利阅读。因为我们的印地语遇到了英语的侵袭，我们口中的印地语越来越英语化。这样，就出现了一个有趣的语言现象，由中印学者联合翻译给现代印度读者看的中国文学作品，哪怕是现代文学作品，在印度读者那里则变成了某种程度的"古典文学"。这对中印的翻译家来说，是需要认真思索与应对的。

当然，中国文学作品印译的语言风格，是中印翻译家深思熟虑之后的选择，而且在几十年间所累积的译作，已是一个不小的数量。现在，我们将中国外文出版社出版、中国国际图书贸易总公司（中国国际书店）发行的部分印地语版图书的情况简单介绍如下：

书名	作者(编者)	绘　者	译　者	出版时间	再版时间
《孔雀姑娘 ——中国民间故事选》	/	程十发	/	1958	1983 1990
《猴子捞月亮》	夏霞	万籁鸣	/	1959	1981
《春蚕集》	茅盾	/	/	1961	1985
《鲁迅小说选》	鲁迅	/	/	1978	/
《毛主席诗词》	毛泽东	/	金鼎汉等	1978	/
《哪吒闹海》	李洪恩	段孝萱 等摄	/	1980	/
《雪花飘飘》	杨朔	芷地	阿南德	1981	/
《五彩路》	胡奇	杨永春	阿南德	1981	/
《雷雨》	曹禺	/	乔希　庄重	/	1981
《小黄学游泳》	金近	雷时圣 梁盈禧	/	1981	/
《兔子尾巴为啥这样短？》	徐光玉	刘继卤	/	1981	/
《吴井水》	闻艺	黄炜 常光希	/	1981	/
《老狼请客》	/	梅樱编绘	/	1981	/

续表

书名	作者（编者）	绘 者	译 者	出版时间	再版时间
《找妈妈》	韩星改编	姜成安 吴带生	/	1981	/
《鲁班学艺》	纪华改编	杜大恺	/	1981	/
《人参果》	/	梅樱	/	1981	/
《三只骄傲的小猫》	严文井	王治华 毛用坤	/	1981	1985
《阿凡提的故事》	赵世杰、张基·波拉普改稿	蔡荣 插图	钱王驷	1981	1987
《金斧子》	方原	杨永青	/	1982	/
《中国古代寓言选》	/	丰子恺 插图	/	1982	1987
《丰收》	叶紫	/	/	1982	/
《珍珍的奇遇》	/	梅樱 编绘	/	1982	/
《孵娃娃》	林颂英编	姜成安 吴带生	/	1982	/
《西湖民间故事》	/	叶毓中 插图	张基·波拉普、夏玛·波拉普	1983	/

续表

书名	作者（编者）	绘 者	译 者	出版时间	再版时间
《小布头奇遇记》	孙幼军	沈培	/	1984	/
《玛勒带子访太阳——中国民间故事选》	/	沙更士 插图	/	1984	/
《当代女作家作品选》	茹志鹃 黄宗英等	/	/	1985	/
《萧红短篇小说选》	萧红	/	/	1985	/
《茶馆》	老舍	/	/	1985	/
《正红旗下》	老舍	林旭东 夏葆元	/	1985	/
《聊斋志异选》	蒲松龄	/	/	1986	/
《雪峰寓言》	/	黄永玉插图	/	1987	/
《骆驼祥子》	老舍	顾炳鑫	/	1988	/
《中国的文学艺术》	/	/	/	1988	/
《中国民间传说中的妇女》	英文《中国妇女》杂志社编	/	/	1988	/

续表

书名	作者（编者）	绘 者	译 者	出版时间	再版时间
《中国历代有才干的妇女》	英文《中国妇女》杂志社选编	/	/	1988	/
《神鸟——中国民间故事选》	丁聪 蔡荣 朱延令 沙更士 曾佑瑄 何佩荣 张世彦 张大羽 插图	/	/	1988	/
《不泄气的猫娘——中国童话选》	/	蔡荣 插图	/	1989	/
《孔雀的焰火——中国童话选》	/	蔡荣 插图	/	1989	/
《蛇医生——中国优秀儿童文学选》	/	杨永青	/	1989	/
《斗犀夺珠——中国民间故事选》	朱维明 陈元川 田原 李玉红 插图		/	1989	/
《中国古代神话选》	褚斌杰编	杨永青插图	/	1990	/
《奴隶与龙女——中国民间故事选》	丁聪 张一民 田原 曾佑瑄 李士及 杜建国 陈若菊 何佩珠 周令钊 唐宇 插图		/	1990	/

续表

书名	作者（编者）	绘　者	译　者	出版时间	再版时间
《儿子睡中间》	高苗编	/	沈尧伊	/	1990
《谁有美丽的红指甲》	景宜等	/	/	1990	/
《西藏民间故事选》	陈剑英	韩书力	/	1991	/
《卖鸡的小姑娘——儿童短篇佳作选》	黄修己选编	肖玉磊 插图	/	1991	/
《院子里的悄悄话——宝宝爱听的故事（一）》	励艺夫　张宝林　孙力　阳光编	白金凤　陶红　吴梅　选编　沈浩　题图　勾霞　尾花	/	1992	/

《雷雨》（印地语版）及剧照插图　　　　　《西湖民间故事选编》（印地语版）及插图

　　印地语部除了翻译文学类作品之外，还翻译了历史、文化、概况类的著作。据不完全统计，出版的有《随周恩来副主席长征》，魏国禄著，阿南德译，沈尧伊插图，1981 年出版；《中国

民间玩具》，田原绘，1981 年出版；《基层生活》，1982 年出版；《人口及其它问题》，1982
年出版；《柯棣华大夫》，盛贤功（执笔），路吉善、张昌满编写，1982 年出版；《从青年到
老年》，1983 年出版；《中印人民友谊史话》，金克木著，1984 年出版；《从鸦片战争到解放》，
艾泼斯坦著，1984 年出版；《中国历史简编》，李敏、许光编，1984 年出版；《中国便览》，
齐雯编，1986 年出版；《从皇帝到公民——我的前半生》（上），爱新觉罗·溥仪著，1987 年
出版；《了解中国》（第一集），钟晴轼编，1988 年出版；《了解中国》（第二集），钟晴轼编，
1988 年出版；《了解中国》（第三集），钟晴轼编，1989 年出版；《中国：经济》，刘复编著，
1989 年出版；《中国少数民族风情》，1989 年出版；《丝绸之路今昔》，车慕奇著，1989 年出
版；《关于毛泽东—传略、评价、回忆—》，钟文宪编，1989 年出版；《大唐西域记》，（唐）
玄奘、辩机著，1991 年出版。

外文局首先要完成的是出版政治书籍的任务，包括翻译出版政治领袖的著作、党和国家的
政治文献等等，印地语部也不例外。现在保留下来的印地语译本有《毛主席语录》，1967 年出版；
《毛泽东选集》（1—4 卷）1976 年出版；《论共产党员的修养》，刘少奇著，1981 年出版；《关
于建国以来党的若干历史问题的决议》，1981 年出版；《中国共产党第十二次全国代表大会文
献》，1982 年出版；《中华人民共和国宪法》，1983 年出版；《邓小平著作选》，1987 年出版。
显然，上述印地语译本，只是大量政治书籍译本中的一小部分。从中我们可以看到政治书籍印
地语译本的选译标准和主要类型。这些印地语译本，一般也都是从英语译文转译而来，再由中
国专家依据中文原稿审核，所以准确性有足够保证。

印地语部曾翻译出版过一部《汉语教科书》（上、下册）。此书由北京大学外国留学生中
国语文专修班编，棕色布面精装本，由商务出版社 1963 年 11 月出版，新华书店发行。

以上是我们现在见得到的部分印地语译本出版的情况，[1] 实际的翻译量肯定比这大得多。

1. 以上资料由中国国际广播电台南亚部原主任陈力行、外文局图书社印地语部原主任陈士樾提供。他们都年逾古稀，但对自己的事业充满责任和期望，为本
书的撰写特别是对印地语译本资料的提供，倾心相助。对此，所有见到这些材料的人，都会对他们表达由衷的敬意。

在外文局图书社成立印地语部的同时，也成立了乌尔都语部，后来又成立孟加拉语组和泰
米尔语组。就翻译的数量和种类而言，乌尔都语、孟加拉语和印地语基本相当。即印地语的译
本也大都有乌尔都语、孟加拉语译本，或略少。

上述译本中，鲁迅、茅盾、老舍的作品具有很高的文学价值；寓言、民间故事等，受到
印度青少年的喜爱；政治读物则受到左派人士的追捧；在历史、概况类译本中，最具学术价

值的是《大唐西域记》。这个印地语译本不是英译本的转译，而是陈宗荣等中国翻译家根据季羡林的《大唐西域记》的校注本、今译本，直接从中文译成印地语，这个印地语译本在准确性上优于英译本。

在半个多世纪的中国文学作品的印地语翻译历程中，充满曲折和艰难，最终的撤编更是增添了许多悲壮。而历经 20 年努力最终于 2009 年出版的《西游记》印地语版，更是让人唏嘘不已。同时，也显示了中国老一辈翻译家对中外文化交流事业的执着。[1] 当然，他们的这种执着是值

1.1993 年外文局图书社印地语部撤编后，几经变更，后来终于将大量资料、文献作为废纸出售。得知这情况后，原印地语部主任陈士樾及刘明珍女士赶到现场，

得的。因为，在半个多世纪的汉语—印地语翻译事业中，这些翻译家为时代、为民族作出了卓

从已经出售的一卡车废纸堆中找出两沓《西游记》译文的铅印稿及许多珍贵书稿。2006 年，在"中印友好年"之际，外文局印地语部原主任陈士樾、中国国

越贡献，在中印文学交流史上留下不可磨灭的足迹。

际广播电台南亚部原主任陈力行和《中国画报》社原印地语组主任林福集等三位资深翻译家，和资深编辑刘明珍一起联合启动了《西游记》的出版程序。

2012 年 12 月 15 日，郁龙余向著名翻译家许渊冲先生赠送《天竺纪行》。

历时最久、费力最多、最具有代表性的，当属吴承恩的《西游记》印地文版的翻译、校对与出版。众所周知，《西游记》是中国四大古典名著之一，也是享誉全球的世界名著。1831 年就有了日文译本，后有又有了英、法、德、美、波、俄等国的译本。由于小说运用神话语言，描述玄奘师徒到西天印度取经的故事，所以很久以来，印度人一直对《西游记》怀有特殊的感情。不少有识之士，总想将其译成印度民族文字。但是，要翻译一部 100 回的中国古典名著，从语言功底、文化素养和时间、精力上讲，都不是一件易事。《西游记》的翻译工作从 20 世

2. 此书的首发式于 2009 年 10 月 27 日在西安大慈恩寺举行的"长安佛教国际学术研讨会"的开幕式上进行。国内外专家学者、诸山长老及各级领导、僧俗信

纪 80 年代末就由外文局开始组织启动，直到 2009 年才由外文出版社正式出版，可见其漫长译

徒一千八百人与会，见到刚刚出版的三卷本印地文《西游记》，全都露出惊喜之色。印度驻华公使 J·麦志达（Jaideep　Mazumda）接过赠送的《西游记》，

路之艰辛。是一批老专家经过 20 年奋斗，克服种种意想不到的困难，才将这部近 2 000 页的文

发表了热情洋溢的讲话，他说："玄奘法师率领一班人员在译经堂翻译从印度带回的佛教经文。译经堂近在咫尺，让我不禁感叹古典名著《西游记》首次译

学巨著，成功翻译出版。

成印地语是多么的机缘巧合。印地语版《西游记》会温暖中印两国文明交流历史的记忆。我由衷地祝贺所有参与翻译的专家学者完成了大业。"在 2010 年 5

《西游记》印地文版的出版，是中印文学交流史上一件大事，引起了有关专家和读者的高

月 15 日的"第二届中国—印度论坛"上，一经笔者出示印制精良的印地语版《西游记》，即引起 200 多位中外学者和媒体的热烈讨论与高度肯定。

度评价。[2] 2009 年 12 月 11 日《世界新闻报》用一个整版，报道《西游记》印地文版问世。报道

说："《西游记》是写唐僧取经的，与佛教有直接关系。
《西游记》中含有印度成分，许多故事取自印度，富有创
造力的中国人博取他人之长，化外为中，创造出这部中华
文化的赫赫巨著。"这部名著印地文版的面世，是中印文
化交流、中印专家合作的典范。有学者向记者赵全敏表示：
"从事印地语文字工作一辈子，能最终让这样一部具有特
殊意义的著作问世，这已是最大的满足。"此书的翻译出
版有三点值得记取：

陈士樾与陈力行先生探讨
《西游记》翻译事宜

其一，是中印专家长期通力合作的成果。印地语翻译
者为两位印度专家泰古尔（Manamohana Thākaura）和
波拉普（Jānkī Bllabha）。这二位专家均精通印地语和
英语，先由他们根据《西游记》英文版译成印地语，然后
由中国的精通印地语和《西游记》的学者，对印地语译文
进行逐行逐句的校核和审定。前后参加这项工作的人数众
多，作为"终审"有金鼎汉、陈宗荣、林福集、陈学斌、
钱王驷、陈士樾和刘明珍，作为"书稿核校"的有陈学斌、
赵玉华、杨漪峰和唐远贵，作为"责任编辑"的是刘明珍，
作为"出书执行"的是陈士樾，作为"策划"的有林福集、
陈力行、王树英、陈学斌、刘明珍和陈士樾，作为"联络
操办"的是陈力行。以上学者大都是五六十年代培养的印
地语人才，不少已经七八十岁高龄。没有这么多人通力参
与，没有中印专家合作，要想把这部名著译成印地语是不
可能的。

《西游记》（印地语版，共三册）

其二，这是社会各部门互相配合的成果。一部译作的
质量，需要靠专家的合作，而它的出版，还要靠社会各部
门，如录入、设计、印刷等部门的协作配合，才能如期出

版发行。由于印地语在中国是一个稀有语种,如此一部鸿篇巨制的电脑输入、排版、校对,要

保证其准确无误,确实不易。出版经费的筹集,又是一大难题。据"联络操办"者陈力行说,

最后因有众多单位和人士的鼎力相助,才促成其事。[1]

1. 20 世纪 80 年代末,外文局请印度专家泰古尔翻译《西游记》三年,仅住友谊宾馆每天花费 500 元,就是一笔不小的开支。译完 80 卷后,他有事回国。于

　　其三,这是一个品位高尚的印地文译本。中印合作者的学力、身份及作风,保证了这个译

是请波拉普继续翻译。《西游记》印地语版的出版,得到了西安大雁塔慈恩寺增勤方丈、少林寺释永信方丈、北京延藏法师、西安利君制药有限公司、陕西

本在信、达、雅及顺(古)四个方面的高标准。著名印度文学专家季羡林在 2007 年 5 月 11 日为《西

中交通力科集团的鼎力相助。外文出版社除无偿提供书号,还提供该书铅印定稿全本(包括所需图片电子稿),并决定作为礼品版首印 600 套(每套三册),

游记》印地语版写的《序言》中说:"外文局经过多年努力,将该书译成印地文,呈现在诸位

不作商业性发行。

面前,这是件大好事,值得祝贺!"他又说:"印地文版的《西游记》问世,有利于中印两国

人民彼此了解和文化交流,有助于中印友谊不断和谐地发展。"[2] 翻开此书首卷扉页,赫然印

2. 译文见《西游记》(印地文版)首卷卷首,北京:外文出版社,2009 年版。

着六行印地语:"谨将此书献给从事、关心中印友好的人士暨贺中印建交六十周年!"此书封

面及首卷卷首配有若干清代的插图,给人古色古香的美感。

深圳大学章必功校长向 ICCR 主席凯伦·辛格博士
赠送《西游记》(印地语版)。

　　综上所述,《西游记》印地语版的翻译出版,是世界文学名著翻译史上的一件大事,是中
印文化交流史上的一个重要里程碑。她不但是献给中印建交 60 周年的一份厚礼,而且是赠与
中印人民世代友好事业的一份巨献。

2010 年 10 月 26 日,印度文化关系委员
会主席凯伦·辛格博士访问深圳大学。

我们受外文出版社和陈力行、陈士樾两位资深翻译家的委托，通过印度文化关系委员会（ICCR）主席凯伦·辛格博士，向印度著名人士及部分高校图书馆赠送了此书，受到印度朋友的热烈欢迎。[1] 陈力行为此书的出版发行，贡献殊大。2011 年 12 月，在中国国际电台 70 周

1. 凯伦·辛格主席于 2010 年 10 月 26 日访问深圳大学，章必功校长向他赠送《西游记》（印地文版）。请辛格主席转送的具体情况，载于我们给他的信中。

年台庆上，他荣获"特别贡献奖"。

此信内容如下：我受中国外文出版社和陈力行、陈士樾等中国翻译家的委托，向您赠送一套印地文版的《西游记》。这是中国的四大古典名著之一，以唐代

我们希望，印地语版《西游记》的出版发行，能为中国文学走向世界，为中国文学名著有

高僧玄奘到印度取经为原型，创作而成的神话小说。中国和印度的翻译家，经过近二十年的努力，才将它翻译出版。可以说，印地文版的《西游记》的问世，

更多世界各民族语言译本的问世，造福世界人民，提供富有借鉴和激励意义的经验。

是当代中印文化交流史上的一段脍炙人口的佳话。我们请您向印度文学院、印度国家图书馆、德里大学、尼赫鲁大学、贝拿勒斯印度教大学等单位，以及梅农先生（Shiv Shankar Menon）、契特教授（G.K.Chadha）、拉奥琦女士（Nirupama Rao）、班浩然先生（Gautam Bambawale）每人送一套。他们都访问过深圳大学。我们还想请您向辛格总理和国大党主席索菲娅·甘地女士各赠送一套印地文版的《西游记》。他们都访问过中国，是中国的好朋友。（今年 5 月访问中国的帕蒂尔总统，已通过驻广州总领馆送她一套）我们谨以此向您和印度人民表达敬意与友谊。

附录：印译中国诗歌：古老文化的交融

用印度民族语言对中国诗歌进行的翻译和研究，让人感到中国诗歌印译的春天似乎已在敲门。我们希望，在不远的将来，迎来的是一个中国诗歌、中国经典印译的春天。

在当代印度，译介中国诗歌最著名的例子是，狄伯杰（B. R. Deepak）的印地语译本《中国诗歌》（2009 年）、墨普德（Priyadarsi Mukherji）的孟加拉语译本《毛泽东诗词全集与文学赏析》（2012 年），以及史达仁（Sridharan Madhusudhanana）名为《谁适为容：诗经》（2012 年）的泰米尔语《诗经》选译本。这三个译本的先后问世，引起了印度读者和文学史学界很大的兴趣和反响。

狄伯杰《中国诗歌》：袖珍版中国诗选

狄伯杰的《中国诗歌》印地语译本，是中国古代诗歌当代印译的"报春鸟"。狄伯杰是尼赫鲁大学教授，曾任该校中文系（中国与东南亚研究中心）主任，长期教授中国文学史。《中国诗歌》共选译了自春秋战国时期至元代的 85 首诗歌，并有适当的注释。译者在《序言》中，简要地叙述了中国古代诗歌的发展，相当精要。

翻开《中国诗歌》目录，译者选《诗经》6 首，屈原和南方诗歌 4 首，汉代诗歌 1 首，唐代诗歌 40 首，元代诗歌 3 首……此书采用的是"大诗歌"概念，诗、词、曲、民歌全包括在内。元代的三首诗歌，其实是两首散曲，马致远的《天净沙·秋思》和张养浩的《山坡羊·潼关怀古》，还有一首是《西厢记》中的《惊艳》。显然，狄伯杰将重点集中在唐诗上。这个目录告诉人们，在这位印度学者心目中，中国古代诗歌的生态布局，以及唐诗在这个布局中的地位。

印地语版《中国诗歌》令我赞赏的是翻译艺术。一方面，狄伯杰选择的是一种简洁、流畅的现代诗歌语言。将不同时代、不同风格的中国古代诗歌，译成同一种风格的印地语，既是别无选择，又是明智之举。译本的读者是当代印度知识分子，如果将这些中国古诗，按印度梵诗诗律及用语译出，读者兴趣必然大减，而且在翻译技巧上也会大受束缚。正是现在的这种"简洁、流畅的现代诗歌语言"，给了译者发挥才华的广阔空间。另一方面，印地语广泛流行于印度中部、北部地区，有很强的生命力。比如在词源上，除了印地语自己的词汇之外，还有源自梵语、波斯语、阿拉伯语、英语以及其他印度民族语言的。这就给了译者极大的用词语库。

译者对中国诗歌的理解，是准确而深刻的。中国古诗，一般都朦胧含蓄、一词多义，给翻译带来很大难度。狄伯杰的译文清新晓畅，读者易于理解与接受。当然，不可避免的，中文原诗中的丰富内涵以及由象征、隐喻等产生的多重意蕴在一定程度上有所流失。狄伯杰知难而上，翻译出版了这本印地语《中国诗歌》。那么，《中国诗歌》的印地语译文是否尽善尽美了呢？译文可分为上品、中品、下品，在同一位译家的同等心力下，译文的质量也有可能参差不齐。

《中国诗歌》印地语版的不足，是规模不够大，若能译出 120—150 首，就更好。时间下限应放宽至明、清，在这时期，亦有许多优秀诗歌，包括四大长篇小说中的若干脍炙人口的诗歌。我们期待着《中国诗歌》再版时，有一个更加饱满的新姿态。

墨普德《毛泽东诗词全集与文学赏析》

墨普德是印度尼赫鲁大学教授，印度当代最优秀的汉学家之一，曾担任尼赫鲁大学中文系（中国与东南亚研究中心）主任。他在读书时，就开始将鲁迅诗集译成孟加拉文。在出版《毛泽东诗词全集与文学赏析》之前，他已出版了《鲁迅诗集》（孟加拉文译本）。该诗集1991年5月出版，含鲁迅诗45首，每一首诗均有注释，以让普通读者懂得中国文化及诗歌的象征意义；《中国当代诗歌集》（印地语译本）1998年3月出版，含27位中国诗人的54首诗；《艾青诗歌和寓言集》（孟加拉文译本），2000年3月出版，含艾青86首诗和4个寓言，每首诗都有注释；《跨文化的印象：艾青、巴勃罗·聂鲁达、尼克拉斯·桂连诗歌集》，2004年3月出版，有注释，将中文、西班牙文原著译成英文。其中，智利诗人聂鲁达、古巴诗人桂连的西班牙语诗歌，系墨普德与贝雅特里斯合作翻译。

《毛泽东诗词全集与文学赏析》（孟加拉文译本），2012年1月由加尔各答舍蕾亚（Shreya）出版社出版。这是毛泽东诗词全集第一次被译成孟加拉文。书中包括毛泽东的95首诗词，除了诗词的孟加拉文翻译之外，还有每一首诗的注释及诗词内容的详细描述、诗词年表与诗词主题类别。这些诗词反映出毛泽东的生活、理想、宏大的抱负等，同时也反映出他对经史子集的深刻理解和作诗的独特风格。

该书的译注者将所译诗词分析得很细致，将内涵义、典故等解释得很清楚，以便普通读者以及未来的研究者都能阅读及欣赏。为了适应孟加拉文化的特点，作者除了把诗中中国人的姓名音译成孟加拉文之外，还把姓名意译成孟加拉文，产生语音与语义上的新味。译者本身是一个诗人，他尝试着将毛泽东诗词用不同的押韵法译成孟加拉文，注意了大多数诗词的押韵。墨普德认为，译者自己有作诗的本领，才能够将原文的"诗魂"翻译出来。

史达仁翻译《诗经》

印度学者型外交官史达仁将《诗经》选译成泰米尔语，题名《谁适为容：诗经》，于2012年2月出版，引起学界和文化界的高度关注。关注点之一，印度外交家多出诗人，除了史达仁之外，还有写《贫民窟的百万富翁》的V.斯瓦如珀（Vikas Swarup）等。关注点之二，史达仁本人以及通晓中文、泰米尔文的专家都认为，《诗经》与印度泰米尔语的桑伽姆诗歌，竟是这样相融相通。虽然在这本译著中，史达仁只译了35首诗，但毕竟有了一个美好的开头。通过《谁适为容：诗经》，让广大泰米尔语读者懂得了《诗经》的意蕴，也让广大中国读者知道了世界上还有一种和汉语一样古老、一样宜诗的语言——泰米尔语。

《中国日报》（亚洲版）发表了达斯的《中国经典有了泰米尔译本》，介绍了史达仁翻译《诗经》的由来：

> 2004 年至 2008 年，史达仁先生在北京连任外交官。在这期间，他开始读中国诗歌。
>
> "一天，我在读一首中国诗歌时，还以为它是从泰米尔语翻译的。"他说。
>
> 当他知道这事实上是中国文学史上最早的一部诗歌总集《诗经》中的一首时，十分惊讶。"这是一本让人着迷的书……它与泰米尔桑伽姆诗歌十分相似，都是古诗歌集。"
>
> ……
>
> "我于是就想，我应该试着将《诗经》翻译成我的母语泰米尔语。"

该书的封面由史达仁亲自设计，采用了中国的经典色彩：封面的红色是从紫禁城的照片中获取的红色，绿色是从中国皇室长袍上萃取的绿色，黄色则是中国传统的色调。封底用了深灰色，封面女士的头发也用了这种深灰。

狄伯杰、墨普德、史达仁三位印度学者用印度民族语言对中国诗歌进行的翻译和研究，让人感到中国诗歌印译的春天似乎已在敲门。我们希望，在不远的将来，当这扇翻译之门打开的时候，迎来的是一个中国诗歌、中国经典印译的春天。

（来源：《中国社会科学报》2013 年 2 月 8 日）

附录：中印文学交流大事记

前 400 年至前 300 年，可能更早（先秦时期）

中国丝绸工艺传入印度。印度《治国安邦术》（*Arthasastra*）书中有"Kauseyam cinapattasca cinabhumijah/ 中国蚕茧和成捆的中国丝都是从中国来的"这句话，古希腊、罗马商人很早就航海到印度买中国丝绸。

前约 340 年至公元前约 278 年

屈原所作长诗《天问》中"厥利维何，而顾菟在腹"句，被认为来自印度"月兔"传说。（季羡林：《季羡林全集》第十三卷《印度文学在中国》）"白蜺婴茀，胡为此堂，安得夫良药，不能固臧？天式纵横，阳离爰死。大鸟何鸣，夫焉丧厥体？"句，来自印度诸天搅乳海神话故事。（苏雪林：《天问正简》）

前 122 年（汉武帝元狩元年）

汉使张骞自西域归，向汉武帝报告发现西南边一大国"身毒"（印度），该国商人将四川丝绸转运到"大夏"（今阿富汗一带），这是古代中国"印度的发现"。

前 122 年至前 121 年（汉武帝元狩元年至二年）

汉武帝遣王然于、柏始昌、吕越人等出使西南夷，想和"身毒"来往，至滇，被滇王羌挡留，莫能通身毒。

前 119 年（汉武帝元狩四年）

汉武帝派张骞出使乌孙，张骞在乌孙分遣副使出使身毒国。

前 115 年（汉武帝元鼎二年）

汉朝使者抵达身毒国。

前 2 年（汉哀帝元寿元年）

汉博士弟子景卢受大月氏王使者伊存口授《浮屠经》，中国史书首次记载到的有关佛经传入中国及中国人学佛法。

2 年（汉平帝元始二年）

印度"黄支"国送王莽一头犀牛，轰动汉都。

64 年（东汉明帝永平七年）

汉明帝（据说是夜梦金佛翱翔皇宫后）派遣蔡愔、秦景、王遵等赴天竺求佛经。

65 年（东汉明帝永平八年）

汉明帝使节在西域大月氏求得印度高僧摄摩腾与竺法兰，取道回国。

67 年（东汉明帝永平十年）

蔡愔等和摄摩腾、竺法兰两位印度高僧到达洛阳，白马驮经，轰动汉都。

68 年（东汉明帝永平十一年）

汉明帝在首都洛阳西雍门外建白马寺，为摄摩腾、竺法兰提供住宿、讲经及译经条件，又命画家临摹从印度来的佛像在皇宫内外展览。

69 年（东汉明帝永平十二年）

从蜀中至滇西，经滇越、哀牢至缅甸、印度的"中印缅道"全线通畅。

89 年至 105 年间（东汉和帝永元元年至元兴元年）

天竺国数遣使贡献于汉。

107 年至 125 年间（东汉安帝永初元年至延光四年）

印度杂技团在中国表演"自断手足，剐剔肠胃"。

159 年至 161 年（东汉桓帝延熹二年至四年）

天竺国两度从日南徼外来献。

166 年（东汉桓帝延熹九年）

汉桓帝刘志是中国历史上第一个信奉佛教的皇帝。他在宫禁中立黄老、浮屠祠，又设华盖的座位，用祭天的音乐奉事老子和佛，以求得神佛的庇佑。

179 年（东汉灵帝光和二年）

天竺僧人竺佛朔于洛阳翻译佛经。

225 年（魏文帝黄初六年）

陈思王曹植创造"梵呗"（用梵僧诵经声调与佛经题材作诗歌）。

232 年（魏明帝太和七年）

天竺之竺贝、双陆等戏，曹植倡导流行于中原。

247 年（魏齐王正始八年）

世居天竺的西域僧人康僧会携佛经至吴国建业，孙权为其造寺，名曰建初寺，此为江南佛寺之始。

250 年（魏齐王嘉平二年）

中天竺高僧昙柯迦罗（Dharmakala）抵洛阳，他对加强中国僧人戒律起了很大作用，译出《僧祇戒心》。

277 年（西晋武帝咸宁三年）

敦煌向晋朝廷献"天竺金刚"，是印度钻石传到中国的证据。

约 280 年至 297 年

西晋的陈寿撰成《三国志》，《三国志·魏书》卷二〇《邓哀王冲传》中有中国寓言故事《曹冲称象》，它的故乡是印度。（季羡林：《季羡林全集》第十三卷《印度文学在中国》）

306 年（西晋惠帝光熙元年）

天竺僧耆域（Jivaka）自天竺经扶南过长江到洛阳，这是第一个由海道来中国的天竺僧人。

307 年—312 年（西晋怀帝永嘉元年至六年）

天竺胡人抵达江南，传入"断舌复续、断绢复合、吐火"等杂耍技艺。

310 年（西晋怀帝永嘉四年）

来自乌苌国的高僧佛图澄（Buddhajinca）到达洛阳。他变成历史上第一位印度在华的"国师"，被后赵主尊为"大和上"。

316 年（西晋愍帝建兴四年）

传说这年（或稍后）有20位中国佛僧从四川、云南取道到达中天竺，受到笈多"大王"欢迎，"大王"还为他们建立"支那寺"，划给24个村庄的税收供养他们。

322 年（东晋元帝永昌元年）

西竺僧人吉友（帛尸梨蜜多罗）来到建康住建初寺。

326 年（东晋成帝咸和元年）

西天竺高僧慧理到达浙江杭州发现"飞来峰"，向当地居民说这山峰是从他家乡摩揭陀（今印度比哈尔邦）飞来的，成为中国地名中第一个"CHINDIA/ 中印大同"符号。

340 年（东晋成帝咸康六年）

大书法家王羲之为西天僧人达摩多罗在庐山建造归宗寺一座。

346 年（东晋穆帝永和二年）

天竺重译进乐伎于前凉。后天竺王子为沙门来游中国凉州，并带来优美动听的音乐。

357—384 年（前秦永兴元年至建元二十年）

天竺赠送火浣布至前秦（351—394 年）。西域倒舞杂技传入前秦。

385 年（东晋孝武帝太元十年）

天竺名僧鸠摩罗什（Kūmaraīva) 被吕光带兵从龟兹"请"到凉州。

394 年（东晋孝武帝太元十九年）

僧人昙翼从江陵城北的地下，获一金像。像上有梵文"阿育王造"字样。后将此像安置于长沙寺。

399 年（东晋安帝隆安三年）

法显、智严、宝云、慧睿自长安西行天竺求经。法显在天竺游学十余年后，于 412 年自海道返至青州，次年至建康。于 416 年写成《佛国记》，记录天竺一行之见闻。

394 年至 401 年（东晋孝武太元十九年至东晋安帝隆安五年）

394 年姚兴成为后秦主，迎鸠摩罗什到长安，并成立译经院，以鸠摩罗什为首，集中数百中外名僧学者集体译经，共译出 35 部，294 卷。

408 年（东晋安帝义熙四年）

中天竺高僧佛陀跋陀罗（Buddhabhadra）在克什米尔遇见中国高僧智严，被邀请入长安。他和法显合作译经 12 部，125 卷。

六朝时代（420—589）

印度寓言、神话对中国影响更大更深，以至出了全新的文学样式志怪小说。

412—427 年（北凉沮渠蒙逊玄始元年至十六年）

中天竺僧人昙无谶携《大涅槃经》的前分梵本抵姑藏，受到北凉王沮渠蒙逊的厚礼相待。他学习汉语三年，从事佛经翻译。

420 年（南朝宋武帝永初元年）

发勇（释昙天竭）、智猛、昙朗等一行 25 人赴天竺求经，元嘉末年海道归广州。

424 年（南朝宋文帝元嘉元年）

天竺沙门僧迦达多（Sanghadatta）到达中国，从事译经。

428 年（南朝宋文帝元嘉五年）

天竺迦毗黎国国王遣使到宋，献金刚指环、摩勒金环诸宝物、赤白鹦鹉各一头予宋。

431 年（南朝宋文帝元嘉八年）

克什米尔高僧求那跋摩（Gunavarman）抵南京，宋文帝召见，从事译经。

433 年（南朝宋文帝元嘉十年）

天竺僧僧伽跋摩（Sanghavanrma）自流沙步行至中国译经，442 年随填筑商人返天竺。

435 年（南朝宋文帝元嘉十二年）

中天竺僧人求那跋陀罗（Gunabhadra）自海道至广州，宋文帝派人迎至建康，从事译经。

449 年（宋开明三年齐建元元年）

宋代末年，天竺道人那伽仙从广州起程，搭乘扶南舶归国。航途中，遭风漂至林邑（今越南中部）。林邑王夺去他的私财，遂转道扶南。

466 年（南朝宋泰始二年）

天竺迦毗黎国遣使，送方物至宋。宋朝廷授予使主竺扶大、竺阿弥为建威将军的称号。

479 年（南朝齐高帝建元元年）

中天竺高僧求那毗地（Gunaviddhi）海道抵齐都南京译经。

481 年（南朝齐高帝建元三年）

中天竺高僧昙摩伽陀耶舍（Dharmagatayaśas）在广州译出《无量义经》，在中国广为流传。

484 年（齐武帝永明二年）

天竺道人那伽仙受扶南王侨程如·阇耶跋摩的托付，送来扶南王致齐的国书，以及金缕龙王座像等宝物。那伽仙还陈述了扶南的情况。齐武帝则请他转致复扶南王的国书，并以绛紫地黄碧绿纹绫各五匹回赠扶南。

489 年（北魏太和十三年）八月戊子

中天竺境的中尺国遣使送物入北魏。

500—515 年（北魏景明元年至延昌四年）

南天竺国王婆罗化遣使北魏，并送来骏马、金、银等物。此后，屡有使臣入北魏。

502 年（南朝梁武帝天监元年）

南天竺国遣使朝贡于北魏。梁武帝遣郝赛、谢文华等 80 人，往中天竺奉请释迦旃檀像，于 511 年抵京师，梁武帝及百官迎于太极殿。后梁元帝在荆州城北造大明寺供养此像。

503 年（梁武帝天监二年）秋七月

中天竺国遣使送物至梁。

504 年（梁武帝天监三年）九月壬子

北天竺国遣使送物至梁。

508 年（北魏文成帝兴安元年）

南天竺遣使朝献于北魏。北天竺僧菩提流支至北魏。

518 年（北魏孝明帝神鬼元年）

北魏遣宋云、沙门惠生等自洛阳出发西行求经，522 年返回，得佛经 170 部。

527 年（南朝梁武帝大通元年）

天竺高僧菩提达摩从海路抵广州，梁武帝召见，话不投机，渡江入北魏。

535 年（南朝梁大同元年）

中天竺优禅尼国（今印度中央邦西部的乌贾因）王子月婆首那，从北方南渡，抵达京师。后被梁朝廷任命为"总监外国往还使命"官职。

537 年（南朝梁大同三年）

梁武帝的第六个儿子邵陵王纶，在丹阳县左造一乘寺，寺门遍画凹凸花。这是当时名画家张僧繇的手迹。这种画技是受到天竺的影响，"朱及青绿所成，远望眼晕如凹凸，就视即平"。之后，改寺名为凹凸寺。

546 年（南朝梁武帝中大同元年）

西天竺优禅尼国高僧真谛 (Paramārtha) 受梁武帝邀请抵达南海。

548 年（南朝梁武帝大清二年）

梁武帝迎真谛于首都南京，"面申顶礼"，供养优渥。真谛周游苏、浙、赣、闽、穗，并专心译经。

550—551 年（南朝梁大宝元年至二年）

扶南大舶从西天竺来，卖碧颇黎镜。镜面广一尺五寸，重四十斤，内外皎洁、透明，价值百万贯钱。

550—577 年（北齐天保元年至承光元年）

中天竺国人瞿昙达摩般若（法智）不仅参与译经，还任北齐僧官"昭玄都"。

556 年（北齐文宣帝天保七年）

北天竺高僧那连提那舍到邺城，译出《菩萨见宝三昧经》、《阿毗昙心论》等。

559 年（北周武成元年）

中天竺僧人阇那耶舍和阇若那跋达罗，偕同两弟子北天竺沙门阇那崛多、耶舍崛多抵长安，居草堂寺。

571 年（隋文帝陈太建三年）五月辛亥

天竺国遣使、送方物至陈。

582 年（隋文帝开皇二年）

召北周武帝灭佛时还俗的北天竺僧人那连提黎耶舍入京，居大兴善寺，草创译事。后移住广济寺，为外国僧主。

585 年（隋文帝开皇五年）

文帝接受僧人宝暹等人请求，派人迎接周武帝灭佛时滞留突厥的天竺僧人阇那崛多，并在洛阳召见了他。

587 年（隋文帝开皇七年）

敕遣度支侍郎李世师，率领天竺匠工，为僧人道判建造龙池寺。

590 年（隋文帝开皇十年）

南天竺僧人达摩笈多，经葱岭、龟兹、高昌抵达瓜州。奉文帝之命，入长安。

591 年（隋文帝开皇十一年）

文帝敕僧人洪遵与天竺僧共译梵文。

602 年（隋文帝仁寿二年）

中天竺高僧阇提斯那（Judisra）抵隋都长安，文帝召见于大宝殿，讨论佛法与祥瑞，赠印僧绵绢 2 000 余段。

602 年（隋文帝仁寿二年）

文帝应即将返国的印度僧人之请，将《仁寿舍利瑞图经》和《国家祥瑞录》译成梵文赠送。

605 年至 618 年（隋炀帝大业元年至十四年）

炀帝派御史韦节、司隶从事杜行满出使印度等国，至中天竺王舍城得佛经。

605 年至 618 年（隋炀帝大业元年至十四年）

炀帝定《九部乐》，其中有《天竺乐》。

618 年至 907 年（唐代）

文学产生了两种崭新的东西，一是传奇，二是变文。而这两种东西都是与印度影响分不开的。（季羡林：《季羡林全集》第十三卷《印度文学在中国》）

627 年（唐太宗贞观元年）

唐高僧玄奘自长安出发西行求法，历时十九年，行程五万里，于贞观十九年（645 年）回长安，带回经律 657 部，并于 646 年写成《大唐西域记》，共 12 卷，并译经 5 部。

627—649 年（唐太宗贞观元年至二十三年）

嶲州都督刘伯英上书，请击叛变的松外诸蛮。因西洱河天竺道受其阻梗，不便通行。

628 年（唐太宗贞观二年）

印度密宗传入"南诏"（云南）。

630 年（唐太宗贞观四年）

玄奘到达天竺那烂陀寺。

632 年（唐太宗贞观六年）

太宗令将波颇译出的诸经各写 10 部，散发海内，并命李伯药为所译经文写序。后来，太子生病，众治无效。太宗迎波颇入宫中一百余日"亲向承对"，太子病转愈。

633 年（唐太宗贞观 7 年）

玄奘抵达天竺、王舍城。

640 年（唐太宗贞观十四年）

玄奘在天竺受到尸罗逸多戒日王的召见。

641 年（唐太宗贞观十五年）

天竺尸罗逸多（戒日王）自称摩伽陀王朝贡于唐。太宗以玺书慰问。尸罗逸多又遣使。太宗遣李义表报使。尸罗逸多复遣使献火珠及郁金香、菩提树。

642 年（唐太宗贞观十六年）

玄奘见戒日王于曲女城，为众人说法。

643 年（唐太宗贞观十七年）

唐卫尉丞李义表及王玄策使天竺，于十二月达到摩伽陀国。

644 年（唐太宗贞观十八年）

玄奘从印度返回于阗。

646 年（唐太宗贞观廿年），七月十三日

玄奘进《西域记》表。表中说："玄奘所记，微为详尽，其迂辞玮说，多从翦弃，缀为《大唐西域记》一十二卷，缮写如别。"

646 年（唐太宗贞观二十年）

王玄策等使天竺归，中天竺那揭陀、章求拔国遣使贡方物于唐。

646 年（唐太宗贞观二十年前后）

唐太宗令大使王玄策其中天竺那烂陀大普陀寺要求专家到中国教授熬糖技术。大普陀寺派 8 名僧人、2 名制糖工匠到扬州用越州甘蔗制成石蜜（块状红糖）。后来中国发明白砂糖制造，畅销亚洲，被印度称为"cini/ 中国造"，至今仍有印度朋友认为是中国发明制糖的。

647 年（唐太宗贞观二十一年）

王玄策第二度出使天竺，在中天竺遭摩揭陀国袭击，求得吐蕃、泥婆罗、章求拔国发兵援助，打破中天竺，俘其王阿罗那顺。犍陀罗王献佛土莱于唐。摩揭陀使献波罗树于唐。

648 年（唐太宗贞观二十二年）

唐太宗使天竺方士那罗迩沙婆造延年药。又遣使者往天竺取药。王玄策至天竺迦没路国，其王发使贡以异物及地图，因请老子像及《道德经》。

649 年（唐太宗贞观二十三年）

唐并州和尚道生、师鞭、道方等从吐蕃路往游天竺。

650 年（唐高宗永徽元年）

文成公主遣人送唐高僧玄照往天竺。释道宣写成《释迦方志》。

650 年至 670 年（唐高宗永徽元年至咸亨元年）

纸及造纸法吐蕃（西藏）、泥婆罗（尼泊尔）传道如印度。

652 年（唐高宗永徽三年）

中天竺僧无极高（Atihupta）来居长安。中天竺摩诃普陀寺沙门智光、慧天等遣沙门法常致唐玄奘书。

652 年（唐高宗永徽三年）

玄奘请求于慈恩寺内建石浮图（即大雁塔），安置西域所来的经、像及舍利。

654 年（唐高宗永徽五年）

天竺和尚法常返国，唐玄奘附书分致智光、慧天。

656 年（唐高宗显庆元年）

高宗应玄奘请求令于志宁等人为译经润文使，并自撰《慈恩寺碑》。四月，他又亲到安福门参加玄奘迎慈恩寺碑文的活动，行天竺仪式。

657 年（唐高宗显庆二年）

王玄策第三度受唐朝廷命送袈裟到印度，660 年印度菩提寺主戒龙为王玄策设大会，王玄策于显庆三年（658 年）撰成《中天竺国行记》。

663 年（唐高宗龙朔三年）

中天竺僧人那提自昆仑返长安。后应真腊之邀，下敕听去。

665 年（唐高宗麟德二年）

唐颁行麟德历，印度天文学家迦叶孝威曾协助李淳风修此历。印度天文学家、司天台太使令瞿昙罗上《经纬历法》九卷，被采纳参照使用。

671 年（唐高宗咸亨二年）

唐高僧义净自广州循海道赴印度取经，于 693 年返回广州，695 年至长安，受武则天亲自迎接。691 年撰成《大唐西域求法高僧传》、《南海寄归内法传》，并新译经论 10 卷。

673 年（唐高宗咸亨四年）

义净自室利佛逝抵达东天竺。

676 年（上元三年仪凤元年）

中天竺僧人地婆诃罗（日照）来长安。至 679 年上表请译经，后在两京东西太原寺及西京广福寺译经。武后为其所译《方广大庄严经》写《序》。

683 年（唐高宗弘道元年）

南天竺高僧菩提流志（Bodhiruci）到达中国，从事译经。他 727 年去世，唐朝廷追赠鸿胪卿官衔及"一切遍知三藏"称号。

684 年（唐武后光宅元年）

印度天文学家瞿昙罗造光宅历。

687 年（唐垂拱三年）

中天竺僧人地婆诃罗卒于洛阳。武则天施绢千匹，以充殡礼。葬于龙门香山。

693 年（武周长寿二年）夏

义净从室利佛逝回到广州。北印度迦湿蜜罗国僧人阿你真那抵洛阳。敕于天宫寺安置。

695 年（唐武后天册万岁元年）

齐州道希法师在印度大觉寺造唐碑一通，所带唐国新旧经论 400 余卷，并置在那烂陀寺。五月仲夏，义净从广州到达洛阳。他往天竺求法，在外经 25 年，得梵本经律近 400 部，金刚座真容一铺、舍利 300 粒。武则天亲自迎接于上东门外，将义净安置于佛授记寺。

705—709 年（唐神龙元年至景龙十年）

中宗为高宗、武后建敬爱寺。佛殿内有菩萨、树下弥勒菩萨像，都以王玄策从印度带回的菩萨像为式样，并由王玄策主其事。

713 年（唐玄宗先天元年）

睿宗采纳印度和尚沙陀建议于正月十五日点灯庆祝，是"元宵"节的开端。"元旦"（新年第一个早上）和"元宵"（新年第一个晚上）相差 15 天，是纪念中印日历的差别（中国以月晦开月，印度以月明开月），可谓"CHINDIA/ 中印大同"的永恒纪念。

719 年（唐玄宗开元七年）

罽宾遣使入唐，送来《天文经》一夹、秘要医方并蕃药等物。唐廷遣使册封其王为葛罗达支特勒。南天竺僧人金刚智受南天竺国王派遣入唐传法。是年，携弟子不空达到广州。

720 年（唐玄宗开元八年）

南北中天竺遣使入唐。南天竺尸利那罗多僧迦保多枝摩为唐造寺，请题寺匾额，敕以"归化"为名。唐遣使册南天竺尸利那罗多僧迦为王。

720 年（唐玄宗开元八年）

为讨大食及吐蕃，南天竺国王尸利那罗僧伽向唐廷请战象及兵马，并要求给军队命名。玄宗诏，命其军队为怀德军。来使认为"蕃夷唯以袍带为宠"。玄宗又赠送锦袍、金革带、鱼袋等。

727 年（唐玄宗开元十五年）

高丽高僧惠超自天竺返回安西，撰《往五天竺国传》，记述海道至天竺，再经中亚诸地回国事。

732 年（唐玄宗开元二十年）

南天竺高僧金刚智（Vajrabodhi）卒于长安，玄宗谥"灌顶国师"称号，举行国葬并建塔。

736 年（唐玄宗开元二十四年）

玄宗亲注《金刚般若经》，诏颁天下，普令宣讲。

737 年（唐玄宗开元二十五年）

天竺国三藏大德僧达摩战至唐，献胡药、卑斯比支等及新咒法、梵本《杂经论》、梵本诸方。

742 年（唐玄宗天宝元年）

因西安诸蕃国赠唐廷物品多为小勃律所劫，玄宗令统四万人讨伐小勃律，虏三千人及珠玑还。归途中遇大风雪，四万人一时冻死，仅蕃汉各一人还。

746年（唐玄宗天宝五年）

不空还京，带回师子国国王的国书及金宝璎珞，般若梵筴、杂珠白毡等赠送唐廷方物。敕先往鸿胪寺，后诏入宫，建立曼荼罗，为玄宗灌顶。又令入宫，建立孔雀王坛，祈雨有效。赠予紫袈裟及绢二百匹，并赐号"智藏"。

771年（唐代宗大历六年）

代宗诞日，不空进上所译经77部、120卷，代宗赐绵彩800匹。

773年至819年

柳宗元撰写的《黔之驴》，与流行世界的驴蒙虎皮或狮皮的故事有联系，而这一类故事的来源是印度。（《季羡林全集》第十三卷《印度文学在中国》）

774年（唐代宗大历九年）

不空卒，代宗辍朝三日，谥"大辩正广智不空三藏和尚"称号，拨200余万钱造塔纪念。

780年（唐德宗建中元年）

北天竺高僧刺若、释智慧（Prajna）达广州，786年抵长安。790年，唐朝廷派他去迦湿弥罗国（克什米尔）取佛经。792年取经回长安译经。德宗皇帝亲临观看，并要他翻译梵本 *Mahayana Jataka Cittabhumi Samatha Sutra*。他在朝臣帮助下译出《大乘本生心地观经》，德宗甚喜，亲自作"序"。

784年（唐德宗兴元元年）

中天竺僧莲华（Padma）谒唐德宗，乞钟一口，归天竺声击，德宗敕广州节度使李复修鼓铸毕，令送于南天竺金棰寺，莲华将钟装在宝军国毗卢遮那塔（Vairocana Stupa）庙内。

788年（唐德宗贞元四年）

西明寺僧人慧琳通晓汉文训诂、印度声明，征引《字林》、《字统》、《声类》、《三苍》、《切韵》、《玉篇》诸经杂史，撰成《大藏音义》、《一切经音义》100卷。

790年（唐德宗贞元六年）

唐廷命北天竺僧人般剌若往加湿弥罗国，求梵夹，并赐紫衣三藏号。唐高僧悟空自天竺归来，写成《悟空行记》。

795 年（唐德宗贞元十一年）

南天竺乌荼国王遣使入唐，赠《华严经后分》40 卷。

800 年（唐德宗贞元十六年）

印度《罗摩衍那》故事的古藏书写本，见于西藏。

804 年（唐德宗贞元二十年）

唐德宗自制中钟铭，赐摩揭陀那烂陀寺。

840 年（唐文宗开成五年）

中印度阿阇梨赞陀崛多自摩揭陀至南诏传密宗，在大理创建五密道场。

843 年（唐武宗会昌三年）正月

军容使仇士良在左神策军军容衙院，召见京都内的外国僧人，亲自慰劳。其中有青龙寺南天竺三藏宝月等五人，兴善寺北天竺三藏难陀一人。

947 年（后汉高祖天福十二年）

沧州僧道圆启程去印度，965 年回，带来贝叶梵经四十夹献于宋。

964 年（宋太祖乾德二年）

宋廷诏僧人 300 入天竺，求舍利及贝多页书。

965 年（宋太祖乾德三年）

沧州僧人道圆游天竺归来。太祖召见，询问所历山川道里风俗，并赠予紫方袍、器贝等。

971 年（宋太祖开宝四年）

高僧建盛自西天竺返，进贝叶梵经。中天竺王子，梵僧曼殊室利（Manjusri）偕来，诏馆于相国寺。

973 年（宋太祖开宝六年）

宋太祖召见中天竺三藏法天（Dharmadeva）。中天竺僧人法天在鄜州，与河中梵学僧人法进共同译出《无量寿经》、《七佛赞》等。后法天受太祖召见。

975 年（宋太祖开宝八年）

东印度王子穰结说啰入宋朝贡。

978 年（太平兴国三年）

曼殊室利入宋后，太祖令其馆於相国寺。他善持律，在京都人士中有影响，均施财宝，故遭其他僧人妒忌。

979 年（宋太宗太平兴国四年）

开宝寺沙门继从自西天返，献梵经、佛舍利塔等于宋。中天竺沙门钵纳摩来宋，献佛舍利塔等。

980 年（宋太宗天太平兴国五年）

北天竺迦湿弥罗国三藏天息灾（Dharmabhadra）、乌填国三藏施护（Danapala）入宋，宋太宗召见，赐紫衣，刺二师同阅梵夹，时上盛意翻译，乃诏中使郑守均，于太平兴国寺西建译经院，为三堂，中为译经，东为润文，西为证义。

982 年（宋太宗太平兴国七年）

高僧光远自天竺归，献佛顶印大小六，菩提贝多叶各七，以及西王子致宋廷书。

983 年（宋太宗太平兴国八年）

高僧法遇自天竺归，献佛顶舍利、贝叶梵经，宋廷赐衣。

984—987 年（宋太宗雍熙元年至四年）

卫州僧人辞瀚自西域归，同来者有胡僧密坦罗。他们带来北印度王及金刚座王那烂陀致宋的国书。

985 年（北宋雍熙二年）

太宗阅览新译佛经，赞天息灾等人业绩。诏令西天僧人有精通梵语可助翻译佛经者，皆集中于传法院。

997 年（宋太宗至道三年）

西天竺沙门罗护罗（Rahula）来朝进贡贝叶经。

998 年（宋真宗咸平元年）

中天竺僧儞尾抳（Nilavajra）等来朝，进佛舍利、梵经等。西天竺僧佛护来朝进梵经。

1007 年（宋真宗景德四年）

诏遣使送金襕袈裟至惠州罗浮山中阁寺，供奉来自西天的释迦瑞像。

1010 年（宋真宗大中祥符三年）

中天竺僧人觉称、法戒入宋。奉上舍利、梵夹、金刚座真容、菩提树叶。真宗召见于便殿，慰劳丰厚，安置于译经院。

1015 年（宋真宗大中祥符八年）

北天竺优填曩国沙门天觉（Devabodhi）、南天竺师子国沙门妙德、西天竺伽蹉国沙门等来，各进舍利梵经。东天竺缚邻揨国沙门普积来进梵经于宋。中国僧继令自西天竺还，得佛舍利，建塔于扬州。

1024 年（宋仁宗天圣二年）

西印度僧爱贤（Priyabhadra）、智信护（Jnanasraddhapa-la）等献梵经于宋。

1035 年（宋仁宗景佑二年）

仁宗制《天竺字源序》，赠译经院。

1092 年（宋哲宗元祐七年）

哲宗以颍川守臣苏轼上言，赠予唐代天竺僧人佛陀波利真身塔院"光梵之院"称号。

1095 年（宋绍圣二年）

科学家沈括卒。他的著述之一《梦溪笔谈》有较高的学术价值。书中能见到他对印度文化的精辟论述。

1322 年（元英宗至治二年）

西印度高僧指空（Dhanabhadra）自海上到达广州，后在泰定帝宫中讲法，又去朝鲜。

1364 年（元顺帝至正二十四年）

中印度高僧板的达（Dharmasri Pandita）到北京。1374 年他到明朝都城南京，明太祖召见，授"善世禅师"印诰，令统中国所有佛庙。1387 年板的达去世，明廷将其葬于南京天禧寺。

1405 年至 1407 年（明成祖永乐三至五年）

明廷命三宝太监郑和率领庞大船队下"西洋"（今南洋及印度洋），在这第一次出使中，郑和船队曾到印度西海岸古里（Calicut）。

1407 年至 1409 年（明成祖永乐五至七年）

郑和船队二下西洋，曾到印度柯枝（Cochin）、甘巴里（Coimbatore）、加异勒（Kayal）、古里等国。

1409 年至 1411 年（明成祖永乐七至九年）

郑和船队三下西洋，曾到印度小葛兰（Quilon）、柯枝、古里等国。先是柯枝国请明帝赐印诰、封其国之山。郑和携成祖赐印授给国王，并将成祖所撰碑文刻在柯枝国小山石头上。

1412 年（明成祖永乐十年）

明成祖派太监侯显统领船队出使榜葛剌（Bangala）国，停泊察地港（今孟加拉国吉大港 Chitagong）。国主霭牙思丁派数千人马仪仗队自港口迎接至百里外的首都王宫，并举行盛大欢迎仪式。同年，榜葛剌国使节来到中国，成祖派官员在镇江欢宴。榜葛剌国大使报国王霭牙思丁之丧，明廷封其子赛勿丁为国王。

1413 年至 1415 年（明成祖永乐十一至十三年）

郑和船队四下西洋，曾到加异勒、柯枝、古里等国。

1414 年（明成祖永乐十二年）

榜葛剌（今孟加拉国）国王赛勿丁遣使将"麒麟"（实际上是长颈鹿）献给明成祖，轰动中国。沈度著《瑞应麒麟颂并序》至今流传。

1417 年至 1419 年（明成祖永乐十五至十七年）

郑和船队五下西洋，曾到古里、柯枝、甘巴里等国。

1421 年至 1422 年（明成祖永乐十九至二十年）

郑和船队六下西洋，曾到古里、柯枝、加异勒、锁里（Chola/ 今泰米尔邦 TamilNadu）、甘巴里等国。

1430 年至 1433 年（明宣宗宣德五至八年）

郑和船队七下西洋，曾到古里、柯枝、小葛兰、加异勒、甘巴里、榜葛剌等国。郑和死于印度。

1592 年，吴承恩（约 1500—约 1582）

所撰的著名长篇小说《西游记》问世。

1878 年（光绪四年）

黄楙材被四川总督派往印度察看，归来后写成《游历刍言》一卷和《西徼水道》一卷送总理衙门存览。

1881 年（光绪七年）

清朝派马建忠、吴广霈赴印。归国后，马建忠写有《南行记》，吴广霈写有《南行日记》，记录在印所见所闻。

1901 年（光绪二十七年）

康有为到印度，游历十七个月，其著作中讲到印度的约有 80 篇 200 处，写有《印度游记》，翻译了《印度致亡史》（未完成）。

（日）井上圆了著，汪嵚译的《印度哲学纲要》（上海：南昌普益书）出版。

1907 年（光绪三十三年）

章太炎在日本东京发起"亚洲和亲会"，提出中印联合思想。

1913 年 10 月 1 日

钱智修著《台莪尔氏人生观》（《东方杂志》第 10 卷第 4 号）出版。

1916 年（民国 5 年）

梁漱溟在北京大学开设印度哲学课程。

1918 年（民国 7 年）

印度加尔各答大学开设中国语言和文学课，这是近代印度大学第一次研究中国学。

1919 年

梁漱溟的《印度哲学概论》出版。

1920 年

冰心的《遥寄印度诗人泰戈尔》（《燕大季刊》，第 1 卷第 3 期）出版。

1921 年（民国 10 年）

印度著名诗人泰戈尔在孟加拉西部和平乡（Santiniketan）建立国际大学（Visva–Bharati），请法国汉学家列维（Sylvain Lévi）为访问教授，讲中国文化并教中文。

梁启超著《印度佛教概观》出版。《关于泰戈尔的通信——郑振铎致瞿世英》（《时事新报·学灯》）出版。

1922 年

郑振铎著《太戈尔传》（《小说月报》（第 13 卷第 2 号）出版。

1923 年 9 月 10 日和 10 月 10 日

郑振铎《太戈尔传》分别在《小说月报》第 14 卷第 9、10 号出版。

1924 年（民国 13 年）

泰戈尔访问中国，在上海、杭州、北京、济南、太原、武汉、北京等地作了一系列讲演。

汤用彤著《印度哲学之起源》在《学衡》出版。ERNEST RHYS 著，杨甸葛、钟余荫译述《太戈尔》（上海新文化书社）出版。［印］泰戈尔著，高滋译的《泰戈尔戏曲集》（上海商务印书馆）出版。显荫的《释迦牟尼佛略传》（上海：世界佛教居士林）出版。

1925 年

汤用彤著《释迦牟尼时代之外道》在《学衡》出版。梁启超著《印度佛教史略》出版。郑振铎著《太戈尔传》（上海商务印书馆）出版。

1926 年（民国 15 年）

中国学者刘炳荣出版自己写的第一本印度通史《印度史》。樊仲云著《圣雄甘地》出版。

1927 年

郑振铎编《泰戈尔传》（上海商务印书馆）出版。［印］泰戈尔著，楼桐孙译的《国家主义》（上海商务印书馆）出版。

1928 年（民国 17 年）

北平法源寺方丈道阶法师朝圣印度，是近代中国佛门高僧第一个重踏佛祖圣地。

9 月，谭云山到达印度国际大学，他是第一个到印度从事文化交流的中国学者。于 1933 年出版《印度周游记》，全面而深入地介绍了印度。

许地山译的《孟加拉民间故事》出版。

1930 年 10 月

许地山著《印度文学》（上海商务印书馆）出版，这是我国最早的印度文学史专著。

1931 年

刘北茂著《印度寓言》出版。

1932 年

汪原放《印度四十七故事》出版。［印］甘地，［英］安德鲁兹节选，明耀五译的《甘地自传》（上海大东书局）出版。

1933 年（民国 22 年）

中印学会的筹建获得突破性发展，文化界、佛教界人士更是热情高涨，在谭云山、周谷城、太虚、梁漱溟、徐悲鸿等 43 名发起人，和蔡元培、戴季陶、于右任等 24 名赞助人的努力下，正式召开筹备会议。1933 年 6 月，在谭云山的努力下，《中印学会：计划、总章、缘起》出版。

印度秘密革命组织活动家拉希·比哈尔·鲍斯的著作《革命之印度》在孙中山的帮助下在中国翻译出版。谭达年《印度童话集》出版。王维克《沙恭达罗》出版。郑振铎的《印度寓言》（上海商务印书馆）出版。袁学易的《印度独立运动史略》出版。许茂庸的《印度革命史》出版。陈恭禄的《印度通史大纲》陈恭禄出版。滕柱的《印度小史》出版。储儿学著《甘地》（上海大众书局）出版。（法）罗兰著，陈作梁译《甘地》（上海商务印书馆）出版。

20 世纪 30 年代

张星烺的《古代中国与印度之交通》出版。

1933 年

玄奖著《大唐西域记十二卷》（上海商务印书馆）出版。

1934 年（民国 23 年）

谭云山回到印度国际大学，协助泰戈尔成立印度中印学会，泰戈尔任主席，独立后印度共和国第一、二、三任总统（普拉沙德、拉达克里希南、侯赛因）都是早期会员。泰戈尔逝世后，尼赫鲁担任名誉主席，并曾亲自主持过中印学会的年会。

王涣章的《印度神话》出版。万邦怀的《印度童话》出版。（保）斯塔玛托夫著，金克木译的《海滨别墅与公墓》（北平中国世界语书社）出版。（唐释）玄奘（唐释）辩机撰《大唐西域记十二卷》（上海商务印书馆）出版。（南朝宋释）法显撰，岑仲勉考释《佛游天竺记考释》（上海商务印书馆）出版。［印］甘地著，安德鲁兹节选，向达译的《甘地自传》（上海中华书局）出版。陈清良著《圣雄甘地》（上海神州国光社）出版。

1935 年

中印学会在南京正式成立，蔡元培当任理事会主席，戴季陶当任监事会主席，实际发起人谭云山为秘书，负责具体事务。

许地山的《二十夜问》出版。许地山的《太阳底下降》出版。〔日〕高楠顺次郎，木村泰贤著，高观卢译的《印度哲学宗教史》（上海商务印书馆）出版。

1936 年

王维克的《时令之环》出版。黄忏华的《印度哲学史纲》出版。金克木著《蝙蝠集》（上海时代图书公司）出版。〔印〕泰戈尔著，方乐天译的《泰戈尔的苦行者》（上海商务印书馆）出版。伍蠡甫选译的《印度短篇小说集》（上海商务出版社）出版。谭云山著《圣哲甘地》（南京正中书局）出版。〔日〕武田丰四郎撰，杨炼译的《印度古代文化》（上海商务印书馆）出版。黄忏华撰，中山文化教育馆编辑的《印度哲学史纲》（上海商务印书馆）出版。〔印〕甘地著，谭云山译的《印度自由》（商务印书馆）出版。

1937 年（民国 26 年）

中国学院在国际大学成立，谭云山被任命为中国学院院长。9 月 26 日，尼赫鲁提议将该日定为"中国日"，以支持中国抗战（1938 年 1 月 9 日，6 月 12 日分别为第二、第三个"中国日"）。

伍蠡甫辑译的《印度短篇小说集》（上海商务出版社）出版。（宋释）法显《佛国记》（上海商务印书馆）出版。（唐释）玄奘（唐释）辩机撰《大唐西域记十二卷》（上海商务印书馆）出版。

1938 年（民国 27 年）

陶行知访问印度，拜会甘地、泰戈尔和国大党主席苏·鲍斯。

爱德华大夫率领的印度医疗队到达中国，支援中国抗战。

1939 年（民国 28 年）

毛泽东在延安接见印度医疗队。

尼赫鲁访问中国，开启中印两大民族合作的新历程。

《印度民族解放运动与尼赫鲁》出版。虞愚的《印度逻辑》（商务印书馆）出版。

20 世纪 40 年代

方豪的《中西交通史》出版。

20 世纪 40 年代

许崇灏的《中印历代关系史略》出版。

1940 年（民国 29 年）

戴季陶访问印度，会晤了甘地、泰戈尔，受到国大党和印度人民的热情接待。

李俊承撰《印度古佛国游记》（长沙：商务印书馆）出版。李俊承撰《印度古佛国游记》（新加坡：佛教居士林）出版。

1941 年

［印］泰戈尔著，伍蠡甫译的《新夫妇的见面》（上海启明书局）出版。止默著《甘地论》（美学出版社，渝版）出版。南柳如编译的《甘地传》（四川正中书局）出版。

1942 年（民国 31 年）

蒋介石夫妇访问印度，发表《告印度人民书》。此次访问的主要目的之一是和印度独立运动领袖会谈，希望他们警惕日本浑水摸鱼。由谭云山牵线，蒋氏夫妇公开到国际大学参观中国学院，尼赫鲁在中国学院等候，参观后同上中国贵宾专列会谈。到了加尔各答继续谈，并且争取到圣雄甘地在加尔各答火车站中国贵宾的专列车厢中和蒋氏会见。事后，由尼赫鲁起草，甘地正式出面写信给蒋氏，信中庄严宣布："为了明白表明我们将不惜一切来阻止日本侵略，我本人同意同盟军以和我们签订条约的形式保持它在印度的军队，并且用我国作为抵抗日本进攻的军事基地……我绝无问题的保证，作为新的政治运动的倡议人，我绝不冒昧行事。不管我在运动中采取任何建议，都一定以不伤害中国利益为前提。"

蒋君章的《现代印度》出版。金仲华的《世界战争中的印度》出版。麦朝枢，黄中廑的《大时代中的印度》出版。黄觉民的《印度和缅甸》出版。许公武的《中印历史关系史略》出版。

1943 年（民国 32 年）

中国教育部政务次长顾毓绣率领中国教育文化访问团访问印度。

石啸冲的《印度民族解放运动史》出版。印顺的《印度之佛教》出版。戴蕃豫的《佛教美术史印度篇初稿》出版。［印］泰戈尔著，郑振铎译的《新月集》（上海商务印书馆）出版。

1944 年

胡树藩的《现代印度论》出版。柳无忌的《印度文学》出版。麦浪的《甘地思想批判》出版。

1945 年

汤用彤编著的《印度哲学史略》（独立出版社）出版。卢前的《沙恭达罗》出版。南登山译的《印度故事集》（正中书局）出版。

1946 年（民国 35 年）

梵文学者季羡林被聘为北京大学东语系主任、教授。

1947 年（民国 36 年）

印度政府成立后，中国政府派出罗家伦出任首任驻印大使。罗家伦是世界上第一个到达印度的外国大使。他写了《为印度自由而高歌》的长诗在新德里独立大典上献给印度政府。

王衍孔的《沙恭达罗》出版。李志纯的《印度史纲要》出版。谭云山的《我对太戈尔大师的献词：写于他逝世的第一周年》（《觉有情》第 193–194 期）出版。刘咸编撰《印度科学》（正中书局）。［印］泰戈尔著，郑振铎译的《飞鸟集》（上海商务印书馆）出版。［印］迦梨陀娑著，卢前译的《孔雀女（一名沙恭达罗）》（正中书局）出版。［印］毗什罗萨摩著，卢前译的《五叶书》（正中书局）出版。

1948 年

糜文开的《印度历史故事》出版。袁月楼的《甘地平生及其思想》出版。［印］阿罗频多修道院编，徐梵澄译的《母亲的话》（第二辑）（新德里：阿罗频多修道院）出版。李树专著《天竺游踪琐记》（上海商务印书馆）出版。

1949 年 10 月 1 日，（中华人民共和成立）

印度是社会主义国家之外第二个承认新中国的国家。

1950 年

中印两国正式建交，互派大使。印度是非社会主义国家中第一个同我国建交的国家。糜文开的《莎毗妲萝》出版。盛澄华编译的《四个织布匠》（杭州中国儿童书店）出版。［苏］巴拉布什维奇等撰，何疆等译的《印度人民民族解放斗争新阶段》（新华书店）出版。

1951 年

北京大学开设印地语专业。糜文开的《古印度两大史诗片段》出版。马克思著，季羡林、曹葆华同辑译的《马克思论印度》（北京：人民文学出版社）出版。［印］潘尼迦编《印度》（印度驻华大使馆）出版。郭登皞等译，中国人民外交学会编译委员会编辑的《印度宪法》（知识出版社）出版。［苏］第雅可夫撰，潘朗译的《印度与巴基斯坦》（中外出版社）出版。

1952 年

拉·帕·杜德著，黄季芳译的《今日印度》（世界知识出版社出版）出版。马克思著，季
羡林、曹葆华同辑译的《马克思论印度》（北京：人民文学出版社）出版。

1953 年

［印］克里山·钱达尔（Krishan Chandar）著，冯金辛译的《火焰与花》出版。［印］
塔尔西·拉奚里著，顾化五译的《断弦》（上海文化生活出版社）出版。纳夫特洽著，严绍瑞、
施竹筠译的《没有桨的破船》（中国青年出版社）出版。［印］钱达尔等著，袁若译的《印度
短篇小说集》（上海潮锋出版社）出版。马克思著，季羡林、曹葆华同辑译的《马克思论印度》
（北京：人民文学出版社）出版。人民出版社辑《印度共产党纲领》（人民出版社）出版。

1954 年

印度总理尼赫鲁访华，当天机关学校全部放假，广大群众上街欢迎印度贵宾。据印度记者
报道，北京 100 万市民从机场到宾馆夹道欢迎，盛况空前。中印两国政府签订《关于中国西藏
地方和印度之间的通商和交通协定》，协定中宣布著名的和平共处五项原则。新中国派出第一
批留学生刘安武、刘国楠赴印度留学，1958 年学成归国。

［印］S·拉达克里希南（S. Radhakrishnana）的《印度和中国：1944 年 5 月在中国发表
的演讲》（India and China: lectures delivered in China in May, 1944）在孟买出版。［印］
安纳德（Mulk Raj Anand）著，侯浚吉译的《安纳德短篇小说选》出版。［印］安纳德（Mulk
Raj Anand）著，王科一译的《不可接触的贱民》（上海：平明出版社）出版。室利阿罗频多
修道院、国际教育中心华文组编的《南海新光》（新加坡，室利阿罗频多修道院国际教育中心
华文组）出版。外交部情报司资料室编《印度新闻事业概况》（外交部情报司资料室）出版。
［印］安纳德等著，顾化五、周锦南译的《理发师工会》（上海文化生活出版社）出版。［印］
迦梨陀娑著，王维克译的《沙恭达罗》（人民文学出版社）出版。［印］泰戈尔著，金克木译
的《我的童年》（人民文学出版社）。［印］泰戈尔著，郑振铎译的《新月集》（人民文学出
版社）出版。［印］纳塔拉詹著，姚华译的《美国阴影笼罩印度》（世界知识社）出版。

1955 年

尼赫鲁特别派专机到昆明接宋庆龄和随行人员访问印度，除了盛大的国宴及国会欢迎外，

还安排了新德里市政府的欢迎大会与讲演，尼赫鲁亲自出席并致辞，称宋庆龄为"光明的灯塔"。他说："我们不是表面上敬爱，而是从心灵深处敬爱你。"

Mulk Raj Anand 著，黄星圻等译的《两叶一芽》出版。Mulk Raj Anand 著，施竹筠等译的《苦力》出版。谢冰心的《印度童话集》出版。谢冰心的《石榴女王》出版。［印］克里山·钱达尔（Krishan Chandar）著，冯金辛等译的《钱达尔短篇小说集》出版。［印］巴伦·巴苏（Baren Basu）著，施咸荣等译的《新兵》（人民文学出版社）出版。［印］安纳德著，侯浚吉译的《安纳德短篇小说选》（上海文艺联合出版社）出版。［英］贝恩著，许地山译的《二十夜间》（作家出版社）出版。［印］巴达查里雅著，冯金辛、郭开兰译的《饥饿》（作家出版社）出版。［印］泰戈尔著，谢婉莹（谢冰心）译的《吉檀迦利》（人民文学出版社）出版。［印］安纳德著，谢冰心译的《印度民间故事》（少年儿童出版社）出版。《两亩地》（上影译，黑白，14 本）完成剧本并上映。《暴风雨》（长影译，黑白，10 本）完成剧本并上映。《流浪者》（上）（长影译，黑白，8 本）完成剧本并上映。《流浪者》（下）（长影译，黑白，9 本）完成剧本并上映。［印］穆克吉著王家骧、杨先慕译的《印度工人阶级》（世界知识社）出版。世界知识社编辑《印度共产党第三次代表大会文件选辑》（世界知识社）出版。世界知识社编辑《印度共产党第四次代表大会文件选辑》（世界知识社）出版。

1956 年

季羡林的《沙恭达罗》出版。［印］迦梨陀娑著，金克木译的《云使》（人民文学出版社）出版。［印］戒日王著，吴晓玲译的《龙喜记》（人民文学出版社）出版。［印］尼赫鲁著，张宝芳译的《尼赫鲁自传》（世界知识出版社）出版。［印］尼赫鲁著，齐文译的《印度的发现》（世界知识出版社）出版。正秋的《变心的人》出版。红燕的《黑太阳》出版。石真的《嫁不出去的女儿》出版。希利曼·纳拉扬（Shriman Narayan）的《印度和中国》（India and China）在德里出版。［法］密那氏撰《母亲的话》（第一辑）（新德里：阿罗频多修道院）出版。［印］巴尔文·迦尔琪著，林齐译的《第一个微波》（作家出版社）出版。［印］泰戈尔著，郑振铎译的《飞鸟集》（上海新文艺出版社）出版。［印］戴伯诃利著，许地山译的《孟加拉民间故事》（上海商务出版社）出版。［印］马尼克·班达济著，郭开兰译的《帕德玛河上的船夫》（北京作家出版社）出版。［印］卡尔吉著，姚艮译，电影艺术编辑社编《苏妮和麻希瓦里》（北京艺术出版社）出版。［英］贝恩编写，许地山译的《太阳底下降》（北京作家出版社）出版。严文井著《印度，我们永远不会忘记你!》（上海少年儿童出版社）出版。［印］泰戈尔著，吴岩译的《园丁集》（上海新文艺出版社）出版。［印］迦梨陀娑著，金克木、季羡林译的《云使·沙恭达罗》（人民文学出版社）出版。《旅行者》（长影译，黑白，9本）剧本翻译完成并上映。中国佛教协会编的《释迦牟尼佛像集》（民族出版社）出版。

1957 年

周恩来总理访问印度国际大学并接受该校最高名誉学位，周恩来与贺龙访问了国际大学中国学院。

K·M·潘尼迦（K. M. Panikkar: India and China）的《印度和中国：文化关系研究》（A Study of Cultural Relation）在孟买出版。［印］潘尼迦著，吴立椿、欧阳采薇译的《印度简史》（三联书店）出版。金克木的《中印人民友谊史话》出版。［印］首陀罗迦著，吴晓铃译的《小泥车》（人民文学出版社）出版。［印］普列姆昌德著，懿敏等译的《普列姆昌德短篇小说选》出版。［印］K.A.阿巴斯（K. A. Abbas）著，冯金辛等译的《阿巴斯短篇小说选》出版。［印］阿罗频多注，徐梵澄译的《谁奥义书》，（印度：室利阿罗频多修道院）出版。［印］迦里大萨著，徐梵澄译的《行运使者》（新德里：阿罗频多修道院）出版。［印］伽斯那著，倪海如译的《百喻经故事》（上海文化出版社）出版。［印］首陀罗迦著，吴晓铃译的《沉船》（人民文学出版社）出版。［苏］霍兹编著，徐亚倩译的《神罐印度民间故事集》（少年儿童出版社）出版。［印］伊克巴尔著，邹荻帆等译的《伊克巴尔诗选》（中国人民对外文协）出版。江绍原译的《印度民间故事》（天津人民出版社）出版。［印］冈果利编，陈章根译的《印度民间故事集》（上海新文艺出版社）出版。［印］安纳德著，谢冰心译的《印度童话集》（中国青年出版社）出版。［印］泰戈尔著，汤永宽译的《游思集》（上海新文艺出版社）出版。［苏］巴甫洛夫，李雅勃契科夫著，冠奇、萧欣译的《印度》（上海新知识）出版。季羡林著《印度简史》（湖北人民出版社）出版。［印］潘尼迦著，吴之椿，欧阳采薇译的《印度简史》（三联书店）出版。季羡林著《中印文化关系史论丛》（人民文学出版社）出版。［苏］爱伦堡著，蒋辑译的《印度印象记》（天津人民出版社）出版。《章西女王》（字幕，彩色，11本）完成剧本并上映。马克思著，张之毅译的《印度史编年稿（664—1858）》（人民出版社）出版。吉蒂译的《印度刑法典》（法律出版社）出版。［印］巴德尔著，麦浪译的《印度和巴基斯坦的农业工人》（世界知识出版社）出版。［苏］穆罗姆采夫等著，何宁译的《太平洋·大西洋·印度洋》（新文艺出版社）出版。

1958 年

1 月 10 日季羡林写成长文《印度文学在中国》。［印］普列姆昌德著，严绍端译的《戈丹》（人民文学出版社）出版。［印］普列姆昌德著，懿敏等译的《一把小麦》（人民文学出版社）出版。［印］克里山·钱达尔（Krishan Chandar）著，严绍端等译的《我不能死》出版。［印］库玛尔（T.Kumar）著，李水译的《辞职》（人民文学出版社）出版。［印］伊克巴尔著，邹荻帆等译的《伊克巴尔诗选》（人民文学出版社）出版。［印］泰戈尔著，石真、谢冰心译的《诗选》（人民文学出版社）出版。拉希等著，北京大学东方语言系乌尔都语专业同学集体翻译的《牢狱的破灭——印度巴基斯坦现代乌尔都语诗集》（北京人民文学出版社）出版。朱瑞编著《勇敢的拉马》（香港中华书局）出版。北京大学东语系印地语专业编《印汉词汇集》（编者自刊（油印本））出版。［印］钱达尔著，张积智译的《倒长的树》（少年儿童出版社）出版。常任侠选注《佛经文学故事选》（上海古典文学出版社）出版。［印］卡尔尼克著，竺光译的《克什米尔公主号的秘密》（江苏文艺出版社）出版。北京大学乌尔都语专业同学译的《牢狱的突破》（乌尔都语诗集）（人民文学出版社）出版。［印］拉贾戈帕拉查理改写，唐季雍译的《摩诃婆罗多的故事》（中国青年出版社）出版。［印］泰戈尔著，石真译的《摩克多塔拉》（上海新文艺出版社）出版。［印］泰戈尔著，石真译的《摩克多塔拉——自由的瀑布》（上海新文艺出版社）。［印］A. 阿巴斯、［苏］H. 斯米尔诺娃著，刘友朋译的《三海旅行》（电影）（中国电影出版社）出版。［印］泰戈尔著，翟菊农、冯金辛译的《泰戈尔剧作集（四卷）》（中国戏剧出版社）出版。［印］钱达著，张积智译的《一棵倒长的树》（上海少年儿童出版社）出版。林林《印度诗稿》（作家出版社）出版。乌国栋译的《印度鹦鹉故事》（天津人民出版社）出版。［印］泰戈尔著，翟菊农译的《泰戈尔——剧作集（一）》（中国戏剧出版社）出版。［印］泰戈尔著，冯金辛译的《泰戈尔——剧作集（二）》（中国戏剧出版社）出版。［印］泰戈尔著，林天斗译的《泰戈尔——剧作集（三）》（中国戏剧出版社）出版。［印］安纳德著，侯浚吉译的《安纳德短篇小说选》（上海文艺联合出版社）出版。［印］桑克利迪耶那著，周进楷译的《印度史话》（北京中华书局）出版。［印］迦比尔著，王维周译的《印度的遗产》（上海人民出版社）出版。　［印］桑克利迪耶那著，周进楷译的《印度史话》（中华书局）出版。《道路之歌》（上译，黑白，12 本）剧本完成并上映。［苏］安尼凯耶夫著，丁彦傅译的《古印度哲学中的唯物主义流源》（人民出版社）出版。陆心贤编著《印度农业地理》（商务印书馆）出版。印度驻华大使馆编《印度共产党特别代表大会文件选辑》（世界知识出版社）出版。统计出版社辑《印度共产党在喀拉拉帮的胜利》（世界知识出版社）出版。

1959 年

季羡林译的《五卷书》出版。裴普贤著《中印文学关系研究》（台北：台湾省妇女写作协会）出版。［印］拉贾戈帕拉查理著，唐季雍译，金克木校的《摩诃婆罗多的故事》（中国青年出版社）出版。［印］穆加发著，林兴华译儿童文学《卡里来和笛木乃》（人民文学出版社）出版。［印］阿巴斯（K. A. Abbas）著，孙敬剑等译的《小麦与玫瑰》（人民文学出版社）出版。［印］泰戈尔著，石真等译的《两亩地》（人民文学出版社）出版。［印］B. 巴达查里雅著，冯金辛、郭开兰译的《饥饿》（人民文学出版社）出版。［印］普列姆昌德著，索纳译的《妮摩拉》（人民文学出版社）出版。冰心译的《泰戈尔抒情诗选》（香港万里书店）出版。［印］泰戈尔著，黄星圻译的《戈拉》（人民文学出版社）出版。［印］耶凌达罗·库玛尔著，李水译的《辞职》（人民文学出版社）出版。［印］迦梨陀娑著，季羡林译的《沙恭达罗》（人民文学出版社）出版。［印］泰戈尔著，汤永宽译的《游思集》（上海文艺出版社）出版。常任侠选注，中华书局编辑所编《佛经文学故事选》（上海中华书局）出版。［印］普列姆昌德著，懿敏等译的《一把小麦》（人民文学出版社）出版。［印］泰戈尔著，郑振铎译的《飞鸟集》（上海文艺出版社）出版。［印］阿格纳瓦里等著，上海外院四年级同学翻译的《印巴缅和平战士诗选》（上海文艺出版社）出版。［印］泰戈尔著，谢冰心译的《泰戈尔——剧作集（四）》（中国戏剧出版社）出版。天津人民出版社编辑《印度边界问题的真相》（天津人民出版社）出版。纪祖莹著《印度基本情况》（世界知识出版社）出版。印度驻华大使馆编《印度 1959 年共和国日纪念专刊》（印度驻华大使馆）出版。

1960 年

北京大学东语系开设梵文、巴利文班（季羡林、金克木授课）。

　　[苏] 柯切托夫著，李渊庭译的《佛教的起源》（民族出版社）出版。汤用彤的《印度哲学史略》（北京：中华书局）出版。[印] 马拉维亚著，北京编译社译的《喀拉拉邦关于印度共产党执政情况的报道》（世界知识出版社）及世界知识出版社编《印度共产党在喀拉拉邦的成就和斗争》（世界知识出版社）出版。

　　1961 年

　　[印] 伽斯那著，求那毗地译的《百喻经》（香港商务印书馆）出版。佛教选要编纂会编纂《佛教选要》（香港：金刚乘学会）出版。[苏] 捷斯尼切卡娅著，劳允栋译的《印欧语亲属关系研究中的问题》（北京科学出版社）出版。北京大学东语系印地语教研室编《印地语—汉语辞典》（商务印书馆）出版。[印] 泰戈尔著《泰戈尔作品集》（十卷）（人民文学出版社）出版。泰戈尔诞辰一百周年纪念委员会编《泰戈尔诞辰一百周年》出版。《两头牛的故事》（上译，黑白，14 本）剧本完成并上映。印度驻华大使馆编《印度 1961 年共和国日纪念专刊》（印驻华大使馆）出版。

　　1962 年

　　[印] 迦梨陀婆著，季羡林译的《优哩婆湿》（人民文学出版社）出版。[印] 泰戈尔著，孙用译的《腊玛延那玛哈帕腊达》（人民文学出版社）出版。玛朱姆达改写，冯金辛、齐光秀译的《罗摩衍那的故事》（中国青年出版社）出版。王藻著《一八五七年印度人民起义》（北京三联书店）出版。汤用彤的《往日杂稿》（北京：中华书局）出版。世界知识出版社编辑《印度共产党第六次代表大会文件 1961 年 4 月 7 日至 16 日》（世界知识出版社）出版。

　　1962 年至 1966 年

　　[印] 德·恰托巴底亚耶著，王世安译的《顺世伦古印度唯物主义研究》（商务印书馆）出版。

　　1963 年

　　马克思恩格斯著，易延镇等译的《马克思恩格斯论印度民族解放起义》（人民出版社）出版。

　　1964 年

　　金克木的《梵语文学史》出版。[印] K·P·S·梅农（K.P. S. Menon）的《德里重庆日记》（Delhi Chongqing Diary）（孟买：牛津大学出版社）出版。季羡林译的《五卷书》（人民文学出版社）出版。陈翰笙著《印度莫卧儿王朝》（商务印书馆）出版。[印] 辛哈班纳吉著，张若达等译的《印度通史》（上海商务印书馆）出版。［美］奥佛斯特里特、［美］温德米勒著北京编社译的《印度的共产主义运动》（商务印书馆）出版。

1965 年

［印］拉·杜特著，陈洪进译的《英属印度经济史》（三联书店）出版。［法］格鲁塞著，常任侠、袁音译的《印度的文明》（商务印书馆）出版。

1966 年

糜文开著《印度历史故事》（台北：台湾商务印书馆）出版。

1967 年

糜文开译的《印度两大史诗》（台北：台湾商务印书馆）出版。

1968 年

［印］K·P·S·梅农（K. P. S. Menon）的《中国：过去与现在》（*China: Past and Present*）在孟买出版。［日］牧村泰贤著，欧阳瀚存译的《原始佛教思想论》（台北：台湾商务印书馆）出版。

1970 年

广东人民出版社编《印度革命胜利的曙光》（广东人民出版社）出版。［印］加里陀莎著，糜文开译的《莎昆妲萝：七幕剧》（台北：台湾商务印书馆）出版。

1971 年

（唐释）玄奘著《大唐西域记》（台北，台湾商务印书馆）出版。印顺著《中国禅宗史：从印度禅到中华禅》（台北：印顺）出版。［苏］巴拉布舍维奇季雅科夫编，北京编译社译的《印度现代史》（北京三联书店）出版。

1972 年

李志纯著《印度史纲要》（增订版）（台北：正中书局）出版。

1973 年

［印］R·沃赫拉（Rambie Vohra）的《老舍与中国革命》（*Lao She and the Chinese Revolution*）（哈佛大学）出版。［印］辛哈·班纳吉著，张若达、冯金辛译的《印度通史》（商务印书馆）出版。儿童文学《歼敌小勇士：印度支那少年儿童战斗故事》（长沙：湖南人民出

版社）出版。［日］汤次了荣著，无名氏译的《大乘起信论新释》在新加坡出版。［印］辛哈·班纳吉著，张若达译的《印度通史》（上海商务印书馆）出版。

1975 年

糜文开著《印度文学欣赏》（台北：三民书局）出版。1976 年，裴普贤著《中印文学研究》（台湾：商务印书馆）出版。《印度思想文化与佛教》（台北：史博馆）出版。［印］阿罗频多著，徐梵澄译的《薄伽梵歌》（印度：室利阿罗频多修道院）出版。李志夫著《巴拉蒂特的哲学：印度吠檀多学派后期》（台湾：商务印书馆）出版。马定波著《印度佛教心意识说之研究》（第 2 版）（正中书局）出版。

1976 年

荻原云来著《梵汉对译佛教词典》（新文丰出版公司）出版。

1977 年

［印］M·莫汉蒂（M.Mohanty）《革命的暴力：印度毛主义运动研究》（*Revolutionary Violence: A Study of the Maoist Movement in India*）在德里出版。萨拉夫著，华中师院历史组译的《印度社会》出版。现代佛教学术丛刊编辑委员会编辑《大藏经研究汇编上》（台北：大乘文化出版社）出版。现代佛教学术丛刊编辑委员会编辑《大藏经研究汇编下》（台北：大乘文化出版社）出版。现代佛教学术丛刊编辑委员会编辑《玄奘大师研究下》（台北：大乘文化出版社）出版。［印］克里尚·巴蒂亚著上海师大外语系译的《英迪拉·甘地》（上海人民出版社）出版。玄奘著，章翼校点的《大唐西域记》（上海人民出版社）出版。

1978 年

黄宝生编《印度现代短篇小说选》出版。谭中（Tan Chung）的《中国与勇敢新世界》（*China and the Brave New World: A Study of the Origins of the Opium War*（1840—42））在新德里出版。［印］M·莫汉蒂（M. Mohanty）的《毛泽东的政治哲学》（*The Political Philosophy of Mao Zedong*）在新德里出版。现代佛教学术丛刊编辑委员会编辑《印度佛教史论》（台北：大乘文化出版社）出版。［印］阿罗频多修道院编，徐梵澄译的《母亲的话》（第三辑）（新德里：阿罗频多修道院）出版。现代佛教学术丛刊编辑委员会编辑《原始佛教研究》（台北：大乘文化出版社）出版。现代佛教学术丛刊编辑委员会编辑《印度佛教史论》（台北：

大乘文化出版社）出版。〔印〕罗易著，山东师范学院外文系等译的《罗易回忆录》（商务印书馆）出版。

1979 年

吕澂著《印度佛学源流略讲》（上海人民出版社）出版。黄心川著《印度近代哲学家辨喜研究》（中国社会科学出版社）出版。季羡林著《罗摩衍那初探》（外国文学出版社）出版。〔印〕拉贾戈帕拉查理改写，唐季雍译的《摩诃婆罗多的故事》（香港中流出版社）出版。现代佛教学术丛刊编辑委员会编辑《印度佛教概述》（台北：大乘文化出版社）。（唐释）慧立同著《玄奘全传》（台北：星光出版社）。〔日〕荻原云来编纂《梵和大辞典（汉译对照）》（影印本）（台北：新文丰出版公司）出版。白求恩国际和平医院编写组编，盛贤功执笔《柯棣华大夫》（人民出版社）出版。吴丹注释《泰戈尔短篇小说选》（商务印书馆）出版。

1980 年

金克木的《古代印度文艺理论文选》（人民文学出版社）出版。常任侠的《印度与东南亚美术发展史》（上海人民美术出版社）出版。中国社会科学院外国文学研究所外国文学研究资料丛刊编辑委员会等编《印度现代文学研究》（中国社会科学出版社）出版。苏东坡书《苏东坡书金刚经》（香港：香港佛学印书馆）出版。（唐释）多罗译 2 版《释氏十三经》（台北：新文丰出版公司）出版。糜文开译的《印度三大圣典》（台湾中国文化大学出版部）出版。〔印〕迦梨陀娑著，季羡林译的《沙恭达罗》（人民文学出版社）出版。〔印〕古尔辛·南达著，唐生元译的《断线风筝》（山西人民出版社）出版。〔印〕蚁垤著，季羡林译的《罗摩衍那（一）童年篇》（人民文学出版社）出版。季羡林著《天竺心影》（百花文艺出版社）出版。〔印〕普列姆昌德著，庄重译的《舞台》（广东人民出版社）出版。崔连仲著《古代印度》（北京：商务印书馆）出版。崔连仲著《古代印度》（北京：商务印书馆）出版。涂厚善著《古代印度河流域的文化》（北京：商务印书馆）出版。《大篷车》完成剧本并上映。〔印〕辛格著，周水玉、李森译的《印度洋的政治》（北京：商务印书馆）出版。〔印〕恰托巴底亚耶著，黄宝生、郭良鋆译的《印度哲学》（北京：商务印书馆）出版。玄奘著，向达辑的《大唐西域记古本三种》（北京：中华书局）出版。〔日〕梶山雄一著，张春波译的《印度逻辑学的基本性质》（北京：商务印书馆）出版。

1981 年

糜文开的《印度文学历代名著选》（台北：东大图书公司）出版。常任侠的《丝绸之路与西域文化艺术》出版。亚南译的《甘地夫人自述》（时事出版社）出版。黄宝生、周志宽、倪培根译的《印度现代文学》（外文出版社）出版。庄重的《舞台》出版。［印］萨拉特·钱达·查特吉著，石真译的《斯里甘特》出版。［印］查特吉著，石真译的《斯里甘特》（人民文学出版社）出版。曹禺著，乔希、庄重翻译的《雷雨》（外文出版社）出版。马连儒，盛贤功编儿童文学《紧握解剖刀：印度医生柯棣华》（四川少年儿童出版社）出版。温德尼兹著，金克木译《印度文学和世界文学》在外国文学研究（第 2 期）刊载。踏萨译的《卜迦梵歌原本》（香港：巴蒂维丹达书籍信托出版社）出版。现代佛学丛刊编委会 2 版《佛典翻译史论》（台北：大乘文化出版社）出版。王恩洋著《心经通释》（台北：新文丰出版社）出版。《一切经音义》（台北：台湾商务印书馆）出版。张君劢著，程文熙编《中西印哲学文集》（台北：台湾学生书局）出版。踏萨译的《博迦梵歌原本》（香港：巴帝维丹达出版社）出版。［印］泰戈尔著，梁锡华译的《祭坛佳里》（台北：远景出版事业公司）出版。［印］泰戈尔著，钟文译的《漂鸟集》（台北：远景出版事业公司）出版。名家出版社编辑部编《世界文学全集》（台北：喜美出版社）出版。［印］泰戈尔著，钟文译的《新月集》（台北：远景出版事业公司）出版。糜文开编译的《印度文学历代名著选》（台北：东大图书公司）出版。［印］泰戈尔著，钟文译的《园丁集》（台北：远景出版事业公司）出版。嘉年华编辑委员会编撰《释迦牟尼》（台北：嘉年华文化出版事业公司）。［印］泰戈尔著《泰戈尔论文集》（台北：志文出版社）。［印］泰戈尔著，郑振铎译的《泰戈尔诗选》（湖南人民出版社）出版。［印］泰戈尔著，黄雨石译的《沉船》（外文出版社）出版。［印］克里山·钱达尔著，伍蔚典译的《一个少女和一千个追求者》（湖南人民出版社）出版。［印］A.S. 卡尼克著，楚至大译的《克什米尔公主号》（湖南人民出版社）出版。［印］蚁垤著，季羡林译的《罗摩衍那（二）阿逾陀篇》（人民文学出版社）出版。［印］泰戈尔著，汤永宽译的《采果集》（江西人民出版社）出版。［印］泰戈尔著，郑振铎译的《飞鸟集》（上海译文出版社）出版。［印］泰戈尔著，汤永宽译的《游思集》（上海译文出版社）出版。［印］泰戈尔著，吴岩译的《园丁集》（上海译文出版社）出版。［印］泰戈尔著，郑振铎译的《泰戈尔诗选新月集·飞鸟集》（湖南人民出版社）出版。何宝民编选《百喻经故事

选》（河南人民出版社）出版。罗秉芬等选译的《佛经故事选》（江西人民出版社）出版。［印］
泰戈尔著，谢冰心、黄雨石译的《泰戈尔小说选》（贵州人民出版社）出版。涂厚善著《古代
印度河流域的文化》（北京商务印书馆）出版。［印］甘地夫人口述，波奇帕达斯笔录，亚南
译的《甘地夫人自述》（时事出版社）出版。《奴里》剧本完成并上映。［印］伽斯那辑，［印］
求那毗地译的《百喻经》（金陵书画社）出版。石村的《因明述要》（中华书局）出版。

1982 年

9 月 21 日—26 日，中国印度文学研究会在济南成立。由中国社会科学院外国文学研究所、
南亚研究所、北京大学和山东大学联合举办的印度现当代文学讨论会在山东济南市举行。来自
全国各地的印度文学研究、教学、翻译和编辑工作者七十余人参加会议。外国文学学会副会长、
南亚学会会长季羡林教授在开幕词中回顾了中印文化交流的历史，并呼吁在注意研究和介绍西
方文学的同时，也要注意研究和介绍包括印度文学在内的东方文学。

赵国华的《那罗与达摩衍蒂》出版。金克木的《伐致呵利三百咏》出版。季羡林的《印度
古代语言论集》出版。季羡林的《中印文化关系史论文集》出版。刘国楠、王树英合著《印度
各邦历史文化》出版。密尔·阿门（Amen Mir Dehlavi）著，李宗华等译的《花园与春天》（人
民文学出版社）出版。［英］查尔斯·坎利奥特著，李荣熙译的《印度教与佛教史纲》（商务
印书馆）出版。［印］普列姆昌德著，刘安武译的《新婚》（贵州人民出版社）出版。［印］
普列姆昌德著《普列姆昌德童话选》（哈萨克文）（乌鲁木齐。新疆人民出版社）出版。刘安
武编《中国大百科全书·外国文学——南亚文学》（中国大百科全书出版社）出版。郁龙余著《从
沈括的〈梦溪笔谈〉看中印古代文化交流》在《南亚研究》（第 1 期）上发表。巴布巴译注《博
迦梵歌原本二》（香港：巴蒂维丹达信托出版社）出版。［法］迭朗善译，马香雪转译的《摩
奴法典》（北京商务印书馆）出版。［印］巴布巴著《Krishna 至尊性格神首》（香港：巴帝维
丹达出版社）出版。孙实著《释迦牟尼》（台北：名人出版事业公司）。吴季桓著《玄奘》（台
北：名人出版事业公司）。李世杰著《印度大乘佛教哲学史》（台北：新文丰出版公司）。殷
洪元、徐晓阳著《印地语课本》（商务印书馆）出版。金克木著《梵语文学史》（人民文学出
版社）出版。赵国华译的《那罗和达摩衍蒂》（中国社会科学出版社）出版。［印］克里希南·钱
达尔等著，蔡国辉译的《倒长的树》（广东人民出版社）出版。［印］钱达尔著，庄重、荣炯

译的《一个少女和一千个追求者》（山西人民出版社）出版。常任侠选《佛经文学故事选》（上海古籍出版社）出版。［印］泰戈尔著，谢冰心译的《泰戈尔诗选吉檀迦利·园丁集》（湖南人民出版社）出版。［印］蚁垤著，季羡林译的《罗摩衍那（三）森林篇》（人民文学出版社）出版。［印］泰戈尔著，城池译的《泰戈尔短篇小说选》（福建人民出版社）出版。［印］蚁垤著，季羡林译的《罗摩衍那（四）猴国篇》（人民文学出版社）出版。［印］克里山·钱达尔著，唐生元、王民锁译的《一头驴子的自述》（山西人民出版社）出版。李文业著《印度章西女王》（北京商务印书馆）出版。白求恩国际和平医院柯棣华纪念馆等编《纪念柯棣华》（人民出版社）出版。《哑女》剧本完成并上映。刘培育等编的《因明论文集》（甘肃人民出版社）出版。［印］泰戈尔著，谭仁侠译的《民族主义》（北京：商务印书馆）出版。［英］埃利奥特著，李荣熙译的《印度教育佛教史纲（第一卷）》（北京：商务印书馆）出版。［印］陈那著，法尊译编的《集量论略解》（中国社会科学出版社）出版。

1983 年

金克木著《印度文化论集》出版。何乃英著《泰戈尔传略》（天津人民出版社）出版。黄宝生、周志宽、倪培根、冯金辛编选《印度短篇小说选》（北京人民文学出版社）出版。王槐庭译的《村庄》出版。韩延杰译的《惊梦记》（跋娑的剧本）出版。周志宽译的《仁爱道院》出版。庄重译的《一串项链》（山西人民出版社）出版。［印］普列姆昌德著，刘安武译的《如意树》（上海译文出版社）出版。［印］泰戈尔著，倪培耕等译的《饥饿的石头》（广西漓江出版社）出版。徐速改写《印度王子与神猴》（广东人民出版社）出版。郁龙余著《中印栽培植物交流略谈》在《南亚研究》（第 2 期）上发表。刘守华《印度〈五卷书〉和中国民间故事》在《外国文学研究》（第 2 期）刊载。晓云法师著《印度艺术》（台北：水牛图书出版事业公司）出版。陈佛松编著《印度社会中的种姓制度》（北京商务印书馆）出版。穆来根译的《中国印度见闻录》（中华书局）出版。巴克著《再回来：轮回的科学》（香港：巴帝维丹达出版社）出版。（释）法显撰《佛国记：一卷》（影印本）（台北：台湾商务印书馆）出版。［印］贝纳拉尔·柏德尔著，庄重译的《姬薇的婚事》（湖南人民出版社）出版。［印］古尔辛·南达著，周志宽、王镛译的《湖畔盲女》（花山文艺出版社）出版。［印］莫汉·拉盖什著，钟毅译的《画家的妻子》（江西人民出版社）出版。［印］阿基兰著，刘国楠译的《画中女》（北岳文艺出版社）

出版。[印] 泰戈尔著，吴岩译的《流萤集》（上海译文出版社）出版。[印] 古尔辛·南达著，孙瑞译的《大湖彼岸》（湖南人民出版社）出版。[印] 蚁垤著，季羡林译的《罗摩衍那（五）美妙篇》（人民文学出版社）出版。雷东平等编译的《印度民间故事》（云南人民出版社）出版。汤用彤的《汤用彤学术论文集》（中华书局）出版。

1984 年

10 月 6 日—12 日，印度两大史诗《摩诃婆罗多》和《罗摩衍那》讨论会在杭州召开，来自全国各地 50 多个单位的 70 名正式代表和 20 名列席代表参加会议。中国印度文学研究会会长、中国社会科学院、北京大学南亚所所长、著名印度学学者季羡林教授致开幕辞和闭幕辞。

印度史诗《罗摩衍那》（*Rāmāyana*），季羡林翻译出版。[印] 玛尼克·班纳济著，石真译的《玛尼克短篇小说选》（山西人民出版社）出版。[印] 蚁垤著，季羡林译的《罗摩衍那》第 7 卷（后编）（人民文学出版社）出版。金克木的《印度古诗选》出版。金克木编著《比较文化论集》（三联书店）出版。刘安武编选《普列姆昌德短篇小说选》（人民文学出版社）出版。刘安武编《印度民间故事集》（中国民间文艺出版社）出版。季羡林、刘安武编选《印度两大史诗评论汇编》（中国科会科学出版社）出版。林承节的《印度民族独立运动的兴起》出版。周连宽的《大唐西域记史地研究丛稿》出版。詹得雄著《印度散记》（新华出版社）出版。王树英、石怀真、张光璘、刘国楠编译的《印度民间故事》（北京大学出版社）出版。刘靖华、任泉译的《印度神话》（中国民间文艺出版社）出版。张光璘的《论泰戈尔》（中国社会科学院南亚研究所）出版。泰戈尔著、郑振铎译的《新月集》（人民文学出版社）出版。泰戈尔著，谢冰心译的《吉檀迦利》（人民文学出版社）出版。泰戈尔著，刘寿康译的《戈拉》（北京人民文学出版社）出版。[印] 圣笈多 S·C 著，董红钧译的《泰戈尔评传》（湖南人民出版社）出版。[印] 克里巴拉尼著，倪培耕译的《泰戈尔传》（漓江出版社）出版。[印] 毗耶娑原著，[苏] B. 埃尔曼，[苏] Э. 捷姆金改写，董友忱译的《摩诃婆罗多》（湖南人民出版社）出版。[印] 班纳济著，石真译的《玛尼克短篇小说选》（山西人民出版社）出版。[印] 钵剌摩闼·乔笃黎著，吴华译的《四个朋友的故事》（山西人民出版社）出版。[印] 弗·代尔马著，仇标译的《章西女王》（上海儿童出版社）出版。沈观鼎编译的《梵文字典》（台北：常春树书坊）出版。叶嘉选著《佛经的故事》（台北：时报文化出版事业公司）出版。高观如著《佛书答问》（台北：常春树书坊）出版。余金城主编《佛学辞典》（台北：五洲出版社）出版。［印］穆帝著《中观哲学》（台北：华宇出版社）。［印］克里山·钱达尔著，瑞昌译的《钱镜》（陕西人民出版社）出版。［印］泰戈尔著，吴华译的《我的回忆》（北岳文艺出版社）出版。［印］蚁垤著，季羡林译的《罗摩衍那（六）战斗篇》（人民文学出版社）出版。季羡林主编《印度文学研究集刊第一辑》（上海译文出版社）出版。［印］阿基兰著，张锡麟译的《阿基兰短篇小说选》（上海译文出版社）出版。［印］泰戈尔著，吴岩译的《鸿鹄集》（上海译文出版社）出版。马永堂等编译的《南亚民间故事选》（山东少年儿童出版社）出版。［印］泰戈尔著，吴岩译的《情人的礼物》（上海译文出版社）出版。［印］蚁垤著，［苏］埃尔曼等改写，黄志坤译的《罗摩衍那》（改写本）（湖南人民出版社）出版。任鸣皋、李文业著《伟大的共产主义战士柯棣华》（北京商务印书馆）出版。《志同道合》剧本完成并上映。［日］高山撂丰著，隋树森译的《释迦传》（拉萨：西藏人民出版社）出版。［印］室利·阿罗频多撰，徐梵澄译的《神圣人生论》（商务印书馆）出版。金克木编《比较文化论集》（三联书店）出版。

1985 年

2月2日，由印度文化关系委员会、印度国大党（英甘地派）的总书记、诗人和小说家室利甘提梵尔玛（Shrikant Verma）主持的蚁垤国际诗歌节在印度新德里举行，有来自 29 个国家的代表以及印度各邦诗人三十多名。印度总统与副总统到会致辞，中国学者季羡林教授和刘国楠教授应邀出席。

2月25日至3月1日，由印度文化事务委员会(Indian Council for Cultural Relations)和德里大学现代欧洲语言系、大学拨款委员会、印度历史研究委员会、印度社会科学研究委员会、印度文学研究院等六个单位发起和筹办的印度和世界文学国际学术讨论会在印度新德里举行。出席会议的中国学者有季羡林教授、刘国楠教授，还有两位印度文学工作者倪培耕和华宇清。

章巽的《法显传校注》出版。玄奘、辨机著，季羡林等校注的《大唐西域记校注》（商务印书馆）出版。季羡林著《原始佛教的语言问题》（中国社会科学出版社）出版。郭良鋆、黄宝生译的《佛本生故事选》（印度文学丛书）（人民出版社）出版。谭中（Tan Chung）的《海神与龙》（*Triton and Dragon: Study on Nineteenth-century China and Imperialism*）在德里出版。泰戈尔著，刘建译的《孟加拉掠影》出版。［印］甘地著，杜危、吴耀宗合译的《甘地自传》(Autobiography or The Story of My Experiments with Truth)（商务印书馆）出版。

　　［印］萨拉特·钱德拉·查特吉著，刘国楠、刘安武译的《秘密组织——道路社》（中国文艺联合出版公司）出版。黛维·梅特丽那著，季羡林译的《家庭中的泰戈尔》（漓江出版社）出版。［印］希瓦纳特纳.S.纳拉万著，刘文哲、何文安译的《泰戈尔传》（重庆出版社）出版。［印］普列姆昌德著，刘安武译的《割草的女人》（湖南人民出版社）出版。孙琬译的《印度电影史》出版。郁龙余的《印度文学在中国的流传与影响》在《深圳大学学报》（第四期）上发表。［法］安托万著《梵文文法：动词及梵英文字汇对照表》（台北：华宇出版社）出版。［法］安托万著《梵文文法》（台北：华宇出版社）出版。［英］佛斯特著，林舒译的《印度之旅》（台北：骏马文化事业社）出版。［日］榊亮三郎、［日］西尾京雄编《翻译名义大集梵藏索引：梵藏汉和对校》（台北：华宇出版社）出版。［日］松下真一著，余万居译的《法华经与核子物理学》（台北：天华出版公司）出版。（释）慈忍室主人编辑《海潮音文库》（26册）（台北：新文丰公司）出版。［日］榊亮三郎编著《翻译名义大集：梵藏汉和四译对校》（2册）（台北：华宇出版社）出版。（释）东初编著《东初老人全集(3)、中印佛教交通史》（3版）（台北：中华佛教文化馆）出版。梁启超著《佛学研究十八篇》（台北：台湾中华书局）出版。朱传誉主编《玄奘传记资料》（台北：天一出版社）。罗秉芬等选译的《佛经故事选》（江西人民出版社）出版。［印］纳拉万编著，刘文哲、何文安译的《泰戈尔评传》（重庆出版社）出版。［印］泰戈尔著，石真译的《采果集·爱者之贻·渡口》（湖南人民出版社）出版。王邦维选译的《佛经故事选》（重庆出版社）出版。世界文学编辑部编《一匹马和两头山羊》（光明日报出版社）出版。［印］安纳德著，王槐挺译的《黑水洋彼岸》（上海译文出版社）出版。M.S.柯棣尼斯著，任鸣皋、皮美燕译的《永恒的桥梁：柯棣华大夫传记》（河北人民出版社）出版。梁洁筠编著《印度的首任总理尼赫鲁》（商务印书馆）出版。《马戏演员的遭遇》剧本翻译完成并上映。《神象奇缘》剧本完成并上映。《海誓山盟》剧本完成并上映。沈剑英的《因明学研究》（中国大百科全书出版社）出版。

　　1986 年

　　10 月 8 日，印度近代伟大的现实主义作家普列姆昌德逝世 50 周年。中国印度文学研究会在广州中山大学召开"普列姆昌德和印度现实主义文学"学术讨论会，来自全国 15 个省、自治区、直辖市的 60 余名代表出席了会议。

季羡林的《东方文学作品选》（湖南人民出版社）出版。刘安武编《东方文学作品选》（湖南人民出版社）出版。［苏］埃尔曼·捷姆金著，黄志坤编译的《古印度神话》（湖南少年儿童出版社）出版。詹得雄著《印度归来答客问》（世界知识出版社）出版。［印］马宗达·赖乔杜里等著，张澍霖等译的《高级印度史》（商务印书馆）出版。［印］耶谢巴尔著，刘宝珍、彭正笃译的《公理和惩罚》出版。［印］比·克·阿卢瓦利亚、夏希·阿卢瓦利亚著，肖耀先译的《拉吉夫·甘地——一个英勇的形象》（上海人民出版社）出版。［印］阿基兰著《女人》（太原：山西文艺出版社）出版。［印］泰戈尔著，汤永宽译的《采思集》（江西人民出版社）出版。马允伦、马邦城著《唐僧印度取经》（少年儿童出版社）出版。赵国华《论中国的献人供妖与义士除害型故事——〈西游记〉与印度文学比较研究之二》在《南亚研究》（第 4 期）刊载。赵国华《论孙悟空神猴形象的来历（下）——〈西游记〉与印度文学比较研究之一》在《南亚研究》（第 2 期）刊载。王晓丹《印度文学作品汉译概况——三十五年回顾》在《南亚研究》（第 3 期）刊载。［日］德山晖纯著《梵字图说》（台北：长春树书坊）出版。［日］水野弘元著《巴利文法》（台北：华宇出版社）出版。［德］海涅曼著《汉梵、梵汉陀罗尼用语辞典》（台北：华宇出版社）出版。黎菱著《印度妇女：历史现实新觉醒》（世界知识出版社）出版。蒋忠新译的《摩奴法论》（中国社会科学出版社）出版。季羡林主编《东方文学作品选上》（湖南文艺出版社）出版。季羡林主编《东方文学作品选下》（湖南文艺出版社）出版。［印］泰戈尔等著，许章真编译的《印度现代小说选》（台北：志文出版社）出版。丁福保编《佛学大辞典》（4 册 3 版）（台北：天华出版公司）出版。（释）慧森编著《佛学课本》（台北县：常春树书坊）出版。［日］服部正明、长尾雅人著，许明银译的《印度思想史与佛教史述要》（台北：天华出版事业公司）。朱勃编译的《印度比较教育学：启发提问》（北京师范大学出版社）出版。季羡林主编《中外文学书目答问》（中国青年出版社）出版。［印］克里山·钱达尔著，如珍译的《失败》（湖南人民出版社）出版。［印］克里山·钱达尔著，怡新译的《失败》（北岳文艺出版社）出版。［印］泰戈尔著，石真译的《摩克多塔拉：自由的瀑布》（上海译文出版社）出版。［印］钱达尔著，朱国庆、张玉兰译的《流浪恋人》（湖南人民出版社）出版。［印］古尔辛·南达著，薛克翘、王晓丹译的《檀香树》（辽宁人民出版社）出版。奥克雷塔拉达塔·盖罗拉编，杨双举等译的《喜马拉雅民间故事》（西藏人民出版社）出版。［印］泰戈尔著，吴岩译的《吉檀迦利：献诗集》（上海译文出版社）出版。金克木著《天竺旧事》（三联书店）出版。［印］阿基兰著，刘国楠译的《画中女》（北岳文艺出版社）出版。［印］普列姆昌德著，周志宽译的《仁爱院》（上海译文出版社）出版。季羡林主编《东方文学作品选》（湖南文艺出版社）出版。［印］耶谢巴尔著，刘宝珍、彭正笃译的《公理与惩罚》（河南人民出版社）出版。［印］泰戈尔著，汤永宽译的《采里集》（江西人民出版社）出版。朱占府、李百燕选译的《印度童话》（北京出版社）出版。季羡林主编，中国印度文学研究会编《印度文学研究集刊第二辑》（上海译文出版社）出版。［印］泰戈尔著，宋诒瑞译的《秘密宝藏》（上海少年儿童出版社）出版。［印］高士（Ghos, S.N.）著，张青译的《印度民间故事与神话传说》（贵州人民出版社）出版。《爱的火山》剧本完成并上映。布顿著，郭和卿译的《佛教史大宝藏论》（民族出版社）出版。蒋忠新译的《摩奴法论》（中国社会科学出版社）出版。项金安著《日本印度英国和香港地区民间计划生育见闻》（湖北科学技术出版社）出版。

1987 年

刘安武著《印度印地语文学史》（人民文学出版社）出版。季羡林、刘安武选编《印度古代诗选》（漓江出版社）出版。刘安武编《简明东方文学史》（北京大学出版社）出版。金克木编选，金克木、赵国华等译的《摩诃婆罗多插话选》（人民文学出版社）出版。常任侠选注，郭淑芬点校《佛经文学故事选》（上海古籍出版社）出版。魏风江著《我的老师泰戈尔》（贵州人民出版社）出版。郁龙余主编《比较文学丛书——中印文学关系源流》（湖南文艺出版社）出版。卢蔚秋的《东方比较文学论文集》（湖南文艺出版社）出版。深圳大学比较文学研究所编《比较文学讲演录》（陕西师范大学出版社）出版。泰戈尔著，吴岩译的《茅庐集》（湖南少年儿童出版社）出版。泰戈尔著，白开元译的《寂园新曲》出版。泰戈尔著，邵洵美译的《家庭与世界》（人民文学出版社）出版。泰戈尔著，董友忱译的《家庭与世界》出版。梁锡华的《祭坛佳里》（香港：香江出版公司）出版。［印］瓦尔玛著，庄严译的《章西女王》（上海译文出版社）出版。［印］米尔扎·鲁斯瓦著，佘菲克译的《一个女人的遭遇》（人民文学出版社）出版。［印］普列姆昌德著，唐仁虎、刘安武译的《普列姆昌德论文学》（漓江出版社）出版。［英］查·法布里著，王镛、孙世海译的《印度雕刻》（文化艺术出版社）出版。李宗华《印度乌尔都语文学》在《国外文学》（第1期）刊载。蔡澜著《印度泰国海外情之二》（香港：天地图书公司）出版。郁龙余编《中印文学关系源流》（中华书局（香港）公司）（湖南文艺出版社）出版。（唐释）玄奘著，季羡林等校注《大唐西域记校注》（台北：新文丰出版社）出版。徐慕亦编译的《佛教名言365则》（高雄：大众书局）出版。盖格等著，李荣熙等译的《佛教语言论集》（台北：华宇出版社）出版。陈柏达著《佛陀的人格与教育》（3版）（台北：天华出版公司）出版。徐梵澄译的《奥义书选译》（3册）（台北：华宇出版社）出版。［日］梶山雄一等著，张春波等译的《印度逻辑学论集》（台北：华宇出版社）出版。聂秀藻著《原始佛教四谛思想：以成实论为中心》（再版）（高雄：佛光出版社）出版。［英］埃利奥特著，李荣熙译的《巴利系佛教史纲》（台北：华宇出版社）。［印］鸠摩罗什译的《观世音普门品》（台北：金枫出版公司）。詹丽茹著《释迦牟尼传》（香港：博益出版公司）。吕澂著《印度佛学思想概论》（台北：天华出版事业公司）。［英］埃利奥特著，李荣熙译的《印度思想与宗教》（台北：华宇出版社）。［日］宇井伯寿等著，（释）印海译的《中印佛教思想史》（台北：华宇出版社）。曾向东编《印度现代高等教育》（四川大学出版社）出版。李连庆著《印度史话》（世界知识出版社）出版。任鸣皋编著《圣雄甘地》（商务印书馆）出版。任鸣皋、宁明编《论甘地》（上海社会科学出版社）出版。王树英、雷东平编译的《印度神话传说》（中国人民大学出版社）出版。［印］泰戈尔著，冰心等译的《榕树》（人民文学出版社）出版。蓉生译注《百喻经译注》（浙江古籍出版社）出版。［印］普列姆昌德著，殷洪元译的《罗摩的故事》（国际文化出版公司）出版。［印］泰戈尔著，广燕译的《榕树》（人民文学出版社）出版。倪海曙译述《百喻经故事》（宝文堂书店）出版。［印］泰戈尔著，白开元译的《寂园心曲》（广西人民出版社）出版。［印］僧伽斯那辑·求那毗地译，韦海校注《痴华》（中州古籍出版社）出版。［印］泰戈尔著，董友忱译的《家庭与世界》（山东文艺出版社）出版。［印］泰戈尔著，何文缩写《沉船》（贵州人民出版社）出版。［英］渥德尔著，王世安译的《印度佛教史》（商务印书馆）出版。［德］凯斯顿著，赵振全、王宽相译的《耶稣在印度》（北京国际文化出版公司）出版。倪海曙译述的《百喻经故事》（宝文堂书店）出版。

1988年

黄宝生著《印度古代文学》（知识出版社）出版。季羡林、刘安武选编《东方短篇小说选》

（中国青年出版社）出版。方立天著《中国佛教与传统文化》出版。王邦维著《大唐西域求法高僧传校注》出版。《东方文化评论》编委会，深圳大学学报编辑部编《东方文化评论》（第一辑）（深圳大学学报编辑部）出版。［印］杜勒西达斯著，金鼎汉译的《罗摩功行之湖》（人民文学出版社）出版。［印］泰戈尔等著，刘安武、白开元等合译的《孟加拉母亲》（人民文学出版社）出版。［印］泰戈尔著，倪培耕等译的《泰戈尔论文学》（上海译文出版社）出版。［印］泰戈尔著，董友忱译的《王后市场》（湖南文学出版社）出版。李连庆著《英迪拉·甘地》（浙江人民出版社）出版。［印］般吉姆著，石真译的《毒树》（湖南人民出版社）出版。刘松林《印度的〈五卷书〉与中国的先秦寓言》在《外国文学研究》（第4期）刊载。薛克翘《官吏与国王——明清寓言与印度故事比较研究之一》在《南亚研究》（第4期）刊载。对外友协、中国社科院南亚所编《纪念印度援华医疗队》（世界知识出版社）出版。季羡林主编《南亚东南亚论丛》（中国社会科学出版社）出版。陈羲编译的《印度神话故事》（台北：星光出版社）出版。［日］山田龙城著，许洋主译的《梵语佛典导论》（台北：华宇出版社）出版。杨惠南著《龙树与中观哲学》（台北：东大图书公司）出版。（释）宽明书《妙法莲华经》（影印本）（香港：佛经流通处）出版。（释）竺摩著《维摩经讲话》（香港：菩提学社）出版。（释）莲华生著，徐进夫译的《西藏度亡经》（4版）（台北：天华出版公司）出版。［日］和辻哲郎著，世界佛学名著译丛《原始佛教的实践哲学》（台北：华宇出版社）出版。［印］玛朱姆达改写，冯金辛、齐光秀译的《罗摩衍那的故事》（台北：华宇出版社）。［印］戒日王等著《龙喜记》（台北：华宇出版社）。［日］北尾干雄著《鸠摩罗什》（台中：恒沙出版社）出版。［英］渥德尔著，王世安译的《印度佛教史》（上、下册）（台北：华宇出版社）出版。［日］明石惠达等著，王进瑞等译的《印度佛教史论集：东南亚佛教概说》（台北：华宇出版社）出版。金鼎汉编《印地语汉语成语辞典》（商务印书馆）出版。林海村编《沙海古卷：中国所出佉卢文书、初集》（文物出版社）出版。李连庆著《英迪拉·甘地》（浙江人民出版社）出版。［印］杜勒西达斯著，金鼎汉译的《罗摩功行之湖》（人民文学出版社）出版。季羡林、刘安武选编《世界短篇小说精品·东方卷》（中国青年出版社）出版。［印］泰戈尔著，谢冰心、金克木译的《回忆录附我的童年》（人民文学出版社）出版。［英］布离利（Briley.J）著，粟旺等译的《甘地》（中国电影出版社）出版。李中杰译的《天竺夜谭》（山东文艺出版社）出版。［英］福斯特（Forster.

E.M）著，石幼珊等译的《印度之行》（重庆出版社）出版。《孔雀女》剧本完成并上映。《复仇的火焰》（上、下）剧本完成并上映。（下）（上译，彩色）剧本完成并上映。多罗那它著，张建木译的《印度佛教史》（四川民族出版社）出版。汤用彤著《印度哲学史略》（中华书局）出版。蒋忠新编注的《梵文〈妙法莲花经〉写本拉丁字母转写本》（中国社会科学出版社）出版。义净原著，王邦维注《大唐西域求学法高僧传校注册》（中华书局）出版。方广铝等编著的《印度》（上海辞书出版社）出版。

1989 年

黄心川著《印度哲学史》（商务印书馆）出版。王树英的《印度文化与名俗》出版。方广铝、任远、崔昌颐的《佛经中的民间故事》（中国社会科学出版社）出版。郁龙余编《中西文化异同论》（三联书店）出版。崔连仲等译的《古印度帝国时代史料选辑》（商务印书馆）出版。5 月 16 至 20 日，由中国社会科学院亚洲太平洋研究所和外国文学研究所联合举办的中国印度文学研究会以"印度文学与世界文学"为题在重庆四川外语学院举行第四次研讨会，来自全国 12 个省市的 36 名代表参加。印度文学研究会秘书长倪培耕主持开幕式，副会长刘安武致开幕词。7 月，王守华、朱德生等编委，北京大学、山东大学哲学系编《东方文化集刊》（一）（商务印书馆）出版。10 月，季羡林、刘安武编《东方文学名著题解》（中国青年出版社）出版。11 月，刘安武编《中国大百科全书·戏剧亚非戏剧》（中国大百科全书出版社）出版。12 月，刘安武编《中外现代文学作品词典》（亚非拉部分）（广西人民出版社）出版。［印］泰戈尔著《新月漂鸟集：泰戈尔诗集》（台北：汉艺色研文学事业公司）出版。（释）依淳著《本生经的起源及其开展》（台北：佛光出版社）出版。谢希尧编著《佛经寓言精选》（台北：国家出版社）出版。张锡坤主编《佛教与东方艺术》（长春：吉林教育出版社）出版。［印］泰戈尔著，吴岩译的《泰戈尔抒情诗选》（上海译文出版社）出版。［英］马歇儿著，王冀青译的《犍陀罗佛教艺术》（甘肃教育出版社）出版。［印］拉耶著，王晓丹、薛克翘译的《普列姆昌德传》（北京师范学院出版社）出版。［英］麦唐纳（Macdondl）著，龙章译的《印度文化史》（上海文化出版社）出版。王树英著《印度文化与民俗》（四川民族出版社）出版。梁漱溟（影印本）《东西文化及其哲学》（上海书店出版社）出版。［印］泰戈尔著，冰心等译的《献给妈妈》（外国文学出版社）出版。［印］泰戈尔著，纹绮编《泰戈尔妙语录》（甘肃人民出版社）

出版。［印］罗易乔杜里编，韩玉宝译的《印度民间故事》（湖南少年儿童出版社）出版。英凯编译的《禅语精选百篇》（花城出版社）出版。［印］泰戈尔著张光《泰戈尔诗选析》（上海教育出版社）出版。［印］潘特希著，蔡旭敏、古民康译的《巴普》（上海外语教育出版社）出版。［印］格·仁吉德著，黄慎、北帆译的《鬼域人间》出版。［印］普·普·维德路希著，黄慎译的《死亡之绳》（中国国际广播出版社）出版。李连庆《大使的乐与苦》（昆仑出版社）出版。张保胜译的《薄伽梵歌》（中国社会科学出版社）出版。方广等编《佛经中的民间故事》（中国社会科学出版社）出版。《印度先生》剧本完成并上映。《魂归故里》剧本完成并上映。［印］泰戈尔著，康绍邦译的《一个艺术家的宗教观：泰戈尔讲演集》（上海三联书店）出版。［日］中村元著，马小鹤译的《东方民族的思维方法》（浙江人民出版社）出版。黄心川编的《印度现代哲学》（商务印书馆）出版。李涛的《佛教与佛教艺术》（西安交通大学出版社）出版。中国逻辑史学会因明研究工作小组编的《因明新探》（甘肃人民出版社）出版。［日］佐佐木教悟等著，杨曾文，姚长寿译的《印度佛教史概说》（复旦大学出版社）出版。虞愚的《因明学（影印本）》（中华书局）出版。黄心川的《印度近现代哲学》（商务印书馆）出版。

1990 年

10 月 24—25 日，由中国社会科学院亚洲太平洋研究所主办的"印度神话与世界神话"学术讨论会在京举行。亚太所社会文化研究室副主任、中国印度文学研究会副秘书长张锡麟主持会议，亚太所所长黄心川研究员到会看望了与会代表。来自中国社会科学院亚太所、外国文学所、少数民族文学所和北京大学、北京师范大学、北京外国语学院、北京图书馆、中国国际电台、中国艺术研究院等单位的 26 名代表参加了讨论会。

黄心川著《印度近现代哲学》出版。季羡林著《佛教与中印文化交流》出版。耿引曾著《汉文南亚史科学》（北京大学出版社）出版。刘欣如著《印度古代社会史》出版。培伦、董本建主编《印度通史》（黑龙江人民出版社）出版。王晓平著《佛典·志怪·物语》（江西人民出版社）出版。［印］塔帕尔著，林太译，张荫桐校《印度古代文明》（浙江人民出版社）出版。［印］泰戈尔著，白开元译的《泰戈尔爱情诗选》（漓江出版社）出版。［印］泰戈尔著，白开元译的《泰戈尔儿童诗选》（中国广播电视出版社）出版。［印］泰戈尔著《情人的礼物：泰戈尔爱情诗歌选》（四川文艺出版社）出版。［日］德山晖纯著《梵字的写法》（台北，长春树书坊）出版。［日］

中村元编，沈观鼎辑《佛教古语今解：佛教辞源》（台北：常春树书坊）出版。竹林居士主编《佛教难字字典》（再版）（台北：常春树书坊）出版。刘欣如著译的《佛教说话文学全集 1—8》（高雄：佛光出版社）出版。［日］木村泰贤著，欧阳瀚存译的《原始佛教思想论》（6 版）（台北：台湾商务印书馆）出版。曹仕邦著《中国佛教译经史论集》（台北：东初出版社）出版。罗世方编《梵语课本》（商务印书馆）出版。朱伯雄主编《世界美术史古代中印美术》（山东美术出版社）出版。盈禧、廉人书，吕洁编《泰戈尔诗选》（广西美术出版社）出版。［印］察希尔著，山蕴、周启登译的《娼门叛女》（北岳文艺出版社）出版。谢生保编《佛经童话故事》（甘肃少年儿童出版社）出版。［印］泰戈尔著，冯金辛译的《金船》（上海译文出版社）出版。［英］福斯特著，上海外国语学院英语系等译的《印度之行》（上海人民出版社）出版。［英］福斯特著，杨自俭、邵翠英译的《印度之行》（安徽文艺出版社）出版。［印］罗米拉·塔帕(Thapar, R)著，刘欣如译的《莲花女：印度故事集》（上海译文出版社）出版。《缉毒警官》剧本完成并上映。《痴情鸳鸯》剧本完成并上映。《义警神威》剧本完成并上映。《影迷情艳》剧本完成并上映。《超级舞星》剧本完成并上映。章翼、黄传明著的《大唐西域记导读》（巴蜀书社）出版。邱陵编撰《密宗秘法》（北京工业大学出版社）出版。杨化群著译的《藏传因明学》（西藏人民出版社）出版。刘彦灯、范又琪译著《道德经·百喻经俗译》（华中理工大学出版社）出版。赵国华的《生殖崇拜文化论》（中国社会科学出版社）出版。玄奘译机撰（影印本）《大唐西域记》（兰州古籍书店）出版。汤用彤、黄忏华的《西洋古代中世哲学史大纲》（上海书店出版社）出版。季羡林主编，印顺著《中国禅宗史：从印度禅到中华禅》（江西人民出版社）出版。［美］许光著，薛刚译的《宗族·种姓·俱乐部》（华夏出版社）出版。

1991 年

5 月 7 日，是印度著名的伟大诗人和哲学家、中国人民的伟大朋友罗宾德罗纳特·泰戈尔诞辰 130 周年纪念日。中国人民对外友好协会、中国南亚学会、中国印度文学研究会联合举办的纪念会在对外友协礼堂隆重举行。应邀前来参加纪念活动的有北京各界人士一百余人，还有印度驻华使馆官员和在京工作的印度专家等十余人。

季羡林主编《印度古代文学史》（北京大学出版社）出版。梁乃崇等编著《第一届佛学与科学研讨会论文集》（台北：圆觉文教基金会）出版。蒋维乔著《佛学概论》（5 版）（高雄：

佛光出版社）出版。曾向东编著《印度的科学技术》（科学出版社）出版。翟葆奎主编《教育学文集第 24 卷：印度等国教育改革》（人民教育出版社）出版。叶公贤、王迪民编著《印度美术史》（云南人民出版社）出版。朱占府编著《拉吉夫·甘地》（光明日报出版社）出版。刘伯明演讲（影印本）《西洋古代中世哲学史大纲》（上海书店出版社）出版。［印］泰戈尔著，石真译的《采果集·爱者之贻·渡口》（湖南文艺出版社）出版。《冷暖人间》剧本完成并上映。《命运》剧本完成并上映。《血洗鳄鱼仇》剧本完成并上映。周叔迦的《周叔迦佛学论著集》（中华书局）出版。任道斌主编《佛教文化辞典》（浙江古籍出版社）出版。黄忏华撰《佛教各宗大意》（江苏广陵古籍刻印社）出版。释道宣撰《释迦方志》（江苏广陵古籍刻印社）出版。吕澂著《佛教研究法》（江苏广陵古籍刻印社）出版。吕澂的《吕澂佛学论著选集 1—5 卷）》（齐鲁书社）出版。郭朋著《印顺佛学思想研究》（北京：中国社会科学院出版社）出版。［印］龙树造的《大智度论》（上海古籍出版社）出版。［印］室利·阿罗频多撰，徐梵澄译的《周天集》（三联书店）出版。曾祖荫的《中国佛教与美学》（华中师范大学出版杜）出版。［印］巴萨特·库马尔·拉尔著，朱明忠、姜敏译的《印度现代哲学》（商务印书馆）出版。任继愈主编，杜继文编《佛教史》（中国社会科学出版社）出版。

1992 年

季羡林著《中印文化交流史》出版。［印］沃尔马著，张双鼓译的《孽海红伶》（北岳文艺出版社）出版。崔连仲著《从佛陀到阿育王》出版。［印］泰戈尔著，华宇清编《泰戈尔散文诗全集》（浙江文艺出版社）出版。吴焯的《佛教东传与佛教艺术》出版。李铁译的《犍陀罗艺术》出版。叶公贤、王迪民编著《印度美术史》出版。华中师大印度史研究室著《简明印度史》（湖南人民出版社）出版。陈峰君的《印度社会述论》出版。方广锠的《佛教大藏经史》出版。丁福保的《佛学大辞典》（上、下）（上海书店出版社）出版。石源华的《中外关系三百题》（上海古籍出版社）出版。泰戈尔著，白开元译的《泰戈尔哲理诗选》（中国国际广播出版社）出版。刘安武《汉译印度文学》在《中国翻译》（第 6 期）刊载。郁龙余的《佛教与中国少数民族文学》在《深圳大学学报》（第 1 期）上发表。［日］三井了圆等著《梵字佛与梵文真言》（台北：长春树书坊）出版。金鼎汉编《当代印度短篇小说》（云南人民出版社）出版。季羡林《比较文学与民间文学》（北京大学出版社）出版。［印］泰戈尔著，吴岩译的

《春之循环》（上海译文出版社）出版。［印］南达著，薛克翘译的《还我相思债》（中国国际广播出版社）出版。［印］泰戈尔著，冰心等译，文吉编《泰戈尔散文诗精选》（作家出版社）出版。［印］泰戈尔著，冰心等译，华宇清编《吉檀迦利》（浙江文艺出版社）出版。［印］伽斯那辑，［印］求那毗地译的《百喻经》（金陵书画社）出版。敦煌文物研究所编《敦煌壁画故事》（甘肃人民出版社）出版。姚卫群著《印度哲学》出版。薛克翘的《东方趣事佳话集》（黄山书社）出版。维克拉姆·赛特（Vikram Seth）著《中国三大诗人：王维、李白和杜甫》（*Three Chinese Poets: Wang Wei, Li Bai and Du Fu*）在德里出版。Ｖ·Ｐ·杜特.加尔基（V. P. Dutta and Gargi Dutta）的《毛以后的中国》（*China after Mao*）在德里出版。［印］因德尔·马尔豪特拉著，施美华等译的《英迪拉·甘地传》（世界知识出版社）出版。［印］钱达尔著，冯金辛译的《月光下的爱情》（上海译文出版社）出版。［美］奥弗莱厄蒂著，吴康译的《印度梦幻世界》（陕西人民出版社）出版。泰戈尔等著，广燕等译的《最后的诗篇》（北岳文艺出版社）出版。［印］泰尼著，陈宗荣、姚振钺译的《象城皇后》（上海译文出版社）出版。陈兵著《佛教禅学与东方文明》（上海人民出版社）出版。4月，刘安武著《普列姆昌德和他的小说》（北京出版社）出版。9月，［印］辛格著，徐坤译的《泰戈尔诗歌的意象》（沈阳出版社）出版。12月，刘安武编《东方文学辞典》（吉林教育出版社）出版。何乃英《印度文学作品在我国的翻译出版》在《中国出版》（第9期）刊载。刘欣如著译，《佛教说话文学全集11》（高雄：佛光出版社）出版。赵中建《战后印度教育研究》（江西教育出版社）出版。金鼎汉等编著《印地语基础教程4册》（北京大学出版社）出版。［英］福斯特著，何其莘译注《印度之行》（外语教学与研究出版社）出版。［印］卡维拉吉著，雷洁琼译的《一九八三年孟加拉的农民起义》（时事出版社）出版。［印］克里帕拉尼著，陈武俊，李运民译的《甘地》（中国人民大学出版社）出版。李钢、钟文编《印度神话故事》（陕西师范大学出版社）出版。［印］泰戈尔著，冰心译的《泰戈尔抒情诗100首》（山东文艺出版社）出版。华清、马朝阳主编《印度神话故事》（陕西人民出版社）出版。［美］奥弗莱厄蒂著，吴康译的《印度梦幻世界》（陕西人民出版社）出版。李中杰编译的《印度民间故事选》（明天出版社）出版。［印］泰戈尔著冰心等译的《吉檀迦利：饥饿的石头》（漓江出版社）出版。［英］福斯特著，张丁周、李东平译的《印度之行》（漓江出版社）出版。姚龙宝译的《公鸡和狐狸：印度童话集》（上海译文出版社）出版。姚龙宝译的《太阳公主》（上海译文出版社）出版。谢生宝编著《敦煌佛经故事》（甘肃少年儿童出版社）出版。《侠魂倩影》剧本完成并上映。真谛译，高振农校译的《大乘起信论校释》（中华书局）出版。〔印〕克利希那穆尔提著，何隽、陈红梅译的《生活的问题：克利希那穆尔提文选》（上海三联书店）出版。姚卫群的《印度宗教哲学百问》（今日中国出版社）出版。〔印〕奥修著，陶稀译的《生命、爱与欢笑》（湖南文艺出版杜）出版。〔印〕泰戈尔著，宫静译的《人生的亲证》（商务印书馆）出版。〔印〕恰托巴底业耶著，王世安译的《顺世论：古印度唯物主义研究》（商务印书馆）出版。〔印〕苏蒂著，欧建平译的《印度美学理论》（中国人民大学出版社）出版。肖肃、黎明的《佛教典故趣谈》（东方出版社）出版。薛克翘主编《东方趣事佳话集》（黄山书社）出版。〔印〕乔朴拉著，莘国梁等译的《人才流失及其逆转》（哈尔滨船舶工程学院出版社）出版。

1993 年

4 月 26—29 日，由中国印度文学研究会、澳门文化研究会和深圳大学联合主办的印度和中国文学艺术比较研究学术讨论会在深圳大学举行。来自北京大学、中国社会科学院、深圳大学和澳门文化研究会等二十多个单位，共四十余学者与会。

第十届《罗摩衍那》国际大会在印度举行，中国学者金鼎汉、郁龙余与会。

〔印〕甘地编，庞新华译的《尼赫鲁家书》（河南人民出版社）出版。金克木译的《摩柯婆罗多·初篇》（中国社会科学出版社）出版。黄宝生著《印度古典诗学》出版。殷洪元著《印地语语法》出版。张光璘著《印度大诗人泰戈尔》（蓝天出版社）出版。宫静著《泰戈尔》（台北：东大图书公司）出版。饶宗颐史学论著选《〈天问〉文体的源流——"发问文学之探讨"》（上海古籍出版社）出版。林承节著《中印人民友好关系史：1851—1949》（北京大学出版社）出版。纳拉扬著，李楠译的《男向导的奇遇》（上海译文出版社）出版。钟志清《东方文学简史·印度文学部分》（海口：海南出版社）出版。温玉成的《中国石窟与文化艺术》出版。高木森《印度艺术史概论》（台北：渤海堂文化事业公司）出版。林承节著《中印人民友好关系史 1851—1949》（北京大学出版社）出版。范又琪、刘彦灯译著《百喻经浅释》（香港：明窗出版社）出版。陈嘉和编译的《般若心经暝想法》（台南：信宏出版社）出版。（于阗国）三藏实叉难陀译的《大方广佛华严经》（8 册）（台北：灵鹫出版社）出版。（释）法救撰，（释）维祇难等译的《法句经：附释》（影印本）（台北：新文丰公司）出版。王文颜著《佛典重译经研究与考录》（台北：文史哲出版社）出版。（吴释）康僧会译的《六度集经》（影印本）（台北：新文丰公司）出版。刘欣如著《乔答摩·佛陀传》（台北：大展出版社）出版。刘欣如编著《唐玄奘留学记》（台北：大展出版社）出版。艾德著《中国佛教梵汉字典》（台北：新文丰公司）出版。蓝吉富编《中印佛学泛论：傅伟勋六十祝寿论文集》（台北：东大图书公司）出版。李兆乾著《德里大学》（湖南教育出版社）出版。〔印〕辛格著，樊大跃、陶剑灵译的《二十一世纪亚太地区教育展望》（甘肃教育出版社）出版。饶宗颐著《梵学集》（上海古籍出版社）出版。〔印〕鲁斯瓦著，申燕译的《勒克瑙名妓》（上海译文出版社）出版。〔印〕泰戈尔著，滕伟主编《泰戈尔诗歌精萃》（东北朝鲜民族教育出版社）出版。〔印〕泰戈尔著，韦海英选编《泰戈尔散文诗选》（朝华出版社）出版。姚龙宝译的《鹦鹉和商人：印度童话集》（上海译文出版社）出版。〔印〕泰戈尔著，汤永宽译的《采果集》（百花洲文艺出版社）出版。〔印〕泰戈尔著，于土、卜里选编《泰戈尔作品精粹》（河北教育出版社）出版。朝柯编《印度民间故事》（辽宁大学出版社）出版。〔印〕泰戈尔著，胡洁编选《泰戈尔哲理抒情妙语精华》（青海人民出版社）出版。周志宽译选《印度神话精选》（北京少年儿童出版社）出版。〔巴〕阿布赖司·西迪基著，山蕴编译的《乌尔都语文学史》（中国社会科学出版社）出版。郭鹏编译的《佛教故事选》（中国国际广播出版社）出版。〔印〕伽斯那著，〔印〕求那毗地译，周绍良今译的《百喻经今译》（中华书局）出版。

1994 年

〔印〕蚁垤著，季羡林译的《〈罗摩衍那〉选》（人民出版社）出版。耿引曾等编《中国载籍中南亚史料汇编》（上海古籍出版社）出版。卞崇道、宫静、康绍邦、蔡德贵的《三千年东方思想第一部概观——东方思想宝库》（吉林人民出版社）出版。汤用彤著《汉文佛经中的印度哲学史料》（商务印书馆）出版。王树英著《宗教与印度社会》出版。朱明忠著《奥罗宾多·高士》出版。王树英编《中印文化交流与比较》（中国华侨出版社）出版。郁龙余主编《东方文学史》（陕西人民出版社）出版。张光璘编《中国名家论泰戈尔》（中国华侨出版社）出版。梁洁筠著《尼赫鲁家族浮沉录》（时事出版社）出版。〔印〕帕尼什瓦尔那特·雷努著，刘国楠、薛克翘译的《肮脏的裙裾》（上海译文出版社）出版。〔印〕泰戈尔著，周策纵译的

《萤》（中国对外翻译公司）出版。［印］泰戈尔著，吴华译的《我的回忆》（北岳文艺出版社）出版。［印］泰戈尔著，谢冰心、石真等译的《泰戈尔诗选》（人民文学出版社）出版。［印］奈都（Naidu，Sarojini）著，谢冰心译的《泰戈尔小说集》（安徽文艺出版社）出版。世界文明史、风物志联合编译小组编译的《世界文明史》（台北：地球出版社）出版。［印］奈都（Naidu，Sarojini）著，吴岩译的《金色的门槛：印度之歌》（上海译文出版社）出版。［印］普拉巴卡尔著，王爱荣、朱耀先译的《幽默风趣话人生》（河南人民出版社）出版。［苏］捷姆金改写，董友忱译的《摩诃婆罗多》（湖南人民出版社）出版。［印］月称论师著，法尊法师译的《入中论颂》（台北：方广文化事业公司）出版。［印］法称论师著，法尊法师译的《释量论颂》（台北：方广文化事业公司）出版。［印］弥勒菩萨著，能海上师译的《现证庄严论颂》（台北：方广文化事业公司）出版。吴汝钧著《印度佛学研究》（台北：台湾学生书局）出版。吴汝钧著《印度佛学的现代诠释》（台北：文津出版社）出版。朱明忠著《奥罗宾多·高士》（台北：东大图书公司）出版。赖永海编著《佛典辑要》（台北县圆明出版社）出版。［印］贾亚卡著，胡因梦译的《克里希那穆提传》（台北县方智出版社）出版。胡适等著《名人说佛》（台北：世界佛教出版社）出版。吴汝钧著《印度佛学研究》（台北：台湾学生书局）出版。郑振煌等著《远扬的梵唱：佛教在亚细亚》（高雄：佛光出版社）出版。季羡林等著《东方文化研究》（北京大学出版社）出版。马加力著《当今印度教育概览》（河南教育出版社）出版。张光磷，李铮《季羡林论印度文化》（中国华侨出版社）出版。梁洁筠著《尼赫鲁家族浮沉记》（时事出版社）出版。北京大学南亚研究所编《中国载籍中南亚史料汇编 2 册》（上海古籍出版社）出版。高建章著《锡克民族与锡克教》（四川民族出版社）出版。（唐释）慧超原著，张毅笺释《往天竺国传笺释》（中华书局）出版。［印］泰戈尔著，黄雨石、谢冰心译的《泰戈尔小说精选》（贵州人民出版社）出版。［印］蚁垤原著，王红萧、徐小汀撰文《罗摩的险遇》（吉林摄影出版社）出版。［印］蚁垤著，季羡林译的《罗摩衍那选》（人民文学出版社）出版。方立编著《婆罗多的战争》（河南人民出版社）出版。冯至、石海峻主编《世界散文精华·亚洲卷》（江苏文艺出版社）出版。飞白主编，华宇清编《世界诗库第 9 卷南亚》（花城出版社）出版。［印］泰戈尔著，董友忱、黄志坤译的《泰戈尔短篇小说选》（湖南文艺出版社）出版。［印］泰戈尔著，华宇清编《泰戈尔诗歌精选》（北岳文艺出版社）出版。［印］伊拉金德拉·朱希著，殷洪元译的《托钵僧的情史》（上海译文出版社）出版。[印]广博仙人原著，王不语、王不肖撰文《伟大的婆罗多》（吉林摄影出版社）出版。[印]泰戈尔著，周策纵译的《失群的鸟》（英汉对照）（中国对外翻译公司）出版。巫寿康的《印度的智慧：出世人世浑然一体〈因明正理门论〉研究》（三联书店）出版。（唐释）佛陀多罗译的《维摩洁所说经》（黑龙江人民出版社）出版。剧宗林的《藏传佛教因明史略》（民族出版社）出版。许地山的《道教·因明及其他》（中国社会科学出版社）出版。梅庆吉整理《释迦如来应化事迹》（黑龙江人民出版社）出版。王树英编《宗教与印度社会》（中国华侨出版公司）出版。[印释]龙树造，青目（隋释）吉藏疏《中论》（上海古籍出版社）出版。刘培育编《因明研究》（吉林教育出版社）出版。高杨、荆黔君编《佛教起源论》（陕西人民教育出版社）出版。朱明忠的《恒河沐浴：印度教概览》（四川民族出版社）出版。汤用彤选编《汉文佛经中的印度哲学史料》（商务印书馆）出版。梅庆吉整理《释迦如来应化事迹》（黑龙江人民出版社）出版。[印]A.C.巴克提维丹塔．斯瓦米．帕布帕德珍释《薄伽梵歌原义》（陕西人民出版社）出版。

1995 年

徐梵澄译的《五十奥义书》（修订本）（中国社会科学出版社）出版。林承节著《印度近现代史》出版。余太山著《西汉魏晋南北朝西域关系史研究》出版。梅特丽耶·黛维夫人著，季羡林译的《炉火情：泰戈尔谈话录》（漓江出版社）出版。刘安武编《东方文学史》（吉林教育出版社）出版。（唐）义净著，王邦维校注《南海寄归内法傅校注》（中华书局）出版。薛克翘的《佛教与中国文化》出版。张云的《丝路文化：吐蕃卷》出版。泰戈尔著，白开元译的《沉船》出版。泰戈尔著，倪培耕等译的《诗人的追求》（漓江出版社）出版。[印]克·克星巴拉尼著，倪培耕译的《大师文集泰戈尔卷——恒河边的诗哲》（漓江出版社）出版。《泰戈尔小说全集》（四川文艺出版社）出版。刘湛秋主编《泰戈尔散文诗》（安徽文艺出版社）出版。倪培耕等译的《诗人的追述》（漓江出版社）出版。易文诗主编《印度童话》（北京少年儿童出版社）出版。[印]克里西曼·坎达尔著，靳凤、金天池译印度童话《一棵倒长的魔树》（二十一世纪出版社）出版。[黎]纪伯伦等著，冰心译的《先知》（中国工人出版社）出版。季羡林主编《东方文学史》（吉林教育出版社）出版。敦煌研究院编，梁梁撰稿《敦煌壁画故事第四辑》（江苏古籍出版社）出版。[印]泰戈尔著，谢冰心、郑振铎译的《吉檀迦利》（漓江出版社）出版。［印］泰戈尔著，白开元译的《恋歌之河：爱情诗精选》（漓江出版社）出版。［印］迦梨陀娑等著，季羡林译的《沙恭达罗》（中国工人出版社）出版。倪耕培等译的《诗人的追溯：文论选》（漓江出版社）出版。［印］泰戈尔著，纯建等选评《世界三家诗精品》（安徽文艺出版社）出版。［印］泰戈尔著，倪耕培等译的《素芭：短篇小说选》（漓江出版社）出版。［印］泰戈尔著，黄志坤译的《微思集·随思集·火花集》（湖南文艺出版社）出版。［印］泰戈尔著，杨涛、跃坤译的《泰戈尔诗选》（花山文艺出版社）出版。［印］泰戈尔著，刘湛秋主编《泰戈尔随笔》（安徽文艺出版社）出版。［印］泰戈尔著，刘湛秋主编《泰戈尔文集》（4 册）（安徽文艺出版社）出版。［印］泰戈尔著，东达西编《先觉泰戈尔哲理抒情散文诗》（广西民族出版社）出版。［印］杰洛德·杜瑞尔著，唐嘉慧译的《鸟、野兽与亲戚》（台北：大树文化事业公司）出版。［印］泰戈尔著，周仲谐译的《泰戈尔诗集》（台南：文国书局）出版。［印］杰洛德·杜瑞尔著，唐嘉慧译的《我的家人与其他动物》（台北：大树文化事业公司）出版。［印］杰洛德·杜瑞尔著，唐嘉慧译的《众神的花园》（台北：大树文化事业公司）出版。［印］奥修著，郭宝莲译的《奥秘的心理学：性、爱、梦、静心和祈祷》（台北：探索文化事业公司）出版。冉云华著《从印度佛教到中国佛教》（台北：东大图书公司）出版。林崇安著《印度佛教的探讨》（台北：慧炬出版社）出版。杨惠南著《印度哲学史》（台北：东大图书公司）出版。李志夫著《印度思想文化史从传统到现代》（台北：东大图书公司）出版。［印］奥修著，吴淡如译的《直到你死：灵魂之舞》（台北：探索文化事业公司）出版。［印］奥修著，黄春华译的《直入觉悟的核心》（台北：探索文化事业公司）出版。（释）圆香居士著《中国佛教之瑰宝：玄奘大师传》第 2 版（高雄县：佛光出版社）出版。（释）慈怡法师著《佛教史年表》（台北：佛光出版社）出版。李作勋编著《佛学文物馆》（16 册）（台北县：长圆图书公司）出版。赖永海著《佛学与儒学》（台北：扬智文化公司）出版。季羡林著《季羡林佛教学术论文集》（台北：东初出版社）出版。王雪卿著《甘地夫人传》（黑龙江人民出版社）出版。玄奘撰，辩机编次，芮传明译注《大唐西域记全译》（贵州人民出版社）出版。［印］辛格(Singh, S.)著，皓月、宪鹏译的《喋血孟加拉》（军事译文出版社）出版。［印释］般刺密帝译，惟则辑注，崔世勋校点，龙树菩萨著，（后秦释）鸠摩罗什，刘欣如译，芳川修订《首楞严经》（花城出版社）出版。（南朝宋·印释）求那跋陀罗译的《杂阿含经》（上海古籍出版社）出版。汤用彤的《汤用彤集》（中国社会科学出版社）出版。［印释］龙树菩萨的《大智度论的故事》（花城出版社）出版。［印］奥修著，陶稀、朱慧译的《静心》（上海三联书店）出版。［印］奥修著，陶稀、朱慧译的《生命·爱与欢笑》（上海三联书店）出版。星云大师的《释迦牟尼佛传》（吉林人民出版社）出版。（清）永珊编《释迦如来应化事迹》（上海古籍出版社）出版。黄夏年主编《近现代著名学者佛学文集》（中国社会科学出版社）出版。巨赞著《巨赞集》（中国社会科学出版社）出版。吕澂著《吕澂集》（中国社会科学出版社）出版。太虚著《太虚集》（中国社会科学出版社）出版。梁启超著《梁启超集》（中国社会科学出版社）出版。周叔迦著《周叔迦集》（中国社会科学出版社）出版。章太炎、杨度著《章太炎集杨度集》（中国社会科学出版社）出版。印顺著《印顺集》（中国社会科学出版社）出版。

1996 年

4 月 19 日，由北京大学、中国社科院外文所以及广西师范学院联合筹办的中国印度文学研究会第六届年会暨学术讨论会在南宁广西师院举行。到会的代表有北京大学博士生导师刘安武教授、中山大学原副校长吴文辉教授、中共中央党校文史研究室董友忱教授等各地专家学者和广西师范学院中文系部分教授共三十余人。

第十三届《罗摩衍那》国际大会在中国深圳大学召开。

贾斯吉特·辛格（Jasjit Singh）编的《印度中国与和平共处五项原则》（India–China and Panchsheel）在德里出版。刘安武的《普列姆昌德短篇小说选》（湖南文艺出版社）出版。邱永辉著《现代印度的种姓制度》（四川人民出版社）出版。孙昌武的《中国文学中的维摩与观音》（北京：高等教育出版社）出版。刘湛秋的《泰戈尔文集》（1—4 卷）（安微文艺出版社）出版。《泰戈尔》（中国和平出版社）出版。许庆龙、劳斌的《泰戈尔》（团结出版社）出版。陈炎的《海上丝绸之路与中外文化交流》（北京大学出版社）出版。邓廷良的《丝路文化·西南卷》（浙江人民出版社）出版。刘迎胜的《丝路文化·海上卷》（浙江人民出版社）出版。柳鸣九主编，周志宽编选《世界短篇小说精品文库 - 印度卷》（海峡文艺出版社）出版。郁龙余的《女神文学与女胜文学——中印文学比较》在《北京大学学报》（第三期）上发表。释惠敏、释齐因编译的《梵语初阶》（台北：法鼓文化事业公司）。林太著《印度的智慧：出生入世浑然一体》（台北：国际村文库书店）。［印］泰戈尔著，白开元译的《沉船》（陕西人民出版社）

出版。宫静著《拉达克里希南》（台北：东大图书公司）出版。［印］龙树菩萨造颂，姚秦三藏鸠摩罗什译的《龙树菩萨论颂集中观论颂》（台北：方广文化事业公司）出版。［德］韦伯著，康乐、简惠美译的《印度的宗教：印度教与佛教》（台北：远流出版事业公司）出版。郭敏俊著《般若心经的现代意义》（台北：圆明出版社）出版。梁乃崇等编著《第四届佛学与科学研讨会论文集》（台北：圆觉文教基金会）出版。［日］水野弘元著，刘欣如译的《佛典成立史》（台北：东大图书公司）出版。（释）三宝弟子著《佛说四十二章经疏钞佛说八大人觉经疏》（台北：大乘精舍印精会）出版。李黎等著《敦煌壁画经变故事》（兰州大学出版社）出版。［印］毗耶娑著，孙静云编译的《罗摩大战千臂王》（中国少年儿童出版社）出版。［印］拉贾戈帕拉查理改写，唐季雍译，金克木校《摩诃婆罗多的故事》（中国少年儿童出版社）出版。［印］玛朱姆达改写，冯金辛，齐光秀译的《罗摩衍那的故事》（中国少年儿童出版社）出版。［印］普列姆昌德著，刘安武译的《普列姆昌德短篇小说选》（湖南文艺出版社）出版。叶水夫、高慧勤主编《世界中篇小说经典 · 印日卷》（九洲图书出版社）出版。［印］泰戈尔著，季羡林、周志宽主编《泰戈尔名作欣赏》（中国和平出版社）出版。［印］泰戈尔著，白开元译的《泰戈尔散文精选》（人民日报出版社）出版。［印］泰戈尔著，吴岩译的《泰戈尔抒情诗选》（上海译文出版社）出版。林太著《印度的智慧》（中国少年儿童出版社）出版。唐孟生、孔菊兰编译的《印度河畔的阿凡提》（蓝天出版社）出版。季羡林著《季羡林学术文化随笔》（中国青年出版社）出版。王英杰等编著《亚洲发展中国家的义务教育》（人民教育出版社）出版。［美］吉尔伯特著，李新博译的《福斯特的印度之行和霍华德别业》（外语教学与研究出版社）出版。［德］斯坦茨勒著，季羡林译，段晴等续补《梵文基础读本：语法 · 课文 · 词汇》（北京大学出版社）出版。金克木著《梵佛探》（河北教育出版社）出版。尹子云编著《甘地》（国际文化出版公司）出版。尤利伟编著《甘地》（中国国际广播出版社）出版。季羡林著《季羡林自传》（江苏文艺出版社）出版。陈晶莹编著《尼赫鲁》（中国国际广播出版社）出版。崔连仲著《永恒之河：印度古典文明》（辽宁大学出版社）出版。陈翰笙编《印度莫卧儿王朝》（中国少年儿童出版社）出版。杨非金、康成编著《泰戈尔》（国际文化出版公司）出版。子聿编著《泰戈尔》（中国国际广播出版社）出版。刘雨宁编著《印度圣雄甘地》（书目文献出版社）出版。闵光沛主编《殖民地印度综论》（四川民族出版社）出版。徐友珍编著《甘地传：1869—

1948》（湖南辞书出版社）出版。赵晓春、刘跃进著《尼赫鲁家族》（社会科学文献出版）出版。吴成平选译的《一九一七一三九年的印度》（商务印书馆）出版。释传印著《印度学讲义》（宗教文化出版社）出版。季羡林的《禅与东方文化》（商务印书馆）出版。郑宏伟《佛家逻辑通论》（复旦大学出版社）出版。［印］奥修著，陶稀译的《没有水，没有月亮：禅的故事》（上海三联书店）出版。［印］奥修著，林国阳译的《智慧金块》（学林出版社）出版。尹子云编著《释迦牟尼》（国际文化出版公司）出版。万度编文，张友宪绘《释迦牟尼八相成道：（图集）》（江苏美术出版社）出版。［印］奥修著，朱文秋、方世忠译的《虚舟：谈庄子》（上海三联书店）出版。［印］奥修著，何文珊、顾瑞荣译的《隐藏的和谐：关于赫拉克利特断篇的演讲》（上海三联书店）出版。［印］奥修著，林国阳译的《智慧奥秘》（学林出版社）出版。［印］奥修著，林国阳译的《沙的智慧》（学林出版社）出版。［印］奥修著，林国阳译的《生存智慧：工作与金钱》（学林出版社）出版。［印］奥修著，林国阳译的《生活智慧：放轻松些——休禅诗》（学林出版社）出版。［印］奥修著，林国阳译的《到达真爱的旅程：从性到超意识》（上海三联书店）出版。万度编《释迦牟尼八相成道》（江苏美术出版社）出版。［印］奥修著，陈舒译的《春来草自青》（东方出版中心）出版。［印］奥修著，吴崎、顾瑞荣译的《静心：狂喜的艺术》（东方出版中心）出版。［印］奥修著，陈舒译的《上帝唇边的长笛》（东方出版中心）出版。［印］奥修著，金晖、王建伟译的《生命的真意》（东方出版中心）出版。［印］奥修著，范佳毅译的《当鞋合脚时》（东方出版中心）出版。姚卫群的《佛教般若思想发展源流》（北京大学出版社）出版。金克木著《文化厄言》（上海文艺出版社）出版。季羡林著《季羡林文集》第（1—24 卷）（江西教育出版社）出版。

1997 年

季羡林著《文化交流的轨迹——中华蔗糖史》出版。郭良鋆著《佛陀和原始佛教思想》（北京：中国社会科学出版社）出版。耿引曾著《中国人与印度洋》出版。季羡林主编的《印度文学研究集刊》（3）（上海译文出版社）出版。季羡林、张光璘编选《东西文化论集》（上、下册）（经济日报出版社）出版。吴文辉著《东方采菁录》（中山大学出版社）出版。刘祯著《中国民间目连文化》（成都巴蜀书社）出版。［印］高善必著，王树英等译的《印度古代文化与文明史纲》（商务印书馆）出版。［澳］A·L·巴沙姆著，闵光沛、陶笑虹、庄万友、周柏青译，涂厚善校《印度文化史》（商务印书馆）出版。孟昭毅著《东方戏剧美学》（经济日报出版社）出版。孙昌武著《禅思与诗情》（中华书局）出版。王镛著《20世纪印度美术》出版。达罗克纳特·贡戈巴泰著，董友忱译的《金藤》出版。泰戈尔著，倪培耕编选《泰戈尔诗化小说》（上海文艺出版社）出版。林久初《诺贝尔奖获得者的青少年时代：泰戈尔的故事》（福建少年儿童出版社）出版。越阳《中外著名文学家故事：泰戈尔》（四川少年儿童出版社）出版。郎芳编著《泰戈尔》（海天出版社）出版。汤力文的《中印韵论比较研究》在《深圳大学学报》（第1期）上发表。张力著《印度总理尼赫鲁》（四川人民出版社）出版。沈中明、阮腾雷著《生命的欢歌：〈飞鸟集〉导读》（四川教育出版社）出版。［印］泰戈尔著，张石秋译的《泰戈尔短篇小说选》（陕西人民出版社）出版。［印］泰戈尔著，吴岩译的《心笛神韵：泰戈尔英文诗汉译》（上海译文出版社）出版。陈宏光著《走遍印度河》（中国世界语出版社）出版。［印］奥修著《奥修笑话集》（台北县：探索文化事业公司）出版。方广锠著《佛教典籍百问》（台北：佛光文化事业公司）出版。［印］奥修著《经文幽长、良夜苦短》（台北县：探索文化事业公司）出版。［美］莎莉·哈维·芮根斯著《玄奘丝路行》（台北：智库公司）出版。［印］奥修大师著《智慧的书》（台北县：探索文化事业公司）出版。陈允吉，陈引驰主编《佛教文学精编》（上海文艺出版社）出版。［印］达罗克纳特·贡戈巴泰著，董友忱等译的《金藤》（上海译文出版社）。金申编《印度及犍陀罗佛像艺术精品图集》（中国工人出版社）出版。孟昭慧编著《甘地》（海天出版社）出版。邱立君、徐景芬编著《甘地的青少年时代》（现代出版社）出版。袁学哲编著《尼赫鲁的青少年时代》（现代出版社）出版。李连庆著《英迪拉·甘地传》（浙江人民出版社）出版。周柏青、游巧荣著《英·甘地传》（长江文艺出版社）出版。米歇尔·尼克尔森著，侯敏跃译的《甘地传》（世界图书出版公司）出版。米克威、胡临春编著《圣雄甘地》（时事出版社）出版。［印］巴布尔著，王治来译的《巴布尔回忆录》（商务印书馆）出版。江亦丽、罗照辉编著《佛经故事》（华文出版社）出版。孙晶主编《月亮国的智慧》（沈阳出版社）出版。王一汀等著《释迦牟尼传》（北方文艺出版社）出版。崔连仲著《世界大人物丛书释迦牟尼》（中国少年儿童出版社）出版。［印］奥修著，思勒编著的《奥修故事》（海峡文艺出版社）出版。中国佛教文化研究所审定《释迦牟尼佛传》（陕西旅游出版社）出版。［印］泰戈尔著，倪培耕编选《泰戈尔集》（上海远东出版社）出版。

1998 年

4 月 25 日—30 日，由中国印度文学研究会主办的印度文学和文化研讨会暨中国印度文学研究会第七届年会在湖南省张家界市隆重召开。来自中国社会科学院、北京大学、中山大学、北京图书馆、杭州大学、深圳大学、上海外国语大学、中央音乐学院、解放军国际关系学院、中南民族学院、武汉艺术创作中心、湘潭大学、江苏教育学院、河南教育学院、苏州铁道师范学院和和唐山师专等单位的 30 余位学者到会。

印度国际大学纪念谭云山诞辰一百周年，印度总统纳拉亚南莅临并讲演。

薛克翘著《中国与南亚文化交流史》出版。尚会鹏著《印度文化史》出版。马如力、尚会鹏的《一应俱全印度人》出版。方广锠的《印度禅》出版。谭中（Tan Chung）著《谭云山与中印文化交流印度国际大学院创建院长谭云山教授诞辰百年纪念集》（中山大学出版社）出版。谭中著《跨越喜马拉雅鸿沟》（*Across the Himalayan Gap: An India Quest for Understanding China*）在新德里出版。谭中著《踏着玄奘的脚印》（*In the Footsteps of Xuanzang: Tan Yun-shan and India*）在新德里的（New Delhi: Gyan Publishing House）出版。石海峻著《20 世纪印度文学史》出版。凌翼云著《目连戏与佛教》（广东中华王季思学术基金丛书之四）（广东高等教育出版社）出版。杨富学著《回鹘之佛教》（西域佛教研究丛书）（新疆人民出版社）出版。王宏纬著的《喜马拉雅山情结：中印关系研究》出版。王燕著《东方文化丛书——东方神话》（河南文艺出版社）出版。中国郭沫若研究会编《郭沫若与东西方文化》（当代中国出版社）出版。［印］泰戈尔著，唐仁虎译的《戈拉》（人民文学出版社）出版。杨非、金康城著《泰戈尔》（海南出版社）出版。晓虹、晓燕编写《印度神话精彩故事》（河北少年儿童出版社）出版。郁龙余《禅诗与苏非文学》在《复旦大学学报》（第三期）上发表。再娜甫·尼合买提《印度故事在哈萨克文学中的演变》在《新疆教育学院学报》（第 3 期）刊载。［印］阿伦德哈蒂·罗译著，张志忠、胡乃平译的《卑微的神灵》（南海出版公司）出版。［印］泰戈尔著，董友忱译的《冗船》（湖南文艺出版社）出版。石海峻著《20 世纪印度文学史》（青岛出版社）出版。金克木著，张大明等选编《梵语文学史》（江西教育出版社）出版。［印］泰戈尔著，黄志坤、赵元春译的《泰戈尔中篇小说精选》（湖南文艺出版社）出版。［印］泰戈尔著，白开元译的《泰戈尔十四行诗》（安徽文艺出版社）出版。［印］泰戈尔著，董友忧等译的《四个人: 泰戈尔中短篇小说精选》(华文出版社) 出版。雪明选编《印度神话故事》(中国世界语出版社) 出版。晓红、晓燕编写《印度神话精彩故事》 (河北少年儿童出版社) 出版。曾明编著《印度神话故事》(宗教文化出版社) 出版。郑振铎著《郑振铎全集泰戈尔诗选》(花山文艺出版社) 出版。 [印] 阿兰达蒂·洛伊著, 吴美真译的《微物之神》(台北: 天下远见出版公司) 出版。 [印] 泰戈尔著, 黄志坤、赵元春译的《眼中沙》(台北: 台湾商务印书馆) 出版。 [爱] 黛芙拉·墨菲著, 阎惠群译的《那里的印度河正年轻》 (台北: 马可孛罗文化事业公司) 出版。谢俊逢著《印度传统音乐之研究》(全音乐谱) 出版。尚会鹏著《印度文化史》(台北: 亚太图书出版社) 出版。孙士海主编《南亚的政治、国际关系及安全》 (中国社会科学出版社) 出版。 [印] 奥修大师著, 林若宇译的《禅》 (台北县: 探索文化事业公司) 出版。 [印] 奥修大师著《禅宗十牛图》(台北: 奥修出版社) 出版。马小鹤著《辨喜》(台北: 东大图书公司) 出版。[印]艾克纳·伊斯瓦伦著, 子文译的《放轻松, 慢慢来》(台北县: 新雨出版社) 出版。[印] 摩奴一世著, [法] 迭朗善译, 马香雪转译的《摩奴法典》 (台北: 台湾商务印书馆) 出版。陈丽宇著《身心灵的天堂乐园》 (台北: 方智出版社) 出版。 [印] 奥修大师著《睡前的冥想》(台北县: 探索文化事业公司) 出版。宋立道释译的《因明入正理论》 (台北: 佛光文化事业公司) 出版。 [日] 三枝充惪著, 刘欣如译的《印度佛教思想史》 (台北: 大展出版社) 出版。 [印] 克里希纳穆尔蒂等著, 缪妙坊译的《质疑克里希那穆提》 (台北: 方智出版社) 出版。丁明夷释译的《佛教新出碑志集粹》(台北: 佛光文化事业公司) 出版。刘欣如著《佛陀与庄子》 (台北: 台北市慧炬出版社) 出版。龚隽释译的《佛性论》 (台北: 佛光文化事业公司) 出版。霍韬晦编著《佛学》 (香港: 中文大学出版社) 出版。关大眠著, 郑柏铭译的《佛学》 (香港: 牛津大学出版社) 出版。黄夏年译的《解脱道论》 (台北: 佛光文化事业公司) 出版。华涛释译的《南海寄归内法传》 (台北: 佛光文化事业公司) 出版。林煌洲著《印度思想文化与佛教》 (台北: 大展出版社) 出版。毛小雨著《印度雕塑》 (图集) (江西美术出版社) 出版。顾仲晏书, 杨银、曾赤敏编《泰戈尔散文诗集》 (新疆育少年出版社) 出版。崔连仲等选译的《古印度吠陀时代和列国时代史料选辑》 (商务印书馆) 出版。薛克翘著《中印文化交流史话》 (商务印书馆) 出版。薛克翘撰《中国与南亚文化交流志》 (上海人民出版社) 出版。黄心川主编, 葛维钧常务副主编《南亚大词典》 (四川人民出版社) 出版。 [印] 鸠摩罗什译的《维摩诘经》

（蓝天出版社）出版。方广锠著《印度禅》（浙江人民出版社）出版。［印］室利阿罗颇多著，徐梵澄译的《周天集：关于智慧与德行的箴言》（三联书店2版）出版。［印］奥修著，金晖、王建伟译的《奥秘心理学》（上海三联书店）出版。［天竺］僧伽斯那撰，求那毗地译，张德劭注译的《百喻经》（花城出版社）出版。吴永年、季平著《当代印度宗教研究》（上海外语教育出版社）出版。玄奘、岛夷志略、汪大渊著《大唐西域记》（蓝天出版社）出版。［印］奥修著，谦达那译的《白云之道》（上海三联书店）出版。［印］奥修著，林国阳译的《死亡》（上海三联书店）出版。［印］奥修著，范佳毅译的《探寻：读〈十牛图〉》（上海三联书店）出版。王小明译注《佛传——释迦牟尼生平故事（配图本）》（学苑出版社）出版。陈兵芳著《白净其心——重读释迦牟尼》（四川人民出版社）出版。郑孝时编著《释迦牟尼》（辽海出版社）出版。戴作民译的《白话〈如意藤〉释迦牟尼百行传》（四川人民出版社）出版。弘学著《人间佛陀与原始佛教》（巴蜀书社）出版。林明柯编著《佛陀十大弟子传》（大众文艺出版社）出版。

1999 年

刘安武著《普列姆昌德评传》（中国国际广播出版社）出版。季羡林的《印度文学研究集刊》（4）（上海译文出版社）出版。金克木著《梵竺庐集（乙）天竺诗文》（江西教育出版社）出版。黄宝生著《印度古典诗学》（北京大学出版社）出版。王树英著《南亚印度教与文化》出版。薛克翘的《印度古代神话》（东方神话传说4）（人民出版社）出版。何乃英著《东方文学概念论》（中国人民大学出版社）出版。王镛著《印度美术史话》出版。王邦维著《唐高僧义净生平及其著作论考》出版。严耀中著《汉传密教》（学林出版社）出版。陈允吉、胡中行的《佛经文学粹编》（上海古籍出版社）出版。吴文著《20世纪文学泰斗·泰戈尔》（四川人民出版社）出版。侯传文著《寂园飞鸟——泰戈尔传》（河北人民出版社）出版。北城著《圣地灵音——泰戈尔其人其作》（安徽文艺出版社）出版。朱明忠著《尼赫鲁》出版。尚劝余著《尼赫鲁研究》（四川人民出版社）出版。尚劝余著《尼赫鲁与甘地的历史交往》（四川人民出版社）出版。雷奈·格鲁塞《东方的文明》（上、下）（北京中华书局）出版。《殖民主义者·南亚卷》（北京大学出版社）出版。伊克巴尔著，刘曙雄译的《自我的秘密》出版。王杰主编《东方丛刊》（1999年第3、4期）（广西师范大学出版社）出版。古丽比亚著《西天的回声——西域佛教艺术》（湖南美术出版社）出版。郎芳、汉人著《泰戈尔》（辽海出版社）出版。王鲁东、王健著报告文学《师出印度：二战打通中印公路纪实》（青岛出版社）出版。钱文忠选编《倾听恒河天籁：印度书话》（江西教育出版社）出版。［英］约翰·马歇尔著，许建英译，贾应逸审校《犍陀罗佛教艺术》（新疆美术出版社）出版。郁龙余《印度古代文学的世界影响》在《深圳大学学报》（第三期）上发表。［印］泰戈尔著，黄雨石译的《沉船》（外国文学出版社出版）。［印］泰戈尔著，冰心、倪培耕译的《喀布尔人》（解放军文艺出版社）出版。童道明主编，朱景冬编《世界经典戏剧全集印度日本卷》（浙江文艺出版社）出版。朱怀江主编，［印］泰戈尔著，白开元等译的《世界文学名著第17卷泰戈尔文选》（内蒙古文化出版社）出版。［印］泰戈尔著，吴岩译的《泰戈尔诗选》（山东大学出版社）出版。［印］泰戈尔著，刘湛秋译的《泰戈尔散文诗》（安徽文艺出版社）出版。［印］泰戈尔著，白开元译的《泰戈尔抒情诗》（安徽文艺出版社）出版。［印］泰戈尔著，白开元译的《泰戈尔抒情诗》（大众文艺出版社）出版。［印］泰戈尔著，谢冰心译的《泰戈尔小说集》（安徽文艺出版社）出版。［印］泰戈尔著，康绍邦等译的《泰戈尔随笔》（安徽文艺出版社）出版。［印］泰戈尔著，常思译的《泰戈尔诗文》（延边人民出版社）出版。黄宝生著《印度古典诗学》（北京大学出版社）出版。［印］德蕾莎修女著，吕尚意译的《爱无止尽德蕾莎修女的叮咛》（台北县：新路出版）出版。［美］西贝儿·夏塔儿著，杨玫宁译的《印度教的世界》（台北：猫头鹰出版社）出版。李志夫著《印度哲学及其基本精神》（台北：洪叶文化事业公司）出版。朱明忠著《尼赫鲁》（台北：东大图书公司）出版。［印］奥修著《早晨的冥想》（台北县：探索文化事业公司）出版。陈国镇等编著《第五届佛学与科学研讨会论文集》（台北：圆觉文教基金会）出版。沈秋雄等著《王通·玄奘·慧能·法藏·韩愈·罗隐·杜光庭》（更新版）（台北：台湾商务印书馆）出版。［印］奥修著，刁新哲译的《无边无际》（台北县：探索文化事业公司）出版。圣严法师著，《印度佛教史》（台北：法鼓文化事业公司）出版。杨丹、吴秋林编选《古印度的寓言》（山西教育出版社）出版。魏庆征编《古代印度神话》（北岳文艺出版社）出版。［印］克·钱达尔著，张积智译的《一棵倒长的树》（河北美术出版社）出版。［印］泰戈尔著，石海峻编《沉船》（上海文艺出版社）出版。［印］毗耶娑著，黄宝生译的《摩诃婆罗多·毗湿摩篇》（译林出版社）出版。李杭、欧阳侃编著《印度古代童话新编》（辽宁少年儿童出版社）出版。［英］约翰·马歇尔著，许建英译的《犍陀罗佛教艺术》（新疆美术摄影出版社）出版。王树英著《印度》（当代世界出版社）出版。赵晓春著《天生的印度统制者》（社会科学文献出版社）出版。李文业著《印度史：从莫卧儿帝国到印度独立》（辽宁大学出版社）出版。郎芳、汉人编著《泰戈尔》（辽海出版社）出版。宋子刚编著《甘地》（辽海出版社）出版。金克木著，张大明等选编《梵佛探》（江西教育出版社）出版。北城著《圣地灵音：泰戈尔其人其作》（安徽文艺出版社）出版。吴文著《泰戈尔》（四川人民出版社）出版。赵伯乐著《永恒涅：古印度文明探秘》（云南人民出版社）出版。王树英等著《丰富多彩的旅游民俗》（中央民族大学出版社）出版。侯传文著《寂园飞鸟：泰戈尔传》（河北人民出版社）出版。［印］贾亚卡著，张曙薇、姚大伟译的《英迪拉·甘地私人传记》（时代文艺出版社）出版。王如君著《印度（漫游世界指南13）》（辽宁教育出版社）出版。海默·劳著，孙咏梅、张韶光译的《甘地》（河北教育出版社）出版。（唐）玄奘撰，周国林注译的《大唐西域记》（岳麓书社）出版。尚劝余著《尼赫鲁研究》（四川人民出版社）出版。阎雯静编著《泰戈尔的青少年时代》（山西人民出版社）出版。［印］伽斯那辑，［印］求那毗地译的《百喻经》（吉林人民出版社）出版。（天竺）僧伽斯那撰，贤愚经、楚觉等译《百喻经》（伊犁人民出版社）出版。玄奘著《大唐西域记》（伊犁人民出版社）出版。玄奘著，周国林注译的《大唐西域记》（岳麓书社）出版。王树英著《南亚印度教与文化》（中央民族大学出版社）出版。黄夏年等著《佛光普照：佛教》（世界知识出版社）出版。何磊著《三藏法师玄奘传》（云南大学出版社）出版。［法］一行禅师著，何蕙仪译的《故道白云》（中国华侨出版社）出版。［印］乔荼波陀著，巫白慧译《圣教论》（商务印书馆）出版。龚方震、晏可佳著《祆教史》（上海社会科学出版社）出版。王惕著《释迦牟尼传》（宗教文化出版社）出版。汤一介著《佛教与中国文化》（宗教文化出版社）出版。达瑞、亚丁编《佛教故事》（四川美术出版社）出版。弘学编著《佛教图像说》（巴蜀书社）出版。［日］羽溪了谛《西域之佛教》（商务印书馆）出版。

2000 年

4 月 26 日—30 日，中国印度文学研究会第八届年会暨印度学研讨会在河南省郑州市召开。来自全国 20 多家高校单位近 50 名学者参加了此次会议。中国印度文学研究会执行秘书长、北京大学教授唐仁虎主持会议，中国印度文学研究会会长、北京大学教授刘安武致开幕辞。

　　林承节著《印度古代史纲》出版。巫白慧著《印度哲学吠陀经探义和奥义书解析》（东方出版社）出版。唐仁虎、刘曙雄、姜景奎著《印度文学文化论》（北京大学出版社）出版。姚南强的《因明学说史纲要》（上海三联书店）出版。何乃英著《泰戈尔》（新蕾出版社）出版。刘安武、倪培耕、白开元主编《泰戈尔全集》（河北教育出版社）出版。刘安武编《印地语汉语大词典》（北京大学出版社）出版。刘安武编《南亚西亚散文选》（天津百花文艺出版社）出版。［美］梅维恒著，王邦维、荣新江、钱文忠译，季羡林审定《绘画与表演．中国的看图讲故事和它的印度起源》（燕山出版社）出版。［印］耶谢巴尔（Yashpal）著，金鼎汉译的《虚假的事实——故乡与祖国》（上卷）（上海译文出版社）出版。［印］耶谢巴尔著，沈家驹译的《虚假的事实——国家的未来》（下卷）（上海译文出版社）出版。奈保尔著，李永平译的《幽黯国度：记忆与现实交错的印度之旅》（台北：马克孛罗文化事业公司）出版。［美］乔纳森·马克·基诺耶著，张春旭译的《走近古印度城》（浙江人民出版社）出版。坎提·巴杰帕伊（Kanti Bajpai）编《孔雀与龙：21 世纪的印中关系》（*Peacock and the Dragon: India China in the 21st Century*）出版。［法］罗伯尔·萨耶，耿升译的《印度——西藏的佛教密宗》（中国藏学出版社）出版。黄夏年的《佛教三百问》（上海古籍出版社）出版。王杰主编《东方丛刊》（2000 年第 1、2、3 期）（广西师范大学出版社）出版。谢崇安著《沉沙中的失乐园：追踪上古印度文明》（重庆出版社）出版。雷启淮著《当代印度》（四川人民出版社）出版。大鲁改编，陈俭绘画《印度王的钻石》（上海人民美术出版社）出版。易文诗主编印度童话经典《吝啬鬼的鞋》（北京少年儿童出版社）出版。郁龙余《中国学在印度》在《学术研究》（第 1 期）上发表。［印］奥修著，余若飞编译，王幼嘉插画《OSHO 故事 108》（台北：探索文化事业公司）出版。［英］维·苏·奈波尔著，李永平译的《幽黯国度》（台北：马可孛罗文化事业公司）出版。［墨］欧塔维欧·帕兹著，蔡悯生译的《在印度的微光中》（台北：马可孛罗文化事业公司）出版。江平主编《摩奴法典》（法律出版社）出版。郭兆明等译的《菩提法语》（香港：杨氏集团公司）出版。［印］队玛逊亚·森恩著，刘楚俊译的《伦理与经济》（台北：联经出版事业公司）出版。郭良鋆、黄宝生编译的《佛本生故事精选》（台北县：汉欣文化事业公司）出版。［印］泰戈尔著，赵文衡缩编《沉船》（中国少年儿童出版社）出版。［印］泰戈尔著，冰心、郑振铎译的《吉檀迦利》（人民日报出版社）出版。季羡林著，中国

社会科学院科研局组织编选《季羡林集》（中国社会科学出版社）。〔印〕泰戈尔著，沈晓丹译
的《泰戈尔诗选》（延边人民出版社）出版。〔印〕泰戈尔著，白开元等译的《泰戈尔文选》
（内蒙古文化出版社）出版。〔印〕泰戈尔著，谢志茹译的《泰戈尔文集》（中国社会出版社）
出版。〔印〕泰戈尔著，黄志坤、赵元春译的《眼中沙》（辽宁教育出版社）出版。〔印〕泰
戈尔著，白开元译的《恒河畔的静修林》（中国广播电视出版社）出版。白开元译的《泰戈尔
散文》（浙江文艺出版社）出版。冰心等译的《泰戈尔散文诗全集》（北京燕山出版社）出版。
安栓虎著《玄奘》（花山文艺出版社）出版。〔印〕泰戈尔著，白开元译的《泰戈尔儿童诗选》
（安徽文艺出版社）出版。〔印〕泰戈尔著，华宇清编《泰戈尔诗歌精选集》（北岳文艺出版
社）出版。〔印〕泰戈尔著，冰心等译的《吉莉芭拉》（北京燕山出版社）出版。罗斯静主编
《印度旅游指南》（广东省地图出版社）出版。张先德著《甘地》（中国少年儿童出版社）出
版。〔印〕姆·克·甘地著，吉力译的《甘地传》（中共中央党校出版社）出版。郎芳编著《泰
戈尔(1861—1941)》（海天出版社）出版。(唐)慧超原著，张毅笺释《往五天竺国传笺释》（中
华书局）出版。(唐)杜环原著，张一纯笺释《经行记笺注》（中华书局）出版。李建欣著《印
度古典瑜伽哲学思想研究》（北京大学出版社）出版。〔法〕罗伯尔·萨耶著，耿昇译的《印度—
西藏的佛教密宗》（中国藏学出版社）出版。霍国庆编著《佛教旅游文化》（商务印书馆）出版。
林立千著《印度佛教史》（民族出版社）出版。林克智著《香光居文选——祥和洒脱之路》（宗
教文化出版社）出版。慧立、彦琮著，孙毓棠、谢芳点校《大慈恩寺三藏法师传》出版。道宣著，
范祥雍点校《释迦方志》（中华书局）出版。董群著《融合的佛教圭峰密宗的佛教思想研究》（宗
教文化出版社）出版。李富华等著《佛教学》（当代世界出版社）出版。方广锠著《藏外佛教
文献第七辑》（宗教文化出版社）出版。杨曾文著《佛教知识读本》（宗教文化出版社）出版。
林承节著《印度古代史纲》（光明日报出版社）出版。

2001 年

刘安武著《印度两大史诗研究》（北京大学出版社）出版。刘安武的《印度两大史诗评说》
（辽宁大学出版社）出版。黄宝生、郭良鋆、蒋忠新的《故事海选》（*Kathasaritsagara*）出版。
郁龙余著《中国印度文学比较》（中国社会科学出版社）出版。崔连仲著《释迦牟尼——生平
与思想》出版。郁龙余、孟昭毅编《东方文学史》（新版合订本）（北京大学出版社）出版。

林承节主编《印度现代化的发展道路》（北京大学出版社）出版。段晴著《波尼你语法入门》
出版。尚会鹏的《种姓与印度教社会》（北京大学出版社）出版。尚劝余著《莫卧儿帝国》（西
安：三秦出版社）出版。孙宜学编著《泰戈尔与中国》（河北人民出版社）出版。王青景著《R.K
纳拉扬的小说与印度社会》（河北人民出版社）出版。侯传文著《东方文化通论》（山东教育
出版社）出版。王向远著《东方各国文学在中国——译介与研究史述论》（江西教育出版社）
出版。王杰主编《东方丛刊》（2001 年第 1、2 期）（广西师范大学出版社）出版。何乃英的《〈泰
戈尔诗选〉导读》（辽宁大学出版社）出版。沈益洪编《泰戈尔谈中国》（浙江文艺出版社）
出版。孙昌武的《文坛佛影》（北京：中华书局）出版。G·P·德什潘德（G.P. Deshpande）编《印
中五十年：跨越梦想之桥》（*50 Years of India–China: Crossing a Bridge of Dreams*）出版。
董友忱译的《沉船》（湖南文艺出版社）出版。禧钜、张德宝、庞先健绘图，罗伟国、陈琪撰
文《图说文殊菩萨》（合肥：黄山书社）出版。《印度故事文学名著集成》（人民文学出版社）
出版。［印］马克·涂立（Mark Tully）著，黄芳田译的《印度没有句点》（台北：马克孛罗
文化事业公司）出版。［印］泰戈尔著，华宇清选编《泰戈尔诗选》（杭州：浙江文艺出版社）
出版。10 月，王向远主编《中国比较文学文索引（1980—2000）》（南昌：江西教育出版社）
出版。郁龙余的《季羡林与印度文学》载《季羡林与二十世纪中国学术》（北京大学出版社）
出版。侯传文《现代印度文学与世界文学》在《青岛大学学报》（第 2 期）刊载。王向远《七十
年来我国的印度文学史研究论评》在《外国文学评论》（第 3 期）刊载。王向远《近百年来我
国对印度古典文学的翻译与研究》在《北京师范大学学报》（社会科学版第 3 期）刊载。那木
吉拉《蒙古神话和英雄史诗中的印度日蚀月蚀神话影响》在《民族文学研究》（第 2 期）刊载。
纪玉君著，吴旭东绘画《别为我解释印度》（台北：大块文化出版公司）出版。［印］马克·涂
立著，黄芳田译的《印度没有句点》（台北：马可孛罗文化事业公司）出版。汤用彤著《理学·佛
学·印度学》（台北县：佛光文化事业公司）出版。汤用彤著《印度哲学史略》上（台北县：
佛光文化事业公司）出版。汤用彤著《印度哲学史略》下（台北县：佛光文化事业公司）出版。
梁乃崇等编著《第二届佛学与科学研讨会论文集》（再版）（台北：圆觉文教基金会）出版。
兰亭之著《60 则教你「解决人生难题」的百喻经故事》（台北：神机文化事业公司）出版。［美］
马克斯·伯格编著，周家麒译的《耶稣佛陀如是说》（台北县：世茂出版社）出版。永明等编

辑《中国佛教学术论典1—50》（高雄县：佛光山文教基金会）出版。刘安武著《印度两大史诗评说》（辽宁大学出版社）出版。［印］泰戈尔著，郑振铎译的《泰戈尔诗选》（时代文艺出版社）出版。［印］泰戈尔著，吴岩译的《泰戈尔抒情诗选》（上海译文出版社）出版。朱秀芳编《圣雄甘地》（北方妇女儿童出版社）出版。

2002 年

3 月，第九次印度文学研讨会在深圳大学举行。

黄心川著《东方佛教论》出版。孙晶著《印度吠檀多不二论哲学》（北京：东方出版社）出版。郁龙余主编《中国印度文学比较论文选》（杭州：中国美术学院出版社）出版。唐孟生著《印度苏非派及其历史作用》（北京：经济日报出版社）出版。姜景奎著《印地语戏剧文学》（北京：中国对外翻译出版公司）出版。郝岚著《解读泰戈尔》（京华出版社）出版。欧东明的《佛地梵天——印度宗教文明》（四川人民出版社）出版。陈明著《印度梵文医典〈医理精华〉研究》中华书局出版。姜景奎编《印度文学研究集刊》（5）（上海译文出版社）出版。王杰主编《东方丛刊》（2002 年第 1、2、3、4 期）（桂林：广西师范大学出版社）出版。孙修身著《敦煌与中西交通研究》出版。郑汝中著《敦煌壁画乐舞研究》出版。贾应逸、祁小山著《印度到中国新疆的佛教艺术》出版。黄心川著《东方佛教论——黄心川佛教文集》（中国社会科学出版社）出版。陈允吉著《古典文学佛教溯缘十论》（复旦大学出版社）出版。四川大学比较文学研究所编《比较文学：东方与西方》（成都：四川民族出版社）出版。北京师联教育科学研究所编《外国诗歌基本解读—印度卷》（北京：人民武警出版社）出版。ALexandraBonfante-Warren 著，冯晓慧译，林耕审《沉淀是金：印度风格》（建筑与设计图书馆）（天津科技翻译出版社公司）出版。［俄］埃尔曼·捷姆金著，董友忱、黄志坤译的《印度神话传说》（上海世纪出版集团、上海译文出版社）出版。［英］约翰·马歇尔著，秦立彦译的《塔克西拉》（1—3）（云南人民出版社）出版。［印］摩诃提瓦著，林煌洲译的《印度教导论》（台北：东大图书公司）出版。颜素慧编著《释迦牟尼小百科：第一本亲近佛陀的书》（台北：橡树林文化）出版。［印］摩诃提瓦著，林煌洲译的《印度教导论》（台北：东大图书公司）出版。林煌洲著《印度思想文化与佛教》（台北：国立历史博物馆）出版。［印］奥修著，沈文玉译的《直觉：超越逻辑的全新领悟》（台北：生命潜能文化公司）出版。黄家树著《中观要义浅说》（台北：全佛文化事业公司）出版。

永明等编辑《中国佛教学术论典 62-70》（高雄：佛光山文教基金会）出版。

2003 年

北京大学印度研究中心成立，王邦维任主任。印度总理瓦杰帕伊在访问北京大学时，为该中心揭幕、捐款，并设立"谭云山奖"（中心优秀学生每年可赴印度访学）。

薛克翘著《中印文学比较研究》（北京：昆仑出版社）出版。唐仁虎、魏丽明、郁龙余、姜景奎等著《泰戈尔文学作品研究》（昆仑出版社）出版。邱永辉、欧东明的《印度世俗化研究》（巴蜀书社）出版。［印］室利·阿罗频多（Sri Aurobindo）著，徐梵澄译的《薄伽梵歌论》（北京：商务印书馆）出版。尹锡南著《世界文明视野中的泰戈尔》（巴蜀书社）出版。季羡林任特邀顾问，朱一飞、季润新任总主编，王树英、张保胜的《世界文化故事大系——印度卷》（上海外国语教育出版社）出版。酉代锡、陈晓红著《失落的文明：古印度》（华东师范大学出版社）出版。姜景奎编《印度文学研究集刊》（6）（上海译文出版社）出版。尚劝余、彭树智的《外国人丛书：印度人》（三秦出版社）出版。杨梅译，贾磊校《王冠上的宝石·英属印度（公元 1600—1905）》（山东画报出版社、中国建筑工业出版社）出版。余太山著《两汉魏晋南北朝正史西域传研究》出版。黄启臣等著《广东海上丝绸之路史》出版。米拉·辛哈（Meera Sinha Bhattacharjea）著《中国，世界和印度》（China, the World and India）出版。阿贾伊·B·阿加瓦尔（Ajay B. Aggarwal）著《印度、西藏和中国：尼赫鲁扮演的角色》（India, Tibet and China: The Role Nehru Played）出版。北京大学东方文学研究中心编的《东方学：从浪漫主义到神秘主义》（湖南文艺出版社）出版。王杰主编《东方丛刊》（2003 年第 1、3 期）（广西师范大学出版社）出版。白开元等译的《泰戈尔》（国际文化出版社）出版。陈明《西域出土文献与印度古典文学研究》在《文献》（第 1 期）刊载。薛克翘《许地山的学术成就与印度文化的联系》在《文史哲》（第 4 期）刊载。沙尔玛著，张志强译的《印度教》（台北：麦田出版）出版。李明珠主编，翟振孝等译的《印度宗教、艺术与文化研讨》（台北：国立历史博物馆）出版。永明等编辑《中国佛教学术论典 71》（高雄：佛光山文教基金会）出版。永明等编辑《中国佛教学术论典 80》（高雄：佛光山文教基金会）出版。永明等编辑《中国佛教学术论典 87》（高雄：佛光山文教基金会）出版。永明等编辑《中国佛教学术论典 90》（高雄：佛光山文教基金会）出版。［日］龙谷大学佛教文化所西域室编集《注维摩诘经》（日本：

龙谷大学佛教文化所）出版。［日］龙谷大学佛教文化所西域室编集《注维摩诘经一字索引》（日本：龙谷大学佛教文化所）出版。［日］忽滑谷快天著，郭敏俊译的《禅学思想史》（1. 印度部）（台北：大千出版社）出版。

2004 年

胡锦涛主席和温家宝总理分别就和平共处五项原则创立 50 周年与印度总统卡拉姆和总理辛格互致贺电。

郁龙余等著《梵典与华章：印度作家与中国文化》（宁夏人民出版社）出版。侯传文著《佛经的文学性解读》（北京：中华书局）出版。张羽著《泰戈尔与中国现代文学》（云南人民出版社）出版。林承节著《印度史》（人民出版社）出版。刘建、朱明忠、葛维钧著《印度文明》（中国社科学出版社）出版。林承节著《殖民统治时期的印度史》（北京大学出版社）出版。王镛著《印度美术》出版。［美］克雷文著，王镛等译的《印度艺术简史》出版。江东著《印度舞蹈通论》（上海音像出版社）出版。钮卫星著《西望梵天：汉译佛经中的天文学源流》（上海交通大学出版社）出版。［印］马克·涂立（Mark Tully）、［印］吉莉安·莱特（Gillian Wright）著，郑家瑾译的《印度慢吞吞》（台北：马克孛罗文化事业公司）出版。吴海勇著《中古汉译佛经叙事文学研究》（北京：书苑出版社）出版。刘安武编《20 世纪外国文学作品选》（亚非拉部分）（上海译文出版社）出版。季羡林、郁龙余的《华夏天竺兼爱尚同——关于中印文化交流的对话》在《深圳大学学报》（第 4 期）上发表。

2005 年

4 月 11 日，温家宝总理访印，签署《中印联合声明》，宣布建立面向和平与繁荣的战略合作伙伴关系。

7 月，深圳大学印度研究中心成立，聘任季羡林为顾问，刘安武、孙培钧、黄宝生为名誉主任，郁龙余为主任。

8 月 12—16 日，深圳大学和中国比较文学学会联合举办的中国比较文学学会第八届年会暨国际学术研讨会在深圳明华国际会议中心召开。

［印］毗耶娑著，金克木、赵国华、席必庄、郭良鋆、李南、段晴、葛维钧等译的《摩诃婆罗多》（一——六）（中国社会科学出版社）出版。［印］杜勒西达斯著，金鼎汉译的《罗

摩功行之湖》（*Ramacarutramanasa*）出版。刘安武著《印度文学和中国文学比较研究》（中国国际广播出版社）出版。黄宝生著《〈摩诃婆罗多〉导读》（北京：中国社科出版社）出版。谭中与耿引曾（Tan Chung and Geng yinzeng）著《印度和中国》在新德里出版（*India and China: Twenty Centuries of Civilizational Interaction and Vibrations*）。狄伯杰（B. R. Deepak）著《1904—2004 年的印度和中国：一个世纪的和平和冲突》（*India and China 1904—2004: A Century of Peace and Conflict*）出版。余德烁（Yukteshwar Kumar）著《公元 1 至 7 世纪中印关系史》（*A History of Sino-Indian Relations:1st Century to 7th Century AD*）在新德里出版。孙宜学著《泰戈尔与中国》（广西师范大学出版社）出版。尹锡南著《发现泰戈尔——影响世界的东方诗哲》（台湾：圆神出版社有限公司）出版。李南著《〈胜乐轮经〉及其注疏解读》出版。张玉安、裴晓睿著《印度的罗摩故事与东南亚文学》（昆仑出版社）出版。林承节著《独立后的印度史》（北京大学出版社）出版。郁龙余主编《切磋集：深圳大学比较文学二十年论文集》（北京大学出版社）出版。董友忱的《泰戈尔画传》（华文出版社）出版。董友忱编著《泰戈尔小说全译》（华文出版社出版。王杰主编《东方丛刊》（2005 年第 1、2、4 期）（广西师范大学出版社）出版。［印］蚁垤著，季羡林译的《罗摩衍那森林篇》（台北：猫头鹰出版社）出版。李魁贤编《印度的光与影》（高雄：春晖出版社）出版。［印］克里希那穆提著，于自强、吴毅译，史芳梅校《最初和最终的自由》（华东师范大学出版社）出版。［德］韦伯著，康乐、简慧美译的《印度的宗教》（广西师范大学出版社）出版。王继平《从〈慧鸟本生〉到〈狮子和大雁〉》——印度佛本生故事影响维吾尔民间文学之一例》在《民族文学研究》刊载。

2006 年

3 月 13 日—16 日，著名印度学家、美籍华人谭中教授向深圳大学捐赠"谭云山文件与物品"并签署《谭中代表谭云山后人捐赠给深圳大学物件清单》。

10 月 25 日，作为"中印友好年"活动的重要组成部分，中国社会科学院亚太研究所主办了一次范围小但规格高的全国性"中印文化交流学术研讨会"，30 余名来自北京、上海、广东、四川、西藏等省市区研究机构的资深专家学者与会。

10 月 22—27 日，深圳大学举办"2006 中印友好年·深圳大学印度节"。

11 月，中国国家主席胡锦涛对印度进行国事访问。

郁龙余等著《中国印度诗学比较》（昆仑出版社）出版。张保胜著《永乐大钟梵字铭文考》（北京大学出版社）出版。谭中、耿引曾著《印度与中国：两大文明的交往和激荡》（北京商务印书馆）出版。李利安著《印度古代观音信仰研究》（陕西人民出版社）出版。孟昭毅著《印象：东方戏剧叙事》（北京：昆仑出版社）出版。［印］杰伦·兰密施著，蔡枫译，董方峰校《理解 CHINDIA：关于中国与印度的思考》（宁夏人民出版社）出版。［印］阿玛蒂亚·森、让·德雷兹著，黄飞君译的《印度：经济发展与社会机会》（北京：社会科学文献出版社）出版。［意］詹尼·索里著，李阳译的《甘地与印度》（北京：生活·读书·新知三联书店）出版。［意］玛瑞里娅·阿巴尼期（MariliaALbanese）的《古印度——从起源至 13 世纪》（中国水利水电出版社）出版。［印］泰戈尔著，董友忱译的《俄罗斯书简》（广西师范大学出版社）出版。ValerieBerinstain 著，吉晶、王菲菲译，邵明校《莫卧儿统治下的印度帝国》（上海世纪出版社）出版。胡志勇的《文明的力量印度崛起》（新华出版社）出版。许海山的《古印度简史》（北京：中国言实出版社）出版。林语堂著，杨彩霞译的《中国印度之智慧》（中国卷）（印度卷）（陕西师范大学出版社）出版。张敏秋的《跨越喜马拉雅山障碍——中国寻求了解印度》（重庆出版集团）出版。中华人民共和国前驻缅甸、印度大使程瑞声的《睦邻外交四十年》（四川人民出版社）出版。蔡德贵的《当代新兴巴哈伊教研究》（人民出版社）出版。周卫平的《百年中印关系》（世界知识出版社）出版。王杰主编《东方丛刊》（2006 年第 1、2、3 期）（广西师范大学出版社）出版。唐建清的《中国比较文学百年书目》（群言出版社）出版。玛丽 - 德雷沙·席斯（Marie–Thérèse Schins）著，张淑惠译的《我的校外教学——印度篇》（新苗文化事业有限公司）出版。［印］阿兰达蒂·洛伊（Arundhati Roy）著，吴美真译的《微物之神》（人民文学出版社）出版。王立著《佛经文学与古代小说母题比较研究》（昆仑出版社）出版。季羡林著，王树英选编《季羡林论中印文化交流》（北京：新世界出版社）出版。［英］凯思著，宋立道译的《印度逻辑和原子论：对正理派和胜论的一种解说》（北京：中国社会科学出版社）出版。孟昭毅著《新世纪人文教育丛书·比较文学与东方文学》（中国科会科学出版社）出版。俞晓红著《佛教与唐五代白话小说研究》（人民出版社）出版。朱志瑜、朱晓农著《中国佛籍译论选辑评注》（清华大学出版社）出版。刘安武等著《东方民间文学概论——印度民间文学》

（昆仑出版社）出版。吴学国著《存在·自我·神性：印度哲学与宗教思想研究》（中国社会科学出版社）出版。方广锠著《中国写本大藏经研究》（上海古籍出版社）出版。王铁钧著《中国佛典翻译史稿》（北京：中央编译出版社）出版。杨晓霞的《中印韵论诗学的比较研究》在《东方丛刊》（第四期）上发表。

2007 年

4 月 25 日—27 日，由深圳大学和中国南亚学会共同举办的"中国印度关系国际研讨会"与"2007 中国南亚学会年会"在深圳召开。来自中国大陆与台湾以及美国、印度等地的一百多名专家学者与会。

8 月 21 日，由北京大学外国语学院世界文学研究所、北京大学东方学术研究院、中国中外文艺理论学会、中国禅学丛书编委会共同主办的"禅文化与和谐世界"国际学术研讨会在北京大学举行。此次禅文化研究会议的目的，一方面是促进禅文化研究的国际交流与合作，另一方面也是庆祝在禅文化领域有很深造诣的一代学术宗师季羡林先生今年 96 岁华诞。

10 月 5—7 日，在北京大学民主楼召开了"早期文字体系起源"国际学术研讨会。本次会议由北京大学外国语学院陈贻绎博士多方筹措联络、由美国人 Henry Zemel 负责的 CAENO 基金会出资赞助、由北京大学古代东方文明研究所具体承办。来自美国、德国、英国、法国、意大利、荷兰、奥地利、瑞士、以色列、日本以及中国的 40 余位学者出席了本次会议。

11 月 29 日，印度驻华大使拉奥琦女士代表印度文化关系委员会，与深圳大学校长章必功签署《深圳大学与印度 ICCR 有关访问学者的协议》，该协议的主要内容为印度文化关系委员会（ICCR）拟向深圳大学每年派遣一名从事人文社会科学的印度知名教授，到深圳大学进行为期 14 周的学术访问。

12 月 22 日—23 日，由北京大学东方文学研究中心主办的"东方文学经典：翻译与研究"学术研讨会在北京大学召开。来自中国社科院外国文学研究所、北京大学、北京师大、中国人民大学、福建师大、华中师大、广西师大、天津师大、青岛大学、深圳大学等研究机构和高校的学者 50 余人与会，并提交 30 余篇论文。

石海军著《印度文学大花园》（湖北教育出版社）出版。尚会鹏著《印度文化史》（广西师范大学出版社）出版。王向远等著《佛心梵影：中国作家与印度文化》（北京师范大学出版社）

出版。孙宜学编《不欢而散的文化集会——泰戈尔来华讲演及论争》（安徽教育出版社）出版。马明博选编《蓝眼睛与菩提树》（金城出版社）出版。段玉明著《指空：最后一位来华的印度高僧》（巴蜀书社）出版。蒋忠新译的《摩奴法论》（中国社会科学出版社）出版。〔日〕田中芳树著，陆求实译的《天竺热风暴》（南海出版公司）出版。日月洲著《佛国行：从尼泊尔到印度》（中国工人出版社）出版。〔印〕蚁垤原著，杜帕妲编译的《罗摩衍那的故事》（陕西师范大学出版社）出版。杨富学著《印度宗教文化与回鹘民间文学》（民族出版社）出版。王邦维选译的《佛经故事》（中华书局）出版。王志艳著《走在世界与印度的连接线上——东方诗哲泰戈尔》（延边人民出版社）出版。高思义的《寤寐中的泰戈尔》（中国时代经济出版社）出版。侯传文著《多元文化语境中的东方现代文学》（社会科学文献出版社）出版。谭中主编《CHINDIA/中印大同：理想与实现》（宁夏人民出版社）出版。李连庆著，李泠整理《我在印度当大使》（上海辞书出版社、汉语大词典出版社）出版。余德烁（Yukteshwar Kumar）的《轻松快捷学中文》（*Quick and Easy Way to Learn Chinese*）在新德里出版。Ｖ·Ｐ·杜特（V. P. Dutt）的《独立以来的中印关系》（*Sino-Indian Relations Since Independence*）出版。杨晓霞的《逍遥神仙怪观照世间事：魏晋时期志怪小说与印度故事文学》在《国际地域论丛》上发表。拉奥琦（Nirupama Rao）的《21世纪的印度与中国》（*India and China in the 21st Century*）在《深圳大学学报》（第3期）上发表。尚会鹏的《文明整合与CHINDIA》在《深圳大学学报》（第3期）上发表。

2008年

10月，尼赫鲁大学语文文化学院中国与东南亚研究中心主任墨普德（Priyadarsi Mukherji）教授，作为ICCR首位讲席教授在深圳大学开展14周教学。

10月16日，北京师范大学文学院与美国《当代世界文学》杂志联合主办的"当代世界文学与中国"国际学术研讨会在北京师范大学英东学术会堂开幕，首发《当代世界文学》（中国版）第一辑。来自中、美、德、加拿大、罗马尼亚等国的160多位中外作家学者与会，提交论文80余篇。开幕式上，《当代世界文学》杂志社社长戴维斯·昂第亚诺宣布了首届纽曼华语文学奖获奖者名单。中国作家莫言获此殊荣。

11月21日，谭云山中印友谊馆在深圳大学举行开馆仪式，仪式上印度汉学家师觉月教授的三位女儿捐赠文物给深圳大学。

12月20日，北京大学东方文学研究中心和北京大学外国语学院东语系联合主办的2008年"东方文学研究和教学：动态与趋势"学术研讨会在北大民主楼召开。40余名来自全国各高校和科研机构的专家学者齐聚北大。这是国内东方文学学界集中研讨东方文学动态和趋势的一次学术盛会，其目的在于共同关注、商议、研讨东方文学学科的发展和现状。

深圳大学印度研究中心主编《深圳大学印度研究通讯》（创刊号）发行。黄宝生译的《梵语诗学论著汇编》（昆仑出版社）出版。薛克翘的《中国印度文化交流史》（昆仑出版社）出版。薛克翘著《印度民间文学》（宁夏人民出版社）出版。唐仁虎、魏丽明等著《中印文学专题比较研究》（北岳文艺出版社）出版。郁龙余等著《印度文化论》（重庆出版社）出版。石海军著《后殖民：印英文学之间》（北京大学出版社）出版。毛世昌著《印度两大史诗和泰戈尔作品中的女性人物研究》（兰州大学出版社）出版。尹锡南著《英国文学中的印度》（巴蜀书社）出版。林太著《〈梨俱吠陀〉精读》（复旦大学出版社）出版。[德] 库尔克，罗特蒙特著，王立新、周红江译的《印度史》（中国青年出版社）出版。郁龙余主编《泰戈尔诗歌精选》（六种）（北京外语教学与研究出版社）出版。郁龙余、杨晓霞主编《中国比较文学学会第八届年会暨国际学术研讨会论文集》（宁夏人民出版社）出版。欧宗启著《印度佛教思想的中国化与中国古代文论的建构》（广西民族出版社）出版。王满特嘎编注《蒙汉两文合璧檀丁〈诗镜论〉》（蒙汉对照）在呼和浩特（内蒙古人民出版社）出版。吕建福著《密教论考》（宗教文化出版社）出版。[印] 贝碧·哈尔德著，苏守玉、张丽君译的《恒河的女儿》在海口（南海出版公司）出版。[印] 基兰·德赛（Kiran Desai）著，韩丽枫译的《失落》（重庆出版社）出版。索尼娅·甘地(Sonia Gandhi)的《印度和中国——文明的和谐》（*India and China: A Harmony of Civilizations*）在《深圳大学学报》（第 1 期）上发表。曼莫汉·辛格（Manmohan Singh）的《21 世纪的印度与中国——在中国社会科学院的演讲》在《深圳大学学报》（第 2 期）上发表。拉奥琦（Nirupama Rao）的《中国印度关系展望》在《深圳大学学报》（第 5 期）上发表。尹锡南、朱莉《印度汉学界的中国文学研究——"中国文化在印度"研究系列之一》在《南亚研究季刊》（第 1 期）刊载。

2009 年

12 月 4 日，印度德里大学、印度中国研究所、中国人民对外友好协会、北京大学、北京外国语大学、深圳大学等单位联合主办的第二届"中国—南亚国际文化论坛"在印度新德里举行。中国人民对外友好协会副会长井顿泉先生、印度司法部长 Shri. Veerappa Moily 先生、中国驻印度大使张炎先生等贵宾出席了论坛开幕式并发表讲话。来自中国社会科学院、北京大学、北京外国语大学、四川大学和上海社科院等单位的代表参加了本次论坛，中国人民对外友好协会也组织各省市代表团一行 100 多人参加了论坛。

吴永年著《大象·牛车·芯片的共鸣和神舞》（宁夏人民出版社）出版。孙宜学著《诗人的精神——泰戈尔在中国》（江西高校出版社）出版。王树英著《宗教与印度社会》（人民出版社）出版。《西游记》印地语版（北京外文出版社）出版。［德］A. F. 施坦茨勒著，季羡林译，段晴、范慕尤续补《梵文基础读本——语法·课文·词汇》（北京大学出版社）出版。郁龙余主编的《外国戏剧鉴赏辞典》（古代卷）（上海辞书出版社）出版。江亚平著《印度——一个不可思议的国度》（深圳报业集团出版社）出版。泰戈尔著，邵洵美译小说《四章书》（台北INK 印刻文学生活杂志出版有限公司）出版。泰戈尔著，李鲜红、涂帅、贾艳艳译的《和父亲一起去旅行》（南京江苏文艺出版社）出版。［印］维卡斯·斯瓦鲁普著，楼焉、寄北译的《贫民窟的百万富翁》（作家出版社）出版。郁龙余的《中国翻译学的四大特色》在《中西文化研究》（澳门）（总 16 期，12 月）上发表。尹锡南的《印度梵语诗学研译及比较诗学发展》在《深圳大学学报》（第 5 期）上发表。

2010 年

3 月 12 日，外国文学研究领域多年来的第一个国家社科基金重大项目"新中国外国文学研究 60 年"开题论证会在北京大学民主楼举行。

3 月 31 日，著名印度学家、美籍华人谭中先生荣获帕蒂尔总统颁发的印度国家最高荣誉奖莲花奖。

5 月 8 日—9 日，泰戈尔印度大学授予董友忱教授文学博士学位，并荣获印度孟加拉文学院颁发的泰戈尔纪念奖。

5 月 11—13 日，新加坡东南亚研究所组织召开了第二次泰戈尔国际学术研讨会。北京大学东方文学研究中心主任王邦维教授，中国社会科学院亚太研究所刘建研究员和四川大学南亚研究所尹锡南副研究员等三位中国学者，应邀参加了新加坡泰戈尔国际学术研讨会。此次会议还有来自印度、美国、英国、泰国、新加坡、越南、缅甸、韩等国的以及中国香港地区的学者参加。会议主题是"变动时代泰戈尔的亚洲之行"。

7月13日—14日，由教育部人文社会科学重点研究基地北京大学东方文学研究中心和赤峰学院比较文学研究中心联合召开的"新时期东方文学与比较文学"全国学术研讨会在内蒙古赤峰举行。

7月30日—31日，由北京大学东方文学研究中心主办、加拿大英属哥伦比亚大学（UBC）慈济佛学论坛协办"跨文化的佛教神话学研究"（Cross-cultural Researches on Buddhist Mythology）国际学术研讨会在北京大学静园一院召开。会议由东方文学研究中心主任王邦维教授担任主席。来自美国、英国、法国、加拿大、以色列、匈牙利、中国大陆和台湾的二十多位学者出席会议并发表了学术论文。

8月22日—25日，由北京大学东方文学研究中心、北京大学印度研究中心和北京大学南亚学系联合主办的"理解泰戈尔：新视野与新研究"国际学术研讨会在北京大学召开。会议由中心主任王邦维担任主席。印度驻华大使苏杰生和前中国驻印度大使周刚出席开幕式并致辞。美国哈佛大学南亚研究项目主任 Sugata Bose、著名印度学家谭中、印度泰戈尔大学校长 Karunasindhu Das 出席会议并宣读论文。来自印度、孟加拉、美国、新加坡、加拿大等多个国家的学者参加了会议。

10月25日—27日，印度共和国文化关系委员会（ICCR）主席凯伦·辛格博士（Dr. Karan Singh）访问深圳大学，并被聘为深圳大学荣誉教授。受印度 ICCR 委派，讲席教授舒明经博士在深圳大学开展14周教学。

12月15日，中国总理温家宝在印度德里授予谭中教授"中印友好贡献奖"。

姜景奎、郭童编《多维视野的印度文学文化——刘安武华诞纪念文章》在银川（阳光出版社）出版。尹锡南著《印度的中国形象》（北京：人民出版社）出版。尹锡南著《梵语诗学与西方诗学比较研究》出版。［印］谭中、王邦维著《泰戈尔与中国》（中央编译出版社）出版。［印］泰戈尔著，白开元译的《渡口集——泰戈尔抒情诗赏析》（北京：中国广播电视出版社）出版。翟永明等《中国作家重新发现当代印度文学》在《中国图书商报》刊载。吴永年著《变化中的印度——21世纪印度国家新论》（北京：人民出版社）出版。艾丹著《泰戈尔与五四时期的思想文化论争》（人民出版社）出版。［印］迦梨陀娑著，罗鸿汉文译注，拉先加藏文译注《迦梨陀娑〈时令之环〉汉藏译注与研究》（北京：中国藏学出版社）出版。黄宝生编著《梵语文学读本》（中国社会科学出版社）出版。冯品佳著《东西印度之间：非裔加勒比海与南亚女性文学与文化研究》（台北：允晨文化实业股份有限公司）出版。许崧著《印度走着瞧》（北京：人民文学出版社）出版。［印］罗宾德罗纳特·泰戈尔著，董友忱、石景武等译的《文学大师的短篇小说集—泰戈尔卷》（北京科学技术出版社）出版。［印］阿拉文德·阿迪加（Aravind Adiga）著，路旦俊、仲文明译的《白老虎》（人民文学出版社）出版。释印顺著《印度佛教思想史》（中华书局）出版。哈拉普拉萨德·雷易（Haraprasad Ray）的《印度的中国学研究概览》在《深圳大学学报》（第6期）上发表。郁龙余的《印度诗学的中国接受》在《亚非研究》（第3辑）上发表。陈明《印度佛教创世神话的源流——以汉译佛经与西域写本为中心》在《外国文学评论》（第4期）刊载。尹锡南《20世纪印度的中国文学和历史研究》在《东南亚南亚研究》（第1期）刊载。

2011年

2月5日—20日，应印度文化关系委员会(ICCR)邀请，郁龙余教授访问印度，在尼赫鲁大学、德里大学、索菲娅女子学院、孟买大学、捷台伍坡大学、泰戈尔印度大学、加尔各答大学发表汉语和印地语演讲。

3月，魏丽明等著《"万世的旅人"泰戈尔》在北京（中央编译出版社）出版。王邦维主编《季羡林先生与北京大学东方学》（上下册）（阳光出版社）出版。蔡枫、黄蓉主编，刘彦峰英文译校《跬步集——深圳大学印度学研究文选》（北京大学出版社）出版。侯传文著《话语转型与诗歌对话：泰戈尔诗学比较研究》（中国社会科学出版社）出版。

5月7日，中国人民对外友好协会在北京举行泰戈尔诞辰150周年纪念大会暨系列文化活动启动仪式。中国人民对外友好协会会长陈昊苏和印度驻华大使苏杰生先生、孟加拉驻华大使孟什·法拉兹·艾哈麦德分别致辞，高度评价了罗宾德拉纳特·泰戈尔伟大的一生和他对世界文学和和平友好事业所做的贡献。

5月8日—22日，应中国人民对外友好协会之邀，印度著名梵文学家夏斯特利（Prof. Satya Vart Shastri）先生在北京大学、中国社会科学院和深圳大学进行访问和演讲。

7月11日，由文化部主办、中国艺术研究院承办"谭云山现象与21世纪中印文化交流"中印文化艺术界高层论坛在北京举行。

10月13日—15日，印度那烂陀大学董事会在北京大学英杰国际交流中心召开第三次理事会。

10月15日—16日，由教育部重点研究基地北京大学东方文学研究中心与北京大学印度研究中心主办，印度那烂陀大学、新加坡那烂陀—室利佛逝中心协办的"中印关系两千年：历史与文化的互动"国际学术研讨会在北京大学召开。本次会议也是纪念北京大学印度学科的创始人季羡林教授（1911—2009）诞辰一百周年的活动之一。美国哈佛大学及英国剑桥大学教授、1998年诺贝尔经济学奖得主阿玛蒂亚·森（Amartya Sen）、前新加坡外交部长杨荣文（George Yeo）先生、印度驻华大使苏杰生（S. Jaishankar）等以及印度那烂陀大学理事会会议的成员、各界人士和中印学生近三百人出席。

10月22日—23日，由中国社会科学院梵文研究中心主办"梵学与佛学研讨会"在苏州西园寺三宝楼召开，来自北京、台湾、香港、上海、广州、成都等地区近五十名学者参加了会议。

11月3日，由北京大学南亚学系、北京大学印度研究中心与中国印度文学研究会共同主办"泰戈尔诞辰150周年国际学术研讨会"。来自中印两国高等院校和科研所的一百余名学者和学生参会。

10月17日—2012年1月20日，印度文化关系委员会（ICCR）讲席教授、印度文化国际学院的夏尔玛（Nirmala Sharma）博士在深圳大学开展14周教学活动。

11月3日，值印度著名诗人、哲学家、社会活动家罗宾德拉纳特·泰戈尔诞辰150周年之际，"泰戈尔诞辰150周年国际学术研讨会"在北京大学民主楼隆重开幕。此次研讨会由北京大学南亚学系、北京大学印度研究中心与中国印度文学研究会共同主办，并得到了印度驻华大使馆和华为技术有限公司的大力支持。

11月8日，由印度文化关系委员会、印度驻广州总领馆和深圳大学联合举办的泰戈尔绘画作品展"泰戈尔：远行的罗曼史"在深圳大学3号驿站开幕。

黄宝生译的《梵汉对勘入菩提行论》、《梵汉对勘维摩诘所说经》、《梵汉对勘楞伽经》、《梵汉对勘神通游戏》四册（北京：中国社会科学出版社）出版。唐孟生、薛克翘等著《印度中世纪宗教文学》（上下卷）（北京：昆仑出版社）出版。尹锡南著《印度比较文学史》（成都：

巴蜀书社）出版。叶少勇著《〈中论颂〉与〈佛护释〉——基于新发现梵文写本的文献学研究》（中西书局）出版。叶少勇著《〈中论颂〉梵藏汉合校·导读·译著》（中西书局）出版。周晓《中国文化机关团体举行泰戈尔追悼大会史料选》在民国档案第 4 期刊载。范慕尤著《梵文写本〈无二平等经〉的对勘与研究》（中西书局）出版。王岳川著《发现东方》（修订版）（北京大学出版社）出版。姜景奎主编《中国学者论泰戈尔》（上下册）（阳光出版社）出版。董友忱著《天竺诗人——泰戈尔》（人民出版社）出版。尹锡南著《印度比较文学发展史》（巴蜀书社）出版。郁龙余、董友忱主编《泰戈尔作品鉴赏辞典》（上海辞书出版社）出版。刘战魁编著《薄伽梵歌评鉴》（社会科学文献出版社）出版。王青著《海洋文化影响下的中国神话与小说》（昆仑出版社）出版。［印］迦梨陀娑著，罗鸿译的《云使》（北京大学出版社）出版。［印］妮基塔·拉尔万尼著，施薇译的《神童》（北京：人民文学出版社）出版。［印］阿拉文德·阿迪加（Aravind Adiga）著，路旦俊、仲文明译短篇小说《两次暗杀之间》［人民文学出版社］出版。郁龙余、周静的《中国对印度古代文学的再接受——兼论比较文学的中国印度起源》在《中国比较文学》（第 2 期）刊载。

2012 年

6 月 12 日，印度驻广州总领事潘迪先生代表印度文化关系委员会与深圳大学章必功校长共同续签《深圳大学与印度文化关系委员会关于设立人文社科讲席教授的协议》。

10 月 9 日，印度 ICCR 讲席教授、尼赫鲁大学的阿隆南（Y. S. Alone）博士在深圳大学进行 14 周教学活动。

2012 年 11 月—2013 年 8 月，深圳大学印度研究中心、北京大学东方文学研究中心、杭州佛学院联合举办"泰戈尔在我心中"有奖征文比赛。

11 月 15 日—16 日，中国人民对外友好协会与深圳大学共同举办"第四届中国——南亚国际文化论坛"，来自印度、新加坡、美国和中国的六十多位学者参加了论坛。

12 月 19 日，由泰戈尔国际大学和德里中国研究所主办的纪念泰戈尔获诺贝尔文学奖 100 周年"泰戈尔与世界文化和文学的互动——关于中国的议题"学术活动在印度加尔各答圣地尼克坦国际大学举行。

上海档案馆、印度驻上海总领事馆编、朱纪华主编的《泰戈尔与上海》（中西书局）出版。［印］

克里希那·克里巴拉尼著，倪培耕译的《泰戈尔传》（人民文学出版社）出版。段晴等译的《汉译巴利三藏·经藏·长部》（中西书局）出版。尹锡南著《"在印度之外"印度海外作家研究》（成都：巴蜀书社）出版。泰戈尔著，李鲜红、涂帅、贾艳艳译的《大地的晚歌》（南京：江苏文艺出版社）出版。谭中、郁龙余主编《谭云山》（中央编译出版社）出版。陈璞著儿童文学《印度大冒险》（北岳文艺出版社）出版。张学明编儿童文学《印度寓言》（海豚出版社）出版。

2013 年

6 月 1 日—2 日，由上海同济大学与中国人民对外友好协会等主办的"从泰戈尔到莫言：百年东方文化的世界意义"国际学术研讨会在同济大学举行，来自瑞典皇家科学院、印度国际大学、北京大学等国内外 200 多位学者参加了大会。

6 月 9 日—11 日，由北京大学东方文学研究中心、北京大学印度研究中心、北京大学图书馆和北京大学研究生会联合举办"纪念泰戈尔荣获诺贝尔文学奖 100 周年活动日"系列活动。

10 月 8 日—9 日，在北京香山饭店召开中国印度文学研究会第 14 届年会暨"梵语文学和印度现代文学"研讨会。

10 月 26 日，在深圳大学举行"泰戈尔在我心中"有奖征文比赛颁奖典礼暨获奖作品集《泰戈尔落在中国的心》（中央编译出版社）首发式。深圳大学副校长李凤亮、印度驻穗总领事高志远（K. Nagaraj Naidu）等出席。

11 月 4 日—5 日，复旦大学中华文明国际研究中心举办"中印关系研究的视野与前景"工作坊。

11 月 8 日—9 日，郁龙余教授应邀出席在德里印度国际中心召开的纪念泰戈尔获诺贝尔文学奖 100 周年学术研讨会"泰戈尔跨文化交流的遗产"（Tagore's Legacy of Inter-cultural Interaction）。11 日，深圳大学郁龙余应邀到尼赫鲁大学作讲座，介绍即将出版的《中国印度文学交流史》。

黄宝生著《梵学论集》（北京：中国社会科学出版社）出版。段晴、张志清主编《中国国家图书馆藏西域文书——梵文、佉卢文卷》（中西书局）出版。孙宜学著《泰戈尔：中国之旅》（北京：中央编译出版社）出版。孟昭毅、郁龙余、朱璇著《天竺纪行》（北京大学出版社）出版。李鸣编译的《戒指的记忆》（成都：天地出版社）出版。孙晶著《印度吠檀多哲学史》（上）（中国社会科学出版社）出版。朱明忠著《印度吠檀多哲学史》（下）（中国社会科学出版社）出版。斯坦利·沃尔波特《印度史》（东方出版中心）出版。王邦维、陈金华、陈明编《佛教神话研究：文本、图像、传说与历史》（中西书局）出版。朱明忠著《印度教》（福建教育出版社）出版。

2014 年

1 月，第 5 届深圳学术年会之科学术研讨会"中国印度关系与世界新格局"学术研讨会在深圳大学举行。

2 月 16-17 日，"对话·视野·方法：第一届东方学研究方法论国际会议"在北京大学举行。

9 月 18-21 日，"中国比较文学学会第 11 届年会暨国际学术研讨会"在延吉举行。

师觉月（Prabodh Chandra Bagchi）著，姜景奎等译《印度中国：千年文化关系》（北京大学出版社）出版。马维光著《印度神灵探秘》（世界知识出版社）出版。黄宝生主编《梵语佛经读本》（中国社会科学出版社）出版。《中印文化交流百科全书》（中国大百科全书出版社）出版。黄心川著《印度哲学通史》（2 册，大象出版社）出版。黄宝川著《巴利语读本》（中西书局）出版。陈明著《印度梵文医典〈医理精华〉研究》（商务印书馆）出版。孙晶著《印度吠檀多不二论哲学》（修订版，中国社会科学出版社）出版。伊锡南著《印度中国观演变研究》（时事出版社）出版。

参考文献

北京大学南亚研究所编.中国载籍中南亚史料汇编.上海：上海古籍出版社，1994.

北京大学东方文学研究中心.东方文学研究通讯（2011年第二期）（总第39期）.

蔡铁鹰.《西游记》的诞生.北京：中华书局，2007.

蔡枫、黄蓉主编.踥步集——深圳大学印度学研究文选.北京：北京大学出版社，2011.

蔡德贵.季羡林传.太原：山西古籍出版社，1998.

常任侠选注.佛经文学故事选（原中华上编版）.上海：上海古籍出版社，1982.

陈炎、李红春.儒释道背景下的唐代诗歌.北京：昆仑出版社，2003.

陈跃红.比较诗学导论.北京：北京大学出版社，第2005.

东西方文化发展中心主编.文明的可持续发展之道——东方智慧的历史启示.北京：人民出版社，1999.

陈允吉、胡中行主编.佛经文学粹编.上海：上海古籍出版社，1999.

陈允吉.古典文学佛教溯缘十论.上海：复旦大学出版社，2002.

敦煌研究（1989年第1期）.

［德］威廉冯·洪堡特.论人类语言结构的差异及其对人类精神发展的影响.北京：商务印书馆，2002.

［俄］埃尔曼·捷姆金编写，董友忱、黄志坤编译.印度神话传说.上海：上海译文出版社，2002.

方广锠.佛教大藏经史.北京：中国社会科学出版社，1991.

高僧传合集.上海：上海古籍出版社，1991.

郭延礼.中西文化碰撞与近代文学.济南：山东教育出版社，1999.

顾随.顾随说禅.南宁：广西人民出版社，2005.

胡适.胡适文集（8卷）.北京：北京大学出版社，1998.

胡适.胡适学术文集·中国文学史(下).北京：中华书局，1998.

胡敕瑞.《论衡》与东汉佛典词语比较研究.成都：巴蜀书社，2002.

黄宝生、郭良鋆等译.摩诃婆罗多.北京：中国社会科学出版社，2005.

黄宝生.《摩诃婆罗多》导读.北京：中国社会科学出版社，2005.

黄宝生译.梵语诗学论着汇编.北京：昆仑出版社，2008.

黄宝生、周志宽、倪培耕译.现代印度文学.北京：外国文学出版社，1981.

黄宝生译.奥义书（13章）.北京：商务印书馆，2010.

侯忠义.汉魏六朝小说简史唐代小说简史.太原：山西人民出版社，2005.

侯传文.佛经的文学性解读.北京：中华书局，2004.

侯传文.话语转型与诗学对话——泰戈尔诗学比较研究.北京：中国社会科学出版社，2010.

姜景奎.印地语戏剧文学.北京：中国对外翻译出版公司，2002.

季羡林.季羡林论中印文化交流.北京：新世界出版社，2006.

季羡林.佛教十五题.北京：中华书局，2007.

季羡林.中印文化关系史论文集.北京：三联书店，1985.

季羡林译.五卷书.北京：人民文学出版社，2001.

季羡林.比较文学与民间文学.北京：北京大学出版社，1991.

季羡林主编，刘安武选编.印度民间故事集（第一辑）.北京：中国民间文艺出版社，1984.

季羡林.季羡林全集.北京：外语教学与研究出版社，2009—2010.

季羡林.学海泛槎.太原：山西人民出版社，2000.

季羡林.病榻杂记.北京：新世界出版社，2007.

季羡林.季羡林学术论著自选集.北京：北京师范大学出版社，1991.

季羡林.季羡林说国学.北京：中国书店，2007.

季羡林.大国学：季羡林口述史.西安：陕西师范大学出版社，2010.

季羡林.季羡林佛教学术论文集.台北：台湾东初出版社，1995.

季羡林.季羡林序跋集.北京：新世界出版社，2008.

季羡林主编，刘安武第一副主编.东方文学史.长春：吉林教育出版社，1993.

季羡林、刘安武编.印度两大史诗评论汇编.北京：中国社会科学出版社，1984.

季羡林文集.南昌：江西教育出版社，1998.

季羡林自传.南京：江苏文艺出版社，1996.

金克木.梵语文学史.北京：人民文学出版社，1980.

金克木.梵竺庐集（丙）.梵佛探.南昌：江西教育出版社，1999.

金克木.印度文化余论——《梵竺庐集》补编.北京：学苑出版社，2002.

金克木.金克木集（8卷）.北京：生活·读书·新知三联书店，2011.

雷东平、周志宽、王树英编译.印度民间故事.昆明：云南人民出版社，1983.

梁启超.饮冰室文集类编.日本东京帝国印刷株式会社，明治三十七（1904）.

（梁）僧佑著，苏晋仁、萧链子点校.出三藏记集.北京：中华书局，2003.

李剑国.唐前志怪小说史.天津：天津教育出版社，2006.

廖波.印度印地语作家格莫勒希沃尔小说创作研究.世界图书出版公司，2011.

林承节.中印人民友好关系史.北京：北京大学出版社，1993.

吕澂.中国佛学源流略讲.北京：中华书局，1979.

柳亚子编.苏曼殊全集.北京：当代中国出版社，2007.

刘祯.中国民间目连文化.成都：巴蜀书社，1997.

刘安武.印度文学和中国文学比较研究.北京：中国国际广播出版社，2005.

刘安武、倪培耕、白开元主编.泰戈尔全集.石家庄：河北教育出版社，2000.

刘安武.普列姆昌德评传.北京：中国国际广播出版社，1999.

刘安武.印度印地语文学史.北京：人民文学出版社，1987.

凌翼云.目连戏与佛教.广州：广东高等教育出版社，1998.

鲁迅.中国小说史略.太原：山西古籍出版社，2001.

鲁迅全集(第八卷).北京：人民文学出版社，1981.

马书田.华夏诸神.北京：北京燕山出版社，1990.

马祖毅.中国翻译史(上卷).武汉：湖北教育出版社，1999.

马学良、恰白·次旦平措、佟锦华主编.藏族文学史.成都：四川民族出版社，1994.

毛小雨.虚幻与现实之际——元杂剧"神佛道化戏"论稿.澳门：澳门嘉华出版有限公司，

2006.

苗欣宇、马辉.仓央嘉措诗传.南京：江苏文艺出版社，2009.

［美］梅维恒.绘画与表现.北京：北京燕山出版社，2000.

牛国玲.中外戏剧美学比较简论.北京：中国戏剧出版社，1994.

裴普贤.中印文学研究.台北：台湾商务印书馆，1976.

钱文忠选编.倾听恒河天籁——印度书话.南昌：江西教育出版社，1999.

秦弓.二十世纪中国翻译文学史（五四时期卷）.天津：百花文艺出版社，2009.

盛华绘，常立胜注.京剧脸谱图解.北京：人民音乐出版社，2004.

石海军.后殖民：印英文学之间.北京：北京大学出版社，2008.

石海峻.20世纪印度文学史.青岛：青岛出版社，1999.

孙昌武.中国文学中的维摩与观音.天津：天津教育出版社，2006.

孙昌武.佛教与中国文学.上海：上海人民出版社，2007.

孙宜学.泰戈尔与中国.石家庄：河北人民出版社.

孙宜学.不欢而散的文化聚会——泰戈尔讲演及争论.合肥：安徽教育出版社，2007.

孙波.徐梵澄传.北京：社会科学文献出版社，2009.

谭中.谭云山与中印文化交流.香港：香港中文大学出版社，1998.

谭中、耿引曾.印度与中国.北京：商务印书馆，2006.

谭云山文献，深圳大学谭云山中印友谊馆藏.

谭嗣同全集.北京：中华书局，1981.

唐仁虎.泰戈尔文学作品研究.北京：昆仑出版社，2003.

（唐）玄奘，季羡林校注.大唐西域记.北京：中华书局，1985.

（唐）义净原著，王邦维校注.南海寄归内法传校注.北京：中华书局，1995.

汤一介.早期道教史.北京：昆仑出版社，2006.

王立.佛经文学与古代小说母题比较研究.北京：昆仑出版社，2006.

王立、刘卫英.《聊斋志异》中印文学溯源研究.北京：昆仑出版社，2011.

王昆吾、何剑平编著.汉文佛经中的音乐资料.成都：巴蜀书社，2001.

王昆吾.从敦煌学到域外文学.北京：商务印书馆，2003.

王云路.中古汉语词汇史.北京：商务印书馆，2010.

王铁钧.中国佛典翻译史稿.北京：中央编译出版社，2006.

王青.海洋文化影响下的中国神话与小说.北京：昆仑出版社，2011.

王克芬.中国舞蹈发展史.上海：上海人民出版社，1989；台北：台北南天书局，1991.

王邦维、谭中主编.泰戈尔与中国.北京：中央编译出版社，2010.

王锦厚.五四新文学与外国文学.成都：四川大学出版社，1996.

王向远.东方各国文学在中国.南昌：江西教育出版社，2001.

魏丽明等."万世的旅人"泰戈尔.北京：中央编译出版社，2011.

吴承思.中国佛教文化论稿.上海：上海人民出版社，1999.

吴海勇.中古汉译佛经叙事文学研究.北京：学苑出版社，2004.

吴文.东方采菁录.广州：中山大学出版社，1997.

［锡兰］L·A·贝克著，傅永吉译.东方哲学的故事.南京：江苏人民出版社，1998.

［新加坡］廖裕芳，张玉安、唐慧等译.马来古典文学史.北京：昆仑出版社，2011.

西林.国粹里面整理不出的东西.现代译论(第1卷第16期).

夏金华.中国学术思潮史·佛学思想.上海：上海社会科学院出版社，2006.

谢稚柳.敦煌艺术叙录.上海：上海古籍出版社，1996.

徐梵澄.徐梵澄集.北京：中国社会科学出版社，2001.

徐梵澄.徐梵澄文集.上海：上海三联书店、华东师范大学出版社，2006.

徐梵澄.古典重温.北京：北京大学出版社，2008.

薛克翘.印度民间文学.银川：宁夏人民出版社，2008.

薛克翘.印度古代神话.北京：北京大学出版社，1999.

薛克翘主编.东方趣事佳话集.合肥：黄山书社，1992.

薛克翘.中印文学比较研究.北京：昆仑出版社，2003.

薛克翘.中国印度文化交流史.北京：昆仑出版社，2008.

薛克翘、唐孟生等.印度中世纪宗教文学.北京：昆仑出版社，2011.

薛克翘.中国与南亚文化交流志.上海：上海人民出版社，1998.

玄珠.诗译的一些意见.时事新报·文学旬刊（第52期），1922年10月10日.

杨乃乔、伍晓明主编.比较文学与世界文学（第一辑）.北京：商务印书馆，2004.

业露华撰文，张德宝、徐有武绘图.中国佛教图像解说.上海：上海书店，1997年.

尹锡南.英国文学中的印度.成都：巴蜀书社，2008.

［印度］杰伦·兰密施，蔡枫、董方峰译.理解CHINDIA：关于中国与印度的思考.银川：宁夏人民出版社，2006.

［印度］郭良鋆、黄宝生译.佛本生故事选.北京：人民文学出版社，1985.

［印度］蒋忠新译.摩奴法论.北京：中国社会科学出版社，2007.

［印度］泰戈尔著，倪培耕等译.泰戈尔论文学.上海：上海译文出版社，1988.

［印度］杜勒西达斯著，金鼎汉译.罗摩功行之湖.北京：人民文学出版社，1988.

［印度］奥修著，谦达那译.道德经心释.西安：陕西师范大学出版社，2007.

［印度］奥修著，谦达那译.庄子心解.西安：陕西师范大学出版社，2007.

［印度］D·恰托巴底亚耶.印度哲学.北京：商务印书馆，1980.

［印度］狄伯杰.中国诗歌（印地语）.印度新德里：组织出版社，2009.

郁龙余.中西文化异同论.北京：三联书店，1989.

郁龙余等.中国印度诗学比较.北京：昆仑出版社，2006.

郁龙余等.梵典与华章.银川：宁夏人民出版社，2004.

郁龙余.中国印度文学比较.北京：中国社会科学出版社，2001.

郁龙余、孟昭毅主编.东方文学史.北京：北京大学出版社，2001.

郁龙余编.中印文学关系源流.长沙：湖南文艺出版社，1987.

郁龙余等.印度文化论.重庆：重庆出版社，2008.

俞晓红.佛教与唐五代白话小说研究.北京：人民出版社，2006.

增勤主编.长安佛教学术研讨会论文集.西安：陕西师范大学出版总社有限公司，2010.

赵稀方.二十世纪中国翻译文学史（新时期卷）.天津：百花文艺出版社，2009.

郑振铎.插图本中国文学史.北京：作家出版社，1957.

张兵.话本小说简史.太原：山西人民出版社，2005.

张立文主编，向世陵著.中国学术通史·魏晋南北朝卷.北京：人民出版社，2004.

张玉安、裴晓睿.印度的罗摩故事与东南亚文学.北京：昆仑出版社版，2005.

张玉安、陈岗龙.东方民间文学概论.北京：昆仑出版社，2006.

张锡厚.敦煌文学源流.北京：作家出版社，2000.

周发祥.西方文论与中国文学.南京：江苏教育出版社，1997.

周俊勋.魏晋南北朝志怪小说词汇研究.成都：巴蜀书社，2006.

周育德.中国戏曲文化.北京：中国友谊出版社公司，1996.

朱志瑜、朱晓农.中国佛籍译论选辑评注.北京：清华大学出版社，2006.

后记

　　经过十年的努力，刘朝华博士和我合著的《中国印度文学交流史》终于要付梓了。此时，自然有一些话要向读者交待。

　　虽然为此书费时费力之多，超乎我以往任何一本书，但还是不甚满意。因为在书中，至少存在三点不足。

　　一是没有饱满地完成原来的写作计划。原计划分"印度文学在中国的接受"、"中国文学对印度的影响"和"中国对印度文学的再接受"上、中、下三部分，共23章。现在完成的是一个瘦身计划，全书只有16章。在写作过程中，修改计划是常有之事，但我们显然是力不从心、不得已而为之，不然就不能按时交稿。不过，我们不是一味删减，也有新增内容，如第十四章"《老子》和《庄子》在印度"、第十六章"中国文学作品的印度译介"。

　　二是收集资料依然不到位，尤其是印度学者研究中国文学的部分。中印文学交流自古就不平衡，对印度学者的研究成果掌握不足，更是有意无意地在感觉上加剧了这种不平衡。在下笔之初，我们下决心在寻找印度资料上下功夫。应该说，本书在这方面，比以前取得了一点进步。正是这一点进步，使我们知道还存在着很大的不足。

　　三是全书生动的整体性不强。一本书，应该像一棵树，是一个有生命的整体。我们朝这个方向努力了，但结果仍然不理想。本来，中印文学交流、传播与接受有着天然的生动联系。一些伟大的文化使者，如玄奘、义净、谭云山、季羡林，他们既是中国文化的传播者，又是印度文化的接受者。但是，本书中对这种有机、生动的关联，研究、表述不够，接受和传播在相当程度上成了两张皮。交流的双向性还较多地停留在材料的罗列堆砌上，缺乏深切的说服力。

　　以上三点不足，不是因疏忽而是因学力不逮、努力又不够而造成的。将这些写在后记中，目的是告诉后来者，我们曾经走过的路，以及他们将来应该着力的方向。

　　现在，我们还要怀着敬意向支持、帮助我们写作此书的人们表示感谢。

　　季羡林先生一直关心此书的写作，我本来想在成书之日请他题词，可是他于2009年7月仙逝。人虽去，恩情永在。刘安武先生不论我在北大还是深大，都大力扶持我。1984年在我南下之际，他将案头金克木先生的《梵语文学史》赠我，鼓励我坚持印度文学研究。在写作此书的过程中，又多次得到他的帮助。为了取得印地文版《中国普列姆昌德研究论文集》的确切材料，他和我面谈加电话联系，不下二十次，过程颇为曲折。最终得以如愿。对本书的指导思想，刘老师要我尊重历史，并在电话中一再告诫我："要事实求是，不要把我写得太高了。"他的低调、谦逊，永远值得我们学习。现在将我在2011年11月29日写的小文《尊重史实　穷搜不舍》收录在此，与大家共享：

　　《中国印度文学交流史》的写作，史料极为重要。当读到《季羡林全集》第10卷时，发现了《〈中国普列姆昌德研究论文集〉序》一文，心中十分惊喜。《中国普列姆昌德研究论文集》是我未掌握的一本印地文论文集。于是，打电话给北京的陈力行老师。他说：印象中出过此书，但是他手头没有此书。他答应替我向在外文局印地语组做过负责人的陈士樾老师打听一下。过几天，他来电话说：陈士樾老师也有印象，但时间已久，具体记不清了。他手头也无此书。

　　于是，我打电话问北京大学刘安武老师，情况出现了转机。他告诉我，印象中有这本书。自己的一篇文章被收入书中，他应该有此书。要我给他一点时间，好好找一下。结果，第二天晚上，他打电话来告诉我：的确出过这本书，时间是1988年6月，他还收到过160元稿费。这些都有文字记录，所以不会有错。刘老师答应，好好在家里找一找，找到书，就什么都清楚了。

　　过了两天，还没等我打电话，刘老师又来电话，说书没有找着，但情况更确实了。他还说，收了他的文章《普列姆昌德的文学观》，印地文是他自己译的，稿费是800元，不是160元。因为当时怕钱的来路不明不好，所以都一一记录在册。他已给一位同班同学打了电话，仍无头绪。但是，他还会再努力。叫我等他的消息。

　　一天，刘老师来电话，说情况有进展，此书的编者之一是钱永明，比我高五个年级，也有了外文局人事处的电话。但是，钱永明出差去了，人事处又不肯告诉钱的电话，说是隐私云云。过了两天，我打电话给外文局人事处，一位先生接的电话，说认识钱永明，并把他的座机、手机号码告诉了我。挂了电话，我立即按约定，将钱永明的电话告诉刘老师。于是，事情进入了快车道。

又过了两天，刘老师来电话，说和钱永明联系上了，他家里就有此书，但只有一本，不能送人，只能复印。我说，你们年纪都大了，路又远，最好请我的学生、在北大念博士的朱璇跑一趟。刘老师同意这个办法。第二天下午四点，朱璇来到刘老师家，取得了钱永明的地址和电话。在外文局复印是可以不要钱的，但是朱璇借到书后到专门商店复印了两本。刘老师依然是一身正气，两袖清风，一定要出 18.5 元的复印费。朱璇拗不过他，只得收下。她来电话向我说起此事，不无感慨。我告诉他，刘老师一贯如此，时间长了会习惯。时值第三届中国—南亚（文化）论坛在四川大学召开。谭中先生从美国赶到北京，再飞成都与会。朱璇就托谭中先生将复印的《中国普列姆昌德研究论文集》带到成都。11 月 24 日晚，谭先生在四川大学红瓦宾馆房间郑重地将此书交给我。

这样，历经数月，我们顺藤摸瓜，穷搜不舍，终于如愿以偿。至于为什么这样做，我们都基于这样一种认识：尊重历史，尊重事实。我们不禁想起一句名言：世界上怕就怕认真二字。

在此，我要感谢刘安武、钱永明、谭中诸先生和朱璇，还要感谢北京外国语大学张西平教授。我也曾求助于他，他说最后的办法是去国家版本图书馆查找，他可以提供帮助。所以，在上述的寻找过程中，尽管有些焦虑，但心中还是有底的。

以上，是我在写作《中国印度文学交流史》中的花絮之一。

在北大师辈中，还有殷洪元、马孟刚、金鼎汉教授，都给予我指教和具体的帮助。尤其是金鼎汉教授，他给我提供的许多第一手材料，在中印现代文学交流史上，都是鲜为人知和非常珍贵的。北大校友中，外文局印地文部原主任陈士樾、中国国际广播电台南亚部原主任陈力行，为我提供了许多全新的第一手资料。印度文学研究专家黄宝生、钱永明、王树英、薛克翘、孟昭毅、唐仁虎、石海峻、侯传文、姜景奎、郭童、姜永红等教授给我很大鼓励和鞭策。泰戈尔翻译、研究专家董友忱教授译出的相关资料，对我帮助很大。中国社会科学院孙波教授，提供了不少关于徐梵澄的有价值的资料。印度学者中，泰戈尔研究专家邬玛教授，中印文学史专家 H·雷易教授，尼赫鲁大学教授墨普德、邵葆丽、狄伯杰等，给予我极大支持。因为有了他们的支持、帮助，此书在相关资料的准确性方面有了很大保证。谭中先生及其全家，将《谭云山文献》捐赠给深圳大学，为我们提供了许多珍贵的实物和文字资料。刘朝华博士的同门杨晓霞、廖波、张玮、李美敏、蔡枫、蔡晶、朱璇等，在整个写作过程中给予了不间断的帮助与支持。感谢各位研究印地语文学、印度英语文学的博士，将他们的博士论文提要提供给我，让广大读者有机会一窥堂奥。周静帮我阅稿，提出和解决了不少问题，并找到了自己今后的研究方向。这正是我所希望的。在结稿之日，我要感谢任瑜老师。她的先生阮毅教授是留学归来的高级专业人才。他在日本花 12 年时间，从进修语言一直到文学博士，一气呵成。其间，任老师相夫教子，功不可没。2007 年起，任老师在全家支持下，每日半天时间帮我处理书稿，所付出的辛苦，不是用"感谢"两个字，能够表达的。他们的儿子书杰，美国学成归来，离到公司报到尚有一段时间，我请他帮我看书稿。不料他找出了许多隐藏很深的错误，真是后生可畏。科研秘书王璧从研三开始，就为本书的杀青付梓，做了大量校对勘误工作，同时还为图片的甄别整理花费大量精力和时间。特别值得一提的是，2013年 1 月，她受我的委托，到印度拜访各位学者，所持手信是《天竺纪行》。此书是我和孟昭毅教授 2011 年 2 月访问印度的学术游记。因为这次访印由印度文化关系委员会 (ICCR) 安排，凯伦·辛格主席、高尔主任见到此书十分高兴。书中最新的几张照片，是她在今年 1 月访印时拍摄并提供的。本书英文目录，由她翻译，并请邵葆丽教授 (Prof. Sabaree Mitra) 审校。在此，我要向她和邵葆丽教授表示深切的谢意。温懿媛、张凌华同学为《中国印度文化文学交流大事记》的编写付出了劳动，蒋慧琳为《大事记》的校对付出了许多时间，在此一并致谢。本书清样的最终的校对工作，由朱璇博士完成，不胜感激。需要特别感谢的是北京大学南亚学系主任陈明教授。他学识宏富，善辩证误，为本书的勘误作出了重要贡献。对责编祝丽，除了感谢之外还有歉意，几次推迟交稿，她总是笑着点头。她是一位高雅才女。

钱林森教授作为《中外文学交流史》丛书的总主编和我的学长，一直关心、指导本书的写作。在此，我向他表示由衷的敬意。

以上所有这些，对于一本"史书"的撰写来说，是非常重要的。所以，我在这里再次向他们致以最衷心的感谢。

在后记的最后，还要交待一下附录的问题。本书一共收有"北京大学印度英语文学博士论文摘要汇编"、"徐梵澄本地治理廿七年纪略"、"北京大学印度语言文学专业博士论文摘要汇编"和"印译中国诗歌：古老文化的交融"4篇附录，除两篇汇编和"徐梵澄本地治理廿七年纪略"外，余者为作者所写。因为觉得对读者有用，所以收于书中。希望真的对本书读者有所助益。

郁龙余

编后记

随师兄去府上拜访钱林森教授，满怀激动与期望，已是九年前的事了。那天讨论的出版项目，占去此后我编辑生涯的主要时光，筹划项目、联系作者、一次又一次的编写会，断断续续地收稿、改稿，九年就这样在焦急的等待、繁忙的工作中过去了，而九年，是一位寿者生命时光的十分之一，是我编辑生涯中最美好的日子……每每想到这里，心中总难免暗惊。人一生有多长，能做多少事，什么是值得投入一生最好时光的事业？付诸漫长时光与巨大努力的工作，一旦完成，最好的报偿是什么呢？这些问题困扰着我，只是到了最后这段日子，我才平静下来。或许这些困惑都是矫情，尽心尽力、无怨无悔地做完一件事，就足够了。不求有功，但求告慰自己。

《中外文学交流史》17卷终于完成，钱老师、周老师和各卷作者们付出了巨大的努力，我心怀感激。在这九年里，有的作者不幸故去，有的作者中途退出，但更多的朋友加入进来。吕同六先生原来负责主持意大利卷，工作开始不久不幸去世。我们深深地怀念吕同六先生，他的故去不仅是中国学术界的巨大损失，也是我们这套丛书的损失。张西平先生慷慨地接替了吕先生的工作，意大利卷终于圆满完成。朝韩卷也颇多波折，起初是北大韩振乾先生承担此卷的著述，后来韩先生不幸故去，刘顺利先生加入我们。刘顺利先生按自己的学术思路，一切从头开始，多年的积累使他举重若轻，如期完成这本皇皇巨著。还有北欧卷，我们请来了瑞典的陈迈平（万之）先生，后来陈先生因为心脏手术等原因而无力承担此卷撰著。叶隽先生知难而上。期间种种，像叶隽所说，"使我们更加坚信道义的力量、人的情感和高山流水的声音"。李明滨、赵振江、郅溥浩、郁龙余、王晓平、梁丽芳、朱徽先生都是学养深厚的前辈，他们加入这个团队并完成自己的著作，为这套丛书奠定了坚实的学术基础，也提高了丛书的品位。卫茂平、丁超、宋炳辉、姚风、查晓燕、葛桂录、马佳、郭惠芬、贺昌盛先生正值盛年，且身当要职，还在百忙之中坚持写作，使这套丛书在研究的问题与方法上具备了最前沿的学术品质。齐宏伟、杜心源、周云龙都是风头正健的学界新秀，在他们的著述中，我们看到了中外文学关系史研究的美好前景。

　　这套书是个集体项目，具有一般集体项目的优势与劣势，成就固然令人欣喜，缺憾也引人羞愧。当然，最让人感到骄傲与欣慰的是，这套书自始至终得到比较文学界前辈的关心与指导，乐黛云教授、严绍璗教授、饶芃子教授在丛书启动时便致信编委会，提出中肯的指导意见，以后仍不断关心丛书的进展。2005 年丛书启动即被列入"十一五"国家重点图书出版规划项目，2012 年，本套丛书获得国家出版基金资助，这既为丛书的出版提供了保障，我们更认为这是对我们这个项目出版价值的高度肯定，是一种极高的荣誉，因此我们由衷地喜悦，并充满感激。

　　丛书是一个浩大的学术工程，也得到了我们历任领导的高度重视和大力支持。2005 年策划启动时，还没有现今各种文化资助的政策，出版这套丛书需要胆识和气魄。社领导参与了我们的数次编写会，他们的睿智敬业以及作为山东人的豪爽诚挚给我们的作者留下了深刻的印象。丛书编校任务繁琐而沉重，周红心、钱锋、于增强、孙金栋、王金洲、杜聪、刘丛、尹攀登、左娜诸位编辑同仁投入了巨大热情和精力，承担了部分卷次的编校工作，周红心协助我做了许多细致的工作，保证了丛书项目如期完成。

　　感谢书籍装帧设计师王承利老师，将他的书籍装帧理念倾注到这套丛书上。王老师精心打磨每一个细节，从封面到版式，从工艺到纸张，认真研究反复比较，最终将传统与现代、中国与世界、文学与学术和书籍之美完美地融合在一起。丛书设计独具匠心而又恰如其分。

　　《中外文学交流史》17 卷在历经艰辛与坎坷之后，终得圆满，为此钱老师、周老师付出了巨大的努力。钱老师作为项目的发起人、主持人，自然功德无量，仅他为此项目给各位老师作者发的电子邮件，连缀起来，就快成一本书了。2007 年在济南会议上，钱老师邀请周老师与他联袂主编，从此周老师分担了许多审稿、统稿的事务性工作。师兄葛桂录教授的贡献是独特而不可替代的，没有他的牵线，便没有我们与钱老师、周老师的合作，这套丛书便无缘发生。

　　大家都是有缘人，聚在一起做一件事，缘起而聚、缘尽而散，聚散之间，留下这套书，作为事业与友情的纪念，亦算作人生一大幸事。在中国比较文学学术史上，在中国出版史上，这套书可能无足轻重，但在我自己的职业生涯中，它至关重要。它寄托着我的职业理想，甚至让我怀念起 20 多年前我在山东大学的学业，那时候我对比较文学的憧憬仍是纯粹而美好的，甚至有些敬畏。能够从事自己志业的人是幸福的，我虽然没有从事比较文学研究，但有幸从事比较文学著作的出版，也算是自己的志业。此刻，我庆幸自己是个有福的人！

祝　丽

图书在版编目（CIP）数据

中外文学交流史．中国 - 印度卷 / 郁龙余等著．--
济南 ：山东教育出版社，2014
ISBN 978-7-5328-8490-2

Ⅰ．①中… Ⅱ．①郁… Ⅲ．①文学—文化交流—文化
史—中国、印度 Ⅳ．① I109

中国版本图书馆 CIP 数据核字 (2014) 第 152844 号

中外文学交流史　　　中国 - 印度卷

钱林森　周　宁　主编
郁龙余　刘朝华　著

总 策 划：祝　丽
责任编辑：祝　丽
装帧设计：王承利

主　管：山东出版传媒股份有限公司
出版者：山东教育出版社
　　　　（济南市纬一路 321 号　　邮编：250001）
电　话：(0531) 82092664　传　真：(0531) 82092625
网　址：http://www.sjs.com.cn
发行者：山东教育出版社
印　刷：济南大邦印务有限公司
版　次：2015 年 12 月第 1 版第 1 次印刷
规　格：787mm×1092mm　16 开本
印　张：41 印张
字　数：738 千字
书　号：ISBN　978-7-5328-8490-2
定　价：115.00 元

（如印装质量有问题，请与印刷厂联系调换）　印厂电话：400-0531-118